国家社会科学基金重大招标项目

『十三五』国家重点图书出版规划项目

国家出版基金项目
NATIONAL PUBLICATION FOUNDATION

外国文学经典生成与传播研究

第四卷 近代卷 上

吴笛 总主编
彭少健 等著

北京大学出版社
PEKING UNIVERSITY PRESS

图书在版编目(CIP)数据

外国文学经典生成与传播研究.第四卷,近代卷.上/吴笛总主编;彭少健等著.—北京:北京大学出版社,2019.4

ISBN 978-7-301-30454-9

Ⅰ.①外… Ⅱ.①吴… ②彭… Ⅲ.①外国文学–近代文学–文学研究 Ⅳ.①I106

中国版本图书馆CIP数据核字(2019)第075268号

书　　　名	外国文学经典生成与传播研究(第四卷)近代卷(上) WAIGUO WENXUE JINGDIAN SHENGCHENG YU CHUANBO YANJIU(DI-SI JUAN)JINDAI JUAN(SHANG)
著作责任者	吴　笛　总主编　彭少健　等著
组稿编辑	张　冰
责任编辑	初艳红
标准书号	ISBN 978-7-301-30454-9
出版发行	北京大学出版社
地　　　址	北京市海淀区成府路205号　100871
网　　　址	http://www.pup.cn　新浪微博:@北京大学出版社
电子信箱	alicechu2008@126.com
电　　　话	邮购部 010-62752015　发行部 010-62750672　编辑部 010-62759634
印刷者	北京虎彩文化传播有限公司
经销者	新华书店
	720毫米×1020毫米　16开本　27印张　434千字 2019年4月第1版　2019年4月第1次印刷
定　　　价	98.00元

未经许可,不得以任何方式复制或抄袭本书之部分或全部内容。
版权所有,侵权必究
举报电话:010-62752024　电子信箱:fd@pup.pku.edu.cn
图书如有印装质量问题,请与出版部联系,电话:010-62756370

编委会

学术顾问：吴元迈　飞　白

总 主 编：吴　笛

编　　委（以姓氏拼音为序）：

范捷平　傅守祥　蒋承勇　彭少健　吴　笛　殷企平

张　冰　张德明

目 录

- 总　序 …………………………………………………………………… 1
- 绪　论　从科学发现到自然崇拜 …………………………………… 1
  - 第一节　17—19世纪初欧洲文学经典生成的背景概览 ………… 2
  - 第二节　17—19世纪初欧美文学在中国的传播 ………………… 13

- 第一章　英国玄学派诗歌的生成与传播 ………………………… 18
  - 第一节　自然科学的发展与玄学派诗歌的生成 ………………… 18
  - 第二节　英国玄学派诗歌的现代复兴与传播 …………………… 30

- 第二章　《失乐园》的生成与传播 ………………………………… 40
  - 第一节　《失乐园》生成的神学渊源 ……………………………… 40
  - 第二节　《失乐园》的生成与17世纪宇宙论 …………………… 48
  - 第三节　《失乐园》的接受与传播机制 …………………………… 60

- 第三章　《伪君子》的生成与传播 ………………………………… 74
  - 第一节　谁是"达尔杜弗"——"伪君子"身份之谜 …………… 74
  - 第二节　真实与重构：莫里哀笔下的"伪君子"形象流变 ……… 81
  - 第三节　民国时期的"莫里哀热"与《伪君子》在中国的传播 … 88

- 第四章　《鲁滨孙漂流记》的生成与传播 ………………………… 99
  - 第一节　《鲁滨孙漂流记》的经典化生成 ………………………… 99
  - 第二节　从《鲁滨孙漂流记》到鲁滨孙式历险故事 ……………… 111

第三节　《鲁滨孙漂流记》的影视化传播 …………………… 117

第五章　法国启蒙主义小说的生成与传播 …………………… 123
　　第一节　启蒙运动与法国启蒙主义小说经典的生成 ………… 124
　　第二节　《老实人》在中国的译介与传播 …………………… 133
　　第三节　《新爱洛伊斯》在中国的译介、传播与研究 ……… 138

第六章　《浮士德》的生成与传播 …………………………… 150
　　第一节　《浮士德》的故事原型及其流变 …………………… 150
　　第二节　文学经典《浮士德》 ………………………………… 153
　　第三节　《浮士德》中文译介与传播 ………………………… 158
　　第四节　《浮士德》戏剧、音乐及影视改编 ………………… 164

第七章　布莱克诗歌的生成与传播 …………………………… 170
　　第一节　布莱克诗歌的经典化 ………………………………… 171
　　第二节　布莱克经典化过程中的"诗画结合"创作因素 …… 177
　　第三节　跨媒介、跨文化视野中的布莱克 …………………… 184

第八章　英国浪漫主义诗歌的生成与传播 …………………… 195
　　第一节　"回归自然"与英国浪漫主义诗歌经典的生成 …… 196
　　第二节　英国浪漫主义诗歌在中国的早期传播 ……………… 208

第九章　《傲慢与偏见》的生成与传播 ……………………… 221
　　第一节　《傲慢与偏见》的经典生成 ………………………… 222
　　第二节　《傲慢与偏见》的出版与版本演变 ………………… 236
　　第三节　《傲慢与偏见》的传播 ……………………………… 248

第十章　《格林童话》的生成与传播 ………………………… 262
　　第一节　《格林童话》的生成 ………………………………… 262
　　第二节　《格林童话》的版本演变 …………………………… 276
　　第三节　《格林童话》的中译流传 …………………………… 288

第十一章　《叶甫盖尼·奥涅金》的生成与传播 …………………… 302
　第一节　《叶甫盖尼·奥涅金》在俄罗斯本土的经典化生成 ……… 303
　第二节　《叶甫盖尼·奥涅金》在中国的译介与传播 …………… 312

第十二章　《巴黎圣母院》的生成与传播 …………………………… 325
　第一节　《巴黎圣母院》的生成 ………………………………… 326
　第二节　《巴黎圣母院》的传播 ………………………………… 347
　第三节　《巴黎圣母院》在中国的译介 ………………………… 353

第十三章　美国早期文学经典的生成与传播 ……………………… 357
　第一节　《瓦尔登湖》在美国本土的经典化生成 ……………… 357
　第二节　《草叶集》在中国的译介与传播 ……………………… 376
　第三节　罗曼司、清教文化与《红字》的经典化生成 ………… 387

参考文献 …………………………………………………………… 401
索　引 …………………………………………………………… 407
后　记 …………………………………………………………… 411

总　序

文学经典的价值是一个不断被发现的过程，也是一个不断演变和深化的过程。自从将"经典"一词视为一个重要的价值尺度而对文学作品开始进行审视时，学界为经典的意义以及衡量经典的标准进行过艰难的探索，其探索过程又反过来促使了经典的生成与传播。

一、外国文学经典生成缘由

文学尽管是非功利的，但是无疑具有功利的取向；文学尽管不是以提供信息为己任，但是依然是我们认知人类社会的一个非常重要的参照。所以，尽管文学经典通常所传播的并不是我们一般所认为的有用的信息，但是却有着追求真理、陶冶情操、审视时代、认知社会的特定价值。外国文学经典的生成缘由应该是多方面的，但是其基本缘由是满足人们的精神需求，适应各个不同时代人类生存和发展的需要。

首先，文学经典的生成缘由与远古时代原始状态的宗教信仰密切相关。古埃及人的世界观"万物有灵论"（Animism）促使了诗集《亡灵书》（*The Book of the Dead*）的生成，这部诗集从而被认为是人类最古老的书面文学。与原始宗教相关的还有"巫术说"。不过，虽然从"巫术说"中也可以发现人类早期诗歌（如《吠陀》等）与巫术之间有一定的联系，但巫术作为人类早期重要的社会活动，对诗歌的发展所起到的也只是"中介"作用。更何况"经典"（canon）一词最直接与宗教发生关联。杰勒米·霍桑

(Jeremy Hawthorn)①就坚持认为"经典"起源于基督教会内部关于希伯来圣经和新约全书书籍的本真性(authenticity)的争论。他写道:"在教会中认定具有神圣权威而接受的,就被称作经典,而那些没有权威或者权威可疑的,就被说成是伪经。"②从中也不难看出文学经典以及经典研究与宗教的关系。

其次,经典的生成缘由与情感传达以及审美需求密切相关。主张"摹仿说"的,其实也包含着情感传达的成分。"摹仿说"始于古希腊哲学家德谟克利特和亚里士多德等人。德谟克利特认为诗歌起源于人对自然界声音的摹仿,亚里士多德也曾提到:"一般说来,诗的起源仿佛有两个原因,都是出于人的天性。"③他接着解释说,这两个原因是摹仿的本能和对摹仿的作品总是产生快感。他甚至指出:比较严肃的人摹仿高尚的行动,所以写出的是颂神诗和赞美诗,而比较轻浮的人则摹仿下劣的人的行动,所以写的是讽刺诗。"情感说"认为诗歌起源于情感的表现和交流思想的需要。这种观点揭示了诗歌创作与情感表现之间的一些本质的联系,但并不能说明诗歌产生的源泉,而只是说明了诗歌创作的某些动机。世界文学的发展历程也证明,最早出现的文学作品是劳动歌谣。劳动歌谣是沿袭劳动号子的样式而出现的。所谓劳动号子,是指从事集体劳动的人们伴随着劳动动作节奏而发出的有节奏的呐喊。这种呐喊既有协调动作,也有情绪交流、消除疲劳、愉悦心情的作用。这样,劳动也就决定了诗歌的形式特征以及诗歌的功能意义,使诗歌与节奏、韵律等联系在一起。由于伴随着劳动号子的,还有工具的挥动和身姿的扭动,所以,原始诗歌一个重要特征便是诗歌、音乐、舞蹈这三者的合一(三位一体)。朱光潜先生就曾指出中西都认为诗的起源以人类天性为基础,认为诗歌、音乐、舞蹈原是三位一体的混合艺术,其共同命脉是节奏。"后来三种艺术分化,每种均仍保存节奏,但于节奏之外,音乐尽量向'和谐'方面发展,舞蹈尽量向姿态方面发展,诗歌尽量向文字方面发展,于是彼此距离遂日渐其远。"④这也从一个方面说明,文学的产生是情感交流和愉悦的需要。"单

---

① 为方便读者理解,本书中涉及的外国人名均采用其被国内读者熟知的中文名称,未全部使用其中文译名的全称。
② Jeremy Hawthorn, *A Glossary of Contemporary Literary Theory*, London: Arnold, 2000, p. 34. 此处转引自阎景娟:《文学经典论争在美国》,北京:社会科学文献出版社,2010年版,第27页。
③ 亚理斯多德、贺拉斯:《诗学·诗艺》,北京:人民文学出版社,1962年版,第11页。
④ 朱光潜:《诗论》,北京:生活·读书·新知三联书店,1984年版,第11页。

纯的审美本质主义很难解释经典包括文学经典的本质。"①

再者,经典的生成缘由与伦理教诲以及伦理需求有关。所谓文学经典,必定是受到广泛尊崇的具有典范意义的作品。这里的"典范",就已经具有价值判断的成分。实际上,经过时间的考验流传下来的经典艺术作品,并不仅仅依靠其文字魅力或者审美情趣而获得推崇,伦理价值在其中起着极其重要的作用。正是伦理选择,使得人们企盼从文学经典中获得答案和教益,从而使文学经典具有经久不衰的价值和魅力。文学作品中的伦理价值与审美价值并不相悖,但是,无论如何,审美阅读不是研读文学经典的唯一选择,正如西方评论家所言,在顺利阅读的过程中,我们允许各种其他兴趣从属于阅读的整体经验。② 在这一方面,哈罗德·布鲁姆关于审美创造性的观念过于偏颇,他过于强调审美创造性在西方文学经典生成中的作用,反对新历史主义等流派所作的道德哲学和意识形态批评。审美标准固然重要,然而,如果将文学经典的审美功能看成是唯一的功能,显然削弱了文学经典存在的理由;而且,文学的政治和道德价值也不是布鲁姆先生所认为的是"审美和认知标准的最大敌人"③,而是相辅相成的。聂珍钊在其专著《文学伦理学批评导论》中,既有关于文学经典伦理价值的理论阐述,也有文学伦理学批评在小说、戏剧、诗歌等文学类型中的实践运用。在审美价值和伦理价值的关系上,聂珍钊坚持认为:"文学经典的价值在于其伦理价值,其艺术审美只是其伦理价值的一种延伸,或是实现其伦理价值的形式和途径。因此,文学是否成为经典是由其伦理价值所决定的。"④

可见,没有伦理,也就没有审美;没有伦理选择,审美选择更是无从谈起。追寻斯芬克斯因子的理想平衡,发现文学经典的伦理价值,培养读者的伦理意识,从文学经典中得到教诲,无疑也是文学经典得以存在的一个重要方面。正是意识到文学经典的教诲功能,美国著名思想家布斯认为,一个教师在从事文学教学时,"如果从伦理上教授故事,那么他们比起最好的拉丁语、微积分或历史教师来说,对社会更为重要"⑤。文学经典的一个重要使命是对读者的伦理教诲功能,特别是对读者伦理意识的引导。

---

① 阎景娟:《文学经典论争在美国》,北京:社会科学文献出版社,2010年版,第1页。
② 克林斯·布鲁克斯:《精致的瓮》,郭乙瑶等译,上海:上海人民出版社,2008年版,第232页。
③ 哈罗德·布鲁姆:《西方正典:伟大作家和不朽作品》,江宁康译,南京:译林出版社,2005年版,第28页。
④ 聂珍钊:《文学伦理学批评导论》,北京:北京大学出版社,2014年版,第142页。
⑤ 韦恩·C.布斯:《修辞的复兴:韦恩·布斯精粹》,穆雷等译,南京:译林出版社,2009年版,第230页。

其实,在作者与读者的关系上,18世纪英国著名批评家塞缪尔·约翰逊就坚持认为,作者具有伦理责任:"创作的唯一终极目标就是能够让读者更好地享受生活,或者更好地忍受生活。"①20世纪的法国著名哲学家伊曼纽尔·勒维纳斯构建了一种"为他人"(to do something for the Other)的伦理哲学观,认为:"与'他者'的伦理关系可以在论述中建构,并且作为'反应和责任'来体验。"②当今加拿大学者珀茨瑟更是强调文学伦理学批评的实践,以及对读者的教诲作用,认为:"作为批评家,我们的聚焦既是分裂的,同时又有可能是平衡的。一方面,我们被邀以文学文本的形式来审视各式各样的、多层次的、缠在一起的伦理事件,坚守一些根深蒂固的观念;另一方面,考虑到文学文本对'个体读者'的影响,也应该为那些作为'我思故我在'的读者做些事情。"③可见,文学经典的使命之一是伦理责任和教诲功能。文学经典的生成与伦理选择以及伦理教诲的关联不仅可以从《俄狄浦斯王》等经典戏剧中深深地领悟,而且可以从古希腊的《伊索寓言》以及中世纪的《列那狐传奇》等动物史诗中具体地感知。文学经典的教诲功能在古代外国文学中,显得特别突出,甚至很多文学形式的产生,也都是源自于教诲功能。埃及早期的自传作品中,就有强烈的教诲意图。如《梅腾自传》《大臣乌尼传》《霍尔胡夫自传》等,大多陈述帝王大臣的高尚德行,或者炫耀如何为帝王效劳,并且灌输古埃及人心中的道德规范。"这种乐善好施美德的自我表白,充斥于当时的许多自传铭文之中,对后世的传记文学亦有一定的影响。"④相比自传作品,古埃及的教谕文学更是直接体现了文学所具有的伦理教诲功能。无论是古埃及最早的教谕文学《王子哈尔德夫之教谕》(*The Instruction of Prince Hardjedef*)还是古埃及迄今保存最完整的教谕文学作品《普塔荷太普教谕》(*The Instruction of Ptahhotep*),内容都涉及社会伦理内容的方方面面。

最后,经典的生成缘由与人类对自然的认知有关。文学经典在一定意义上是人类对自然认知的记录。尤其是古代的一些文学作品,甚至是

---

① Samuel Johnson, "Review of a Free Inquiry into the Nature and Origin of Evil", *The Oxford Authors: Samuel Johnson*, Donald Greene ed., London: Oxford University Press, 1990, p. 536.

② Emmanuel Levinas, *Ethics and Infinity*, trans. Richard A. Cohen, Pittsburgh: Duquesne University Press, 1985, p. 88.

③ Markus Poetzsch, "Towards an Ethical Literary Criticism: the Lessons of Levinas", *Antigonish Review*, Issue 158, Summer 2009, p. 134.

④ 令狐若明:《埃及学研究——辉煌的古埃及文明》,长春:吉林大学出版社,2008年版,第286页。

古代自然哲学的诠释。几乎每个民族都有自己的神话体系,而这些神话,有相当一部分是解释对自然的认知。无论是希腊罗马神话,还是东方神话,无不体现着人对自然力的理解,以及对人与自然关系的探索。在文艺复兴之前的古代社会,由于人类的自然科学知识贫乏以及思维方式的限定,人们只能被动地接受自然力的控制,继而产生对自然力的恐惧和听天由命的思想,甚至出于对自然力的恐惧而对其进行神化。如龙王爷的传说以及相关的各种祭祀活动等,正是出于对于自然力的恐惧和神化。而在语言中,人们甚至认定"天"与"上帝"是同一个概念,都充当着最高力量的角色,无论是中文的"上苍"还是英文的"heaven",都是人类将自然力神化的典型。

二、外国文学经典传播途径的演变

在漫长的岁月中,外国文学经典经历了多种传播途径,以象形文字、楔形文字、拼音文字等多种书写形式,历经了从纸草、泥板、竹木、陶器、青铜直到活字印刷,以及从平面媒体到跨媒体等多种传播媒介的变换和发展,每一种传播手段都伴随着科学技术的进步以及人类文明的发展进程。

文学经典的生成与传播,概括起来,经历了七个重要的传播阶段或传播形式,大致包括口头传播、表演传播、文字传播、印刷传播、组织传播、影像传播、网络传播等类型。

文学经典的最初生成与传播是口头的生成与传播,它以语言的产生为特征。外国古代文学经典中,有不少著作经历了漫长的口头传播的阶段,如古希腊的《伊利昂纪》(又译《伊利亚特》)等荷马史诗,或《伊索寓言》,都经历了漫长的口头传播,直到文字产生之后,才由一些文人整理记录下来,形成固定的文本。这一演变和发展过程,其实就是脑文本转化为物质文本的具体过程。"脑文本就是口头文学的文本,但只能以口耳相传的方式进行复制而不能遗传。因此,除了少量的脑文本后来借助物质文本被保存下来之外,大量的具有文学性质的脑文本都随其所有者的死亡而永远消失湮灭了。"① 可见,作为口头文学的脑文本,只有借助于声音或文字等形式转变为物质文本或当代的电子文本之后,才会获得固定的形态,才有可能得以保存和传播。

第二个发展阶段是表演传播,其中以剧场等空间传播为要。在外国

---

① 聂珍钊:《文学伦理学批评:口头文学与脑文本》,《外国文学研究》,2013年第6期,第8页。

古代文学经典的传播过程中,尤其是古希腊时期,剧场发挥了极其重要的作用。古希腊埃斯库罗斯、索福克勒斯、欧里庇得斯等悲剧作家的作品,当时都是靠剧场来进行传播的。当时的剧场大多是露天剧场,如雅典的狄奥尼索斯剧场,规模庞大,足以容纳30000名观众。

除了剧场对于戏剧作品的传播之外,为了传播一些诗歌作品,也采用吟咏和演唱传播的形式。古代希腊的很多抒情诗,就是伴着笛歌和琴歌,通过吟咏而得以传播的。在古代波斯,诗人的作品则是靠"传诗人"进行传播。传诗人便是通过吟咏和演唱的方式来传播诗歌作品的人。

第三个阶段是文字形式的生成与传播。这是继口头传播之后的又一个重要的发展阶段,也是文学经典得以生成的一个关键阶段。文字产生于奴隶社会初期,大约在公元前三四千年,中国、埃及、印度和两河流域,分别出现了早期的象形文字。英国历史学家巴勒克拉夫在《泰晤士报世界历史地图集》中指出:"公元前3000年文字发明,是文明发展中的根本性的重大事件。它使人们能够把行政文字和消息传递到遥远的地方,也就使中央政府能够把大量的人力组织起来,它还提供了记载知识并使之世代相传的手段。"[①]从巴勒克拉夫的这段话中可以看出,文字媒介对于人类文明的重要意义。因为文字媒介克服了声音语言转瞬即逝的弱点,能够把文学信息符号长久地、精确地保存下来,从此,文学成果的储存不再单纯依赖人脑的有限记忆,并且突破了文学经典的口头传播在空间和时间的限制,从而极大地改善和促进了文学经典的传播。

第四个阶段是活字印刷的批量传播。仅仅有了文字,而没有文字得以依附的载体,经典依然是不能传播的,而早期的文字载体,对于文学经典的传播所产生的作用又是十分有限的。文字形式只能记录在纸草、竹片等植物上,或是刻在泥板、石板等有限的物体上。只是随着活字印刷术的产生,文学经典才真正形成了得以广泛传播的条件。

第五个阶段是组织传播。科学技术的发展,尤其是印刷术的发明,使得"团体"的概念更为明晰。这一团体,既包括扩大的受众,也包括作家自身的团体。有了印刷方面的便利,文学社团、文学流派、文学刊物、文学出版机构等,便应运而生。文学经典在各个时期的传播,离不开特定的媒介。不同的传播媒介,体现了不同的时代精神和科技进步。我们所说的"媒介"一词,本身也具有多义性,在不同的情境、条件下,具有不同的意义

---

① 转引自文言主编:《文学传播学引论》,沈阳:辽宁人民出版社,2006年版,第55页。

属性。"文学传播媒介大致包含两种含义:一方面,它是文学信息符号的载体、渠道、中介物、工具和技术手段,例如'小说文本''戏剧脚本''史诗传说''文字网页'等;另一方面,它也可能指从事信息的采集、符号的加工制作和传播的社会组织……这两种内涵层面所指示的对象和领域不尽相同,但无论作为哪种含义层面上的'媒介',都是社会信息系统不可或缺的重要环节。"①

第六个阶段是影像传播。20世纪初,电影开始产生。文学经典以电影改编形式获得关注,成为影像改编的重要资源,经典从此又有了新的生命形态。20世纪中期,随着电视的产生和普及,文学经典的影像传播更是成为一个重要的传播途径。

最后,在20世纪后期经历的一个特别的传播形式是网络传播。网络传播以计算机通信网络为平台,利用图像扫描和文字识别等信息处理技术,将纸质文学经典电子化,以方便储存,同时也便于读者阅读、携带、交流和传播。外国文学经典是网络传播的重要资源,正是网络传播,使得很多本来仅限于学界研究的文学经典得以普及和推广,赢得更多的受众,也使得原来仅在少数图书馆储存的珍稀图书得以以电子版本的形式为更多的读者和研究者所使用。

从纸草、泥板到网络,文学经典的传播途径与人类的进步以及科学技术的发展是同步而行的,传播途径的变化不仅促进了文学经典的流传和普及,也在一定意义上折射出人类文明的历史进程。

三、外国文学经典的翻译及历史使命

外国文学经典得以代代流传,是与文学作品的翻译活动和翻译实践密不可分的。可以说,没有文学翻译,就没有外国文学经典在中国的传播。文学经典正是从不断的翻译过程中获得再生,得到流传。譬如,古代罗马文学就是从翻译开始的,正是有了对古希腊文学的翻译,古罗马文学才有了对古代希腊文学的承袭。同样,古希腊文学经典通过拉丁语的翻译,获得新的生命,以新的形式渗透在其他的文学经典中,并且得以流传下来。而古罗马文学,如果没有后来其他语种的不断翻译,也就必然随着拉丁语成为死的语言而失去自己的生命。

所以,翻译所承担的使命就是真正意义上的文化传承。要正确认识

---

① 文言主编:《文学传播学引论》,沈阳:辽宁人民出版社,2006年版,第52页。

文学翻译的历史使命,我们必须重新认知和感悟文学翻译的特定性质和基本定义。

在国外,英美学者关于翻译是艺术和科学的一些观点具有一定的代表性。美国学者托尔曼在其《翻译艺术》一书中认为,"翻译是一种艺术。翻译家应是艺术家,就像雕塑家、画家和设计师一样。翻译的艺术,贯穿于整个翻译过程之中,即理解和表达的过程之中"。①

英国学者纽马克将翻译定义为:"把一种语言中某一语言单位或片断,即文本或文本的一部分的意义用另一种语言表达出来的行为。"②

而苏联翻译理论家费达罗夫认为:"翻译是用一种语言把另一种语言在内容和形式不可分割的统一中业已表达出来的东西准确而完全地表达出来。"苏联著名翻译家巴尔胡达罗夫在他的著作《语言与翻译》中声称:"翻译是把一种语言的语言产物在保持内容也就是意义不变的情况下改变为另外一种语言的言语产物的过程。"③

在我国学界,一些工具书对"翻译"这一词语的解释往往是比较笼统的。《辞源》对翻译的解释是:"用一种语文表达他种语文的意思。"《中国大百科全书·语言文字卷》对翻译下的定义是:"把已说出或写出的话的意思用另一种语言表达出来的活动。"实际上,对翻译的定义在我国也由来已久。唐朝《义疏》中提到:"译即易,谓换易言语使相解也。"④这句话清楚表明:翻译就是把一种语言文字换易成另一种语言文字,以达到彼此沟通、相互了解的目的。

所有这些定义所陈述的是翻译的文字转换作用,或是一般意义上的信息的传达作用,或是"介绍"作用,即"媒婆"功能,而忽略了文化传承功能。实际上,翻译是源语文本获得再生的重要途径,纵观世界文学史的杰作,都是在翻译中获得再生的。从古埃及、古巴比伦、古希腊罗马等一系列文学经典来看,没有翻译就没有经典。如果说源语创作是文学文本的今生,那么今生的生命是极为短暂的,是受到限定的;正是翻译,使得文学文本获得今生之后的"来生"。文学经典在不断被翻译的过程中获得"新生"和强大的生命力。因此,文学翻译不只是一种语言文字符号的转换,而且是一种以另一种生命形态存在的文学创作,是本雅明所认为的原文

---

① 郭建中编著:《当代美国翻译理论》,武汉:湖北教育出版社,2000年版,第4页。
② P. Newmark, *About Translation*, Clevedon: Multilingual Matters Ltd., 1991, p. 27.
③ 转引自黄忠廉:《变译理论》,北京:中国对外翻译出版公司,2002年版,第21页。
④ 罗新璋编:《翻译论集》,北京:商务印书馆,1984年版,第1页。

作品的"再生"(afterlife on their originals)。

文学翻译既是一门艺术,也是一门科学。作为一门艺术,译者充当着作家的角色,因为他需要用同样的形式、同样的语言来表现原文的内容和信息。文学翻译不是逐字逐句的机械的语言转换,而是需要译者的才情,需要译者根据原作的内涵,通过自己的创造性劳动,用另一种语言再现出原作的精神和风采。翻译,说到底是翻译艺术生成的最终体现,是译者翻译思想、文学修养和审美追求的艺术结晶,是文学经典生命形态的最终促成。

因此,翻译家的使命无疑是极为重要、崇高的,译者不是一般意义上的"媒婆",而是生命创造者。实际上,翻译过程就是不断创造生命的过程。翻译是文学的一种生命运动,翻译作品是原著新的生命形态的体现。这样,译者不是"背叛者",而是文学生命的"传送者"。源自拉丁语的谚语说:Translator is a traitor.(译者是背叛者。)但是我们要说:Translator is a transmitter.(译者是传送者。)尤其是在谈到诗的不可译性时,美国诗人罗伯特·弗罗斯特断言:"诗是翻译中所丧失的东西。"然而,世界文学的许多实例表明:诗歌是值得翻译的,杰出的作品正是在翻译中获得新生,并且生存于永恒的转化和永恒的翻译状态,正如任何物体一样,当一首诗作只能存在于静止状态,没有运动的空间时,其生命在某种意义上来说也就停滞或者死亡了。

认识到翻译所承载的历史使命,那么,我们的研究视野也应相应发生转向,即由文学翻译研究朝翻译文学研究转向。

文学翻译研究朝翻译文学研究的这一转向,使得"外国文学"不再是"外国的文学",而是我国民族文化的一个有机的组成部分,并将外国文学从文学翻译研究的词语对应中解放出来,从而审视与系统反思外国文学经典生成与传播中的精神基因、生命体验与文化传承。中世纪波斯诗歌在19世纪英国的译介就是一个典型的例子。菲茨杰拉德的英译本《鲁拜集》之所以成为英国民族文学的经典,就是因为菲氏认识到了翻译文本与民族文学文本之间的辩证关系,认识到了一个译者的历史使命以及为实现这一使命所应该采取的翻译主张。所以,我们关注外国文学经典在中国的传播,目的是探究"外国的文学"怎样成为我国民族文学构成的重要组成部分以及对文化中国形象重塑方面所发挥的重要作用。因此,既要宏观地描述外国文学经典在原生地的生成和在中国传播的"路线图",又要研究和分析具体的文本个案;在分析文本个案时,既要分析某一特定的经典在其原生地被经典化的生成原因,更要分析它在传播过程中,在次生地的重生和再经典化的过程和原因,以及它所产生的变异和影响。

因此,外国文学经典研究,应结合中华民族的现代化进程、中华民族文化的振兴与发展,以及我国的外国文学研究的整体发展及其对我国民族文化的贡献这一视野来考察经典的译介与传播。我们应着眼于外国文学经典在原生地的生成和变异,汲取为我国的文学及文化事业所积累的经验,为祖国文化事业服务。我们还应着眼于外国文学经典在中国的译介和其他艺术形式的传播,树立我国文学经典译介和研究的学术思想的民族立场;通过文学经典的中国传播,以及面向世界的学术环境和行之有效的中外文化交流,重塑文化中国的宏大形象,将外国文学译介与传播看成是中华民族思想解放和发展历程的折射。

其实,"文学翻译"和"翻译文学"是两种不同的视角。文学翻译的着眼点是文本,即原文向译文的转换,强调的是准确性;文学翻译也是媒介学范畴上的概念,是世界各个民族、各个国家之间进行交流和沟通思想感情的重要途径、重要媒介。翻译文学的着眼点是读者对象和翻译结果,即所翻译的文本在译入国的意义和价值,强调的是接受与影响。与文学翻译相比较,不只是词语位置的调换,也是研究视角的变换。

翻译文学是文学翻译的目的和使命,也是衡量翻译得失的一个重要标准,它属于"世界文学—民族文学"这一范畴的概念。翻译文学的核心意义在于不再将"外国文学"看成"外国的文学",而是将其看成民族文学的一个组成部分,是民族文化建设的有机的整体,将所翻译的文学作品看成是我国民族文化事业的一个重要的组成部分。可以说,文学翻译的目的,就是建构翻译文学。

正是因为有了这一转向,我们应该重新审视文学翻译的定义以及相关翻译理论的合理性。我们尤其应注意翻译研究的文化转向,在翻译研究领域发现新的命题。

四、外国文学的影像文本与新媒介流传

外国文学经典无愧为人类的文化遗产和精神财富,20世纪,当影视传媒开始相继涌现,并且在人们的日常生活中占据重要位置的时候,外国文学经典也相应地成为影视改编以及其他新媒体传播的重要素材,对于新时代的文化建设以及人们的文化生活,依然起着极其重要的作用。

外国文学经典是影视动漫改编的重要渊源,为许许多多的改编者提供了灵感和创作的源泉。自从1900年文学经典《灰姑娘》被搬上银幕之后,影视创作就开始积极地从文学中汲取灵感。据美国学者林达·赛格统计,85%的奥斯卡最佳影片改编自文学作品。[①] 从根据古希腊荷马史诗改编的《特洛伊》等影片,到根据中世纪《神曲》改编的《但丁的地狱》等动画电影;从根据文艺复兴时期《哈姆雷特》而改编的《王子复仇记》《狮子王》,到根据18世纪《少年维特的烦恼》而改编的同名电影;从根据19世纪狄更斯作品改编的《雾都孤儿》《孤星血泪》,直到帕斯捷尔纳克的《日瓦戈医生》等20世纪经典的影视改编;从外国根据中国文学经典改编的《花木兰》,到中国根据外国文学经典改编的《钢铁是怎样炼成的》……文学经典不仅为影视动画的改编提供了丰富的素材,也通过这些新媒体使得文学经典得以传承,获得普及,从而获得新的生命。

考虑到作为文学作品的语言艺术与作为电影的视觉艺术有着各自不同的特点,在论及文学经典的影视传播时,我们不能以影片是否忠实于原著为评判成功与否的绝对标准,我们实际上也难以指望被改编的影视作品能够完全"忠实"于原著,全面展现文学经典所表现的内容。但是,将纸上的语言符号转换成银幕上的视觉符号,不是一般意义上的转换,而是从一种艺术形式到另一种艺术形式的"翻译"。既然是"媒介学"意义上的翻译,那么,忠实原著,尤其是忠实原著的思想内涵,是"译本"的一个不可忽略的重要目标,也是衡量"译本"得失的一个重要方面。

对于文学作品改编成电影应该持有什么样的原则,国内外的一些学者存在着不尽一致的观点。我们认为夏衍所持的基本原则具有一定的科学性。夏衍先生认为:"假如要改编的原著是经典著作,如托尔斯泰、高尔基、鲁迅这些巨匠大师们的著作,那么我想,改编者无论如何总得力求忠实于原著,即使是细节的增删改作,也不该越出以致损伤原作的主题思想和他们的独持风格,但,假如要改编的原作是神话、民间传说和所谓'稗官野史',那么我想,改编者在这方面就可以有更大的增删和改作的自由。"[②]可见,夏衍先生对文学改编所持的基本原则是应该按原作的性质而有所不同。而在处理文学文本与电影作品之间的关系时,夏衍的态度

---

① 转引自陈林侠:《从小说到电影——影视改编的综合研究》,北京:中国社会科学出版社,2011年版,第1页。
② 夏衍:《杂谈改编》,《中国电影理论文选》(上册),罗艺军主编,北京:文化艺术出版社,1992年版,第498页。

是:"文学文本在改编成电影时能保留多少原来的面貌,要视文学文本自身的审美价值和文学史价值而定。"①

文学作品和电影毕竟属于不同的艺术范畴,作为语言艺术形式的小说和作为视觉艺术形式的电影有着各自特定的表现技艺和艺术特性,如果一部影片不加任何取舍,完全模拟原小说所提供的情节,这样的"译文"充其量不过是"硬译"或"死译"。从一种文字形式向另一种文字形式的转换被认为是一种"再创作",那么,从艺术的一种表现形式朝另一种表现形式的转换无疑更是一种艺术的"再创作",但这种"再创作"无疑又受到"原文"的限制,理应将原作品所揭示的道德的、心理的和思想的内涵通过新的视觉表现手段来传达给电影观众。

总之,根据外国文学经典改编的许多影片,正是由于文学文本的魅力所在,也同样感染了许多观众,而且激发了观众阅读文学原著的热忱,在新的层面为经典的普及和文化的传承作出了应有的贡献,同时,也为其他时代的文学经典的影视改编和新媒体传播提供了借鉴。

在长达数千年的历史长河中,对后世产生影响的文学经典浩如烟海。《外国文学经典生成与传播研究》涉及面广,时间跨度大,在有限的篇幅中,难以面面俱到,逐一论述,我们只能选择最具代表性的经典作品或经典文学形态进行研究,所以有时难免挂一漏万。在撰写过程中,我们紧扣"生成"和"传播"两个关键词,力图从源语社会文化语境以及在跨媒介传播等方面再现文学经典的文化功能和艺术魅力。

---

① 颜纯钧主编:《文化的交响:中国电影比较研究》,北京:中国电影出版社,2000年版,第329页。

绪 论
从科学发现到自然崇拜

根据"外国文学经典生成与传播研究"这套丛书的整体安排，本卷主要研究17世纪至19世纪初外国文学经典的生成与传播。由于该时期外国文学的主要成就集中在欧洲，故本卷重点探究欧洲古典主义文学、巴洛克文学、启蒙主义文学、浪漫主义文学以及美国早期民族文学经典的生成与传播。就经典生成的文化语境来看，这一时期囊括了17世纪的科学发现到浪漫主义的自然崇拜这一历史时期。

在西方，"经典"一词来自希腊词Kanon，最初指用于度量的一根芦苇或棍子，后意义延伸用来表示尺度。基督教出现后，"经典"一词逐渐成为宗教术语，专指重要的经书典籍，特别是《圣经》新约、旧约及其有关的研究著作。"经典"一词进入文学艺术领域，是在欧洲大学诞生以及文艺批评成为"显学"之后，那些被大学纳入课程教材的作品，那些被批评家普遍关注的作品，以及与此相关的批评著作本身，被称之为"经典"。因此，就文学经典而言，"它是一种被认可的著作，包括那些公认的作家创作的原创性作品，以及那些最好地表现了文学传统的创作"[1]。本卷所涉及的文学经典，大抵符合上述标准。当然，由于篇幅所限，不免有挂一漏万之遗憾，只能留待日后再版时补遗了。

---

[1] Margaret Drabble, *The Oxford Companion to English Literature*, London: Oxford Universtity Press, 2000, p.167.

第一节　17—19世纪初欧洲文学经典生成的背景概览

一般说来，文学作为一种审美存在，产生于人类对情感交流和愉悦的需求，这就决定了文学总是以个人化的方式表达主体的情感状态；然而，人的社会属性决定了作为主体的个人的情感必定受到社会意识形态的影响甚至支配。因此，文学在表达个人情感状态的同时，必然要反映现实的社会生活，表达时代的精神，传递时代的声音。一部文学经典，之所以受到广泛的尊崇，具有范本的意义，除了独具魅力的文字表现力和审美情趣外，就在于其对时代、对生活的种种独特的发现和表达。反过来说，经典作为人类文化进程中的一个组成部分，必然深深扎根于时代的政治、经济、文化的现实土壤之中，接受时代各种思潮的浸淫。因此，我们研究一个时期文学经典的生成，必然要与这个时代的社会历史发展进程紧密结合起来，从解剖风靡于这个时代的文化思潮入手。

一、17世纪欧洲文学经典的生成背景

如果说，席卷全欧洲的资产阶级革命是人类历史长河中最伟大的变革之一，17世纪则是这场漫长而激烈的变革的真正开端。继文艺复兴之后，新兴的资产阶级开始崭露头角，在政治上寻求突破，革命于是露出了曙光。而顽固的封建势力的阴影依然遮天蔽日，历史站在重要的转折点上。1640年开始的英国资产阶级革命标志着中世纪的终结和近代历史的启幕。新兴的资产阶级打着"清教"的旗号，几经周折，最终建立了君主立宪制的国家制度。经过这场并不彻底的革命后，英国资本主义迅速发展，成为当时欧洲最先进的国家。与此同时，在欧洲大陆，一方面封建统治达到最高峰，另一方面资本主义势力也逐渐成长壮大。17世纪法国建立起中央集权的强大的君主专制国家，路易十四这个在位72年的"太阳王"，将自己视为上帝在尘世的代理人，公开宣布"朕即国家"，实际充当了封建势力和新兴资产阶级的调停人角色，一方面利用资产阶级打击封建割据势力，另一方面资产阶级依附在其羽翼之下悄悄发展资本主义。整个17世纪，法国经济日益繁荣，成为欧洲大陆的中心。

在思想文化领域，文艺复兴这场"需要巨人并且产生了巨人"的思想解放运动带来了人的觉醒，束缚人们思想自由发展的繁琐哲学和神学教

条开始瓦解。随着科学探索精神被激发,17世纪的欧洲也创造了一大批知识巨人:伽利略、牛顿、开普勒、笛卡尔等。他们在天文学、数学、物理学等领域的科学发现,影响了一个时代的精神——将宇宙视为一个组织完好的理性世界的精神。人们对物质世界规律探索的成果也极大地增强了人探索自身的思维与存在规律的热情。留下名言"我思故我在"的法国著名哲学家、物理学家、数学家笛卡尔(René Descartes,1596—1650)是17世纪思想文化领域最高成就的代表。他提出了"普遍怀疑"的主张,开拓了"唯理主义"哲学,融唯物主义与唯心主义于一体,在哲学史上产生了深远的影响。笛卡尔的思想也成为17世纪法国古典主义文学的哲学基础。

与社会历史的发展相一致,17世纪的欧洲,意大利和西班牙文学开始失去文艺复兴时期的独特地位,逐步走向衰落,英国和法国文学迅速勃兴,成为该时期欧洲文学主要的、进取的力量。而这一时期的文学思潮主要是巴洛克和古典主义,它们以不同的文学风格与趣味、不同的文学规则与手法拓展和发扬了文艺复兴时期的文学,为我们留下了一些不朽的文学经典,英国玄学派诗歌和莫里哀(Molière,原名Jean Baptiste Poquelin,1622—1673)的喜剧就是其中杰出的代表。此外,伴随着英国资产阶级革命,17世纪英国文学还出现了以表达清教主义思想为主题的作品。清教主义思想代表了17世纪英国资产阶级的人生观,反映了时代精神,其代表作是弥尔顿的《失乐园》。这部取材于《圣经》的宏大史诗,采用了抑扬格五音步无韵诗体,气势磅礴,流转自如,热情澎湃,以丰富的想象力描绘出生动的场面,赋予人物以鲜明的性格,这种史诗的形式为19世纪的新型史诗和诗体小说开辟了道路。

巴洛克(baroque)一词由葡萄牙语(barroco)一词演变而来,原义是形状不规则的珍珠,含有珍奇、奇妙之意,引申为奇形怪状、矫揉造作。巴洛克作为一种艺术风格的术语最早是指文艺复兴后期意大利建筑的特点,这种建筑打破匀称、合理的规则,给人以不稳定的感觉,产生一种运动、奢华的视觉幻象及激情、神秘的戏剧性效果。巴洛克风格于17世纪初进入绘画和文学领域。巴洛克文学惯以宗教为主题,表现一种悲观主义情绪,艺术上采取支离破碎的结构、雕饰夸张的辞藻、谜语似的隐喻,反映了一种紧张不安的精神状态,而这种精神状态恰是社会生活动荡的集中体现。巴洛克文学最早出现于意大利和西班牙,继而传到法、英、德等国。其中西班牙巴洛克文学比较兴盛,贵族神父贡戈拉(Góngora,1561—1627)创造出一种华丽而冷僻的诗歌语言,被称为夸饰主义,亦称贡戈拉主义。另一位西班牙作家卡尔德隆(Calderón,1600—1681)是西班牙最著名的巴洛克文学家,写过200多部戏剧,他的作品宣扬了基督教思想,艺术上充分体现了巴洛克文学的典型风格。总的说来,巴洛克文学发展了一种新的美学趣味和审美倾向,它不满足于固有的价值体系,它的出现适应了当时的社会愿望和需求,它的艺术手法对19世纪浪漫主义文学产生了较为深刻的影响,对欧美现代主义文学也有一定的影响。

一般认为,玄学派诗歌是巴洛克文学在英国的典型代表。所谓玄学派诗歌,是指17世纪英国诗坛一群诗人的创作。这些诗人大概有20位,他们并没有组织过任何形式的诗歌运动,彼此甚至并不认识,但他们都具有共同的诗学思想和创作观念,几乎都向诗人约翰·多恩"看齐"。他们始终对现实生活持漠视的姿态,在艺术上摒弃古典主义严谨与和谐的尺度与规范,喜用奇谲的比喻、冷僻的典故、双关的词汇,表现一种紧张不安的精神状态。玄学派诗歌在17世纪生成以后,在整个18和19世纪几乎默默无闻,直到20世纪初才得以复活。特别是在艾略特等人的大力推荐下逐渐为人们重视并奉为经典。艾略特甚至认为,英国诗歌于多恩之后便日趋衰落,认为多恩和玄学派诗人融智力与激情于一体,是现代诗歌的楷模。

虽然巴洛克文学风行一时,但是在整个17世纪,欧洲文学的主潮是古典主义。古典主义在文艺理论和创作实践上主张以古希腊、古罗马为典范,这是对文艺复兴时期向往古希腊、古罗马文明的热情的继承和弘扬。不过,与文艺复兴学者更关注古希腊、古罗马文化的人本主义精神不同,对17世纪的学者来说,古希腊、古罗马文化中那种对理性的强调,代表着人类最美好的理想。换言之,古典主义者认为,面对当时正在分崩离析的世界,古典文化井井有条的理性才是救世良方。

因此,注重理性成了古典主义的一个突出特征。古典主义的哲学基础是笛卡尔的唯理主义哲学。笛卡尔认为人的理性至高无上,人可以凭借理性而认识真理,因而他主张以理性来代替盲目的信仰,尤其要用理性来克制情欲。古典主义的立法者布瓦洛把理性视作创作与评论的最高标准,他的《诗艺》是古典主义文学理论的重要著作,他说:"首先必须爱理性,你的文章永远只凭理性才获得价值和光芒。"后世评论家通过分析和概括,总结出古典主义的理性特征,即注重正常情理,作家要正常地理解世界,并用明确的方式加以表现;作家的使命在于表现绝对的观念,不着重抒发个人的思想情绪,而是注重书写一般性的类型。古典主义描写的主要对象是人性,而非客观物质世界。古典主义并不要求写实,而是要求得体,也就是说作品中所描写的事物必须使大家赏心悦目,不至于引起反感。古典主义的另一个突出特征是模仿古代，师法古人，重视格律。他们把古代文艺看作是一种永恒的模范，把古希腊、古罗马的大家之作奉为圭臬，从古代的文学历史中选取创作素材，为自己理想的英雄人物披上古代的外衣。与此同时，他们还在研究古代文学的基础上制定出许多创作规则，其中最著名的是戏剧"三一律"。在体裁方面，他们要求各种体裁要有严格的界限和规定，例如喜剧与悲剧不能混同。在文风上，则要求简洁、明朗、精确，反对繁琐、含糊、晦涩。这种对形式的苛求一定程度上促进了文学的发展，但过分严格的形式苛求也阻碍了创作的自由。

古典主义最早出现在法国，之后影响逐渐遍及欧洲各国；古典主义文学成就最高的也在法国，产生了一批堪称文学经典的作品；古典主义统治文坛时间最长的也是法国，一直持续到19世纪。法国古典主义的主要作家有高乃依（Pierre Corneille，1606—1684）、拉辛（Jean Racine，1639—1699）等悲剧家，而真正代表古典主义最高成就，创作了既代表那个时代，又流芳百世的文学经典的，是喜剧家莫里哀。莫里哀的创作既熟稔地运用古典主义的法则，又不拘泥于其清规戒律，他积极吸取古希腊、古罗马喜剧及法国民间闹剧、意大利即兴喜剧的传统，对喜剧的主题和形式都做了创新。代表作《伪君子》不仅是古典主义喜剧的扛鼎之作，同时也是世界戏剧舞台上久演不衰的经典。这部喜剧创作过程艰辛曲折，历经至少五年的斗争，被迫数次进行较大篇幅的修改，此种特殊遭遇客观上成就了其经典地位。

二、18世纪欧洲文学经典的生成背景

18世纪的欧洲处于社会转型的关键时期，各种新旧力量的撞击较上一个百年更为剧烈，推翻封建制度、建立和发展资本主义的政治革命摆到欧洲各主要国家的历史日程之上。地处欧洲大陆的法兰西于18世纪后期率先举起彻底的资产阶级革命的大旗，对全欧洲的历史进程产生了深远的影响。顺应这一时代要求，在文化领域，全欧范围出现了被称为"启蒙运动"的思想文化革新运动。

促使启蒙运动诞生的文化内驱力还在于科学和生产力取得突破性发展。数学、物理、化学等自然科学已形成了独立的学科，科学运用于生产实践，英国开始了工业革命，法国稍后也开始使用机器生产，人的价值进一步被发现，人们在用新的视角重新审视世界的同时，也进一步重新审视了自身，摆脱宗教束缚的情绪空前高涨。所有这些，都对欧洲启蒙运动的发生和发展产生了直接影响。"理性崇拜"代替宗教迷信是启蒙运动的思想核心,也是启蒙运动的思想基础。启蒙学者认为,社会的黑暗腐败是"理性"被封建专制和教会偏见所扼杀,人们的头脑变得混乱和愚昧所造成的。因此,要改造社会,首先必须用"理性"和科学知识去照亮人们的头脑,开启人们的思维,"启蒙运动"即由此得名。启蒙学者把"理性"作为评判一切的真理标准,他们宣传唯物论或自然神论,从理性上深刻批判封建蒙昧和宗教神学,号召人们用理性去争取自由、平等的"天赋人权"。

在文学领域,18世纪虽然古典主义余威尚存,但由于其宫廷贵族倾向和泥古不化的清规戒律已不符合时代的精神,故再也不可能产生出伟大的作品。在18世纪独领风骚的是启蒙文学。启蒙运动的参加者本身大多是文学家,他们积极参与政治、经济、思想和文化事务等公共领域的热情空前高涨,他们把文学视为上述公共领域的一个重要组成部分。文学家笔下的叙事都是对经验的表达、对时事的评述、对未来的构想、对信仰的探讨,以及对读者的劝诫,作者毫不掩饰自己的说教意图。就具体作家而言,他们创作一个虚构故事的目的也许是多种多样、五花八门的,有的为钱,有的为名,有的自娱,但他们之中没有一个会忽略正在身边发生的、和每个人都有切身关系的各种论争和探讨,也没有哪个会小看或否定文学教育公众的作用。相反,他们始终把教导公众视作时代赋予他们的神圣使命。而与社会生活的这种密切结合正是启蒙文学的一个显著特征。

启蒙文学的又一个显著特征是其作品的主人公较之以往的文学发生了根本的变化。启蒙文学把资产阶级和其他平民当做主人公甚至英雄人物进行描写,成功塑造了鲁滨孙等一系列不朽的艺术典型,许多人物既闪耀着富有时代特色的理性光芒,也呈现出人的内部理与情、灵与肉、生与死等各种心理因素的多重矛盾,揭示出更为丰富复杂的人物内涵。

启蒙文学另一个显著的特征是在文体形式方面的大胆创新。启蒙作家大胆打破了欧洲文学自古以来诗体文学独尊的局面,开创了文学史上的散文时代,使文体形式多样化。书信体、游记体、自传体、对话体等,不受传统束缚,艺术手法上也丰富多彩。

18世纪的英国文学非常繁荣。英国的启蒙文学以现实主义小说成就最高。18世纪英国小说最早并典型地代表了现代小说的重要特征——对"个人"的关注。文学是人学,任何时代的文学都与人相关。然而有关"个人"的观念却并非自古即有的文学主题,而是变化的历史境遇中出现的新思想。16—17世纪以来,英国工商业和海外殖民快速发展,城市扩张,传统农业破产,这一系列变化使旧有的阶级、家族和行业关系等纷纷动摇甚至被替代,人们不再生来从属于某个固定的社会群体或担当稳定的社会角色。相反,人似乎是孤独漂浮的个体,有可能或者不得不不断地为自己定位,不断地探求或塑造自己的社会角色和人生目标,于是现代主体意识开始觉醒。18世纪英国现实主义小说正是这种现代自我意识亮相的舞台,所以又被称为"私人历史小说"。丹尼尔·笛福(Daniel Defoe,1660—1731)是18世纪现实主义小说的开创者和杰出代表。他的启蒙思想较为温和,但他的小说创作却是一次真正的文学革命,为英国现实主义小说的发展开辟了道路。堪称欧洲近代小说鼻祖的《鲁滨孙漂流记》通过青年商人鲁滨孙海上冒险和滞留并开辟海岛的故事,塑造了一个著名的"自我塑造"的艺术典型,同时也体现了资产阶级向上发展时期的奋发进取和创业精神。小说虽然充满传奇,但运用写实手法对一系列细节的描写真实具体,虽无中生有,却妙趣横生。

18世纪法国是启蒙运动的主战场,也是启蒙文学最为兴盛的国家,而哲理小说则是法国启蒙文学最具代表性的形式。孟德斯鸠(Charles de Secondat, Baron de Montesquieu, 1689—1755)和伏尔泰(Voltaire, 原名François-Marie Arouet, 1694—1778)是法国启蒙文学早期的代表作家,前者的书信体小说《波斯人信札》是法国第一部著名的启蒙哲理小说,为法国启蒙文学开辟了道路。伏尔泰是法国启蒙运动中最具领袖威望的作家。他一生著作等身,其中有悲剧、史诗等长篇巨制。作者虽然在这些作品上花费了很大心血,但由于没有突破古典主义的窠臼,成就不大。反倒是他50岁之后比较随性创作的一系列中短篇小说不仅在当时引起极大反响,而且为后人广泛称道,其中以《老实人》最为脍炙人口。法国启蒙文学在18世纪中叶发展到繁荣的顶峰。与伏尔泰和孟德斯鸠不同,狄德罗(Denis Diderot, 1713—1784)是一位真正出生在18世纪的启蒙思想家,也是一位真正出生在平民阶层的启蒙思想家。下层社会的生活使狄德罗广泛接触了民间疾苦,同时小资产阶级的家庭背景又使他不至于如卢梭(Jean-Jacques Rousseau, 1712—1778)般激进叛逆。狄德罗不仅以《百科全书》运动最终实质上领导了整个法国的启蒙思潮,同时也是那个时代中篇小说、长篇小说及音乐戏剧的领导者之一。狄德罗的代表作是《拉摩的侄儿》,这部作品选择了边缘叙事的策略,以一个社会下层最卑贱的流浪汉来表达他的思想。作者对当时法国社会众生的刻画和辛辣的评论不仅反映了封建制度下人与人的真实关系,而且揭示了正在成长中的资产阶级社会的心理特征。卢梭是启蒙时代的异类。不同于早年启蒙运动的脱离大众,出身于贫民阶层的他始终无法改变内心对于社会底层强烈的自我认同,这种认同终于推动他走向了启蒙运动的对立面。也不同于启蒙阵营对于科学和理性的推崇,卢梭把情感作为人最真诚、最坚实的一部分,热烈赞颂自然质朴的生活。因此他的名作《新爱洛伊斯》与其说是启蒙文学的经典,倒不如说是他与启蒙阵营决裂的标志,预示了新的浪漫主义文学时代的到来。

德国启蒙文学起步较晚,这与德国社会政治发展相对滞后和新兴资产阶级力量较弱的情况一致。德国启蒙文学的繁荣始于18世纪70—80年代的"狂飙突进"运动(Sturm und Drang)。"狂飙"作家多是市民阶级出身的青年,歌德(Johann Wolfgang von Goethe, 1749—1832)和席勒(Johann Christoph Friedrich von Schiller, 1759—1805)是其中的中坚。这个运动不仅担负起反对封建枷锁、鼓吹个性、崇拜天才的政治使命和思想启蒙的社会重任,同时也承担了创造民族文学风格的使命。随之而来的是德国的"古典文学时期"——歌德在魏玛公国携手席勒一边潜心研究古典艺术,一边进行文学创作,用10年时间把德国文学推向前所未有的高峰。"古典文学时期"是冷静下来的启蒙主义时期,其特征是用古希腊式的"高贵的单纯"和"静穆的伟大"的风格表达理性和人道主义精神理想。歌德的鸿篇巨制《浮士德》(*Faust*)虽然直到19世纪30年代初才最终完整出版,但是作品的构思和最初的文字是在这个时期完成的,其精神实质也是18世纪启蒙运动精神传统的集中概括。

三、19世纪初期欧美文学经典的生成背景

19世纪是人类历史上从未有过的翻天覆地的一个世纪。这个时期最显著的是自然科学领域的进步、西欧和北美因工业革命促成的技术与经济的飞速发展,以及由此而引发的社会政治、文化的巨大变革。与此同时,具有先发优势的工业国透过强大的生产力与军事优势侵占亚洲、非洲和拉丁美洲的大多数地区,并以倾销的方式破坏了许多文明国度既有的社会和经济体系,使这些国家和民族沦为殖民地或半殖民地。而由于民族主义的兴起,欧洲多数民族则开始建立属于自己的现代国家,并开始建立和发展本国的历史和文化。随着社会生产关系的不断变革、社会冲突的不停发生,各种社会思潮不断涌现,自由主义、民主主义、空想社会主义等,不一而足。

社会经济政治的根本变革和人类精神生活的丰富复杂使得19世纪文学经典生成的格局发生显著的变化。一是经典生成的国家拓展了,曾经的文学大国如英国、法国风采依旧,而一些后起的文坛新秀,如俄罗斯、美国等开始崭露头角;二是某个文学思潮或流派统治一个时代的现象,一去不再复返。如果说19世纪初叶还是浪漫主义一统天下,从19世纪中期起,各种文学潮流纷纷涌现,现实主义、唯美主义、象征主义同时并存,竞相争艳,使得欧美文坛呈现出五彩缤纷的景象。三是文学形式和表现手法的变革和创新比以前任何时代都明显。19世纪是一个探索和革新的时代,文学家们在继承传统的同时,对文学表现情感和再现生活的方式、形式做了规模空前的创新和实验,力图找出最能表现时代精神和个性灵魂的形式和手法。正是上述变化导致19世纪出现文学经典纷呈的壮观景象。

浪漫主义是19世纪文坛第一场波澜壮阔、规模空前的运动,其影响席卷了几乎所有的欧美国家。在19世纪上半叶不到50年的时间内,涌现出一大批文学家,其中至少有十几位可以进入世界文学史上一流作家的行列,这些文学家在许多具体主张上、在题材和表现形式上各有不同,有时甚至彼此对立,然而在主要倾向和探索精神上却惊人的一致。他们的持续努力把文学创作推上前所未有的高峰。他们所创作的作品有的在当时就被奉为典范,有的在传播过程中逐渐为后人接受,成为经典。

浪漫主义的产生有其特殊的历史背景。在政治上,18世纪末的法国大革命以及随之而来的欧洲各国的民族解放运动和民主革命运动一方面唤起了人们高涨的政治激情,另一方面也使人们对启蒙主义的理性王国产生幻灭和失望之感。而工业革命的深入则不仅激化了西方主要国家国内的阶级矛盾,而且使人们对资本主义都市文明产生普遍的厌恶情绪。在哲学思想上,卢梭"返归自然"的学说和表现自我的主张大大地冲击了理性主义,为浪漫主义起了开路先锋的作用;以康德(Immanuel Kant,1724—1804)、黑格尔(Georg Wilhelm Friedrich Hegel,1770—1831)为代表的德国古典哲学家强调天才、灵感和主观自由,以哲学的思辨唤醒了诗人的主观倾向和幻想活动,从而为浪漫主义奠定了理论基础;而空想社会主义思想则不仅使文学家以批判的态度正视现实,更使他们把希望的目光投向未来。

浪漫主义文学强调主体意识,以诗歌为基本形式,以内心世界为基本题材,作家的自传性因素在作品中的比重大大加强,文学的主体性得到了前所未有的发展,文学从外部世界的镜子变成了内心世界的窗口。浪漫主义也强调想象。他们抛弃对客观现实的单纯摹写,让想象超越现实,创造出一个超验的、神秘的世界。它还常常采用放大、移位和夸张等手法,力图打破古典主义平稳、匀称、静穆的美学规范,而追求动荡和神秘的美。浪漫主义者表现出对大自然的亲近。由于厌恶资本主义的都市文明,有感于农村的破产和宗法制的没落,作家们便到大自然中去寻找善与美,寻找生活与美学理想。与此相联系的是浪漫主义者对民歌、童话和中古其他民间文学样式的偏爱,这给相当一部分浪漫主义作品带来了基督教和神秘主义的色彩,但同时也带来了未受理性主义扭曲的灵气和天真。

浪漫主义发轫于德、英等国。德国浪漫主义滥觞于18世纪七八十年代的"狂飙突进"运动,这场运动的参与者痛感德国的分裂与落后状态,他们以振兴民族文学、唤醒民族意识、重构日耳曼精神为己任,认为只有民族文学才能真正体现德意志民族精神,法国启蒙思想家卢梭"返归自然"的思想又给予他们进一步启示。这些"狂飙突进"者于是纷纷把关注的目光投向蕴藏丰厚的德国民歌民谣、民族史诗、民间传说与童话,从中去寻找创作的素材。德国浪漫主义在整理研究德国民间文学中取得的卓越成就,有力推动了德意志民族文学的发展,提升了德国文学在世界文学中的地位。以阿尔尼姆(Achim von Arnim,1781—1831)和布伦塔诺(Clemens Brentano,1778—1842)为领军人物的德国后期浪漫派,即海德堡派,在秉承传统、复兴民间文学方面卓有建树,共同编著出版了德国民间抒情诗歌集《男童的神奇号角》(Des Knaben Wunderhorn)。格林兄弟享誉世界的《儿童与家庭童话集》就诞生在这样的时代氛围和社会环境之中。《格林童话》名列世界三大经典童话之一,长久以来被视为家庭必备书,被译成160多种语言在世界流传,成为印数超越《圣经》的德语书籍。它的广泛传播和深远影响,被誉为"人类社会的一个奇特现象、世界文化史的一个奇观"[①],可谓当之无愧的世界文学经典。

英国浪漫主义的起点是"湖畔派",其代表人物华兹华斯(William Wordsworth,1770—1850)和柯勒律治(Samuel Taylor Coleridge,1772—1834)以一部题为《抒情歌谣集》的小诗集掀起了英国浪漫主义诗歌运动的第一个高潮。华兹华斯是"湖畔派"的主将。他于1800年为《抒情歌谣集》再版所写的长序被认为是英国浪漫主义诗歌的理论宣言。在序中,他提出"所有的好诗都是强烈情感的自然漫溢",主张诗人"应选用人们所熟

---

① 陆霞:《说不完的格林童话——杨武能教授访谈录》,《德国研究》,2008年第2期。

悉的语言来抒写普通生活里的事件和情景",而反对古典主义矫揉造作的诗歌辞藻和优雅含蓄的风格。在创作上,他寄情山水,在大自然里寻找慰藉,以清新、淳朴和口语化的自然诗篇开创一代新风。柯勒律治是一个才华横溢的诗人,比华兹华斯更富有激情和活力,可说是典型的浪漫主义诗人。他把想象力当作文学的主导功能和灵魂,主张依靠想象给世界注入活力。19世纪第二个10年,英国浪漫主义的第一次高潮随着华兹华斯和柯勒律治诗才光芒的相继熄灭而结束。与此同时,新一代诗人成长起来,他们以更富有挑战性的姿态掀起了浪漫主义诗歌的第二次浪潮。这一浪潮的主将是拜伦(George Gordon Byron,1788—1824)和雪莱(Percy Bysse Shelley,1792—1822)。他们都继承了启蒙主义理想,积极参与民主运动和欧洲民族解放运动,并与"湖畔派"的消极遁世展开论争。但拜伦是以叛逆者和偶像破坏者的姿态出现在文坛。他在向现实进行无情抨击的同时,又蔑视群众,所以其笔下的英雄都是孤傲而厌世的个人反抗者。而雪莱毕生以追求至善至美为宗旨,始终以一个"天才预言家"的身份关注着对人类光明美好的未来的向往。英国浪漫主义第二次浪潮中的另一位重要诗人是济慈。他也有鲜明的民主主义思想,但同时他又在诗中追求超功利的纯美,从而启迪了以后的维多利亚诗人和唯美主义思潮。

相较于英、德两国,法国的浪漫主义产生较晚。一般认为,拉马丁(Alphonse de Lamartine,1790—1869)是法国最早的浪漫主义诗人,他的《诗的沉思》标志着法国浪漫主义诗歌的真正开始。维克多·雨果(Victor Hugo,1802—1885)是法国浪漫主义运动的旗手,也是法国文坛最具影响力的作家之一。他一生共创作了26卷诗歌、20部小说、12卷剧本、21卷理论著作,其作品之多、创作生涯之长,在法国文坛鲜有媲美者。《巴黎圣母院》是雨果众多作品中最为人熟知的作品之一。甚至有评论者认为:"最具有雨果风格的小说是《巴黎圣母院》。"[1]雨果一生经历了法国文学从浪漫主义到现实主义、象征主义、自然主义此消彼长的演变,但他那雄浑悲壮的艺术风格和以"对照法则"为核心的美学主张使他始终被公认为法国浪漫主义文学的泰斗。

19世纪是俄国文学的成熟期,也是诗歌的"黄金时代"。这一时代是以浪漫主义为起点的。以茹可夫斯基(Николай Егорович Жуковский,1783—1852)为代表的早期浪漫主义诗人,对刚发生过的法国大革命和普

---

[1] 程曾厚:《程曾厚讲雨果》,北京:北京大学出版社,2008年版,第150页。

加乔夫起义记忆犹新,因而逃避现实,沉溺于自我和内心世界的感受,寄情于大自然神秘而奇异的风光,风格哀怨凄婉。1812年反抗拿破仑的卫国战争促进了民族意识和民主意识的觉醒,从此,俄国浪漫主义诗歌出现了新的旋律,以昂扬的公民激情开始了为民族解放运动鼓劲欢呼的历程,并以鲜明的民族特色和民族语言结束了亦步亦趋模仿西欧诗歌的时代,进入了真正意义上的俄国民族诗歌的新时代。作为俄国浪漫主义文学杰出代表的普希金(Александр Сергеевич Пушкин,1799—1837),在其抒情诗和叙事诗的创作中,广泛吸取民间文学的精华,使诗歌在抒发个人情感的同时,又深刻反映民族的生活和时代的精神,不仅为俄罗斯文学语言和民族文学样式的最终形成做出了贡献,而且使俄罗斯文学第一次真正列于世界文学之林。

美国文学的历史不长,究竟起于何时,很难做出确切判断。一般认为,自独立战争起,美国文学也就正式诞生了。但国家的独立是否等同于文学的独立,这是一个值得研究的问题。我们知道,美国是欧洲扩展阶段中的一个延伸部分,它大体上是按照欧洲特别是英国的先例建造的。就文化而言,美国是欧洲不折不扣的"殖民地"。正因为是"殖民地",就有一种既与欧洲文化不可分割,又要和欧洲文化分家,而且要优于欧洲文化的欲望。贯穿19世纪美国文化史的正是双重意识。尤其是美国没有自己独立的语言,使得文化的独立更为困难。对于刚刚政治上独立的美国来说,迫切需要寻找一种适当的方式来表达他们自己独特的经验和情感,这是19世纪美国文学一直面临的严肃的课题。如果不了解这一点,我们就不能充分了解19世纪美国文学。

19世纪美国文学是以浪漫主义为开端的。这一方面固然是受欧洲浪漫主义思潮的影响,另一方面也因为19世纪上半叶的美国正处于上升期,人们对独立之后的美利坚的前程充满激情和遐想,而浪漫主义最适宜于表现这种思想和情感的状态。这样,美国文学也就自然而然汇入了19世纪浪漫主义的总潮流。到了19世纪30年代中期,随着以爱默生为首的超验主义运动的诞生,美国文化人仿佛终于找回了自己的灵魂,美国的文学艺术一下子迈入勃发状态,进入被美国学界称为"美国文艺复兴"的时期,产生了梭罗(Henry David Thoreau,1817—1862)、霍桑(Nathaniel Hawthorne,1804—1864)、惠特曼(Walt Whitman,1819—1892)等一批对日后的美国文学与文化产生重大影响的作家,他们的作品如《瓦尔登湖》《红字》《草叶集》等也成为美国民族文学的核心经典。

第二节　17—19世纪初欧美文学在中国的传播

跨文化传播是一种伴随人类成长的历史文化现象,也是现代人的一种生活方式。实际上,人类发展的历史就是文化传播的历史。而在跨文化传播中,经典的译介又是文化传播的一个重要的媒介,它是跨文化交流的起点,可以说是文化交流、文化影响的首要条件和必经步骤。

19世纪后半叶的中国由于内忧外患而处于生死存亡的转折时期,晚清知识分子为了救亡图存,开始对西方的文化产生兴趣,企图利用西方先进文明拯救风雨飘摇的国家。谭嗣同、梁启超、黄遵宪等人为先导,拉开了国民启蒙的序幕。而文学,特别是文学经典的译介则成为"开民智""立新民"的重要手段。中国近代翻译文学即兴盛于晚清。基于阿英的《晚清小说目录》,有学者考证出晚清共有479部创作,而译作则达628部之多。另据陈平原统计,1891—1911年的20年间至少有615种小说译至中国。①

在20世纪的中国社会和中国文学的现代性转换与历史嬗变过程中,西方文学的影响至关重要。20世纪中国现代作家在建构新的民族文学的殿堂时,不断采撷西方文学的精华来丰富自己的世界。正如新文学的先驱胡适所说:"文学的最终目的自然要创造,但创造不是天上掉下石里迸出的,必然有个来源。我们既要参加世界的文学里,就该把世界已造成的作品,做培养我们创造的源泉。"②其中,欧美17世纪至19世纪初的文学对20世纪中国文学的影响也是全方位的。灿若星辰的文学经典在中国新文学的天空中留下了耀眼的光辉:古典主义时期的莫里哀、清教徒革命诗人弥尔顿（John Milton,1608—1674）;18世纪启蒙文学代表伏尔泰、卢梭,英国现实主义小说的先驱笛福;19世纪浪漫主义诗人拜伦、雪莱、雨果、普希金以及惠特曼等等,都是影响中国文学进程的耳熟能详的文学巨匠,他们所创作的经典作品不仅在某种程度上影响并改变了中国文学的基本精神和特征,甚至成为中国文学的组成部分。

总的说来,欧美17世纪至19世纪初的文学经典在20世纪中国的译

---

① 陈平原:《二十世纪中国小说史》(第一卷),北京:北京大学出版社,1989年版,第28—29页。
② 胡适:《论翻译——与曾孟朴先生书》,《胡适全集》(第三卷),合肥:安徽教育出版社,2003年版,第814页。

介主要集中在两个时期:一是"五四"时期至 30 年代,与此相对应,这是中国新文学的发生期和成长期;二是 80 年代初至世纪之交,而这个时期正是中国现代文学的复兴期。

"五四"前后的译介热潮是现代思想启蒙与现代文学启蒙的双向选择。人们对西方近代文学经典的译介传播表现出鲜明的时代性价值取向。法国启蒙主义自然是当时进步学者关注的焦点。辛亥革命前后,法国启蒙主义代表人物的著作陆续被译介传播,其中以卢梭的著作译介最为系统。卢梭的著作《民约论》(今译《社会契约论》)、《爱弥儿》《忏悔录》和《论科学与艺术》先后翻译出版。其民主自由的思想对文人产生极大的精神触动,出现了大量关于卢梭的专论,从而对那个时期的社会政治变革发挥了重要作用,甚至有人将其作为拯救中国的"医国之国手"[①]。令人遗憾的是,由于社会政治变革的时代背景,使那个时期对卢梭著作的译介和研究主要集中于政治思想方面,而忽视了他的文学作品以及其中所表达的关于自然、情感的丰富思想。直到 1930 年 8 月,上海黎明书局才出版了伍蠡甫翻译的《新哀绿绮思》。而另一位启蒙主义文学家伏尔泰的小说也是 20 年代中期以后才陆续翻译出版的。

与此对照,西方浪漫主义诗歌却因其热烈、激越、摧枯拉朽的文学品质与"五四"时期的时代精神最为契合,因此在"五四"前后得到了最广泛的译介传播。

欧洲浪漫主义诗歌传入中国,得益于鲁迅的《摩罗诗力说》。这篇诗论作于 1907 年,是鲁迅浪漫主义诗学与文学创作的出发点。作者借用英国"湖畔派"诗人骚塞用来攻击拜伦、雪莱等诗人的恶意称谓,把一群富有革命精神的欧洲浪漫主义诗人囊括其中,包括拜伦、雪莱、普希金、莱蒙托夫、密茨凯维奇(Adam Mickiewicz,1798—1855)、裴多菲(Petőfi Sándor,1823—1849)等。鲁迅希望通过介绍这些诗人,唤醒国人,召唤出一代"发为雄声"的中国摩罗诗人。

在鲁迅等人的感召下,"五四"前后文学界对浪漫主义诗人、诗作的介绍蓬勃兴起,其中以译介英国浪漫主义"恶魔派"诗人拜伦和雪莱最为集中。1903 年 1 月,《新小说》第 3 号的《新中国未来记》中,梁启超援引了《唐璜》中一首可以独立成章的"诗中诗"《哀希腊》的第一节和第三节,并用曲牌填译了该诗,这是我国对拜伦诗歌的最早翻译。对雪莱的译介可

---

① 梁启超:《饮冰室合集·专集》(第二册),上海:中华书局,1936 年版,第 25 页。

与拜伦比肩。"五四"时期,率先译介雪莱的是郭沫若。1920年3月,郭沫若以五言古体诗翻译了雪莱名诗《致云雀》。1922年,雪莱逝世一百周年,掀起了大型纪念活动,《小说月报》《文学周报》《晨报副刊》等报纸杂志纷纷发表关于雪莱的论述及译作。

中国的新文学运动在"五四"之后呈蓬勃之势,与此一致,欧美近代文学经典的译介传播也日益繁荣。后者在推动"白话文运动"和文学新文体的建设方面发挥了重要作用。1917年,胡适发表于《新青年》的《文学改良刍议》力主"八事",陈独秀与之呼应,在《文学革命论》中倡导革新文学的"三大主义",这些理论宣言无疑为新文学树立了一面旗帜,但如何打破传统诗学与美学的厚墙从而开辟一条新路仍是一件难事,而翻译却为此提供了一件利器。卞之琳先生在1987年专门就诗歌翻译对中国新诗创作的影响做过细致分析,他通过对胡适翻译实践的研究,鲜明地指出西方诗歌的翻译可谓促成了我国白话新诗的产生,且后来对新诗的发展过程及重大转折同样产生了重要影响,亦如有的学者所说:"没有译诗,中国新诗的现代性就会因为失去影响源而难以发生。"①可以说,"五四"时期积极参与到新文学运动中的作家们都或多或少地从事过文学翻译,翻译工作已成为文学革命事业血肉一体的组成部分。

在中国新诗建设过程中,美国浪漫主义诗人惠特曼"功不可没"。1919年,田汉在《少年中国》创刊号上发表《平民诗人惠特曼的百年祭》。这是中国第一篇介绍惠特曼及其诗歌的文章,在这篇长达万字的文章中,田汉明确阐述了中国新诗运动与惠特曼诗歌的关系:"中国现今'新生'时代的诗形,正是合于世界的潮流、文学进化的气运。……这种自由诗的新运动之源,就不能不归到惠特曼。"②与此同时欧美浪漫主义诗歌的翻译也发挥了重要的推动作用。浪漫主义诗歌传入中国,正值"白话文运动"兴起前后,早期浪漫主义诗歌翻译用的是文言文,其代表就是苏曼殊。苏曼殊是清末民初译介外国诗歌的先锋人物之一,与林纾、严复一起,被誉为"清末三大翻译专家"。苏曼殊的译诗给国人带来了极大的震动,打开了视野,然而在"白话文运动"兴起的时代氛围下,文言译诗限制了读者的接受面。于是人们主张打破旧体诗,完全用白话文来翻译外国诗歌。很长一段时间,翻译诗歌变得极为自由,不用韵,不用平仄,出现了"非诗化"

---

① 蒙兴灿:《胡适诗歌翻译的现代性探源——以〈关不住了〉为例》,《外语学刊》,2011年第3期,第133页。
② 同上书,第310页。

现象。面对这种译诗散文化的情形,徐志摩、傅东华、朱湘等人提出可用白话译诗,但不能完全不讲形式,并且大胆实践,探索用"白话文新格律诗"来翻译浪漫主义诗歌。从这个角度来说,中国现代诗歌形式的确立与外国诗歌的翻译有着千丝万缕的联系,对此朱湘曾做过分析:"我国如今尤其需要译诗。……倘如我们能将西方的真诗介绍过来,使新诗人在感兴上、节奏上得到新颖的刺激与暗示,并且可以拿来同祖国古代诗学昌明时代的佳作参照研究,因之悟出我国旧诗中哪一部分是芜蔓的,可以铲除避去,哪一部分是菁华的,可以培植光大,西方的诗中又有些什么为我国的诗所不曾走过的路,值得新诗的开辟?"[1]

欧洲近代文学经典的译介传播对中国戏剧改良和现代话剧的形成也具有重要意义。中国的话剧从诞生之初即与欧洲近代戏剧有着紧密的关系。作为区别于传统戏曲的艺术,我国话剧的产生是从翻译介绍西方戏剧开始的。目前所知最早译介到中国的就是法国古典主义喜剧的杰出代表莫里哀的作品。莫里哀的剧作在20世纪二三十年代的中国大量上演,而田汉认为,二三十年代"中国的话剧,正是启蒙时代"[2],《新青年》提出的戏剧改良对当时的知识分子在反对旧戏、提倡西洋近代剧方面有很大影响。在新、旧剧的争论中,胡适倡导要将翻译作为一种"武器",以此毁灭落后的老套戏剧,建立新的戏剧界。[3] 钱玄同也明确提出:"如其要中国有真新戏,这真戏自然是西洋派的戏,决不是那'脸谱派'的戏。"[4]越来越多的知识分子也意识到民众剧是中国戏剧改良应走的道路。而莫里哀戏剧最显著的艺术特色就是批判贵族和资产阶级的虚伪丑陋,赞扬普通人民的机智勇敢,这恰恰因应了戏剧改良运动中倡导戏剧走向民众、戏剧服务于民众的社会诉求。

西方经典的译介依赖中国译介者的眼光和视野,更与中国主流价值体系紧密相关。从20世纪30年代后期开始,欧美现实主义和无产阶级文

---

[1] 朱湘:《说译诗》,转引自海岸选编:《中西诗歌翻译百年论集》,上海:上海外语教育出版社,2007年版,第50页。

[2] 王平陵:《南国社的昨日与今日》,《矛盾月刊》,1933年1卷5—6期,转引自孙庆生:《为中国话剧的黎明而呼喊——二三十年代的话剧研究概述》,《中国现代文学研究丛刊》,1986年第2期,第176页。

[3] 陈励:《莫里哀与中国》,《南京大学学报》(哲学·人文科学·社会科学),1991年第3期,第74页。

[4] 钱玄同:《随感录(十八)》,《新青年》,1918年7月5卷1号,转引自丁罗男:《二十世纪中国戏剧整体观》,上海:上海百家出版社,2009年版,第35页。

学成为最重要的译介对象,苏俄文学的翻译评介渐渐独占鳌头。到了六七十年代,只有高尔基等少数几个作家在中国较有影响。到了 80 年代,伴随着改革开放的进程,西方经典又纷至沓来,各种主义、各种思潮流派蜂拥而至,泥沙俱下,几乎全部稍有影响的外国文学作品,当然也包括近代外国文学经典,都被译介到中国,形成了世界跨文化传播空前的蔚为大观。

关于这个时期欧美文学经典的译介传播情况,本卷若干章节均有论及,此处不再赘述。

第一章
英国玄学派诗歌的生成与传播

英国玄学派诗歌在世界诗歌史上占据重要的一页,不仅是因为它在所流行的 17 世纪的成就,还在于它的现代复活以及对 20 世纪欧美诗歌的强烈影响。

第一节　自然科学的发展与玄学派诗歌的生成

17 世纪,人类在天文学等自然科学领域所取得的成就极大地影响了英国玄学派诗歌的生成与发展。天文学、化学、力学、生理学等自然科学领域所取得的卓越的成就,使得玄学派诗人面前展现出一个崭新的世界,这极大地影响了他们的世界观的发展。尤其是在天文学领域,继哥白尼之后,自然科学家对宇宙继续探索,取得了一系列重大发现,从而激发了人们的探索精神,同样激发了英国玄学派诗人对宇宙空间的浓厚兴趣。英国玄学派诗歌受 17 世纪自然科学的影响,主要体现在四个方面:一是体现在独特的宇宙观和时间意识方面;二是体现在发现意识以及创造新词方面;三是体现在动态意象使用方面;四是体现在探索精神的形成方面。在玄学派诗歌中,宏观世界和微观世界相互交织,玄学派诗人时常将无限放大的为个人所拥有的微观世界与航海家所探索的宏观世界相提并论,从而突出人生的意义和价值的发现。

一、时空想象与发现意识

自文艺复兴起,人们的世界观发生了根本的变化,"从 1543 年哥白尼

《天体运行论》到1644年笛卡尔的《哲学原理》出版,在这一个世纪中,天文学和天文学家研究的宇宙都改变了"①。哥白尼的《天体运行论》一书的出版,"不仅是天文学史上的一件大事,而且在和宗教神学的斗争中产生了深远的影响,从此自然科学开始从中世纪神学中解放出来"②。尤其是大航海,使得人类对于自己所栖息的地球的真实面貌有了本质上的理解。

同样,这一时代的诗人的宇宙观也相应发生了变化。一些诗人在诗歌创作的过程中,视野变得极其开阔,中世纪神学的阴影顿时消散而去,取而代之是诗人展开想象的羽翼,以宏大的视角在宇宙空间自由翱翔。王佐良先生认为,玄学派诗人意象新颖,"往往取自天文、地理、科学发现、海外航行之类"③。

当然,某些科学仪器的问世,也直接影响诗人的时空观。英国学者沃尔夫就认为:要论述近代科学史的最早阶段,就非谈到某些科学仪器不可。显微镜、望远镜、温度计、气压计、抽气机、摆钟和几种船用仪器,都是在近代之初以某种形式问世的。④ 尤其是显微镜和望远镜的问世,改变了诗人对物体实体的固定的认知模式。正因如此,"小小房间"和"大千世界"的界限才得以模糊,发生转换。

科学仪器的出现和科学技术的发展,使得诗人的思维方式也因此发生很大的变更。如在约翰·多恩的《告别辞:节哀》一诗中,恋人之间的分离已经不再限于地球上的距离,而是被形象性放大成了宇宙空间天体的运动,不仅将个体的生命与日月星辰相提并论,而且借助于自然科学的常识,认为星际之间的运动,属于天体运动的常态,不会像地球内部的地震那样给人类造成伤害。而在约翰·多恩的《早安》一诗中,诗人将恋人之间爱情的觉醒看成是灵魂的苏醒和宏观世界与微观世界的一次重大发现,将恋人之间的关系比作自成一体又相互拥有的新的世界这样一种新型的关系:

---

① 米歇尔·霍斯金主编:《剑桥插图天文学史》,江晓原等译,济南:山东画报出版社,2003年版,第131页。
② 耶日·岑特科夫斯基:《哥白尼传》,董福生译,北京:新华出版社,1988年版,第199—205页。
③ 王佐良:《英国文学史》,北京:商务印书馆,1996年版,第75页。
④ 亚·沃尔夫:《十六、十七世纪科学技术和哲学史》,周昌忠译,北京:商务印书馆,1985年版,第46页。

> 让航海发现家向新世界远游,
> 让无数世界的舆图把别人引诱,
> 我们却自成世界,又互相拥有。①

此外,在约翰·多恩的《早安》中,地图学和宇宙学的想象可以典型地发生在"引诱"(shown)和"拥有"(possess)这两个词的区别上。前一个词主要体现在地图学的想象上:无数的世界的舆图被人们描绘出来,一幅比一幅更贴近世界的表象,这对于居住在陆地的人们来说,无疑是航海发现的重要成果,人们得以了解所居住世界的真实形态。后一个词主要体现在宇宙学的想象上:追寻对一个世界或者一个球体的拥有,这是相互拥有而且又自成其一的宇宙意义上的世界,或者人类微观世界中的宏观世界。

正是从这一视点出发,诗中的热恋者想象他和他恋人的相互关系如同地球整体中的两个半球:"哪里能够找到更好的半球?"他们是别人在地图中所凝视的世界。读者也是以地图中的世界和情人眼中的半球来看待他们的。

16世纪和17世纪自然科学的一些重大发现,不仅使得诗人们的空间意识发生变更,他们的时间意识同样有别于以前的作家,尤其是有别于中世纪的作家。

譬如在多恩的《日出》一诗中,诗人明确表现了爱情的永恒特性以及爱情超越时空的思想:"爱情呀,始终如一,不懂得节气的变换,/更不懂得钟点、日子和月份这些时间的碎片。"在此,作者利用时间概念的悖论,典型地表现了对超越时间的永恒的爱情的向往以及对生命意义的尊崇。而多恩在《遗产》一诗中,认为"恋人的每个小时都仿佛地久天长"。②

世界已经发生了根本的变更,不再像人们以前所设想的那个样子了。在安德鲁·马韦尔的《贺拉斯体颂歌》第96节诗中,诗人就表现了这一变化:

> 世界不再是原本的模样,
> 猛然一掷变成粗鲁的堆砌,
> 海湾和沙漠,悬崖和石块,

---

① 多恩:《早安》,参见飞白主编:《世界诗库》(第2卷),广州:花城出版社,1994年版,第149页。

② 约翰·但恩:《英国玄学诗鼻祖约翰·但恩诗集》,傅浩译,北京:北京十月文艺出版社,2006年版,第45页。

出于疏忽而全被颠来倒去。
你的小世界也不过是这样，
只是在更好的秩序中驯长，
你是天国中央，自然之膝，
唯一的地图通向极乐天堂。①

尽管世界恢复了本来的面目，但是，在安德鲁·马韦尔的笔下，人自身的小世界，尤其是费尔福克斯塑造并将在以后传给他女儿的世界，还是没有太大变更的，不仅在"更好的秩序中驯长"，而且，"唯一的地图通向极乐天堂"。

不过，在时空观方面，英国玄学派诗人并非自然科学家，而且他们对自然科学的理解也是落后于科学发展的真实情形的，他们关于空间的假定有时还依然属于旧的中世纪的传统，并非出于严谨的宇宙学的学科知识，而是出自于文学的关于宇宙空间的想象。他们的空间想象甚至依然充满着矛盾，其中包括宇宙学的假定以及相关的众多矛盾——宇宙想象中的新旧方法的矛盾、世界想象中的宇宙学与地图学的矛盾、空间想象和叙述声音之间的矛盾。

譬如在约翰·多恩看来，上帝的永恒是没有时间顺序的永恒，上帝的空间也是被他设想的不受限制的永恒的空间。他描述说，上帝是"天堂中数百万不可思议的空间"。这一思想则是属于古老的宇宙哲学思想，这一关于不受时间影响的空间的永恒意象，也正是霍布斯、笛卡尔和牛顿等自然科学家所反驳的一个观点。而且在《周年纪念》和其他一些文章中，多恩甚至表现出了对新科学的一种怀疑态度。

然而，约翰·多恩毕竟不是自然科学家，我们也难以从他的诗作中找到与自然科学相对应的学术观点。我们只是应该看到，他在自己的创作中，更多的是强调积极发现的过程，表现出了对固有的观点和诗学传统的怀疑，以及对探索人类新发现的热情。因此，多恩的诗歌"是对17世纪许多现实领域进行的新探索的反映"②。

英国玄学派诗人的创作显示出他们十分着迷于自然科学的新发现。

---

① Paul Negri ed., *Metaphysical Poetry: An Anthology*, New York: Courier Dover Publications, 2002, p.110.

② Thomas N. Corns ed., *The Cambridge Companion to English Poetry: Donne to Marvell*, Cambridge: Cambridge University Press, 1993, p.129.

同样,那个时代的自然科学中的一些新的发现,也促使了他们自身的"发现意识"的形成。而且,自然科学家和玄学派诗人也有互通的一面,在各自不同的领域表现自己的发现意识。

譬如,17世纪英国天文学家罗伯特·胡克认为:"已经在做直接和简单运动的所有物体,不管它们是什么,都要沿直线继续向前运动。只有在受到别的有效的力的作用下,才会偏斜或弯曲成用圆、椭圆或别的更复杂的曲线所描述的那种运动。"① 同样,玄学派诗人安德鲁·马韦尔也有类似的发现。在《爱的定义》一诗中,马韦尔认为,真正的爱情是以直线的形式向前平行运动的,而婚姻等外在的作用,才使得这一直线发生偏斜和交叉。

这是同一种时代精神之下的发现意识在自然科学领域和人文科学领域中的不同的体现。

类似的发现在玄学派诗歌中是较为普遍的。甚至在一些描写性爱的诗篇中,这一"发现意识"也偶有体现。在多恩充满巧智的艳情诗《上床》("Going to Bed")中,男性主人公不断地催促他的情妇脱去衣服,解除禁欲,他像中世纪的侍臣一样恳求她给自己"滑动的手以合法权利",抚摸她的身体,探究其中的奥秘:"我的美洲呀,我的新发现的土地。"② 诗中时而赞颂他的情妇为所有欢乐乃至华贵的源泉,时而把她视为"人类即将开发和占有的土地"③。

英国玄学派诗人的这一"发现意识"也被精巧地移植到了他们的诗歌创作之中。创造新词便是其中的体现,正是因为有了这种具有时代特征的"发现意识",英国玄学派诗人才在自己的一些诗篇中十分乐意使用新的词语,或者善于通过多种构词方法来创造符合时代特征的新的词语。归纳起来,英国玄学派诗人使用以及创造新的词语主要包括以下几种方法:

一是借用自然科学的概念或学科术语,将它们巧妙地"转嫁"到诗歌创作的实践中。例如,由于自然科学的发展,各个学科领域所产生的一些

---

① 霍斯金主编:《剑桥插图天文学史》,江晓原等译,济南:山东画报出版社,2003年版,第138页。

② 约翰·但恩:《英国玄学诗鼻祖约翰·但恩诗集》,傅浩译,北京:北京十月文艺出版社,2006年版,第214页。

③ Thomas N. Corns ed., *The Cambridge Companion to English Poetry: Donne to Marvell*, Cambridge: Cambridge University Press, 1993, p.134.

新的术语,如"大千世界""轨道""舆图""半球""地动""燧石"等天文学和地理学领域的术语、"滑轮""杠杆""轴心""倾斜"等力学领域的术语、"炼金术"等冶金类术语、"总督"和"行省"等政治学方面的术语、"平行线"和"斜线"等几何学术语、"元素""失衡""黏液"等生理学领域的术语,都被恰如其分地运用到英国玄学派诗人的具体的诗歌创作实践中,从而增加了诗歌的独特的情趣。

甚至在乔治·赫伯特的题为《致所有的天使和圣徒》这样的宗教抒情诗中,也同样采用了一些当时与宗教相悖的来源于自然科学的术语:"你是神圣的矿藏,产出黄金,/这是青年和老年得以复原/防止衰败的滋补剂;/你是贮藏宝石的橱柜。"此处的"矿藏""黄金""滋补剂""宝石"等词语都是与17世纪科学发展密切相关的科技词汇。

由于英国玄学派诗人大多接受了良好的教育,有着丰富的古典文化或外国文化的修养,所以,他们也时常借用外来语来进行诗歌创作。如约翰·多恩在创作中就善于借用拉丁语词汇。西方有学者评述说:"多恩的拉丁语词汇的实例有:dissolution(分解)、vexation(恼怒)、discretion(判断力)、disproportion(不均衡)、corruption(堕落)、vicissitude(变迁兴衰)、idolatry(偶像崇拜)、simplicity(纯朴)、ingenuity(精巧)、correspondence(契合),以及 prerogative(特权)。这些词汇说明,他所借用的外来语,无论是直接来源于拉丁语,或是经过法语的途径,都是一些抽象词语,多半是抽象的名词,其中大部分是以典型的后缀'-ion'结尾的。"①

二是直接使用融合法来创造新词或新的词组。玄学派诗人善于将两个普通的词语融合在一起,既构成了新的词义,也体现了玄学派所特具的奇喻和夸张。以多恩为例,在《告别辞:节哀》中就有 tear-floods(洪水般的眼泪)、sigh-tempests(风暴般的叹息)、inter-assured(互相保证)等词,在《早安》中就有 good-morrow(早安)、sea-discoverers(航海家)、by my troth(真的)等词,在《告别辞:有关那部书》中就有 out-endure(长久忍耐)、long-lived(长存的)、all-graved(所有雕刻的)等等。

三是使用拆分法。如果说使用融合法还适合英语构词法规则的话,那么,拆分法则更是具有独创性了。诗人通过拼写以及读音上的拆分,赋予该词语一种新的内涵。如乔治·赫伯特就具有把一个单词分解为单个

---

① Frances Austin, *The Language of the Metaphysical Poets*, London: St. Martin's Press, 1992, p.22.

字母的能力,在一首题为《耶稣》("Jesu")的小诗中,伤心的主人公发现耶稣的名字被分解了,相应地分解为 I ease you(我使你感到安逸)。在这种独特的"创造"中,靠的便是玄学派所熟知的巧智。通过这种拆分,将原词所具有的深沉的意义独到地展现出来,从而用诗意的碎片传达了更为丰富的、完整的意义。约翰·多恩描述他的婚姻挫折,而戏称自己和妻子的姓名时,利用谐音,使用"John Donne, Anne Donne, Un-done"(约翰·多恩,安妮·多恩,破灭)[①],也体现了这一特性。

二、科学精神与动态意象

玄学派诗人的时空意识和探索精神不仅体现在创造新词方面,还体现在动态意象(dynamic image)使用方面。

《普林斯顿诗歌与诗学百科全书》的编者在总结各家关于诗歌意象的定义基础上,归纳出三类意象:大脑意象、比喻意象、象征意象。所谓大脑意象,主要是借助心理学家的观点,按照大脑感官所感知的意象进行分类,包括听觉意象、视觉意象、触觉意象等等;所谓比喻意象,是就语言修辞而言的,专指比喻,尤其是指比喻中的喻体;所谓象征意象,主要是阐述各种意象模式的功能。

我们在此所讨论的,主要是针对比喻意象。玄学派诗歌的一个重要特征是"奇喻"。而奇喻的特性。有两点比较典型:一是作为喻体的常常是动态意象;二是这些动态意象常常源自于当时的各门科学技术,在一定意义上体现了时代的科学精神。

首先,玄学派诗人喜欢使用动态意象。所谓动态意象,是相对静态意象而言的。"静态意象描述某个对象的外观、味道、香味、质地或者声音,这些特性,简而言之,被中世纪哲学家称为'偶有属性'。动态意象描述对象或对象之间动作的方式。"[②]或许,多恩在《哀歌·变换》一诗中的陈述可以对此注解。多恩在诗中是贬低静态的,认为:"人在一个地方定居,等于遭受囚禁","水在一处久停,很快就会发臭",因此他做出结论:"变换是

---

① Reported in Izaak Walton, *Lives* (1640—1678), George Saintsbury, ed. Oxford: The World's Classics, 1927, p. 29.
② Alice Stayert Brandenburg, "The Dynamic Image in Metaphysical Poetry", *PMLA*, Vol. 57, No. 4, December, 1942, p. 1039.

个育婴堂,/培育着音乐、欢乐、生命和恒常。"①正是在这一"变换"思想指导之下,多恩等玄学派诗人乐于使用动态意象。也正是由于动态意象,表面上"毫无关联"的意象之间才有了本质的关联。譬如,在多恩的《上床》一诗中,用 harmonious chime(和谐的钟击)来表示爱的召唤。诗人在第9—10行写道:"Unlace your selfe: for that harmonious chime / Tells me from you that now t'is your bed time."②(解开自己吧,因为你那和谐的钟击/告诉我,现在是你的就寝时间。)中外学者对诗中 harmonious chime 做出了多种解释,如布斯(Roy Booth)认为是指"女士戴有发出谐音的表"③。我国学者也认为:"当时贵妇人常在胸衣上戴一块自鸣怀表。"④海伦·加德纳更是确切认为拥有这一物件表明该女子是贵族或富人之妻。⑤ 还有一些学者,如洛桑(Louthan)、萨阿伯尔(Shaaber)、肖克罗斯(Shawcross)和埃玛(Emma)等,则认为 harmonious chime 是指解开胸衣时所发出的声音。⑥ 而彼德·狄克逊(Peter Dixon)坚持认为:"许多17世纪后期的胸衣镶有金质的或银质的饰边,可能会发出金属敲击般的声响。"⑦其实,此处的"和谐的钟击"只是一个喻体而已,一个动态意象,表现了较为含混的爱的召唤的意蕴。

当彭斯等诗人将恋人比作玫瑰,或是莎士比亚在十四行诗集中将恋人的嘴唇比作珊瑚时,其实,女性与玫瑰、嘴唇与珊瑚并无实质性的相似之处,除了颜色和固有的传统概念。可是,玫瑰、珊瑚这些静态意象对于读者的想象力来说却更容易接受,也更容易被一些诗人和评论家所选择和称道。玄学派诗人所使用的动态意象,虽然初看起来显得牵强,好像"生拉硬套",但是在内在思想上却更加准确、更加有力。譬如,马韦尔将

---

① 约翰·但恩:《英国玄学诗鼻祖约翰·但恩诗集》,傅浩译,北京:北京十月文艺出版社,2006年版,第163页。

② Donald R. Dickson ed., *John Donne's Poetry*, New York: W. W. Norton & Company, 2007, p.35.

③ Roy Booth ed., *The Collected Poems of John Donne*, Ware, Hertfordshire: Wordsworth Editions Ltd., 1994, p.309.

④ 约翰·但恩:《英国玄学诗鼻祖约翰·但恩诗集》,傅浩译,北京:北京十月文艺出版社,2006年版,215页。

⑤ Helen Gardner ed., *John Donne: The Elegies and the Songs and Sonnets*. Oxford: Clarendon, 1965, p.49.

⑥ Theresa M. Dipasquale, "Hearing the 'Harmonious Chime' in Donne's 'To His Mistress Going to Bed'", *ANQ*, Vol. 21, No. 3, Summer, 2008, p.20.

⑦ Peter Dixon, "Donne's 'To His Mistress Going to Bed,' Lines 7—12", *The Explicator*, Vol.41, No.4, 1983, p.11.

太阳喻为"时间的飞轮",乔治·赫伯特在《大炮》(Artillery)一诗中,将上帝的仁慈比作从大炮中"射出的一颗星辰,落入我的怀抱",而作为回报的"我的泪水和祈祷"也如同星辰一般地发射。乔治·赫伯特在《约旦》("Jordan")一诗中,将思绪比作"火焰向上空升腾"。亨利·沃恩在《引导》("The Shower")一诗中,将不虔诚的祈祷比作从湖泊中蒸发出来的水,"太粗糙,难以被上苍接受",随后这水便以雨的形式被重新返回地面。在多恩的《告别辞:节哀》一诗中,为了表述将要分别的情侣之间的精神关系及其相互影响,所采用的四个独特的奇喻,即四个主要意象,也全都是与外在运动相关的动态意象,包括圣洁的灵魂脱离躯体而去、地震和天体的运动、金子被打到薄薄的一片、张开又挺直的圆规。正是这一系列意象所产生的一系列运动清楚地说明了抒情主人公内在的精神状态。

如在《告别辞:节哀》的第三节至第五节中,作者以天体的运动来比喻情侣分离的无害。第三节中以地面上的较小的然而有害的运动(moving of the earth)和空气中更大的然而无害的运动进行对照:

> 地动会带来灾害和惊恐,
> 　人们估计它干什么,要怎样
> 可是那些天体的震动,
> 　虽然大得多,什么也不伤。

按照希腊天文学家托勒密的天动学的观点,地球是宇宙的中心,天体运行的轨道有九圈。Trepidation(抖动)这类天体的震动是指第九重天或第八重天的运行发生变化(被人们认为无害)。

诗人接下去在第四节和第五节中强调,这种离别是不同于凡夫俗子的离别的,并且把离别比作是庞大的天体的偏移,显得神秘、重大,但又极为神圣,不为凡人所道:

> 世俗的男女彼此的相好,
> 　(他们的灵魂是官能)就最忌
> 别离,因为那就会取消
> 　组成爱恋的那一套东西。
>
> 我们被爱情提炼得纯净,
> 　自己都不知道存什么念头
> 互相在心灵上得到了保证,

再不愁碰不到眼睛、嘴和手。①

第四节诗中出现的 sublunary（月下的）一词表层的意思是"earthly"（世俗的）。因为天际的九圈中，离地球最近的一圈为月球轨道，是第一重天。这一节诗所要表明的是：月下的凡夫俗子的爱是由感官所组成的，而约翰·多恩所歌颂的则是精神上的圣洁的爱，这是凡人所不能理解的。

这首诗的最后三个诗节更是通过源自自然科学的动态意象传达了三层意思：第一层意思是说圆规的两只脚是互相牵连的，当圆周脚在外面漫游的时候，圆心脚（定脚）总是与它心心相印，哪怕对方去了"天涯海角"，也会依然对它牵挂，只有等到它回到"家"中的时候，这一圆心脚才会放心地"挺腰"；第二层意思是认为圆规的两脚分久必合，分离是暂时的，聚合是永久和必然的；最后一层意思是说明由于其中的一只脚坚定，另外一只脚才能画出完美的圆圈（圆是完美的象征）。这里，圆心脚象征着妇女的坚贞，而这种坚贞又赋予圆周脚一种力量来完成圆圈，使得圆周脚在画了一个圆之后，能够回到自己的起点。如果说第一层意思和第二层意思是表达对妻子的安慰，那么，诗中的第三层意思则是对妻子的告诫了。该诗通过圆规这一玄学的比喻使得诗人对待妻子的复杂的心理体验极为形象性地表现了出来。此外，该诗共有 9 个诗节，每节 4 行，全诗恰好 36 行，这也在一定的程度上令人联想到圆的 360 度的概念，使人觉得这并非巧合，而是形式上的关于完美的一种象征。

其次，这些动态意象常常源自 17 世纪的自然科学和技术术语。如多恩诗中的"流星""地动""黄金的延伸"、乔治·赫伯特诗中的"滑轮"、安德鲁·马韦尔诗中的"平行线的延伸"。西方学者拉戈夫（Milton Rugoff）对此做出了中肯的评论，认为："多恩从疾病而来的意象，主要由医学理论、解剖学、外科学衍生而来；他的几何学和数学的其他分支派生而来的比喻和类比；他的由音乐的技术性方面、钟表的构造和运行、手工艺人的操作和战争用的机器得到的意象——这些都表明他对事物的技术性或机械性方面的着迷程度很深，这就解释了他时常从科学中寻求意象的倾向。"②

可见，多恩著名诗篇《告别辞：节哀》中所采用的四个动态意象，源自

---

① 该诗引自卞之琳的译文，参见王佐良主编：《英国诗选》，上海：上海译文出版社，1988 年版，第 94—96 页。

② Milton Allan Rugoff, *Donne's Imagery: A Study in Creative Sources*, New York: Russell & Russell. Inc., 1939, pp. 220—232.

于自然科学,也全都与外在运动相关,构成了玄学派诗歌中独特的奇喻的重要内涵,在相当程度上说明了自然科学对玄学派诗歌生成所产生的作用。

三、圆形意象与探索精神

在17世纪,天文学家"已经能够通过仪器来扩展人类的感官,观看自古以来一直隐藏着的天体。他们也拓宽了目标,他们的研究不仅包括天体是如何运行的,还包括为什么——即对行星运动反映出来的力学的考察"①。由于受到天文学发展的影响,约翰·多恩等英国玄学派诗人常常喜欢使用球体、圆圈、中心、星辰、环境等一系列与空间相关的意象,以此来表现自己独特的玄学思想以及对世界的领悟。

我们可以看到,约翰·多恩的作品中充满着圆圈的意象,包括象征的、爱情的、社会的以及精神的等各个层次的。我们可以在他的不少作品中看到,他总是很善于用空间术语来表达他的思想观念。然而,由于我们与他关于空间方面的假定之间存在着一定的距离,我们很难理解他这类意象所揭示的奥秘。其实,他的很多太空语言也是从传统的太空概念中获得形态和意义的,这对我们今天说来显得非常奇特。空间对约翰·多恩来说不是没有个性的抽象,而是物质的、充实的、排列成同心圆的,而且是有运动轨迹的。这是新哲学引起怀疑的空间概念。多恩思考太空时,会产生丰富的宇宙想象。然而,关于太空的传统的概念却形成了他的太空想象的背景。

还有大航海的影响也不可忽略。在航海过程中,人们所看到的远处船只的出现不是简单地由小到大的过程,而是仿佛从远处海平面以下钻了出来。于是人们开始对海平面以及地球形状展开种种猜测。15世纪至17世纪,欧洲通往印度新航路的发现、美洲的发现、环球航行的成功以及其他航海探险活动的完成,使得人类对地球的认识产生了一个质的飞跃。这些通称为地理大发现的一系列事件,对于人类认知大自然的奥秘,产生了革命性的影响。

英国玄学派诗人也不例外,他们深受地圆之说的影响,并在自己的创作实践中,努力体现这一思想所产生的影响,表现相应的审美观念和具有

---

① 米歇尔·霍斯金主编:《剑桥插图天文学史》,江晓原等译,济南:山东画报出版社,2003年版,第131页。

时代特性的探索精神。同样,思考宇宙空间时,玄学派诗人也是根据他们有限的太空知识,并且充分发挥他们的太空想象,从传统的语言和圆形概念中勾勒太空的轨迹,获得太空的形态和自身的意义。

一提起圆的意象,首先映入我们脑海的自然是约翰·多恩在《告别辞:节哀》一诗中所使用的圆规意象。圆规意象不仅表现了分离中的男女双方相互依附、相互牵扯的关系,同时,终点便是起点的圆圈象征着完美。在玄学诗人多恩看来,圆是完美的象征,在圆规画出圆圈的过程中,其起点就是终点。只要圆规的定脚坚定,另外一只脚才能画出完美的圆圈。这里,定脚象征着妇女的坚贞,而这种坚贞又赋予诗人力量来完成圆圈,达到完美的理想境界。多恩也在这首诗中,利用空间意象来与时间抗衡,利用圆规所画的圆来抗衡恋人的分离,否定时间改变恋人关系的能力。

约翰·多恩在一首题为《告别词:哭泣》("A Valediction: of Weeping")的抒情诗中,也同样大量使用了多种"圆圈"的意象,既包括人类日常生活中的"钱币"(coin),也包括"地球"(earth)、"月亮"(moon)、"球形天体"(sphere)等天文学词汇。在其中一节写道:

> 在一个圆球的上面
> 有一个工匠,身边备有摹本,能够布置
> 一个欧洲,一个非洲和一个亚洲,
> 并且很快将原来的空无化为实体。
> 你眼中的每珠泪水
> 也会是这样的情形,
> 它会成长为一个球体,对,一个印有你影像的世界,
> 直到你的眼泪与我的眼泪汇合,在这一世界泛滥,
> 于是我的天国被源自你的洪水所溶解。①

这一节诗,使人联想到从地理学意义上理解的圆形的球体以及从生理学意义上理解的人体的圆形的眼泪,再使人联想到自然界的洪水。诗中正是凭借智性,进行自由的切换,从而表现出色的艺术才华。

在安德鲁·马韦尔著名的抒情诗《花园》中,无论是葡萄、仙桃、玉桃、苹果等植物类的意象,还是日晷等来自天文学学科的自然意象,其中都包含着"圆圈"这一内涵。而在他的《致他的娇羞的女友》一诗中,男女恋人

---

① Donald R. Dickson ed., *John Donne's Poetry*, New York: W. W. Norton & Company, 2007, p.96.

们则想象他们自己交融成了一个"球体",诗中的抒情主人公声称:"让我们把我们全身的气力,把所有/我们的甜蜜的爱情揉成一球。"在该诗中,太阳并不是恒星,而是运动的,体现的也并不是17世纪的自然科学的概念,而是传统的宇宙观,即地球是宇宙的中心,太阳只不过是围绕着地球进行旋转的一颗行星。尽管在约翰·多恩的其他一些诗篇中,如《世界的解剖:第一周年》这首诗中,这一观念早就已经被打破了,已经被"新哲学"所取代了。但是,他的思想却是不定型的,受到传统宇宙观的影响甚至是根深蒂固的。"按照亚里士多德-托勒密宇宙的构成,有形宇宙的主要特征是圆形。位于宇宙中心的、静止不动的地球是圆形,地球外围的所有星体都是圆形,各重天也一圈套着一圈地环绕地球作圆形运动。柏拉图说,神以自身的形象创造宇宙,把它做成了圆形,这是所有形体中'最完美、最自我相似的形体'……圆形是传统宇宙结构中占支配地位的形状。文艺复兴时期英国诗人大多数是以圆形对世界上的一切进行观察和思考的。"①

以"圆圈"意象表现永恒性,这与古老的宇宙哲学以及相应的物理学密切相关。圆圈可以战胜时间,因为它的反复的自我运转,使得每一个终点成为新的起点。而且上帝也正是这样使得信徒的生命成为一个圆圈(圆寂)。因此,多恩写道:"上帝自身是一个圆圈,他也让你成为一个圆圈。"②可见,"圆圈"的意象不仅体现了诗人的时空观,而且也在一定的程度上折射了诗人的宗教观。

至于探索精神,也是与当时的自然科学的发展密切相关。在约翰·多恩的《早安》和《告别辞:节哀》等诗中,圆的意象是探索精神和完美象征的结合。尤其是《早安》一诗中的"两个半球"的意境,借地理大发现的概念,表达了诗人对理想爱情的憧憬。圆的意象在《爱的成长》一诗中表现得尤为美丽,在这首诗歌中,他将时间本身转换成一个扩展的同心圆。

第二节 英国玄学派诗歌的现代复兴与传播

英国玄学派诗歌在17世纪得以生成以后,在整个18和19世纪,基

---

① 胡家峦:《历史的星空——文艺复兴时期英国诗歌与西方传统宇宙论》,北京:北京大学出版社,2001年版,第52页。

② Lisa Gorton, "John Donne's Use of Space", *Early Modern Literary Studies*, Special Issue 3, September, 1998, p.25.

本上默默无闻,但到了 20 世纪初,玄学派诗歌得以复活,大概是人们对于 19 世纪的浪漫主义那种甜蜜蜜软绵绵的风格感到腻烦,所以对玄学派诗歌交口称誉,特别是艾略特等人对此派大加赞誉。艾略特认为英国诗歌从多恩之后便日趋衰落。认为多恩诗歌智力和激情交融一体。因此,多恩被誉为英国文学史上最伟大的诗人之一,对玄学派的研究至今仍被人关注。有的论者从文学史发展的角度上认为玄学派是 17 世纪风行整个欧洲的一种世界性的文学思潮,如华盛顿大学比较文学教授旺克(Frank J. Warnke)就是持这种观点。①

(一) 英国玄学派诗歌与欧洲巴洛克文学

英国玄学派诗歌与欧洲巴洛克文学之间,究竟是一种什么样的关系,是一个值得探讨的有趣的话题。西方有些学者将英国玄学派诗歌视为欧洲巴洛克文学整体发展的一个组成部分,反之,西方也有学者将波及西欧的巴洛克文学视为玄学派文学的一个组成部分。华盛顿大学比较文学教授弗兰克·旺克甚至把西班牙诗人维加等都列入玄学派诗人的行列。再如,西班牙诗人奎维多(Francisco de Quevedo,1580—1645),就被西方不少学者视为玄学派诗人。②赫普尔(Daniel L. Heiple)就明确认为:"西班牙奎维多的诗歌,在主题和精神方面,非常接近约翰·多恩,时常具有玄学派的艺术特征。"③

尽管名称不同,但是玄学派诗歌和巴洛克文学都是与追求严谨与和谐规范的古典主义文学相对立的文学思潮,两者都摒弃尺度和规范,不以和谐、简要和匀称为创作原则,并对现实生活表现出一种漠视的态度。在具体的创作风格和艺术手法上,两者也是非常相近的。英国学者罗吉·福勒所著的《现代西方文学批评术语词典》一书在论及巴洛克风格的时候,就认为它具有"奇思异想"的风格特征,而且认为:"在 17 世纪的欧洲

---

① Frank J. Warnke, *European Metaphysical Poetry*, New Haven: Yale University Press, 1961, p. 4.

② 这一观点,可以参见以下文献:Frank J. Warnke, *European Metaphysical Poetry*, New Haven: Yale University Press, 1961, pp. 52 – 53; Arthur Terry, "Quevedo and the Metaphysical Conceit", *BHS*, 1958(35), pp. 211 – 212; Emilia N. Kelley, *La poesia metafisica de Quevedo*, Madrid, 1973; Elaine Hoover, *John Donne and Francisco de Quevedo: Poets of Love and Death*, Chapel Hill, N.C.: The University of North Carolina Press, 1978.

③ Daniel L. Heiple, "Lope de Vega and the Early Conception of Metaphysical Poetry", *Comparative Literature*, Vol. 36, No. 2, Spring, 1984, p. 98.

文学中频繁出现的矛盾修辞法和矛盾语,是当时巴洛克式绘画中戏剧性的明暗对照法的对应物。"①实际上,将英国玄学派文学视为整个巴洛克文学的一个组成部分,应该更加显得科学合理。从这一层面上理解,我们可以认为:当时主要产生于意大利、西班牙、德、英等国的巴洛克诗歌,是一个相对于古典主义而流行整个欧洲的文学思潮,并以西班牙黄金时代的贡戈拉主义诗歌和英国玄学派诗歌为主要代表。

西班牙贡戈拉主义诗歌也称夸饰主义诗歌。对于这派诗歌的艺术特征,我国西语诗歌研究专家赵振江先生作了精辟的评述:"以诗人贡戈拉为旗帜,把巴洛克主义推向了极致。贡戈拉偏重抒情咏志,惯于用夸张的比喻、奇谲的形象、冷僻的典故、艰涩的词汇,因此他的作品结构优美严谨,寓意深奥隐晦。"②

这样,从欧洲文学整体发展的视野来考察英国玄学派诗歌,更有助于我们理解英国玄学派诗歌的渊源和实质。我们认为,英国玄学派诗歌是西方巴洛克文学整体发展的有机的组成部分,这样的研究视角,可以避免孤独地看待英国玄学派诗歌的现象,从而把英国玄学派诗歌看成是西方文学发展中的一个重要的进程。同时,也应将英国玄学派诗歌的研究与17世纪政治、宗教、自然科学等领域的发展进程密切结合起来,将其视为人类思想文化进程中的一个重要组成部分。因此,对英国玄学派诗歌的系统研究,对于全面理解英国文学史的发展,对于正确把握17世纪西方文学的实质特征,以及我国的外国文学教学,都是具有重要的理论意义和实际价值的研究课题。

具体说到英国玄学派诗歌(Metaphysical school of poetry),它是作为一种文学倾向或文学思潮流行于17世纪的英国文坛的。所谓玄学派诗人,是指英国17世纪诗坛比较松散的一群抒情诗人,这些诗人自己并没有组织过任何形式的诗歌流派或者发动过任何一场文学运动,这些诗人相互之间甚至并不熟悉,绝少交往,但是,他们具有共同的诗学思想和创作观念,也都接受过相同的文学传统的熏陶和社会语境的影响,尤其是玄学派后期诗人,大多接受了玄学大师约翰·多恩的影响。所以,"玄学派是指英国17世纪受到约翰·多恩影响或者与约翰·多恩诗风相近的

---

① 罗吉·福勒:《现代西方文学批评术语词典》,袁德成译,成都:四川人民出版社,1987年版,第26页。
② 卡斯蒂耶霍等:《西班牙黄金世纪诗选》,赵振江译,北京:昆仑出版社,2000年版,第9—10页。

诗人的独特的诗歌创作风格和内涵"①。

受约翰·多恩影响的诗人中，包括托马斯·卡鲁等一批被称为"骑士派"的诗人。这批诗人同样可以归于玄学派诗人的行列，西方学者也大多持这一观点。科恩所编的《英国诗歌指南》一书中写道："多恩的诗歌在17世纪十分具有影响力，尽管他后来被人们所遗忘，直到19世纪后期尤其是20世纪才被人们重新记起。骑士派诗人托马斯·卡鲁、理查德·拉夫莱斯、约翰·萨克林尽管师承本·琼森，但是在关于情爱的态度上却很大程度受到了约翰·多恩的影响。在17世纪中期诗人亨利·金的悼亡诗中，在神学诗人乔治·赫伯特尤其是亚伯拉罕·考利的多重象征的诗歌中，我们也都可以看到约翰·多恩的影响。安德鲁·马韦尔戏谑而又不失严肃的巧智的运用，对肉体和灵魂关系的探寻，以及他用意象来说明问题的偏好都证明其对约翰·多恩了解甚多。约翰·多恩对情侣双方灵魂契合的推崇，后来被凯瑟琳·菲利普斯借以改造用来颂扬'女性之间的友谊'。"②正是由于受到约翰·多恩的影响，后来人们也给这批诗人加上了"玄学派诗人"这一称号。他们在玄学的事物以及研究事物的普遍方法方面具有共同的兴趣，他们也有着共同的创作风格和创作技巧，如受到学界普遍关注的"巧智""奇喻""悖论"等技巧。其实，"玄学派"这个称呼最早由英国诗人德莱顿在1693年使用的时候，是含有贬义色彩的。德莱顿认为以约翰·多恩为代表的一些诗人"好弄玄学"，他在颇有影响力的著作《关于讽刺文学渊源与进展的论述》(*A Discourse Concerning the Original and Progress of Satire*, 1693)中，将考利(Abraham Cowley)视为多恩的学生，说了一段饶有风趣的俏皮话："他(指多恩)不仅在讽刺诗方面，而且在爱情诗方面，好弄玄学；写爱情诗，自然情感本应占有统治地位，他本该赢得女性的心灵，以柔情来吸引她们，可是，他却用哲学的微妙的思辨，把女性们的头脑弄糊涂了。在这方面，考利先生对他进行了过度的模仿。"③

实际上，在德莱顿之前，还有一个人提及过"玄学派"这一称呼，那就是

---

① Robert H. Ray, *An Andrew Marvell Companion*, New York: Garland Publishing, 1998, p. 104.

② Thomas N. Corns ed., *The Cambridge Companion to English Poetry: Donne to Marvell*, Cambridge: Cambridge University Press, 1993.

③ Dryden, "A Discourse Concerning the Original and Progress of Satire (1693)", in George Watson ed., *Of Dramatic Poesy and Other Critical Essays*, London: Everyman's Library, 1962, II. pp. 76, 150.

毕业于爱丁堡大学的苏格兰诗人威廉·杜伦孟德（William Drummond, 1585—1649）。1630年，杜伦孟德反对同时代作家的创作倾向，认为那些作家"将诗歌抽象成玄学的思想和经院哲学的本质"。

18世纪的塞缪尔·约翰逊（Samuel Johnson）进一步做出评论，在其严格基于古典主义规则的文集《英国诗人之作》（1779—1781）的前言中，他借用德莱顿提出的术语，写道："大约在17世纪初，涌现出一批可以称之为玄学派诗人的作家。"[1]但是，约翰逊所提及的诗人范围不仅十分有限，没有涉及卡鲁、萨克林等诗人，更无法提及当时还只有手稿留存在世的特勒贺恩。

正是由于塞缪尔·约翰逊的评论，使得"玄学派"这一术语得以广为流传。塞缪尔·约翰逊在论述这派诗歌的艺术特色时，所关注的主要是巧智技巧，认为他们的诗中富有巧智，但只是把不协调的东西生拉硬套，强行扭在一起。

20世纪，写过《玄学派诗人》著名论文的T.S.艾略特为玄学派的现代复活做出了重要的贡献。T.S.艾略特对玄学派诗歌大加赞誉，认为英国诗歌从多恩之后便日趋衰落，并且认为多恩诗歌智力和激情交融一体，是一种"复合型的智性"。

英国玄学派诗人有20位左右，包括多恩、马韦尔、赫里克、赫伯特、拉夫莱斯、沃恩等。在西方学者所选编的一些玄学派诗选中，所入选的诗人具有扩展的趋势。

这派诗歌的艺术贡献是多方面的，但其中最大的特色还是"巧智"（wit），即能在异中见同，而且寓庄于谐的才智。"'巧智'指的是智力的自由发挥和对智力游戏与智力竞赛的喜爱。"[2]这一技巧得到广泛的认可，也的确是玄学派诗歌明显区别于其他诗歌作品的地方。在玄学派的诗歌中，说理辩论的成分明显多于抒情的成分。作品中，一些明显无关的观念、思想、意象、典故等，常常被神奇地糅合为一体，构成"双重思维"。然而，这种深层次的思维活动又与强烈的情感融为一体，从而达到玄学派诗人所追求的感情哲理化，思想知觉化的效果。

除了巧智，英国玄学派诗歌中其他主要艺术特征，如奇喻、悖论等，也很典型。玄学派同时代人经常提及的多恩等诗人的技巧，还包括"strong

---

[1] Samuel Johnson, "Life of Cowley (1779—1781)", *Lives of the English Poets*, London: Everyman's Library, 1925, I. p.11.

[2] 安德鲁·桑德斯：《牛津简明英国文学史》，北京：人民文学出版社，2000年版，第211页。

line"(刚性诗行)。所谓"刚性诗行",不是指诗体形式,而是指"通过生硬的或谜一般的句法结构或者通过悖论和奇喻而形成的引人注意又难以理解的表现手段"①。譬如,在约翰·多恩的《迷狂》一诗中的第 32 行,诗人写道:"We see we saw not what did move."(我们得以弄明我们不曾明白的动力。)这就是"刚性诗行",因为 we see we saw not 非常简洁,却又像谜一般难以理解,同一首诗中的第 51—52 行,多恩还写道:"They are ours, though they are not we, we are / The intelligence, they the sphere"(肉体是我们的,尽管它们不是我们,/我们是神灵,它们则是天体),这同样可以称为"刚性诗行",无论是短语的结构还是其中所表现出来的有关行星运动的玄学思想的奇喻,都充分说明了这一特征。

二、玄学派诗歌的现代复活与传播

英国玄学派诗歌,经过 17 世纪的辉煌发展,在 18 世纪和 19 世纪却在一定程度上受到评论界的冷落,但是到了 20 世纪,却又重新受到了人们极大的关注。尽管 19 世纪末就已经有一些学者对多恩等玄学派诗人发生了一些兴趣,并编辑出版了其中的一些诗集,但是,玄学派诗歌的真正复兴和传播是在 20 世纪初开始的。

19 世纪 70 年代以后,格罗萨特(Alexander Grosart)编辑出版了约翰·多恩、乔治·赫伯特、克拉肖、马韦尔、考利的诗集。汤姆森(Francis Thompson)和其他几位美国批评家对多恩和其他玄学派诗人逐渐产生兴趣。但是这些只能算是 20 世纪玄学派复兴的前奏。只是到了 20 世纪初,随着 1912 年赫伯特·格瑞厄森(Sir Herbert J. C. Grierson)所编辑的约翰·多恩等玄学派诗人诗集的出版,引起了人们巨大兴趣,涌现出对玄学派诗歌的强烈的批评热忱,有学者在当时认为多恩"对于许多读者和学者来说突然成为他那个时代最令人激动的诗人"②。玄学派诗歌开始受到广泛的关注。特别是 T. S. 艾略特等人对此派诗歌大加赞誉,使得人们的热情更为高涨。T. S. 艾略特甚至认为英国诗歌从约翰·多恩之后便日趋衰落了。T. S. 艾略特在 1921 年发表的《安德鲁·马韦尔》《玄学派诗人》等论文中,对玄学派诗人给予极高的评价,并在此基础上提出了

---

① David Reid, *The Metaphysical Poets*, London: Longman, 2000, p. 4.
② Joseph E. Duncan, "The Revival of Metaphysical Poetry", *PMLA*, Vol. 68, No. 4, September, 1953.

"客观对应物""感受分化"等诗歌创作的一些美学原则。①从而从根本上引起了玄学派的现代复兴。

这一现代复兴的状况,与西语诗歌极为相似。在西班牙诗歌中的第一个黄金时代(1492—1650),以贡戈拉为代表的西语诗歌,红极一时,贡戈拉主义的旋风有过一段辉煌的历史,人文主义精神和巴洛克风格的结合使得他们的诗歌极具表现力。然而,在此后的几个世纪,贡戈拉主义同样受到冷落。可是,到了20世纪,贡戈拉主义却引发人们的热情,从而开始了现代复兴,并且促使了西语诗歌第二个黄金时代的诞生。在20世纪西语诗歌的第二个黄金时代中,值得一提的是被称为"二七年一代"的诗人群体。这一诗人群体的出现便是与17世纪的著名的巴洛克诗人贡戈拉直接发生关联。1927年,著名诗人贡戈拉逝世300周年。西语世界举行一系列的狂热的纪念活动,这些纪念活动又促使一些诗人运用贡戈拉主义的风格进行创作,从而使贡戈拉主义相隔三百年后在20世纪得以复兴,如同T.S.艾略特复兴以约翰·多恩为代表的英国玄学派诗歌一样。其中,有代表性的是纪廉、洛尔加、阿列克桑德雷、阿尔维蒂等20世纪具有重要影响的诗人。

而T.S.艾略特对于英国玄学派的现代复兴,具有理论与实践两个方面的贡献。同样,英国玄学派诗歌的现代复兴有着特定的时代语境和诗学观念以及审美情趣的嬗变等多方面的原因。

就社会语境而言,17世纪和20世纪都以剧烈的变化为特征。尽管17世纪英国资产阶级革命爆发,标志着欧洲中世纪历史的结束和欧洲近代历史的开端,但是,围绕着革命与复辟又展开了激烈的斗争。资产阶级与封建君主及其贵族之间的政治冲突不断升级,政权不断交替更迭。在宗教方面,国教已经被确立,一些天主教徒,要在社会上取得地位,就不得不依附权贵,从而内心显得极度困惑。凡此种种,"在17世纪的英国社会中到处都弥漫着一种怀疑、幻灭的感觉"②。而20世纪上半叶社会政治的剧烈变更和动荡不安以及世界大战的战火摧残,同样使得当时的人们感到惶恐和绝望。

就诗学观念和审美情趣的嬗变而言,17世纪英国玄学派诗歌在20世纪的复兴,主要是因为人们大都处于多元价值激烈交锋的时期,从而养

---

① 参见 A. Walton Litz, Louis Menand, and Lawrence Rainey eds., *The Cambridge History of Literary Criticism*, Vol. 7, Cambridge: Cambridge University Press, 2000, pp. 18—30.

② 王佐良等主编:《英国文学名篇选注》,北京:商务印书馆,1983年版,第1242页。

成了冥想、思辨的特性。西方批评家格瑞厄森在《十七世纪玄学派诗选：从多恩到巴特勒》(Metaphysical Lyrics & Poems of the Seventeenth Century: Donne to Butler)中,在评述约翰·多恩的艺术魅力时,就十分中肯地指出:强烈情感与深沉思辨的独特混合形成了约翰·多恩最伟大的艺术成就。①英国玄学派诗人抛开了时代的局限性,不愿随波逐流,而是敢于打破传统,对流行的文学倾向进行深刻的反思,发掘诗歌艺术中具有永恒价值的内涵。正如我国学者对多恩的评述:多恩诗名之重振,其原因绝不可能仅仅是外在的,偶然的。"他的诗中必有在任何时候都可能令人感兴趣的具有永恒价值的东西。"②

玄学派诗人一方面对 14 世纪以来的文艺复兴时期的人文主义诗歌传统的理性和单一以及对理想王国的浪漫空想感到厌倦,同时对 17 世纪盛行的一切以理性为前提的古典主义诗歌难以认同,所以,另辟蹊径,从而走上了情感哲理化、思想知觉化的道路。也正是这一特性,被 20 世纪以 T.S.艾略特为代表的新批评派所认可。T.S.艾略特从而引用玄学派的诗句或者通过分析玄学派的诗歌来阐释或是论证自己的诗学主张。

新批评派起源于 20 世纪 20 年代的英国,到了 20 世纪 40 年代和 50 年代,该流派影响甚广,成为一个重要的文学理论派别,其主要代表人物有休姆、T.S.艾略特、理查兹、兰塞姆、燕卜荪、塔特、沃伦、布鲁克斯、韦姆萨特、比尔兹利、布拉克墨尔和韦勒克等。"玄学派与新批评派之间相距三百年,但是这个盛极一时的理论派别的各代表人物都对玄学派诗歌产生了浓厚的兴趣……这两派间诗学观点和文学批评思想的相似性是玄学诗歌在 20 世纪得以复兴的重要原因。"③新批评派对复兴玄学派无疑做出了一些重要的贡献,但有时也有片面解读的现象。西方学者奥古斯丁(Matthew C. Augustine)对此的评述是较为中肯的。他在谈到玄学派诗人马韦尔的评论时写道:"在许多方面,现代安德鲁·马韦尔研究者受到新批评的熏陶,重视鉴赏和解读马韦尔作品的形式方面的特征,包括含混、反讽、悖论,以及对类型的机灵的发展和变换,对音调的掌控和语言上的平衡。的确,对马韦尔诗歌进行新批评视角的切入,开启了许多意义和

---

① Sir Herbert J. C. Grierson ed., *Metaphysical Lyrics & Poems of the Seventeenth Century: Donne to Butler*, Oxford: Oxford at the Clarendon Press, 1921.
② 约翰·但恩:《英国玄学诗鼻祖约翰·但恩诗集》,傅浩译,北京:北京十月文艺出版社,2006年版,第 3 页。
③ 王海红、刘立军:《20 世纪英国玄学派诗歌的复兴》,《河北学刊》,2007 年第 6 期。

秘密,这样的方法也扭曲和误读了他的诗歌,达到了非同寻常的地步。"①

作为新批评派的代表人物,T. S. 艾略特的诗学创新,是在崇拜欧洲文化,特别是崇拜17世纪玄学派诗歌基础之上的创新。他所写的《玄学派诗人》等论文,对于怎样重新发现、评价和继承文学传统的问题,作了深刻的富有创见的论述。他在评论多恩时,对于艺术想象的综合力量以及玄学派将明显无关的观念糅合一体,构成"双重思维"的特性作了精辟的、恰当的评述,他写道:"对多恩来说,一种思想就是一种经验;它修正他的感受。当一个诗人的头脑完全准备好写诗时,它不断把迥然不同的经验交合起来;一般人的经验是混乱的、不规则的、零散的。一般人陷入爱情,或阅读斯宾诺莎,这两种经验互不相关,与打字机的声音或烹饪的香味也毫不相关;在诗人的头脑里,这些经验总是在形成新的整体。"②在 T. S. 艾略特看来,英国玄学派诗歌是智性与情感奇特交融的产物,这远远胜于单纯的抒情,英国玄学派诗歌中所特有的奇喻、巧智、悖论、反讽等技巧,可以用来表达西方人面对现代社会所产生的复杂的内心体验和矛盾的心理状态。

理查兹则迷恋诗歌语言的伪陈述、复杂性和多义性,认为"艺术作品的价值就在于它有能力平衡或调和性质复杂而矛盾的事物"③。

韦姆萨特则曾经引用多恩《告别辞:节哀》中诗句来说明好诗对隐喻的使用。将诗中的情人的分离与金子打成薄薄的叶片联系起来进行比较,认为:"诗是那种类型的词语结构,其中参照或对应的真实性最大限度地与一致的真实性融合——或者说其中外部和内部的关系是密切的互相反映。"④

布鲁克斯对玄学派的评述更为精辟。他在《现代诗与传统》(*Modern Poetry and the Tradition*, 1939)和《制作精美的瓮》(*The Well Wrought Urn*, 1947)两部书里,讨论了伟大诗篇成功的方法。他认为一首诗的成功,在于平衡与调和了相反与不和谐的质素:同中见异;笼统配合着具体;观念配合着意象;个性配合着共性;新颖配合着古老与熟知的事物;一种

---

① Matthew C. Augustine, "'Lilies Without, Roses Within': Marvell's Poetics of Indeterminacy and 'The Nymph Complaining'", *Criticism*, Vol. 50, No. 2, Spring, 2008, p.255.
② 郭宏安等:《二十世纪西方文论研究》,北京:中国社会科学出版社,1997年版,第360页。
③ 同上书,第360页。
④ 韦姆萨特:《语象》,转引自郭宏安等:《二十世纪西方文论研究》,北京:中国社会科学出版社,1997年版,第364—365页。

不平常的情绪状态配合着不平常的秩序……布鲁克斯说,这是一连串矛盾的语句,诗篇的最高境界,就像玄学诗人达成的境界,是用比喻把明显的矛盾连接起来的。

不仅在诗学思想方面,在创作实践方面,T. S. 艾略特等诗人同样受到玄学派诗歌技巧的影响,尤其是在情感哲理化以及诗歌的戏剧性等方面,显得较为突出。譬如在《普鲁弗洛克的情歌》("The Love Song of J. Alfred Prufrock")一诗的开始,诗人把夜晚比喻为一个躺在手术床上被麻醉了的病人。这一奇喻典型地表现了玄学派诗歌的特点,并且恰如其分地将夜晚的意象用来暗示普鲁弗洛克的麻木不仁、逆来顺受、坐以待毙的心理状态。再如,T. S. 艾略特的著名诗篇《四个四重奏》的构思就是建立在玄学派诗人所关注的"元素理论"以及"有机循环"理论基础之上的。四个四重奏分别代表着一年的四个季节,表现着"有机循环"的四个生长阶段,并且暗示着水、土、气、火这四大元素。诗人 T. S. 艾略特不仅将四个元素与四个季节相对应,而且将四个元素与四个地区相对应。从而表现了与"有机循环"相近的自然进程,同样也表现了同样可贵的对宇宙自然探索的精神。

综上所述,17 世纪自然科学的迅猛发展和时代的进步,极大地影响了英国玄学派诗人的世界观的形成以及诗歌创作技巧和创作主题等方面的形成和变更。我们从英国玄学派诗歌的一些创作实践中,无疑可以看出历史星空的折射,发现文学经典的生成与其他学科之间存在着内在关联。玄学派诗人的时空意识、发现意识和探索精神,体现了时代特质,与自然科学的发展有着重要的关联。玄学派诗人在创作方面对新词和自然科学术语的偏好,对巧智、双关、奇喻的沉迷,以及对动态意象的酷爱和对圆形意象的追求,都体现了自然科学的革命性的影响。然而他们对自然科学的理解,特别是关于宇宙空间的想象,又与他们传统的思维模式构成了强烈的冲撞,从而获得了具有玄学色彩的形态和意义。

第二章
《失乐园》的生成与传播

英国诗人弥尔顿的代表作《失乐园》是17世纪英国的伟大史诗,也是世界文学史上丰碑式的经典之作。作品自诞生之日起便引发了无尽的思考与争辩,对它的评论可谓汗牛充栋。史诗的题材依据以《圣经》为代表的西方神话原型即失而复得的追寻神话,但诗人对这一原型神话却有着独特的书写与呈现,它不仅是文学作品,而且包含了神学、自然科学等诸多维度,其生成土壤丰富而厚重,而且《失乐园》作为西方文学经典谱系中的丰碑式作品在西方文学史上有着深远影响。它的经典化是众多内部外部因素共同作用的结果,反过来其作为文学经典的巨大文化能量对后世文学创作,对西方文化品格的塑造,对西方政治、宗教、哲学思想的发展乃至对现代世界的形成都起了至关重要的作用。因此,研究它的生成与传播既能让我们更好地把握文学经典的生成规律,又可使我们对近现代西方思想史的发展获得更深层的理解。

第一节 《失乐园》生成的神学渊源

《圣经》是希伯来文化和希腊文化碰撞融合的结晶,它不仅是宗教圣典,也是深受基督教浸淫的诗人们文学想象和情感表达的重要媒介和载体。圣经题材、圣经教义、圣经意象、圣经修辞乃至圣经文体和风格都是西方文学创作绕不开的基本背景,诗人们通过作品向圣经致敬、与圣经对话,甚至与圣经商榷和争辩,以此表达宗教信仰,探寻通向灵魂救赎和永恒福祉的道路。可以说,几乎所有具有基督教背景的文学作品都是《圣经》的互文文本。弥尔顿的《失乐园》作为英国文学史上继乔叟的诗歌和莎士比亚的戏剧之后又一丰碑式的巅峰之作,选取《圣经·创世记》中的人类堕落故事作为其核心叙事,无疑与《圣经》有着密不可分的关联。一方面,《失乐园》呈现给我们的故事是对《圣经·创世记》故事的重述,是对《圣经》叙事的复叙事,因此它和《圣经》的关联不言自明,但与此同时两个文本之间的差异也显而易见。这种差异不仅是文本层面的——不同的词汇、语法、视点,更是精神层面的——由两种文本之经纬编织出不同的伦理织体。

一、弥尔顿的神学思想与《失乐园》创作

17世纪的英国,在清教主义的推动下,发端于16世纪英王亨利八世的宗教改革继续深入发展,与之伴随的宗教分裂与观念变革也触目惊心。英国国教与罗马天主教的斗争转变为国教与不信奉国教的各教派的斗争。根据英国宗教研究者柴惠庭的观点,这些不信奉国教者被称为"清教徒",他们"是16、17世纪英国要求对安立甘国教做进一步改革的新教徒",包括浸洗礼宗、公理会、长老会派、贵格教派等等。[①] 形形色色的各个教派都拥有自己的教义主张、宗教仪式和教会组织方式,宗教思想呈现出色彩斑斓富有层次的局面,这一过程充满了激烈的宗教论争、政治争斗和社会变革,并在清教徒革命中达到了顶点。出身于清教徒家庭的弥尔顿拥有坚定的清教信仰,但他并非一个固定地归属于某个教派的信徒,而是通过研读经典哲学家和早期基督教神学家的著作,通过与底层激进文化的互动,通过与异端神学传统的对话形成自己的信仰体系。他的神学思想对《失乐园》创作产生了深刻的影响,《失乐园》也成为他表达和探讨内心信仰的重要途径。

激进文化与异端传统对弥尔顿的影响主要表现在如下方面:其一是反三位一体说,它强调基督与上帝是两个独立的实体,坚持上帝为唯一真神,这是对一神论律法的重申,这个唯一真神在18世纪成为自然神论中的最高存在,反三位一体说也成为现代科学兴起的源头之一。[②] 与此同时,它淡化耶稣作为牺牲者安抚者的中间角色,转而着力于对他完美人性的塑造,强调他臻于至善的内心成长和内在修为,这也就摈弃了人与上帝

---

① 柴惠庭:《英国清教》,上海:上海社会科学院出版社,1994年版,第10页。
② 许洁明:《17世纪的英国社会》,北京:中国社会科学出版社,2004年版,第183、186、197页。

之间存在的神性媒介,高扬了人性在神恩扶持下自我完善的潜能。《失乐园》中圣父与圣子的对话或可称为辩论,圣子试图为人类请求恩慈与赦免,扮演了人类辩护人的角色,圣父反而由审判者而陷入了自我辩护的被动地位。"是他们自个儿决定的叛乱,不是我;若是说我预知,预知也左右不了他们的错误。"①(《失乐园》卷三,116—118行),圣子不是上帝的另一个身位,而是需要自我证明其合法继承人身份的人性典范。其二是一元论,它主张世界的本原只有一个,那就是全知全能的上帝,精神与物质、灵魂与肉体不存在本质区别。《失乐园》中天使拉斐尔对亚当、夏娃解释自己与他们的差别时说,万物"原创造得尽善尽美,一概是原始质,仅赋予质的不同形式、不同程度","天使与人"只在程度上有不同,性质全一样","你的身躯终将化一切为精神,/随着时间而增益,插翅而腾空,/同我们一样"(《失乐园》卷五,472—99行)。天使与人乃至万物都是上帝的造物,都出自上帝,一概是由尽善尽美的"原始质"构成,差别仅在"质的不同形式、不同程度"。这就突破了人与神之间原本不可逾越的鸿沟,为人的成长完善开启了无限的上升空间,并传达出众生平等的重要政治意味。其三是对上帝无中生有的创世观的反对。传统神学认为,上帝创世乃是意志创世,没有凭借或利用任何已有的材料和质素。但在《失乐园》对上帝创世的描绘中,创世之前已有"广阔无垠难估量的深渊,/海洋般狂暴、漆黑、荒凉、紊乱",神子给这深渊、混沌划定了界限,形成了天空和地球,它们最初是"不定型的物质和虚空",是上帝的灵气在其中"注入生命的能力、生命的暖流"(《失乐园》卷七,211—36行)。可见上帝创世是借用了已有的材料——深渊、黑暗、混沌、虚空都是它的名称,上帝与它之间亦敌亦友的复杂关系成为让《失乐园》研究者争论困惑的难题。从有些文字看它是听命于上帝的仆从,另一些地方又暗示它独立于上帝,是处于上帝管辖范围之外的古老存在。其四是对固定僵化的祈祷模式的反对。当时国王作为英国国教的领袖颁布了《祈祷书》,规定了民众必须按照《祈祷书》进行祈祷,这遭到注重个体与上帝直接沟通的清教徒的强烈抵制。弥尔顿也对此深恶痛绝,他将这种由权力强制的祈祷形式斥为邪恶的迷信。在《失乐园》中,亚当与夏娃堕落前对上帝的赞美感恩都是真挚自发的情感抒发,堪称宗教性的田园诗,堕落后两人的忏悔也真诚自然,毫无矫饰。最后是有死

---

① 本节所引均依据金发燊译本,后文不再注明,译本信息如下:弥尔顿:《失乐园》,金发燊译,桂林:广西师范大学出版社,2004年版。

说,它或认为人死后灵魂陷入沉睡直至基督重临才复活,或认为人死后灵魂随肉体一同归于寂灭。《失乐园》中亚当、夏娃堕落后展现的人类未来场景中,人堕入生老病死的自然循环,"青春、精力、华年"将变成"衰败、虚弱、苍老","一种冷漠抑郁的/沮丧之气将主宰你的血液,/使你精神颓丧,并最后耗尽/生命的香脂"(《失乐园》卷十一,539—546行),有死说必然导致某种唯物主义,并进而引出对现世生命的看重,对禁欲主义的反对。反禁欲主义也是弥尔顿持有的激进观点之一,在《失乐园》中他大胆描写了堕落前亚当、夏娃之间的性爱,称之为"夫妻恩爱神秘的礼仪",上帝宣称"它是纯洁的",是人类其他"忠实、合理、纯洁而亲密的关系"的基础,是父子、兄弟等人类伦常的原型。(《失乐园》卷四,743—757行)

反三位一体说、唯信仰论、有死说、唯物论,在所有这些问题上弥尔顿的立场都有一个共同点,那就是游移于清教主义与激进异端文化之间。在复辟的幻灭中弥尔顿开始相信,人性必须与神性结合才能建立一个新天地、新社会。他是一个伟大的折中主义者,从激进教义中汲取了大量观念,但他从未将自己归属于任何派别、任何教会,而只是以开放兼容的心态接触各种思潮,并以自身的博学与睿智,最重要的是以内心的良知与信念对《圣经》做出自己的解读,从而形成自己的信仰体系。弥尔顿同样不认为自己的理解便是最终的真理,他所希望的是以他捍卫自身信仰之路的苦乐辛甜帮助他人找到属于自己的答案。在此过程中,他不断回归到早期新教神学传统,求助于原初的路德宗教义,倚重信徒内心的神性光辉以对抗学术化的经院哲学的迂腐束缚。而这也为《失乐园》赋予了一种不同于世俗文学的神圣的宗教使命感,成为《失乐园》崇高风格的深层根源。

二、《失乐园》对《圣经》的神义论解读

功能社会学家迪尔凯姆(1858—1917)分析了社会与宗教的关系,他将宗教视作一种以社会组织为起点和终点的循环链。宗教的重要社会作用表现在人们通过宗教信仰和宗教仪式反复强化社会各阶层的群体意识,对社会结构产生了不容忽视的塑造作用。具体到个人,这种影响渗透到个人生活的各个方面,更成为个人价值观念和精神世界的重要部分。[①]宗教对社会整体的作用不仅表现在强化一种统一价值观在形成团结某阶

---

① 埃米尔·迪尔凯姆:《自杀论:社会学研究》,冯韵文译,北京:商务印书馆,1996年版,第223页。

层、某群体的凝聚力,还表现在将否定这一信仰相应仪式的群体排斥在外,甚至对其进行驱逐乃至迫害。从该理论视角审视《失乐园》对《圣经》的神义论解读,可以发现弥尔顿通过《失乐园》传达出的重大时代转折的讯息。

自由理性与上帝意志的冲突。 如何在上帝的正义与慈悲、法理与仁爱之间达到和谐,这是一个古老的难题。这个难题同样困扰着17世纪的英国人。"基督教原罪论与拯救观就是解决这一问题的一种尝试。"①作为对这一问题的答案的探讨与求索,《失乐园》选择《圣经·创世记》中的人类堕落故事作为史诗题材自然不难理解,他试图回到人与上帝关系断裂的那个原初关键瞬间,重临那个初始场景以"向人类确证条条天道的正确性"。(《失乐园》卷一,26行)。

处于40年代高歌猛进的革命洪流中的弥尔顿坚信他为之效力的上帝格外钟爱英格兰民族,他拣选了这个民族为他完成伟大的拯救功业。这个上帝是一个拥有自由意志的人和可与之合作的理性存在。然而这一理想的破灭将诗人推入了深深的信仰危机。"如果说大空位时期是清教主义分裂的时期,那么,复辟时代则是清教主义理想彻底破灭的时期。"②这一理想的破灭意味着这个上帝变得陌生而狰狞,他的意志变得不可捉摸、不可理解,诗人的服从随之丧失了依据。"上帝之道"让他无法接受,不仅对于人类始祖的遭遇无法接受,更对发生在17世纪40—50年代英格兰的一切无法接受。这种困惑通过亚当之口表述无疑:"你的正义似匪夷所思。"然而上帝的全能让他深知必须接受,因为"他的意志即为命运"。他无法将上帝认作邪恶,否则他的人生将如非利士人的庙宇一般坍塌为废墟。上帝即律法、即真理、即历史的真实,正如君主复辟之真实一般,虽然悖理违情却是必须接受的真实存在。此时他迫切地需要另一个上帝,以逃离这个不可知的"暴君"。他需要一个中介,通过这一中介,他可以达到与上帝的和解,因此就有了《失乐园》中的圣子,他代表了上帝的人性层面,在上帝与人类之间搭建起沟通的桥梁。并且,要将人类解救出理想破灭后的虚无、喧嚣与混乱,要重建公平秩序与正义,他唯有仰赖《圣经》,唯有严谨执守《圣经》经文,然而问题在于:《圣经》庞杂浩瀚,其中不乏相悖相忤之言,给《圣经》的阐释带来了很大的模糊空间,于是"上帝之言"就成

---

① 许洁明:《17世纪的英国社会》,北京:中国社会科学出版社,2004年版,第183、186、197页。
② 同上。

了各说各话的众家之言。一个解决之道是依靠信徒内心之光的引导解读经文，相较于经文辞句更看重其神髓。① 对这一解决方案，弥尔顿的态度是谨慎而有限制的赞同。将人内心的理性之光作为解释圣经的依据引出一个问题：听凭每个人内心的引导，必会将上帝之言导向相对主义的歧路。

自由理性与上帝意志的和谐。怎样寻找一个客观的标准？在弥尔顿看来，这一客观的标准就是个体的合于理性、合于正义的自由发展和利益诉求，这一诉求与上帝的意志契合一致，是上帝造物的目的所在，其理性的客观标准就镌刻于受教育阶层的内心天性之上。弥尔顿所从属、所敬重的知识精英的良知正是检验《圣经》解读之真理性的客观标准，也是限制个人全凭一己意愿解释《圣经》所造成的任意性和主观性的准绳。因此，从这个角度看，维护圣经的权威就是维护私有财产和阶级社会。弥尔顿的激进是以不危及私有财产为前提的。在此前提之下，他的思想可谓极端的激进主义。对于深受人文主义传统浸染的弥尔顿而言，个体的自由发展拥有最大的合理性。但这自由不是大众所能拥有的，它只限于精英阶层。② 在《失乐园》结尾米迦勒向亚当预示了人类未来，并预言说："深重的迫害将落到所有百折不挠地崇拜神灵和真理的／这些人头上；其余，多得多的人／将认为宗教在金玉其外的礼仪／和形式中得到满足。"（《失乐园》卷十二，531－535 行）这意味着并非所有人都可得拯救，只有少数受拣选的精英才有能力选择善，他们已内化了上帝的律令，只有拥有了个体的自由才能保证他们的自我实现。在 17 世纪的英国社会，无条件的民主同查理一世的专制统治一样，都会导致不可拯救者将恶强加给可获拯救者。这种自由与律令、个人与社会、先定命运与自由意志的张力在《失乐园》中不仅表现为上帝与撒旦的关系，也表现为上帝与耶稣及亚当的关系。

《失乐园》于开篇即宣称，"向人类确证条条天道的正确性"是诗人的创作题旨。（《失乐园》卷一，26 行）在这一过程中上帝第一次被公开推上被告席，被要求为其"天道"辩护。全知全能的上帝需要辩护？这是历史性的时刻，从此之后对上帝的信仰、对地狱的恐惧、对永恒审判的敬畏就开始了一个衰退的过程，赏功罚过的世俗道德取而代之。结合 17 世纪英

---

① 柴惠庭:《英国清教》，上海:上海社会科学院出版社，1994 年版，第 188－189 页。
② Christopher Hill, *Milton and the English Revolution*, New York: Penguin Books, 1979, p.346.

国社会背景观照《失乐园》创作,似可得出以下结论:弥尔顿通过《失乐园》向我们展示,对神圣上帝的信仰也需要通过理性的质疑与检审来获得,这是对个人自由的极大张扬,宗教的个人主义和自由主义成为世俗个人主义和自由主义的先驱,它们共同开启了走向近代社会的时代精神和价值观念,成为"一切近代思想的真正起点"[①]。

三、《失乐园》对《圣经》叙事结构的借用与偏离

从现世历史政治的横向层面看《失乐园》的创作与17世纪英格兰清教革命密不可分。约阿希姆认为,继圣父犹太时期和圣子基督传教时期之后存在圣灵第三历史时期。这是圣父、圣子隐退、圣灵分裂内化为个体信仰的时期,是善与恶、苦与乐、生与死、希望与绝望混杂不可分的时期。[②] 在弥尔顿看来,复辟后的英格兰就处于这一时期。这一时期将无限期地持续下去,直到基督重临的那一刻。《失乐园》中发生在天国、地狱、伊甸园三个时空场景中的事件都暗示了政治关系的思考与论辩。而从基督教宗教发展的纵向层面看,自从16世纪的宗教改革确立《圣经》作为人们信仰和行为的准则,《圣经》在基督教世界成为至高无上的教义典范。《失乐园》扮演了与《圣经》对话的角色,作为一名诗人弥尔顿明白,叙事结构和文本隐喻的变化比教义的变化重要得多,它们会在想象力和情感层面潜移默化地影响读者的信仰与观念。[③]

同中有异的 U 形叙事结构。 从叙事结构看,《失乐园》与《圣经》呈现出既相似又不同的面貌。弗莱(Northrop Frye,1912—1991)在他研究《圣经》的经典著作《伟大的代码》中指出,《圣经》叙事是上帝的子民反复背叛与回归的叙事。它呈现出一个 U 型结构,背叛之后落入灾难和奴役,随之是悔悟,然后通过解救又上升到差不多相当于上一次开始下降时的高度。在文学作品中,这是标准的喜剧形式,在喜剧中,一系列的误解与不幸使剧情跌到最低点,然后来了某个幸运的转折,把全剧的结尾推向快乐的结局。因此,《圣经》可以被视作一部"神圣喜剧",其中包含数个重复出现的 U 形结构叙事:《创世记》之初,人类失去了生命之树和生命之水,到《启示录》结尾重新获得了它们。以色列一次次在异教王国的权力

---

① 蔡骐:《英国宗教改革研究》,长沙:湖南师范大学出版社,1997年版,第174页。
② 丁光训、金鲁贤主编:《基督教大辞典》,上海:上海辞书出版社,2010年版,第250页。
③ 诺思洛普·弗莱:《伟大的代码:圣经与文学》,郝振益等译,北京:北京大学出版社,1998年版,第32、220页。

面前没落,每一次的没落之后都有一次短暂的复兴,重获相对的独立。较小的还有《约伯记》中约伯的灾祸与繁荣,耶稣讲道中浪子回头的故事。[①]对于异教王国和反基督,这个叙事则是一个倒置的 U 形,在文学中相应地属于悲剧的形式。《圣经》对待异教王国和反基督悲剧的态度是反讽,即只强调最终的突然失败,而淡化或无视在失败之前的成就功业中的英雄因素。《失乐园》叙事相较之下更为复杂。总的来看,它包含的是两个叙事,一个是撒旦堕落复仇的叙事,另一个是亚当、夏娃创生堕落遭受驱逐的叙事。在前一个叙事中,撒旦经历了由天国坠入地狱又上升至伊甸园的过程,这一上升过程在他复仇阴谋得逞时达到顶点,但这个上升的行动是一个"伪事件",这里的上升即更深的沉沦,到达的顶点也是坠落的低点——在他凯旋时他和部属都被变为了蛇形。在后一个叙事中,亚当、夏娃由伊甸园中为上帝钟爱的纯洁的造物堕落为背叛者和罪人,被逐出完美的伊甸园,这是一个倒置的 U 形,但两人的忏悔祷告和救赎希望又预示着重新爬升的可能。

各有侧重的 U 形叙事结构。《失乐园》叙事与《圣经》叙事另一个不同之处在于,两者给 U 形曲线上升和下降过程分配的侧重点不同。《圣经·创世记》中对人类始祖堕落的叙述只有 394 个字,其后的叙述都可视为漫长的爬升过程,尽管这一过程又包含数个再次堕落反复,以及每次堕落后又忏悔救赎的亚叙事。这一爬升过程至《启示录》的基督解救达到顶点。而《失乐园》将《圣经·创世记》中短短 394 字扩充为长达九卷的史诗,浓墨重彩地描述了堕落的诱因(撒旦的诱骗)、堕落的过程、堕落的惨痛(堕落前的纯真幸福)以及堕落的后果(逐出伊甸园)。相比之下堕落后的忏悔救赎只占三卷内容,仅仅在米迦勒向亚当预示人类未来的篇章中模糊地暗示了救赎的可能性。对于撒旦的叙事,《失乐园》与《圣经》的差异更大。《圣经》中并没有直接的关于撒旦的文字,只有关于明亮之星卢西弗的少量叙述,后来又将卢西弗与埃及法老尼禄等同起来,更不见关于撒旦反叛被赶下地狱的描述,当然也就不存在撒旦来到伊甸园诱惑亚当、夏娃的叙述。相比之下,《失乐园》对撒旦叙事倾注了大量笔墨。读者看到更多的是撒旦叙事的 U 形曲线的上升部分,在撒旦身上有古典英雄的形象,他结合了阿喀琉斯的勇猛与奥底修斯的谋略,他不屈不挠的精神、

[①] 诺思洛普·弗莱:《伟大的代码:圣经与文学》,郝振益等译,北京:北京大学出版社,1998 年版,第 32、220 页。

身先士卒的勇气、冲锋陷阵的英武、机敏狡黠的智慧使读者很难不产生钦佩乃至赞赏的认同感,也给《失乐园》增添了复杂含混的解读空间,相形之下,对他最后失败的反讽不免给人以底气不足之感。

《失乐园》与《圣经》叙事结构的差异深刻地影响着两个文本呈现的面貌以及它们各自传达的内在涵义。两者的差异体现的是产生两个文本的两个时代的差异,更是宗教与诗歌之间的紧张关系,正如弗莱所说,在宗教的"如此"和诗歌的"假定如此"之间,永远会存在某种张力。①

在弥尔顿看来,世间恶之存在的根源在于人之堕落,被逐出伊甸园那个原初的关键性瞬间使人的本然生命与上帝赋予他的神圣生命之间关联断裂了,人陷入罪的沦落,其存在变得破碎不堪。历史现实的残酷血腥,政治领域的变幻反复,革命与复辟中的血雨腥风,突现出人生存的悲苦与荒唐。要抑制人世与人自身之恶,祈求生命的重生,恢复与上帝的原初关系,唯有回到那个堕落的初始瞬间,通过回忆人在上帝怀抱的故土中的存在使沦入罪恶中的人重新回到神性源头。因此,弥尔顿回到作为上帝之言的《圣经》,以此探索人之存在的本来面目和本真意义,以期将人类救拔于理想破灭后的虚无、喧嚣与混乱,重建公平、秩序与正义。但是,这一返回不是简单的重复,而是在传统基督教外壳之下的变革甚至颠覆,它体现了时代和观念的巨大转变。将两个文本并置,结合宗教维度探索《失乐园》的诗歌世界,必将给我们带来更多的启示,也将使我们对这部史诗有更深的理解。

第二节 《失乐园》的生成与17世纪宇宙论

对于《失乐园》这样一部十二卷的恢弘史诗,阅读成为一种时间中的延异运动,从第一行到最后一行,读者被文字的推移所牵引,见证从创世经堕落到救赎的整个历程。同时,这一过程也是空间中的运动,从上帝的天国经人间的乐园到堕落的尘世直至撒旦的地狱。这样一来,我们便得到一个十字交叉的"世界之轴"形象。这一形象与地心说宇宙论哲学密切相关。这一哲学传统自公元前6世纪古希腊的毕达哥拉斯哲学起,后经柏拉图、亚里士多德的发展,直到公元2世纪的托勒密天文学,形成了西方

---

① 诺思罗普·弗莱:《批评的解剖》,陈慧等译,天津:百花文艺出版社,2006年版,第182页。

最古老的宇宙论,常被称为"毕达哥拉斯—托勒密宇宙论"或"亚里士多德—托勒密宇宙论"。到了中世纪,神学家托马斯·阿奎那又把基督教观念融入亚里士多德—托勒密宇宙论之中,进一步发展了这一古老的宇宙论。直到17世纪上半叶,这一宇宙论都在英国思想中占有压倒性地位,它的影响甚至波及18世纪上半叶的英国诗坛,直到哥白尼学说最后站稳脚跟为止。经过长期的发展,这一传统宇宙论融会了历代的科学、哲学、神学、伦理学和文学艺术等各种成分,包罗万象,丰富多彩,形成了一个庞大的、完整的体系。弥尔顿借助这一悠久丰厚的文化传统,建构起《失乐园》这一自足的文学宇宙。对时间和空间的体验是存在的首要范畴,也是语言与思维的首要范畴。

一、《失乐园》与17世纪宇宙论中的"世界之轴"原型

17世纪的传统原型宇宙是一个四层面的时空体,"世界之轴"的原型表现为一个"形而上的"梯子意象。依据17世纪的宇宙论,"在这个宇宙中,有一个梯子,亦即生灵的明显等级,它不是无秩序、混乱地,而是按照一种巧妙的方法和比例逐步上升的"[①]。这条由生命之链组成的梯子将万物视为一个从混沌经由逐层的秩序上升到上帝之城的链条上的各个环节。其中,上帝是不具有物质实体的纯粹形式,而混沌是不具形式的物质。此物质包括四大元素土、气、水、火,分别是冷、热、干、湿四个原理的不同程度的结合体。四元素的上方是严格按等级排列的一个体系:处于最上方的是众天使,其次是人类,再次是动物、植物、矿物。人类处于这一等级体系的中间,上方和下方分别是精神的天使和物质的自然界,人类自身是两者的合成体,既是尘土之躯又具有上帝所赋予的灵气,他们自身构成一个微观宇宙,是宏观宇宙的缩微体。流行于17世纪的托勒密宇宙论赋予这一生命链一种准科学的地位。根据托勒密宇宙论,宇宙最外层是原动天,接下来是繁星依各自轨道运转的内圈,七大行星依次排列其中;最底下是月亮,然后进入由土、气、水、火四大元素构成的人类所处的世界,这个世界因位于月亮之下,故称"月下"世界。创世之初,各元素由混沌中分离出来,由此才形成了人类所处的世界,其中每个元素都有各自相应的领域,并总在寻求自身所属的空间。[②]

[①] Thomas Browne, *Religio Medici and Christian Morals*, Edinburgh: Thomas Nelson and Son, 1940, p. 298.

[②] Ptolemy, *Almagest*, translated by G. J. Toomer, Princeton: Princeton University Press, 1998, p. 108.

这一哲学和天文学的宇宙论观点在一定程度上佐证并强化了神学的宇宙论观点。这一观点将宇宙分为四个层面：最顶端为天国，是上帝及众天使所在的地方，它不是由日月星辰组成的人类世界的苍穹，而是隐喻意义上的天国。位于天国下面的第二层面是由伊甸园作为象征的人世乐园，这是人类堕落前的家园，也是人类应该从属的空间，人类堕落后便被从中逐出，它作为现实的场所已不复可寻，但人们在心智中还可一定程度地恢复它。再往下的第三层面便是堕落后的人类世代生存的自然界，这是异化堕落的世界，创世之初分离出的四元素在这个世界处于腐朽衰败的状态。处在最下端的第四层面是死亡、罪孽及叛逆天使所在的魔怪世界，通常称作地狱。它虽位于人类所处的自然秩序之下，但由于人类的堕落，它获得了对第三层世界的极大主宰权。[①]

这一原型不但是一个哲学和神学的世界观模型，更是一种认知模式和表达模式，自古至今的前基督教时代、基督教时代及后基督教时代，人类无不借助它认知和设想自己身处的世界。同时也通过它表达自身对世界的理解，探索对世界奥秘的解答。这一认识论模型深刻而广泛地渗入人类智识活动的方方面面——哲学、天文学、物理学、生物学、社会学等，在不同时期化身为某个学科中公认的某种模式或模型，同时也成为人类情感活动的基本模式。文学作为人类情感活动的一个重要维度，承载了人类最为丰富、纯粹、微妙、深刻的情感与想象，表达了某个时代人类共同的焦虑、关切、信仰与希望。这一"世界之轴"原型同样成为各个时代文学表达所依托的基本模式。但在不同时代，这一种神话体系的核心与侧重，以及由这种处理传达出的内涵却始终在变化。它指的是一种文学隐喻的结构，"世界之轴"是弥尔顿用语言建构起的自足宇宙，在这个四层面的宇宙中，对时间和空间的体验是存在的首要范畴，也是语言与思维的首要范畴。这四个层面各自有着怎样的时空体验？弥尔顿在《失乐园》中又是如何表达这种时空体验的？他通过这种时空体验表达了怎样的文学想象模式和生存体验模式？

二、《失乐园》时空模式的生成与17世纪宇宙论

时间维度的文学想象模式。首先来看时间。在基督教的宇宙论中，时间

[①] 诺思洛普·弗莱：《神力的语言——"圣经与文学"研究续编》，吴持哲译，北京：社会科学文献出版社，2004年版，第186页。

图式是圆形的,从创世之初的深渊到末日审判的地狱,从伊甸园到天国,人来自尘土又归于尘土,基督的诞生、殉难、复活、升天、重临,这一切无不表明这样一种时间观:"历史是轮回的,起点即终点。"①循环式的时间观,既是对时间的肯定——事物的循环运动表明了时间的流逝,又是对时间的否定——循环运动将终点带回到起点,这一结果抹杀了时间的存在。这种对同一时间观的两种体验模式正是《失乐园》中四个存在层面时间体验的基础。

在第一层面的世界即上帝的天国中,上帝只需一瞥,过去、现在、未来便尽在眼底;这里生长着不凋花,"一种生命无限循环的仙花,紧邻生命树绽放","团团花簇从高高的天空中/遮掩着生命之泉"。(《失乐园》卷三,353—357行)②不凋花、生命树和生命泉都是永生的象征,都是对毁灭性、破坏性的变化的否定,但这种永恒的现在并不意味着停滞与单调。在那里天使们"也拥有/我们的傍晚和我们的早晨,但是,我们/是为了享受愉快的变化,我们并不需要"(《失乐园》卷五,628—630行)。这里只有白昼与黄昏,"夜晚披戴着黑色/面纱不去那儿"。(《失乐园》卷五,647行)上帝宣布圣子涂膏为王的那一天,"恰逢天上的大年",所谓"大年",即春分点完整地绕行黄道一周所经历的时间,天堂也有大年之说似乎令人奇怪,拉斐尔对此解释道:天堂中"就时间而言,虽然永恒无限,/但是凭借现在、过去、将来用之于运动,测量万事万物持续的时间长度"。(《失乐园》卷五,581—583行)这里不是"混沌"主宰的冥茫世界,后者是取消了时间的无意识无秩序的存在,而前者却是超越了时间的有着内在秩序和规律的永恒福祉。这种秩序如同音乐的韵律,是内在于事物之中的,而不是外界强加于它的,因而不是一种异化的存在。在《失乐园》中象征这种存在境界的便是音乐的境界,如拉斐尔所描述的:"在令人陶醉的交响乐悦耳动听的序曲中,/他们(天使)唱起他们的圣歌,掀起一阵阵狂喜,除了与旋律优美的声部完美结合的和声,/没有丝毫杂音,天堂之中如此和谐一致。"还有神秘的天堂舞蹈,"它与远方一颗颗行星所组成的明亮星空,/固定在她的轨道上旋转最为相像;犹如/座座迷宫,错综复杂,互相/牵连,当他们看来最无规律之际,同时/却似最有规律之时,舞曲与他们的舞步/丝丝入扣,完美和谐,如此流畅,令人/陶醉,以至于上帝自己的耳朵也在欣喜/聆听"。(《失乐园》卷五,620—628行)这个重要的细节把造物主描绘为引

---

① 王少辉:《圣经密码》,北京:中央编译出版社,2009年版,第137页。
② 本节所引均依据刘捷译本,译本信息如下:弥尔顿:《失乐园》,刘捷译,上海:上海译文出版社,2012年版。以后引用,在正文中随文标注页码。

退的听众,这表明,他的统治解放了被统治者,释放出其内在的美与善的活力,而不是一种异化奴役的力量。"音乐与舞蹈历来与天堂玉宇分不开"①,音乐舞蹈的经验模式是一种与周围环境的完美和谐,并与其他存在主体共同构成复调和声,其自身中包含一种充沛的内在活力。天堂中的时间是完整的"当下时刻",是真实的"现在"。②

伴随着创世时天堂天使们祝福的赞歌,同样的时间体验也被赋予了伊甸乐园。当亚当、夏娃在清晨走出休憩的居所,开始一天的劳作时,"他们深深地鞠躬,表达崇拜,开始他们的祈祷",他们赞美"善之父母,万能的上帝",赞美他光荣的杰作:首先是用"小小的光环加冕晴朗的清晨"的启明星;然后是太阳,"这个伟大世界的眼睛和灵魂",用它的升落来表达对上帝的赞美,它"和另外的五颗漫游的星星,在天乐中挪动神秘的舞步";接着是空气和四大元素,"自然子宫最古老的分娩"。它们的联合体"永久运动,反复循环,形式多样,彼此/融和,滋养万物"。还有"用烟云打扮本色青天,用一阵一阵的降雨滋润干旱的大地"并且"袅袅上升,徐徐下降"的薄雾,或轻轻呼吸、或狂吼怒号的四方气流,摇动头颅表达崇拜的树木花草,边流边闹、悦耳低语的条条清泉,用歌声和翅膀送上赞美的百鸟,游动水中、行走大地的生灵,"加入大合唱吧,汝等所有的生命化身"!(《失乐园》卷五,143—208行)在这第二层面,亚当、夏娃的祈祷代替了天使的歌唱,他们的欢爱与劳作休憩代替了天使的舞蹈,与自然界万物——从天空的日月星辰到空中的飞鸟、地面的走兽、水中的游鱼——的蓬勃生机共同组成一部宏大和谐的交响乐,"时间成为充沛的内在活力"③。这里的昼夜交替与劳作休憩都是上帝为人类福乐所设置的生命节奏,一种祥和平静中的变化,它给人类带来的不是恐惧和忧虑,而是期盼与回味。不仅如此,昼夜的交替还意味着一种秩序,它既是上帝统治的体现,也是对上帝统治的维护。因为星辰"有升有降",为的是"以免黑夜可能会重新夺回她的古老的领地,以至整个黑暗卷土重来,将自然界中的生命/以及万物消灭干净"。(《失乐园》卷四,664—667行)

第三层面即堕落的经验世界。在《失乐园》中主要是由米迦勒向堕落后的亚当预示的人类未来图景展现的。那是一个欢乐和平不断被破坏、

---

① 诺思洛普·弗莱:《神力的语言——"圣经与文学"研究续编》,吴持哲译,北京:社会科学文献出版社,2004年版,第195、198页。
② 同上书,第195页。
③ 同上书,第198页。

杀戮、争斗的历史循环,其中充满仇恨、贪婪、淫欲、欺诈和傲慢,人类一次次背弃上帝,受到惩罚,历史成为一个反复上演同一场悲剧的舞台,时间只带来具有破坏和毁灭力量的重复。堕落的人类对时间的感受便是"弃我去者昨日之日不可留"的疏离和"乱我心者今日之日多烦忧"的忧惧,真实的"此刻"没有了,人生成为"在痛苦和无聊之间摆动的钟摆"。① 在这种循环当中,当然也不全是绝望与毁灭,这只是向下的循环,它通往罪孽与死亡,和下方的秩序联系在一起;此外还有向上的循环,它常与早晨、春天、青春联系在一起,它使人类短暂地、受时间制约地感受到上方世界欢快充沛的活力,就如堕落的亚当、夏娃忏悔祈祷后迎来的又一个清晨,那时"琉科忒亚梦中醒来,她毅然决然/把神圣的光明洒向世界,用清新的露珠/滋润大地"。结束祈祷后的亚当、夏娃"感到苍天增添的力量,崭新的希望跃出/绝望",亚当感到"平静已回到/我心窝的家里,我再一次想起他的诺言",这使他确信"死亡的苦涩已经过去,/我们将会生存下去"。(《失乐园》卷十一,134—158 行)但好景不长,"经过早上/短暂的一抹红霞,天空刹那间黯然失色"(《失乐园》卷十一,183—191 行),祥和宁静的景象被逐猎和逃亡代替。

第四层面地狱中的时间体验始于撒旦及叛乱天使坠入地狱。在那里他们哀叹如今的悲惨境地,商议之后决定前去祸害人类,"要么就用地狱之火把他的全部创造化为灰烬,要么就统统/拿来据为己有,就像我们被驱除一样,/驱除生于我们之后的居民,或如不驱除,/就引诱他们加入我们的队伍"。"用我们的破坏/打断他的快乐,就在他们心神不宁的时候/我们得到大快大乐;到时他的一个个/宠儿,头在前,脚在后,被他猛力掷下,/加入我们的队伍"。(《失乐园》卷二,364—375 行)这是一个基于重复的复仇计划:对自身遭遇的报复快感来自于对原初罪与罚过程的重演,对自身痛苦的舒解来自于使无辜者遭受同样的痛苦。代偿的安慰来自于让一个无辜的第三方遭受与自己同样的损失,一切都没有改变,只是痛苦和毁灭被复制了。可见,在魔怪的时间中,"毫无有意义的变化"②,一切改变都是封闭向下的循环,这一循环指向堕落与毁灭的永恒终点,仅存在对同一邪恶事物的重复,正是这种时间体验模式以其普遍的破坏力使一切衰朽并最终化为乌有。决议祸害人类之后,"各级天使或如鸟散,或游荡,/或各走各的路,任凭爱好或忧伤的挑拣/带他走入无措的茫然,不宁

---

① 叔本华:《作为意志和表象的世界》,石冲白译,北京:商务印书馆,1982 年版,第 384 页。
② 诺思洛普·弗莱:《神力的语言——"圣经与文学"研究续编》,吴持哲译,北京:社会科学文献出版社,2004 年版,第 196 页。

思绪的休眠/在那里他也许最有可能找到,以乐款待/令人厌烦的时光"。(《失乐园》卷二,523—527行)时间对于他们成为可诅咒的东西,是痛苦、折磨、厌倦的无限延长——"直到那伟大统帅返回",那时他们便可步其后尘,前赴后继大肆破坏人类的幸福家园了。在这里,时间是不知餍足的破坏与毁灭之力。更加能够体现这种时间体验模式还是他们的思维模式,因为时间本身就是思维的首要范畴之一。在等待他们的首领归来的间隙中,有的叛乱天使"分开坐在一座/隐僻的小山上,正在可心如意说文论道,/兴高采烈交流思想,据理争辩最高天意、/先见之明、意志和命运:那不变的命运,自由的意志,绝对性的先见之明,各种/命题多如牛毛,迷失在绕来绕去的迷宫/里面"(《失乐园》卷二,555—562行)。他们对不可违抗之天命和个体自由意志这一对古老矛盾的着迷,折射出他们对自身命运的思考,其中渗透着真实的切肤之痛,但被堕落蒙昧的心智注定只能在绕来绕去的迷宫中迷失,因为"虚荣的智慧只能产生谬误的哲学";他们的辩论只能是自我欺骗、自我复制的戏法,"一种令人愉快的魔术",因为语言与思维本就是不可分地相互关联的。最后,同样的时间体验模式还体现在其心理模式之中,最能反映这一点的是第四卷开头撒旦的一段心理活动,那时撒旦历尽艰险远远看到伊甸园,这时他陷入恐惧、妒忌和绝望的激情漩涡:"这企图临近分娩,此时正在他喧嚣的胸中翻转沸腾,就像一座/魔鬼的加农炮产生的后坐力弹到他身上;/恐惧和怀疑分散了他思绪混乱的注意力,/从底部搅动他那内心之中的地狱,因为/他随身带着地狱,地狱在他身上,团团把他围在中央,它既不能走出地狱一步,/也不能因为地点变迁而让地狱从他身上/飞开;现在,良心唤醒沉睡状态的绝望,/唤醒有关过去他的境况如何,现在如何,/境况必将更糟的酸辛记忆;多一分不义,/多一份惩罚,必然而然接踵而至。"(《失乐园》卷四,15—26行)有形的地狱只是外加的禁锢,可以用诡计和强力逃脱,心中的地狱才是撒旦无法逃逸的牢笼,是他的自我诅咒和自我惩罚,一种类似"死亡本能"的毁灭欲望。在这段心理活动中,他深陷于忏悔、罪疚、骄傲、叛逆、怨恨自责的封闭循环,最后发现除了从毁灭走向更深的毁灭之外,别无出路。撒旦逃出地狱是为了诱惑人类,而这只不过是对他自己原先堕落行为的重复。

在第一、四层面的时间体验中可以看到一种同属于"存在的极端"的相似性①，这种相似性在于对变化的否定和现实感的消弭。在某种意义上，天国的永恒福祉和地狱的永恒折磨都是一种超时间的永恒存在，处于天国和处于地狱中时间都变成永恒性的，与之伴随的是一种近乎消失的现实感。但丁在《天堂》中说："仅过了一刻，我竟像患了昏睡症，/比二千五百年前阿戈号船的影子/使海神尼普顿惊恐还更难受。"②时间对于伊甸园中的亚当、夏娃也是等于不存在的，日升日落只是变换的背景幕布。《失乐园》描写"混沌"和"黑夜"统治的领域时说，那是"覆盖在荒芜寂寞/深渊之上""大大展开的黑糊糊大帐篷"，充斥着震耳欲聋的疯狂嘈杂之声，在这里，四大元素尚未分离，撒旦挣扎"在一片沼泽的流沙中"，时而游泳、时而溺水、时而跋涉、时而爬行、时而飞翔。（《失乐园》卷二，940—960 行）由此可见，在神祇世界和魔怪世界中，都是瞬息千年，时间成为一种超时间的瞬息。在第三层面即堕落尘世的存在体验中，于某些特殊的时刻人类能感受到这种"超时间的瞬息"，如亚当被米迦勒带上伊甸园中最高山上看到人类未来图景时，短短的一瞬便阅尽千年。在普通人的生存体验中那便是婴儿期（甚至更早的胎儿期）和临终的时刻。在这两个与出生和死亡相联系的时刻中，人处于一种极端的存在，在心理上就是无意识的状态，而无意识就是无时间性的。这也多少说明为什么童年总是"温暖而迟慢"，而老年总是"往事历历在目"，这是因为时间本身就不是自然性的范畴，而是社会性的。换言之，它是文化的，而非自然的，它产生于人类文化诞生的那一刻，亦即堕落的那一刻。人类除了在"存在的极端"——与出生和死亡相连的时刻——会处于一种超时间的存在以外，诗人通过言语想象力也能达到一种"超时间的瞬息"。弥尔顿在《失乐园》中的叙述便采取了一种可称为"反顾式预见"的时间视角，它是对已发生之事的预期式描述。如诗歌开头对缪斯的呼告中诗人说起人类的"第一次违忤"，说到"一位比凡人更加伟大的人/使我们失去的一切失而复得"，请女神启示他那位牧羊人如何"最早训诲选民"，以及"开泰之初，天地如何/远远摆脱混沌"。他祈求女神让他神思"酣畅淋漓，一鼓作气"，"高高飞越/爱奥尼之巅"，"完成我这一鸣惊人的诗篇"。（《失乐园》卷一，1—15 行）诗人借助天启的诗性想象力在时间中任意穿梭，超越过去、现在、未来，达到一种共时性存在，获得神祇般的洞见，这是真实的"此刻"，"转动

---

① 诺思洛普·弗莱：《神力的语言——"圣经与文学"研究续编》，吴持哲译，北京：社会科学文献出版社，2004 年版，第 197 页。
② 但丁：《神曲：天堂篇》，朱维基译，上海：上海译文出版社，1984 年版，第 355 页。

的世界静止的一点"。①

空间维度的文学想象模式。以上讨论的是四个层面世界中的时间体验模式,接下来看看它们其中各自的空间体验模式。空间是和时间一样古老的范畴,无论是直线式的时间观念还是圆圈式的时间观念,这种表述本身就表明:"人类对时间的感受必须借助空间概念,换言之,时间只是空间的延伸。"②历法与天文学向来密不可分,天体的空间位置是人类借以标志时间的重要依据。既然两者的关系如此密切,那么它们在人类思维中是否具有相似的特点甚至起源?通过考察诗歌想象中的空间体验模式也许可以找出答案。

首先来看看第一层面中的空间体验模式。《失乐园》中对天堂的描述给人的最深印象便是歌舞欢宴的景象,其中多次提到天使的颂歌和舞蹈:"在令人陶醉的交响乐悦耳动听的序曲中,/他们唱起他们的圣歌,没有丝毫杂音,天堂之中如此和谐一致。"(《失乐园》卷三,369—371 行)对于天使的歌声,这里强调的是其和谐一致以及与主体声部的完美结合,对于他们的舞蹈同样如此,"他们/围绕在圣山四周载歌载舞;神秘的舞蹈,/它与远方一颗颗行星所组成的明亮星空,/固定在她的轨道上旋转最为相像;犹如/座座迷宫,错综复杂,圆心不同,互相/牵连"。这里有一个空间运动的比拟:如同一个个"圆心不同,互相牵连"的轨道。这种圆满和谐、统一一致的圆周体就是天堂的空间模式,其中每个天使都是一个中心,因而是"圆心不同";上帝是其圆周,因而"互相牵连"。上帝的圆周无处不在,无所不包,超越一切,主宰一切。若没有这个圆周,中心就失去了意义。从另一个角度看,也可说上帝是个中心,而包括天使在内的万物是其圆周,因此诗中多次提到天使密密麻麻,多如繁星,围绕在上帝的至尊御座四周。这既意味着圆周和中心可以相互置换,也意味着这由万物组成的整体大于每个个体的简单组合。这就是"all in all"的含义所在。这也是一种相应的精神观和心理状态,其核心便是思想意志的自由。天使们虽是由上帝所创造,但他们拥有独立自主的意志:"他们或站立就站立,或倒下就倒下,完全听凭自由。"(《失乐园》卷三,102—103 行)

这也是第二层面伊甸乐园的空间体验模式的基础,因为未堕落世界本身就是"天堂的影子,天地物物相当"(《失乐园》卷五,576 行)。就如同

---

① 托·艾略特:《四个四重奏》,裘小龙译,桂林:漓江出版社,1985 年版,第 10 页。
② 王少辉:《圣经密码》,北京:中央编译出版社,2009 年版,第 147 页。

上帝按自己的形象造人一样,地球也是仿照天堂的模样创造的。享有上帝天赐之福的伊甸园"就如同天堂一样,/一个场所,神灵们可以居住,或者乐于/光顾"(《失乐园》卷七,329—331行)。在亚当的空间体验中,地球上方是上帝之国,地球是上帝创造的世界的中心,"群星好像在高深莫测的空间滚动,/目的只有一个,围绕着这个地球的黑暗,/这个小小的斑点,夜以继日地提供光源"。"与此同时,静止不动的地球,远远不用/像圆规去划圈,但养尊处优,待遇超出/她自己应有的高贵,不需要一丁点运动,/她就到达目的地。"(《失乐园》卷八,19—35行)这是一个同心圆的空间图式,也是一种以自我为中心的观念。这表明如同时间一样,"空间也是社会性的,体现的是一种权力结构关系"①。这个结构就是亚当的世界观。未堕落的世界中的空间体验还体现在生活于其中的人与万物的自由意志上。创世之初"上帝的神灵/展开他孵化的翅膀,把充满生命的力量/和生机的温暖注入,渊面"(《失乐园》卷七,235—237行),之后万物便以蓬勃的生机自行生长,充分展现出生命的自主意志和独立尊严。② 当上帝完成了所有的创造,工作结束,他便休息祝福第七天,这一天上帝没有任何工作,并定此日为安息日。这表明上帝创世完成之后便引退,赋予万物充分的自由,万物各得其所,处于生命链上各自归属的相应位置,"空间成为家园",空间体验是一种田园式的存在。③《失乐园》描绘伊甸园中亚当、夏娃的生活图景和他们的祈祷便采用了一种牧歌文体。这种行动和思想的自由还集中体现在夏娃对分开劳作的坚持和亚当对此的妥协赞许上。夏娃坚持独立面对潜在的诱惑和挑战,因为她深信自己信仰坚定,而且如果"就这样住在/狭窄的圈子里面,受制于一个坏蛋","无时无刻不在伤害的恐惧中,那么我们/哪有幸福?"(《失乐园》卷九,322—327行)怯懦恐惧筑成的牢狱将剥夺他们拥有的行动自由,把他们变为囚犯,"伊甸就不再是伊甸"。这种谨小慎微、畏首畏尾也是对思想自由的剥夺:"不经历单枪匹马的历练,在外部/持续的帮助下,什么是信仰、爱、美德?"(《失乐园》卷九,335—341行)亚当的最终许可也表明他对夏娃力陈的逻辑的认可:"那就去吧,因为/你留下,不自由,完全心不在焉。去吧,你天生清白;依靠你的美德,鼓足勇气,/上帝对你已经尽责:你就尽你的本分吧。"(《失

---

① 王少辉:《圣经密码》,北京:中央编译出版社,2009年版,第149页。
② 薇依:《重负与神恩》,顾嘉琛、杜小真译,北京:中国人民大学出版社,2003年版,第14页。
③ 诺思洛普·弗莱:《神力的语言——"圣经与文学"研究续编》,吴持哲译,北京:社会科学文献出版社,2004年版,第198页。

乐园》卷九,372—375行)这种对思想和意志自由的坚持同样也是弥尔顿《论出版自由》中的核心论点。诗人通过夏娃之口表达了自己对思想自由的信仰和捍卫。①

在第三层面即堕落的经验世界中,空间成为"彼处"②,一个外在于人、异己的甚至不乏敌意的客观环境。这一世界中的空间体验首先是放逐,第一次的放逐即堕落后的亚当、夏娃被逐出伊甸园。伊甸园中的亚当、夏娃处于犹如母体子宫般的完全供应状态,不需劳作便可得食,"一年四季,那些成熟/待飨的果实挂在枝头,储备树上","在这个世界,/上帝的赐予就像在天堂一样慷慨"。(《失乐园》卷五,322—330行)"出生的土壤,快乐的步道林荫,适合神仙出没的地方",那是田园牧歌中的所在。(《失乐园》卷十一,270—271行)而堕落后的外部世界则是匮乏、敌对、无常的异化存在,"一个尘世世界,某个偏僻而蛮荒的地方"。(《失乐园》卷十一,282—283行)堕落后的"月下世界"中四大元素和天体运行都出现了改变,太阳"要这样转动,这样发光,这样运用难以/忍受的严寒酷暑,……从北方/招徕冬至衰老的冬季,从南方拿来夏至/夏季的炎热";"其他五颗行星的运行/轨道和星位同样有规定,在六十度角距,四分一对座,三分一对座这四个位置时,他们有害,那时候他们/恶性地处在同一经线位置上";恒星"把有害的影响阵雨般倾泻下来",风向规定了四个方向,"发出狂风怒号,使大海、天空、大地陷入混乱","隆隆的雷声携带恐怖,滚滚穿过那阴暗的空中走廊"。(《失乐园》卷十,652—667行)放逐不仅意味着在物理空间上被排除在美好家园之外,更意味着在象征意义上被排除在伊甸园所代表的伦理秩序之外,堕落的人类被从原先所归属的生命之链上扯离丢弃,抛往无序、野蛮、荒芜的外部世界。第二次放逐就是亚当、夏娃的儿子该隐杀害弟弟亚伯后遭到放逐。亚伯作为一个牧羊人代表着一种"田园的存在"③,他的被害象征着堕落世界中田园式存在的消失,取而代之的是遭放逐的颠沛流离、无家可归以及被敌视、被诅咒。在米迦勒展示的人类未来图景中,人类历史就是遭放逐者的生存历史,这在犹太人的命运中体现得尤为明显。犹太人的流浪离散和被敌视、被驱逐

---

① 弥尔顿等:《西方新闻传播学名著选译》,顾孝华译注,上海:上海社会科学院出版社,2008年版,第1—36页。

② 诺思洛普·弗莱:《神力的语言——"圣经与文学"研究续编》,吴持哲译,北京:社会科学文献出版社,2004年版,第205页。

③ 同上。

浓缩了这个世界的典型空间体验。在精神意义上，原先未堕落世界的思想和意志自由也不复存在，堕落尘世中的那些"伟大的征服者""使血流成河，制造大片废墟"，"纵情于快乐、舒适、懒惰、/食前方丈和淫欲"，成为暴力、欲望、野心的奴隶；被征服者则"因战争受到奴役"，"将因为失去自由而丧失全部美德"，"养成如何/唯唯诺诺，老于世故，沉迷声色的生活/习惯"。(《失乐园》卷十一，791—804行)对他们而言，由于理性遭到屏蔽或得不到服从，因此，随着外在自由被剥夺，"精神自由也将荡然无存"。(《失乐园》卷十二，86—101行)

最后，在第四层面即地狱中，空间更是一种异化的存在。早在亚当、夏娃被逐出伊甸园之前，放逐事件就发生过一次，那是撒旦和众叛乱天使被逐出天堂堕入地狱。对堕落天使而言，天堂成为一种痛苦的回忆，一个无法回归的家园，也是他们妄图颠覆的至高权力场所。在他们看来，那不是一个完美和谐的圆周世界，而是有着分明权力梯级的专制王国。而地狱则是"一个死亡的宇宙，上帝用诅咒创造的邪恶世界"，"这里所有生命死亡，死亡幸存，大自然反常地孕育所有怪异，所有变异的事情"。(《失乐园》卷二，569—626行)这里的峡谷、平原、山峰、沼泽、洞穴、湖泊、河流都是对天国景物的魔怪式戏仿。同时，撒旦模仿天国中的等级秩序，在地狱建立起他的权力帝国，因为他"宁愿在地狱里当政，也不愿在天堂供职"。(《失乐园》卷一，263行)在玛门看来，"地狱比较天堂，/有何两样？"(《失乐园》卷二，268—269行)他力主在地狱建造堪与富丽天堂相比的财富王国；在彼列看来，地狱是躲避创伤的庇护所，可以提供"宁静中的懒惰与不光彩的安逸"。(《失乐园》卷二，227行)但别西卜却指出这些不过都是自欺欺人的权宜之计，"这儿不是我们安全的静居处"，"在我们还在做梦的时候，天堂之王已经/宣判此地就是我们的地牢"，"在这儿他用铁杖统治我们，/就像在天庭使用金杖统治他的臣民一样"。(《失乐园》卷二，316—328行)他们其实就是被严加监管、戴镣受罚的囚徒，由此，他们决定将魔爪伸向地球，"另一个世界，/一个崭新的种族，所谓人类的幸福家园"，目标是"要么就用地狱之火/把他的全部创造化为灰烬，要么就统统/拿来据为己有，就像我们被驱除一样，/驱除生于我们之后的居民"。(《失乐园》卷二，346—367行)"美丽新世界"在他们眼中就是破坏毁灭的对象，是有待征服败坏的殖民地，是欲望、暴力、贪婪、诡诈施展的新空间。由此可见，对于堕落者，无论是天堂、地狱，还是地球，空间都是异化的存在，空间体验都指向破坏性、毁灭性、奴役性。伴随外部自由的丧失，无论是"心自有它的容身之地,在它自己的世界,/能够把地狱变成天堂,把天堂变成地狱的狂妄叫嚣"(《失乐园》卷一,254—255行),还是"不管我飞到/哪里,哪里就是地狱,地狱就是我自己"(《失乐园》卷四,75—76行)的无奈悲叹,它们都表明:堕落者的思想意志才是他们的真正监牢,异化力量的源头。

通过对《失乐园》中时空模式的考察,不难看出,弥尔顿在《失乐园》中大量糅合了从古希腊延绵至17世纪的传统宇宙论,这一宇宙论所提供的宇宙模式成为《失乐园》一诗从内容到形式、从结构到主题的基本框架,其中,弥尔顿以自己的独特方式呈现出宇宙图景,赋予一系列宇宙意象以独特的哲理、教义和价值理念,并通过这种对宇宙的模仿探索上帝的神圣本质,用诗歌想象将现实中短暂而不完美的"黄铜世界"转变为一个诗歌中永恒而完美的"黄金世界"。①"在这个意义上,犹如上帝是造物主,诗人也是一个创造者。他摹仿上帝创世的行动,在较小的规模上创造了他自己的诗歌小世界或小宇宙。"同时,伽利略代表的天文学革命在诗中也作为一种假设性的存在,暗示出另一种可能性,正如弗莱所说:"在宗教的'如此'与诗歌的'假定如此'之间,永远会存在某种张力,直到可能的东西与实有的东西在无限遥远的距离上相遇。"②这种张力正是来自传统与革新的碰撞,以及诗歌、宗教与哲学的商榷,也正是这种张力奠定了《失乐园》在经典序列中的地位和魅力。

第三节 《失乐园》的接受与传播机制

自问世以来,《失乐园》便脱离了其创作者的主观世界,作为一个独立"生命体"开始了它的"二次生成",这一生成过程也就是它的接受与传播过程。接受与传播看似独立的两个范畴,但就发生学而言,两者不可分割,接受必然导向传播,传播必然伴随接受。接受与传播的方式、媒介、对象和语境都彼此影响甚至互相决定。因此在这里将二者放在一起讨论,考察《失乐园》如何通过各种媒介在时空两个维度展开文化之旅,以及不

---

① 菲利普·锡德尼、爱德华·杨格:《为诗辩护》,钱学熙译,北京:人民文学出版社,1998年版,第10页。
② 诺思洛普·弗莱:《神力的语言——"圣经与文学"研究续编》,吴持哲译,北京:社会科学文献出版社,2004年版,第196页。

同受众群体对它的接受对于这一传播过程产生了怎样的影响,并试图从中探寻《失乐园》的经典地位得以确立是哪些因素起了作用,亦即探寻其经典化机制,同时考察《失乐园》这部作品在接受与传播过程中经历了怎样的变异、重生和再经典化。笔者将对《失乐园》传播机制的考察分为文学内部因素和文学外部因素两个部分,它的经典化是这两个部分的因素共同作用的结果,而它的经典地位正是在传播过程中得以确立的。

一、文学内部的经典化因素

就文学内部而言,《失乐园》对古典文学及《圣经》传统的继承和利用使它具有深远的历史纵深,携带着丰富的文化基因;就作品本身而言,《失乐园》以其不确定性、模糊性,以其风格的多样、体例的庞大、叙事所涉时空的宏大,天然地具有成为经典的基质,从而对后世文学产生了深远影响。《失乐园》对后世文学产生的最显著影响表现在浪漫派诗人的创作中。首先,《失乐园》的主题对浪漫主义时期的作品产生了重要影响。《失乐园》的叙事框架是以《圣经·创世记》中的人类堕落故事为基础的,它讲述了一个人类从纯真到堕落再到寻求救赎的过程。这就是 M. H. 艾布拉姆斯(M. H. Abrams)在他的《自然的超自然主义》(1917)中提出的"弥尔顿范式"①。艾布拉姆斯指出,典型浪漫派都将诗歌建构为一个从纯真到经验再到更高形式的纯真的环形之旅。最典型的当数威廉·布莱克的《天真之歌》与《经验之歌》。② 诗中展现了"自然的超自然主义"模式,将纯真的伊甸园和堕落世界作为人的心理状态的象征。此外,布莱克更是直接以弥尔顿入诗,他的《弥尔顿》一诗将这一范式转向个人性叙事。③ 该诗讲述的是弥尔顿的灵魂在天堂被净化获得重生的故事。这个旧的弥尔顿被经过净化的新的弥尔顿所取代,新的弥尔顿之灵从布莱克脚底进入了他的身体,这重生使他成为了一个如弥尔顿一样的先知诗人。布莱克将弥尔顿视为最伟大、最富灵感的英国诗人,但这个弥尔顿却被他的古典学识、清教信仰及理性主义哲学引入了歧途,因而传达出的是被扭曲的真理。原先的弥尔顿在《失乐园》中呈现的是一个虚假的上帝,一个暴君

---

① See M. H. Abrams, *Natural Supernaturalism: Tradition and Revolution in Romantic Literature*, New York: W. W. Norton & Company, 1973.

② William Blake, *The Poems of William Blake*, W. H. Stevenson ed., Harlow: Longman, 1971.

③ Ibid.

式的立法者，而不是仁爱的圣父。布莱克要以自己的语言和方式重新讲述这个真理，他的《弥尔顿》一诗即是他对撒旦堕落叙事的重述。他通过这首诗预言了神性与人性的重新整合，而这种整合是通过诗歌想象力得以达到的。

另两位深受弥尔顿影响的诗人是"湖畔派"的华兹华斯和柯勒律治。弥尔顿不但影响了他们的诗歌创作和诗学观，而且是他们从早期的激进主义转向后来的政治保守主义的根源和桥梁。他们从弥尔顿的政论和诗歌中寻求真理，弥尔顿和他那个时代的共和主义者使得华兹华斯们放弃早期的激进主义立场，将政治激情重新放置在艺术和想象力的领域中，从革命理想主义转向个人思想道德的重生。[1] 华兹华斯和柯勒律治后期都借用弥尔顿的《建立共和国的简易方法》来表达自己对国家政治的幻灭，由此他们对弥尔顿的看法也发生了改变：华兹华斯将弥尔顿定义为"一个真正意义上的贵族"，柯勒律治更是认为，在弥尔顿的时代共和主义就是对宗教和道德上的贵族主义的称谓。[2] 在诗歌创作上弥尔顿对他们的影响更为显著。华兹华斯对《失乐园》进行了重写，他将《失乐园》讲述的人类堕落故事移植到人类内心，将其视作人类心理发展的奠基性神话。通过诗歌华兹华斯提出乐园可以在此世复得，但他否认政治手段的有效性，认为只有当敏于洞察的人类智慧与"这个美好的宇宙联姻/在爱和神圣激情中结合"才能达到和谐，重返乐园。[3]他在诗歌中试图将18世纪帝国主义政治哲学的受害者从"死亡之梦"中唤醒，这种哲学只强调物质性与实在性，他试图破除它的障蔽，在信奉理性的成年人身上恢复孩童的纯真想象。至此，艾布拉姆斯提出的"弥尔顿范式"在"序言"中最终形成：文中年轻的华兹华斯从自身与世界一体的孩童般的状态堕入一个成人式的疏隔与异化状态再上升到拯救与重生，在自然的帮助下诗人借由创造性的想象弥合了自我与世界的裂隙。[4] 诗中充满了弥尔顿式的崇高奇瑰的想

---

[1] Peter J. Kitson, "Milton: The Romantics and After", in Thomas N. Corns ed., *A Companion to Milton*, Oxford: Blackwell, 2001, pp. 470—473.

[2] Joseph A. Wittreich, *The Romantics on Milton: Formal Essays and Critical Asides*. Cleveland and London: Case Western Reserve University Press, 1970, p. 136.

[3] William Wordsworth, *Poetical Works*, Ernest de Selincourt ed., Oxford: Oxford University Press, 1936, p. 590.

[4] See William Wordsworth, *The Prelude 1799, 1805, 1850: Authoritative Texts, Context and Reception, Recent Critical Essays*, M. H. Abrams, Stephen Gill and Jonathan Wordsworth ed., New York and London: W. W. Norton & Company, 1979.

象与《失乐园》中诗句的回响。柯勒律治的《宗教冥思》以一元论对《失乐园》进行解读,他的代表作《古舟子咏》以象征主义方式重新讲述了《失乐园》堕落和救赎的神话。在他的著名诗作《忽必烈汗》中弥尔顿式的思想和意象显而易见,是对《失乐园》主题和题材的浓缩。其中的御花园无疑是以《失乐园》中的伊甸园为原型的。(《失乐园》卷四,8—11 行)

与上述三位浪漫派诗人不同,约翰·济慈与弥尔顿这位文学前辈的关系更多地表现为哈罗德·布鲁姆所说的"影响的焦虑"。济慈的诗歌风格更倾向于被动性,强调自我的消隐,因而他发觉弥尔顿作品与自己的诗歌风格与主题并不相谐。在他看来,弥尔顿式的诗歌表达是一种艺术化的方式,而不是艺术家性情的外化,《失乐园》的诗风呈现出一种"瑰丽壮观的晦涩"。① 弥尔顿以反向和否定的方式影响着济慈,这一影响同样是深刻显著的。

布莱克曾说,弥尔顿是一个受陈旧教条拘禁的艺术家,要解除这一拘禁必须对其作品作"恶魔式"的解读。这一评价在"恶魔派"诗人身上得到了回应,《失乐园》中的撒旦形象对雪莱和拜伦这两位"恶魔派"诗人有着深刻的影响。在《论恶魔》和后来的《为诗辩护》中雪莱称赞弥尔顿将基督教传统中荒诞的恶魔形象变得有血有肉,并集中体现在《失乐园》中气魄宏大、精力充沛的撒旦身上。② 雪莱认为撒旦这个恶魔在道德上远胜过诗中的上帝,弥尔顿的诗是"对它大力支持的体系的哲学批判"。③ 在雪莱看来,伟大的诗歌既从属于它的时代,又是对时代的批驳,但雪莱对弥尔顿的撒旦所代表的英雄主义并不完全欣赏。他心目中的理想英雄结合了撒旦的力量、活力、气魄与基督的仁爱和受难,这个理想英雄就是他创造的普罗米修斯形象。撒旦身上最为吸引浪漫派诗人的品质是他永不屈服的意志和以自身欲望为最高动机的强有力的心智,浪漫主义时期作品反复表现的就是这样一个将自我作为唯一的道德参照物的异化个体。撒旦形象在浪漫派和哥特派作品中的邪恶英雄身上得以复活:从华兹华斯的《远游》(1793)中的里维斯先生到安·拉德克利夫的《意大利人》(1797)中的斯奇多尼都是撒旦式人物,他们的共同点是都以强烈的自我主义为严重罪行

---

① See John Keats, *The Poems of John Keats*, Miriam Allott ed., Harlow: Longman, 1970.
② See Persey Bysshe Shelley, *A Defence of Poetry*, London: Porcupine Press, 1948.
③ Peter J. Kitson, "Milton: The Romantics and After", in Thomas N. Corns ed., *A Companion to Milton*, Oxford: Blackwell, 2001, pp. 470—473.

寻找正当性。① 而另一位"恶魔派"诗人拜伦则特别善于从撒旦的视角重新讲述堕落神话,具有代表性的是其戏剧《该隐:一个推理剧》(1821)中那个充满同情心的撒旦。

弥尔顿对于女性浪漫派作家的影响则更为微妙。女性作家中玛丽·沃斯通克拉夫特(Mary Wollstonecraft,1759—1797)和玛丽·雪莱(Mary Shelley,1797—1851)选择颠覆《失乐园》,"将原来男人用来反女性的诗为己所用"。② 此类作品中最为知名的是玛丽·雪莱的《弗兰肯斯坦》(1818)。在这部作品中玛丽与第二代浪漫派诗人一样倾向于从撒旦的视角讲述故事。其主人公维克多·弗兰肯斯坦更像是个普罗米修斯式的人物,他创造的"怪物"被他这个造物主所抛弃,这个怪物是个可悲而恐怖的"亚当"。与亚当一样,怪物最初感到的是对于自己因何被创造出来的困惑,他想弄清自己的道德责任。当他被他的创造主和人类社会所抛弃时,他又经历了与撒旦同样的仇恨和嫉妒。弗兰肯斯坦创造的怪物是对《失乐园》中上帝创造人类的黑色戏仿,玛丽·雪莱通过它探讨了恶的存在问题,她认为,谋杀等罪行并不是源于原罪,而是社会的排斥和剥夺的恶果。③ 与玛丽不同的是,这一时期另一位极为重要的女性作者简·奥斯丁(Jane Austen,1775—1817)的作品中并不能看出弥尔顿的影响。她只有一次在信中提及弥尔顿,将他视作真诚和正直的代表。④ 哈罗德·布鲁姆认为,弥尔顿之后所有写作者都不得不创造性地与这位文学家长作俄狄浦斯式的斗争,以解放自己的诗歌表达。这种"影响的焦虑"或许可以部分地解释弥尔顿作品尤其是《失乐园》缘何成为浪漫派诗人难以摆脱的情结,但同时也必须看到,浪漫派诗人与他们的伟大前辈弥尔顿作俄狄浦斯式的搏斗时,他们从弥尔顿那里获得了丰富的资源和灵感,弥尔顿对他们的影响总体上是积极而具建设性的,他们之间的关系是一种具有众多可能性的竞争关系。柯勒律治曾将弥尔顿与莎士比亚并列为最伟大的英国诗人,两人是同侪而非竞争对手。莎士比亚是面向大众的"探索的是形形色色的人类性格与情感",而弥尔顿则是面向自我的,他"将所

---

① Peter J. Kitson, "Milton: The Romantics and After", in Thomas N. Corns ed., *A Companion to Milton*, Oxford: Blackwell, 2001, p. 473.

② See Joseph A. Wittreich, *Feminist Milton*, Ithaca: Cornell University Press, 1987.

③ Peter J. Kitson, "Milton: The Romantics and After", in Thomas N. Corns ed., *A Companion to Milton*, Oxford: Blackwell, 2001, p. 473.

④ Jane Austin, *Jane Austin's Letters*, Deirdre La Faye ed., Oxford: Oxford University Press, 1995, p. 240.

有事物都纳入自身,纳入他的理想统一体"。① 弥尔顿被与莎士比亚一道树立为英国民族文化的两座丰碑。浪漫派对弥尔顿的这种高度推崇对奠定弥尔顿在英国文学中的经典地位起了重要作用。

一部文学作品的传播离不开它的编撰和出版,《失乐园》同样如此。第一本对《失乐园》经典化有着重要意义的版本是 1695 年派屈克·休谟出版的 321 页的对开本,这使弥尔顿成为继莎士比亚和斯宾塞之后第三位享此殊荣的作者。对开本是经典作品才拥有的特权性待遇,这无疑象征性地宣布了《失乐园》的经典地位。此外,这一版本附有对《失乐园》的详尽注释,这包括指出诗中与《圣经》文本相关的部分,指出该诗对荷马和维吉尔的模仿及与两者作品相似的段落,将诗中晦涩之处以通俗易懂之词出之,对诗中的古语及生僻词句加以解释,交代其出处。这种以对待古典作品的学术性的方式对待《失乐园》的做法将《失乐园》提升到经典的地位。

其后约伯·唐森成为弥尔顿诗作版权新的拥有者,这位 17 世纪末 18 世纪初的出版大亨对于《失乐园》经典地位的确立功不可没,他的成功秘诀在于他"拥有将英国诗人营销为经典诗人,将经典作品营销为英国作品的天才"②。唐森以新的方式包装《失乐园》,为它附上学术性的注释,且针对不同的阅读市场出版了不同版本的《失乐园》,使《失乐园》成为弥尔顿作品中最为热销的一部。这也带动了弥尔顿其他作品的传播,借助读者群体对弥尔顿的认可和热情,出版界唐森的竞争对手们很快便着手营销弥尔顿的其他作品,试图借其声誉将弥尔顿的文化资本迅速兑现为商业利润。就这样,弥尔顿被营销而跻身经典谱系之中,成为与莎士比亚比肩而立的英国诗人。

此外,一个中产阶级读者群体的形成和日益扩大对《失乐园》的传播起了不可忽视的作用。这其中涉及在 18 世纪形成的关于"品位"的话语,这一话语对所谓"品位"推崇备至,认为对经典文学作品的鉴赏力是其拥有者社会阶层身份必不可少的表征,对艺术的欣赏能力只局限于精英阶层,审美愉悦被转化为一种排他性的"精神财产"③,符合"精英品位"的文

---

① Joseph A. Wittreich, *The Romantics on Milton: Formal Essays and Critical Asides*. Cleveland and London: Case Western Reserve University Press, 1970, pp. 223—224.
② Michael Treadwell, "The English Book Trade", in Robert Maccubbin and Martha Hamilton-Phillips ed., *The Age of William Ⅲ and Mary Ⅱ: Power, Politics, and Patronage, 1688—1702*, Williamsburg: College of William & Mary Press, 1989, p. 361.
③ John Gilbert Cooper, *Letters Concerning Taste*, Ralph Cohen ed., Los Angeles: William Andrews Clark Memorial Library, University of California, 1951, p. 5.

学作品必须是严肃的经典之作。《失乐园》的风格、题材,其"用词之简洁、惜字之谨慎使得任何一个想从中获得审美愉悦和精神滋养的读者必须从其言辞中深入挖掘"①。《失乐园》于是成为这个崛起中的中产阶级读者群体彰显自身品位、表征自身身份的理想文本,这大大促进了《失乐园》的传播。随着读者群的扩大化和多样化,更为经济实惠的版本以及各种精选本、缩减本、插图本及注释本大量出版,这使得掌握这一原本高深的文化资本并不需要渊博的学识,此外还出现了专门针对妇女、儿童和贫穷阶层的版本。将《失乐园》作为畅销书进行的成功商业营销最终促使《失乐园》成为一部现代经典。与此同时,外国出版商开始出版原文版和译文版的《失乐园》,甚至开始出现了盗版。越来越多的文学选集将《失乐园》选入其中,进一步巩固了《失乐园》作为经典作品的地位。②《失乐园》在18世纪之后成为日益重要的文化资源,在出版商看来,它是一件具有特别价值的商品,他们对这一文化资源的不断开发反过来又扩大了《失乐园》的传播。

《失乐园》的改编也是其传播的重要途径,各种形式的改编在很大程度上推动了《失乐园》的传播,扩大了其受众。其中散文体的改编是一种重要的改编形式,它能帮助普通读者理解《失乐园》这样一部典故众多、用词古雅、风格宏丽的经典史诗,常被用来与原文对照阅读,但这种改编形式的弊病和不足也是显而易见的,它容易将读者的注意力从诗作本身引向一些事实性的外围信息,使诗句原有的韵律和风格荡然无存,大大减损了读诗的审美愉悦。此外,18世纪出现了大量模仿《失乐园》的喜剧诗,其中有约翰·菲利浦斯的"The Splendid Shilling"(1701),安妮·芬奇的"Fanscombe barn. in Imitation of Milton"(1713),约翰·阿姆斯特朗的"The Oeconomy of love"(1736)。这些模仿之作的大量出现表明《失乐园》已经拥有了一个庞大的读者群,而且这些读者对《失乐园》的文本已相当熟悉,因为戏仿之作对读者产生的效果有赖于读者对原作的熟悉程度。③

---

① Jonathan Richardson, "Explanatory Notes and Remarks on Milton's Paradise Lost", in Jonathan Richardson Jr. ed., *The Works of Mr. Jonathan Richardson*, Anglistica & Americana, 1734, pp. 315—316.

② Anne-Julia Zwierlein, "Milton Epic and Bucolic: Empire and Readings of Paradise Lost, 1667—1837", in Nicholas Mcdowell and Nigel Smith ed., *The Oxford Handbook of Milton*, Oxford: Oxford University Press, 2009, pp. 683—685.

③ Kay Gilliland Stevenson, "Reading Milton, 1674—1800", in Thomas N. Corns ed., *A Companion to Milton*, Oxford: Blackwell, 2001, p. 457.

《失乐园》诗句极富音乐性,因此常被改编为音乐剧就毫不奇怪了。其煌煌十二卷中最常被改编的部分是亚当、夏娃的晨间颂歌,其中以海顿(Haydn)的改编为其顶峰。这里必须提及约翰·厄内斯特·盖利斯特·盖利亚德的改编,其改编的独特之处在于他在改编时将原诗诗句一部分划为亚当的台词,一部分划为夏娃的台词,归于亚当的是对太阳、空气、四大元素、风和松树的赞美,归于夏娃的是对星辰、月亮、雾霭和溪泉的赞美。这一细节化的性别区分增强了戏剧效果,营造了对话性的情境,可谓颇具创造性的改编。而1706年本杰明·斯汀弗利特和约翰·克利斯朵夫·史密斯依据《失乐园》改编的宗教清唱剧中,夏娃的部分尤为精彩突出。在剧中夏娃歌唱自然世界的美好,哀叹离开乐园的悲怆。此外,在18世纪弥尔顿常被人们视作歌颂婚姻之爱的诗人,因此在这部清唱剧中亚当、夏娃的双重唱赞美两人之间以及两人与上帝之间的和谐,其中晨间颂歌和晚间颂歌由两人合唱,将这种和谐推向了巅峰,而堕落后亚当、夏娃的相互指责则被简化。①

　　《失乐园》中生动的细节描写有着强烈的画面感,因此常被用来与绘画相比较,理查德·格雷夫斯就曾将艮斯勃洛的画比作弥尔顿的诗句,以此来赞美其画作。《失乐园》对绘画艺术的影响首先体现在插图艺术上。早在1688年西班牙巴洛克派画家约翰·巴普蒂斯特爵士、英国画家伯那德·伦斯和亨利·阿尔屈奇就为《失乐园》绘制了插图,其中前两位为诗中每一卷都按叙述的顺序绘制了概括性的插图。相比之下,法国著名插图画家古斯塔夫·杜雷1866年的《失乐园》插图只着重表现诗中的某个特定场景,而且是以客观中立的方式加以呈现,未加任何主观评论。杜雷的插图极受喜爱,多次重印。另一位同样知名、重印率也极高的插图画家是威廉·布莱克。与杜雷的中立客观不同,布莱克的插图带有强烈的主观色彩,几乎诠释了他对《失乐园》的理解。与他相似的是西班牙画家格里高利·普里埃托于1972年绘制的《失乐园》插图,他的插图选取了特定场景加以着重表现,表达了极具主观色彩的理解。

　　除了插图艺术,《失乐园》还为后世画家提供了影射讽喻的题材,让画家得以通过对画作中主题的表现做出公共表达。例如英国画家詹姆斯·吉尔瑞的名为《阿里克托和她的随从在万魔殿门前(1791年7月4日)》

---

① Kay Gilliland Stevenson, "Reading Milton, 1674—1800", in Thomas N. Corns ed., *A Companion to Milton*, Oxford: Blackwell, 2001, p.458.

的画作就是如此,画中代表愤怒的复仇女神讽刺了让英国涉入法国革命的主张,英法战争最终于1793年爆发,紧接着就是恐怖统治时期。画中所有的革命派都被表现为弥尔顿笔下缩小身形的众恶魔,暗指1848年在全欧此起彼伏的众多革命。另一个例子是《弥尔顿》(1791年10月11日)上的一幅对《失乐园》的模仿之作,题为《乘一线阳光来到乐园的天使》,画中一个肥硕的尤烈儿,抑或是拉斐尔或撒旦,披挂满了宝石、金钱,执一支十字架从天堂降临汉诺威——当时英国君主乔治三世原先的领地。通过这种充满讽刺意味的表现,画家吉尔瑞认为乔治三世不应对当时埃德蒙·伯克和约翰·福克斯之间在英法关系问题上的争斗视而不见。① 由此可见,这类画作是借《失乐园》中的人物和情节表达对当时政治的讽喻,这一表现方式反过来体现了《失乐园》在公众中的影响力,丰富和扩大了失乐园的传播。

二、文学外部的经典化机制

诺斯洛普·弗莱曾将浪漫主义称为一个向内转的新神话,这个新的救赎神话从上帝转到人自身,个体和文化转变的中心事件被置于艺术家的意识之中,救赎被描述为"虽堕落但具有重生潜能的意识获得一种天启的想象力"。② 人,而非上帝,尤其是艺术家和诗人才是这个时代的弥赛亚,他们充分扩展的意识、重新觉醒的知觉、更为敏锐的判断力,创造出了一个革新的重生的世界,而弥尔顿正是这一浪漫主义新神话的先驱。③《失乐园》正是在这个意义上被称为"意识的史诗",诗中叙述的从纯真到堕落再到救赎的故事被理解为对人内在心理成长过程的比拟。与此同时,弥尔顿在诗中特别强调诗人的崇高地位,他认为诗人和上帝都是创造主,诗是原初上帝创世的延伸,诗人的诗性创造力丝毫不低于上帝的创世。诗人成为相对于他所处世界的微型宇宙,是那个时代文化冲突和张力的缩影,是那个文化被认可的立法者和英雄。他将诗与诗人紧紧关联在一起,诗中强烈可感的诗人自我的在场使得读弥尔顿其诗似乎就是在

---

① Kay Gilliland Stevenson, "Reading Milton, 1674—1800", in Thomas N. Corns ed., *A Companion to Milton*, Oxford: Blackwell, 2001, p.460.
② Northrop Frye, *A Study of English Romanticism*, New York: Random House, 1968, p.16.
③ Joseph A. Wittreich, "Miltonic Romanticism", in Nicholas Mcdowell and Nigel Smith ed., *The Oxford Handbook of Milton*, Oxford: Oxford University Press, 2009. pp.688—690.

读弥尔顿其人。① 柯勒律治曾说:"在《失乐园》中你读到的是诗人自己。读弥尔顿作品时这种强烈的自我主义的感受给了我最大的乐趣。"②正是由于弥尔顿作为浪漫主义新神话的最初建构者和朝内转向的先声,由于他对自我的强烈关注和表达,戈登·特斯基将弥尔顿的转折性地位描述为"欧洲文学传统中将创造行为的中心置于上帝的最后一个伟大诗人,同时也是发现创造行为的中心在于人自身的第一个诗人"③。

这一转向不仅发生在文学领域,而且在更大规模和更深刻的意义上发生在社会时代的趋势中。继文艺复兴对"人"的发现之后,现代世界的人发现了"自我"。《失乐园》在这一时代性转向中的重要位置以及这一时代转向在《失乐园》传播中所起的作用让我们将目光投向更为广阔的文学外领域。这一领域中的哪些因素在《失乐园》的传播及经典化中扮演了何种角色?它与那个时代的政治宗教语境以及弥尔顿本人的政治立场和宗教信仰密不可分。在当时的受众眼中,《失乐园》的作者是一个弑君的辩护人,一个共和制的拥护者,一个在政治、宗教、婚姻观念上持激进观点的狂热分子,因此他们对《失乐园》的接受也不可避免地带上其作者的政治身份印记。然而到了18世纪《失乐园》却被视作一部帝国史诗、一部颂扬大英帝国文治武功的皇皇巨著、一笔为帝国利益代言的巨大民族文化资本。这一转变是怎样发生的?哪些因素在其中起了什么样的作用?它们在《失乐园》的传播,进而在其经典地位的确立中扮演了什么角色?要解答以上问题,必须回到18世纪对《失乐园》接受的政治语境。

18世纪英国通过工业革命和海外贸易经济获得了长足发展,尤其是海外拓殖给英国带来了巨大财富,在军事方面英国海军已取得了绝对的海上霸权,其"蓝水海军"政策表面目标在于捍卫大不列颠的和平安定,保护海上贸易,但这种表面上的防御性并不能掩盖它的征服实质,其"蓝水海军"着眼于远洋航行和作战,其目标十分明确,那就是保护英国的海外利益,为大肆进行殖民扩张提供军事保障。随着英国成为"日不落帝国"、一个拥有庞大海外殖民地的宗主国,它也成为一个文化的输出国。它与

---

① Henry Fuseli,"Lectures", in John Knowles ed., *The life and Writings of Henry Fuseli*, 3 vols,London: Henry Colburn & Richard Bentley, 1831, p. iii.

② Samuel Taylor Coleridge, "Table Talks", in Joseph A. Wittreich ed., *The Romantics on Milton*, Cleveland: Press of Case Western Reserve University, 1970, pp. 270—277.

③ Gordon Teskey, *Delirious Milton: the Fate of the Poet in Modernity*, Cambridge, Mass: Harvard University Press, 2006, pp. 11—18.

法国之间为文化及帝国主导权展开了激烈的争夺,因此它急切地需要相应的为帝国代言的文化资本。于是《失乐园》成为一个理想的选择对象。这与《失乐园》自身的特质分不开。首先,《失乐园》被视为与荷马和维吉尔的古典史诗并列的经典谱系中的成员,弥尔顿被称为荷马,尤其是维吉尔的英国后继者,而维吉尔正是为奥古斯都帝国写作的诗人,是罗马帝国的文学代言者。弥尔顿有意选择用英语而不是史诗的常规语言拉丁语创作《失乐园》,开启了与经典史诗的竞争,努力使这部英国史诗摆脱作为前殖民地文学的附属地位,这也象征性地表明英国摆脱其作为前罗马殖民地的政治附庸国地位。其次,《失乐园》中有着大量精彩激烈的战争场面描写,它常被用来比拟不列颠的海上军事胜利,事实上,在18世纪,上帝天使对伊甸园的守护就常常被用来比作英国海军对不列颠这个新的人间乐园的保卫。① 再者,《失乐园》中不但有铁马冰河的战争场面和恢宏壮阔的帝国气象,还有伊甸园的田园风情,这看似矛盾的两面在《失乐园》中同时存在,并在帝国话语的建构和转化中被微妙地统一了起来。18世纪田园诗对田园景观的描写不再是怀旧的旧日英格兰风光,而是"被注入了更广阔的帝国空间和帝国经济连续体的意识"②。那一时期的田园诗中充斥着来自异域的风物、商品、地名和意象,而正是《失乐园》中充满异域色彩的田园描写开启了这一传统,同时弥尔顿笔下的田园景观被改造并用以表达18世纪的新理性精神,这种精神强调对自然景观的改造,其中包括合理的规划、充分的开发和品位的塑造,它兼具"有用性"和"有品位",是功利性和审美性的结合。正如约翰·埃金所说,"弥尔顿的伊甸园是一切人类园圃的理想范例"③。这种有关"品位"的话语在18世纪发展起来,它表面上关涉的只是审美领域,但一方面,如上所述,这种审美性与功利性、有用性结合在一起。1755年约翰·吉尔伯特·库柏在《有关品位》中将英国风景描写为一个功利性的伊甸园,将一个田园诗式的所在转

---

① Nicholas Von Maltzahn, "Milton's Readers", in Dennis Danielson ed., *Cambridge Companion to Milton*, Cambridge: Cambridge University Press, 1999, pp. 236—252.

② Karen O Brien, "Imperial Georgic, 1660—1789", in *The Country and the City Revisited: England and the Politics of Culture, 1550—1850*, Cambridge: Cambridge University Press, 1999, pp. 160—179.

③ John Aikin, "On Milton's Garden of Eden as a Supposed Prototype of Modern English Gardening", in *Letters from a Father to His Son, on Various Topics, Relative to Literature and the Conduct of Life*, 2 vols, 1796, 1800, in *English literary Criticism of the 18th Century*, Ⅲ—Ⅳ, New York: Methuen Young Books, 1955. Letter Ⅵ, ii, pp. 99—113.

变为一个农业景观,将一个纯粹"美"的风景转变为一个有用的景观,用他的话说,"真理、美与有用性不可分割"①。而对审美对象的"有用性"的发掘正是由"理性精神"完成的,是"理性"发现了自然之美中"潜藏的原因",将审美与功利联结在一起。借由这种联结弥尔顿的《失乐园》中的伊甸园描写成为后世景观话语可资利用的重要资源。在18世纪及其后的所有雄心勃勃的资本主义景观改造者心中,这个原初的人类乐园始终是一切完美景观的理想范本,但这个新的景观已远远不是那个原始纯真、未遭人类斧凿薪火沾染的乐园了。另一方面,对《失乐园》中自然景色描写的评论总是同时传达了意识形态观念,"讲述了其他重要的经济社会关系,如殖民贩奴、消费主义、城镇化、圈地运动以及资本主义经济对农村贫苦人群的影响"②。其中一个典型的例子是安妮·斯沃德,在她看来,弥尔顿对"太初乐园的描写"是对"追求进步完善的理性精神"的文学表达,而在艺术和自然之间达到平衡"使英国成为欧洲的伊甸园",她的关于"自由"的辉格党政治信念与其美学立场联结在一起,"英格兰乐园的天然、自由、美丽源自于其结构中散发的真正自由"。③ 约瑟夫·爱迪逊于1711—1712年前发表于《观察者》上的一系列《失乐园》评论文章打造了一个"闪光崇高"的弥尔顿,这些文章围绕"文雅品味"和"礼节"展开,用这些资本主义中产阶级的审美价值观念清洗了《失乐园》原本具有的激进政治倾向,与安妮的上述审美/政治话语有异曲同工之妙。这种唯美的柔化处理将一个被驯化的弥尔顿呈现在公众面前,扩大了《失乐园》的受众,使他们不再需要为其中蕴含的危险的激进立场感到不安。由此可见,同他的文学前辈维吉尔一样,弥尔顿的《失乐园》兼具田园诗和帝国史诗的双面性,满足了人为建构的帝国想象成为理想的帝国文化资本,成为"为帝国写作的史诗"④。

---

① John Gilbert Cooper, *Letters Concerning Taste*, Ralph Cohen ed., Los Angeles: William Andrews Clark Memorial Library, University of California, 1951, p. 5.

② Sharon Achinstein, "Pleasure by Description: Elizabeth Singer Rowe's Enlightened Milton", in Mark R. Kelley, Michael Lieb and John. T. Shawcross eds., *Milton and the Grounds of Contention*, Pittsburgh, pa: Duquesne University Press, 2003, pp. 64—87.

③ Ann Seward, "Letter to J. Johnson, 20 September, 1794", in *Letters of Ann Seward*, Written Between the Years 1784 and 1807, 6 vols, Edinburgh: Nabu Press, 1811, iv, pp. 3—12.

④ Anne-Julia Zwierlein, "Milton Epic and Bucolic: Empire and Readings of Paradise Lost, 1667—1837", in Nicholas Mcdowell and Nigel Smith ed., *The Oxford Handbook of Milton*, Oxford: Oxford University Press, 2009, p. 686.

最后,《失乐园》兼有的本土性特质和异域符号还使它可被用作理想的殖民话语文本。如前所述,《失乐园》是用英语创作的英国史诗,强调了"英国身份"与"英国立场",表达了"英国情感"和"英国思想",宣告了不列颠民族在文学乃至文化上的独立性和原创性。但这种本土特质中又掺杂着浓重的"非英语"因素,其语言的拉丁化句式、措辞、异域典故的运用和对新古典主义美学规范的偏离常引起批评和争议,在批评家和编者眼中,显得不够"英国化"。但另一方面,批评家又将《失乐园》视作语言化用的成功典范,德莱顿曾称赞《失乐园》的语言风格。他的这种称赞不只是审美判断,还具有更重要的政治经济及意识形态意义。在德莱顿看来,借用不代表附庸和臣服,而是一种获益甚至征服,就如同"我将意大利珍宝带回英格兰消费,让它在英国流通"①。这个比喻背后隐含着一个近代早期的商业理念,该理念认为"世界上的财富是一个常量","一个国家的盈利必须以他国的损耗为代价"。②而派屈克·休谟更将《失乐园》中语言的多样性视作商业活力在语言领域的体现,并由此联系到英国的"蓝水海军政策"的政治语境,认为文学语言与政治经济关系有着重要关联,它反映了这些关系并为现实政治提供了美学和道义上的合理性。③除了语言风格上的本土性和异域性的双重色彩外,《失乐园》中的各种意象,尤其是其景观描写中存在着众多充满异域色彩的外来事物。堕落前的伊甸园中有着许多具有东方色彩的景物,那几乎就是典型的东方园林景观,它与周围的外部自然之间是一种相连相通的开放关系,可见这并不是一个封闭的"老英格兰",而是关联着更广大的海外帝国空间。创作《失乐园》时弥尔顿从当时旅行者的记述中撷取了大量素材,这些素材在18世纪的殖民语境中获得了新的意义,促使这一时期的评论家们将注意力投向旅行者的游记,并借助这些记录解释《失乐园》中的相关描写,例如克莉丝汀·凯恩编撰的《弥尔顿〈失乐园〉中的圣经及比喻汇编》中包含大段有关殖民地生

---

① John Dryden, "To the Honourable John, Lord Marquess of Normandy, Earl of Mulgrave", in *The Works of John Dryden*, Vol. V, Berkeley: University of California Press, 1984, pp. 335–336.
② Jacob Viner, "Power Versus Plenty as Objectives of Foreign Policy in the Seventeenth and Eighteenth Century", in *World Politics*, Vol. 1, No. 1, October, 1948, pp. 1–29.
③ Parick Hume, *Annotations on Milton's Paradise Lost*, Paterson ed., Whitefish, MT: Kessinger Publishing, 2010, pp. 78 at ii. 637.

活状况的记叙,其中异国奢侈品与英国本土的日用品被放在一起加以描述。① 18世纪末和19世纪初弥漫的对异国情调的向往催生了大批以弥尔顿风格描写异域之旅的史诗,这种探索热情很快从文本层面转向现实世界,这一时期许多英国旅行者"追寻弥尔顿的脚步",依据《失乐园》中的描写按图索骥地展开异域之旅,并进一步激发起拓殖热情。这种热情并不限于对于海外殖民地的探索,还包括对英国国内的所谓"荒废公地"的私有化,这就是圈地运动。"占有外部世界的需要导致在国内产生了类似规则"②,这种热情与关于《失乐园》的美学辩论不无关联,爱迪逊在评论《失乐园》时将对文学作品的欣赏与对景观的富有品位的观看联系起来③,这在后来发展为一种景观话语,它回避露骨的征服姿态,以观看和欣赏的行为实现对空间的占有,这其中既包括异域空间,也包括本土空间。两者遵循的规则是相同的。实际上,"圈地运动是英国本土的内部殖民化,是一个将国土从布莱克所说的'a green & pleasant land'变为'景观'的过程"④。由此可见,围绕《失乐园》展开的语言及审美批评以及摹仿其风格进行的文学创作无不关涉着更宽广的时代政治背景。它是《失乐园》接受及传播的重要语境,也是推动《失乐园》经典化的重要外部因素。从某种意义上说,正是帝国的政治经济需要将《失乐园》建构成为英国性的象征符号,一个必须加以捍卫的"国家珍宝"。

---

① Miss Christian Cann, *A Scriptural and Allegorical Glossary to Milton's Paradise Lost 1828*, Whitefish, MT: Kessinger Publishing, 2009, pp. ii, 2, ix, 81.

② Bruce Mcleod, Andrew Hadfield rephrased, "Colonial Roots in English Gardens, Review of Bruce Mcleod", in *The Geography of Empire in English Literature 1580—1745*, Cambridge: Cambridge University Press, 1999, p. 24.

③ Joseph Addison, "Criticism on Milton's Paradise Lost", *The Spectator*, March, 1712, pp. 75—78; June, 1712, p. 182.

④ W. J. T. Mitchell, "Imperial Landscape", in W. J. T. Mitchell ed., *Landscape and Power*, Chicago: University of Chicago Press, 1994, pp. 13—27.

第三章
《伪君子》的生成与传播

莫里哀的剧作《伪君子》(Tartuffe)是世界喜剧中的经典。作品借鉴了意大利即兴喜剧的人物原型和传统闹剧的情节,在此基础上,莫里哀进行了反复的创造和修改才得以最终定稿。从1664年问世到1669年确立经典地位,《伪君子》经历了至少五年的斗争和三次较大幅度的修改。莫里哀在剧中塑造的宗教骗子的典型形象"达尔杜弗"成为剧作能否得以上演的斗争焦点,也是这部剧作从最初的滑稽闹剧演变成喜剧经典的关键要素。

20世纪初,莫里哀的作品开始传入中国,随着中国话剧的发展和对外国戏剧的译介研究,他的作品在中国得到了广泛的传播,继而引发了戏剧理论界和舞台实践的"莫里哀热"。而《伪君子》在中国的译介及演出与中国的白话文运动、戏剧改良和"话剧抗敌"等运动密切联系,使莫里哀作品在中国传播的同时也打上了"中国化"的烙印。

第一节 谁是"达尔杜弗"——"伪君子"身份之谜

马克思说:"人们自己创造自己的历史,但是他们并不是随心所欲地创造,并不是在他们自己选定的条件下创造,而是在直接碰到的、既定的、从过去承继下来的条件下创造。"① 而文学作为历史发展过程中社会文化

---

① 马克思:《路易·波拿巴的雾月十八日》,马克思、恩格斯:《马克思恩格斯全集》(第8卷),中共中央马克思恩格斯列宁斯大林著作编译局译,北京:人民出版社,1961年版,第121页。

的一个子系统,它的经典化"意味着那些文学形式和作品,被一种文化的主流圈子接受而合法化,并且其引人瞩目的作品,被此共同体保存为历史传统的一部分"①。莫里哀作品生成的前提并没有离开本民族的历史与传统,而是基于历史进程中那些变动的社会和意识因素。同时,其作品的经典化经历了主流文化群体的"排斥—接受"过程,正如佛克马所言:"历史意识的一次变化,将引发新的问题和答案,因而就会引出新的经典。"②

一、游戏仪式与群体狂欢

莫里哀生活的17世纪,法国正值路易十三和路易十四专制王权极盛的统治时期,路易十四"朕即国家"的提出更是将绝对君主制推向了高峰。1661年马萨林死后,独揽大权的路易十四从各个方面加强专制统治来扩张君权。政治方面加强绝对王权,宗教方面统一思想,经济方面促进农工商各行业发展,对文化的控制也自然地成为路易十四时代君主专制的重要组成部分。"文化比以前任何时候都更明显地进入政治领域,同时充当统治的手段和作为威望的源泉。"③

路易十四对文化的控制首先体现在营造"游戏"空间和举行"狂欢"仪式。古希腊的"喜剧"一词原意乃是"狂欢队伍"之歌,起源于祭祀酒神的狂欢歌舞和民间的滑稽表演。④ 路易十四时代的法国宫廷充满着"游戏"空间与"狂欢"场景,公共庆典、竞技比赛、宫廷戏剧、假面舞会、芭蕾舞和烟火表演构成了辉煌而欢乐的宫廷图景,也成为国王加强统治的文化武器,如路易十四自己所言:"将贵族留在宫中的最好方式,就是让它变成一个有吸引力的地方。"⑤如果说路易十四之前国王的游戏被看作一种私人活动,那凡尔赛宫的修建则使得这种游戏空间上升到宫廷仪式的范畴。在这些大至庆典小至国王"居室游戏之夜"的活动中,君臣关系介于亲昵与威严之间,公共与私人空间体现出的政治功用从未缺席。"这种娱乐消遣社交生活,让宫廷臣僚与我们适当地熟悉起来,以言辞说教之外的方式打动他们和愉悦他们。从另一方面来说,人们在表演中得享欢愉,表演实

---

① 斯蒂文·托托西:《文学研究的合法化》,马瑞琦译,北京:北京大学出版社,1997年版,第43页。
② 佛克马、蚁布思:《文学研究与文化参与》,俞国强译,北京:北京大学出版社,1996年版,第49页。
③ Rioux & Sirinelli, *Histoire culturelle de la France*, Paris: Editions du Seuil, 1998, p.301.
④ 施旭升:《戏剧艺术原理》,北京:中国传媒大学出版社,2006年版,第44页。
⑤ François Bluche, *Louis XIV*, Paris: Arthème Fayard, 1986, p.188.

际上就是本着让他们高兴的目的;且我们所有的臣民,看到我们也喜爱他们所喜爱的东西会欣喜若狂,或他们为观赏到最好的东西而心醉神驰。通过这些,我们控制他们的思想,抓住他们的心,有时可能比奖赏或恩惠更有力。"①

路易十四时代的"狂欢"不仅体现在王宫的各种游戏活动中,也体现在其当政时期戏剧的繁荣局面中。这一方面与他的个人喜好有关,"他爱好宫廷喜庆和热闹场面,鼓励戏剧创作"②;另一方面也体现出他对戏剧作为统治工具的深刻认识,"他可能比近代早期的其他任何统治者都清楚地认识到,戏剧效果作为建立权威的一种手段具有很大的重要性"③。17世纪的法国,在路易十三和黎塞留统治时期已经为戏剧的发展奠定了基础。路易十三曾在勃艮第剧院(Hôtel de Bourgogne)组建名为"皇家剧团"的戏剧团体,并在1641年发表宣言来捍卫演员职业的高尚性。路易十四当政时期,戏剧成为一项更加时尚的行业,剧院这一重要的社交场所也成为法国上层贵族阶层争奇斗艳、传播时尚之地。"幕布吊起后,竟看到舞台上有不少观众坐在有草垫的椅子上,那都是些有头有脸的人,他们衣着华丽,给剧场带来了'豪华的衣饰'。"④乔治·蒙格雷迪安在《莫里哀时代演员的生活》中写到一次演出的情景时做了这样的描述:"维里埃小姐演施曼娜时穿得像安娜·奥地利王太后,演《费德尔》的谢梅斯莱夫人穿得像路易十四的情妇孟德斯邦夫人。"⑤这也使得剧院无形之中成为了当时社会消费的导向标。路易十四对戏剧的重视不仅使得名媛雅士"把到剧场看戏当做高尚的娱乐和社交手段",更是在经济上对戏剧创作者和剧团给予大力支持。路易十四对艺术家的政治保护或经济支持使得稳定的政治局面给予文化艺术发展一个极佳的环境:"这是一个值得后世重视的时代,此时,高乃依和拉辛笔下的英雄、莫里哀喜剧中的人物、吕利创作的交响乐,还有博絮埃和布尔达卢等人的演说,都受到路易十四、以精于鉴赏著称的亲王夫人、孔代、蒂雷纳、科尔伯以及生活在各个领域中涌现

---

① Louis XIV, *Mémoires de Louis XIV*, *présentés et annotés par Jean Longnon*, Paris: Librairie Jules Tallandier, 1978, p. 134.
② 郑克鲁编:《法国文学史》(上卷),上海:上海外语教育出版社,2003年版,第147页。
③ 菲利普·李·拉尔夫:《世界文明史》(下卷),赵丰译,北京:商务印书馆,1999年版,第62页。
④ 乔治·蒙格雷迪安:《莫里哀时代演员的生活》,谭常轲译,济南:山东画报出版社,2005年版,第99页。
⑤ 同上书,第107页。

出来的大批杰出人物的欣赏。"①

　　莫里哀正是在这样的环境中创作出《伪君子》。经过了13年的外省流浪，返回巴黎之后的莫里哀与他的剧团先后上演了《可笑的女才子》《丈夫学堂》和《妇人学堂》等几部喜剧。他的喜剧都取材于当时社会的现实生活，讽刺了资产阶级的风流儒雅，抨击了贵族社会腐朽的生活，揭发并抨击了教会修道院的教育和封建的夫权思想。他的演出激怒了贵族和资产阶级，却迎合了国王的需要。国王同意把王宫剧场赏给他的剧团使用，在演出《可笑的女才子》时，国王赏赐剧团3000法郎，在演出《妇人学堂》后，国王每年给他剧团的津贴是1000法郎。而在1665年莫里哀的剧团被路易十四命名为"皇家剧团"后，每年津贴6000法郎。从格朗日记录的他本人和剧团的账目中可以看到，从1658年到1673年的15年中，他赚了56700里弗尔，相当于今天的25万法郎。人们注意到门票的收入是不断增长的，到1669年上演《达尔杜弗》时到了顶峰。② 而在喜剧芭蕾《贵人迷》的演出中，国王给他的津贴达49404苏。③ 像路易十四这样对科学和文学艺术人士予以持续定期资助的行为得到了从伏尔泰到一些当代法国史学家——如弗朗索瓦·布吕什的高度评价，称"路易十四这种奥古斯丁式的资助，是在对人文价值的崇敬和广泛的趣味引导下诞生的"④。

　　1664年5月，路易十四举行名为"迷人岛欢乐会"（Plaisirs de l'Ile enchantée）的盛大庆典。这个庆典活动为期七天，国王与贵族一道，参加骑兵巡游、剧目表演和马术比赛等诸多节目。《伪君子》最早的版本即是为这次庆典创作的喜闹剧。莫里哀创作《伪君子》之时正值路易十四独立执政不久，政权不够稳固，要想尽快独揽大权，必须要限制和削弱教会和贵族的权势，而莫里哀的喜剧正是反对贵族阶级特权与揭露教会僧侣的虚伪，符合路易十四加强君主专政的政治目的。

二、重写与颠覆

　　T. S. 艾略特在《什么是经典》中说："在文学中，（成熟）意味着诗人对他的前人们有所知觉，而我们又能通过他的作品知觉到他的那些前人，就

---

① 伏尔泰：《路易十四时代》，吴模信等译，北京：商务印书馆，1996年版，第479页。
② 乔治·蒙格雷迪安：《莫里哀时代演员的生活》，谭常轲译，济南：山东画报出版社，2005年版，第116页。
③ Louis Moland, *Molière et la comédie italienne*, Paris: Librairie Académie, 1867, p. 363.
④ François Bluche, *Louis XIV*, Paris: Arthème Fayard, 1986, p. 162.

像我们可以在一个既个别又独特的人身上看到他祖先的种种特征一样。"①伊塔洛·卡尔维诺在其《为什么读经典》一文中也认为:"经典作品是这样一些书,它们带着先前解释的气息走向我们,背后拖着它们经过文化或多种文化(或只是多种语言和风格)时留下的足迹。"②

莫里哀的喜剧,从古希腊被誉为"喜剧之父"的阿里斯托芬的艺术中吸取养分,正如李健吾先生所说:"像阿里斯托芬那样泼辣,像米南德那样深入世态,专心致志,写出各类喜剧,成为现代喜剧的先驱的,就是莫里哀。"③此外,莫里哀还模仿学习古罗马的戏剧。在罗马剧作家中,对莫里哀影响较大的要数喜剧家普劳图斯。普劳图斯常采用的诸如计谋、换装、误会、相认等民间喜剧手法和喜剧元素在莫里哀的喜剧中也得到了充分的体现,如《悭吝人》取材于罗马喜剧家普劳图斯的《一罐黄金》。④ 同时,由于莫里哀在外省流浪期间大量接触了民间戏剧与当时活跃于法国戏剧舞台的意大利即兴喜剧,他的喜剧的情节、题材和喜剧手法也受到民间戏剧和即兴喜剧的影响,譬如:"《伪君子》与《妇教》(今译《妇人学堂》)都取材于施家龙(Scarron)的新闻。《悭吝人》取材于博史落背(Boisrobert)的《美丽的诉讼人》。《史家井的骗术》与寄奴(Quinault)的学究很有关系。"⑤而他笔下的"唐璜"直接受到多里蒙(Dorimon)和维里埃(Villiers)的影响⑥,剧中也体现了意大利即兴喜剧的艺术。⑦

经典必须根植于传统,传统意识是经典作品的一个重要品质。而作品要成为真正意义上的经典,还必须具有另一个重要品质,即原创性。正如美国当代著名文学批评家哈罗德·布鲁姆在《西方正典:伟大作家和不朽作品》中谈到作家及作品成为经典的原因时所言:"一部文学作品能够赢得经典地位的原创性标志是某种陌生性……这是一种无法同化的原创

---

① T. S. Eliot, *On Poetry and Poets*, London: Faber and Faber Ltd., 1957, p. 57.
② 伊塔洛·卡尔维诺:《为什么读经典》,黄灿然、李桂蜜译,南京:译林出版社,2006年版,第3—4页。
③ 李健吾:《李健吾戏剧评论选》,北京:中国戏剧出版社,1982年版,第82页。
④ 蒋连杰编:《外国文学史导学》,北京:北京大学出版社,2002年版,第69页。
⑤ 董家溁:《莫利耶的研究》,《东方杂志》,1928年第25卷第13期。
⑥ Didier Souiller, "La dramaturgie du *Dom Juan* de Molière et l'esthétique espagnole du Siècle d'Or", in Manuel Bruña Cuevas et al., *La Cultura del otro: español en Francia, francés en España, Primer encuentro hispanofrancés de investigagores* (APFUE/SHF), Sevilla: Servicio de Publicaciones de la Universidad de Sevilla, 2006, p. 15.
⑦ Franco Tonelli, "Molière's *Don Juan* and the Space of the Commedia dell'Arte", *Theater Jounal*, 1985(4), pp. 440—464.

性,或是一种我们完全认同而不再视为异端的原创性。"①

随着意大利即兴喜剧和法兰西闹剧的结合,17世纪30年代的巴黎剧场很快便形成了生机勃勃的图景。正如李健吾所言:"这时的戏剧事业随着资产阶级的兴起,有了较快的发展,师法泰伦斯的典雅的文学喜剧和以演技为主的定型喜剧,在舞台上逐渐显出合流的趋势。"②而莫里哀便是受到这两种喜剧艺术形式的影响后,创作出传统与现实相结合的喜剧作品的代表作家。他的创作不仅善于吸取希腊与罗马戏剧、法国民间闹剧和意大利即兴喜剧等传统,而且对喜剧的主题和形式都做出了创新并突破了古典主义的局限。

以《悭吝人》为例,与普劳图斯偏重于形而上的哲学思考不同,莫里哀对"吝啬鬼"形象的改编更注重揭示社会问题,同时也用讽刺手法对阿巴贡的性格做了典型性描写。③ 再以《唐璜》为例,"唐璜"形象源于西班牙作家蒂尔索的剧本《塞维亚的荡子,或石像的宾客》,后来在意大利作家希科尼尼的《石像的宾客》中得到了重塑,但直到莫里哀的《唐璜》,才对这个浪子形象有了颠覆性的"重写"。与蒂尔索和希科尼尼相比,莫里哀笔下的"唐璜"题材脱离了原来的低俗状态,作家集中表现人物的心理和复杂的性格,不仅使人物具有了一定的现代色彩,也增强了其现实意义。

三、"伪君子"形象的源流考证

对于传统与创新的关系,艾略特在其《传统与个人才能》中做出了深刻论述:

> 传统是具有广泛得多的意义的东西。它不是继承得到的,你如果想得到它,必须用很大的劳力。第一,它含有历史的意识,我们可以说这对于任何想在25岁以上还要继续做诗人的人来说差不多是不可缺少的;历史的意识又含有一种领悟,不但要理解过去的过去性,而且还要理解过去的现存性,历史的意识不但使人写作时有他自己那一代的背景,而且还要感到从荷马以来欧洲整个的文学以及本国整个的文学有一个同时的存在,组成一个同时的局部。这个历史

---

① 哈罗德·布鲁姆:《西方正典:伟大作家和不朽作品》,江宁康译,南京:译林出版社,2005年版,第2—3页。
② 李健吾:《李健吾戏剧评论选》,北京:中国戏剧出版社,1982年版,第81页。
③ Walter E. Forehand,"Adaptation and Comic Intent: Plautus' 'Amphitruo' and Molière's 'Amphitryon'", *Comparative Literature Studies*,1974(3),pp.204—217.

的意识是对于永久的意识,也是对于暂时的意识,也是对永久和暂时合起来的意识。就是这个意识使作家成为传统性的。同时也是这个意识使一个作家最敏锐地意识到自己在时间中的地位,自己和当代的关系。①

关于"达尔杜弗"名字的来源,《法语词源学词典》里这样说道:"这个名字并不是莫里哀创造出来的,而是从意大利的俗语中引用而来的。"② 学者莫兰德(Louis Moland)指出,"达尔杜弗"的形象来自于意大利作家阿尔蒂诺(Pietro Aretino)于 1542 年创作的作品《虚伪的人》(*Lo Ipocrito*)③,也有学者认为他可能受到西班牙作家萨瓦雷塔(Juan de Zabaleta)笔下的人物形象"伪君子"(El Hypocrita)的影响。④ 萨瓦雷塔在 1654 年创作的作品《节日的早晨》(*El Dia de fiesta por la mañana*)中,塑造了一个类似的伪君子形象,他一面讲修行,一面却贪恋美食,"饭量可以匹敌六人,早餐可以喝四大杯酒"⑤。而莫里哀笔下的达尔杜弗也是作为一个虚伪的贪食者出现,他嘴上讲的是"苦行主义",却大肆享用美味佳肴。每餐"虔虔诚诚,吃了两只鹌鹑,还有半条切成小丁儿的羊腿",吃早点时,还要喝"满满四大杯葡萄酒"。对于莫里哀塑造的这个贪吃鬼形象,凯恩克罗斯(John Cairncross)认为这个形象来源于意大利即兴喜剧。他说:"三幕喜剧中的达尔杜弗的原型是一个满脸红润的贪吃鬼,他踩死跳蚤的夸张行为和递块手帕叫女仆把胸脯遮住的虚伪行为是一个搞笑的人物形象。"⑥

也有学者指出《伪君子》借鉴了同时期戏剧家乌维尔(Le Metel d'Ouville)作品中的情节。⑦ 莫里哀刚刚从外省返回巴黎时常去勃艮第剧院看戏,正值乌维尔的多部戏剧在这个剧院上演,由此有评论家指出莫

---

① T. S. Eliot, *Selected Essays*, New York: Harcourt, Brace and Company, 1950, p. 4.
② Auguste Scheler, *Dictionnaire d'étymologie française d'après les résultats de la science moderne*, Paris et Bruxelles: C. Murquardt, 1873, p. 434.
③ Louis Moland, *Molière et la comédie Italienne*, 2ème éd., Paris: Didier, 1867, p. 209.
④ Joseph E. Gillet, "A Possible New Source for Molière's Tartuffe", *Modern Language Notes*, 1930(3), pp. 152—154.
⑤ Ibid.
⑥ John Cairncross, *New Light on Molière*: *Tartuffe*; *Elomire Hyoocondre*, Genève: Droz, 1956, pp. 2—3.
⑦ H. Carrington Lancaster, "Additional Sources for Molière's Avare, Femmes Savantes and Tartuffe", *Modern Language Note*, 1930(3), pp. 154—157.

里哀戏剧中的许多情节与结构曾受到戏剧家乌维尔的影响。① 乌维尔在1638年发表的作品《阿尔比冉的背叛》(Les trahisons d'Arbiran)中,主人公阿尔比冉试图勾引朋友的妻子,正如达尔杜弗想引诱他朋友奥尔恭的妻子一样。而揭穿主人公虚伪的性格,两位作家也用了相似的情节。在《伪君子》中,艾耳密尔用"桌下藏人"的计谋让丈夫奥尔恭藏在桌下听到她与达尔杜弗的对话,从而揭穿了达尔杜弗伪君子的本质。而在《阿尔比冉的背叛》一剧中,受引诱的妻子向国王告发了阿尔比冉的虚伪,并让国王藏在角落听到他们的对话,从而使国王认清了阿尔比冉的面目,解救了被阿尔比冉诬陷的即将处以死刑的丈夫。②

在乌维尔的另一部戏剧《不知爱的是谁》(Aimer sans savoir qui)中,露西被父亲指定了结婚的对象老奥轰特,这使得内向且已有心上人阿尔风斯的露西万分痛苦,在顺从和反抗父命之间犹豫不决只能想到用死亡来反抗命运。女仆内日娜劝告她,说她应该听从自己内心的情感,并勇敢地说出要结婚的是你而不是你父亲,鼓励她勇敢地把握自己的命运。在《伪君子》中,桃丽娜以同样的方式劝告被父亲指定婚姻却不知所措只想到死的小姐玛丽亚娜,并同样对她的畏畏缩缩犹豫不决的行为感到气愤不已。③

第二节 真实与重构:莫里哀笔下的"伪君子"形象流变

歌德曾说:"像'达尔杜弗'那样开场,世上只有一次;像它这样开场的,是现存最伟大和最好的开场了。"④伏尔泰写道:"喜剧《伪君子》,是任何一个民族的创作都不能相比的杰作,它暴露了伪善行为的一切丑恶。"⑤普希金说:"《伪君子》是不朽的,他是喜剧天才最强烈的紧张劳动

---

① Roger Guichemerre, "Une source peu connue de Molière : Le théâtre de le Métel d'Ouville," *Revue d'Histoire littéraire de la France*, 1965(1), pp. 92—102.

② H. Carrington Lancaster, "Additional Sources for Molière's Avare, Femmes Savantes and Tartuffe", *Modern Language Note*, 1930(3), pp. 154—157.

③ Roger Guichemerre, "Une source peu connue de Molière : Le théâtre de le Métel d'Ouville," *Revue d'Histoire littéraire de la France*, 1965(1), pp. 92—102.

④ 爱克曼辑录:《歌德谈话录》,朱光潜译,北京:人民文学出版社,1978年,转引自杨正和:《外国文学名作赏析》,北京:科学出版社,1999年版,第90页。

⑤ 韩耀成、王逢振主编:《外国争议作家作品大观》,南京:译林出版社,1992年版,第101页。

的果实。"① 别林斯基曾总结说："一个能够在伪善的社会面前狠狠地击中虚伪这条多头毒蛇的人，就是伟大的人物！《伪君子》的创作者是不会被忘记的！"② 这个被歌德认为是现存最伟大和最好开场的戏剧却经历了五年的修改与斗争才最终得以上演。1664年初次上演、1669年最后定稿的《伪君子》代表了莫里哀的最高成就，也是世界喜剧中的经典作品。剧本对宗教骗子的伪善丑行做了无情的揭露和辛辣的讽刺，莫里哀在剧中成功地塑造了一个宗教骗子的典型形象——达尔杜弗。

一、"达尔杜弗"还是"巴纽尔夫"？

1664年5月7日至13日，路易十四在凡尔赛宫举行"迷人岛欢乐会"游园盛会，莫里哀负责此次游园会的喜剧编排。此次盛会共演出了他的四部喜剧作品，分别是8日上演的《伊利斯的公主》（*La Princesse d'Elide*），11日演出的《讨厌鬼》（*Les Fâcheux*），12日上演的《伪君子》（*Tartuffe*）和13日演出的《逼婚》（*Le Mariage forcé*）。但唯独在上演《伪君子》的时候造成轰动，演出后引起了一场禁演的轩然大波，把这个最初只是为了庆祝盛会而编排的一部闹剧作品推上了舆论的风口浪尖。

最初的《伪君子》只有现在版本的第一、三、四幕③，瓦赖尔和玛丽亚娜并没有出现，情节相对简单，主要以达尔杜弗阻碍达米斯的婚姻并追求奥尔恭的妻子欧米尔为线索，全剧也以达尔杜弗的伪善没有被揭发、最终取得胜利而结束。尽管剧目是以喜闹剧的形式出现，但身穿"长斗篷、黑礼服，不治花边，戴一顶大毡帽，披短假发，挽紊小领，不带宝剑"④的宗教大骗子达尔杜弗在舞台上丑态百出，淋漓尽致地表现他的虚伪贪婪和荒淫无耻时，教会便嗅出了剧作反宗教的气息，严厉指责这是"公开的无神论流派"和"亵渎宗教"。由于作者抨击和指责的对象是教会和封建贵族，这出剧在第一场演出结束后便受到巴黎大主教和路易十四母亲王太后支持的"圣体会"的坚决反对，迫使国王在此剧上演的第二天便下令禁演。

---

① 曹让庭：《〈伪君子〉论析》，《吉首大学学报》（社会科学版），1983年第1期，第1页。
② 别林斯基：《别林斯基论选集》（第二卷），满涛译，上海：上海译文出版社，1979年版，转引自石璞：《欧美文学史》（上册），成都：四川人民出版社，1980年版，第381—382页。
③ J.谢莱尔：《〈伪君子〉的多重结构》，巴黎：SEDES出版社，1974年版，转引自宫宝荣：《天才与法则——〈伪君子〉的结构及"三一律"新探》，《戏剧艺术》，2006年第2期，第45页。
④ 莫里哀：《莫里哀喜剧全集》（第二卷），李健吾译，长沙：湖南文艺出版社，1992年版，第266页。

虽然《伪君子》被国王路易十四下令禁演，但是莫里哀坚持"喜剧的责任"，上书国王为自己的作品辩护："喜剧的责任即是在娱乐中改正人民的弊病，我认为执行这个任务莫过于通过令人发笑的描绘，抨击本世纪的恶习。"①其实，国王内心对莫里哀在剧中抨击教会的权势地位也是充分肯定的，因此路易十四允许他们私下继续朗读剧本和进行秘密演出。莫里哀在支持者和朋友家中一边朗读剧本一边进行修改，最终在路易十四弟媳的别墅里完成了五幕剧的私人演出。

《伪君子》第二次公开上演是在1667年8月5日，剧本由原来的三幕增加到五幕。由于"达尔杜弗"（Tartuffe）的名字借鉴了意大利喜剧中暗喻"虚伪"的名字"Tartufo"，因此，莫里哀在改写剧本的时候首先将剧名由之前的《达尔杜弗或伪君子》改成了《巴纽耳夫或者骗子》。"我把戏名改为《骗子》，把人物改成交际家装束，但是没有用；我让他戴一顶小毡帽，留长头发，挽大领巾，佩一把宝剑，礼服沿了花边，有几个地方做了修改，凡我认为有可能给我希图描摹的著名的真人以轻微借口的东西，我都小心删掉。"②这样，达尔杜弗就由一个神职人员变成了一个非宗教人士。戏的结尾也相应做了变动。原戏以达尔杜弗胜利结束，修改后的戏以揭穿巴纽耳夫的伪善面目和颂扬路易十四结束。莫里哀对剧作、台词及人物形象的修改是为了减少来自教会方面的阻力，但由于剧本的讽刺锋芒并没有削弱，《伪君子》的第二次修改本在王宫剧场正式公演了一场便又遭厄运。演出第二天就被巴黎最高法院院长拉木瓦隆下令禁演。8月11日巴黎的主教再次下令反对剧目的上演，他通告教民说："《伪君子》是一出非常危险的喜剧，对宗教特别有害，因为借口谴责虚伪，或者伪装的虔诚，它可以让信心最坚强的人们，全都受到株连。"③他还规定凡看这出喜剧或听朗诵的人，一律驱逐出教。

直到1669年1月教皇颁布了《教会和平》诏书，教派间的纠纷和矛盾得到很大程度的缓解。这时莫里哀第三次上书国王，路易十四批准可以复演此剧。1669年2月5日，《伪君子》的第三次修改本得以上演。这次，莫里哀把主人公恢复了原来的名字达尔杜弗，剧名也作了第三次修改，即现在所通用的本子《伪君子》。在序言里，他写道："这出喜剧，哄传

---

① 莫里哀：《莫里哀喜剧全集》（第二卷），李健吾译，长沙：湖南文艺出版社，1992年版，第261页。
② 同上书，第264页。
③ 鹏鸣：《世界文学简论》，北京：作家出版社，2012年版，第209页。

一时,长久受到迫害;戏里那些人,有本事叫人明白:他们在法国,比起到目前为止我演过的任何人,势力全大。……我竟敢串演他们的假招子,竟敢企图贬低多少正人君子问津的一种行业。这是他们不能饶恕的一种罪行,于是摩拳擦掌,暴跳如雷,攻击我的喜剧。"①

与前两次屡屡被禁的情形相反,此次演出大获成功。演出的第一天,无数观众涌进剧院,剧院里人山人海,盛况空前。演出一直持续了9个星期,巴黎全城轰动,全年共有55场演出,售出5000本书。② 从1680年法兰西喜剧院成立至1967年,这出喜剧共演出2762场。③

二、"伪君子"群像与真实的"谎言"

在《伪君子》的第二次修改本中,莫里哀不仅把"达尔杜弗"这个隐喻"虚伪"含义的名字改成了"巴纽尔夫",同时也把剧名中的"伪君子"修改成"骗子"。根据学者弗勒蒂埃(Furetière)的解释,他认为"虚伪"一词首先是体现在教会的道德训诫方面,如伪装的"祷告"和伪善的道德。因此,"伪君子"便具有了特指宗教人士的隐喻内涵。这在莫里哀的作品中也有所体现:

> 世上没有东西比真心信教的虔诚更高贵、更美好的了,所以在我看来,也就没有比假意信教、貌似诚恳,和那些大吹大擂的江湖郎中、自卖自夸的信士更可憎的了。他们亵渎神明,假冒为善,欺骗众人,不但不受惩罚,还能随意取消人世最神圣的事物。这些人唯利是图,把虔诚当作了职业和货物,单凭眼皮假动几动,装出一副兴奋模样,就想买到信用和职位;这些人,我说,沿着上天的道路,追逐财富,异常热烈;他们一面祷告,一面却又天天讨封求赏;他们在宫廷宣扬隐居;他们知道怎么样配合他们的恶习和他们的虔诚;他们容易动怒,报复心切,不守信义,诡计多端,为了害一个人,他们就神气十足,以上天的利益,掩盖他们狠毒的私忿。④

---

① 莫里哀:《〈达尔杜弗〉的序言》,李健吾译,《文艺理论译丛》(第四期),北京:人民文学出版社,1958年版,第122页。

② Perica Domijian, "*Le Tartuffe* de Molière L'emploi de la comédie est de corriger les vices des hommes(préface du *Tartuffe*) Molière(1622—1673)", *Journal of Arts and Humanities*, Vol. 2, 2013(6), p.125.

③ J.P. Caput, *Le Tartuffe*, *comédie*, Paris: Larousse, 1971, p.12.

④ 莫里哀:《莫里哀喜剧六种》,李健吾译,上海:上海译文出版社,1978年版,第132—133页。

《伪君子》第二次上演之时恰逢路易十四在外作战,莫里哀虽然得到了国王的口谕可以公开上演修改本,但是正式公演后不久便被巴黎大主教和最高法院院长下令禁演。这个敢于与国王公开抗衡的宗教团体便是当时盛极一时的"圣体会"。成立于1627年的"圣体会"得到了路易十四的母亲王太后的支持,且有许多权力人士的加入,如上文提到的巴黎最高法院院长拉木瓦隆、孔第亲王等。这个组织"表面上从事慈善事业,实际上是宗教谍报机关,经常派出大批良心导师,监视人们的言行,甚至住进居民家里进行罪恶活动,许多无神论者、自由思想者、异教徒和其他具有进步思想的人士都因为他们的告密而惨遭横祸"。① 因此,许多学者认为莫里哀笔下的"伪君子"达尔杜弗是作者以这些宗教骗子群像为原型塑造出的典型形象。

　　学者保尔·艾玛尔(Paul Emard)指出达尔杜弗的故事取材于"圣体会"的沙尔比先生,而达尔杜弗受邀于奥尔恭家的情节也与沙尔比被昂丝一家邀请的情节类似。②根据史料,伊马德进一步阐释了沙尔比在教堂邂逅昂丝夫人的情节与达尔杜弗向奥尔恭妻子示爱的情节有相似之处,进而推断莫里哀可能从中借鉴了部分内容。沙尔比在对昂丝夫人做了一番虚伪的祷告之后,昂丝夫人便把他带进家中,提供吃住,但沙尔比却赶走了昂丝夫人的侄儿,并成功的勾引了她侄儿的妻子。在考证达尔杜弗的形象来源时,保尔·艾玛尔还提出了另一种可能,就是莫里哀笔下的达尔杜弗是孔第亲王的原型。莫里哀在法国南部流浪期间,孔第亲王曾支持他的剧团及演出,但当孔第亲王加入"圣体会"后,又带头反对和批判莫里哀的剧作,因此保尔·艾玛尔认为作家塑造的这个集虚伪于一身的人物很可能就是莫里哀要影射现世的王子孔第。③ 也有学者认为作者塑造的"伪君子"是修道院长彭斯,达尔杜弗在奥尔恭家里得寸进尺的欲望展露与彭斯在社交方面尤其宗教领域的欲望之路体现了两者近乎相同的野心勃勃。④ 另一个可能的"伪君子"原型是于1643年加入"圣体会"的雅克·克勒得奈,他以精神导师的名义大肆谈论宗教道德,却私下监视人们

---

　　① 陈应祥等主编:《外国文学》,太原:山西人民出版社,1988年版,第264页。
　　② Paul Emard,"Tartuffe, sa vie, son milieu, et la comédie de Molière", *Histoire littéraire de la France*,1934(1), pp.131—134.
　　③ Ibid.
　　④ Shirley T. Wong, *La situation de Tartuffe au temps de Molière : interference, rencontres, affinités*, thesis, Vancouver: The University of British Columbia,1985, p.52.

的行为并试图对他们产生宗教上的影响。① 还有学者认为"达尔杜弗"的原型是巴黎最高法院院长拉木瓦隆。《伪君子》第二次公演时,拉木瓦隆利用路易十四在外作战让他代国王行使权力的特权,禁止莫里哀的这部剧继续演出。当莫里哀向他陈情时,他借口说:"先生,现在已经接近正午,如果继续待在这里,我将会错过祷告的时间。"②莫里哀顺势把这段对话写到剧中,第四幕第三场达尔杜弗对克莱昂特说:"先生,现在是三点半钟,我要到楼上去做圣课,原谅我如此快离开你。"③通过这个对话来批判和讽刺拉木瓦隆虚伪的行为。

"圣体会"这一教会组织对演员这一职业充满了歧视,它的教规中规定:"不但演员不准领圣体,连所有参与戏剧演出的人,如机械师、服装师、领座员、假发师、作曲者甚至贴画的人都不准领圣体。"④这一教规和他们提倡的慈善事业、宣扬的宗教道德背道而驰,是"虚伪"面纱掩盖下真实的"谎言"。最极端的例子便是莫里哀去世时,因为没有做出教会要求的忏悔,即宣布放弃演员这一职业,教会便规定不准有送葬的队伍,也不能举行相关的仪式。因此,莫里哀在夜里被秘密下葬,并被教会冠以异教徒和无神论者的罪名继续抨击。

三、"达尔杜弗"效应

美国著名戏剧理论家劳逊说:"高乃依和拉辛的悲剧是以贵族阶级的社会哲学为基础的。拉辛的作品的确很感人;它们的力量在于那种借以表现静止情绪的单纯性。它们的结构是一种抽象品质的理性安排。作品中没有生命的热力,人物的生活也没有发生变化的可能。……高乃依和拉辛的悲剧,都是将绝对主义加以戏剧化而已。没有净化的必要,因为情感被割离现实之后就已经净化了。但是现实是存在的——莫里哀的作品辛辣地、愉快地发出了现实的呼声。"⑤

达尔杜弗是莫里哀笔下超越时空的不朽形象之一。他的不朽,在于

---

① Shirley T. Wong, *La situation de Tartuffe au temps de Molière : interference, rencontres, affinités*, thesis, Vancouver: The University of British Columbia, 1985, p. 61.
② Saint-Simon, *Mémoire*, 7 tomes, Paris: Gallimard, 1961, p. 153.
③ 莫里哀:《莫里哀喜剧六种》,李健吾译,上海:上海译文出版社,1978年版,第173页。
④ 乔治·蒙格雷迪安:《莫里哀时代演员的生活》,谭常轲译,济南:山东画报出版社,2005年版,第3页。
⑤ J.H.劳逊:《戏剧与电影的剧作理论与技巧》,邵牧君、齐宙译,北京:中国电影出版社,1979年版,第32—33页。

"达尔杜弗决不只是一个达尔杜弗先生,而是全人类的达尔杜弗的总和"。① 《伪君子》一经上演,人们就纷纷议论,莫里哀曾说:"我没有把人物的性格全部描绘出来,因为这不是我的任务。探照灯的光线集中在一点上,一个选好的性格特征上,在这个光点之外的一切都留在阴影中。"② 伪君子形象的经典性,正是莫里哀集中笔力刻画了一个集各种"虚伪"于一身的典型形象。莫里哀深知"虚伪"有意想不到的方便,他在另一部作品《唐璜》中写道:"这是一种妙法儿。欺诈永远为人敬重,就是看穿了也没有什么,因为没有人敢反对它。别的恶习桩桩逃不过责备,人人有自由口诛笔伐,但是虚伪是一种享受特权的恶习,它有本事封人人的口,自己却逍遥自在,不受任何制裁。"③

《伪君子》作为莫里哀喜剧创作的高峰,作者不仅在剧中塑造了"伪君子"的经典形象,更通过剧作为喜剧"正名"。自亚里士多德以来,重悲剧、轻喜剧的西方文学美学传统深深影响了作家的创作和读者的接受。亚里士多德在《诗学》中对悲剧做了如下定义:"悲剧是对一个严肃、完整、有一定长度的行动的模仿;它的媒介是语言,具有各种悦耳之音,分别在剧的各部分使用;模仿的方式是借人物的动作来表达,而不是采用叙事的方法;借引起怜悯和恐惧来使情感得到陶冶。"④ 由模仿所产生的悲剧性有着治疗的效果,可以净化人心,使其升华到一个更高的境界,因此,悲剧一再被当成戏剧的重要原则。相反,喜剧却被认为是"模仿低下粗鄙之人的行为",过度的夸张及荒谬的表现方式是喜剧的重要元素,因此角色在剧中搞笑的动作对白,虽然常引人发笑,却是不受重视的,在观察了喜剧缺乏从悲剧性与畏惧感所升华出的道德感之后,亚里士多德对喜剧下了一个结论:"喜剧描述的是比较坏的人,然而,'坏'不是指这个人具有一切种类的恶,而是指具有某些恶或丑陋的方面。在某种程度上,这也是一种滑

---

① 斯坦尼斯拉夫斯基:《我的艺术生活》,瞿白音译,上海:上海译文出版社,2002年版,转引自杨琳、欧宁主编:《戏剧鉴赏》,西安:西安交通大学出版社,2009年版,第154页。
② 阿尔泰莫诺夫:《十七世纪外国文学史》,田培明等译,上海:上海译文出版社,1981年版,转引自胡健生:《悲喜交错乎?——莫里哀喜剧艺术风格质疑》,《齐鲁学刊》,1996年第3期,第67页。
③ 莫里哀:《莫里哀喜剧全集》(第二卷),李健吾译,长沙:湖南文艺出版社,1992年版,转引自靳丰、江伙生:《不朽的艺苑之葩——读莫里哀的〈伪君子〉》,《外国文学研究》,1979年第4期,第45页。
④ 亚理斯多德、贺拉斯:《诗学·诗艺》,罗念生、杨周翰译,北京:人民文学出版社,1962年版,第19页。

稽可笑,滑稽的事物包含某种错误或丑陋,但它不致引起痛苦或造成伤害。"①

对于亚里士多德对喜剧艺术的偏见,莫里哀在《〈妇人学堂〉的批评》里指出喜剧的地位并不比悲剧低,并进一步根据喜剧本身的特征,认为喜剧是比悲剧更难驾驭的艺术:"利用高尚的情感来维持剧中的气氛,用诗句来戏弄命运及辱骂神祇,这是比较容易的;但要恰如其分地深入到人们的可笑之处,把各人的毛病轻松愉快地搬上舞台,……把正人君子逗得发笑,并不是件轻而易举的事"②。

在莫里哀的笔下,他常常以"颠覆传统的笑"对现世进行猛烈的抨击,揭露教会人士的伪善堕落,讽刺贵族的矫揉造作。在《凡尔赛即兴》第四场中,莫里哀这样表述了自己的创作任务和法则:"喜剧的任务既然是一般地表现人们的缺点,主要是本世纪人们的缺点,莫里哀随便写一个性格,就会在社会上遇到,而且不遇到,也不可能。"③在《伪君子》的序言里,他又是这样规定喜剧的讽刺功能:"一本正经的教训,即使面面俱到,往往不及讽刺有力量;规劝大多数人,没有比描绘他们的过失更见效的了。把恶习变成人人的笑柄,对恶习就是重大的打击。"④因此,莫里哀笔下的喜剧作品不仅颠覆了自古以来重悲剧、轻喜剧的西方文学美学传统,也对喜剧的艺术和功能做出了新的论述,开拓了文学的视野。

第三节　民国时期的"莫里哀热"与《伪君子》在中国的传播

20世纪初,莫里哀的作品开始传入中国,随着中国话剧的发展和外国戏剧的译介研究,他的作品在中国得到了广泛的传播,继而引发了戏剧理论界和舞台实践的"莫里哀热"。而《伪君子》在中国的译介及演出与中国的白话文运动、戏剧改良和"话剧抗敌"等运动密切联系,使莫里哀作品在中国传播的同时也打上了"中国化"的烙印。

---

① 亚里士多德、贺拉斯:《诗学·诗艺》,郝久新译,北京:中国社会科学出版社,2009年版,第14页。
② 莫里哀:《莫里哀喜剧选》(上),赵少侯等译,北京:人民文学出版社,1959年版,第387页。
③ 莫里哀:《莫里哀喜剧全集》(第四卷),李健吾译,长沙:湖南文艺出版社,1992年版,第131页。
④ 莫里哀:《达尔杜弗的序言》,李健吾译,《文艺理论译丛》(第四期),北京:人民文学出版社,1958年版,第122页。

一、从"穆雷"到"莫里哀":莫里哀生平与创作研究

中国的话剧从诞生之日起即与莫里哀有着紧密的关系。作为区别于传统戏曲的艺术,我国的话剧诞生是从翻译介绍西方戏剧开始的。目前所知最早译入中国的西方戏剧作品便是法国穆雷的《鸣不平》和波兰廖抗夫的《夜未央》。① 在阿英编辑的《晚清文学丛钞·小说戏曲研究卷》中的《〈鸣不平〉引言》中有记载:"乃法国有名之风俗改良戏曲家穆雷氏所著,原名《社会之阶级》……千九百一年,此剧初演于巴黎之文化剧院,情动全都,逮于千九百六年,昂端剧院主人,以此剧为一般社会所欢迎,复取演之,适译者亦与其盛。"②而春柳社在日本演出此剧的过程中,又进一步确定了这部剧便是莫里哀的《人间嫌恶》(今译《恨世者》):"《鸣不平》又名《社会阶级》,即莫里哀的著名喜剧《人间嫌恶》(Le Misanthrope),据中村忠行的说法,春柳社所有的脚本,为李石曾翻译,巴黎万国美术研究社出版的版本。"③莫里哀的《恨世者》作为在中国翻译的第一部外国剧目,开启了中国近代旧剧向新剧嬗变的进程,奠定了莫里哀剧作对中国现当代话剧发展的深远影响。

"穆雷"是翻译界首次对莫里哀名字的音译。1921年郑振铎在提到《鸣不平》的作者时第一次给穆雷作了"Morier"的西文标注④,虽然我们已无从考证《鸣不平》的内容原本,也无法判断这个标注是否来自早前出版物的西文拼写错误,郑振铎的这一注释却为后来的研究者进一步认识和研究莫里哀奠定了基础。

1922年张志超在《文哲学报》第3期发表的《法国大戏剧家毛里哀评传》中,莫里哀的名字被译为"毛里哀"。这是我国最早全面介绍莫里哀的文章。作者不仅介绍了莫里哀的生平和创作,更是对莫里哀的喜剧手法和戏剧的社会功能做出了评论。他写道:"戏剧之盛衰,关乎国运之隆。……戏剧非仅娱乐也,故彼于喜剧中,时寓正当之意义。凡社会之组织,人生之行为,在显其个人之情意。彼知喜剧家第一目的即在逗人欢

---

① 郑振铎:《现在的戏剧翻译界》,《戏剧》,1921年第1期,转引自孙庆生:《为中国话剧的黎明而呼喊——二、三十年代的话剧研究概述》,《中国现代文学研究丛刊》,1986年第2期,第263页。
② 阿英编:《〈鸣不平〉引言》,《晚清文学丛钞·小说戏曲研究卷》,北京:中华书局,1960年版,第307页。
③ 黄爱华:《中国早期话剧与日本》,长沙:岳麓书社,2001年版,第92页。
④ 郑振铎:《现在的戏剧翻译界》,《戏剧》,1921年第1期,转引自韩一宇:《清末民初汉译法国文学研究(1897—1916)》,北京:中国社会科学出版社,2008年版,第374页。

笑,而彼则更于欢笑之中启人遐想也。诞妄错失人情之常,而一经彼手则明镜毕现,物无遁形移矣。更寓讽刺于常识之中,发语巧妙,令人忍俊不禁。此则毛氏之特长。而非近代作家所能望其项背也。"① 另外,作者还对莫里哀与索福克勒斯、莎士比亚进行平行比较,指出莫里哀的剧作与二人相比更注重舞台效果,更具现代性的特质:"毛氏实有一长,彼希腊大戏剧家(骚弗克里)之著作,必演于山谷中。舞台、布景均付缺如。英国大戏剧家(指莎士比亚)之演其所作也,无屋顶以配光,无台景以悦目。至此,法国大戏剧家时,屋顶光线布景等,无不配置合式。宛似今日之舞台。故于骚氏杰作,见古代之遗风,于莎翁则叹其天才之卓越,而不能无恨于形式之古陋。此中古式之戏剧,即在莎翁退老数年后,已不尽于英国之舞台。至毛氏之杰作,则虽演之于二十世纪之舞台,亦翕合无间。非如骚莎二氏之作,非裁抑纂易,不能表现于今日之舞台也。故以戏剧之外形论,骚弗克里为远古,莎士比亚为中古,毛里哀则代表近代。毛氏上承前修,下开新绪,谓为世界之大戏剧家。"②

王瑞麟在 1926 年 11 月 22 日的《世界日报》上发表了《茉莉哀与悭吝人》。此后,哲民在 1927 年 6 月 26 日的《世界日报》上发表的《莫里哀及其戏剧》和焦菊隐在 1928 年 4 月 16 日的《晨报副刊》上发表的《论莫里哀——〈伪君子〉序》中,开始使用"莫里哀"的译法,这是最早将"Molière"译为"莫里哀"。之后,这一译法得到了广泛的应用,如 1931 年商务印书馆出版的杨润余撰写的《莫里哀》。王了一在 1935 年翻译的格瑞玛克(Grimarect)的著作《莫里哀传》中,也使用了"莫里哀"的译法,文中谈到了莫里哀对欧洲喜剧发展的贡献:"当他(莫里哀)开始工作的时候,喜剧里还没有秩序,没有风俗,没有韵味,没有个性描写,一切都是不完善的。在今日我们往往觉得假使没有这超等的天才,也许喜剧远离不了那原始庞杂零乱的状态。"③

尽管二三十年代"莫里哀"的译法已经被广泛使用,但当时仍有"莫利耶""莫利哀""摩利尔""莫里野尔"等其他译法。如董家荣在 1928 年的《东方杂志》上发表《莫利耶的研究》,介绍了莫里哀之前法国的喜剧现状、意大利喜剧在法国的传播,以及莫里哀少年时代、游历时期、巴黎时代等不同的创作阶段,并首次以年代、文体、剧情等分类来研究莫里哀的作品。

---

① 张志超:《法国大戏剧家毛里哀评传》,《文哲学报》,1922 年第 3 期,第 5 页。
② 同上书,第 8 页。
③ Grimarect:《莫里哀传》,王了一译,南京:国立编译馆,1935 年版,第 1 页。

弗理契在1935年撰写的《欧洲文学发达史》中写道:"莫利哀以社会心理的喜剧来克服笑剧及滑稽剧,由此他造出了照应于自己的阶级的喜剧典型,因之也造出了能为其他国家的市民喜剧的标本。"①吴达元编著的《民国丛书·法国文学史》中,也将莫里哀的名字翻译成莫利哀。

民国时期对莫里哀的研究,除了对莫里哀的总体介绍,也有对单篇作品的分析和介绍。除了上文提到的1926年王瑞麟在《世界日报》上发表了《茉莉哀与悭吝人》,1928年焦菊隐在《晨报副刊》上发表《论莫里哀——〈伪君子〉序》,还有1930年笔名为G.T.的作者在《大公报》天津版发表《谈"伪君子"》以及1936年熊佛西在北平剧团召开的《伪君子》研讨会上的发言《由喜剧谈到莫里哀的〈伪君子〉》等。

二、从译本到舞台:莫里哀作品的翻译及舞台实践

"莫里哀热"不仅体现在对其生平与创作的介绍与研究,莫里哀作品的出版在二三十年代也达到一个高峰。20年代莫里哀的剧作《伪君子》在中国得到了相对集中的翻译,分别有朱维基、焦菊隐、陈治策、陈古夫的译本。此外,还有高真常翻译的《悭吝人》和曾朴翻译的《妇人学堂》。深受法国文化影响的海派文学重地上海还出现了以莫里哀的名字命名的莫里哀路。1927年热衷于法国文化的曾朴在上海法租界创办了真善美书店,书店就开在以莫里哀命名的莫里哀路附近。曾朴曾说:"在莫里哀路的方向上,Tartuffe(达尔杜弗)或Misanthrope(厌世者)那嘲讽的笑声就会传入我的耳朵。"②30年代,对莫里哀作品的翻译更加全面,分别有唐鸣时的《史嘉本的诡计》、邓琳的《心病者》、赵少侯的《恨世者》和陈古夫的《伪善者》(即《伪君子》)。这一时期最为突出的是1935年国立编译局出版社的王了一翻译的《莫里哀全集》(第一卷),这是莫里哀的作品首次在中国结集出版。

莫里哀的剧作在二三十年代的中国大量上演,《悭吝人》和《伪君子》也成为上演场次最多的莫里哀剧目。其中《悭吝人》在1935年得到了相对集中的演出,不仅有实验剧团参加水灾筹赈会的公演剧目("应各界筹赈水灾游艺会之请,特于本月四日五日两天下午三时假新世界京剧场演

---

① 弗理契:《欧洲文学发达史》,外村史郎译,沈起予重译,上海:开明书店,1935年版,第86页。
② 海恩里奇·弗鲁豪夫:《中国现当代文学中的城市异国风》,转引自张鸿声:《海派文学的法国文化渊源》,《西南民族大学学报》(人文社会科学版),2011年9月,第186页。

出法国莫利哀著五幕喜剧《悭吝人》"①），也有根据《悭吝人》改编的剧目《小气鬼》。根据《申报》的记载，剧团明确指出了上演的剧目是来自《悭吝人》的改编，另外文章中也说明了剧中幽默的对白和隽永的台词是改编自莫里哀剧中的对白。②

　　莫里哀剧作在中国的传播不仅有忠于原著的译介与舞台实践，也有将莫里哀"中国化"的改编剧目大量翻译或上演。如1910年至1920年间枕亚润根据《悭吝人》改编的《守钱奴》，笔名为"独"的作者根据《社会之阶级》改编的《黄金塔》，20年代陈治策根据《没病找病》改编的《难为医生》，30年代顾仲彝据《小丑吃醋记》改编的《门外汉》和曹禺据《悭吝人》改编的《财狂》，40年代顾仲彝据《悭吝人》改编的《生财有道》，穆尼据《太太学堂》改编的《金丝鸟》和胡春冰据《爱情的怨气》改编的《儿女风云》。

　　1935年由张彭春导演、曹禺根据莫里哀的《悭吝人》改编而成的《财狂》上演之后曾轰动华北文艺界。他将这部五幕喜剧改编成三幕，剧中人名、地名、习俗、服装全部中国化，如将原剧的主人公阿巴贡改为韩伯康，他的女儿艾莉斯改为韩绮丽，同时，曹禺还将情节作了"中国化"的处理：故事讲述了一个富裕的守财奴韩伯康，由于不肯给自己的女儿出嫁妆，便欲将女儿许给年老的商人陈南生。但此时女儿已经爱上家里的账房林梵籁，戏剧冲突由此展开。另一条线索是韩伯康的儿子韩可杨爱上一位叫木兰的姑娘，但韩伯康却想将木兰娶为继室。面对如此交错繁复的矛盾冲突，仆人将韩伯康装有20万美国股票的皮包偷走，以此逼迫他让女儿与林梵籁结婚，并成全儿子的婚姻。在改编之初，曹禺认为："无论是参加演出，还是改编剧本，这对我搞剧本创作都是一种锻炼，都是有益处的。"③在之后的访谈中，他也说："我在南开时曾改编过两个戏：一个是莫里哀的《悭吝人》，改成了完全的中国味道，而不是真正的莫里哀，不然中国观众没法接受。"④这部剧在南开中学瑞廷礼堂首演结束后大获成功，《大公报》的《文艺副刊》于首演当天（12月7日）发表《〈财狂〉公演特刊》，刊有宋山的《关于莫里哀》、李健吾的《L'Avare 的第四幕第四场》、常风的《莫里哀全集》等。徐凌影在12月9日和10日的《大公报》评论该剧"用

---

① 《实验剧团公演〈悭吝人〉》，《申报》，1935年9月3日。
② 佛音：《话剧》，《申报》，1935年11月29日。
③ 曹禺：《曹禺论创作》，上海：上海文艺出版社，1986年版，第131页。
④ 王兴平等编：《曹禺研究专集》（上册），福州：海峡文艺出版社，1985年版，第202页。

各种穿插,各种方法,极力讽刺守财奴之鄙吝,可谓入木三分"。① 对于曹禺扮演的"悭吝人",萧乾在《〈财狂〉之演出》中也给予很高的评价:

> 这一出性格戏,……全剧的成败大事由这主角支撑着。这里,我们不能遏止对万家宝先生表演才能的称许。许多人把演戏本事置诸口才、动作、精神上,但万君所显示的却不是任何局部的努力,他运用的是想象。他简直把整个自我投入了韩伯康的灵魂中。灯光一明,我们看到的一个为悭吝附了体的人,一声低浊的嘘喘,一个尖锐的哼,一阵格格的骷髅的笑,这一切都来得那么和谐,谁还能剖析地观察局部呵。他的声音不再为pitch所管辖。当他睁大眼睛说"拉咱们的马车"时,落在我们心中的却只是一种骄矜,一种鄙陋的情绪。在他初见木兰小姐,搜索枯肠地想说几句情话,而为女人冷落时,他那种传达狼狈心情的繁复表演,在喜剧角色中,远了使我们想到贾波林(今译卓别林),近了应是花果山上的郝振基,那么慷慨地把每条神经纤维都交托所饰的角色。失败以后那段著名的"有贼呀"的独白,已为万君血肉活灵的表演,将那悲喜交集的情绪都传染给我们整个感官了。②

《益世报》也在同一天刊出《南开新剧团公演莫里哀〈财狂〉专号》。署名水皮的作者在《〈财狂〉的演出》一文中写道:

> 万家宝饰韩伯康,他是剧中唯一的主角,别人都是为烘托他的性格而生的,他从始至终维系着全剧的生命;万君更以全副的力量来完成这个伟大的职务,他的化妆、服饰和体态,无一处不是对悭吝人的身份模拟得惟妙惟肖,尤其是抑扬顿挫语调和喜怒惊愕的表情,都运用的非常贴切得体;当他发觉他的美国股票被人偷取时的疯狂的嘶喊,暴跳与扑倒,其卖力处已达顶点,他是丝毫不苟的表演着真实,所以动人极深!把一个守财奴被钱支使得作出各色各样的姿态,真是可笑亦复可怜。总之他是具有天才和修养,并且知道如何的表现。这就是"舞台的技巧"。把两者合拢起来,便形成戏剧家的典型。所以,他编的《雷雨》之能够成为伟作,在这里找到了注脚了。③

---

① 徐凌影:《〈财狂〉在张彭春导演下演出获大成功》,《大公报》,1935年12月9、10日。
② 萧乾:《〈财狂〉之演出》,《南开校友》,1935年第1卷第3期。
③ 水皮:《〈财狂〉的演出》,《益世报》,1935年12月9日。

这部从《悭吝人》到《财狂》的改编剧不仅引起了当时社会和媒体的轰动，对曹禺之后的戏剧创作也产生了重大的影响，"他不仅对西方古典戏剧的'三一律'有了更深入的了解，同时，他还对金钱与人的关系有了更多的思考，为他接下来创作《日出》打下了一定的基础"①。

三、《伪君子》在中国传播的文化动因

中国话剧从诞生之日到二三十年代的启蒙时期，莫里哀的剧作无论在理论界、翻译界还是舞台实践都得到了广泛的研究和传播，尤以《伪君子》为最。而这部戏剧得以在现代中国广泛传播，自有其独特的文化动因。

莫里哀与白话文运动。"五四"时期的白话文运动打破了古之文言为上层知识分子服务、远离普通民众的局面，实现了文化的大众化。它作为新文化运动的一个组成部分，开启了白话文学的新纪元。对于白话文及白话文学的重要性，胡适在《文学改良刍议》中说："今人犹有鄙夷白话小说为文学小道者。不知施耐庵、曹雪芹皆文学正宗，而骈文律诗乃真小道耳。……以今世历史进化的眼光观之，则白话文学之为中国文学之正宗，又为将来文学必用之利器，可断言也。"②1917年2月，陈独秀在《新青年》第2卷第6号发表《文学革命论》，提出文学革命的三大主义：推倒雕琢的、阿谀的贵族文学，建设平易的、抒情的国民文学；推倒陈腐的、铺张的古典文学，建设新鲜的、立诚的写实文学；推倒迂晦的、艰涩的山林文学，建设明了的、通俗的社会文学。钱玄同在《新青年》第3卷第1号发表《寄陈独秀》中也写道："语录以白话说理，词曲以白话为美文，此为文章之进化，实今后言文一致的起点。"

莫里哀的作品传入之际正是中国白话文运动兴起之时，他的剧作善用平民的语言，正如张志超在《法国大戏剧家毛里哀评传》所说："毛氏喜剧不常用诗体。"③对于借鉴莫里哀喜剧语言的必要性，朱光潜先生也做了相关的论述："做文可如说话，说话像法国喜剧家莫利耶所说的，就是'做散文'，它的用处在叙事说理，它的意义贵直截了当，一往无余，它的节奏贵直率流畅。"④

---

① 范志强：《曹禺与读书》，济南：明天出版社，1999年版，第87页。
② 杨犁编：《胡适文萃》，北京：作家出版社，1991年版，第10—11页。
③ 张志超：《法国大戏剧家毛里哀评传》，《文哲学报》，1922年第三期，第7页。
④ 朱光潜：《中国诗何以走上律的路》，台北：正中书局，1948年版，第212页。

此外，在中国社会新旧变迁之际，白话文运动的意义不仅止于文体改革方面，在表现新思想、批判旧思想，使中国从封建社会向民主转变的过程中也发挥了巨大的作用。因此，"伪君子"成为这一时期报刊论战的高频词汇，用达尔杜弗披着宗教外衣做尽虚伪之事的形象来讽刺老学究和顽固派披着文言和传统的外衣来阻挡社会和思想改革的虚伪。"伪君子也，老派之健将也"①及"假道学伪君子"②等评论常常见诸报端，莫里哀用来抨击法国社会贵族阶级的文本武器《伪君子》便成为了中国"新文化运动"批判和讽刺现实的武器。

莫里哀与中国戏剧改良。田汉认为，二三十年代"中国的话剧，正是启蒙时代"③，《新青年》提出的戏剧改良对当时的知识分子在反对旧戏、提倡西洋近代剧方面有很大影响。在新旧剧的争论中，胡适倡导要将翻译作为一种"武器"，以此毁灭落后的老套戏剧，建立新的戏剧界。④ 钱玄同也明确提出："如其要中国有真新戏，这真戏自然是西洋派的戏，决不是那'脸谱派'的戏。"⑤越来越多的知识分子也意识到民众剧是中国戏剧改良应走的道路。1921年沈泽民在《民众戏院的意义和目的》一文中，指出我国戏剧存在的问题："戏剧的材料几乎没有一篇不是从民众生活里捡出来的，但是没有一篇戏剧是为民众而做的。"⑥1929年欧阳予倩在《民众剧的研究》中提出建立"民享""民有""民治"的民众戏剧主张。⑦ 熊佛西在强调戏剧和教育的关系时也指出："应该从民众教育与民众戏剧双方努力。"⑧而莫里哀戏剧最显著的艺术特色就是批判贵族和资产阶级的虚伪

---

① 《社说·箴奴隶》，《国民日日报汇编》，1904年第1期，第6页。
② 柳诒徵：《论中国近世之病源》，《学衡》，1922年第3期，第27页。
③ 王平陵：《南国社的昨日与今日》，《矛盾月刊》，1933年1卷5—6期，转引自孙庆生：《为中国话剧的黎明而呼喊——二、三十年代的话剧研究概述》，《中国现代文学研究丛刊》，1986年第2期，第176页。
④ 陈励：《莫里哀与中国》，《南京大学学报》（哲学·人文科学·社会科学），1991年第3期，第59—65页。
⑤ 钱玄同：《随感录（十八）》，《新青年》，1918年7月5卷1号，转引自丁罗男：《二十世纪中国戏剧整体观》，上海：上海百家出版社，2009年版，第35页。
⑥ 沈泽民：《民众戏院的意义和目的》，《戏剧》，1921年1卷1期，转引自孙庆生：《为中国话剧的黎明而呼喊——二、三十年代的话剧研究概述》，《中国现代文学研究丛刊》，1986年第2期，第180页。
⑦ 孙庆生：《为中国话剧的黎明而呼喊——二、三十年代的话剧研究概述》，《中国现代文学研究丛刊》，1986年第2期，第180页。
⑧ 熊佛西：《平民戏剧与平民教育》，《戏剧与文艺》，1929年1卷1期，转引自孙庆生：《为中国话剧的黎明而呼喊——二、三十年代的话剧研究概述》，《中国现代文学研究丛刊》，1986年第2期，第180页。

丑陋，赞扬普通人民的机智勇敢，这恰恰因应了戏剧改良运动中倡导戏剧走向民众、戏剧服务于民众的社会诉求，这可能也是《伪君子》成为中国话剧发生期经久上演的典型剧目的重要原因。此外，还出现了以"伪君子"为原型的剧本改编。如长城画片公司拍的《伪君子》一剧，就是根据莫里哀作品改编的讽刺中国现实的新剧。有评论家在《记〈伪君子〉》一文中指出："长城画片公司最近摄制《伪君子》一片，这本戏剧是描写现代贿选的情形的，对于包办贿选的一般伪君子，攻击得体无完肤，看了令人目瞪口呆……剧材取自挪威易卜生的《社会柱石》《少年党》和法国莫里哀的《伪君子》，三剧融合而成。"①

中国戏剧发展到 30 年代，出现了以上海为中心开展的左翼戏剧运动。左翼戏剧工作者进一步论述了戏剧的社会使命以及戏剧与群众的关系。田汉在《戏剧大众化与大众化戏剧》中指出："戏剧家应当了解大众，熟悉大众，知道他们喜欢什么，要求什么，要做到这一点就得走出'亭子间'和'沙龙'，'谁不能真走到工人里去一道生活一道感觉谁就不配谈大众化。'"②30 年代莫里哀剧作的大量上演，表明了左翼戏剧提出批判旧剧和资产阶级、实现"演剧的大众化"的理论与实践的互相结合。在新演剧社的《伪君子》演出结束后，有评论文章指出："这幕剧的题材是最精粹的社会实相的描写。"③可以说《伪君子》一剧的广泛上演，正是中国戏剧工作者借此剧反讽现实，为中国戏剧改良发出的"呐喊"。

莫里哀与"话剧抗敌"。20 世纪上半叶中国社会经历了内忧外患的战争阵痛。莫里哀的喜剧从传入中国起，就成为抗敌的良药和讽刺战争虚伪的有力武器。在舍我译的《广义派与世界和平》中，作者以"伪君子"来暗讽挑起战争争端的资本主义国家："一般愚人与伪君子莫不高谈民族自由民族独立而不知德英之战实则一方吞并另一方。"④

《伪君子》不仅在当时中国的各地大量上演，还出现了根据这部剧作改编的同名影片上映。根据《申报》的记载："镇江自革军占领后，发起军民联欢会，特向长城画片公司租到《伪君子》影片在会中放映。"⑤这里的

---

① 《记〈伪君子〉》，《申报》，1926 年 3 月 5 日。
② 田汉：《北斗》，1932 年 2 卷 3—4 期，转引自中国戏剧出版社编辑部：《话剧文学研究》（第 1 辑），北京：中国戏剧出版社，1987 年版，第 274 页。
③ 觉：《伪君子观后——新演剧社第二次公演》，《申报》，1939 年 6 月 13 日。
④ Trotzky，《广义派与世界和平》，舍我译，《解放与改造》，1919 年 12 月 1 日。
⑤ 佛：《游艺消息》，《申报》，1927 年 4 月 4 日。

《伪君子》正是上文提到的根据莫里哀的《伪君子》改编的影片。30年代伴随着抗战爆发,戏剧大众化运动进一步发展,顾仲彝根据中国人喜欢热闹又善怀古的民族心理提出:"我想到两种最合适的剧本方式……其一是讽刺的喜剧,以调笑的格调表现矛盾的可笑的事实于舞台上,例如莫利哀的《伪君子》。其二是寓意的历史剧……"①这一时期莫里哀的《伪君子》在北平剧团和山东省立剧院多次上演,在其他省份的抗战救援活动中也得到了广泛的演出。在陈辛仁主编的《现代中外文化交流史略》中,作者也对这段历史做了详细描写:"1938年,在重庆、桂林、延安等地先后公演了一批欧洲17世纪和19世纪以反映暴露农奴封建制度的黑暗与腐朽,以及封建贵族、僧侣和资产阶级的吝啬、自私、伪善、阴险等丑恶本性为主题的世界名剧……如法国莫里哀的《伪君子》。"②

1886年,陈季同在法国出版《中国人的戏剧》一书向法国读者介绍中国戏剧时,前言便是对莫里哀的赞颂:"莫里哀,这位人类中最伟大者,堪称勇敢者的头领,他让所有无知做作、高傲自负、硬充才子的腐儒无地自容,他用讽刺取得的进步胜过多次革命的成果。"③

20世纪初,莫里哀的戏剧作为一种进步的"他者"形象传入中国,不仅代表了话剧这个"舶来品"在中国的传播,对中国的古典戏曲也产生了改编的"启蒙",如欧阳予倩根据莫里哀的喜剧《乔治·唐丹》改编的京剧剧目《宝蟾送酒》。他在《自我演戏以来》中说:"我以前在《莫里哀全集》里头读过一个剧本,日本译名为《奸妇之夫》,我在头一次演宝蟾的时候,就想到莫里哀这出戏,我也不是存心模仿,也没有丝毫用它的情节,可是我的戏完全是那个戏引出来的。"④至此,莫里哀的喜剧带着启蒙的意义完成了戏剧跨文化传播的使命,为新旧剧之争后中国戏剧的发展应当何去何从提供了实践的可能。

莫里哀创作戏剧的目的,是使人在快乐和诙谐的狂笑中感觉到忧愤。正如法国现代大批评家郎松所言:"莫有无滑稽的真理,也莫有无真理的滑稽,这就是莫利耶的定律。"⑤他的作品对欧洲喜剧艺术的发展产生了

---

① 顾仲彝:《戏剧运动的新途径》,《戏》,1933第1期,转引自于伶:《于伶戏剧电影散论》,北京:中国戏剧出版社,1985年版,第3页。
② 陈辛仁主编:《现代中外文化交流史略》,北京:中国书籍出版社,1997年版,第456页。
③ 陈季同:《中国人的戏剧》,李华川、凌敏译,桂林:广西师范大学出版社,2006年版,第1页。
④ 欧阳予倩:《自我演戏以来》,《欧阳予倩全集》(第六卷),上海:上海文艺出版社,1990年版,第56页。
⑤ 董家遵:《莫利耶的研究》,《东方杂志》,1928年第25卷第13期,第92页。

广泛深远的影响。在西方喜剧发展史中,他上承古希腊、古罗马喜剧,意大利即兴喜剧和法国闹剧传统,下启世界范围内的喜剧艺术和喜剧精神,"法国的伏尔泰和博马舍,英国的德莱顿和谢立丹,德国的莱辛和歌德,意大利的哥尔多尼以及西班牙的莫拉丁,都是他的崇拜者和学生"①。而在中国传播并"经典化"的莫里哀剧作,也用讽刺的笑和忧愤的恨见证了中国话剧从发生、发展到成熟的曲折道路。

---

① 廖可兑:《西欧戏剧史》,北京:中国戏剧出版社,1981年版,第160页。

第四章
《鲁滨孙漂流记》的生成与传播

18世纪英国文学最引人注目的成就大概要算是小说的兴起和繁荣，而文学史家一般将《鲁滨孙漂流记》作为英国现代小说的开山之作，丹尼尔·笛福也因此成为"现代小说的先驱"。刘意青主编的《英国18世纪文学史》认为："从笛福发表《鲁滨孙漂流记》到斯摩莱特的《汉弗莱·克林克》问世的这半个世纪，是英国小说的早期阶段。"[1]笛福从小接受了良好的教育，其父亲希望他成为一个牧师，但是他觉得自己更喜欢经济，在离开学校后当起了袜商。他在经历了商人、政论家、小册子作者、新闻记者等众多身份更迭之后，于1719年也就是他59岁时发表其第一部长篇小说《鲁滨孙漂流记》。虽然笛福从写政论转写冒险小说，遭到当时蒲柏、斯威夫特等正统文人的不齿，但是《鲁滨孙漂流记》却经历时代淘洗，而成为名副其实的文学经典，被译成多种文字，在全世界拥有难以计数的读者，同时被改编成影视等不同的艺术形式广为传播，并且成为学者争而研究的对象。

第一节 《鲁滨孙漂流记》的经典化生成

杰拉德·吉列斯比在总结人们对《鲁滨孙漂流记》的研究时说到其中有三种倾向，一种是强调笛福的那种使虚构宛如事实的"实录法"，强调他的现实主义的创始人地位；第二种是把笛福看成一位心理学大师，他用一

---

[1] 刘意青主编：《英国18世纪文学史》，北京：外语教学与研究出版社，2006年版，第170页。

个表现英国人为生存斗争的勇气的冒险故事来吸引国内读者;第三种是从政治经济角度来看待这个故事,认为它的价值或是在于它表达了自然的文明的社会理想,或是在于小说表现了新的经济思想和一个新的经济阶级的兴起。① 这三种倾向涵盖了《鲁滨孙漂流记》对小说体裁的贡献、对读者心理的把握和政治经济方面的三个重要解读向度,而这三点也构成该小说的生成原因。

《鲁滨孙漂流记》的题材主要取自苏格兰水手塞尔扣克被遗弃在荒岛的故事。笛福有意选取了这一故事,作了整改添加,并声称此虚构之作全是真实的,其中体现了他的道德意图。而他所声称全是真实的《鲁滨孙漂流记》却在叙述过程中暴露了自身的虚构性,并且他的道德说教意图也每每让位于小说的新奇特质,从这一点来说,笛福的创作不自觉地为现代小说的建立铺平了道路。

一、从塞尔扣克到鲁滨孙

在此,我们需要重述苏格兰水手塞尔扣克的真实故事。1704 年 9 月,塞尔扣克被遗弃在西班牙属小岛费尔南德斯岛。起初,他以为船长只是吓唬吓唬他,可是过了好几天,航船都没有返还,塞尔扣克陷入了绝望。吃完了随身携带来的食物后,他捉螃蟹、找蛤蜊生吃。随后他开始寻找蔽身之处,他觅得了一个洞穴,并且建起了两间小屋。后来他开始四方探索这个小岛,他发现岛上有着比较充足的食物——海龟、鸟蛋、山羊和一些可以食用的植物。起初他因为孤独而变得忧郁,脾气暴躁,可是慢慢地靠着阅读《圣经》恢复了心灵的平静,也重新获得了生存的勇气。1709 年,塞尔扣克遇到了登岸的英国私掠船,并协助他们劫掠了西班牙船只。1711 年,塞尔扣克随船回到了伦敦,结束了他的冒险历程。此时,他已从一个穷光蛋变为了富人。

在那之后,搭救塞尔扣克的船长罗杰斯出版了《环球航行记》,其中记录了塞尔扣克的故事。他把塞尔扣克介绍给记者理查德·斯蒂尔,斯蒂尔重述了塞尔扣克的事迹并发表在《英国人》杂志上,他认为塞尔扣克在荒岛上,吃穿足够,睡眠安稳,每天像赴宴一样快乐,而在伦敦,虽然经常被邀请赴宴,却并不开心。后来塞尔扣克回到自己的家乡,却无比思念那

---

① 杰拉德·吉列斯比:《欧洲小说的演化》,胡家峦、冯国忠译,北京:生活·读书·新知三联书店,1987 年版,第 115 页。

个荒岛，甚至在小山洞上挖了一个岩洞住在里面。

关于塞尔扣克的故事在当时流传甚广。据说，笛福正是在经商破产、债台高筑又逢嫁女需钱的时候，想起了塞尔扣克流落荒岛的故事，他觉得一个失去所有的人在荒岛上艰难求生的故事正是他想要讲述的。因此，或许可以说，经济问题是构成笛福创作《鲁滨孙漂流记》的最初动因。如同伊格尔顿所说，笛福仅仅是创作他认为能大卖的作品，炮制在那时候有很大市场空间的东西①。而事实上，《鲁滨孙漂流记》的畅销和再版，也确实为笛福偿清了一些债务。

但是经济问题只是笛福进行小说创作的最初动因，如要深究《鲁滨孙漂流记》的生成，还需要考察笛福对塞尔扣克事件的具体借用和发展。

郭建中先生在比较《鲁滨孙漂流记》和塞尔扣克事件时详细地指出了二者的异同。② 鲁滨孙和塞尔扣克一样都流落到荒岛，建造了两个居所，驯养野猫，制作衣服，利用刻痕来计算年月，并阅读《圣经》来寻得宽慰。所不同的是，塞尔扣克带上小岛的东西比较有限，只有一把滑膛枪、一磅火药、一些子弹、一块打火石、一把斧头、一把刀等。可是鲁滨孙从沉船上取下了许多武器，包括大量火药以及枪支和子弹。更关键的一点则是，塞尔扣克并没有受到土著的骚扰，他也没有星期五这样的土著仆人。据船长罗杰斯所说，瓦特林船长的仆人威廉是印第安人，当他去树林打猎的时候被留在了荒岛上，于是他独自一人在荒岛上生活了三年。可以猜测，笛福正是依照这个原型来创造星期五的。因此，综上所述，笛福在创造鲁滨孙故事时，大体借用了塞尔扣克荒岛遇险求生的故事框架，在情节发展中重点加大了鲁滨孙拥有的代表文明和科学的工具、武器的比重，后期又添上了他与土著的遭遇，如此就在一个隔绝禁闭的空间中为西方现代人创造了必要的文明条件，这也是《鲁滨孙漂流记》生成的重要因素。

卢梭在《爱弥儿》中说道，当爱弥儿能读书写字时，应该最先让他阅读的就是《鲁滨孙漂流记》，因为在卢梭看来，鲁滨孙正是"自然人"的代表，他认为，鲁滨孙在荒岛上没有伙伴，没有技术工具，仍然能够找到食物，保全生命，而且过得相当舒适。因此，鲁滨孙的故事是符合卢梭的教育理念的，即培养一个自然人，并不是让他成为野人，而是让他用自己的眼睛去看，用自己的心去想，除了自己的理智之外，不受其他权威的控制。因此

---

① Terry Eagleton, *The English Novel*, Oxford: Blackwell Publishing Ltd., 2005, p. 22.
② 参见郭建中：《郭建中讲笛福》，北京：北京大学出版社，2013年版，第166—167页。

伊恩·瓦特总结卢梭对鲁滨孙推崇的原因在于,劳动的简单生活和完全的个人主义。① 这两点也是笛福塑造出鲁滨孙角色的出发点,并且也是符合其新教精神的。但是随即,瓦特又指出,卢梭是一位植物学家,而鲁滨孙却是一位商人,笛福笔下的"自然"并不是用来恋慕而是用来剥削的。② 因此我们可以注意到,鲁滨孙到达荒岛之后并不是没有技术工具的,相反,他拥有着远比塞尔扣克充足的工具,以达成他对自然的文明化过程。笛福选择荒岛来作为讲述背景,并不意在完成卢梭所说的重返自然,这只是现代文明主题的第一步,笛福更想要表达的是后面两步——劳动的光荣和经济人主题。③ 也正如马克思、恩格斯对人类从自然人走向自由人的三个必然阶段的解释:"人的依赖关系(起初完全是自然发生的),是最初的社会形态,在这种形态下,人的生产能力只是在狭窄的范围内和孤立的地点上发展着;以物的依赖性为基础的人的独立性,是第二大形态,在这种形态下,才形成普遍的社会物质变换,全面的关系,多方面的需求以及全面的能力的体系。建立在个人全面发展和他们共同的社会生产能力成为他们的社会财富这一基础上的自由个性,是第三个阶段。"④ 可以看出,鲁滨孙的发展形态还停留在马克思、恩格斯所说的第一和第二阶段,笛福通过工具的添加和土著人物的介入,试图把鲁滨孙塑造成一个文明世界的经济人形象,同时通过土著人物拓展鲁滨孙的人际和社会关系,最终达成其殖民理想。

上文已说道,笛福为鲁滨孙增添了远超塞尔扣克的文明世界的工具,其中最关键的是枪支和火药。枪支和火药作为《鲁滨孙漂流记》中的重要道具,它使得科学理性上升到与自然、宗教相当的重要地位。我们可以观察两个细节。鲁滨孙上了岛后,正准备支帐篷打石洞的时候,忽然阴云四合,大雨如注,电光一闪,继之而来的是一个霹雳。随即鲁滨孙说道,使他吃惊的与其说是闪电,不如说是一个像闪电那么快地飞进他的头脑的思想:"哎哟!我的火药!"然后他想到他的火药万一被闪电点燃,则后果不堪设想,于是赶紧去处理火药了。这里体现了鲁滨孙的一种思维方式,当

---

① Ian Watt, "Robinson Crusoe as a Myth", *A Quarterly Journal of Literary Criticism*, Vol. I, No. 2, April, 1951, p.98.
② Ibid., p.100.
③ Ibid., p.97.
④ 马克思、恩格斯:《马克思恩格斯全集》(第四十六卷)(上册),中共中央马克思恩格斯列宁斯大林著作编译局译,北京:人民出版社,1979年版,第104页。

他面对自然之时,他可以很短暂地被自然(霹雳)震慑,但很快他就会以理性的思维取代之。火药代表的是赖于启蒙升起的科学和理性,而这正是鲁滨孙用以对抗自然的工具。另一个细节则是,鲁滨孙在星期五面前展示火药的威力,打死了小羊和飞鸟,这让星期五十分惊奇和恐惧。鲁滨孙得意地表示,他相信,这样下去,星期五会把他和他的枪当神物来崇拜。如果说,霹雳与火药的细节中,笛福将科学理性升扬至与自然抗衡的地位,那么在运用枪支恫吓星期五的细节中,科学理性则有了近乎宗教的神秘力量。而正是在这样的暗示中,笛福动用枪支火药等现代工具,联结起自然和文明、宗教与殖民的暧昧关系。

鲁滨孙动用文明工具对荒岛的开发是从一种经济人的态度出发的,他的"这种探索不是出于非功利的、纯智性的兴趣,而完全是一种功利性的、物质性的攫取活动"。① 而这种功利性的、以商人眼光看待的方式,成为了鲁滨孙面对一切事物的最主要的表达方式。卡尔维诺认为笛福发明了水手兼商人这个第一人称叙述者,该叙述者能够像在账簿中那样,在日志中记入他那个环境的"善"和"恶",且能够以数学的精确,计算他所杀的食人生番的数目。② 鲁滨孙通过账簿式的语言权衡了他流落荒岛的处境之利弊,这一语言方式也成为主宰鲁滨孙之后看待一切的方式,即以利益为主导。在小说结尾时,鲁滨孙得到了巴西庄园的丰厚利润,过上了幸福的生活。这里有个细节。当他读到信件,得知他的全部财富都已安抵,他内心的激动实在是难以言表,而对善待他的老船长,鲁滨孙想到他过去对自己的好处,想到他将自己从海上救起来,而且他对自己一直那么慷慨大度,特别是看到现在他对自己的真诚善良,禁不住流下了眼泪。而这所谓的"真诚善良"则实在是老船长说要把所有的钱全还给他,而还不出的以股权来抵押。因此可以说鲁滨孙对身边的人物都采取着商人的视角,以利益关系来主导,情感是次要的,甚至对星期五也是如此。在《鲁滨孙漂流续记》中,星期五在战斗中失去生命,鲁滨孙觉得自己失去了最忠实的老仆、苦难中唯一的朋友。他怒火万丈,他觉得自己是世界上最郁郁不乐的人,心里只是想着好伙伴星期五。可是紧接着,他又在心里盘算,要是能回到岛上去,从他们中间再找个人来帮我做事就好了。原本鲁滨孙沉

---

① 张德明:《从岛国到帝国——近现代英国旅行文学研究》,北京:北京大学出版社,2014年版,第114页。
② 伊塔洛·卡尔维诺:《为什么读经典》,黄灿然、李桂蜜译,南京:译林出版社,2006年版,第114页。

浸在诚挚的伤痛之中,可是笛福从不让情感的展现持续太久,很快就用利益话语把它熄灭。在笛福小说中,人的感情和非实用的东西往往是被压抑的,他的笔触紧紧扣住经济、利益的相关话语,仿佛这些才是实在的、体现生命价值的。因此,伊恩·瓦特表示,在小说中,个人经济利益的首要地位的趋向,削弱了人际关系以及群体关系的重要性。① 这使得鲁滨孙成功地成为笛福所要创造的个人主义经济人的化身。

笛福对塞尔扣克故事的整改也体现在另一重要方面——鲁滨孙与土著的遭遇。我们仔细检视一下笛福让土著出现的时间。鲁滨孙在上岛15年后才第一次发现了海滩上的陌生人的脚印,这令他十分惊恐。而后到他上岛的第23年,他才与野人有了近距离的接触,看到他们的食人场景,并且救下星期五作为自己的仆人。有学者认为这种时间安排是不合理的,张德明则认为,食人部落在小说临近结束时才出现是适得其时的,因为此时鲁滨孙已经完成了自身的空间建构,他需要通过土著来体现其自我建构的效果。② 鲁滨孙通过文明的武器震慑土著,然后以宗教教化土著,但贯穿始终的仍是一种殖民思维。首先,笛福是借由想象性的文本来构建土著的。欧洲有关食人部落的传说来源于哥伦布的书信,而在书信中,哥伦布所讲述的食人族也是从旁人那里听来的,并无亲眼见证。因此,所谓食人部落本就是未经证实的,笛福以此为基础建构的土著,从根子上就是通过一系列的前见和偏见建立的。如萨义德所说:"现代部落和原始社会在一定程度上似乎是以否定的方式认识其自身身份的……一个人对自己是'非外国人'的感觉常常建立在对自己领土'之外'的地方所形成的很不严格的概念的基础上。各种各样的假设、联想和虚构似乎一股脑儿地堆到了自己领土之外的不熟悉的地方。"③因此可以说,笛福所代表的正在崛起的大英帝国正需要以土著为代表的他者来确认自我的身份,而他对他者的建构是以文本的方式通过虚构、想象来完成的。当《续记》中被抓住的野人也像那些女俘一样,生怕给杀死吃掉了,鲁滨孙评论道,他们这种人总是以己度人,以为世界上的人都和他们一样好吃人肉。如此看来则有了反讽味道,真正以己度人的恰恰是以鲁滨孙为代表的西

---

① 伊恩·P. 瓦特:《小说的兴起》,高原、董红钧译,北京:生活·读书·新知三联书店,1992年版,第70页。
② 参见张德明:《西方文学与现代性的展开》,北京:中国社会科学出版社,2009年版,第35页。
③ 爱德华·W. 萨义德:《东方学》,王宇根译,北京:生活·读书·新知三联书店,2007年版,第68页。

方文明者。其二,笛福通过宗教话语以文明化的方式推进殖民过程。鲁滨孙本身的信仰就如瓦特所说,其"精神意图可能是相当真诚的,然而这些意图却有一切'主日宗教'都具有的弱点,而且这些意图都是在对某种超验事物所作的不很确信的定期祝祷中体现出来,而祝祷又只在被允许或被强迫的实际的体力劳动和脑力工作的间隙之中进行"[①]。鲁滨孙的信仰来自于务实的清教信仰,他背弃父亲的期望,抛弃中产阶级的安逸生活,犹如背弃伊甸园的故事,他一心外出冒险,而悔恨之时则会怪自己又不听从上帝的旨意,可见鲁滨孙是认同宗教上的原罪和惩罚的。但是只有到了危难时刻,他才会想起宗教。也就是说,他从来都是把危难当作上帝的惩罚,而惩罚一来,他就痛哭流涕,反省自己的罪恶,其态度"与守规矩的商人非常相似。商人礼拜时间一到就上教堂,捶胸忏悔,但接着就赶快回去工作,以免浪费时间"[②]。在这里,鲁滨孙展示出来的是世俗化了的宗教。小说体现出精神价值和物质价值的并驾齐驱,而很多时候,物质价值压倒了精神价值。这一倾向使得宗教教化渐渐走向文化殖民。鲁滨孙曾经在忏悔中否定了黑奴买卖,但当他走出宗教情境之后,这并不能成为终止买卖的理由。同样,在对野人等有色人种进行道德、宗教教化的时候,鲁滨孙是带着真诚的宗教感情的。他以星期五为例,认为自己用宗教和文明感化了星期五,而这正是他要将野人们引上的合理道路。他甚至为移民者和野人的结合寻找宗教上的合理性,要野人们皈依宗教,甚至与天主教的神父也可以很好地合作。但是这样则有了明显的偏见,何以野人就需要受到西方人的教化?库切认为,鲁滨孙并未思考过基督教的教条对美洲而言,究竟有何相干,也未思考过西方殖民主义究竟有何根本理由非要到美洲去殖民,难道就是为了到那儿去传播福音?鲁滨孙心里琢磨着,要是人类是由上帝两次并且分别创造的———一个在旧世界,一个在新世界———要是在新世界根本就没有反叛上帝的历史,那么他们到美洲那里去究竟为什么呢?要是星期五和他的同胞们不是堕落的族类,因而不需要什么救赎,那又该怎么办呢?最后,库切指出,笛福笔下的美洲印第安人被写成了野人,因此被排除在人的范围之外,这使笛福不仅没有能

[①] 伊恩·P.瓦特:《小说的兴起》,高原、董红钧译,北京:生活·读书·新知三联书店,2003年版,第84页。
[②] 伊塔洛·卡尔维诺:《为什么读经典》,黄灿然、李桂蜜译,南京:译林出版社,2006年版,第115页。

够正面回答这一问题,而且还模糊了这一问题。① 笛福正是通过宗教的教化来达成其文化殖民的目的,而殖民地问题一直是他相当感兴趣的。②

综上所述,笛福通过对塞尔扣克故事三方面的整改——荒岛叙述的继承,理性工具的强调和荒岛土著的遭遇,体现其通过荒岛境遇展示一个西方现代人作为个人主义经济人和文化殖民者的意图,同时将之汇入大英帝国崛起的背景,成为英国海外殖民的寓言式赞歌。

二、从道德意图到小说的新奇特质

18世纪的小说,作者在开篇之时总要先声明自己的作品是真实的,比如阿芙拉·本的《奥鲁诺克》和笛福的《摩尔·弗兰德斯》《罗克珊娜》都是如此。威廉·赫兹里特指出,叙事作家怕与那些"不干净的东西"沾边,所以他们把自己的作品说成是历史、信札、回忆录等等,反正不能叫"小说"。③ 张德明则认为,这些早期的小说家将虚构之作假冒为实录文本,是因为当时虚构文学尚未取得合法地位,因此不得不就范于传统的话语模式。④ 盖因彼时小说仍属于街谈巷议,不登大雅之堂的叙述模式,所以严肃的作者并不愿意承认与之有染。而《鲁滨孙漂流记》正是在这种背景之下诞生的,笛福努力将之装扮成一个水手的荒岛生存日志,但在此真实意图之外,还有着一种道德劝谕意图。笛福借鲁滨孙之口明白地表示,要把鲁滨孙三部曲看做一个整体,并将其故事当作历史,并且是寓言为道德而作,而不是道德为寓言而作。⑤ 笛福所说的道德一部分是指中产阶级的道德,即卡尔维诺所说:"过于狭窄和肤浅因而不值得认真对待的教谕:遵从父命、中产阶级的优越感,中规中矩的小资产阶级生活远胜于任何暴

---

① J.M.库切:《异乡人的国度:文学评论集》,汪洪章译,杭州:浙江文艺出版社,2010年版,第30—31页。

② 笛福曾宣称,扩大殖民地是英国应该关心的首要问题。见安妮特·T.鲁宾斯坦:《英国文学的伟大传统》(上),陈安全、高逾、曾丽明、陈嫌如译,上海:上海译文出版社,1998年版,第371页。

③ 参见安德烈·布林克:《小说的语言和叙事》,汪洪章等译,上海:上海人民出版社,2010年版,第55页。

④ 参见张德明:《从岛国到帝国——近现代英国旅行文学研究》,北京:北京大学出版社,2014年版,第144页。

⑤ Daniel Defoe, "Preface to *Serious Reflections During the Life and Surprising Adventures of Robinson Crusoe*", in Keymer Thomas ed., *Robinson Crusoe*, New York: Oxford University Press, 2007, p.265.

富的诱惑。"① 另一方面则是清教道德,凯瑟琳·克拉克详细分析了笛福小说的宗教道德意味,指出笛福不承认作品的虚构性,只是为了避免人们对他的宗教宣言提出质疑②,而鲁滨孙的故事阐明的是上帝引导人类忏悔并使人类获得拯救。③ 老年鲁滨孙的讲述中不时穿插大幅的宗教探讨,编者在序言中也表示,(鲁滨孙)"在叙述时别具慧心,把一切事迹都联系到宗教方面去:以现身说法的方式教导别人,叫我们无论处于什么环境都敬重造物主的智慧"。在此,我们可以清楚地看到,小说在笛福手中承载着道德教化的使命,这是笛福创作小说的最基本的动机,其道德意图通过鲁滨孙的心理以及叙述人的直接介入来展示,但是小说还有卡尔维诺所说的另一方面,亦即通过"做些不论大小、不计成败的事情来考验"以"体现人类真正价值"④,这实际上指的是《鲁滨孙漂流记》中更令人兴奋的部分,它以对个体生存细节的描摹,来展示人类生活的鲜活面貌,也正是因为这一点,《鲁滨孙漂流记》在自身的生成过程中,也促进了现代小说的生成。

　　伊格尔顿曾评价笛福的语言是"脱去质感和密度的",可以使我们"通过语言直接凝视到物体",并且总结笛福之现实主义是"物的现实主义"⑤。笛福对物体有着异乎寻常的执着,如同伍尔夫(Adeline Virginia Woolf,1882—1941)所说,《鲁滨孙漂流记》展现在我们面前的"只有一只泥土做的大罐子"⑥,他以极度的耐心描写鲁滨孙在荒岛上制造陶罐、编织箩筐、种植小麦、制作面包等生存活计,将笔端对准个体生活的独特经验。伊恩·瓦特在《小说的兴起》中抓住了这一独特的经验,并将之与此前文学形式的叙述程式做了对比,他说:"古典文学和文艺复兴时期史诗的情节,就是以过去的历史或传说为其基础的……这种文学上的传统主义第一次遭到了小说的全面挑战,小说的基本标准对个人经验而言是真实的……个人经验总是独特的,因此也是新鲜的。因而,小说是一种文化

---

① 伊塔洛·卡尔维诺:《为什么读经典》,黄灿然、李桂蜜译,南京:译林出版社,2006年版,第113页。
② Katherine Clark, *Daniel Defoe*: *The Whole Frame of Nature*, *Time and Providence*, London: Palgrave Macmillan, 2007, p.137.
③ Ibid., p.124.
④ 伊塔洛·卡尔维诺:《为什么读经典》,黄灿然、李桂蜜译,南京:译林出版社,2006年版,第114页。
⑤ Terry Eagleton, *The English Novel*, Oxford: Blackwell Publishing Ltd., 2005, p.23.
⑥ 伍尔夫:《普通读者》,刘炳善译,北京:北京十月文艺出版社,2005年版,第204页。

的合乎逻辑的文学工具,在前几个世纪中,它给予了独创性、新奇性以前所未有的重视,它也因此而定名。"①虽然伊恩·瓦特此说,有将现代小说与先前叙事文学形式比如16世纪传奇、17世纪特写等割裂之嫌,但是他敏锐地觉察到,小说到了笛福等18世纪小说家手中才真正通过个人经验最大限度地打破了以往的模式型叙事。伊恩·瓦特在评析18世纪小说时,实际上借鉴了许多经济学、历史学的资料,并且将社会学方法注入文学研究中,认为这一系列小说促成了"形式现实主义"的建立。可以看出,伊恩·瓦特有一种将文学重新放到社会、文化语境中的努力,对此笔者不再赘述,而是希望回到作品本身的生成,从小说"新奇"的发现探讨小说主体性和作者道德意图之间的张力。

让我们先回到《鲁滨孙漂流记》中的"新奇"部分,这也可能是小说最吸引人的部分,他使我们直接见证鲁滨孙的荒岛生活。比如制陶一节:

> 我只把三只大泥锅和两三只泥罐一个搭一个地堆起来,四面架上木柴,木柴底下放上一大堆炭火,然后从四面和顶上点起火来,一直烧到里面的罐子红透为止,而且当心不让它们炸裂。我看见它们已经红透之后,又继续让它们保留五六个小时的热度,到了后来,我看见其中有一只,虽然没有裂,已经溶化了,因为我羼在陶土里的沙土已经被过大的热力烧熔了,假如再烧下去,就要成为玻璃了。②

小说涉及鲁滨孙生存活计的部分,大体都是这么一种文体:明确的措辞方式、清晰的感觉、朴素平易。③更为重要的是,但凡在此类生活细节中,鲁滨孙对于物和动作的关注就已经构成了叙述的全部,我们很难看到藏匿于后的笛福。

基于这一点,我们可以联想到奥尔巴赫的两次文体革命的观点。在他看来,19世纪时,"司汤达和巴尔扎克将日常生活中的随意性人物限制在当时的环境之中,把他们作为严肃的、问题型的,甚至是悲剧性描述的对象,由此突破了文体有高低之分的古典文学规则"④。这对笛福小说来

---

① 伊恩·P.瓦特:《小说的兴起》,高原、董红钧译,北京:生活·读书·新知三联书店,2003年版,第6页。
② 笛福:《鲁滨孙漂流记》,徐霞村译,北京:人民文学出版社,2003年版,第107页。
③ 伊恩·P.瓦特:《小说的兴起》,高原、董红钧译,北京:生活·读书·新知三联书店,2003年版,第110页。
④ 埃里希·奥尔巴赫:《摹仿论——西方文学中所描绘的现实》,吴麟绶、周新建、高艳婷译,天津:百花文艺出版社,2002年版,第619页。

说完全适用,而事实上,正是笛福等小说作家的创新,才开创出 19 世纪小说的黄金时代。然后奥尔巴赫继续说道,在此之前,在中世纪和文艺复兴时期,也曾存在过一种严肃的现实主义文学,它源于耶稣基督的故事,将日常生活与严肃的悲剧性的描写融为一体,从而超越了古典文学的文体规则。事实上,《鲁滨孙漂流记》的生存部分的讲述是与《圣经》有相类之处。郭建中先生就认为笛福的文风来自幼时熟读《圣经》的影响①,《鲁滨孙漂流记》对外部动作、行为的着力刻画,一定程度上摈弃心灵和精神的叙述倾向,都令人想起《创世记》等篇章。更重要的是,笛福通过此种描述,营造出了肃穆、高贵的气氛,他使得小说的"新奇"和生活本身挂钩,成为了神圣的叙述对象,同时屏退了笛福自身顽强的说教意图。

而在鲁滨孙道德宗教相关章节则并不是这样:

> 一想到回家,我头脑中的善念马上受到羞耻之心的反对……这件事使我以后时常想到一般人——尤其是青年人……如何经常违背理智的教导:他们不以道德上的犯罪为耻,反以悔罪为耻;不以自己的傻瓜行径为耻,反以纠正自己为耻……②

伍尔夫说《鲁滨孙漂流记》"走的是一条跟心理学家恰恰相反的路子——他所描写的并不是情绪对于精神,而是情绪对于身体的影响"③,大概指的是生存活计相关章节。在道德相关章节,似乎老年鲁滨孙这一叙述人按捺不住跳了出来,以岁月回望的视角倚老卖老地说教,这一切完全都是通过鲁滨孙的心理和精神展现出来的,听起来简直就是笛福的话语。因此,小说无论是内容还是叙述表现上都出现了令人无奈的分裂。有学者发现了此种分裂,认为鲁滨孙的生存章节即正文本"体现的是时代的殖民精神,这一部分是小说的叙事主线,也是作为叙述对象的鲁滨孙的实际表现;而正文本之外的'边缘'文本则暗示了作为叙述者的鲁滨孙的宗教立场,这一部分是小说的叙事辅线"。④ 笔者从小说的主体性出发,倾向于认为文本所体现的分裂两极为个人生活事业的展示亦即小说的"新奇"和鲁滨孙的宗教立场亦即笛福的道德意图。而是否生存叙事为主

---

① 郭建中:《郭建中讲笛福》,北京:北京大学出版社,2013 年版,第 285 页。
② 笛福:《鲁滨孙漂流记》,徐霞村译,北京:人民文学出版社,2003 年版,第 12—13 页。
③ 伍尔夫:《普通读者》,刘炳善译,北京:北京十月文艺出版社,2005 年版,第 207 页。
④ 贾欣岚、杨佩亮:《从文本间性看〈鲁滨逊漂流记〉——话语暗示与叙事建构的解读》,《天津大学学报》(社会科学版),2012 年第 2 期,第 177 页。

线,宗教立场为辅线呢?从鲁滨孙的情感表达来看,也未必是这样,虽然生存叙事似乎占据了小说的主要场景,但是宗教道德说教总是见缝插针,成为叙事场景的升华。凯瑟琳·克拉克就宣称:"鲁滨孙生活中物质环境如此重要,是因为这是涉及鲁滨孙、星期五等人获得救赎的宗教戏剧的必要布景和道具。"①罗伯特·梅里特也认为,笛福并不主要是一个唯物、俗世的作家,而是一个宗教思考者,他操控叙述场景来放置其宗教价值和灵视。② 因此可以说,笛福是把鲁滨孙的生存叙事作为手段,最终旨归仍在于宗教道德的宣扬。

但反倒是作为手段的生存叙事引起了论者们的更多关注,因之不自觉地触及了现代小说所应有的主体性。张大春评价《鲁滨孙漂流记》拥有首度将"孤岛"与"叙事"发明成"对理性主义世界之不耐"的先锋地位。③所谓"理性世界",大概是指启蒙之后以科学取代神学所造就的理性。虽然笛卡尔在《第一哲学沉思集》中用了很大的篇幅论证上帝的存在:"不是因为我把事物想成怎么样事物就怎么样,并且把什么必然性强加给事物;而是反过来,是因为事物本身的必然性,即上帝的存在性,决定我的思维去这样领会它。"④但实际上,笛卡尔把上帝作为了第一动因,因而也就将之悬搁起来,而人在面对物质世界时,却可以得到上帝存在的庇荫。亦即作为第一动因的上帝,反而保障了我们的思维去领略这个物质世界。如此笛卡尔为人类理性取得了合法性,也为启蒙运动添了一把助力。当启蒙之理性挣脱神学之束缚时,其实同时也为自己竖起了一个科学偶像,其伴生的机械发展、城市化发展和资本运作,渐渐出现了现代社会之雏形。当18世纪人们仍沉迷于理性世界之高歌凯进之时,启蒙与科学也埋下了不祥的种子。进入现代以后,敏感的作家们才意识到其中蕴含的种种问题,并创造出我们所熟悉的异化、疏离的现代社会图景。但是,这一切在笛福手中已有先声。在笛福的理性时代,机器的发展已经造成了劳动的分工化,人的完整性在某种程度上是消失了的。伊恩·瓦特指出,鲁滨孙生存奋斗的感染力就在于"经济专门化使之丧失了深刻内涵的那些方面

---

① Katherine Clark, *Daniel Defoe: The Whole Frame of Nature, Time and Providence*, London: Palgrave Macmillan, 2007, p.137.
② Michael Seidel, "Robert James Merrett, *Daniel Defoe: Contrarian*", *Modern Philology*, Vol. 112, No. 1, August, 2014, pp.82—83.
③ 张大春:《小说稗类》,桂林:广西师范大学出版社,2010年版,第115页。
④ 笛卡尔:《第一哲学沉思集》,庞景仁译,北京:商务印书馆,1986年版,第70—71页。

的生活"①，它是对人们所失去的劳动的成就感和满足感的补偿，有了一定的感伤色彩，也许是因为这个原因，伊恩·瓦特认为卢梭把鲁滨孙看成施洗约翰式的人物，并在独处中最终完成浪漫个人主义的化身②。同时，鲁滨孙的经历也能使现代人找到直接鲜活的生存体验，因而有着现代意味。笛福期望读者对其生活的描述感兴趣，进而实现道德目的，但这些鲜活的经验葆有动人的魅力，恰是通过忘却道德意图而做到的。

可以说《鲁滨孙漂流记》中，鲁滨孙的荒岛经验是受到了道德说教的勒索的，它无可奈何地成为了道德和宗教的讲述手段，但是它又反讽地优先于说教成为读者关注的焦点。其中小说的主体性在起着作用，它以新奇性抗衡着小说家的顽强意图。因此，我们可以总结道，《鲁滨孙漂流记》的生成体现了小说作者的道德意图和小说本身的新奇特质的矛盾，这种矛盾可说是后世现代小说的先声。

第二节 从《鲁滨孙漂流记》到鲁滨孙式历险故事

《鲁滨孙漂流记》可说是迄今为止最有影响力的历险小说，开创了"荒岛文学"的文学样式，鲁滨孙·克鲁索的名字也成为文学长廊中的一个特定的指代称谓。因鲁滨孙的名字，后世出现了一个新词"Robinsonade"，意为"鲁滨孙式的历险故事"，即"模仿或回应《鲁滨孙漂流记》的语言或视觉文本"③。倘若按此定义，Robinsonade 似乎只是指称一系列产生于《鲁滨孙漂流记》之后的相关作品。但实际上，这个新词同样可以往前回溯，将先于《鲁滨孙漂流记》的相关作品都囊括其中。这颇似弗洛伊德在讨论"狼人"个案中提出的"事后记忆"概念，一个事件只有在事后记起时才被赋予意义。而《鲁滨孙漂流记》的各位先驱们——比如最早的荷马史诗中菲罗克忒忒斯（Philoctetes）的故事至晚近的笛福可能阅读过的罗杰斯（Rogers）的《环球旅行记》（*Voyage around the World*）——正是在笛福创

---

① 伊恩·P. 瓦特:《小说的兴起》，高原、董红钧译，北京：生活·读书·新知三联书店，2003 年版，第 74 页。

② Ian Watt, "Robinson Crusoe as a Myth", *A Quarterly Journal of Literary Criticism*, Vol. I, No. 2, April, 1951, p. 99.

③ Robert Mayer, "Robinson Crusoe on Television", *Quarterly Review of Film and Video*, Vol. 28, No. 1, 2010, p. 53.

作出这一小说后才被清点统筹至这一新词中。因此,我们可以说,一个经典文本生成之后传播的效果,并不只限于对后世的影响,它同样可以往回"传播",将先辈们纳入当世人们的视野,并以自身的特质重新定义和诠释那些先在的文本。而本书限于篇幅,暂不涉及过去的文本,而只讨论后于《鲁滨孙漂流记》产生的作品。

可以说,在《鲁滨孙漂流记》出现之前,荒岛叙事的各个元素已经星星点点四处散布,但唯有到了笛福手里,才融合成为一种独特的文学样式。有学者总结这一样式的四个特点:一、存在着一个未知的拥有无限可能的世界,吸引着旅行者和贸易者不畏船难、不惜生命前去冒险;二、遭遇船难的幸存者在自然荒岛的孤独环境中经营个人生活;三、幸存者坚信人不能脱离精神生活,人之价值体现于对伦理道德的高度关注;四、处于巴洛克时期到理性主义时期的转型期,对上帝的态度由热烈的感受向智性的接近转变。① 前两点关乎此类小说的情节设置,后两点则涉及小说的宗教倾向。应该指出的是,在荒岛生存中,鲁滨孙与星期五的遭遇是极为重要的,因之涉及文明和原始、自然和社会以及不同种族之间的冲突,因此,不妨将此文学样式特点概括为:一、荒岛(未知)世界的设置;二、孤独环境中的个体生存;三、宗教探索;四、主体与他者的遭遇。而后世的步武之作也多半在这几点间做文章。概而言之,早期的作品多半借用海难和荒岛的叙事背景,重点放在个体生存和冒险的讲述上。待荒岛传奇故事的风尚刮过之后,后继者们开始更多地将思考注入鲁滨孙和荒岛以及星期五的关系。

笛福在创作《鲁滨孙漂流记》的同年,又创作了《鲁滨孙漂流续记》,第二年,创作了《鲁滨孙沉思录》,这两本书大概可算是最早的鲁滨孙后文本(post-text)。《鲁滨孙漂流续记》(以下简称《续记》)延续了第一部的历险风格,将第一部结尾的预告做了具体的展开。由于《续记》缺乏像第一部中鲁滨孙在荒岛中勉力生存的图景展示,失掉了唤起读者鲜活体验的魅力,故《续记》很大一部分停留于历险、战斗和猎奇的炫耀式讲述,对于宗教和个人存在的叩问和追索也失色不少。《鲁滨孙沉思录》从严格意义来说则不是一部小说,它基本由一系列散文构成,虽经由鲁滨孙之口说出,却更像是作者笛福自己的话语。因此,我们可以说,《续记》继承了《鲁滨

---

① See J. H. Scholte, "Robinsonades", *Neophilologus*, Vol. 35, No. 1, December 1951, pp. 129—138.

孙漂流记》的冒险故事,《沉思录》则继承了《鲁滨孙漂流记》的宗教和道德劝谕,但是第一部作品在小说历史上更加有意义的生活的、事业的展示,却在笛福之后的创作中散失了。我们叹惋的同时,也不得不再次感叹,《鲁滨孙漂流记》正是因为对各个主题的包罗和融合,才显出如此旺盛的生命力。

在《鲁滨孙漂流记》问世后,世界上许多国家都出现了相关文本。据学者考察,在笛福创作该小说不到一个世纪的1805年,德国就出版百科全书向人们指出所有受《鲁滨孙漂流记》启发而创作出的作品。在英国则有数百本模仿《鲁滨孙漂流记》的作品出版。选取部分罗列于下:

1826年,英国历史作家和诗人艾格尼丝·史翠克兰(Agnes Strickland)创作《对手克鲁索》(The Rival Crusoes)。1858年,苏格兰儿童文学作家罗伯特·迈克尔·巴兰坦(Robert Michael Ballantyne)创作《珊瑚岛》(The Coral Island)。1883年,苏格兰小说家、诗人和游记作家罗伯特·路易斯·斯蒂文森创作《金银岛》。1896年,赫伯特·乔治·威尔斯创作《莫罗博士岛》。1928年,英国作家悉尼·富乐·赖特(Sydney Fowler Wright)创作《斯帕罗船长的海岛》(The Island of Captain Sparrow)。1954年,英国作家威廉·戈尔丁创作《蝇王》,以及1956年创作《品彻·马丁》。① 以上所述作品,大都借取笔者上文概括的四点中的前两点,即荒岛设置和孤独环境中的个体生存,更多的是移植鲁滨孙的荒岛舞台,之后演绎的故事则未必与鲁滨孙有太多关系。而另有一些作品,则是直接取材自鲁滨孙,并且直接挪用了鲁滨孙这一名号,比如《瑞士鲁滨孙一家漂流记》《鲁滨孙在冰川》《鲁滨孙小姐的生活和冒险》②《鲁滨孙形象》等等。至此,鲁滨孙不再仅仅是一个小说中的英雄人物,而变为一个神话人物,大部分早期的改写作品都在延续笛福创制的这一隐喻文明进程的神话形象,到当代以后,作者们有了更加多元的视角去重新审视鲁滨孙的故事,因而在重述鲁滨孙上展现出了更加动人的魅力。

其中影响力最大的当属库切的《福》与米歇尔·图尼埃的《礼拜五——太平洋上的灵薄狱》。如果说《福》是对笛福原作的一种再发掘,那么图尼埃的《礼拜五》则是对原作的一种翻转。

在《鲁滨孙漂流记》中,我们可以姑且简略地将文本参与者分为作者

---

① 参见郭建中:《郭建中讲笛福》,北京:北京大学出版社,2013年版,第155页。See also Stam Robert, *Literature through Film*, Beijing: Peking University Press, 2006, p.75.

② See E. Littell, *Littell's Living Age*, Vol. XI, Boston: E. Littell and Co., 1846, p.55.

(笛福)、叙述人(老年鲁滨孙)、主角(鲁滨孙、星期五);那么在《福》中,库切将设置复杂(或者真实)化了,包括真实作者(库切)、虚构作者(福)、叙述人(苏珊·巴顿)、主角(苏珊·巴顿、鲁滨孙①、星期五)。如此,库切以文本声称,它在笛福的单一化的源文本中,重新发现了被遮蔽的苏珊部分,并以苏珊的现身说法(滔滔不绝的话语流)间接反映出星期五的失语。这样库切就揭示出了两个失声群体——女性和土著。同时,在这两个群体之间,苏珊又不可避免地无法掩饰对星期五天然的恶感,即在不同的失声群体之间同样存在等级的对立,并可以永远类推。而虚构作者福的存在,又构成了库切对历史和虚构的思考。苏珊对真实的重新讲述,以及跟作者福的对比反差,为我们提供了讲述的不同版本,也预示了,文本一旦讲述出来,真实的历史就开始了逃逸的过程。这样的观点,其实在笛福的原作中已经有了不自觉的暗示。《鲁滨孙漂流记》的文本中,存在着一些自相矛盾的讲述和虚构性叙述的隐喻,能与库切的意图隐隐相合,限于篇幅在此不作展开。

有学者概括说图尼埃的《礼拜五》在延续《鲁滨孙漂流记》的启蒙文明的同时,让星期五毁掉了鲁滨孙的一切建设努力,让他拒绝了文明的价值,最终选择了自然地生活于海岛。② 这体现了图尼埃的一种努力:翻转原作的文明—自然和西方—土著之间的对立,而图尼埃的另一种努力则体现为建基于鲁滨孙遭遇的关于人类的哲学思辨。联系《鲁滨孙漂流记》的两分结构——生存话语和宗教道德话语,我们很快可以发现《礼拜五》继承了笛福的结构,只不过图尼埃划分得更加明确,用鲁滨孙的"航海日志"将哲学思辨从生存遭遇中完全独立出来。同时,图尼埃也延续了笛福通过梦境、突发奇想、预感来预叙的方式,直接将鲁滨孙的命运隐藏于船长的塔罗牌中,图尼埃的这种做法拉长了预叙和事实发生之间的距离,因此比笛福的原作显现出更多的寓言意味。

我们来考察一下图尼埃给出的塔罗牌及对应的鲁滨孙的遭遇:

创世神——鲁滨孙落入荒岛。

战神——征服,创造。

隐士——洞穴居住。

---

① 与 Defoe 被改写成 Foe 一样,Crusoe 被改写成 Cruso。
② See Susan Brantly, "Engaging the Enlightenment: Tournier's *Friday*, Delblanc's *Speranza*, and Unsworth's *Sacred Hunger*",in *Comparative Literature*, Vol. 61, No. 2, Spring, 2009 p.139.

维纳斯、人马星——溪谷,与自然交合。

灾难、混沌——发现外人。

土星(吊死鬼)——发现星期五。

双子星座——和星期五相处。

狮子、太阳城——纯真、和谐、圆融地相处。

摩羯星(死亡)——星期五离去,陷入绝望。

朱庇特(金娃娃)——发现白鸟号小孩星期四(星期日)。

因此我们可以看到,塔罗牌的寓言性质和鲁滨孙之后的遭遇严格地对应起来,鲁滨孙在完成笛福交予他的主要任务——在荒岛构建小型的人类文明之后,图尼埃让星期五(通过引爆文明世界的遗产——炸药)将鲁滨孙的文明成果完全打破,此后故事走向完全倒转。鲁滨孙向作为土著的星期五学习原始的生存方式,最终选择留在荒岛,而星期五则偷偷跟随白鸟号奔向了文明世界,并且图尼埃隐隐暗示了星期五也许难逃被贩卖的命运。小说题名"星期五"其实并非以星期五的视角讲述故事,第三人称的叙述更加靠近鲁滨孙,而"灵薄狱"的用典,则暗指鲁滨孙始终处于文明和原始的夹缝中,小说不断地复写相关意象(象征原始的泥沼、洞穴、处女地等,象征文明的滴漏、仙人掌园、稻田等),着力刻画鲁滨孙在两极间艰难的摇摆,最终似是和谐与自然的旨趣占据了上风。而伴随着鲁滨孙的荒岛生存的刻画,图尼埃也以航海日志的名义展开了人类生存的哲学思考,这种思考严谨地伴随着鲁滨孙的荒岛历程,自然而然地将物质奋斗接引到精神的自省。

循着鲁滨孙初到岛上的怠惰,升起信心和热望后的文明建设,文明被摧毁后的失败、认星期五为自然导师获得和谐、遭遇白鸟号失去星期五后的绝望、重得星期四的路线,图尼埃以近于枯索的笔调思考了孤独、存在、自我确立等问题。其中以主客关系最为关键,这涉及鲁滨孙与荒岛、自然以及星期五的关系。我们也许很难想象,笛福笔下的鲁滨孙面对荒岛会有这样的思绪:"绿叶,是树的肺,就是树的肺腑,所以,风是它的呼吸。"[①]而图尼埃笔下的鲁滨孙也是在经过大量的思考之后,渐渐明白过来,主客之间未必是截然的对立。鲁滨孙发现,当主体将客体纳入自身的时候,其实是一种武断的剥夺,光变成了眼睛,它仅仅变成了视网膜的一种感应,

---

① 米歇尔·图尼埃:《礼拜五——太平洋上的灵薄狱》,王道乾译,上海:上海译文出版社,1997年版,第185页。

芳香也变成了鼻孔,仅仅成为鼻孔用以分辨的一种反应,整个世界都消融在鲁滨孙的心灵里,可在他怀疑的眼光中整个世界也就消失了。图尼埃的哲学语言近乎诗意,在此,鲁滨孙作为主体,捕捉客体的色香声味触法,在这种捕捉之后加以理性的品咂和捉摸,那么客体也就无法以鲜活的状态显现,它等同于死去,这是西方理性传统下的二元对立前提。认识到这一点之后,鲁滨孙才说最好的状态是:"也许应该把我压缩成为那种内在的磷光状态才行,它会使每一种东西都被认知,不需要任何有意识地去认知的人,不需要任何有意识的人……啊,又微妙又单纯的平衡,多么不稳定,多么脆弱,多么珍奇!"①所谓磷光状态是自发的、微茫的,很大程度上消减了强烈的自我意识,也就削弱了鲁滨孙根深蒂固的文明、理性、执着于"我"的观念,再进一步,则是消却了分别。因此,我们可以看到,在鲁滨孙的后期讲述里,他敏锐地发觉星期五并不用太多地思考,也并不用太多理性地规划、安排,只随心所欲地做他想要做的事情,同时引导自然的风、水达成自己的目的。只不过,星期五对他自己的处境并不自知,他未经过文明的洗礼,故而无法摆脱文明的诱惑。而鲁滨孙则不同,他深受文明—自然的痛苦拉扯,在星期五身上看到和谐状态的表象,那么他对于原始自然的选择才是一种真正自觉的行为。"磷光"状态不借由其他工具、扶手、经验、理性等外在附属,而纯粹出于自发的直觉,那么我们就能理解鲁滨孙与荒岛自然合一的体验。图尼埃在此发挥的思考,深具东方色彩。

米歇尔·图尼埃对鲁滨孙故事深具兴趣,还将《礼拜五》改编成一个儿童版,题为《星期五或原始生活》。据他自己表示,这个儿童版是对成人版的一个精简,更关注儿童世界里游戏的价值,并且更强调感官的快乐。② 因而,图尼埃除去了成人版中的哲学部分,加大了后期鲁滨孙和星期五和谐生活的比重,特别是星期五以羊骨制作乐声风筝的描写,充满稚趣,令人神往。而最后礼拜日(不同于成人版的礼拜四)的出现,代表了儿童作品的希望和幸福的结局,同时也隐隐展示了更为严肃的理念——充满希望的新生总是与个体的消亡相颉颃。

综上所述,《鲁滨孙漂流记》在诞生两百多年后,仍然有着巨大的活

---

① 米歇尔·图尼埃:《礼拜五——太平洋上的灵薄狱》,王道乾译,上海:上海译文出版社,1997年版,第88页。

② Millicent Lenz, "The Experience of Time and the Concept of Happiness in Michel Tournier's *Friday and Robinson: Life on Speranza Island*", in *Children's Literature Association Quarterly*, Vol. 11, No 1, Spring, 1986, p. 25.

力,吸引着当代作家们搭建荒岛的舞台,演出其新时代的戏剧。这些新创的鲁滨孙们,必将与笛福创造出的鲁滨孙站立一起,等待更多后来者的瞻仰和借鉴。

第三节 《鲁滨孙漂流记》的影视化传播

《鲁滨孙漂流记》这般影响巨大的小说,自然免不了被改编成电影的命运。但如罗伯特·斯塔姆所说:"有趣的是,评论者们在面对诸如《福》这样的文学改编版本时,往往不会把它看做源文本的一个不忠实的失败的复制品,而是作者的艺术再创造,但是电影评论者却通常把电影改编版本诋毁为对原著的背离。"[1]这很好地点出了人们对于电影等非传统媒介的偏见。但不得不承认,很多学者在面对文字文本和影视文本时,不自觉地将影视文本列入次一等的地位,其间有影视文本过于具象,面对受众的灌输式输入方式以及近来的平面化和娱乐化倾向的原因,但是正像有些学者说的,改编的电影重要的不再是向观众展示文本作家在写作中展示其思想的这一事实,而是要让观众听到演员的声音,给予观众同小说作品一样的,建立在事实折射在叙述者的精神上的敏感和想象的基础上的关于真实的距离[2]。因此,阅读文学作品是品咂作者处理方式和事实之间的微妙关系,那么观赏一部电影,即是品鉴主创人员对故事事实的理解和发挥,以及衍生文本和源文本之间有趣的张力关系。

鲁滨孙最早浪游至大荧幕应该是在 1902 年,法国导演乔治·梅里埃(Georges Méliès)拍摄了无声黑白片《鲁滨孙漂流记》,也开启了其后鲁滨孙被不断搬上电影舞台的浪潮。据不完全统计,约有 8 个以上的国家参与了鲁滨孙的电影改编,产出 20 多个改编版本。录入如下:

1916 年马里恩(George F. Marion)执导的美国版《鲁滨孙漂流记》(*Robinson Crusoe*),1917 年《克鲁索小姐》(*Miss Robinson Crusoe*),1924 年《小鲁滨孙·克鲁索》(*Little Robinson Crusoe*),1925 年沃特·兰兹(Walter Lantz)的动画版,1927 年由维塞尔(M. A. Wetherell)执导完成的英国版,1933 年产生了美国弗兰克·莫泽(Frank Moser)版,1935 年沃

---

[1] Stam Robert, *Literature through Film*, Beijing:Peking University Press,2006,p.83.
[2] 见莫尼克·卡尔科-马塞尔、让那-玛丽·克莱尔:《电影与文学改编》,刘芳译,北京:文化艺术出版社,2005 年版,第 24 页。

特又制作了一个动画版,1947年苏联导演亚历山大·安德里耶夫斯基(Aleksandr Andriyevsky)版,1954年超现实主义者路易斯·布努埃尔版,1965年法国电视剧版,1969年荷兰版,1970年墨西哥版,1974年英国电视剧版,1974年罗马尼亚和意大利合作版,1978年巴西版,1980年法国电视剧版,1982年,捷克斯洛伐克版,1988年英国第二版,1990年法国动画版,1997年罗德·哈迪(Rod Hardy)和乔治·米勒(George Miller)执导的美国版,2003年法国电视电影版,2009年美国NBC电视剧版等。

以上所列皆是《鲁滨孙漂流记》的直接改编版本,其他未以鲁滨孙命名,但借鉴了此一故事背景的则更多。比如:1919年的《男性女性》(Male and Female),1923年的《沉船岛》(The Isle of Lost Ships),1929年的《神秘岛》(Mysterious Island),1931年的《米老鼠:荒岛生存》(Micky Mouse:The Castaway),1934年的《消失的丛林》(The Lost Jungle),1935年的《米老鼠:米奇的星期五》(Micky Mouse:Micky'Man Friday),1938年的《流浪者》(The Beachcomber),1948年的《青春珊瑚岛》(The Blue Lagoon),1958年的《魔岛》(Enchanted Island),1958年的《遗失的岛湖》(Lost Lagoon),1962年的《寻找漂流者》(In Search of the Castaway),1980年的《青春珊瑚岛》(The Blue Lagoon),2000年的《荒岛余生》(Castaway)等。

本节限于篇幅,只讨论直接改编自《鲁滨孙漂流记》的影视文本。1902年乔治·梅里埃的版本是鲁滨孙影视之旅的开山之作,彼时还是电影的黑白无声阶段,因此这一版本的电影只是鲁滨孙荒岛生存的片段式展现。事实上在极短的时间里,它只向观众展现了鲁滨孙救下星期五和二人在住处相处的两个场景。虽然由于技术所限,这一版本只以残缺的断片为鲁滨孙留下了无声的影像,自然也谈不上还原前后接续的叙事,但是这也构成了速写式的风格,并且片段的展示似乎也契合了漂流和荒岛生存颠簸、不可预知的命运。它剥离了线性叙事,给我们一种印象:鲁滨孙与星期五的遭遇昔在、今在、永在。到了1916年的美版鲁滨孙,电影技术已有很大发展,因此这个版本比较完整地记录了鲁滨孙在荒岛的整个遭遇,在此,电影的叙事已变得系统,但有得必有失,如上所述,完整的叙事必然失却了断片展示带给观众的偶然性和不确定性,过于具体的影像也就消退了普遍的象征意义。在1945年苏联导演列克桑德·安德里夫斯基的版本出现之前,鲁滨孙的衍生影视本都是黑白无声的,唯此版本才开启了彩色有声鲁滨孙电影的先河。此一版本电影将原著中鲁滨孙外在表现和内在文化心理的冲突消弭了。如上所述,小说中,鲁滨孙在荒岛上虽然表现出对金钱的不屑,但是这只是特定环境下的暂时忘却,当鲁滨孙回到社会群体之后,他对资本攫取的天然野心立刻重燃,同样,在对待星期五的态度上,虽然鲁滨孙温情脉脉地叙说两人患难与共的历程,但骨子里两人仍是处于不对等的关系,鲁滨孙身后永远矗立着两个文明和种族的对立。但在1945年版电影中,鲁滨孙却并不是为了积累资本而航海的,它纯粹是为了周游世界,并且他与星期五的关系也更为平等,整个电影特别是遇难之后的部分,洋溢着蓬勃积极、平等互惠的明丽色彩。难以辨别的是,这种改变究竟是对原著一种浮皮的模仿而忽视其蕴藏文化指向呢,还是对原著蕴藏文化指向的一种拨反。但无论怎样,我们可以猜测,苏联的这一版本淡化主角的资本渴望和殖民事实,以大同、平等的价值观念挂帅,是符合当时的意识形态的。1954年,著名的超现实主义者路易斯·布努埃尔拍摄的版本在墨西哥上映,这也是众多版本中较为知名的一部。布努埃尔出生于西班牙,原本是虔诚的天主教徒,后来又自称无神论者,应该说,他的个人气质根本与笛福完全相反。比如说,笛福是清教徒,它的想象基本不会脱离清教徒的癖性,布努埃尔却是反道德、反圣职者、反布尔乔亚的;在创作上笛福有着略显笨拙的"真诚"和直接,布努埃尔却是反讽的;等等①。但是在改编《鲁滨孙漂流记》时,布努埃尔却显得极其循规蹈矩(与之改编其他作品时并不相同),他基本遵循了小说的情节脉络,只是将星期五的出现稍稍提前了一些(有趣的是,小说中星期五大致出现于整个小说的2/3处,但是大部分的电影版都将星期五的出现提前),并且画外音的设置也是对小说第一人称自传式叙述人的一种模仿。电影最令人印象深刻的是,当涉及鲁滨孙的孤独状态和宗教情绪时,布努埃尔皆运用梦境、幻觉等招牌式手法来渲染,竟能与鲁滨孙现实的荒岛生活完好交融。不同于苏联版,在布努埃尔版本中,我们可以清楚地看到,导演在试图用自己的方式重新诠释鲁滨孙这个人物。他敏锐地察觉到原著中隐伏的文明与自然、种族与种族之间的冲突,并尝试淡化之。电影中的鲁滨孙并不如原著中那样,对自然是一种君临、掠夺的姿态,他温情地看待这个岛屿,并有些痴愚地与动物们对话。而跟星期五的相处则更令人心暖,二人一起打猎、抽烟,甚至互相理发,已近种族差异泯灭的乌托邦。但是在影片最末,鲁滨孙回归文明社会,重新成为一个绅

---

① See Robert Stam, *Literature through Film*, Beijing: Peking University Press, 2006, p.78.

士,而星期五则变成了他的仆人。平等的牧歌式生活只能存于蛮荒之地,只要回到文明社会,等级仍旧不容僭越。因此布努埃尔的鲁滨孙故事更似一个梦境,他努力调和自然与文明的关系,可是笛福的鲁滨孙不能不回归英格兰,布努埃尔的迷梦也始终要落回实地,这也预示了围绕《鲁滨孙漂流记》展开的争辩将永无息日,因为笛福抛出的这一问题似乎难以找到最合适的解决办法。

至此我们总结,早期鲁滨孙的电影改编随着电影技术的出现、发展和繁荣,从简单的断片展示到能够完整地叙述整个小说所传达的故事。在最初的版本中,导演们致力于还原笛福小说的原貌,到安德里夫斯基和布努埃尔时期,则有意识地将鲁滨孙塑造成他们所理解的面目,对原著的色彩进行了一定的过滤,我们在观赏电影时,可以清楚地辨析出影片展示和原著小说之间微妙的张力。而鲁滨孙影视到了后期,伴随着以好莱坞为代表的娱乐影业的兴起,鲁滨孙的荒岛历险又增添了更为夸张的戏剧性和娱乐性。

1997年美国版由著名影星皮尔斯·布鲁斯南(Pierce Brosnan)出演鲁滨孙一角。我们知道,布鲁斯南以出演007系列詹姆斯·邦德而出名,他的正派形象太过深入人心,以至有学者认为他的演出"很容易唤起我们对007电影的互文式联想,因此我们会下意识地把邦德这样的20世纪冷战时期的英雄和鲁滨孙这样的18世纪殖民者联系在一起"。[①] 确实如此,这个版本增添了部分前事,亦即鲁滨孙与情敌决斗不慎使对方身死,不得已之下远走他方。于是鲁滨孙的出走缘由从资本积累变为了因情而奔命天涯,这对鲁滨孙故事是个颠覆。乔伊斯曾说鲁滨孙基本是性冷淡[②]的,鲁滨孙故事中的女性也是缺席的,而布鲁斯南版本如此敷演出鲁滨孙的情感纠葛,却未必是为女性争取话语权,倒更像是007电影的标准配置,它是以英雄标准去塑造鲁滨孙的,那么浪漫化的英雄决不可为金钱资本折腰,而只可为红颜冲冠一怒。故而电影特增决斗一幕,以激烈场面开场之余也为这个鲁滨孙定下了基调,他是一个热血、激情、刚猛、重承诺的英雄,那么让布鲁斯南来出演则再合适不过了,有了007系列电影的加持,观众可以轻松地进入这个新角色。在确立了人物形象的底色之后,我们可以看到,整个电影借用鲁滨孙的故事都在塑造这样的英雄形象,进而

---

① Robert Stam, *Literature through Film*, Beijing: Peking University Press, 2006, p. 97.
② See Michael Shingael ed., *Robinson Crusoe: A Norton Edition*, second edition, New York: W. W. Norton & Company, 1994, p. 323.

创造出相应的情景氛围。鲁滨孙上岛之后，影片以快速剪切方式交代了其生存活计（事实上就在这快速剪切的部分中，也仅有一小部分是跟劳作有关的，另一部分是鲁滨孙在岛上近于诗意的生存画面），这些在小说中占据大量篇幅的劳作虽能唤起读者无比的美好体验，倘若真实地放置于电影中，则恐怕会拖慢影片节奏，并无助于电影最初确立的鲁滨孙英雄形象的深化。同理，笛福小说中念兹在兹的宗教思辨部分也被电影舍弃，所以星期五的出现被大大提前了，影片需要星期五及其野人部落为电影增加冲突，同时演绎英雄塑造所必需的友情。所以电影强调了鲁滨孙和星期五的关系变化。小说中，星期五第一次遇到鲁滨孙，就表示了自己的臣服，但在影片中，他狡黠地佯跪，之后迅速掀翻鲁滨孙并夺过了枪支。影片重点落在了两人从对立、互相怀疑、提防到最终和解、互助、成为亲密朋友的过程。在最终，影片将两者的关系推到矛盾点的极端，土著部落要求星期五和鲁滨孙决斗，这也是对影片开头决斗的照应，在这次决斗中，两人都不愿意杀害对方，最终星期五被前来救援的白人打死，鲁滨孙返回英国后仍怀念着星期五的深厚恩情。此版本以世俗情感——爱情和友情为主线，将鲁滨孙的海外故事置换成了一个现代英雄的传奇，它赋予了影片原著有所欠缺的节奏感和力度，使电影更符合现代人的观赏趣味。值得一提的是，有学者认为影片重塑了鲁滨孙和星期五的关系，刻上了美国种族平等、文化多元的社会价值观。仅从两位主角的关系来看也确是如此，但是影片虽将星期五置于与鲁滨孙同等的有情有义的地位，但其他的部落土著却成为最大的反派，他们逼迫星期五和鲁滨孙决斗，虽说是为了推进电影的进程，但这恰是另一种"东方主义"的移置。原著对于食人族的偏见和傲慢以及两个文明的等级观念虽在星期五这暂时消解，但在整个部落文明的描述中却变本加厉，反而得到了强化，从这一点来说，确是非常令人遗憾。

应该说，鲁滨孙的影视改编从最初的还原小说到其间的主创再创作，再到顺应娱乐时代的高目的性的改编，鲁滨孙的电影改编的侧重出现了从源文本到主创意图到受众要求的转变，尤其是2009年NBC的电视剧版更是延续了美剧的边拍边播的形式，剧本的创作和拍摄的进行很大程度上视收视率而定，因此我们可以在这部改编版中看到纯乎现代化的设置和快节奏的剧情展开。那么，看起来越是晚近的版本似乎离原著小说越远了，但也许离得远了的只是荒岛的面貌和鲁滨孙的形象，其精神内核比如"社群和个体,竞争和合作的矛盾"①等主题则永远被后来人提上议程并争辩不绝。

《鲁滨孙漂流记》诞生至今已近三百年。当年笛福根据塞尔扣克的经历创作这个故事,融入了大英帝国崛起的宏大背景,赋予了鲁滨孙清教徒的宗教虔敬和务实,也赋予了鲁滨孙个人主义经济人的眼光和处事风格,同时顺应了帝国扩张的需求,无意间为殖民塑造出了标准化的文本。而当我们从小说这一体裁衡量,《鲁滨孙漂流记》则以其对生活、事业的把握促成了现代小说新奇特质的形成。在小说诞生后的近三百年里,鲁滨孙一路漫游,从广大读者的私人书架,到名作家的绚烂笔头,到名导演的摄像镜头,再到名演员的一颦一笑,可谓处处开花,在每一地都能收获不同的思考、不同的价值,这足以证明小说的魅力。那么在以后的日子里,鲁滨孙这一经典也必定将如书中所述,茫茫大海或茫茫雪原,都不辍行进的脚步。

---

① Robert Mayer,"Robinson Crusoe on Television", *Quarterly Review of Film and Video*, Vol. 28, No. 1, 2010, p.63.

第五章
法国启蒙主义小说的生成与传播

18世纪,欧洲进入轰轰烈烈的启蒙运动时代。经过了四百多年的探索,欧洲人终于找到并学会了如何使用对抗封建制度与宗教神学的武器——寓于每个人自身之内的理性。在谈到何为"启蒙运动"时,康德有一个著名的论断,他说:"启蒙运动就是人类脱离自己所加之于自己的不成熟状态,不成熟状态就是不经别人的引导,就对运用自己的理智无能为力。当其原因不在于缺乏理智,而在于不经别人的引导就缺乏勇气与决心去加以运用时,那么这种不成熟状态就是自己所加之于自己的了。Sapere aude!①要有勇气运用你自己的理智!这就是启蒙运动的口号。"②康德在这里既强调了理智的运用,又强调了"别人的引导",公众如若摆脱看似轻松的不成熟的愚昧状态,必然需要"引导者",也就是康德说的"学者",我们今天说的"思想家"。所以,康德明确指出启蒙运动的核心就是如何促成这种"引导",保障"公开运用自己理性的自由",所谓的"公开运用",也就是指"任何人作为学者在全部听众面前所能做的那种运用"。③"公开运用"的方式有很多,其中书籍的印刷与传播不失为最便当的方式之一,而文学著作尤其是书籍中最易传播且辐射最广的一类。于是在法国,启蒙运动的中心,伏尔泰、狄德罗、孟德斯鸠和卢梭等知识分子把哲学与文学、理性与感性糅合在一起,像前辈蒙田一样书写出一部部二位一体的思想巨著与文学经典。

---

① 意为"要敢于认识"。
② 康德:《答复这个问题:"什么是启蒙运动?"》,载康德:《历史理性批判文集》,何兆武译,北京:商务印书馆,1990年版,第22页。
③ 同上,第25页。

第一节　启蒙运动与法国启蒙主义小说经典的生成

18世纪的法国启蒙思想家,常常被称为"philosopher",这个词不是传统意义上的"哲学家"。伏尔泰、狄德罗、卢梭都没有经过专业的哲学教育。在他们看来,理论的目的不是抽象思考,而是要在实践中有所运用,即推动法国的政治与文化变革。启蒙运动的思想家们主动承担了启蒙大众的责任,投身于社会政治生活。这个运动的最终目的,就是改变当时教权、王权独大的法国政治现状,建立公正、法制、民主的新社会。启蒙思想家们十分明确自己的历史使命,他们所开展的是一场夺取社会话语权的运动。启蒙思想家们从不自命为文学家,对他们而言,积极地参与政治,努力改变社会现实才是他们思考和创作的最终目的。因此,启蒙主义文学作品从一开始起就带有鲜明的政治色彩,而文学本身的艺术性毫无意外地排到了第二位。也正因为如此,我们在研究法国启蒙小说的生成时,必须深入启蒙思想家们的个人遭遇和思想发展进行探究。

一、《老实人》的生成

在启蒙运动的主要干将中,狄德罗出生于法国勒格朗,孟德斯鸠生于法国波尔多,启蒙运动的殿军卢梭更是出生于千里之外的瑞士日内瓦,唯有伏尔泰一人出生于法国首都巴黎。这种得天独厚的条件使伏尔泰比其他的启蒙思想家更实际地把握住了法国文化走向的脉搏,巴黎给予了伏尔泰知识、涵养与广阔的胸襟,同时也给予了他叛逆的精神。尽管英国比法国更早进入了资本主义时代,启蒙思想也缘起于英国,然而此时的英国文化,仍然呈现着荒凉和粗糙的症状。而在路易十四统治时代,法国文化已经以其精致优雅、富丽堂皇的优越品味,成为欧洲文化的中心。伏尔泰自幼受到路易十四时代法国社会文化氛围的熏陶,其日后以戏剧、小说立世,自然也得益于那个时代文化艺术尤其是戏剧的繁荣在他心中埋下了天才的种子。

《老实人》是伏尔泰哲理小说的代表作。该书原名《赣第德》(Candide,1759),我国著名翻译家傅雷先生将其意译为《老实人》。按照创作年份来计算,伏尔泰的大量小说都是创作于其一生中被称之为"费尔奈时代"的晚年。伏尔泰一生为反对君主专制颠沛流离,遭到数国驱逐和迫害,在1752年后,伏尔泰为躲避法兰西和日内瓦的双重迫害,斥重金于法瑞交界处买下了两块地产:多奈伯爵的食邑和费尔奈古堡。因此他得以在瑞士和法国间来回"逃窜",以躲避专制政权的抓捕。伏尔泰在这里度过了平静舒适的最后20年,这20年也是他一生中著作最为丰盛的时期。

《老实人》创作的重要原因之一,是为了对卢梭的彻底反对。卢梭龙性难驯,其好友霍尔巴哈、狄德罗与休谟皆与其反目。尽管卢梭早年对伏尔泰推崇备至,但二人思想的差异巨大,这为日后的决裂埋下了伏笔。卢梭倡导非理性,崇尚自然,于是伏尔泰便在《老实人》中设置了一个天性淳朴的"自然人"老实人形象,在《天真汉》中设置一个真正的土著"天真汉"。伏尔泰向来热衷于嘲弄讥讽,他使这些角色颠沛流离,吃尽苦头,不啻是对卢梭的狠狠的嘲弄。所以在《老实人》发表翌年,卢梭就写信给伏尔泰与他断交,说:"我根本就不喜欢您,先生……"① 同时,《老实人》也借助家庭教师邦葛罗斯关于"世界尽善尽美"的哲学导致老实人被赶出家门、颠沛流离的故事,对18世纪非常流行的莱布尼茨盲目乐观主义哲学进行了批判。

尽管与法国王室的关系一度势同水火,天生反骨的伏尔泰却从未想过推翻王室,甚而在一定程度上对法国王室抱尊敬态度。伏尔泰并非真正的民主主义者,他批评法王专制却鼓吹"开明专制"。精于思辨的伏尔泰晚年思想中出现了怪诞的矛盾,竟认为专制似乎可以与"开明"结合在一起。对已经认识到自己政治思想中的矛盾的伏尔泰而言,通过小说写作自我对话,从而消弭矛盾,成了可取之举。他借小说《天真汉》中的人物天真汉之口,称法国国王路易十四为一个伟大的国王,其昏庸暴虐,是像别的伟大的君王一样源于受人蒙蔽。伏尔泰又是如何解释"蒙蔽"的原因呢?这里他搬出了宗教,当天真汉问及究竟是谁蒙蔽了君王时,对方告诉他"都是些耶稣会士,尤其是王上的忏悔师拉·希士神甫",对方还告诉天真汉"教皇明明是路易十四的死冤家"。② 伏尔泰终究不是共和主义者。在他的心中一个奉行"开明专制"的君王也许比混乱无序的共和政体更适合法国。在《老实人》中,伏尔泰构建了一个他心目中的乌托邦王国——黄金国,地上的泥土石子全是金银珠宝,人民穿金戴银,吃的是珍馐美馔,

---

① 勒内·波莫:《伏尔泰》,孙桂荣、逸风译,上海:上海人民出版社,2010年版,第203页。
② 伏尔泰:《伏尔泰小说选》,傅雷译,北京:人民文学出版社,1980年版,第59页。

住的是金碧辉煌。然而在这样"不知有汉,无论魏晋"的世外桃源中,一个"显明的国王"仍然高高在上。"显明的国王"的存在甚至是黄金国之所以成为幸福国度的最根本的原因。正是王族下令采取闭关锁国政策,断绝了与外界世界的来往,才避免了印加帝国般的覆灭命运。而在伏尔泰的另一部作品《查第格》中,伏尔泰干脆让主人公查第格当上了宰相,以哲学家的方式治理国家,允许言论、信仰自由,反对教派成见和宗教狂热,最后甚至当上了国王,成为一代明主。

伏尔泰一生曾两次被投入巴士底监狱,第一次是1717年,因一首针对宫廷的讽刺诗被捕,入狱11个月;第二次是1726年,遭贵族德·罗昂的侮辱并被诬告,再次被关押巴士底狱近一年。出狱后,伏尔泰被驱逐出境,流亡英国。1726—1728年伏尔泰在英国的流亡时期是他人生的一个重要时期。在英国他详细考察了君主立宪的政治制度和当地的社会习俗,深入研究了英国的唯物主义经验论和牛顿的物理学新成果,形成了反对封建专制主义的政治主张和自然神论的哲学观点。英国之旅对他的政治观念影响甚大。君主立宪制下的英国王室颇受伏尔泰推崇。在晚年的作品《天真汉》中,伏尔泰颇具自嘲心理地将自己比作野蛮的"休隆人","休隆人"来到文明世界,正如伏尔泰从君主专制的法兰西前往已经实现资产阶级革命的英国。1750年,伏尔泰应普鲁士国王腓特烈二世(腓特烈大帝)邀请到柏林,得到宫廷文学侍从的职位待遇。这时的伏尔泰达到了他人生的最高点。但仅仅过了三年,1753年,伏尔泰就与另一位国王赏识的科学家莫佩尔蒂发生争执,伏尔泰写文章讽刺莫佩尔蒂的荒谬论文。由于后者得到国王的支持,这一事件导致了他与国王关系的破裂,并促使他离开普鲁士。有趣的是在小说《老实人》中,主人公原为德国男爵的养子,只因为与男爵之女恋爱而被赶出家门。可以感受到伏尔泰描写这一段情节时深深的恨意。不可不认为这是伏尔泰的亲身经历对文本造成的影响。老实人旅行至"黄金国"的经历,也可以影射伏尔泰旅行至普鲁士的经历。

伏尔泰与他所崇敬的东方哲人孔子一样,辗转于西欧诸国之间,在各国的宫廷中游说流连,可惜的是即使是他一度崇敬的普鲁士国王最终还是将他弃如敝屣。伏尔泰的"查第格"理想并没有实现,死于1778年的伏尔泰并没有看到法国王朝的末日。一直到他死前,他的"开明专制"的政治理想都未能实现。1789年爆发的法国大革命终于导致法国王室被推翻,伏尔泰理想中的秩序井然、民主自由的"黄金国"并没有建立,而是一种非理性的革命狂暴摧毁了法国封建王国。

二、《波斯人信札》的生成

孟德斯鸠代表作《波斯人信札》(1721年)写于他两部重要的理论著作《论法的精神》(1748)及《罗马帝国盛衰溯论》(1734)之前，它的出现可以看做是对后二者的一种准备。《波斯人信札》是一部书信体小说，全书由160余封书信所组成。在小说中，孟德斯鸠虚构了两个异国居民波斯人郁斯贝克和黎加，二人游历欧洲，沿途以书信叙述自己的所见所闻。比较文学中的形象学研究，对文学中"异乡人"有诸多阐述，然而在这里，孟德斯鸠并不是借此描写想象中的波斯文明。孟德斯鸠借助波斯人的旅行，是要鞭笞专制统治下法国的种种丑恶现象。

孟德斯鸠创作《波斯人信札》的时间一直存在着许多疑问，一些研究者认为，孟德斯鸠1711年就开始创作《波斯人信札》，是因为父亲逼着他终日死啃法典，晚上倍感厌倦，为了消遣才动手写该书，没有认真构思，全是信笔写来。在全书得以出版时，孟德斯鸠删改了其中许多草率和随意的篇幅。关于《波斯人信札》的创造性也有一些争议，因为在它之前已经出现了许多类似的作品。1707年皮埃尔·培尔《历史与批判词典》提到使用东方观察家的问题。这种方式可以把哲学、政治、道德融到小说里去，用一根隐蔽的链条以某种全新的形式把一切连接起来，同时亦可以根据需要而改换场景。意大利人让－保罗·马拉纳1684年的《宫中谍影》被卡米扎和布吕藏·德·拉·马尔蒂尼埃尔的《文学评论文集》(1722)看作《波斯人信札》的样板，马拉纳描写的间谍初入巴黎风俗时的惊奇、诧异与刚到巴黎的郁斯贝克如出一辙，而在个人性格上二者更有惊人的相似点，他们都讨厌专制政治，都对自然神教表示了某种向往。无独有偶，杜弗勒斯努瓦的《严肃与诙谐的娱乐》曾被伏尔泰、达朗贝尔看作《波斯人信札》的另一个模本，小说写了一个初到巴黎的暹罗人，试图采用一个异国异族的局外人视角，以充满天真的方式呈现对巴黎的看法。

但不容置疑的是，无论在思想上还是艺术上，孟德斯鸠都超越了他的前辈。这同时代的发展和变化，以及孟德斯鸠个人的心路历程是不可分的。孟德斯鸠曾不断地对他的作品进行修正和删改。尽管这是一部青年时代的作品，直到暮年孟德斯鸠都未放弃对作品的修改。1711年让·夏尔丹出版《波斯和西印度游记》，在《波斯人信札》中，孟德斯鸠大量地从书中借鉴了伊斯兰历法，使作品更加真实丰满。18世纪法国社会躁动不安，出于对平复心灵的需要和对异国情调的向往，当时出版了大量有关东方文明的著作，如 1717 年出版的《土耳其谍影》、图尔那福尔的《游记》、1718 年塔维尼埃的《土耳其、波斯和东印度游记》、夏尔丹的《游记》以及柏应理和基歇尔的著作。这些作品为孟德斯鸠提供了了解波斯风土人情的资料，使孟德斯鸠超越了一般西欧作者对东方不切实际的空想。更重要的是，孟德斯鸠在 1713 年和尼克拉·弗莱雷以及中国人黄某举行了谈话，这使孟德斯鸠第一次亲身面对来自东方的客人。我们无从得知这次谈话的具体内容，唯一可以确定的是，孟德斯鸠并未因这次谈话对东方产生伏尔泰式的好感。东方的专制本色使他警醒，并迫使他走上批判东方专制政治的道路。

而作为法官，孟德斯鸠得以像一个伦理学家那样去观察他的同代人所经历的政治事件和世风民俗，客观地做出评论。在法官的位置上，孟德斯鸠感受了路易十四时代的压抑悲哀和社会动荡。这些人情世故为孟德斯鸠积攒了大量的生活感受，他将这些生活感受融入了《波斯人信札》的创作中，使小说的内容更加真实具有质感。1716 至 1717 年欧洲政治局势风云变幻，彼得大帝来访，三国同盟签订，激荡的历史环境赋予了《波斯人信札》历史的沧桑感和沉重感。

而波尔多地区政治的动荡也给予了孟德斯鸠切身的体验。财政崩溃，世风败坏使摄政王遭人唾骂。对奥尔良公爵的同情使孟德斯鸠在创作《波斯人信札》时自然而然地将现实中的形象代入虚构的小说创作中去。郁斯贝克因政治失意和对祖国波斯的失望而自我放逐，迷醉于彻骨的孤独感之中，不可不认为是奥尔良公爵政治遭遇的缩影。正是真实的社会体验和丰富的学识积累，使《波斯人信札》终成孟德斯鸠的经典之作，亦为启蒙文学的代表作之一。

三、《拉摩的侄儿》的生成

与伏尔泰和孟德斯鸠不同，狄德罗是一位真正出生在 18 世纪的启蒙思想家。他所面对的已经不是伏尔泰年轻时代的繁荣景象，路易十四的辉煌已经一去不复返，18 世纪的法国在阴霾中一蹶不振。值得注意的是，狄德罗是一位真正出身平民阶层的启蒙思想家，下层社会生活使狄德罗广泛接触了民间疾苦，同时小资产阶级的家庭又致使他不至于如卢梭般激进叛逆。独特的身份使狄德罗注定选择了与伏尔泰和孟德斯鸠不一样的思想道路。

狄德罗不仅以《百科全书》运动最终实质上领导了整个法国的启蒙主义思潮，同时也是那个时代中篇小说、长篇小说及音乐戏剧的领导者之一。狄德罗的代表作是《拉摩的侄儿》，他在这里选择了边缘叙事的策略。伏尔泰创作了异乡人"天真汉"和"老实人"，孟德斯鸠借波斯人之口愤世嫉俗，而狄德罗则选择了一个社会下层最卑贱的流浪汉来表达他的思想。他是统治阶级的帮闲，因此他低三下四，任人作践，但又坦率耿直，无情地唾骂、鄙视醉生梦死的上层社会。在他身上，才智与愚蠢、高雅与庸俗、疯狂与沉静、正确思想与错误思想、卑鄙低劣与光明磊落奇特地融为一体。作者对当时法国社会众生的刻画和辛辣的评论不仅反映了封建制度下人与人的真实关系，而且揭示了正在成长中的资产阶级社会的心理特征。

但问题在于，狄德罗在生前并未出版这部作品，也极难确定它的创作时间，研究这部作品的生成具有一定困难。而且，奇特之处在于，拉摩的侄儿是一个真实存在的人物，并且和狄德罗曾长期交往过。也就是说，在拉摩侄儿的形象塑造上，狄德罗并非凭空绘物，而是有着一个真实背景依傍。狄德罗在撰写《百科全书》期间曾长期流连于法国巴黎著名的摄政咖啡馆，在那里看别人下棋。正是在这里，狄德罗遇见了他的小说主角"拉摩的侄儿"。让-弗朗索瓦·拉摩并不知道这位当代著名的哲学家已经预计将他写入自己的小说。事实上，"拉摩的侄儿"同其本人并不完全相像，正如安德烈·比利《狄德罗传》中所写："可怜的穷光蛋既没有那么多思想，也没有那么多恶行。"[①]但他确实拥有一张玩世不恭奇异诡谲的外貌，以及一种跌宕起伏异彩纷呈的生活。这个下流狡猾的流浪汉尽管卑鄙顽劣，但"有谁能比这流浪汉更适合于让那位冷漠的一本正经的宫中大臣讨厌呢"？[②] 这个口若悬河、言辞机敏而又愤世嫉俗的流浪汉正是狄德罗千载难逢的好对手。通过与拉摩侄儿的不断接触，创作一部对话录体裁的小说的念头开始在狄德罗的脑海中闪现。与此同时，随着《百科全书》名望的不断扩大，狄德罗的敌人也渐渐增多，论战的洪流逐渐将他裹胁。

当时的狄德罗因为主持《百科全书》的编写而声名鹊起，也因此成为封建势力的众矢之的。但对于狄德罗个人而言，编写《百科全书》的过程无疑是一次非常重要的体验，在此过程中，狄德罗经历了封建势力和宗教团体的联合绞杀，以及全书派友人的团结与支持，同时也遭受了与好友卢

---

① 安德烈·比利：《狄德罗传》，张本译，北京：商务印书馆，1984年版，第398页。
② 同上书，第276页。

梭的痛苦决裂。这一系列人生体验对他后来《拉摩的侄儿》的创作产生了重要影响,使之跳出书斋哲学家的窠臼,饱尝大千世界的喜怒哀乐、人情冷暖,为《拉摩的侄儿》中主人公玩世不恭、"冷眼看世界"的性格与心理埋下伏笔。

报刊专栏撰稿人佛勒龙是反对狄德罗的急先锋。1756年,佛勒龙开始在《文学年鉴》上大肆攻击狄德罗的《私生子》。祸不单行,启蒙思想家们的另外一名敌人帕利索像佛勒龙一样,对百科全书派咄咄逼人之势甚为不满,以一篇题为《论大哲学家的几封小信》的文章,责备哲人党夸张偏执,互相捧场,对敌手妄加中伤。同时,他对狄德罗的《私生子》亦大加讽刺。1760年5月,帕利索炮制了一出喜剧《哲人党》在法兰西喜剧院上演,这一闹剧对启蒙运动的哲人大加挖苦,视之为社会混乱和堕落的罪魁祸首,对哲人党产生了极为不良的影响。客观地讲,这部喜剧从艺术的角度看其实非常一般,舞台上也没有什么创新之举,它之所以受到欢迎是因其恶毒地对启蒙思想家进行低劣的人身攻击,哗众取宠。剧中的克里斯潘被塑造成四只脚走路的人,这显然是影射崇拜原始主义的卢梭;而狄德罗则被化名为罗狄德,变成无耻的骗子,使用丰富的知识欺骗无知的夫人;杜克洛、爱尔维修、格里姆等一大批百科全书派人物都在这部作品中遭到了挖苦和嘲弄。帕利索的恶劣行径激起了百科全书派的极大愤怒。在这场突如其来的攻击中,启蒙群贤困兽犹斗,狄德罗尤其受到了强烈的刺激,从埋首《百科群书》的工作中走开,开始撰写《拉摩的侄儿》。他搜集了帕利索的种种卑劣言行,在书中对其进行了有力的还击。在经历了无奈的回避之后,狄德罗决定为了保卫《百科全书》正面回击他的敌人,在《拉摩的侄儿》中借流浪汉之口对当时和社会名流和封建王室一一进行批判。

众所周知,狄德罗率先承认了自己的唯物主义立场。从这一点而言,他已经大大地超越了伏尔泰等人的自然神论。在这一时期,唯物主义这一仍在草创时代的哲学观念仍脱离不了机械论的特质。但狄德罗的唯物主义观念在小说《拉摩的侄儿》中,已经初具辩证法的色彩。在讨论《拉摩的侄儿》时,黑格尔很有意思地称狄德罗在作品中扮演的是"公正的意识"(自然,即扮演,就说明这个狄德罗不是现实生活中的狄德罗),由此推论,拉摩的侄儿扮演的就是"分裂的意识","两种意识构成一种二元对立的矛盾关系"。①"我"成为道德的化身,以传统的姿态维护在当时社会仍被大多数人所遵循的道德法则:诚实、忠诚、尊严、德行。而"他"则成为"我"的对立面,以一种"恶"的姿态出现,贪婪、放荡、自私,并且毫不掩饰自己贪得无厌的欲望。二者以各自独立的方式发声互不干涉。"我"始终节制冷静,彬彬有礼,而拉摩的侄儿则出言不逊,语气嚣张,以大段独白表述愤世嫉俗的狂妄,从而呈现出一种对立。二者的形象又是复杂的,"我"虽然是社会正义面的象征,但面对拉摩的侄儿的雄辩,不得不赞同他的观念。拉摩的侄儿以深刻的洞察力剥去了上流社会光辉的表皮,使之呈现出肮脏的骨骼。但他虽然愤世嫉俗,却并没有放弃真正的良知和理性,只是呈现出一种混乱和分裂的症状。这似乎意味着原本坚定的启蒙路线已经出现了裂缝,以理性为标杆的启蒙运动内部已经出现了阴影和矛盾。

四、《新爱洛伊斯》的生成

卢梭是启蒙时代的异类。1758年卢梭隐居在蒙莫朗西的一所小宅。是年乃他一生最为孤独的阶段之一。与好友狄德罗的绝交使之与启蒙运动阵营间彻底兵刃相见。对于此时的卢梭而言亟需作品证明自己。在1761到1762两年间,卢梭三部最重要的作品先后问世,即《新爱洛伊斯》《社会契约论》和《爱弥儿》。

卢梭创作《新爱洛伊斯》(La Nouvelle Héloïse)的缘起是1754年重回日内瓦的见闻。相比于伏尔泰等人,卢梭更向往乡间田园的淳朴生活。上流社会的虚伪使出身于下层社会的卢梭感到格格不入,身心俱疲。在回归故土的过程中,卢梭重见了初恋情人华伦夫人。然而,华伦夫人穷困潦倒的现状使卢梭大为伤感。因此《新爱洛伊斯》中若有若无的伤感基调,不难在这一事件中发现原因。这时卢梭与启蒙阵营间已经出现裂纹。《论不平等》出版后,卢梭与启蒙阵营的旗手伏尔泰正式决裂。对于伏尔泰而言,卢梭的理论不啻要将人类重新放逐于原始的蛮荒,而伏尔泰小说的创作都是基于对人类理性文明政治制度的想象,但无论何种想象,其立足点都是一个科学的、文明的人类社会。卢梭要与伏尔泰进行论战,不仅需要严密的理论著作,更需要一部深刻的文学作品来阐明思想。因此从与启蒙阵营决裂开始,卢梭已经隐隐约约地产生了创作《新爱洛伊斯》的

---

① 赵炎秋:《道德与历史的二律背反——再读〈拉摩的侄儿〉并以之为例》,《湖南师范大学社会科学学报》,2007年第5期。

念头。

另一方面,作为对日内瓦政府和公民献礼的《论不平等》的最终遭遇也令卢梭始料未及。卢梭本来怀揣爱国热忱要把自己的作品献给共和国,想不到他的献词却在国民议会和市民中招来敌意,使他赤诚的心变冷。这一遭遇导致卢梭对人类的文明社会更加厌恶。1756年4月9日,他正式移居"退隐庐"。陪伴他的有他的妻子黛莱丝及红颜知己埃皮奈夫人。卢梭过上了陶渊明般的隐逸生活,在这自然乡野之中获得了内心的平静。这时,一个新的女人介入了他的生活,这就是乌德托夫人。乌德托夫人的忽然来访使卢梭从幻想的爱情迷梦中一下子沉入了现实的爱情体验中。她是埃皮奈夫人的小姑,年近三十,受过良好的教育,性情温柔却又不失活泼率真的青春热情。此时的卢梭陶醉在自然美景带来的迷幻体验中,夫人的适时到来给予了他爱情幻想最好的寄托。此时的卢梭已经在构思《新爱洛伊斯》,因而无法不将乌德托夫人代入他的小说创作中。据卢梭承认,他与乌德托夫人的爱情才是他一生中"真正的爱",尽管由于对方心有所属,卢梭之爱变成了一场柏拉图式的苦恋。乌德托夫人苦恋着情人圣朗拜尔先生,她求而不得的炽烈情感并没有引发卢梭的妒忌,反而在卢梭的心中培植出高尚的倾慕之情。卢梭对乌德托夫人的爱慕在他的心目中化为《新爱洛伊斯》圣普乐对朱莉的炽烈情感。

卢梭一生坚决地攻击王室,但他对人类理性的疑惧,迫使他转而承认人类的局限性,最终转向上帝。但卢梭的神并非教会下专制的信仰崇拜,而是更接近于伏尔泰等人的自然神论。而相比于后者对自然理性的认同,卢梭的神则是情感的自然神。对于卢梭而言情感具有了先天的合理性,绝对地高于理性。离开巴黎以后,卢梭重新拾起了《圣经》,并为《圣经》中唯灵主义的深刻内涵所倾倒。《圣经》中的高尚情操深深地打动了他,而当时的法国上层社会盛行无神论和唯物主义,在卢梭眼中,这种贵族趣味无疑是道德堕落,对于社会下层衣不蔽体、食不果腹的穷苦民众来说,宗教信仰毫无疑问是他们最好的精神依靠。在目睹了巴黎世界的堕落后,隐居田园的卢梭重拾《圣经》,并为其中的宗教精神所感动。于是力图用《新爱洛伊斯》的爱情来展现宗教般的高贵情感。在这一点上二者的精神高度是一致的。

我们看到,卢梭有意将《新爱洛伊斯》的故事情节放置在阿尔卑斯山麓的优美景致之中。卢梭曾经在另一部重要作品《爱弥儿》中写道:"出自造物主之手的东西,都是好的,而一到了人的手里,就全变坏了。"①在《爱弥儿》中,他将人的教育划分为自然的教育和人的教育、事物的教育。卢梭尤为重视自然教育,通过人和自然的接触,隔绝人类社会给人的不良影响,重新发扬人内心中美丽的情感。在《新爱洛伊斯》中,卢梭这样说道:"我始终认为,我们所说的'好',就是见诸行动的'美';两者是互相深深地联系在一起的。它们在井然有序的大自然中,有一个共同的源泉。认识到这一点,就可以知道:对于我们的鉴赏力,也要采用培养智慧的办法,使之得到提高。一个对道德的美深有感触的人,对其他的各种事物的美,也应当有同样的感触。"②这些内容的提出,和卢梭在退隐庐附近秀美的自然风光中的体验密不可分。退隐庐位于蒙莫朗西森林附近,卢梭到达时是1756年4月9日,是时正值初春,残雪尚未化尽却又百花齐放,环境十分优美。脱离了巴黎杂乱肮脏环境的卢梭感到了心灵的升华。对于他而言,优美的自然环境潜移默化渗入了他的文学创作。《新爱洛伊斯》中如梦似幻的自然抒情,不可不谓是卢梭在退隐庐中体悟到的对自然的真情实感。

第二节 《老实人》在中国的译介与传播

在18世纪法国文坛上,伏尔泰是一位极有声望的小说家、戏剧家和诗人,同时又是杰出的哲学家。就其社会影响而言,他是法国启蒙运动的领袖和导师,堪称当时欧洲思想界的泰斗。欧洲人普遍认为,正如17世纪是路易十四的世纪一样,18世纪是伏尔泰的世纪。他以罕见的胆略、强劲的笔力,动摇了封建专制的精神支柱,为未来的共和国的诞生吹响了号角。伏尔泰的一生在反封建专制政权和反对教会统治势力中度过。他知识渊博,著作丰富,包括哲学、历史、自然科学等方面,文学创作中,最有价值的当属哲理小说《老实人》。可以说,在伏尔泰的哲理小说中,《老实人》哲理性最强、成就最高、影响最大,是伏尔泰哲理小说的代表作之一。小说以轻快的笔触、不动声色的辛辣讽刺将当时社会的众生相展露出来,透过讽喻讥笑宗教信仰、神学家、政府、军队、哲学与哲学家,抨击了莱布尼茨及他的乐观主义。书中的老实人是一位男爵收养的私生子,他最初

---

① 卢梭:《爱弥儿》,李平沤译,北京:商务印书馆,2009年版,第1页。
② 卢梭:《新爱洛伊丝》,李平沤、何三雅译,南京:译林出版社,1994年版,第31页。

相信他的老师的乐观主义哲学：在这个世界上，一切事物都是完美的。后来由于爱上男爵的女儿，被赶出了家门，从此他四处漂泊流浪，一路上他遭遇种种的折磨和灾难，终于慢慢认识到社会的残酷和冷漠，开始相信人生应该通过劳动来获得幸福。

早在20世纪20年代，《老实人》就被引介到我国，为新文化的启蒙运动注入新鲜的血液。它如同一部西洋来的《镜花缘》，这镜里照出的却不止是西洋人的丑态，也让国人反观到了自身人性的鄙陋。在中法文化的交流史上，伏尔泰是非常重要的一个人物，作为其小说代表作的《老实人》在中国的译介与传播无疑也为中法文化交流起到了添光增彩的作用。

一、《老实人》在中国的翻译

在法国文坛上，伏尔泰是个多产作家。他尝试过各种文艺体裁，先后写过抒情诗、讽刺诗、短歌行、史诗等；创作过悲剧、喜剧和哲理小说；编纂过历史书籍、风俗政论；撰写过哲学著作和自然科学的通俗读物。他的全集共有70卷之多，各类著作260余种。在文学方面，其中以诗歌和戏剧居多，以哲理小说为最佳。《查第格》《老实人》和《天真汉》这三部小说，则是他的代表作。《老实人》在中国的最早译本可以追溯到《学衡》杂志1923年第22期，译者为陈钧（陈汝衡），译名为《坦白少年》，后来收入《福禄特尔小说集：坦白少年（老实人）查得熙传（查第格）记阮讷与阿兰事（让诺和科兰）》（陈汝衡译），由商务印书馆1935年出版。其实，在同一年，商务印书馆还专门出版了《老实人》的英汉对照本，由伍光建选译，译名为《甘地特》。1927年，徐志摩译本《赣第德》，由上海北新书局出版。2012年，安徽人民出版社将其重版，译名改为《老实人》，同年，时代文艺出版社以同名出版了该译本的中英对照本。傅雷先生的译本《老实人，附天真汉》由人民文学出版社1955年出版，后来收入《伏尔泰小说选》（傅雷译，包括《查第格》《如此世界》《老实人》《天真汉》四部小说），由人民文学出版社1980年出版，1987年重版。1998年，傅雷译本由安徽文艺出版社出版，书名为《老实人》，但其中收录的小说篇目比人民文学出版社的还要更多一些。

除了上文提到的经典译本以外，进入新世纪以后又出现了不少新译本，如曹德明、沈昉等译的《老实人：伏尔泰中短篇小说集》（译林出版社2000年版），张家哲、张盈译本《老实人康迪德》（接力出版社2001年版），佘协斌等人翻译的《老实人》（收入《老实人》《天真汉》《查第格》三篇小说，南方出版社2003年版)、天津人民出版社2004年出版、2007年重印的青少年读物《老实人》的编写译本(译者胡笑扬),徐向英翻译的中英对照本《老实人》(中国书籍出版社2009年版),以及刘紫依等编译的中文导读英文版《老实人》(清华大学出版社2014年版)等。此外,该小说也见于各种外国文学名著的选本中,如长春出版社1995年出版的《世界中篇小说名著精选》(傅景川选编)、河南人民出版社1998年出版的《傅雷译梅里美/服尔德名作集》(傅敏编),上海文艺出版社1995年出版的《伏尔泰哲理小说》(柳鸣九选编)等。

可以看出,《老实人》是伏尔泰作品中在中国译介最多、传播最广的小说。这部小说为何在中国广受欢迎?也许我们应该先回到小说的主旨上来。当初,伏尔泰创作该小说是应柏林科学院1755年悬赏征文而作,主题是关于蒲柏和莱布尼茨的乐观主义。康德、孟德尔松、莱辛、维兰德等德国哲学家和诗人都纷纷撰文应征。伏尔泰也以此为主题写了《赣第德》(《老实人》或《乐观主义》)。1759年,他伪称译自德国拉尔夫博士的作品,予以公开发表。《老实人》是伏尔泰哲理小说中最杰出、影响最大的一个中篇,在这部书中,他启蒙思想的特点表现得更加深刻有力。"赣第德"是书中主人公的名字。这个名字的意义是"老实人"。这部小说的主题是批判17世纪德国哲学家莱布尼茨的。莱布尼茨认为世界上的一切现实都是自然的安排,是完全协调的,因而也是尽善尽美的。赣第德的老师潘葛洛斯是莱布尼茨的信徒,可他的学生却对此怀疑,认为这一切都是维护旧政权、旧社会、旧制度、旧礼教的欺骗人民的谎话。伏尔泰通过他创造的故事,辛辣地讽刺并揭露了这些旧政权、旧制度的腐朽和不合理。作为一部讽刺小说,它恰恰迎合了中国新文化运动革新除旧的口味。徐志摩在他翻译的《赣第德》序言中这样评价伏尔泰以及他的这部小说:

> 赣第德是伏尔泰在三天内完成的一部奇书。伏尔泰是个法国人,他是18世纪最聪明的、最博学的、最放诞的、最古怪的、最臃肿的、最擅长讽刺的、最会写文章的、最有势力的一个怪物。不知道伏尔泰,就好比读《二十四史》不看《史记》,不知道赣第德就好比读《史记》忘了看《项羽本纪》。……《赣第德》是值得花你们宝贵的光阴的,不容情的读者们,因为这是一部西洋来的《镜花缘》,这镜里照出的却不止是西洋人的丑态,我们也一样分得着体面。我敢说,尤其在今天,叭儿狗冒充狮子王的日子,满口仁义道德的日子,我想我们有借鉴的必要。时代的尊容在这里面描着,也许足下自己的尊容比起旁

人来也相差不远。你们看了千万不可生气,因为你们应该记得王尔德的话,他说19世纪对写实主义的厌恶是卡立朋(莎士比亚特制的一个丑鬼)在水里照见他自己尊容的发恼。我再不能多说话,更不敢说大话,因为我想起书中潘葛洛斯的命运。①

徐志摩在译本序言中还提到了伏尔泰精神的远祖是古希腊伟大哲学家苏格拉底。伏尔泰在《赣第德》中的手法和苏格拉底极其相似,他生动地概括了17、18世纪欧洲各种哲学派别的论争,并把这种论争从谈玄说理的迷雾中解放出来,使之面向现实社会,具有明显的针对性和浓厚的哲学含义。提到伏尔泰的希腊情结,德国的著名哲学家尼采也曾调侃式的评价伏尔泰说:"伏尔泰是最差劲的伟大的诗人,他那天生的激情和戏剧家的多变思想中的希腊情结妨碍了他的继续创作。他可以创造出任何德国人都无法写出的作品,因为,法国人的天性比德国人更接近希腊人。同样,他也是最差劲的伟大作家,因为他是用希腊人的耳朵、希腊艺术家的良知、希腊人的淳朴和希腊人的乐趣来摆弄散文艺术的。"②《老实人》里所描述的荒唐可笑、奇异怪诞、幽默有趣的故事表明,伏尔泰作为古典主义文学的大师,也开始娴熟地使用浪漫主义的艺术手法和技巧。

二、《老实人》在中国的评述与研究

钱林森在其文章《东方题材与异国情调——中法文学交流的开拓者伏尔泰》中考察了伏尔泰在我国新文化运动时期的接受情况,他谈到中国人接受伏尔泰的小说主要是注重"伏氏文艺"为政治服务的特点。早在戊戌维新变法时期,梁启超就表达了文艺为政治服务的理念。他希望作者"以其身之所经历及其胸中所怀政治之议论,一寄之于小说",用小说"发表政见,商榷国计",要像伏尔泰那样,用小说戏本改变"人心风俗","把一国的人从睡梦中唤起来"。③ 希望作者振奋国民精神,要学伏尔泰的样子,"把俺眼中所看着那几桩事情,俺心中所想着那几片道理",编成传奇,教育国民,"尽我自己分面的国民责任"。④ 钱林森对伏氏给予了极高的评价。但那时却不见伏氏作品的具体介绍。"五四"时期,《新青年》在署

---

① 凡尔泰:《赣第德》,徐志摩译,上海:北新书局,1927年版,第1—2页。
② 转引自邓玉函:《伏尔泰》,昆明:云南教育出版社,2011年版,第103页。
③ 梁启超:《劫灰梦传奇》,转引自钱林森:《东方题材与异国情调——中法文学交流的开拓者伏尔泰》,《学术交流》,1994年第2期,第117页。
④ 梁启超:《饮冰室诗话》,北京:人民文学出版社,1959年版,第58页。

名陶履恭的一篇文章中首次提及伏尔泰文风特点,称"其讽语之犀利逼人,尤为历史上文学家所仅见"。①《学衡》杂志则公开系统地介绍哲理小说,于18期(1923年)刊发了由陈钧(陈汝衡)译的《记阮讷与柯兰事》(今译《耶诺与高兰》),这大约是介绍到中国来的伏尔泰的第一篇哲理小说。②吴宓先生为这篇译文写了长篇序言,对伏氏生平创作特色及其在法国文学发展中的地位作了颇为详尽的介绍。此后杂志又相继刊登了由同一译者翻译的《坦白少年》(即《老实人》),由吴宓校对、诠释,内中不乏真知灼见,如称该小说"局势变化之苏速,语言机锋之妙,捉摸不定,趣味浓深,文笔则轻清洒脱,叙事则简洁明显,讽刺处辛辣刻毒"。③

伏尔泰哲理小说针砭时弊、冷嘲热讽的泼辣风格对东方人,尤其对中国人有着极强的吸引力。吴宓的看法很能代表"五四"文化人对伏尔泰的审美取向:"福禄特尔著作之最要者,在今日观之,非其长篇巨制之历史、精心结撰之史涛,而是其出之偶然,最不矜持之短篇小说。盖福禄特尔文章之魔力及其破坏之大功,全恃其善用讽刺之法。冷嘲侧讽,寥寥数语,寻常琐事,而写来异常有力。一极刻峭、极辛辣、极狠毒。而又极明显、极自然、极合理……使读者一见,即觉旧制度、旧礼俗等之不近人情,不合天理,而当去之矣。"④因此,在中国最受推崇的不是他的悲剧,也不是他的史诗,而是他的这些风格泼辣的短篇。虽然,辛亥革命时期和"五四"时期,中国的启蒙思想宣传家和比较文学学者如梁启超、吴宓等,曾多次吁请公众注意:福禄特尔为"法国革新之先锋,与孟德斯鸠、卢梭齐名,盖其有造于法国民者,功不在两人下也"。⑤但作为启蒙思想家的伏尔泰,他在中国的影响,主要是他这些以《老实人》为代表的讽刺时事、充满战斗锋芒的哲理小说,以及由此而升华出来的战斗人格。⑥

中华人民共和国成立以后的几十年里,伏尔泰的《老实人》虽然得到

---

① 陶履恭:《法比二大文豪之片影》,《新青年》,1918年第4卷第5期。
② 钱林森:《东方题材与异国情调——中法文学交流的开拓者伏尔泰》,《学术交流》,1994年第2期,第117页。
③ 吴宓:《〈坦白少年〉中译序》,《学衡》,1923年第22期。
④ 福禄特尔:《记阮讷与柯兰事》,陈钧译,《学衡》,1923年第18期;又见吴宓:《福禄特尔评传》,《福禄特尔小说集》,陈汝衡译,上海:商务印书馆,1935年版,第12、14页。
⑤ 梁启超:《论学术之势力左右世界》,转引自钱林森:《东方题材与异国情调——中法文学交流的开拓者伏尔泰》,《学术交流》,1994年第2期,第117页。
⑥ 钱林森:《东方题材与异国情调——中法文学交流的开拓者伏尔泰》,《学术交流》,1994年第2期,第117页。

了较广的普及,老译本得到重版,新译本不断推出,但对它进行研究和学术传播的文章却并不多。虽然总体来看,对《老实人》的研究比较惨淡,也缺少有分量的文章,但毕竟推动了人们对《老实人》的关注与理解,如范文瑚《启蒙思想家憧憬的理想世界——伏尔泰〈老实人〉中的"黄金国"》和薛敬梅的《永远的憧憬——〈老实人〉中的"黄金国"与〈桃花源记〉中的"桃花源"比较》两篇文章均从比较文学的视角探讨了伏尔泰和陶渊明乌托邦梦想的异同。宋如宝的《游戏·幽默·无根性——伏尔泰〈老实人〉的当代诠释》则从后现代的角度阐述了《老实人》在语言游戏、叙事风格和人物的无根性等方面表现出的超时代特征。殷明明的《伏尔泰哲理小说中的伦理思想》则让读者关注到了作家在《老实人》中呈现出的道德相对主义与道德虚无主义思想。

对于当代的中国人而言,伏尔泰的《老实人》也许传达了一种符合国人心态的中庸主义生活态度。如研究者和灿欣所说,在书中,作家让老实人看到苦难存在的广泛性,让他遇到了代表悲观主义的马丁,"但他并没有让老实人从乐观走向悲观,从一个极端走向另一个极端,向信奉乐观主义的卢梭证明悲观主义的正确性,而是让主人公避免玄谈,采取中庸实际的态度,用自己的双手创造生活。这也是伏尔泰对卢梭《关于神意的信》的最后回复:世界并不完美,天灾人祸无处不在,体制弊端也比比皆是,这无可否认。但是,世界是完美还是千疮百孔,这与个人的生活关系并不大。最好的态度,还是避免过度形而上的讨论,中庸实际,过好眼前的生活"。[①] 在消解深度的后现代社会,这部18世纪的经典带给我们的依然是非常现实的忠告。

第三节 《新爱洛伊斯》在中国的译介、传播与研究

《新爱洛伊斯》是18世纪法国思想家卢梭的小说名作。它的创作既是对法国传统小说(《克莱芙王妃》等)以及英国作家理查逊书信体小说《克莱丽莎》的创新式的继承和发展,同时也是对18世纪法国社会风尚和时代风貌的真实反映;它一方面体现了卢梭对于爱情的梦想与渴望,另一方面则表达了卢梭实施社会道德教育以及建立社会和平秩序的希冀。此

---

① 和灿欣:《重读伏尔泰〈老实人或乐观主义〉》,《文学教育》(中),2012年第12期,第14页。

书出版时曾洛阳纸贵,在欧洲多国引起轰动,但也接受了包括道德性以及文学艺术性等多方面的讨论和非议。小说经历了19世纪意识形态、心理分析以及情感方面的忽略与鄙夷之后,终于在20世纪初,逐渐获得让-雅克·卢梭协会(在日内瓦建立)研究学者的重视。在学界确立了一定地位的同时,《新爱洛伊斯》也重新获得普通读者的广泛关注。在中国,卢梭的作品自清朝末年便从日本辗转传入,国人开始接触到卢梭的政治思想、教育思想以及浪漫主义思想;但直到1930年8月,《新爱洛伊斯》才以其中四章为代表翻译出版,随后逐渐被国人研究探讨。在历史长河的流淌中,《新爱洛伊斯》随着时局等多方面的变换,人们对它的研讨同样起伏波折。

一、20世纪初期《新爱洛伊斯》的译介、传播与研究

清朝末期,时局混乱,社会动荡。在这样的特殊时期,外来思想理论的传播发挥着极其关键的作用,影响并推动了整个社会发展的进程。辛亥革命前夕,卢梭的著作《民约论》(今译《社会契约论》)、《爱弥儿》《忏悔录》和《论科学与艺术》先后在国内翻译出版。[①] 其民主自由的思想不可避免地对晚清文人产生极大的精神触动,出现了大量关于卢梭的专论,从而对晚清社会政治生活发挥了重要作用,甚至有人将其作为拯救中国的"医国之国手"[②]。经过不断的催化,晚清出版的卢梭著作译本,已经不能客观、全面地传达卢梭思想,这主要不是因为译文对原著的偏离,而是由于晚清学者对卢梭过于迫切的期望,妨碍了他们理性地解读民约精神、理性地认识卢梭形象。从某种意义说,卢梭已经被神化。也正是由于社会政治变革的时代背景,使那个时期对卢梭著作的译介和研究,主要集中于政治思想方面,而忽视了他的文学作品以及其中所表达的关于自然、情感的丰富思想。

直到1930年8月,上海黎明书局才出版了伍蠡甫翻译的《新哀绿绮思》。该译本共146页,采用英汉对照的形式,其中包括一篇译者序、一章选自乔治·伯朗德司(即勃兰兑斯)《十九世纪文学主潮》中关于卢梭的评论,一章选自约翰·莫雷的《卢梭和他的时代》中关于《新爱洛伊斯》评论的节选,真正译自《新爱洛伊斯》小说的内容只有四章,是从《世界名著集》

---

① 李玮编著:《卢梭》,沈阳:辽海出版社,1998年版,第155页。
② 梁启超说:"欧洲近世医国之国手,不下数十家,吾视其最适于今日之中国者,其惟卢梭先生之民约论乎?"见《自由书》,载《饮冰室合集》(文集第二册),北京:中华书局,1936年版,第25页。

的英文节译本中翻译而来。在序言中,伍蠡甫先生明确提出了本书作者卢梭的思想:"冲淡高超的人,如何可以不受社会仪式的熏染,去约束他们的热情。"①并且提示了《新爱洛伊斯》的题材渊源。这是国人第一次关注到卢梭关于自然、情感的思想,并且称卢梭是人的热情和自然美的描写者。这种"返于自然"的思想也是国人对于《新爱洛伊斯》的第一种感悟和体验。伍蠡甫先生并未关注到《新爱洛伊斯》中宗教、教育、哲学、伦理等内涵,甚至连其政治思想也并未提及。所以仅仅选取了其中较为直白的自然方面,把《新爱洛伊斯》作为卢梭的文学作品而翻译出版。而真正深入研究《新爱洛伊斯》的学者会发现,其不仅仅是简单的消遣文学,而是囊括卢梭思想的百科全书式作品。

郁达夫在介绍外国文艺到中国的工作上是卓有成绩的,而他介绍最殷、用笔最多的就是卢梭。对卢梭发自内心的爱戴,使得郁达夫在思想上、感情上、创作上,都明显受到了卢梭的影响,特别是受《新爱洛伊斯》的影响。卢梭的文学名著都有自传性,他在退隐庐居住时将与乌德托夫人和圣朗拜尔之间复杂而微妙的关系作为蓝本创作《新爱洛伊斯》,卢梭本人也承认圣普乐与他有许多地方一致。郁达夫对此非常注意,他干脆把卢梭的文学作品统称为"自传式的创作"。这种"自传式的创作"对郁达夫的创作态度影响极大,他的创作也常常采用自传的文体。尽管有人以其小说中的情节攻击郁达夫伤风败俗,无视道德,郁达夫在为自己辩护时声称他的作品是虚构的,但这并不能否认他小说中的自传性质。这一点可以从他后来的创作中得到确证。1934 年,郁达夫感到不惑之年将至,便计划为自己写一部自传,在萌生此念时,他还特别提到卢梭。郁达夫强调了《新爱洛伊斯》的写作形式,并展开了写作的新范畴——自传体,他自传式的作品更加坦诚、露骨地表现了封建专制的黑暗、青年一代的精神压抑,更有效地反抗了封建思想。郁达夫对于《新爱洛伊斯》的关注,无疑为这部文学经典在中国的传播创造了条件。

巴金一直将卢梭称为自己的"启蒙老师",并真诚地感谢他和他的作品为其生活及文学创作带来的教益。在青年时期,他受影响较大的就是卢梭的民主主义和人道主义。卢梭以人性的名义提出了人的自由、平等的思想,将人道主义者的"人本主义"提到了一个新的阶段。无论是卢梭

---

① 伍蠡甫:《新哀绿绮思·序言》,卢梭:《新哀绿绮思》,伍蠡甫译,上海:上海黎明书局,1930 年版,第 10 页。

的社会政论文章还是他的小说，无不闪耀着人道主义的光辉。在《新爱洛伊斯》里，他通过圣普乐这一形象赞颂了平民的优美心灵，讴歌了平民阶级的自尊意识、独立人格和人道精神。并且通过二人的爱情悲剧揭露出父权社会、封建婚姻制度对青年的压迫与摧残。这些激愤的感情同样充满了青年巴金的心，在巴金的许多作品（如《激流三部曲》之《家》《春》《秋》）里我们都可以感受到卢梭思想和情感的影子。有学者指出，"中国的半封建半殖民地的社会同卢梭时代法国社会的某些相似的状况"联结了巴金对卢梭的感情，使巴金热心而急切地接受了卢梭的思想，并且贯彻到自己的作品中。①

在三四十年代，对于《新爱洛伊斯》的评论主要以伍蠡甫的译本为基础，将其归入感伤的主情主义文学的范畴，茅盾就在其关于外国文论的著作中谈道："《新哀绿绮思》是所谓感伤主义的文学，这一倾向，是古典主义文学衰落期中在英、德、法各国首先发生的属于第三阶段（向上的中小资产者）的文艺上的新精神和新样式……极端的神经兴奋、哀愁、厌世等等，凡是由于旧生活组织之破坏而引起的心理上的变态都是主情主义文学的特征。"②而在艺术特点方面，对作品中关于自然的"沉着丰丽"的描写以及寓情于景的艺术手法表示肯定，郁达夫在小说论中如此评价道："小说背景中间，最容易使读者得到实在的感觉，又容易使小说美化的，是自然风景和气候的描写。应用自然的风景来起诱作品中人物的感情的作品，最早还是卢梭的《新爱洛伊斯》。在这本小说中的山光湖水，天色暖流，是随主人公的情感而俱来，使读者几乎不能辨出这美丽的大自然是不是多情善感的主人公身体的一部分来。"③

或许正是因为感伤主义爱情小说的定位，使得《新爱洛伊斯》的受重视程度远远不如卢梭的其他理论作品和自传作品。小说的读者群并不广泛，评论探寻者则更是少之又少，人们并未真正认识到《新爱洛伊斯》其他方面的深刻思想与内涵，作品中的自然主义哲学思想等也与那个时代的观念不相契合，故而其译介与传播相对滞后，甚至止步不前。

---

① 许小平：《从忏悔到随想——论卢梭对巴金的创作影响》，《内蒙古大学学报》（人文社会科学版），2007年第2期，第73页。

② 茅盾：《卢梭的〈新哀绿绮思情书〉》，《茅盾全集》（第三十卷·外国文论二集），北京：人民文学出版社，2001年版，第339页。

③ 郁达夫：《小说论》，《郁达夫文集》（第五卷·文论），广州：花城出版社，1983年版，第34—35页。

二、改革开放后《新爱洛伊斯》的译介、传播与研究

中华人民共和国成立后特别是"文革"时期,西方文学的译介与传播一度不受重视。《新爱洛伊斯》作为卢梭的小说作品,其自然主义、感伤主义的特点不符合当时的社会文化氛围,更加不为译界和学界的青睐。1962年,吴达元先生翻译的《新爱洛伊斯》刊登于《世界文学》第九期——《卢梭:新爱洛绮丝》,但此次翻译仍是残本,只有其中的两封信:卷一书信23、卷四书信17。而这两处都是作者饱含深情的对自然风光的细致描写,将大自然的美和自由自在的生活淋漓尽致地展现出来;另外,在自然风光中,又提及了真挚的爱情、美好的德行和自由平等的思想。吴达元先生对于这两篇书信的选择和翻译,恰恰表明了他对于卢梭思想的认识,把重点放在了美德和自然方面,正如约翰·莫雷对于此书的评价:"美德原是自然的演化。"另一方面来说,由于译本的限制,文学家对于小说思想方面的探寻也只是将其定位为一曲追求自由爱情的悲歌,一种对于贵族婚姻等级制度的抨击,一份对于人的阶级地位平等的追求。

"文革"结束后,中国的文坛呈现出一幅繁荣的景象。这种丰富性最为突出的表征,就是各种文学潮流的不断涌现,它们或是共时性的数峰并峙,或是历时性的互相更迭,此伏彼长、蔚为大观。毋庸置疑,中国社会急剧的现代性转换、社会民主化程度的不断提高、经济改革的深入发展及其对全球化经济体系的逐步融入,都在一定程度上促进或制约着"文革"后中国文学的历史进程。在某些特殊的历史时段,来自文学外部的力量甚至会急剧地扩大或缩小文学的表达空间。但是,文学内部的各种因素对于文学潮流的演进显然起着更加直接的作用。一方面,在中国文学的纵向坐标中,梁启超等近代启蒙主义者在世纪之初所竭力标举并为"五四"及其以后数代作家认真贯彻的启蒙主义小说理念得到了自觉的继承,现代文学史上的众多作家流派及潮流亦对当代中国文坛产生明显的影响;另一方面,近代以来的外国文学对于"新时期"中国文学的演进又有着更加巨大的影响。与此同时,普通读者也需要更多的外国文学经典来满足对精神文化的渴求。于是,外国文学经典的译介蓬勃发展,涉及范围不断扩大,内容也日趋全面。在这样的背景下,卢梭作为新文学时期大受欢迎的作家,其作品陆续被重新译介,其中就包括《新爱洛伊斯》。

90年代初,真正完整版的《新爱洛伊斯》译本终于出现,自1990年1月到1992年,商务印书馆陆续出版了伊信翻译的六卷本《新爱洛漪丝》

(其中包括了卢梭原作序言)。伊信先生在译本中加入了卢梭的简介,并且在序言中说明之所以翻译此书是"以免遗珠之憾"。① 他这样评价此书:"它的文体使讲究趣味的人却步,它的素材使严肃的人不安,它的一切情感对于不相信德行的人是出于常情之外的,它会使笃信宗教者、不信宗教者、哲学家不乐意……"在最后,译者这样表明:"书中的灵魂才是我所需要的那些灵魂呀!""大城市需要戏剧,腐化了的民族需要小说"。② 由于社会与时代的变换更替,从译者的序言中可以看出,读者和评论家更加关注卢梭优美的文笔,提出了小说揭露和抨击封建制度罪恶的作用,主张情感丰富、人性解放、精神自由。

随后,1991年南海出版公司出版了韩中一翻译的《两情人——新爱洛绮丝》。而最具有影响力的是1993年译林出版社出版的李平沤和何三雅先生合译的《新爱洛伊斯》。全书围绕着一个鲜明的主题:通过纯洁的爱情,建立美好的家庭,进而建立良好的社会。并且再三提到了卢梭在《爱弥儿》中开宗明义的第一句话:"出自造物主之手的东西,都是好的,而一到了人的手里,就全变坏了。"③译本着重将爱情的美好、德行的良善以及社会的秩序表达出来,这符合在改革开放的时代下,中国社会对德行以及社会秩序的重要性的呼唤。而后,越来越多的译本得以出版:广州花城出版社于1995年出版了张成柱、户思社翻译的《新爱洛伊斯》全译本,上海译文出版社于1997年出版了郑克鲁翻译的《新爱洛依丝》简写本等。

相对于20世纪初期对《新爱洛伊斯》的初步介绍,19世纪八九十年代的翻译与传播向着全面和细致发展,但对这部作品的研究却仍旧停留在一个固有的思维限制之中,有时依然还停留在三四十年代的几个基本观点上面,有的研究者甚至并没有将这部作品列入卢梭研究的范围。

赵林的《浪漫之魂——让-雅克·卢梭》对卢梭的人生进行全面考察并通过散文式风格展现他的思想。书中追溯了卢梭坎坷的人生经历和心路发展历程,探讨了卢梭的社会政治思想,对卢梭的人性论、道德观、宗教思想、哲学思想、教育学思想以及美学思想进行了深入细致的分析。在第三章第二节"人类灵魂的向导"中,提到了《新爱洛伊斯》借沃尔玛夫人之

---

① 伊信:《新爱洛漪丝(第一、二卷)·序言》,卢梭:《新爱洛漪丝》,伊信译,北京:商务印书馆,1990年版,第4页。
② 同上,第5页。
③ 卢梭的《新爱洛伊斯》发表于1761年,《爱弥儿》发表于1762年。他在《忏悔录》卷九中说,《爱弥儿》中的有些话,早在《新爱洛伊斯》中就说过了。

口所表达的卢梭思想,正是"道德自律"的态度①,"道德行为对于他不是迫于某种外在的压力,而是出于内在的自由,出于对自己所规定的法律的尊重和自愿遵从"。在宗教精神方面,卢梭提倡一种宽容敦厚的精神,向往"公民宗教"。② 另外,卢梭美学思想的基本特点是崇尚自然美,赞扬情感的自然流露而反对理性的矫揉造作,《新爱洛伊斯》作为典型的范例,随处可见的自然景象和引人入胜的描写有效地补充了赵林的论点。此书"自然之美与情感之花"部分着重分析了《新爱洛伊斯》,包括其浪漫主义风格、爱情至高无上的地位、自然之美以及对贵族阶层的抨击。赵林对于道德方面加以关注,但并未针对《新爱洛伊斯》进行分析,更多的是在讲述卢梭的思想,分析其学术观点。作者的分析也表明了他本人对于《新爱洛伊斯》的理解,将重点放在了自然、道德、纯爱方面。

吴岳添的《卢梭》,分析了其启蒙思想,并且在论述其文学创作部分单列一节来讲述《新爱洛伊斯》的思想与内涵。黄云明的《罗曼蒂克的歌者——让-雅克·卢梭》指出让-雅克·卢梭以不同的方式提出并建立了他独特的理论方法及在伦理学方法论上的非凡成就和重要地位。在"浪漫主义者的爱情宝典《新爱洛伊斯》"部分,分别以"自然主义的爱情道德和家庭伦理""朱莉和圣普乐的爱情""对封建门第观念的强烈抗议""对封建道德虚伪性的揭露""对自然浪漫爱情的讴歌""友谊和美德是爱情的基础""美德是家庭和睦的前提""对友谊的赞美""美德和爱情的统一"为主题对《新爱洛伊斯》进行了细致的分析与梳理,来传达卢梭思想。这些专著极力于卢梭思想体系的引介,将《新爱洛伊斯》作为其小说代表作进行分析,但并没有对《新爱洛伊斯》原作进行研究与评论,其局限性不言而喻。

而在论文方面,1982年,韩中一在《四平师范学院学报》上发表了《卢梭的爱情道德观——评哲理小说〈新爱洛伊斯〉》,他认为卢梭的著作《社会契约论》《新爱洛伊斯》和《爱弥儿》形成了卢梭的思想体系,并且认为作品的内核正如法国文学家郎松所说:"本书出于色情的梦幻,而归于伦理道德的教育。"通过小说名称的更改③解析出朱莉作为唯一主人公,表达了作者思想观点的主要部分,构成了卢梭在书中所表达的爱情道德观。提出了"书的前半部分是反对封建统治,要求个性解放;后半部分是提倡

---

① 赵林:《浪漫之魂——让-雅克·卢梭》,武汉:武汉大学出版社,2002年版,第157页。
② 同上书,第180页。
③ 由《阿尔卑斯山麓一小镇的二情人之书笺》后改为《朱莉》或《新爱洛伊斯》。

夫妻贞操、信守诺言,反对当时上层社会在爱情问题上的道德败坏"的论点。另一方面,韩中一对小说的道德问题进行了细致的分析阐述,认为小说的目的除了国内一般评论者认为的反对封建婚姻、宣扬自由平等之外,更重要的是"通过人物的遭遇,揭示爱情和道德、情感与理智的矛盾"。①这是近代以来第一篇细致分析《新爱洛伊斯》的学术论文,论文关注于《新爱洛伊斯》作为小说本身的价值,而并非将其作为卢梭思想的代表作进行论证。指出卢梭继承了文艺复兴时期的人文主义思想,拥护爱情是人类的自然本性说。作品揭露了生活矛盾的深刻性,塑造出了性格丰富、多层次的人物。1994年,姜刚的《"返回自然"说刍议》在《沈阳师范学院学报》发表,姜刚通过分析《新爱洛伊斯》展现了卢梭的"返回自然"理论。卢梭认为感情是自然的赐予,所以人生而有感情。依照自然法则而产生的感情,是优美的,是合乎"自然道德"的,而在阶级社会中,一些合乎自然道德的事却不合乎由人为的社会偏见所形成的社会道德。构成这部小说的基本冲突的,就是自然道德和陷入了偏见的社会道德之间的矛盾。这是针对"自然主义"角度解读《新爱洛伊斯》的范例,是首次对"自然神论"进行的深度解读。万春的论文《朱丽悲剧的二重美学品格》再次以新的角度来解读《新爱洛伊斯》。这篇论文通过对于悲剧美学的解释与归纳,深度解读了朱丽的人物悲剧、爱情悲剧、社会悲剧。另外,与众不同的是,万春认为圣普乐应当为朱丽的悲剧负一定的责任。正是他思想上的妥协、性格上的懦弱才一点点放弃了他与朱丽的爱情,这种逃避现实、情感模糊的行为加速了朱丽悲剧的产生。而对于朱丽的人物形象,正是通过理智与情感、亲情与爱情之间的矛盾冲突来塑造的。万春同样指出,卢梭塑造的朱丽形象,带有其强烈的主观意识和理想色彩,卢梭在肯定人的感情,谴责封建社会对人的感情、人的个性的压抑的同时,又肯定了人的美德,美化了旧的家庭生活,表现出思想中落后的一面。这说明伟大的思想家们也和他们的先驱者一样,没能超出他们自己的时代所给予他们的限制。除此之外,另有一些零星的文章对小说中爱情主题、自然风景的描述进行了解析。

总之,八九十年代《新爱洛伊斯》的译介与传播虽然有一定的发展,但在研究与评价上仍然没有脱离感伤主义、自然主义、人物悲剧等作品本身

---

① 韩中一:《卢梭的爱情道德观——评哲理小说〈新爱洛伊思〉》,《四平师范学报》(哲学社会科学版),1982年第4期,第12页。

较为直观的角度。中国"新时期"文学在经过了"伤痕""反思"及"寻根"等文学形态之后,90年代其"热点"转移到所谓"先锋小说"和"新写实小说"。卢梭的《新爱洛伊斯》并不符合文学思潮的这种嬗变,因此再一次受到研究者的冷落。可以肯定的是,相比于卢梭的自传作品《忏悔录》,我国文学界对于《新爱洛伊斯》的研究并不充分。当然,这也与《新爱洛伊斯》全译本出现的时间较晚有一定关系。

三、新世纪《新爱洛伊斯》的译介、传播与研究

进入21世纪以后,在新的历史高度和思想基础上,中国文学家对现当代文学思潮进行重新观照、描述和评价,宏观的突破与微观的深入都卓有成效。随着文学观念和研究方法的变化,一些研究者调整了文学研究的角度,运用新的文学史观和概念范畴,对文学中的启蒙主义、自由主义、人道主义等都有重新的认识与建构。与此相呼应,人们对外国文学经典的译介与研究也有了新的发展。卢梭的自然主义思想、浪漫主义的创作都在此时大受欢迎,《新爱洛伊斯》的传播由此进入了全盛时期。十几种不同作家、不同风格的译本得以出版,而之前的译本也不断再版,一些简易版本甚至成为中小学必读书目。在研究方面,作家和研究者运用了现代的思考方式与创作角度,对于其主题和艺术成就的发掘也更加深入全面。

2007年、2012年、2013年,陈筱卿所译的《新爱洛伊斯》分别在北京燕山出版社、译林出版社和上海译文出版社出版。作为专业的法国文学翻译者,他所翻译的《新爱洛伊斯》更加细腻准确。2009年,张雪改写版的《新爱洛伊斯》在安徽少年儿童出版社出版,是首次作为外国文学名著少年读本而修订。内蒙古文化出版社于2001年5月出版了王小静翻译的《新爱洛漪丝》全本。2012年,李平沤、何三雅翻译的《新爱洛伊斯》也在商务印书馆再版。另外,《新爱洛伊斯》作为文献写入工具书词条。在世界文化辞典、专科辞典等工具书中出现。《新爱洛伊斯》的翻译出版已经到了最强盛的时期。越来越多的学者着手研究,越来越多的大众开始阅读,甚至儿童也逐字了解。这也正是21世纪文学的多元化、大众化所带来的影响,《新爱洛伊斯》等外国文学的传播得到空前的发展。

21世纪文化、思想的开放与创新,使得学者对于文学的研究角度也不断创新和发展。2005年,昂智慧在论文《阅读的危险与语言的寓言性——论保尔·德曼对卢梭〈新爱洛伊斯〉的解读》中阐释了保尔·德曼

在其著作《阅读的寓言》中如何从语言的隐喻角度对《新爱洛伊斯》进行解读。昂智慧认同保尔·德曼的观点,认为《新爱洛伊斯》不是现实主义小说,把小说同生活事实相混淆,把虚构的世界同作家本人毫不犹豫地直接联系起来是错误的。继而从"阅读的危险"和语言的寓言性出发,分析了《新爱洛伊斯》的主题内涵。并且断言理解这部小说的关键就在于认识到小说中比喻的模式和道德说教两者之间的连接关系。① 昂智慧的论点展开了一个全新的角度,重新分析了《新爱洛伊斯》与作者的关系。将小说从现实中分离开来,赋予小说在形式上的深刻内涵。同样在小说的形式方面,2011年,王学翠的论文《从"我"的世界到多声部的世界》在艺术形式上解析了《新爱洛伊斯》,忽略了前人研究所重点关注的思想内容,转而针对书信体的小说形式,论述了它对书信体小说叙事艺术的发展;将"我"一个人的世界发展成为多声部的世界,使小说具有了复调的特征。文章主要分三部分:首先对书信体小说的发展概况作了梳理,考察了《新爱洛伊斯》对以前书信体小说的借鉴和发展;其次论述了《新爱洛伊斯》建构的多声部世界,即它的复调性。具体从艺术世界里不同叙述者的声音、艺术世界里互动的对话关系、对于同一事件进行的多重聚焦、人物形象的不确定性、小说艺术世界里两种思想的平等对话等几个方面进行了论述。② 2013年,池志勇的论文《浅析书信体小说的艺术表现手法》也针对书信体小说的形式进行了分析与解读,特别提出了具有代表意义的《新爱洛伊斯》,提出了书信体小说的价值,在构建不同人物之间情感沟通相互性的同时,也开启了艺术表现方式的新空间。③

《新爱洛伊斯》是法国史上第一部用大量文笔描绘自然风光的小说。卢梭主张人与自然的融合,提出"回归自然",在该小说中探究自然对心灵产生的作用,运用大量的文笔描写自然对人行为的影响,并构筑理想中的乐园"爱丽舍",融入他对自然独特的理解。2006年,胡向玲的论文《爱丽舍——卢梭理想中的诗意栖居——以现代生态理念品读〈新爱洛伊丝〉》从生态美学的角度对小说女主人公的花园爱丽舍进行了颇具新意的解

---

① 昂智慧:《阅读的危险与语言的寓言性——论保尔·德曼对卢梭〈新爱洛伊丝〉的解读》,《外国文学研究》,2005年第1期,第164页。
② 王学翠:《从"我"的世界到多声部的世界——〈新爱洛伊丝〉对书信体小说叙事艺术的发展》,兰州:西北师范大学硕士论文,2006年。
③ 池志勇:《浅析书信体小说的艺术表现手法》,《短篇小说》(原创版),2013年第19期,第72页。

读,从中得出了生态园林设计的启迪以及人与自然和谐相处的理念。小说中对自然美的独特感悟、对理想生活方式的描写、对人与自然和谐关系的揭示能给当代人有益的启发,刘向玲选取的全新的生态美学的角度与当今日益见长的生态理念不谋而合,分别通过"生态学与生态园林(景观)设计""人与自然互助合作"来解读,更加适应了当代美学观点。2011年,杨雪澜的论文《用现代景观视角品读卢梭〈新爱洛伊斯〉中的景观理念》同样是单独针对"爱丽舍"的评判,其中体现的景观观念和当代提倡的生态有着深刻的联系,为当代的设计理念提供了很好的思想基础;为当代流行的乡土景观设计提供了思想的源泉。"爱丽舍"体现出与17世纪主导思想所对立的自然观念,却对现代景观产生了巨大影响。①

在人物比较分析方面,李赐林将朱莉与德·莫尔索夫人进行比较分析,作为同样追求自由、追求爱情的女性,卢梭把朱莉写成了理想的人物,启发人们怎样理智地生活和相爱;而巴翁的莫尔索夫人是一个现实主义典型,她的爱情追求是一个悲剧,表现作者科学的爱情观和对家庭、婚姻问题的深层思考。论文《两个新爱洛伊斯——朱莉与德·莫尔索夫人形象之比较》中的对比分析方式是对爱情和女性主题的更深一步解读。同样是对人物的解析,2009年蒋承勇的《〈新爱洛伊斯〉与人性抒写》通过"'自然—人性''理性—情感'与人性体悟""自然情感之善与人性抒写""'良知'对情感的历练与人性抒写""教士情怀与人性抒写"四个方面,表达了对人与自我的崭新理解及人性自由的祈望,寄托了"自然人"向"道德人"提升的人格理想,其间又蕴含了一种卢梭式的教士情怀、宗教情结,具有独特的人文启示与艺术启迪。这种文学思考更加符合现代的人性渴望,随着经济与科技的进步,法律法规乃至通讯工具等对于人的控制与压迫,使得更多的人渴望真正的自由,得到真正的人性解放;另一方面,人们被科技与经济撞破了对于宗教、感性的信仰,而这种教士、宗教情结的回归更加符合信仰者的渴望。

2012年6月28日是卢梭诞辰三百周年纪念日。在北京,为纪念这位对世界各国民主政治进程有着深刻影响的伟人,商务印书馆联合首都图书馆,在卢梭诞辰三百周年纪念日当天,举办了纪念卢梭诞辰三百周年暨《卢梭全集》出版座谈会,《新爱洛伊斯》中译本译者——88岁高龄的法

---

① 杨雪澜:《用现代景观视角品读卢梭〈新爱洛丝〉中的景观理念》,《群文天地》,2011年第22期,第110页。

语翻译家李平沤先生,在座谈会上与学者李猛、李强、高全喜进行了对谈。王坤宁的《卢梭:思想之光三百年不灭》、蒋丽娟的《卢梭与中国:一位启蒙者的影响》、郭宏安的《三百岁的孤独漫步者》为卢梭诞辰三百年而作,都提到了具有深远影响的《新爱洛伊斯》,正如郑克鲁所说:"卢梭的文学创作是浪漫主义的先声。"①他的小说代表作《新爱洛伊斯》冲破了理性对情感的节制,描写了无法控制的感情,奠定了小说的"现代帝国"。②

---

① 郑克鲁主编:《外国文学史》(修订版)(上),北京:高等教育出版社,2006年版,第132页。
② 米歇尔·莱蒙:《法国现代小说史》,徐知免、杨剑译,上海:上海译文出版社,1995年版,第1页。

第六章
《浮士德》的生成与传播

能够与荷马、但丁及莎士比亚共跻西方文豪之列的,是德国百科全书式作家歌德,而《浮士德》则是他的代表作。这部伟大的诗剧,其写作过程几乎贯穿了歌德的一生,不仅见证着作者八旬生命中各具特色的每一阶段,而且也因其蕴含的丰厚智识和艺术魅力享誉世代。我们知道,浮士德博士的故事原为流传甚久的民间故事,几经各代方家修改,而成就了不同的艺术文本,歌德的《浮士德》虽是集大成者,但其创作旨意及艺术价值却独树一帜,且无法超越,既是德意志民族文明的结晶,亦是一部献给全人类的文学典范。因而,《浮士德》在中国的译介之盛也在情理之中,从1928年郭沫若译《浮士德》以来,《浮士德》的汉译版本共有十多个,其文本内在的音乐性和诗剧艺术更使得这部纸上经典在舞台及多媒体的改编演绎中绽放出光芒,毫无疑问,这样的光芒使歌德的这部人生巨著趋于永恒。

第一节 《浮士德》的故事原型及其流变

歌德的《浮士德》依照德国民间故事改编而来。该故事早就流传甚广,歌德在青少年时期就观看过由该故事改编的滑稽戏和傀儡戏演出,也就是说,歌德很小便了解这一故事情节,但他却是在成年且进入大学修学之后才萌发写作《浮士德》的念头的。那么,究竟是什么触动了他?这一问题值得探求。另一方面,从25岁时动笔直到他逝世前的8个月,可以说,歌德毕生都在经历着这部作品的积累、酝酿、思索、想象和最终的实现。这其中,是怎样的启迪成就了这一部浩瀚如海的经典巨制?要回答这些问题,必须追溯浮士德传说的源流及其在歌德一生中的诸种影响。

正如美国《浮士德》专家塞勒斯·哈姆林(Cyrus Hamlin)所言,自《神曲》以后,尚没有一部文学作品像歌德的《浮士德》那样,为现代西方文明境遇中的个人生存问题提供了一个如此宏博而真实的形象。① "浮士德"这一人物源自德国民间传说。在拉丁文中,"浮士德"(Faustus)有幸福之意,故传统上魔术师喜爱以此为名号②。由于历史久远,加之人们在其流传散播过程中的增删和误传,如今我们已无法确定该人物的具体所指。也就是说,浮士德的原型确有其人,但其形象却是模糊的,它是在众人的摘抄、收集和记录中被不断加以定型的。

借用我国《浮士德》研究专家董问樵的总结③,浮士德是一位生活在15、16世纪的魔术师(或称炼金术师),其全名很可能是格奥尔格·浮士德(Gerog Faust),此人是一位占星术师,他与魔鬼订约但结局悲惨。另一种说法则指向约翰内斯·浮士德,他于1501年在海德堡大学获得学士学位,四年后同样在该大学求学的梅南溪通(Melanchton)将以上两位"浮士德"(即格奥尔格与约翰内斯)混为一人,并开始传播马丁·路德所撰写的关于浮士德的故事书。

在16世纪人文主义者和神职人员的记载中,关于浮士德自夸的超能力比比皆是,比如他自称一旦柏拉图和亚里士多德的文字著述消失,他能更好地恢复其原貌;又声称能使耶稣基督的所有神迹得到再现;还能让荷马史诗中的英雄人神等穿越而至。至于浮士德能够预言并以魔法赢得战争则显得不足为奇了。而浮士德的悲剧命运在真实原型中便已经注定:据记载,他不是被人揭穿而遭受驱逐,就是负债累累而不得不自杀身亡。④ 值得注意的是,历史上的真人浮士德已经具备这样的雏形,即与魔鬼订约,并在魔鬼履行诺言后为魔鬼效忠。

---

① Johann Wolfgang Von Goethe, *Faust: A Norton Critical Edition*, translated by Walter Arndt, edited by Cyrus Hamlin, New York: W. W. Norton & Company, 2001, p. xi.

② Stuart Atkins, "Motif in Literature: The Faust Themes", in *Dictionary of the History of Ideas: Studies of Selected Pivotal Ideas*, Philip P. Weiner, Editor in Chief, Charles Scribner's Sons, 1973, p. 244.

③ 董问樵参照的是弗里德里希、赛特豪尔合著的《歌德的浮士德注释》。

④ Stuart Atkins, "Motif in Literature: The Faust Themes", in *Dictionary of the History of Ideas: Studies of Selected Pivotal Ideas*, Philip P. Weiner, Editor in Chief, Charles Scribner's Sons, 1973, pp. 244—245.

很快，根据浮士德真人事件而戏剧化改编的民间故事在 16 世纪中叶便愈渐普及。根据美国《浮士德》研究专家斯图尔特·阿特金斯（Stuart Atkins）的考察，最早的浮士德故事定本于 1587 年由约翰·施皮斯予以付印。该故事的主人公是一个臭名昭著的魔术师、巫师，他与魔鬼签约，从这一刻到他最终被上帝遗弃，期间经历了种种奇闻逸事。显然，这本书的主要功能是宗教教育，希望世人能够以此为戒，不要变得自大狂妄，不要背叛上主、放弃信仰。在这一故事中，魔鬼先后为浮士德实现了娶妻、求知（关于地狱与天堂的解说）、飞游各大洲的愿望，甚至将亚历山大王和希腊美女海伦召唤到浮士德的面前，浮士德陷入对海伦美貌的迷恋之中，与其结婚生子，这也是后来歌德在其诗剧中加以运用的主要情节之一。这本书一经问世便十分畅销，在德国几经改编和再版，并且也被翻译成英语、丹麦语、法语和荷兰语等等，流传于欧洲各国之间。[1]

1599 年，魏德曼在汉堡出版了《闻名遐迩的巫师和老牌魔术家约翰·浮士德的真实故事》一书，其情节为浮士德滥用异教巫术进行冒险，最终落下可怖的结局。相较于施皮斯的版本，魏德曼更注重神学教义和古老传说，而撇去浮士德的爱情和求知欲不谈。此外，还有 1674 年纽伦堡医师普菲采的改版，以及 1725 年一名化名为基督教信徒的作者所改写的缩写本版本，著名译家钱春绮认为："这本小书颇为畅销，青年时代的歌德可能从这本书接触到浮士德的传说。而前述普菲采的故事书，歌德在魏玛完成《浮士德》第一部时，曾加以利用。"[2]

一般认为，真正赋予歌德启迪并使他决意动笔写作《浮士德》的"前文本"有二，分别是英国剧作家马洛的作品《浮士德博士的悲剧故事》和德国启蒙主义作家莱辛的未竟之作《浮士德》。英国稍早于莎士比亚的著名作家马洛对浮士德原型的戏剧改编值得瞩目，这是浮士德题材在戏剧史上的首创，也就是说，马洛第一次将浮士德题材从故事书和相对较浅的谣曲或滑稽戏提升至戏剧这一更高的艺术媒介。当德国广为流行的浮士德故事流传到英国后，英国正值文艺复兴戏剧大绽光芒的时代，马洛的剧本创作可谓是文学跨国界、跨媒介传播的早期探索。该剧本的题材以当时的

---

[1] Stuart Atkins, "Motif in Literature: The Faust Themes", in *Dictionary of the History of Ideas: Studies of Selected Pivotal Ideas*, Philip P. Weiner, Editor in Chief, Charles Scribner's Sons, 1973, pp. 244—245.

[2] 钱春绮：《浮士德·译本序》，歌德：《浮士德》，钱春绮译，上海：上海译文出版社，2011 年版，第 1—2 页。

德译英浮士德故事书为原型,但立意却显得更加深刻悲怆。在马洛1588年所撰写的剧本中,主人公浮士德不满于神学,而力图从魔术书籍中探求最高的知识法则。在他与魔鬼订约的24年间,浮士德与靡菲斯特曾在空中飞行,并在教皇的皇宫里用种种魔法戏弄教会;到达国王的宫廷时,浮士德受国王之命召来亚历山大及其情人。最后,浮士德应大学生的热情要求,召唤海伦并在和她的结合中重新得到失去的天国幸福。马洛的戏剧对主人公浮士德有了一定程度的重塑,他一改浮士德异教术士的单一面目,而将他作为追求无限知识的巨人来塑造,借由浮士德精神来表达对伟大知识的肯定,反映了剧作者的人文主义思想。值得一提的是,浮士德的故事书由德国传译到英国,并促成了马洛剧本的创作,而马洛《浮士德》剧的成功,又使得英国的一些演员将该剧带回德国,一百年后歌德看到的浮士德戏剧演出就源于当时马洛的文本,这样一种故事的旅行与回归,以及文化的循环增进,可谓同一文学题材跨文化建构和传播的绝佳例证。

而莱辛的剧本《浮士德》虽然未能完成,却具有真正意义上的革新。这位18世纪的哲思剧作家本着启蒙运动对知识理性的尊崇而首次在创作中实现了对浮士德的拯救。也正是基于启蒙主义的立场和理念,出现了天使预言魔鬼失败这一场景,莱辛创造性地借由天使的声音来宣达人类理性的高贵和自由。

无疑,马洛将浮士德视为无限追求理性知识的巨人;而莱辛赋予浮士德最终获得救赎的转折性情节,此二者最贴合歌德的创作理念,为歌德的《浮士德》版本奠定了立意上的基调。总而言之,浮士德博士的故事以其内在的丰富性和感染力而走向无限;这个以历史人物为原型的民间故事,虽然源自地地道道的德意志传说,却早在歌德之前便历经了跨国界、跨媒介的传播与流变,作为一块民间叙事的瑰宝而得以被后世诸多的艺术家精心雕琢。

第二节　文学经典《浮士德》

歌德的经典诗剧《浮士德》共分为上、下两部,先由"献词""舞台序幕"和"天上序曲"三个短章置于剧前,分别作交代、引导和总纲。上部24场,讲述浮士德在知识上无法满足的苦闷以及他与少女玛格丽特的恋爱悲剧;下部有了分幕,共计5幕17场,主要情节是浮士德与古希腊美女海伦的爱情幻影,以及最后投身于社会改造而获得救赎。

正如苏格兰文学家托马斯·卡莱尔(Thomas Carlyle)所言,歌德写作《浮士德》经历了一段黑暗与无望的人生历程,但恰恰是这种不安情绪,非常适宜于其创作的推进①。成就歌德《浮士德》之经典性的原因很难一言以蔽之,但该作品在写作过程中所经历的发酵,即时间与作者阅历所不断赋予它的那种得天独厚的质感却无疑值得关注。换言之,诗剧《浮士德》的写作过程如此漫长、迂回,它既不是由一位年轻作者一气写就的,也不像许多经典作品那样是大器晚成的产物。事实上,歌德从 25 岁写作《浮士德》到去世前 8 个月,其创作历时近 60 年,尽管其间有过无数次的辍笔(甚至因魏玛公务、席勒去世、出国旅行等事由而搁置 10 年、20 年之久),但可以说,这样一种与自然生命相伴随而渐趋完整的写作方式,就其本身而言就是完美的典范。因为用毕生写作这部人类巨著的歌德本人就是——正如托马斯·曼所尊奉的那样——"超越常人尺度而高高耸立于永恒之中的伟人"。②

事实上,歌德在青年时期就发表了《浮士德》初稿及一些零散的片段;50 岁左右,歌德写就了《浮士德》悲剧第一部并出版问世;在 75 岁到 82 岁期间,歌德才完成了第二部的写作。按照董问樵的概括,歌德写作《浮士德》的历程如下:

> 初稿《浮士德》(Urfaust),1768—1775。
> 《浮士德》片段(Fragment),1788—1790。
> 《浮士德》悲剧第一部(Faust I),1797—1808。
> 《浮士德》悲剧第二部(Faust II),1825—1832。③

事实上,关于《浮士德》写作过程的延宕与顿挫,在其开篇《献诗》中便可窥一斑:

> 你们又走近了,缥缈无定的姿影,
> 当初曾在我朦胧的眼前浮现。
> 这次我可要试图把你们抓紧?

---

① Thomas Carlyle, "First Notice of Faust in English", in *Faust: A Norton Critical Edition*, translated by Walter Arndt, edited by Cyrus Hamlin, New York: W. W. Norton & Company, 2001, p. 560.
② 托马斯·曼:《歌德与托尔斯泰》,朱雁冰译,杭州:浙江大学出版社,2013 年版,第 200 页。
③ 董问樵:《〈浮士德〉研究》,上海:复旦大学出版社,1987 年版,第 5 页。

我的心似乎还把那幻想怀念？
你们过来吧！很好，随你们高兴，
你们已从云雾中飘到我身边；
在你们四周荡漾的魅惑的气息，
使我胸中震撼着青春的活力。①

　　学界一般认为，该片段中的"你们"指青年歌德的构思，即那些半成型、亟待脱胎的人物形象和创作理念。② 此诗系歌德1797年创作《浮士德》悲剧第一部时所写，此前，他已经创作了许多《浮士德》片段，而第一部的写作距离其最初的构思已过去二十余年，第二部又与第一部相隔二十余年，因此，当1829年歌德写作《浮士德》第二部时，这位已接近耄耋之年的老人感叹道："这里的构思很早，五十年来我一直在心里想着这部作品。材料积累得很多，现在的困难工作在于剪裁。这第二卷的意匠经营已很久了，像我已经说过的。我把它留到现在，对世间事物认识得比过去清楚，才提笔把它写下来，结果也许会好些。我在这一点上就像一个人在年轻时积蓄了许多银币和铜币，年岁愈大，这些钱币的价值也愈提高，到最后，他青年时代的财产在他面前块块都变成纯金了。"③

　　由此可见，歌德是有意于在某种长久思虑、渐行渐近的创作方式中炼就其艺术含金量的。这种文艺观贯穿于他的谈话录中，从中可见，他对随着年纪渐长而呈现出的思想变化是饱含欣喜的："如果一个作家要在他生平各个阶段上都留下纪念坊，主要的条件是他要有天生的基础和善良意愿，在每个阶段所见所感都既真实又清楚，然后就专心致志地按照心中想过的样子把它老老实实地说出来。这样，他的作品只要正确地反映当时那个阶段，就会永远是正确的，尽管他后来有所发展或改变。"④这里强调的是在长时间写作中，尤其是在思想起伏中所要把握的真实性和真诚感。某种程度上，《浮士德》正是其真实生命和真诚情感的贮藏——它既见证了被"狂飙"精神所裹挟的青年歌德，也刻录着这位资历丰富的、百科全书式伟人的后半生。

---

① 歌德：《浮士德》，钱春绮译，上海：上海译文出版社，2011年版，第1页。
② Johann Wolfgang Von Goethe, *Faust: A Norton Critical Edition*, translated by Walter Arndt, edited by Cyrus Hamlin, New York: W. W. Norton & Company, 2001, p.3.
③ 爱克曼辑录：《歌德谈话录（1823—1832）》，朱光潜译，北京：人民文学出版社，1978年版，第199页。
④ 同上书，第231页。

其次，只要我们注意到《浮士德》利用的是怎样的体裁，则它给予阅读的愉悦感还要更深一层：其戏剧与诗歌文体的结合的确成就了美学上的范式，使得这部经典巨著的思想立意在更精细棱角的折射中发出光亮。从自由韵体到抑扬格，从古希腊悲剧的三音格体到北欧古典的长短格五音步，从牧歌体到短行诗，《浮士德》对诸多诗体的采纳，本身就可作为一部浩瀚的诗体学来研究。"作者应用韵律的变换来配合情节的进展和反映情绪的变化。例如海伦出场时，使用古希腊悲剧的三音格诗，随从人员使用古典的合唱，浮士德使用北欧古典的长短格五脚无韵诗。到了两人接近，海伦改用德国有韵诗。随着欧福良的出现，运用浪漫主义式的短行诗。到海伦消逝，又还用三音格诗，宫女侍从们都在八行诗中烟消雾散。"[①]事实上，仅从诗歌形式的多样化就可从侧面佐证歌德的《浮士德》具有何等丰富的题材：洋洋大观的史实与不分时空的神话传奇相交错，至真至善的宗教神性与人类在启蒙时代的困惑相贯穿，尤其是《浮士德》对希腊和希伯来文明源头的糅合，可见其艺术胸怀之开阔和手笔之纵横恣肆。

毋庸置疑，在人类文学史上，歌德《浮士德》的经典地位不可动摇。从本质上说，它展现了人类生存的谜题，"引导我们朝向世界的现代性和生活的复杂"[②]；最初，浮士德品尝了与玛格丽特的爱情之甜蜜，但玛格丽特弑母而酿成苦果；随后浮士德从仕于宫廷，但只被腐败昏庸的皇帝视作玩乐的弄臣来使唤；其后，浮士德遁入古典的艺术世界企图找到思想的解药，他与海伦结合生下儿子欧福良，但结局不过证实了这是一堆幻影罢了。就在一片困惑和愁苦之际，浮士德双目失明，最后误将工人为自己掘墓的声响当做是开拓荒地，才感到心满意足。虽然浮士德因此而失去生命，但却在神光的恩宠下得到灵魂的救赎。总之，浮士德经历了知识、感官、美学和政治理想的明明灭灭，这其中呈现了对于欲望永不餍足、"人之为人"的局限，因为即便在靡菲斯特的帮助下，他得以呼风唤雨，上天入地，但每一种欲望满足之后，又会产生新的欲望，即在达到欣悦之感时又会产生新的痛苦。直到最后，当他意识到"要每天争取自由和生存的人，才有享受两者的权利"时，他已然在某种高度的辩证法中获得了答案。因而，浮士德的死首先是人类精神的某种超越，这整部作品，其经典性的根

---

① 董问樵：《〈浮士德〉研究》，上海：复旦大学出版社，1987年版，第15—16页。
② Johann Wolfgang von Goethe, *Faust: A Norton Critical Edition*, translated by Walter Arndt, edited by Cyrus Hamlin, New York: W. W. Norton & Company, 2001, p. xi.

源,说到底就在于这种辩证和超越,甚至可以说,它重新扩充了人的定义。在这几百页的大部头作品中,如游龙般始终撞击着人性峭壁的,正是这样一个永恒的母题:即人作为人,如何才能获得幸福?如果说莎士比亚的《哈姆雷特》象征着人文主义时代对于"人"的较为完整的认知和考验,那么,歌德的《浮士德》则使得人在面对自我困境的时候拥有了一面镜像,相对于《哈姆雷特》,《浮士德》进一步展现了人类思想在最根本意义上的发现和探索。

《浮士德》凝聚了歌德毕生的心血,展现了一位伟人一生的完整面貌。值得一提的是,在歌德创作《浮士德》时(即 1770 年到 1832 年前后),欧洲同时代至少另有六位作家选用该题材进行创作。我们应当意识到,浮士德题材的盛行根植于其故事原型本身可供挖掘的丰厚性。从这一点上看,歌德在该叙事原型的发展流变中树立了一座难以企及的丰碑,正如汉姆林所言:"从来没有一部作品像歌德的《浮士德》那样向读者发起如此的挑战,在受到如此长久而激起共鸣的探索之后,这部作品依然展现出强有力而多元化的深刻洞见。"[①]毫无疑问,歌德扩充了浮士德故事的阐释层次与想象空间,也因其天才的透析力和上帝般的高贵笔法而使其充满能量。

自歌德之后,《浮士德》被不断地改写和再创作,这其中不乏一些文学巨匠,如海涅(舞剧《浮士德博士》)、拜伦(《曼弗雷德》)、普希金(对话体抒情诗《浮士德一幕》)、屠格涅夫(《浮士德·九封信组成的短篇小说》)等等;而到了 20 世纪上半叶的晚期资本主义文化语境中,则有瓦莱里和托马斯·曼等伟大作家根据浮士德的模型进行创作。尤其是托马斯·曼的作品被视为 20 世纪最具代表性的浮士德题材作品,兼具艺术高度和内容深意,吟唱了一曲资产阶级的挽歌。应当注意,这些文本更加巩固了歌德的《浮士德》作为经典文本的经典性。这是一种后设的经典化过程。

总而言之,歌德的《浮士德》既是一个先知性的寓言文本,同时也是人类对自我问题的一个永恒的回应。我们可以看到,通过歌德的创作,浮士德题材真正地从街头的滑稽戏和傀儡戏变为严肃文学的经典,浮士德和靡菲斯特也从娱乐性的传奇人物,升华为我们在探索自身问题时所无法绕开的一对辩证体,它们具有如此的张力和哲学性,以至于从偶然性变作

---

① Johann Wolfgang von Goethe, *Faust: A Norton Critical Edition*, translated by Walter Arndt, edited by Cyrus Hamlin, New York: W. W. Norton & Company, 2001, p. xi.

了永恒的必然。就像卡莱尔的理解:"由于天性及后天的塑造,这两者代表了两种人格倾向,一尊一鄙,一诗一俗,当两者经由不同比例的混合时,人世间各种各样的脾性、道德全都在了。"①

第三节 《浮士德》中文译介与传播

众所周知,歌德首倡"世界文学",他对东方文学的浓厚兴趣和持续钻研成为他文学积累的一个重要部分。② 反过来,国人接触到他却是在其去世半个多世纪以后——也就是20世纪初期。最早在著作中提及歌德的是辜鸿铭(1901),而经由王国维(1904)和鲁迅(1907)在文学层面上的引介,歌德与《浮士德》才真正开启了漫长的中国之旅。此外,在文本赏析和批评方面,张闻天是国内第一位撰文(《歌德的浮士德》)并系统评论《浮士德》的人,而冯至于20世纪三四十年代的《浮士德》研究则在立论和视角方面都更为开阔和深入,因而,他对后辈诸多译家的惠泽是可想而知的。事实上,汉语《浮士德》的翻译和批评,经历了文化变革的多个阶段而展现出不同的风貌。对此,杨武能的《百年回响的歌一曲——浮士德在中国之接受》一文沿着"五四"到改革开放以后的时序脉络,作了系统的综述,其中考证细致、具有洞见,颇值得参照。

最早问世的《浮士德》汉译本于1926年由莫甦翻译,由启明书店印刷出版。但该译本再无重版,如今的读者已无缘拜读。其次是由郭沫若翻译并于1928年在上海出版的,彼时"至少有上海现代书店等五家出版社同时印刷",但当时郭沫若只译了《浮士德》第一部。时隔不久,伍蠡甫和周学普的全译本于1934和1935年相继问世,而另有四幕话剧《浮士德》则由刘盛亚担任编译,于1942年由重庆文风书店出版。③ 这些最初的译本填补了我国《浮士德》及相关德语文学译介的空白。直到1947年,郭沫若翻译的《浮士德》第二部与读者见面,该译本参照了周学普的汉译,另有泰

---

① Thomas Carlyle, "First Notice of Faust in English", in *Faust: A Norton Critical Edition*, translated by Walter Arndt, edited by Cyrus Hamlin, New York: W. W. Norton & Company, 2001, p. 563.

② 歌德不仅通过卢梭的作品而接触到《论语》和"四书""五经"等,而且还在古典汉诗、才子佳人传奇以及章回体小说(如《赵氏孤儿》《好逑传》等)的品读和译介上颇有造诣。

③ 参照郭延礼:《文学经典的翻译与解读——西方先哲的文化之旅》,济南:山东教育出版社,2007年版,第7页。

勒(Bayard Taylor)的英译本和两种日译本(森鸥外和樱井政隆译)作"外援"。郭沫若坦言其《浮士德》第二部对周学普的译本"更彻底地利用过,因为周氏译本上的空白很多,我的译文就直接写在他的书上,这样节省了我抄写许多人名和相同字汇的麻烦"。① 郭沫若的译本不仅有开先河之地位,亦具有最持久的影响力。这主要是因为,郭沫若在翻译时注重译作的相对独立性。"通过翻译的支配,将歌德的诗情披上了中国传统诗体的外装,以中国读者熟知的古典诗歌的表现方式,呈现了一种全然不同于中国文化的异国文化,使在翻译过程中因两种语言巨大的差异而流失的诗歌韵味,在译文中以另外一种韵味加以补偿,并使《浮士德》的译文在中文的语境中,通过赋予格律诗体而获得了新的美学意蕴。"② 比如《浮士德》第二部最后一幕对七言诗的运用:

> 如我脚下之磐岩,
> 负重深沉而静定,
> 如彼奔流赴万壑,
> 飞泡溅沫浮光晶,
> 如彼巨木立擎天,
> 中有大力参浮云,
> 宏哉爱力正如此,
> 造彼万形育万生。③

再如开篇"献诗"的最后一段,按照学界的共识,在这一段中,"歌德描述了自己回顾早期作品时所引起的思绪,这段情愫埋在心中,长久未受正视"④:

> 对那寂静森严的灵境,早已忘情,
> 一种景仰的至诚又来系人紧紧;
> 我幽渺的歌词一声声摇曳不定,

---

① 见郭沫若:《第二部译后记》,约翰·沃尔夫冈·冯·歌德:《浮士德》,郭沫若译,长春:吉林出版集团有限责任公司,2009年版,第419页。
② 华少庠、甘玲:《郭译〈浮士德〉中中国古典诗体的运用》,《郭沫若学刊》,2010年第1期,第30页。
③ 约翰·沃尔夫冈·冯·歌德:《浮士德》,郭沫若译,长春:吉林出版集团有限责任公司,2009年版,第405页。
④ "Interpretive Notes", in *Faust: A Norton Critical Edition*, translated by Walter Arndt, edited by Cyrus Hamlin, New York: W. W. Norton & Company, 2001, p. 346.

> 好像是爱渥鲁司上流出的哀吟，
> 俄战栗难忍，眼泪在连连地涌进，
> 感觉着柔和了呵，这硬化的寸心；
> 我眼前所有的，已自遥遥地隐遁，
> 那久已消逝的，要为我呈现原形。①

郭沫若在翻译时的良苦用心主要体现在：在贴近原文的基础上，使得译文也成为精神性和韵律感俱佳的艺术作品。根据华少庠的研究统计，《浮士德》原文共两部，共12111行，郭沫若的译文，诗句间基本押韵，其中以中国古典诗体翻译而成的约有120首。可想而知，郭译对其他译者具有最直接的启示性，董问樵、钱春绮、樊修章等都自言参考了郭沫若的译本。

我们先从董问樵译本说起。董译亦赋予译作以汉语的精美韵律，如"献词"第一段：

> 蓦然间有种忘却已久的心情，
> 令我向往那肃穆庄严的灵境。
> 我微语般的歌词像是竖琴上的哀音，
> 一声声摇曳不定。
> 我浑身战栗，泪连连流个不停，
> 铁石的心肠也觉得温柔和平；
> 我眼前的所有已遥遥退隐，
> 渺茫的往事却一一现形。②

从与郭译同一选段的比较来看，董译很可能直接参照了郭译的尾韵（即押"ing"音），但在词句排布上却明显更为口语化。与此同时，从整部《浮士德》的汉译来看，董译的别出心裁还在于，在诗剧多数场次前加注了题解用以引导读者，比如他为"献词"所做的题解是：

> 《浮士德》是一部反映时代精神的巨著，屡作屡辍，经过六十余年，作者在将已辍的工作重新拾起，决定继续完成时，不禁回忆过去，面对现在，展望将来，心潮起伏难平，故借用"献词"以抒怀，而

---

① 约翰·沃尔夫冈·冯·歌德：《浮士德》，郭沫若译，长春：吉林出版集团有限责任公司，2009年版，第1页。
② 歌德：《浮士德》，董问樵译，上海：复旦大学出版社，1983年版，第2页。

且采用八行诗,更证明其意味深长。①

而且除此之外,董问樵还写了大量的注脚、考证和诠释。这主要是由于董问樵对歌德及《浮士德》的研究造诣和创见颇深,其中还掺和了许多译者个人的经验和品鉴,比如如下脚注写道:"悲剧的高潮,情节的顶点,一字一泪,抒哀感缠绵之音,极回肠荡气之致,令人几回掩卷,不忍卒读!"类似于这样的脚注比比皆是,我们由此可见译者的苦心孤诣,他是全身心地投入其中而做到精益求精的。董问樵的译本是根据德国魏玛出版社(Volkverlag Weimar)1959年版的《歌德十卷集》中第十卷、1976年汉堡版(Hamburger Ausgabe)《歌德十四卷集》第三卷《浮士德》译出,最早于1982年由复旦大学出版社出版。

同样在1982年,上海译文社出版了钱春绮的译本,该译本也十分注重诗体的"移植"效果,在行数方面,大体是一行对一行,押韵也严格按照原诗的韵式,至于音步,则采取我国莎译惯用的以顿代步的译法,每顿以二字至三字为限,这种办法虽然仍无法再现原诗在抑扬格、扬抑格和抑抑扬格之间的精细区分,但已是解决文字差异的上策。另外,钱春绮在其译本序中还特别强调:"歌德在本剧中使用了各种诗形,包括但丁在《神曲》中所使用的三联韵体诗和古希腊诗体,这些,在翻译时都跟原作亦步亦趋。"②我们同样以献词末段为例,钱译本的处理如下:

> 我又感到久已忘情的憧憬,
> 怀念起森严沉寂的幽灵之邦,
> 我的微语之歌,像风神之琴,
> 发出的音调飘忽无定地荡漾,
> 我全身战栗,我的眼泪盈盈,
> 严酷的心也像软化了一样;
> 眼前的一切,仿佛已跟我远离,
> 消逝的一切,却在化为现实。③

1993年,译林出版社出版了由樊修章所译的《浮士德》全译本,樊译也是参照郭译的又一例证。樊修章回忆说,当时在干校边喂猪边偷译《浮

---

① 歌德:《浮士德》,董问樵译,上海:复旦大学出版社,1983年版,第1页。
② 见钱春绮:《浮士德·译本序》,歌德:《浮士德》,钱春绮译,上海:上海译文出版社,2011年版,第17—18页。
③ 歌德:《浮士德》,钱春绮译,上海:上海译文出版社,2012年版,第2—3页。

士德》,因为没有稿纸,他的翻译工作便在郭译《浮士德》的空白处落笔。从1977年到1981年间,由于政治环境剧变等原因而几易其稿。樊译本最初根据的是"柯达世界文学丛书"36卷本《歌德全集》第十卷……到第三稿时,则译自原民主德国1980年出版的"世界文学丛书"版的《浮士德》(该书注释量大而受译者欢迎)。樊修章在翻译时要求自己恪守如下四种原则:1.每节诗各行的顿数力求相等,每顿两个或三个音(字);除五七言句式的诗行以外,诗行结尾都用双音词,力避出现单音词或三音词。2.按照原诗的轻重音搭配,力求在汉译中做到平声顿和仄声顿相间。3.相邻三五行的最末一个字,力求平、上、错三声交错,有所变化,从而在听觉上避免单调。4.押韵一律采用汉诗押韵规则,即 AABA 的格式。[①] 如"献诗"末段,樊修章的译文如下:

> 早已抛开的憧憬又把我抓住
> 带向那神灵的境界清幽肃穆。
> 我这瑟瑟的歌声拿不准音调,
> 像埃奥尔斯琴声一样的飘忽;
> 我泪水滔滔不住,一阵颤抖,
> 苦涩的心情感觉到柔静安舒。
> 流失的一切就将要成为现实,
> 曾经把住的却像已消失远处。[②]

由此可见,樊修章将郭沫若对译作音乐性的严苛发扬到了极致,使得不懂德语的读者也能从诗句的调性和节奏感中领略这部经典巨作的艺术魅力。

值得注意的是,在众多汉译本中,绿原的译本具有散文化倾向。该译本最早由人民文学出版社在1994年出版。虽部分地保留诗歌韵体,总体上却为追求汉译的明白晓畅而选择以散文形式演绎原文。可想而知,散文化的翻译得以脱离原有诗韵形式的桎梏,而以流利优美、更符合汉语习惯的特质打动读者。绿原的译本采用雷克拉姆出版社1983年原著译出,参考了钱春绮的中译本和贝阿德·泰勒的英译本及其注释。该译本注重《浮士德》意境的把握,求神似而淡化形似,这多半得益于绿原对歌德文学的

[①] 见樊修章:《浮士德·译后记》,歌德:《浮士德》,樊修章译,南京:译林出版社,2012年版,第560—562页。
[②] 歌德:《浮士德》,樊修章译,南京:译林出版社,1993年版,第2页。

精深研究和风格把握,从而真正做到了"达意传神"的效果,比如"献词"末段:

> 于是我产生一种久已生疏的憧憬
> 向往着那寂静森严的灵界,
> 我喽嗫的歌声有如风神之竖琴
> 以飘忽的音调若断若续地摇曳,
> 我不禁浑身战栗,涕零复涕零,
> 凌冽的心随之软化而亲切;
> 我所有的一切眼见暗淡而悠远
> 而消逝者又将现出来向我重演。①

相较于前几个汉译版本,绿原的这一片段,在形式上显然要散漫得多,虽然押尾韵,但并不按照音步来控制词句的顿挫。但反过来说,散文化的翻译能够帮助读者跳脱严谨律诗的紧缚,而在语言的融贯中达至思想立意上的传神性。像这一段,绿原的翻译就通过这种更加贴近汉语习惯的散文化译作,精确地传达出"歌德对精神境界的渴望,而这种渴望实际上也预示了《浮士德》最主要的思想精髓,即无限制、无餍足地'奋斗'"②。

如今,我国的《浮士德》译本已有十余种之多③。而最新的译本则是2013年由天津人民出版社推出的潘子立译本。潘译本根据雷克拉姆出版社2000年校阅版译出,该译本虽新,但其译者亦是20世纪30年代生人,因此可以说,我国《浮士德》译本多由老一辈的翻译家及歌德研究专家译出,包括杨武能④等人,这些专家不畏时事多舛而专注于翻译工作,追求形神兼备的同时,力图在精神内涵上把握译作的艺术品性——其译笔形式之多元、品质之高、钻研之深,皆为我国的翻译事业树立了楷模。其中,再版次数及印数较多的当属郭译本、钱译本和绿原译本。

从《浮士德》近一个世纪以来的汉译史中,可看出我国翻译界专家学者的不懈探索——翻译时如何既忠实于原意,又能复现形式上的韵律和

---

① 歌德:《浮士德》,绿原译,北京:人民文学出版社,2003年版,第2页。
② "Interpretive Notes", in *Faust: A Norton Critical Edition*, translated by Walter Arndt, edited by Cyrus Hamlin, New York: W. W. Norton & Company, 2001, p.346.
③ 我国著名翻译家、诗人梁宗岱也译过《浮士德》的第一部,于1986年由广东人民出版社出版。但或许由于它不是全译本,后来便也再没重印。相对而言,《浮士德》英译本在20世纪90年代就有二十余种。其中以贝阿德·泰勒(Bayard Taylor)的译本最为著名。
④ 杨武能译的《浮士德》最早于1998年由安徽文艺出版社出版。

神采？对作品的深入研究如何辅佐翻译，使翻译更好地体现"信、达、雅"的原则？——事实上，这些问题都展示了汉语翻译（尤其是诗歌翻译）过程中的难题，而各位译家的不同对策和翻译理念，实可供后辈译者学习借鉴。在这其中，大部分译者所呈现的汉译作品具有相当的感染力和表现力，他们在艰难与幸福交替并存的翻译过程中，把握住艺术的奥秘，从而影响了一代又一代的读者，以至于这部德语经典早已不可避免地融入我国文学记忆的丰厚宝藏中了。

第四节 《浮士德》戏剧、音乐及影视改编

就其本身的艺术空间来说，歌德的《浮士德》绝不止于一部纸上长诗，它更是一部适合演出的戏剧剧本，其内在的可塑性和活跃性在《浮士德》问世后的近两百年中得以证实。就像西方学者的预言所说："每个人都能在《浮士德》长诗中找到各自的真理——并且这些真理一个都不错。"[①]实际上，歌德在写作《浮士德》时就饱含理想，想要写成一部全新的、集大成的戏剧，因而他将"荷马史诗、古希腊悲剧、希伯来诗剧、中世纪的神剧、莎士比亚、莫里哀、市民戏剧、印度戏剧的形式熔于一炉"，这种被称为"史诗剧"的全新形式实现了他把"史诗"与"诗剧"结合起来的宏愿，歌德自己也知道："这种新颖的戏剧形式，与西方传统的戏剧不可同日而语。"[②]

在歌德《浮士德》第一部写成（1809）并流传于世后，就有许多针对它改编的剧本问世，此时大家都没有读到第二部，因而对于该剧如何收场见解各异。比如奥地利诗人莱瑙于 1836 年完成的《浮士德》诗剧就被十分浓厚的悲剧性笼罩，浮士德被塑造成一个为追求无限真知而试图脱离上帝的异教徒，虽然到最后幡然悔悟，但却以丢失性命为代价，其情调是负面的。著名的诗人海涅也有意比照歌德的《浮士德》而写出了舞剧《浮士德博士》。在这部舞剧中，魔鬼靡菲斯特首次被写成女角——靡菲斯陀菲亚，由芭蕾舞女演员担纲，与浮士德"对戏"的另外两位主角（海伦及未婚妻）也都是女性，相对而言，海涅在情节结构上的处理更紧凑而富有美学

[①] Franco Moretti, "Faust and the Nineteen Century", in *Modern Epic: The World System from Goethe to Garcia Marquez*, trans. by Quintin Hoare, New York: Verso, 1997, p.96.

[②] 杨武能：《百年回响的歌一曲：〈浮士德〉在中国之接受》，《中国比较文学》，1999 年第 4 期，第 78 页。

上的张力。

除了同题材的戏剧和舞剧改编,以歌剧和古典音乐为载体的浮士德题材创作称得上是 19 世纪浪漫主义艺术的主流。那么,歌德的《浮士德》原型如何在不同的艺术载体中得到呈现?它究竟经历了怎样的传播和演绎?

浮士德题材的跨媒介传播大致可分为两个方面:其一是集中于 19 世纪的音乐作品,这些作品大多以浪漫主义理念为先导,以歌德《浮士德》第一部为蓝本,主要哀叹爱情的绮丽和失落,其中柏辽兹的《浮士德的沉沦》和古诺(Charles Francis Gounod,1818—1893)的歌剧《浮士德》是这一方面的著名代表作;其二是 20 世纪以后的浮士德电影,电影艺术本身的多元化和异质性决定了浮士德题材在其中的不断"变形",这些浮士德电影各异奇趣,是现当代艺术戏仿古典作品的例证。

19 世纪的浪漫主义强调感情的自然流露,是对"自我"的一次重要探求和采掘。这与浮士德题材的内在美学是一致的。因而,有许多我们耳熟能详的音乐大师都为浮士德情节谱写了美妙的乐章。比如舒伯特,他的《纺车旁的玛格丽特》传唱至今。此后,舒曼(Robert Schumann,1810—1856)、柏辽兹(Hector Louis Berlioz,1803—1869)、李斯特(Franz Liszt,1811—1886)、古诺、瓦格纳(Wilhelm Richard Wagner,1813—1883)等诸多浪漫主义音乐巨匠都涉足过这一题材,这其中有许多俨然已成了交响乐、歌剧和器乐作品中的经典曲目,如《拉科齐进行曲》《靡菲斯特圆舞曲》《跳蚤之歌》等等。

这其中最重要的作品当推古诺的歌剧《浮士德》。古诺是法国著名的作曲家,他出生于巴黎的一个艺术家庭,青年时赴罗马进修,在世时便功成名就,直到晚年在英国避战而备受维多利亚女王恩宠。古诺在宗教音乐的改革、歌剧形式的创新上都颇有建树——《浮士德》就是他对歌剧形式进行革新的一次重要实践,并作为他的代表作而使其名垂千古。这次革新的主要目的在于创作一部间于法国大歌剧和喜歌剧之间的"抒情歌剧",这种新形式的歌剧符合新兴资产阶级对于市民正剧的审美需求,也就是说,"抒情歌剧"既不像大歌剧那样格局庞大而凸显悲壮,也不像喜歌剧那样流于轻松而诙谐的趣味,"由于生活气息比较浓郁,加之音乐清新流畅、质朴自然,因而势所必然地成为 19 世纪 50—90 年代法国最重要的歌剧体裁"①。古诺的《浮士德》以歌德作品第一部为蓝本,脚本由诗人卡雷和巴比亚撰写,共分五幕,第一幕讲述浮士德为不能穷尽知识感到困惑,因而召唤魔鬼并与之立约;第二幕在市民所熟悉的剧场情境中引来玛格丽特的出场;第三幕推进玛格丽特和浮士德的爱恋;第四幕讲述玛格丽特被浮士德抛弃,却心怀爱意地为腹中的婴儿祈祷;最后一幕是全剧的高潮,玛格丽特因精神失常而杀死婴儿,当她在狱中差点要被浮士德攫走灵魂时,上帝却派天使拯救了她。显然,古诺的《浮士德》淡化了浮士德精神的内核,而将爱情悲剧置于戏剧的中心,他用音乐刻画人物性格,其曲调符合时代潮流,也较为通俗,那些和声与配器,以及富有戏剧性的情节等,在大歌剧中都属少见。后来古诺又将道白改为朗诵调,增添了芭蕾舞场面,1869年起由巴黎歌剧院演出,从此成为最受欢迎的歌剧之一。

与古诺同时期的法国作曲家柏辽兹虽然更负盛名(与雨果和德拉克洛瓦(Eugène Delacroix,1798—1863)并称法国浪漫主义三杰),但他的同题材作品《浮士德的沉沦》却并非一出完整的歌剧,而是作为交响组曲创作的。在情节上,柏辽兹改变了浮士德的命运,将其罚入地狱,而且为了音乐需要将场景定于匈牙利。同为艺术家,柏辽兹就没有古诺那么幸运了,他在艺术的创作和传播过程中备受资本主义制度的挤压,有时竟为了金钱的缘故而不得不拒绝灵感的临幸。即便如此,柏辽兹的音乐作品仍洋溢着诗意,他开创了高超的配器法,使作品的感情变得多元细腻,富于流动感而使人陶醉,其中,关于浮士德题材的《拉科齐进行曲》《仙女之舞》和《鬼火小步舞曲》都是名篇佳作。

此外,匈牙利的音乐天才李斯特也是浮士德题材的追捧者。他不仅创作了交响乐《浮士德》,分别以三个主人公(浮士德、靡菲斯特和玛格丽特)为标题谱写了三个乐章并采用诸多乐器来表现,而且还创作了著名的《靡菲斯特圆舞曲》。后者是一首管弦乐插曲,通过钢琴、小提琴、大提琴、弦乐器、长笛、单簧管和双簧管和竖琴等十多种乐器的配合来演奏,生动地表现出靡菲斯特梦幻般的情态。

在我国颇为盛行的《跳蚤之歌》是由俄国作曲家穆索尔斯基创作的。该曲目曾由我国著名男中音歌唱家刘秉义演绎而获得了很大的知名度。这支曲目主要是讽刺宫廷污吏而将之讽喻为"跳蚤",其乐曲主调幽默生动,伴随着"跳蚤"狡诈、得意的笑声,是一个叙事性很强的音乐小品。

---

① 倪瑞霖:《落尽豪华见真淳——歌剧〈浮士德〉简介》,《音乐爱好者》,1982年第3期,第8页。

以上是19世纪几部主要的浮士德音乐和戏剧作品的介绍,这些作品各具特色,风格相异,暗示着不同艺术家的不同抱负。

当然,由19世纪传承下来的音乐改编传统并未中断,浮士德题材在20世纪的西方音乐界仍被奉为宠儿,不仅如此,这一时期的浮士德音乐呈现出了更多的时代特质,在载体上亦有新的尝试:

具有代表性的作品有德国作曲家、指挥家何博·鲍曼(Herbert Baumann,1923—)的戏剧配乐《浮士德》(首演于1966年);罗马尼亚作曲家、音乐学家、中提琴家、指挥家威廉·乔治·贝尔格(Wilhelm George Berger,1929—1993)1981年创作的管弦乐队和合唱伴奏的声乐康塔塔《浮士德》;卡尔·海因兹·迪克曼(Carl Heinz Dieckmann,1923—)创作的电影《浮士德》配乐,这组作品包含了7首歌曲(首演于1949年);雅各·雷瑟(Eric Leiser,1980—)2006年创作的电影配乐《浮士德书》(*Faustbook*);鲁道夫·福尔茨(Rudolf Volz,1956—)1995年创作的《浮士德摇滚歌剧》(*Faust-Die Rockoper*);格雷厄姆·沃特豪斯(Graham Waterhouse,1962—)于2001年创作的声乐、小提琴、大提琴协奏曲《歌德的浮士德》等。[①]

在我国,《浮士德》首次于1994年由中央实验话剧院搬上舞台,由林兆华和任铭担任导演,这对于《浮士德》在中国的接受而言,是一个大事记,这部话剧利用了诸多现代艺术的元素,属于先锋的实验作品,如自始至终在幕间添加了一个摇滚乐队的演唱等,还特地运用了诸多富有中国特色的传统形式和技巧,如变换皮影戏的原理来表现复活节的热闹场面等。

随着电影媒介的诞生,20世纪以来,浮士德的不朽形象得以在银幕上继续演绎和传播。不可否认,浮士德的故事蓝本既有浓烈的哲思性,围绕着人类永恒的矛盾和欲望展开,同时又充满了视觉上的奇幻场景,其可看性与深刻性兼具,难免受到当代电影导演的青睐。应当说,《浮士德》的内涵与特质成就了许多电影史上的经典名作。比如茂瑙的(F. W. Murnau,1888—1931)《浮士德》(1926)、雷内·克莱尔(René Clair,1898—1981)的《魔鬼的美》(1950)、史云梅耶(Jan Svankmajer,1934—)的《浮士德》(1994)、索科洛夫(Alexander Sokurov,1951—)的《浮士德》(2011)

---

① 王笑容:《浮士德音乐研究综述》,《黄河之声》,2011年第12期,第21页。

等,甚至还有动画短片《浮士德的事业》(L'Affaire Faust)。①

由德国表现主义导演茂瑙执导的《浮士德》,应该是最早尝试在屏幕上完整呈现浮士德情节的电影作品。由于电影视角和导演个人美学的缘故,这部默片作品对歌德原著作了一定的改动,比如用帕尔马女公爵一角来替代海伦,但总体上的基调是相似的。在技术上,该片利用逆光、多次曝光、俯拍和仰拍等摄影运作来完成画面的精致构图;与此同时,其情节与字幕对白的相间十分简洁紧凑,人物造型形象鲜明,其对比度和象征性皆使人感到一种诗性的、程式化的美感。

法国导演雷内·克莱尔执导的《魔鬼的美》是浮士德电影中较具代表性的一部作品。克莱尔是法国电影史上的先驱性人物,《魔鬼的美》是他在1949年与法国剧作家萨拉克罗合作编写的。这部电影虽受到歌德原著的启迪,也直接取材于《浮士德》的核心架构,但改编后的情节却焕然一新,浮士德化身为执教于大学的科学研究者并深谙原子能的奥秘,这反映了20世纪科技发明飞速进展的时代特性。导演自称,该影片真正的主题是"靡菲斯特怎样让一个头脑清楚,能够势均力敌地和引诱着斗争的浮士德签订契约"②,由此可见,导演试图通过电影改编而赋予《浮士德》的精神内核以不同的思考角度。

此外,能够由捷克著名电影天才杨·史云梅耶亲自操刀,亦是《浮士德》不朽魅力的明证。这位电影巨匠出生于布拉格,深受超现实主义的影响,他最具特色的表现形式是将真人表演和动画制作相结合,呈现出别具一格的画面效果,《浮士德》就是他利用这种表现手法来制作的一部电影长片。总的来说,这位超现实主义艺术家的作品,其影片情节与歌德原著大异其趣,可以说是电影艺术对文学经典的一次夸张的仿拟。

21世纪以来最新的一部浮士德电影也蜚声影坛,这就是俄国导演亚历山大·索科洛夫执导的《浮士德》,这部影片于2011年获得了威尼斯"金狮奖",帮助索科洛夫迎来了其事业的巅峰。相对而言,从影片布局和人物造型上来看,索科洛夫对歌德原著的变动不大,不过省去了上帝与魔

---

① 此外需说明一点,1967年上映的由英国导演尼维尔·柯希尔(Nevill Coghill)和理查德·伯顿(Richard Burton)执导的电影《浮士德博士》,以及1982年上映的由德国导演弗朗茨·塞茨(Franz Seitz)执导的电影《浮士德博士》,分别是根据马洛的《浮士德》和托马斯·曼的《浮士德博士》改编的,并非直接取材于歌德《浮士德》,故本文略去不谈。

② 雷内·克莱尔:《魔鬼的美——〔法〕雷内·克莱尔电影剧本选集》,赵少侯等译,北京:中国电影出版社,1981年版,第101页。

鬼的打赌，使主线剧情更为连贯紧凑；另外浮士德是先对玛格丽特着迷再出卖灵魂的，这使得其签订契约的动机发生了根本变化。

综上可见，歌德的《浮士德》为19世纪以来的音乐、戏剧和当代电影艺术提供了不竭的灵感和动力，电影作为当代先锋艺术的一种表征，对其进行了最丰富、最多样化的改编和戏仿。与此同时，这些跨媒介的改编作品也反过来证明了歌德《浮士德》作为一部难以逾越的文学经典，它所引发的问题是永久而迷人的——诗人海涅曾说："如果在提到《浮士德》时我不能做一星半点的阐释，那我宁愿不要做德国人。因为每个人，无论是无足轻重的读书人还是伟大的思想家，无论是哲学家还是博士生，都必然在这本书上花工夫。"[①]事实就是如此，两百年来，《浮士德》的阐释空间从未在时代变换中缩塌，反而随着哲学视角和美学分野的细化，不断得到扩充和填补。尤其是歌德原著第一部，即浮士德与魔鬼订约以及浮士德与玛格丽特的爱情悲剧这两个情节，已经成为近两个世纪以来在音乐戏剧和电影艺术改编中不可或缺的一个文学情结，在艺术的诸多交叉领域中蔓延。1830年，当《浮士德》的写作接近尾声时，歌德预言道："《浮士德》这部诗有些不同寻常，要想单凭知解力去了解它，那是徒劳的。……人还是想用心去了解它，不辞困倦，正如对待一切不可解决的问题那样。"[②]确实，《浮士德》内在的活力和魔力无穷无尽，它吸引着人们孜孜以求并不懈追问——数百年来的艺术创造（尤其是现当代多元媒介的不断重构和诠释）就是最好的明证。而歌德和他的伟大诗剧《浮士德》，也在一次又一次的翻译和多媒体重现中，成为人类集体记忆中的一个永恒的烙印。

---

① Heinrich Heine, "Faust", in *Faust: A Norton Critical Edition*, translated by Walter Arndt, edited by Cyrus Hamlin, New York: W. W. Norton & Company, 2001, p. 563.
② 爱克曼辑录：《歌德谈话录(1823—1832)》，朱光潜译，北京：人民文学出版社，1978年版，第202页。

第七章
布莱克诗歌的生成与传播

威廉·布莱克(William Blake,1757—1827)生前曾说:"我的幻觉将会在后世得到一大批人,尤其是孩子们的阐明。"①可近三个世纪以来,接受和推崇他的后人远非只是天真的孩子。世人对他的接受跨越了几乎整个近现代文学思潮的流变,其中罗塞蒂、史文朋、叶芝、乔伊斯等各国作家的创作深受其影响。他独具特色的艺术创作观也得到了弗莱、保罗·德曼、布鲁姆等文学研究专家的系统研究。而在大众文化领域,且不说《沉默的羔羊前传:红龙》这类好莱坞电影对布莱克画作的符号化图解,就算在独立导演贾木许的电影《灵魂异客》中也可看见布莱克作为神秘象征的阐释。除此之外,风起云涌的美国20世纪60年代反文化运动中,布莱克甚至成了年轻人的精神图腾。

由此可见,人们通过对他作品的系统解读,不仅达到了他所希望的"孩子们的阐明",而且还将他推向了具有开创意义的"精神父亲"的地位。他的诗作、画作连同自身的独特魅力奠定了他在现今不可撼动的经典地位。这恐怕是布莱克本人始料未及的。应该说,从生前的默默无闻到后来的推崇备至,人们对布莱克的接受经过了一个漫长的过程。

研究布莱克的经典化过程,最重要的是挖掘其自身最为显著的创作特征。作为一名集诗人和画家为一身的作家,诗歌和绘画是布莱克作品内部最为重要的创作基因。因此,如果我们需将他成为经典作家的这一漫长过程勾勒出来,则必须分别关注他的诗歌以及他的绘画作品,从中找

---

① David V. Erdman, *The Complete Poetry and Prose of William Blake*, Berkeley and Los Angeles: University of California Press, 1988, p.307.

寻布莱克成为经典作家的密码。

基于上述原因,本章内容试图从三个方面入手分析这一问题。首先,着重分析布莱克的文字和诗歌创作,试图揭示出布莱克在文学史上的经典地位是如何奠定的。其次,着重分析布莱克独特的艺术和绘画理念,从而分析其画作在其作品经典化的过程中所起到的重要作用。最后,试图结合布莱克的创作理念,梳理他的作品对后世影视作品以及亚文化领域的影响。

第一节 布莱克诗歌的经典化

布莱克生前很少受人关注,他在同代人眼中几乎成了沉溺于自己想象世界中的"疯子"和"精神分裂者"。直到逝世后的第三年,阿伦·坎宁安(Allan Cunningham)才首次向世人介绍了布莱克这个名字。在《英国知名画家、雕塑家和建筑家传记》(*Lives of the Most Eminent British Painters, Sculptors, and Architect*)中,坎宁安呈现了布莱克生前好友提供的资料,为世人认识这位艺术天才提供了渠道。但是,后世的布莱克传记作家本特利(G. E. Jr. Bentley)注意到,坎宁安给世人提供的与其说是布莱克的传记,不如说是对布莱克作为艺术家的工作态度提出了赞扬。在坎宁安的记录中,本特利发现他"重点突出了布莱克个性中精神分裂的状况,表明布莱克白天全神贯注地雕刻他人的作品,晚上则完全疯狂地创作自己的作品……他一刻不停地工作,将娱乐活动视作懒散的行为,将出门观光等同于虚无的表现,把赚钱看作是对远大抱负的损害……"[①]此番言论出现在18世纪中期并不让人意外。在坎宁安的笔下,布莱克成为了马克斯·韦伯所定义的"新教伦理与资本主义"语境下的道德楷模:"尽管穷困潦倒,但他却依旧保持乐观——毫无怨言——并且身无负债,生活的勇气和独立性贯穿他的一生。"[②]尽管这一系列的描述远非全面而客观,但相比布莱克同代人对他的排斥,坎宁安表明了对布莱克的接受态度。

相应地,在接下来的30年里,英国本土虽然出版了几本包含了查特顿(Thomas Chatterton)、彭斯、华兹华斯、柯勒律治等人作品在内的诗

[①] G. E. Jr Bentley, *Blake Records*, Oxford: Clarendon, 1969, p.477.
[②] Ibid., p.500.

选,但其中仍不见布莱克的踪影。以至于亚历山大·吉尔克莱斯特(Alexander Gilchrist)在1863年出版的第一本布莱克传记——《布莱克生平》(Life of William Blake)中干脆将布莱克定义为"未知的画家"(Pictor Ignotus)。为弥补这一缺陷,他于传记之外特意附带了布莱克的作品选。这是布莱克的作品首次进入公众视野。即便如此,吉尔克莱斯特还是依托布莱克的生平,对他的诗作做出了倾向性的引导,他认为布莱克的诗作"成就了他生活和性格中新颖、浪漫和虔诚的部分"①,因此他也成了"最具精神力量的艺术家"②。在他的感召下,代博拉·多夫曼(Deborah Dorfman)认为当时的读者对布莱克"仍旧抱有统一和持续的印象,他们视布莱克为维多利亚时期所崇尚的生活典范,但却对布莱克的画作和诗歌不闻不问"③。这些读者中也包括诗人史文朋(A. C. Swinburne),他通过写作《布莱克研究》(William Blake: A Critical Study)具体回应了吉尔克莱斯特的著作。史文朋除了肯定吉尔克莱斯特的贡献之外,更表明了他对布莱克的态度,认为他是"为艺术而艺术"④这一信条的笃信者,理应成为真正艺术家的典型。布莱克虽然从"工作伦理的典范"转变为"为艺术而艺术的典型",但两者背后的逻辑是相同的,它表明接受者渴望用某种固定的准则来框定布莱克,无论这种准则是"新教伦理"还是维多利亚时代的唯美生活方式。

这种"框定布莱克"的接受方式受到了詹姆斯·斯梅瑟姆(James Smetham)的质疑。他认为此前"任何一种对待布莱克的方式,无论这种方式认为布莱克是在教唆道德、宗教或非宗教的准则……我们都应当避免进一步产生此类认识,只能将他的诗作看作是一个典雅、高尚、可敬的朋友做出的语无伦次的谵妄"⑤。他认为:"布莱克将遗世独立,永远不会获得一般意义上的追捧……这仅仅因为他所处的环境与一般意义上的生

---

① Alexander Gilchrist, *The Life of William Blake, with Selections from His Poems and Other Writings*, New York: Phaeton Press, 1969, p. 3.
② Ibid., p. 4.
③ Deborah Dorfman, *Blake in the Nineteenth Century: His Reputation as a Poet from Gilchrist to Yeats*, New Haven: Yale University Press, 1969, p. 3.
④ George Saintsburg, *A History of Nineteenth Century Literature (1780—1895)*, New York: Macmillan, 1896, p. 100.
⑤ Algernon Charles Swinburne, *William Blake: A Critical Essay. 1867*, New York: Dutton, 1906, p. 335.

活相去甚远。"①由此可见，詹姆斯将人们的视线重新拉回到布莱克个人独特的一面，但他没有涉及布莱克作品的特性。因此，不妨将他的此番言论看作是对布莱克生前接受状况的回响，不同点在于：布莱克同代人是抱着"抵制"的态度拒绝他，而詹姆斯则是在阅读作品的前提下正视了布莱克的独特性。这一"接受"的姿态在奥利芬特的著作中得到了具体的展开。

奥利芬特(Margaret O. Oliphant)于1882年出版了《世纪之交的英国文学》(*Literary History of England in the End of the Eighteenth and Beginning of the Nineteenth Century*)一书。有关布莱克的章节明显借鉴了吉尔克莱斯特和史文朋等人的成果。她在开篇首先为布莱克定下了基调，认为他是"至今为止任何文献记载中最为奇怪的人物之一"，而他的作品"大多难以理解"。② 究其原因，她指出："他身上之所以具有反传统的独特性是因为人们参照了高品位阶层的传统价值观……这种充满象征和暗示的艺术无法被启蒙主义者所接受……我们不相信一个仅凭理性的观赏者会懂得鉴赏美感并爱上诗歌，只有抛弃任何既定的艺术信条或者既有的结论，我们才能按照布莱克自身的特性，发现他令人惊叹的天赋和庄严，并仅凭这一点对他称颂。"③显然，在奥利芬特看来，史文朋等人的批判标准代表了较高级的艺术阶层，这一点无疑是需要抛弃的。从接受的层面来看，奥利芬特为我们准确指明了对布莱克的接受中呈现出"单向度接受"的倾向，接受者的出发点是自身的准则而非布莱克本人。对此，我们不妨将奥利芬特对待布莱克的态度看作是对詹姆斯的观点的深入，如果说詹姆斯通过"接受"的姿态使得布莱克重归自身的特点，那么奥利芬特则具体对接受布莱克的新方法提出了召唤。

但是，奥利芬特的这一召唤并没有得到直接的响应。批评界对此的回应可以概括为两点：第一，布莱克作为怪异的诗人是否可以进入文学史的范畴？第二，如果可以，又应凭借什么样的依据？④ 针对这两个问题，文学评论家乔治·圣伯利(George Saintsbury)认为："对于任何欣赏布莱克的人来说……只有跳出现有的范畴才能发现他身上更丰富的意义，但

---

① Algernon Charles Swinburne, *William Blake: A Critical Essay. 1867*, New York: Dutton, 1906, p. 331.

② Margaret O. Oliphant, *The Literary History of England in the End of the Eighteenth and Beginning of the Nineteenth Century*, Vol. 2, New York: Macmillan, 1882, p. 67.

③ Ibid., p. 68.

④ Hilton Nelson, "Blake and the Apocalypse of the Canon", *Modern Language Studies*, Vol. 18, No. 1, "Making and Rethinking the Canon: The Eighteenth Century", Winter, 1988, p. 138.

首先需对现有的范畴进行考量。但是既有的范畴表明,布莱克在当时几乎没有产生影响,也没有在其中留有一席之地,他几乎是个无人阅读的人。"①因此,上述第一个问题就转变为,既有的文学经典体系会乐于接受新的阐释吗?随后,持不同意见的批评家对此展开了一系列的争论。其中文学史家库特候普(W. J. Courthop)的态度较为明显,他指出:"既定传统的根基和框架……是为真正伟大的艺术而设置的……而布莱克的所有作品,对所有排除在他幻觉世界之外的事物表示了蔑视和愤慨。他的艺术缺少评判的元素。"②对此,埃尔顿(Oliver Elton)在肯定了布莱克的创作之后,回应说:"他那些伟大的诗篇对当时的经典发出了最早也是最具摧毁力的声音。"③按照埃尔顿的说法,布莱克抱着挑战者的姿态站在既有的经典序列之外,这是学界第一次较为直接地指明了布莱克和既有经典序列的对抗关系。能够撼动经典的作家本身肯定具有非常强大的文学能量,对此埃尔顿总结了史文朋和吉尔克莱斯特等人的评论之后说:"后世很少有布莱克的作品和相应的阐释传承下来,但是最近的20年,我们处在第二波布莱克复兴当中,我们开始关注他所写的所有作品,仅仅去考察他写了什么。"④"最近的20年"中的起点,正对应了叶芝和埃利斯对布莱克进行的系统研究。

叶芝对于布莱克的接受始于他和埃利斯共同编辑的三卷本《布莱克诗选:诗性、象征和批评》。弗莱认为在这三卷本的诗选当中,叶芝"已获得关于神秘体系的粗浅认识,期望能从布莱克的作品中发现一个神秘体系或一种神秘传说,而不仅仅限于诗歌的语言"⑤。这无疑是布莱克接受过程中重要的一个转向。首先,叶芝接受布莱克的起点是他自身创作的需求。这意味着布莱克开始在后世的作家当中激发出了创作能量。叶芝非常注重布莱克有关"想象"和"对立"的观念在整个神秘体系中的作用,

---

① George Saintsburg, *A History of Nineteenth Century Literature* (1780—1895), New York: Macmillan, 1896, p. 13.
② W. J. Courthope, *A History of English Poetry*, Vol. 6, *The Romantic Movement*, London: Macmillan, 1910, p. 78.
③ William Butler Yeats & Edwin John Ellis, *The Works of William Blake: Poetic, Symbolic, and Critical*, New York: AMS Press, 1973, p. 141.
④ Oilver Elton, *A Survey of English Literature*, 1780—1880, Vol. 1. 1912, New York: Macmillan, 1920, p. 171.
⑤ 诺思洛普·弗莱:《诺思洛普·弗莱文论选集》,吴持哲编,北京:中国社会科学出版社,1997年版,第392页。

将布莱克拉回到文学内部进行考虑。其次,叶芝还通过对布莱克神秘体系的考察,具体确立了布莱克"文化先知"的地位。叶芝曾在布莱克诗选的序言中这样说:"当精神的语言不再拘囿于神学之中,而成为文学和诗歌的表达,伟大的真理将得到重新言说,而布莱克的来临就是为了传递此类信息,并宣告一个新纪元的诞生。"[1]众所周知,布莱克和叶芝虽不在基督教的体系内部进行阐释和创作,但两人都非常注重现有宗教当中对现世的启示。在叶芝看来,布莱克最具启迪的一点在于他通过创作一整套神秘体系,革新了人们对日常生活的看法,从而使得人们能从现实的维度,超越经验达到永恒。要想达到这一境界,势必得要超越现有的宗教语境,重新确立一个自为的阐释维度。

我们知道,"经典"一词本身与宗教有着千丝万缕的联系。它代表了筛选宗教典籍的准绳,自动规避了游离于体系之外的各种世俗典籍。布莱克的创作包含着许多自创的元素,这些元素构成了他认知世界的独特方式。史文朋、罗塞蒂等人都隐约感到了布莱克作品中有着和现有宗教相类似的"神秘倾向",只不过他们受时代所限无法找到定位这种"神秘"的维度。但文学经典和传统宗教"经典"最为不同的一点在于,它是不断生成的。在这个生成的过程中它不断丰富了人们认知世界、解释世界的方式,可以说每一个时代都有提供和革新认识的诗人和作家。正是在这个意义上,文学史研究者巴迪里克(Chris Baldrick)认为:"现今宗教最强大的一部分体现在无意识的诗歌当中。"[2]这种宗教世俗化的倾向,对应了雪莱所说的"诗人是未经世人认可的立法者"。我们应该看到,叶芝对于布莱克的定位,暗含了自浪漫主义以来用非理性创作思维对抗启蒙理性的潮流,他不仅对布莱克的作品提供了解释,还将布莱克还原到了反抗现代性的源头,从而在精神上与布莱克达成了契合,成了整个时代的"先知"。如果说叶芝通过建立神秘体系,为布莱克的接受提供了新的接受维度,本身还包含一定的主观性,那么弗莱则将这一神秘体系系统地构建成神话,并将它与文学史上各种神话体系进行了对比,为布莱克的接受提供了前人未知的一个传统体系。布莱克本人认为他的作品"本质上是充满幻觉也即富于想象的,是我为了恢复先民所称的'黄金时代'而做出的一

---

[1] William Butler Yeats & Edwin John Ellis, *The Works of William Blake: Poetic, Symbolic, and Critical*, New York: AMS Press, 1973, p. xi.

[2] Chris Baldrick, *The Social Mission of English Criticism: 1848—1932*, Oxford: Clarendon, 1983, p.18.

番努力"①。这句话中的三个关键词——"幻觉""想象""黄金时代",不妨看作弗莱研究布莱克的基础。

首先,弗莱通过将布莱克放回当时的时代背景下,并与洛克等人的哲学进行了对比,继而发现布莱克并非是脱离传统的诗人。他的传统来源于基督教的预言传统。弗莱这样做的目的不仅仅给布莱克提供了一个可被人接受的维度,更突出了艺术在布莱克诗学中的关键作用,亦即艺术连接着人类神圣的创造力。这种神圣的创造力是"黄金时代"的人所共有的神性思维,他们"将世界的时间和空间当作永恒中唯一的存在"②。这些"唯一的存在"又是以"幻觉"的方式显现出来的。弗莱认为布莱克所说的"幻觉"是指"他对世界所勾勒的景象,不过这不是指这个世界可能会怎么样,更并非指世界平时是什么模样,而是指当人们的意识处于最敏锐、最强烈状态时,世界在他们心中实际呈现的面目"③。进而,通过对"幻觉"的综合对比,弗莱发现其中包含了四个"想象"层次,认为他的全部诗歌都是围绕着这四个想象层次展开动态的演变。总之,"幻觉"和"想象"呈现出的一个整体维度,弗莱认为就是"原型"。"幻觉"使得布莱克诗歌当中零散意象具有了统一的维度,而"想象"使得这些意象具有了具体展示方式,继而布莱克的诗歌就变成了一个动态的"神话原型"整体。弗莱认为在布莱克的诗歌当中"神话原型伴随着人类宗教性的感知,周围围绕着一整套庞大的概念,包括堕落、拯救、审判和永恒"④。正是这一特性使得叶芝发现的神秘体系得到了进一步的发展。弗莱并不认为布莱克的诗学本质上是神秘的。在他看来神秘是"非诗性的传统",本身具有"沉思性的寂静主义"和"精神图解性",布莱克对此没有兴趣,而是通过"幻觉的作用,将分散的创造性词语看作是整体经验中对上帝和人类同一性的感知,其中人类创造物和超人类创造者都消失了"⑤。这个全新的维度使得布莱克的诗歌"形成了一个独有而确定的经典",继而"想要进入这一经典的任

---

① 诺思洛普·弗莱:《诺思洛普·弗莱文论选集》,吴持哲编,北京:中国社会科学出版社,1997年版,第362页。

② Northrop Frye, *Fearful Symmetry: A Study of William Blake*, Princeton: Princeton University Press, 1974, p.108.

③ 诺思洛普·弗莱:《诺思洛普·弗莱文论选集》,吴持哲编,北京:中国社会科学出版社,1997年版,第362页。

④ Northrop Frye, *Fearful Symmetry: A Study of William Blake*, Princeton: Princeton University Press, 1974, p.168.

⑤ Ibid., p.432.

何材料,无论它源自何处,不仅归于一个独特的框架中,而且还与一种永恒的理念框架相协调"。①

可以说,到了弗莱的研究阶段,布莱克经典作品的地位才被确立。弗莱不仅挖掘了布莱克身上独特的气质,为布莱克找到了归入传统的可能,更为世人提供了整个文学和文化体系的方式——原型批评。通过原型批评,人们将研究文学的视角从传统的历时研究转向共时分析,从而发现了文学自身的发展规律。由此看来,弗莱接受布莱克的方式是双向的,在清晰定位布莱克的同时,又建立起自己的批评体系,提高了源自布莱克的思维方式对认识西方文学所具有的价值,使得布莱克作为经典的意义得以确立。

第二节 布莱克经典化过程中的"诗画结合"创作因素

根据前文的分析,我们可以发现,从生前的默默无闻到日后的举世公认,世人对布莱克的接受经历了一个漫长而又复杂的过程。在此期间,以诗人叶芝、爱伦·金斯堡等人为代表的诗人群体通过充分挖掘布莱克诗歌当中的神秘主义因素,丰富了后世象征主义等诗歌流派的诗学表现疆域。此外,西方学界又以弗莱为代表,通过系统研读布莱克的神话体系,让人们认识到这位神秘而又疯狂的诗人独具诗学价值的另一面。这两类群体在布莱克经典化的过程中起到了不可小觑的作用。

但是,这两者都将研读重点放在布莱克的诗歌作品上。而我们知道,布莱克除了是一名诗人之外,还是一位画家和雕版艺术家。在他的作品中,诗歌(文字文本)和绘画(图像文本)往往同时出现,相互作用。笔者认为,一名作家之所以能位居经典之列,其身上独特的创作特征是首要因素。因此,除去对神秘化诗学和神话象征体系的体认之外,我们还需将布莱克独特的诗画结合创作方式纳入考察范围。通过对这一方面的认识,不仅有助于我们拓宽对布莱克的再认识,而且还能帮助我们认清这种独特的文本表征方式在诗人经典化的过程中起到了什么样的作用。

在西方艺术史中,布莱克并非首个运用诗画结合方式进行艺术创作

---

① Northrop Frye, *Anatomy of Criticism: Four Essays. 1957*, Princeton: Princeton University Press, 1971, p.14.

的艺术家,也并非对诗画关系做出定义的第一人。因此,我们在展开布莱克对诗画关系的论述之前,有必要首先认清他的前辈对这一问题的认识,继而了解布莱克与类似艺术家相比,对这一问题的不同态度,从而界定出研究该问题的框架。

在西方艺术史批评传统当中,莱辛的《拉奥孔》对诗歌和绘画这对姐妹做出了较为全面的论述。莱辛秉承了西方"诗如画"(ut picture poesis)的认识传统,认定诗歌和绘画是一对姐妹,而"自然"扮演了诗歌和绘画共同的父亲,这一共同的"血缘"关系带来了姐妹俩共同的表现功能,其差异仅存在于表现方式的不同。莱辛对诗歌和绘画的艺术功能进行了区分,认为绘画与空间、身体、感觉世界相连,诗歌则和时间、精神世界相联系,并且这种诗画分野最终决定了诗歌高于绘画。

在布莱克生活的年代里,艺术家对这一认识的态度相对保守。当代视觉文化研究者米切尔(W. J. Mitchell)概括说:"在'诗如画'这个观点的指引下,艺术家只需将绘画和诗歌表现得很接近,就可以克服时间和空间、身体和灵魂的分离,要么将两者合并在一起成为互补的表现,要么退而求其次,只求表现共同的主题——自然。"[1]

米切尔的论述为我们提供了三种可能存在的解读策略。首先,既然共同的表现主题是自然,那么差别就在于如何表现。顺着这种思路,研究者只要兼顾艺术表现的分析,"求同存异"地加以细细区分就可完成艺术表现上的界定。其次,如若对自然的模仿和表现是两种艺术的共同使命,那么诗画艺术就可以"万变不离其宗"式地进行相互借鉴。从这一点来看,我们似乎可以将布莱克的诗人和画家身份提升到某一种既定的模式,通过对其作品的研究,将关注点落在"转变的可能性"上,就可以为这一研究范畴提供较为完美的例证。再者,如若这一研究缺少理论依据,我们亦可转换思路,研究两者的互补性。

但无论是区分、借鉴还是互补,前提是将布莱克纳入某个既定的传统当中进行研究,容易忽视布莱克自身的诗学。既然我们的关注点是布莱克经典化过程中的独特诗学表征因素,那么我们还是需要参考生发自布莱克自身诗学里的因素,围绕他自身的创作展开研究,从而避免将布莱克当成诗画关系的一个范例,从而偏离我们的研究主题。

---

[1] W. J. T. Mitchell, *Blake's Composite Art*, Princeton: Princeton University Press, 1978, p. 33.

围绕布莱克自身的论述,我们需要从他的作品入手,发掘相关的论述。在《天堂与地狱的婚姻》这部作品中,他曾写过这样的话:"对狮子和公牛都适用的一条法律就是压迫。"①而我们知道,这显然是布莱克对一元论的直接反对,它对我们解决当前的问题有何启迪呢?

结合先前莱辛的论述来看,在绘画和诗歌的姐妹关系中,如若两者都适用于描绘自然,那么自然就是其背后的唯一法则,这个法则同样在诗画关系当中扮演着压制者的角色。用米切尔的话来说:"当唯一的法则或者'主要的原则'被称为'自然'之时,并且这个概念被定义为一个外在于人类意识的现实时,问题就会变得更为复杂。"②复杂的原因在于,布莱克对"外在于人类意识的现实"这个描述本身是持否定态度的。在他的诗学认知体系中,外在和内在这样的区分并不存在,只有更接近于"上"和"下"的区别。上指的是永恒的世界,下则指的是堕落世界。传统诗画诗学当中有关"自然"的界定,只属于布莱克的堕落世界。在布莱克看来,诗歌和绘画中所蕴含的视觉因素只存在于堕落世界中,并且只体现在对永恒世界的观察上,而不是对现实的描绘。这是我们理解布莱克诗画艺术的关键前提之一。

其次,这并非意味着布莱克有意区分了诗歌和绘画的表达功能。这对姐妹在他眼中没有高下之别。从这一点来看,布莱克并不像一些批评家想的那样已经用自己的创作打破了诗画关系。相反,布莱克在这一点上是传统的继承者。

具体来看,一般认为诗歌和绘画如若同时出现在一个媒介单元里,诗歌或者文字文本描述了绘画的场景,而绘画则展现出了文字所未能传递的具体空间塑造。两者的逻辑是共通的,亦即文字和绘画互相补充。而在布莱克的文本当中,我们经常遇到的情况是诗画脱离的情况,似乎缺乏足够的依据证明布莱克的图像完全可以和文字文本对应起来。此外,按照一般理解,像布莱克这样的插图画家,为他人的诗作配画是他的首要任务,而在他人的诗作中传递出自己独特的艺术理念是非常困难的,他只有在为自己的诗歌作画时才能体现自己的独特性。事实果真如此吗?要回答这一问题,我们不妨来看看布莱克与同时代插图画家对待已有经典时

---

① 威廉·布莱克:《天堂与地狱的婚姻——布莱克诗选》,张德明译,北京:中国文联出版社,1989年版,第33页。
② W. J. T. Mitchell, *Blake's Composite Art*, Princeton: Princeton University Press, 1978, p.16.

的不同处理方式。①

伯尼是和布莱克同时代的插图画家,两者都曾对《圣经》中的"失乐园"主题进行过绘画创作。伯尼的画较为贴切地"表现"出"失乐园"的具体主题。亚当和夏娃在大天使的带领下,一个身体往后倾,表现出勉强的姿态,一个则干脆将头转了过去,不舍地从纵深的林子里走了出来。两相对比,我们不难看到,布莱克的画作里不但没有任何自然背景,人物的姿态也是向外的,亚当和夏娃两人都朝天上望去,没有任何恐惧的面容。

"失乐园"的相关主题表现在伯尼的画中与文字文本有较为明显的联系,无论是人物的姿态,还是场景的细节都可以在故事原型中找到对应表达。而布莱克用来表现相关主题的图像却只保留了最基本的人物设定,其中人物的姿态和场景均无法在已有的文本中找到。布莱克显然已经不再用图像具象来表现文字内容,而是加入了自己对"失乐园"相关主题的阐释。

如若按照布鲁姆的说法,这体现出布莱克作为强者诗人对先辈的"影响的焦虑"。那么对此种焦虑的克服,势必包含他自身诗学体系的原创因素。继而,在这种原创因素当中,布莱克所要展现的不再是原先文本当中的细节对应,而是一种理念。凭借这一点,他和伯尼的差别用米切尔的话来说就是"灵视和图解的差别,一个是改革者,另一个则是一名翻译家"②。

改革者意味着布莱克需要革新人们对待文字和绘画的一般认识。而一般认为,诗歌在读者心中唤起类似图画的效果需通过两种方式:场景性的叙事和视觉性的意象。无疑,就这一点而言,最佳的考察对象是他早期创作的纯文字诗歌。但是,在布莱克的早期诗歌中,"诸如'荒野山谷'或者'回声树林'这些场景当中,并没有体现出18世纪带画面感的诗歌对光、影、透视效果等方面的处理"③。可以看到,布莱克的场景叙事并不带有画面感。布莱克所真正关心的是诗歌当中的人。需着重指出的是,这里的"人"指的并非是以人为主的意象,而是带有视觉观察角度的"观察

---

① 需指出的是,这两幅图的对比并非笔者的原创,对它的解读和分析建立于米切尔的分析之上。详见 W. J. T. Mitchell, *Blake's Composite Art*, Princeton: Princeton University Press, 1978, pp. 17—19.

② W. J. T. Mitchell, *Blake's Composite Art*, Princeton: Princeton University Press, 1978, p. 19.

③ Ibid., p. 21.

者"。布莱克在表现作品当中的"人物"时,经常会出现明显的背离。我们知道在布莱克的绘画当中,"由理生"作为一位典型角色,经常以白胡子老人的形象出现。但在诗歌当中,布莱克却并未用直白的语言描绘这个人物的外形特征,甚至没有任何标志性的细节。诸如白胡子、老年样貌等这些画中出现的元素并未在诗歌中得到体现。相反,在布莱克的诗歌中,用来描绘由理生的方式呈现出两种特殊的形态。其一,由理生本身以模糊化的形象出现:"由理生是一团恶魔的烟雾,是一团无整体的抽象之物。这位云雾般的天神坐在水上。时而可见,时而朦胧。"① 其二,绘画当中由理生这一白胡子老人的形象对应的却是诗歌当中反叛的年轻者。比如在《四天神》之中,他就被描述为"光之王子"。无论是模糊化的描写,还是诗歌和绘画中人物形象的表达出入,这些都表明布莱克用来描绘具体对象的方式是非描绘性的。当然,诗歌当中完全没有视觉意象是不可能的。布莱克自己也说:"天底下根本不存在不带意象的思考。"② 于是,既然视觉意象不是直观的描绘,那么至少它们就是某种特殊视角下的产物。

参照18世纪的主流画派来看,绘画要体现出文字才有的功能,势必要利用自身的特点,通过绘画的元素构建充满叙事性的画面,里面包含人物的细节、景色的位置等。观看者通过自身的视觉经验,从而还原出整幅画背后所包含的故事性。因此,通过伯尼和布莱克作品的对比,我们可以发现布莱克画作特性的因素就根植于一种独特的表现视角。而这种视角的形成则与他对诗画时空表现的认识以及对前辈画家的特殊借鉴有关。

首先从时间和空间表现这一点来看,布莱克的画作几乎没有特别明显的空间特性:背景模糊,透视感也不强。而在人物表现上,布莱克的人物很少具有典型的特征描绘,无论是不知名的人物,还是标志性的天神,他们的神态、躯体线条都是相似的,缺少可以明显区分的标志。模糊的场景、单一的人物造型,这些都给观众留下一种平面的观看体验,远非通过透视、构图、人物造型和空间安排所体会到的立体感。立体感的缺失,画面留下"所有按顺序展开的动作都是即刻和内在的"③效果。所谓"即刻"指的是一个时间概念,代表瞬间,但我们发现布莱克却是通过空间展现完

---

① David V. Erdman, *The Complete Poetry and Prose of William Blake*, California: University of California Press, 1988, p. 83.
② Ibid., p. 590.
③ W. J. T. Mitchell, *Blake's Composite Art*, Princeton: Princeton University Press, 1978, p. 26.

成的，这种效果类似于现代的照相技术：通过固定空间，锁定特定的动作，从而凝固时间。不过，这种效果的表现绝非布莱克的首创，可以说所有绘画都可以实现。但是，从展现人物的画作上来看，传统的肖像画呈现出的是完全静态的人物展现，画面中的人物通过逼真的细节展现从而得到放大和突出。反观风俗画，无论展现的是室内场景还是室外的人物与风光，画面通过展现人物与景物的比例（透视效果），描摹人物的动作，展现出画面的纵深叙事感。就这些特点来看，布莱克的画作虽然大多数以人物为中心，但这些人物却没有很强的细节展示。其次，当布莱克将人物的动作和场景的展示共同绘入同一张图时，我们发现其中缺少了指向性。布莱克画作中的人物动作缺乏可供参考的空间连续性，我们既看不到前一动作的踪迹，也很难发现下一行动展开的预判，他展现动作，但没有动态的效果。由此可见，所谓即刻，指的是双重时间的锁定，一个是画面内部时间的架空，另一个是观众失去了观看人物动作所带来的深度时间感。在布莱克的画作当中，空间和时间呈现出较为怪异的一致性，两者既不以锁定时间来拓宽空间，也不以锁定空间来放大某个特定时刻。

再者，从对前辈作家的借鉴来看，《布莱克和姐妹艺术传统》这本书的作者认为布莱克的画作并非完全来源于自己的独创，其中包含了借鉴于别处的东方化的、神秘的、荒诞的图像，甚至包含那些意图难辨、出于"秘教"崇拜的图腾，比如布莱克画作中经常出现的天鹅少女、人形龙身怪等。[①] 而据阿瑟·西蒙斯（Arthur Symons）考察，布莱克的绘画藏品中收有丢勒的作品。[②] 所以布莱克也对丢勒的画作进行了借鉴。我们可以以丢勒的名画《忧郁》和布莱克印刻在《耶路撒冷》中的一幅画作为对比，以此为例来看待这一问题。

布莱克在图中表现出的人物姿态确实与画中所配文字有对应，两者都指向一种忧郁的状态。这可以说直接借鉴了丢勒的画作。但我们发现布莱克在画中除去忧郁的姿态之外，还展现出一个人身鸟头的形象，那么这个形象又来自何处呢？

米切尔认为这也是布莱克对丢勒画作的嫁接。在丢勒画作中，人物的翅膀被移植到了布莱克的画作中，并且以鸟头的形式出现，也就是说布

---

① David Erdman and John Grant, *Blake's Visionary Forms Dramatic*, Princeton: Princeton University Press, 1970, pp. 88—89.

② Arthur Symons, *William Blake*, Whitefish, Montana: Kessinger Publishing LLC, 1997, pp. 88—89.

莱克保留了丢勒画作中"鸟"的特征。但除去丢勒自身对忧郁主题的理解，布莱克在此还用鸟的象征来表明自己的象征意图。在布莱克的象征体系当中，鸟象征着天才。① 除此之外，米切尔还指出这幅作品的另一个源头——基督教图像中的圣约翰。圣约翰这个形象"融合了基督教的图像志、文艺复兴时期的幽默理论，以及经典的神话叙事"②。如此一来，丢勒画作中的忧郁姿态，再加上圣约翰的先知"职能"，两者合在一起形成了两个文本的重合，布莱克借助已有的文本，互文性地表达了如下内涵：罗斯作为一原创神话人物，身上的天赋（以鸟为象征）正受到压制，呈现出忧郁的姿态，但同样作为一位先知，他必定带来启示的图景。

可见，在布莱克整幅图中文字文本放入的内容就是罗斯所看到的具体内容，而非对图像的补充说明。还需补充的是，米切尔除了揭露罗斯的视角之外，更为重要的是揭露了读者的视角，亦即观察布莱克结构文字和图像的方法。布莱克的画作的确和丢勒的画作一样，某种程度上都是象征，都是可以用来"读"的，但"读"丢勒的画作依靠的是肉眼，通过寻找散落在画作中带有隐喻色彩的或明或暗的物体来实现，而"读"布莱克的画作首先依靠的其实是"看"，需要将人物的视角挖掘出来，并且将这种视角和读者的视角融合在一起才能依靠想象力"读"出其象征的意味。

至此，我们可以发现，传统认识中的诗画姐妹艺术，其实包含了具体艺术功能的区分，在莱辛看来两者都是"自然"的女儿，其目的也都是单一的：为了表现自然，只是方法不同。但在这种不同方法的背后，其实蕴含着一系列相互对立的因素。诗歌主要与时间、精神世界相联系，绘画则与空间、身体感官世界相关。这样的对立深入人心，以至于有人相信只要"这两个姐妹将她们不同的力量结合在一起，其中一位传递出灵魂，另一位传递出身体（或外在的身体形式），她们结合在一起产生的影响足以成为挫败死亡的力量：这个世界上的所有世纪将会成为当下"③。布莱克本人也论述过相似的观点："绘画，如同诗歌和音乐，在永生的思绪里存在和狂喜。"④但这并不足以说明布莱克和传统的观念一致。他希望通过创作

---

① W. J. T. Mitchell, *Blake's Composite Art*, Princeton: Princeton University Press, 1978, p. 27.

② Ibid., p. 26.

③ William Wycherley, *The Plain Dealer*, Whitefish, Montana: Kessinger Publishing LLC, 2004, p. 25.

④ David Erdman and John Grant, *Blake's Visionary Forms Dramatic*, Princeton: Princeton University Press, 1970, p. 532.

融合两种艺术，达到某种较高的艺术超越性。布莱克对待这对"姐妹"的态度建立在一种非超越性上，非超越性意味着对立面的双方并不会完全牺牲一方转变成另一方，也不会通过辩证的矛盾转换关系创建出新的存在关系。正是这种对诗画关系的独特认识，使得布莱克得以在诗画结合的表达上突破传统艺术论的认识，汇聚出自己独特的艺术表达，继而从一个侧面奠定了自己经典作家的地位。

除此之外，从当下语境出发，我们正处于一个"图像"泛滥的时代，文字日益退居次席。基于此，有学者甚至提出了我们这个时代正在经历一场"图像转向"。而布莱克用图像和文字共同表达的异质特性，对我们有着直接的启发。在布莱克的诗画表达体系中，文字文本不是用来描绘视觉文本的，词语本身就是图像，而视觉文本也不是用来"图示"文字文本的，而是以一种平等的姿态与文字文本共同成为一个整体。进一步说："图像脱离文本而独立存在的最为明显的一个表征在于，图像所表现的内容并不行使图像的作用。"①这样一来，文字文本和图像文本形成了一个相互不对应的状态，图像和词语都在背离自身的表达方式，继而展现出各自表现力量的"缺失"。我们不妨打个形象的比方，图像文本和文字文本就好比两个相互错开的齿轮，无法咬合在一起。而要想让这个机器运转起来，让齿轮间相互产生传动力，还需要另一股动力，这股力量就是想象力。而我们之所以会陷入图像所构成的泥沼之中，其中一个重要的原因在于我们偏重某个媒介，用总体、直观的模式替代了多元的认知。而布莱克独特的诗画构成，则对我们当下恢复想象力，注重认知的多元性有着直接的启示。这也是经典作品对于当下的启迪意义所在。

第三节 跨媒介、跨文化视野中的布莱克

在前文，我们提到了布莱克研究者弗莱的解读。值得注意的是，弗莱的解读对布莱克作品作为经典的传播固然起到了非常重要的作用，但他的解读也受到了许多读者的质疑。他们意识到，这种带有强烈结构主义色彩的解读，未能说明是否出于布莱克的本意。除此之外，米切尔更是撰

---

① W. J. T. Mitchell, *Blake's Composite Art*, Princeton: Princeton University Press, 1978, p.4.

文提出弗莱忽略了布莱克自身"疯狂""猥亵""含混"的一面,他呼吁布莱克接受者们应当注意布莱克自身的"危险性"。① 米切尔的说法在非学院派人士那里得到了回应。

在布莱克的接受群体中,有相当多的一部分人并非是严肃的学院派人士。他们的涌现离不开当时的社会文化背景。20世纪中叶的美国,随着西方传统理性价值观在各个领域的崩塌,第二次世界大战以后的美国青年急于在其他价值体系中找到新的寄托,美国上下兴起了包含嬉皮士运动、民权运动等在内的多项社会运动。青年人作为这些运动的主要参与者,在其内部形成了特有的亚文化。布莱克身上不安于传统价值观的态度引发了他们的共鸣。而布莱克建立在非理性基础上的神话体系,也契合了他们寻求超越理性、恢复心理秩序的需求。"垮掉的一代"著名诗人艾伦·金斯伯格(Irwin Allen Ginsberg,1926—1997)可谓他们之中的典型。

金斯伯格还在哥伦比亚大学读书时,在一次幻听体验中感受到了布莱克向他朗诵了《啊!向日葵》和《病玫瑰》这两首诗歌。在这两首诗歌当中,金斯伯格感受到了上帝的无所不在。"从那时开始,我被选中,被赐福,成为了一位神圣的诗人。"②抱着这样一种由布莱克传递的"幻觉",金斯伯格不久在书店里突然感到周围的人由于这类"幻觉"的存在而发生了扭曲和变形,他们仿佛走出了布莱克的《经验之歌》,处在"一种丧失了对欲望和柔情的感知"③的状态当中,这番体验使得先前的上帝成为了集恶魔与上帝为一身的存在。

这一系列由幻觉带来的体验在他的作品当中也得到了具体的体现。金斯伯格的《向日葵箴言》与布莱克的《啊!向日葵》有着强烈的互文关系。在这里,金斯伯格不是简单地仿写布莱克的诗句,而是对其中的内涵进行了现代语境的引渡。布莱克在《啊!向日葵》中这样写道:"啊,向日葵!怀着对时间的厌倦,整天数着太阳的脚步。"而这其中的"怀着对时间的厌倦"就展现为:"一片灰茫死气沉沉同天空相衬托,大如人形(指向日葵),萎缩一团坐在一堆积存已久的锯木屑上面。"在这一片后工业的废墟上,金斯伯格最后"一把拔起那颗坚挺厚实的向日葵藏在腋下如同挟着一

---

① W. J. T. Mitchell, "Dangerous Blake", *Studies in Romanticism* 21,1982, pp. 410–416.
② Thomas Clark, "The Art of Poetry: Allen Ginsberg", *The Paris Review* 37, New York: The Paris Review, 1966, p. 41.
③ Ibid., p. 42.

柄帝王的权杖"①。从中我们不难发现,"对时间的厌倦"表现在现代文明过度发展后的景象中,而向日葵的出现则成为了抵抗这一文明进程的"权杖"。金斯伯格从布莱克的神话体系中借助代表理性、禁锢人们感知力的"由理生"形象,具体发展出了自己对待以美国为象征的现代文明形象——摩洛克。在著名诗作《嚎叫》当中,金斯伯格愤怒地说:"摩洛克不可理喻的监狱!摩洛克相交大腿骨没有灵魂的炼狱和聚生痛苦的国会!摩洛克的高楼是审判庭!摩洛克战争巨人!摩洛克令人不知所措、不寒而栗的政府机构!"②金斯伯格之所以要这样写,目的在于行使他作为启示诗人的职责,带领他的同代人冲破文明的束缚,达到永恒的启示当中。这一点和布莱克的启迪是分不开的。从精神自由到介入社会,呼吁人们达到政治自由,金斯伯格通过幻觉将这一主张具体扩散到了社会活动当中。他认为:"布莱克的书对于我们当前遇到的问题同样是有用的,一定程度上与美国60年代的革命狂热以及伴随而来的所谓'理想的破灭'有关。所以布莱克紧跟现代人心理当中热情与自怜、同情与愤怒之间的矛盾,这些贯穿于他的所有作品之中,并呈现在他的年代当中,我们这个时代也一样。"③应该说这一特性具有普适性,对文学创作具有巨大的启迪意义。

此外,我们看到,金斯伯格最初的"幻觉"也得到了众多"嬉皮士"的推崇。心理学家赫胥黎所著的《知觉之门》,在另一个层面强调了幻觉的作用。这本书的书名直接来源于布莱克《天堂与地狱的婚姻》中的诗句:"如果知觉之门得到净化,那么万物将以本来面目呈现在世人面前:永恒。"④赫胥黎意在通过阐释人类心理,从而打通知觉,获取感官的升华,为此不惜借助毒品等极端的手段。受到布莱克这句诗句的启发,美国著名摇滚乐手吉姆·莫里森(Jim Morrsion)则将自己的乐队取名为"The Doors"(大门乐队)。莫里森和他的乐队意在通过摇滚乐的形式创作出类似布莱克所言的幻象。但是弗莱认为"服用毒品梅斯卡林与布莱克所说的'净化'感觉之门并不完全属于一回事",而具体到书中的心理实验,弗莱认

---

① 艾伦·金斯伯格:《金斯伯格诗选》,文楚安译,成都:四川文艺出版社,2000年版,第134—136页。
② 同上书,第124页。
③ Allen Ginsberg, *Deliberate Prose: Selected Essays, 1952—1995*, New York: Happer Collins, 2000, p.279.
④ 威谦·布莱克:《天堂与地狱的婚姻——布莱克诗选》,张德明译,北京:中国文联出版社,1989年版,第23页。

为:"这些实验似乎表明:人们的思想中,是始终潜伏着这种升华现象的形成因素的……然而对于布莱克来说,《圣经》为人们理解这两个世界的关系提供了线索。"①通过弗莱的解释,我们得以发现布莱克真正提供给这一代人的精神动力乃是想象力的升华,使得他们能够反抗理性的扭曲,达到精神上的永恒。

相较之下,另一位摇滚乐手,被人称为朋克乐之母的帕蒂·斯密斯(Patti Smith)对布莱克的吸收则显得更为内敛。2004年,《滚石》杂志针对布莱克的问题采访帕蒂。帕蒂第一次较为清晰地向世人吐露她作为布莱克门徒的心得:

> 我还是孩子时就开始阅读布莱克的作品,比如《天真之歌》。我从中了解到很多事情——有关扫烟囱的活计和那个年代的孩子所要承担的重活。我发现他关爱孩子。其次,我是从布莱克的画家身份走进他的:我研究了他所有的画作和雕版作品。我最近意识到这个人身上具有孩子才有的幻象,他行为怪异,甚至为这些幻象而耗尽自己。但他一辈子都保有这些幻象。无论它们诞生于自己体内还是出自上帝之手,威廉·布莱克始终忠于这些幻象。他从未改善过他的生活模式。他的作品无人问津。他穷困不堪。当他将这些表露出来之后,又几乎破产。他很有可能因为叛乱而受到绞刑。我从布莱克身上学到的是:不要放弃。也别奢望一切……我也曾经历过黑暗的时光,也曾在某个时期一无所有。无法温饱,没有积蓄——除了我自己的想象力。而当你发现自己有某种天赋,你就已经拥有了生活的全部。除此之外的一切将变成意外收获。②

除去精神上的召唤之外,布莱克还对帕蒂的创作产生了影响,这一点主要体现在布莱克作品的诗画结合的特质上。在帕蒂进入摇滚乐的殿堂之前,她最常用的艺术表现手段就是诗歌和绘画的结合。无论是她写给妹妹的明信片,还是为自身所作的画像,帕蒂都会在绘画边上写下几行诗句。她的这种表达方式诚然不是布莱克艺术精神的直接体现,诗句往往是绘画的补充,抑或相反。不过,哪怕在帕蒂的自画像中,她也从未刻意地描绘自己的外在形象,反倒会借用简单的线条和几抹色彩,突出自己的

---

① 诺思洛普·弗莱:《诺思洛普·弗莱文论选集》,吴持哲编,北京:中国社会科学出版社,1997年版,第362页。

② David Fricke, "Patti Smith on Blake and Bush", *Rolling Stone*, May 5th, 2004.

另一面。仿佛在她的笔端,源自布莱克"灵视世界"的表现力激荡出的是一种"唤灵巫术"。

另外,在诗歌创作中,帕蒂还受到了布莱克有关"对立面"的影响。她曾写过这样一首诗歌:

> 裹足或裸足
> 无限自豪或谦卑如爱
> 嫩枝做的脚手架
> 掘墓人或是风中舞者
> 同样的风也带来猪群的臭味
> 让人咳嗽的玫瑰或花粉
> 残酷的异想独自成章
>
> 去拒绝手术室里的
> 控制机器
> 去拒绝所有肉体的损害
> 去了解爱不会拥有例外
> 去成为各种外形的圣徒。①

布莱克的诗学归根结蒂是一种视觉关系,词语、图像和内在诗学的呈现,全都依赖于视觉突围之后想象力的迸发。若以此反观帕蒂的诗歌,诗中出现的一系列对立的意象:裸足与裹足、无限的自傲与如爱的谦卑、掘墓人与风中舞者等皆是视觉呈现。帕蒂并列这些意象的目的不在于突出其中任何一方,而是让隐藏在这些对立面背后的诗学观念直接呈现出来。于是,裹足所象征的富有与裸足所象征的贫穷,无论姿态是贫穷抑或谦卑,都只是一架嫩枝搭建的脚手架,摇摇欲坠,脆弱不堪;掘墓人也可以被看作是在风中起舞的人;风可以促成舞蹈,也可以是传播庸俗恶臭的媒介;浪漫情怀下的玫瑰,也可以催生煞风景的咳嗽。

另外,值得一提的是,2004 年帕蒂·斯密斯发行了自己的第 13 张摇滚专辑,在这张专辑中,她特意写了一首名为《我的布莱克岁月》的歌:

> 在布莱克岁月里,
> 我受到强烈的指引,

---

① Patti Smith, *Early Work*, *1970—1979*, New York: W. W. Norton Company, 1994, p. 3.

经过重重极境，
驶向未知的使命。
耳畔吹入命运的气息，
嘴边哼起简单的颂歌，
一条路铺着金砖，
另一则仅仅是路。

布莱克岁月，
如此忧愁的分裂。
我们的生存之痛，
并非我的想象。
鞋子在条条路间跋涉，
鞋跟在脚底开裂。
一条路铺着金砖，
另一条路仅仅是路。

在布莱克岁月里，
诱惑之声嘶嘶作响，
好似一把肤浅的矛，
只会刺入胆小鬼之身。
无论你过的是崇高的生活，
还是面对苦涩的讥讽。
请拥抱自己，
财富迷宫，
难以解脱。
布莱克背上也曾背负，
朝圣者面临的危险。
所以，脱去愚蠢的外衣，
拥抱所有的恐惧。
因为在我的布莱克岁月里，
欢愉战胜过所有的绝望。①

---

① Patti Smith, *Patti Smith Collected Lyrics*, 1970—2015, London：Bloomsbury, 2015, p.239.

从这首亦诗亦歌的作品中,我们可以看出布莱克对摇滚乐的影响是多面的。除了吉姆·莫里森那样对幻觉的嫁接之外,布莱克更是以自己的人格和独特的诗学理念、罕见的诗歌绘画创作模式,对后世跨艺术领域的艺术家产生了综合影响。

无独有偶,在电影作品中,我们也可以看到布莱克类似的影响因素。1991年由乔纳森·戴米执导,朱迪·福斯特、安东尼·霍普金斯等人主演的电影《沉默的羔羊》面世后,大获成功,随即拍摄了两部续集。第三部被导演命名为《红龙》。《红龙》中的杀人凶手在家中挂着一幅画,背上也文着这幅画,这幅画正是出自布莱克的画作:《伟大的红龙与日光蔽体的女人》(The Great Red Dragon and the Woman Clothed in Sun)。导演选择布莱克的这幅画并非因其恐怖,而是吸收了布莱克有关"善恶对立面"的思想,用于人物性格的塑造当中。在此,我们首先需要了解电影《红龙》中杀手性格的形成与发展。

杀手杜尔天生兔唇,做过矫正手术,而且还经常尿床。先天的缺陷再加上亲人的厌弃与虐待导致了他深深的自卑。在这种畸形心理的影响下,杀手一方面选择杀害幸福的家庭来消解自己的妒忌心理,另一方面想要通过杀人抵消自己心理的自卑,完成自己的转变,以此来体现自己的强大。这样一来,我们可以发现,这位杀手内心其实包含着一股有关善恶的矛盾心理,导演之所以选择布莱克的画作作为重要的标识,其实就是受到了布莱克有关"善恶对立转变"思想的影响。

布莱克在《天堂与地狱的婚姻》中有句名言:"没有对立就没有进步"。但是这句话,连带着"对立面"这个词常常会引起误会。我们应该看到,布莱克所说的"对立面"并不是黑格尔定义下的辩证法。布莱克与黑格尔的不同,并不简单地体现在对立面和矛盾的字面差异上,更为关键的是布莱克提到了"进步"(progression),也就是说他提到了对立面的相互作用。但这种作用的产生并不依赖于"命题"与"反命题"的存在,这主要体现在两个方面:其一,布莱克并未发明一个如黑格尔那样的抽象辩证系统;其二,作为理解"进步"的关键,布莱克所强调的是一个持续的"创造"(creative)过程,但此处的"创造"并不是指矛盾在从一方转变成另一方的过程中所附带的新事物与新现象,参与其中的对立面并不以完全消耗一方为代价,从而展现出一种共存的局面。我们可以发现,黑格尔式的辩证法就其"转换"的特质来看,背后传递出的逻辑和传统美学定义下的诗画姐妹关系有相似之处,两者都是理性审视下的关系展现。而布莱克对于

"对立面"的看法恰恰是要打破一种理性思维定义下的二元关系，体现了一种创造力。由此观之，"善"和"恶"就构成了这种二元关系。布莱克在《天堂与地狱的婚姻》中曾指出："从这些对立中产生了修行者称之为善与恶的东西。善是被动的，它服从于理性；恶是主动的，它来自激情。善就是天堂，恶就是地狱。"

布莱克并没有直接论述所谓对立的具体表现，而是先将这一切进行了提升，赋予了"善"和"恶"的价值判断，而善和恶有主动和被动的区别。正因为有了主动和被动包含在善恶价值判断之下的动因之别，也就使得善和恶有了单向转变的可能，除此之外，如若按照惯常的理解，善与天堂在意义上的链接，势必会引出拯救的意味，但是文中却明确表明，这种善是被动的，可见布莱克在此所言的"善"和"恶"明显就是《争论》中反讽的延伸，因此一切需要重新以类似颠倒的方式加以理解。如此一来，建立在反讽意义上的单向转变不可能是一种进步，而上述的这些对立面只可能来源于一种错误的认识，也就是说有一种区分方式，它错误地区别了"善"和"恶"。可见，布莱克眼中的"善"和"恶"并不是依据某种标准得以二元区分的，而是共存在一起的。他曾说："人是一种双重性的存在。一部分作恶，另一部分行善，行善的部分并不能用来作恶，但是，作恶的部分却能够行善，善和恶这两个部分并不能存在于单个个体中，因此两个对立面出自一个本质是不可能的，但是如果认定人只是恶的，上帝只是善的，那么通过善将恶驱逐出去，恶转换成善的重生又该如何产生？"[1]在此，需解释一下，布莱克所说的"善恶"源于他自己的神话体系，在他的神话体系当中，人因为是堕落的，才有了用理性区分善恶的认识。他主张人若能通过善恶之间的争斗，就能打破看待人性的单一视角，并且引领着自己进入更高级别的存在。

反观《沉默的羔羊》系列，剧中的主要人物精神病医生汉尼拔就是一个集善恶于一体的矛盾产物。他的出现改变了人们对传统杀手的认识。他极度高雅，生活讲究，酷爱古典音乐，与人交谈也彬彬有礼。另外几个配角，无论是女探员斯塔林还是格拉汉姆之所以能和汉尼拔展开合作，原因就在于这些人都在一定程度上受到过心灵的创伤，自身也包含着难以遏制住的善恶转变观念，继而他们能够认同汉尼拔。而在《红龙》中，杀手

---

[1] William Blake, *The Complete Poetry and Prose of William Blake*, David V. Erdman ed., with commentary by Harold Bloom, rev. edn., Berkeley and Los Angeles: University of California Press, 1988, p.594.

杜尔的杀人举动,表面上来看是对自己童年创伤的扭曲性弥补,但从深处来看,透过这一举动,我们可以看到:"它展现出人性中同时能够诞生仁慈与残忍、怜悯与嫉妒、爱恋与憎恶、平和与动荡,每个个体都能行使对立面的任何一面——的确,没有残忍,怜悯和爱就没有了用武之地。"①这无疑是布莱克思想的直接体现。

除此之外,布莱克还指明,在善恶对立面的转换关系中,体现想象力的创造力才是关键因素。善意味着理性,是一种静止的力量,"恶"代表激情,是一种具有活力的力量,"善"只能让人停步不前,"恶"却赋予人以行动力。关键在于这种行动力所要达到的目标,并不是让人继续作恶。如若一个人只会继续作恶,那么这种恶其实也是一种静止。布莱克所要达到的境界恰恰是超越善恶的区分,达到一种超越。诚然,要系统地理解布莱克的善恶理念并非易事,但正如米勒所言:"阅读布莱克对对立面的剖析和叙事包含一个倒退的过程,它首先意味着理性和激情是对立的存在,而后它们又是相互依存的,再者尽管它们相互争斗,但却无法分割,并且永远也无法分割。最后,创造与毁灭的特征,甚至是理性和激情的概念,只有在对话当中才是具有活力的,这种对话不仅清楚地展现了每一部分的特征,并且在这个意义上,清楚地展现出其自身表征的错误所在。"这种独特的对立关系又使得"有关对立面的真理恰恰成了无法述说的真理,只能通过对立的展现得以实现"。②

由此观之,杀手杜尔并非仅仅是用现在的杀人举动来弥补自己的童年,而是希望通过自己的"创造"来转变自己。影片对布莱克思想的吸收,并非要为这位杀手进行辩护。而是企图通过塑造这个人物让人们看到其中人性的复杂多变。布莱克作为一名浪漫主义的先驱,他反对过度运用理性来区分人、塑造人,而是洞察到了人性当中的多种可能性,以及这种可能性并置在性格中的特质。无论是这部影片的编剧还是导演,借助的恰恰是布莱克对于人性洞察的丰富性。杀手杜尔也好,汉尼拔医生也罢,并不是为了取乐而杀人,观众若是参考布莱克的思想就会发现,这些人物本身其实也是受害者,他们或受到悲惨的对待,或出于他人的排斥成了孤立在一旁的"怪人",从这个意义上来说,这就是对人性多重可能性的否

---

① Steve Clark and Jason Whittaker, *Blake, Modernity and Popular Culture*, London: Palgrave Macmillan, 2007, p.182.
② Dan Miller, "Contrary Revelation:'The Marriage of Heaven and Hell'", in *Studies in Romanticism*, Vol. 24, No. 4, Winter, 1985, p.505.

定。他们做出这些举动,无疑打破了这种僵局,虽然手段是残忍的,但透露出来对人性的理解却是深刻的。

由《红龙》这部电影我们可以发现,布莱克的思想之所以能够移入电影中,通过不同主题的变奏得以展现,归根结底还是由他诗学思想的丰富性所决定的。除此之外,《红龙》这部电影之所以能够获得成功,靠的肯定不是场面的恐怖和对心灵扭曲的揭示,而是借助于经典的力量对人性的探索。从这个意义上来说,《红龙》虽然不是一部文学改编电影,但它却从某种程度上超越了改编,真正抵达了经典作品的内核,不妨将其看作是文学经典与电影之间一次成功的嫁接。

至此,我们可以发现,从坎宁安等人对布莱克自身特点的聚焦,经由叶芝"体系"化的理解,再到弗莱用"神话原型"纵向地对布莱克传统的界定以及横向地连接整个文学和文化发展,最后又由大众文化层面回归到对布莱克自身的关注,整个布莱克作品的传播过程呈现出从点到线,再汇聚成面,最终又回归原点的循环过程。但我们需看到,这不是简单的"点"到"点"的循环。坎宁安等人最初对布莱克自身特点的关注,靠的是单一的印象,缺少布莱克作品的支撑。后世再度回归布莱克"疯狂""猥亵""含混",本身是建立在对布莱克具体作品的研读基础上的。在一系列的接受过程中,布莱克不断地被赋予了新的意义,因此这种"回归"本身已带有相当丰富的价值。如果可以把布莱克的整个过程看成是人们不断发挥想象力,企图走进布莱克的过程,那么我们不妨借用弗莱发现的布莱克神话体系中代表人类想象力循环的"奥克循环",来重新看待人们接受布莱克的这一循环过程:布莱克自身的创作可视为作家的接受起点,代表着"形成/创造",当时语境对他的排斥可看作是"排斥/堕落",叶芝和弗莱等人对布莱克的具体研究和阐释可解读为"接受/救赎",继而最后布莱克在大众文化领域中的重新定位就自然而然地成为了"重生/启示"。借助这个循环的模式,意在指出布莱克接受过程的动态性和延伸性,正是在这个不断吸收意义,不断消耗意义,不断推进,又不断回归的循环中,布莱克成就了经典作家的地位。

除此之外,我们应该看到,布莱克之所以能被人们带回原点进行考察,除了外部语境的需求之外,还说明了布莱克本身具有吸收各种语境的开放性,同时又以其强大的文学能量不断更新了人们对时代的感知方式。从叶芝和金斯堡的创作来看,他们并非完全陷入了布罗姆所说的"影响的焦虑"当中,不是通过反抗精神父亲,从而创立自己的作家地位;而是主动地表现出对这一父亲的认同,借助嵌入传统的序列当中,从而获取了创作的源泉。这一点也是我们考虑经典作家的接受中不可忽视的一个方面。只要这个世界还存在理性所未能解释的未知,还存有单向阐释体系的缺陷,布莱克就会降临启示的意义,正如米切尔所说:"无论批评会走向何方,布莱克仍旧会置之度外,等待着它们能追上他的想象,等待着批评和预言能够再度团聚。"[1]

---

[1] W. J. T. Mitchell, "Dangerous Blake", *Studies in Romanticism* 21, 1982, p. 416.

第八章
英国浪漫主义诗歌的生成与传播

"浪漫主义文学"通常指1789—1830年间的欧洲各国文学。然而,"浪漫主义"这一术语并没有明确的统一性,各国的"浪漫主义"具有不同的民族品格:德国浪漫主义文学迷恋神秘和死亡,法国浪漫主义重视政治性和斗争性,英国浪漫主义文学则深受本民族经验主义传统的影响。对浪漫主义的内涵这样加以区分依然是权宜之计,是对其多样性的抹杀。即便在英国浪漫主义文学内部,诗人与诗人之间也是差异多于一致:它既指彭斯的《苏格兰方言诗集》,又指拜伦的讽刺诗《唐璜》;它既指"湖畔派"诗人隐居于大自然寻找诗情,又指"恶魔派"诗人奋斗于人世寻找自我。由于美学主张和政治立场上的差异,英国浪漫主义诗人内部有过无数纷争,骚塞曾在《审判的幻境》中把拜伦、雪莱等诗人贬称为"恶魔",而拜伦曾写作同名诗加以还击,对"湖畔派"极尽嘲讽。事实上,这个时期的诗人们从不把自己当作浪漫主义者,这个词在半个世纪后才由文学史学家们应用到他们身上。如今,学界又开始质疑这一名称的意义,阿瑟·洛夫乔伊(A. O. Lovejoy)曾说:"为谨慎起见,浪漫主义应当使用复数形式,或者完全抛弃该术语。"[1]然而,英国浪漫主义作为特定时期、特定国家的文学潮流,在其丰富的多样性背后依然有共享的时代经验、地理条件和民族禀赋,因而在作品的生成与传播方式上也会有一些共同的规律可循。

---

[1] A. O. Lovejoy, "On the Discrimination of Romanticism", in Nicholas Roe, *Romanticism: An Oxford Guide*, Oxford: Oxford University Press, 2005, p. 5.

第一节 "回归自然"与英国浪漫主义诗歌经典的生成

欧洲浪漫主义文学是对启蒙主义的理性主义精神和古典主义的创作准则加以反抗的产物,这一反抗在整个欧洲大陆最终归为"回归自然"。由于英国的经验主义传统,使得"回归自然"这一特征在英国浪漫主义诗歌中表现得尤为突出。仅用自然界的花草虫鱼、风花雪月,既无法概括浪漫主义"回归自然"的丰富内涵,也无法很好地理解浪漫主义创作中自然和主观性、个性、天才和想象之间的关系。洛夫乔伊认为,"自然"这个词主要包含两层意思:"用于描述人的心灵时,'自然'指的是那些与生俱来的特性,这些特性最为自发,绝非事先考虑或计划而成,也丝毫不受社会习俗的束缚。用于描写外部世界时,它指的是宇宙中未经人类苦心经营而自动形成的那些事物。"① 本节将从外部世界的自然状态和人的心灵的自然状态两个方面来阐述浪漫主义的自然观与其经典作品的形成关系。

一、大自然的重新发现

浪漫主义运动在全欧洲的大发展都与民族精神的重新发现相关,而英国民族精神中的一项重要内容是对植物和花园的热爱,因而浪漫主义在英国的首要表现是对大自然的倾慕。勃兰兑斯(Georg Morris Cohen Brandes,1842—1927)说:"在当时的英国,成为浪漫主义者就意味着成为自然主义者。"② 几乎每一位英国浪漫主义诗人都是大自然细心的观察家,即便以写作历史小说著名的司各特(Walter Scott,1771—1832)也不例外,他对大自然的描写是如此精确,以至于植物学家可以从他的描写中获得关于被描绘地区的植被的正确观念。爱默生曾刻薄地讽刺他:"司各特的叙事诗仅仅是一种韵文体的苏格兰名胜指南。"③ 然而,这一评论不仅对司各特来说是正确的,对整个英国浪漫主义诗歌而言也算得上是真知灼见。

---

① M. H. 艾布拉姆斯:《镜与灯——浪漫主义文论及批评传说》,郦稚牛等译,北京:北京大学出版社,2004年版,第240—241页。
② 勃兰兑斯:《十九世纪文学主流》第四分册《英国的自然主义》,江枫等译,北京:人民文学出版社,1984年,第6页。
③ 同上。

虽然此前的英国文学也有对大自然的描写，但还从没有哪个时代像浪漫主义时代这样把自然当作诗歌的灵魂。英国浪漫主义诗人对自然的重新发现首先是由那个时代的各种症候所触发的。1765年瓦特发明了蒸汽机，这是近代社会的里程碑事件，机械能源取代了风力和水力，机器生产取代了手工劳动，英国进入了工业革命时期，如此之快的经济发展和人口增长速度在英国历史上还从未有过。随着城市化进程的发展，在磨坊周围出现了一批人口集中的城镇，50年内曼彻斯特的人口增长了五倍，而这些城市也逐步开启了商业化模式，人们开始使用"shopping"一词。为了发展制造业，乡村的广阔田野和荒地被圈走（enclosure）。为养活激增的人口，圈地是有必要的，然而，它极大地破坏了英国的乡村社会环境，英国的风景开始呈现出"现代景象"（modern appearance），原本开放的田野如今被树篱和石墙隔开，林立的工厂在冒着黑烟。

在这一历史语境下，为逃避城市的喧嚣、政治的激进，华兹华斯和他的同伴作家们隐居到湖边冥想和写作，跟城市生活保持距离，他们也因此被称为"湖畔派"诗人。华兹华斯和柯勒律治合写的《抒情歌谣集》中的大部分诗歌描写的都是乡村生活和自然风光，自然景观如此经常地为他们的写作提供场景，其诗歌几乎成为了"自然诗"（nature poetry）的代名词。华兹华斯在《抒情歌谣集·序言》中称，他们所倡导的诗歌革命是对城市里人口堆积造成的趣味下降的对抗，是要从自然中寻找愉悦。他说："人与自然在根本上互相适应，人的心灵能映照出自然中最美、最有趣味的东西来。因此，诗人被他在全部探索过程中的这种快感所激发，他和普遍的自然交谈着，怀着一种喜爱，就像科学家在长期的努力后，由于和自然的某些特殊部分交谈而发生的喜爱一样。"①柯勒律治的写作手法跟华兹华斯大相径庭，他强调的是想象。但是不能否认柯勒律治的作品也跟自然紧密相连，如《古舟子咏》中的两个重要意象信天翁和水蛇都是动物，而这首诗所表现的生态关怀已得到学界的广泛认同。在《致自然》（1820）一诗中，柯勒律治写道："我想要／从上帝创造的宇宙万物中吸取／深沉、内在、紧贴心底的欢愉／想在周遭的繁花密叶中找到／关于爱、关于真诚虔敬的教导。"他还写道："那么，我来把圣坛设在旷野里，／让蓝天替代那精雕盛饰的穹顶。"②这一自然观跟华兹华斯又有什么差别呢？

---

① 刘若端编：《十九世纪英国诗人论诗》，北京：人民文学出版社，1984年版，第16页。
② 柯尔律治：《致自然》，引自《柯尔律治诗选》，杨德豫译，桂林：广西师范大学出版社，2009年版，第129页。

在"恶魔派"三诗人中,济慈的"自然之爱"最为一目了然。济慈强调诗人的"消极感受力",认为诗人在创作中应当无原则、无道德、无自我。然而"消极感受"并不是不感受,只是放下理论和原则的干扰,开发出所有感觉来更全面地感受自然。正因为这样,勃兰兑斯认为济慈身上有着最完满的感觉主义,他把济慈的浪漫主义称为"包罗万象的浪漫主义",把济慈的自然主义称为"感觉主义的自然主义"。① 济慈不仅把视觉和听觉应用于对大自然的感受中,还把嗅觉、味觉、触觉都发展到极致来感受大自然,这在《秋颂》《夜莺颂》等颂歌中得到了展现。雪莱的心胸十分博大,他的作品中所描写的自然往往超越具体意象,而去描写风、云、天空、大地等更为基本的自然要素,如《西风颂》。但他也曾把动物、植物称作自己的兄弟姐妹,也曾用云雀来寄托自己不断追求上升的精神,也曾用变色龙和含羞草来比拟诗人敏感的灵魂。在《罗马与自然》一诗中,雪莱写道:"罗马已倒,只有自然不老。"② 诗人表达了对自然的崇敬和敬畏之心:罗马作为古文明的象征是要消逝的,而自然是永恒的。通常人们认为拜伦生性狂傲,强调个性和冒险,不属于崇拜自然的诗人。然而,我们细读他的作品,也不难发现他对自然的赞美。如《我愿做无忧无虑的孩童》(*I Would I Were a Careless Child*):

> 我愿做一个无忧无虑的孩童
> 栖身于广阔高原的岩洞
> 在朦胧的原野里游荡
> 在深蓝色的波浪上腾跃。
> 撒克逊浮华的繁文缛节,
> 正与我自由的灵魂相背离。
> 坡道崎岖的山地令我眷恋,
> 怒涛澎湃的巨石让我神往。③

拜伦的自然主义是壮阔的、不平静的。我们不能像解读华兹华斯的诗歌那样,用"地方主义""诗意的栖居"这些概念去阐释拜伦。拜伦钟情

---

① 勃兰兑斯:《十九世纪文学主流》第四分册《英国的自然主义》,江枫等译,北京:人民文学出版社,1984年版,第151页。
② 雪莱:《雪莱诗选》,江枫译,北京:人民文学出版社,1996年版,第223页。
③ 拜伦:《我愿做无忧无虑的孩童》,引自《当初我们两分别》,陈金译,北京:机械工业出版社,2009年版,第137页。

于大海和流浪,他把自己比作海盗,在《唐璜》和《恰尔德·哈罗尔德游记》等作品中都反复描写大海的壮丽景象,这便是拜伦特有的自然主义。

浪漫主义时期对自然的崇拜与当时兴起的"登山热"也有直接关系,关于这一点麦克法伦(Robert Macfarlane,1976—)在《心事如山》一书中做了丰富的阐述。18世纪,高山越来越受到崇拜。此前的西方文化中,教堂的尖顶是人们心灵所崇拜的高度。18世纪,一种对高度的非宗教性追求出现了,个人在山峦的高度中发现愉悦和兴奋,并不把它作为天堂的替身。这种对高度的新态度是情感结构中的重要变化,影响了建筑学、园艺学和文学等文化领域。观景点和观景站在整个欧洲开始正规化和制度化,高度使全景成为可能,一个人从阿尔卑斯山上下来,在一天中可以看到四季,因而对自然的感受比以前更为丰富。18世纪早期,在英国还形成了一种小型的文学体裁"山上的诗歌"。麦克法伦说:"真正在18世纪后半叶提升了心灵教养的,是高度。"[①]越来越多的人开始接触到高度带来的愉悦,德国浪漫主义画家卡斯帕·大卫·弗雷德里克(Caspa David Friedrich)在1818年所作的油画《云海上的旅行者》能够概括浪漫主义者们的"顶点崇拜"。浪漫主义诗人对山顶的热爱,是与浪漫主义对崇高感的追求联系在一起的。峰顶是一个令人瞩目的、能让人卓尔不群的地方。达尔文曾说:"每个人都应该体会从高处看到的美景传达给思想的胜利和骄傲的感觉。"[②]在19世纪城市化的进程中,城市中充满了商人和小偷,而高山是没有罪过的。山顶不受城市约束,他帮助人从分裂的、没有社会归属感的城市中暂时逃脱。人们在城市中感到寂寞,在山顶上找回清静。

工业化革命、城市化进程以及登山运动的兴起,使18世纪末19世纪初的人们对自然格外青睐,而自然既给浪漫主义诗人提供了题材和灵感,也给他们提供了与这种新题材相适应的全新的诗歌表现形式,从而促进了浪漫主义诗歌经典的形成。

二、自然科学的兴起

观察自然、在大自然中居住或徜徉是英国浪漫主义诗人贴近自然的一种方式。除了这种"具身认知"(embodied cognition)的方式外,他们还

[①] 罗伯特·麦克法伦:《心事如山——恋山史》,陆文艳译,上海:上海译文出版社,2014年版,第162页。

[②] 同上书,第169页。

通过当时蓬勃兴起的自然科学研究更深入地认识自然,这对英国浪漫主义诗歌的兴起和发展有着不可低估的作用。

18世纪末19世纪初,正是近代科学的各门学科兴起并逐步确立的时期。当时的科学研究范围包括地球的起源和年龄,生命的历史和起源,声音、颜色和光的理论,氧气和电的发现,蒸汽机、热气球、自行车、雨伞、缝纫机、棉布内衣等的发明,至1830年,动物学、植物学、天文学、生物学、物理学、化学、解剖学、地理学等学科均已确立。科学研究的新进展所带来的革命并不限于专业领域,而是引起了全社会的关注。甚至法国大革命后确立的新历法,也全面体现了当时的"科学热"。新历法用植物名称来命名一年中的每个日期,每周五用动物命名,冬季由于植物凋零,则用矿物如泥炭、煤、沥青、花岗岩等来命名。而每个月又以不同的天气现象来命名,于是就有了霞月、雾月、霜月等等,著名的"雾月政变"(发生在十月)这个名称正是根据新历法来确定的。把最新的植物学、动物学、地质学、气象学研究成果应用到历法之中,如此热爱科学的历法此前还从未出现过。

几乎所有英国浪漫主义诗人都曾就文学与科学之间的分歧发表过看法,表现出了程度不一的焦虑,但大多数诗人并不认为科学的兴起必然意味着诗歌的衰退和困境。浪漫主义诗歌在法国革命的社会运动和反对古典主义的文化运动中诞生,其本身是一种革新的、朝向未来的文学,因而浪漫主义诗人对新鲜事物并不反感,甚至还十分好奇。在乐观人士看来,科学如果从文学中拿走一些什么,也会还回来某种更有价值的东西,科学界对自然的研究越深入,越能帮助我们更好地理解事物的品质,从而给诗歌提供新素材。

华兹华斯对牛顿评价很高,他为剑桥大学的牛顿塑像写过三行诗,赞颂其贡献:

> 牛顿的棱柱和他那沉默的脸,
> 是这样一颗心灵的大理石标志,
> 它永远孤独地扬帆在思想的奇海上。

华兹华斯认为,近代科学对自然万物的精确描述对于诗来说,不是充分的也是必要的条件。在《抒情歌谣集·序言》中,他对此作了深入展开。他说,由于诗根植于人的情感本质之上,所以它本身就包容了科学,丝毫不会惧怕科学那狭窄的"知识":"诗是一切知识的起源和终结——它像人的心灵一样不朽。"①诗会采用化学家、植物学家、矿物学家最稀罕的发现,并且超越他们,预示了机械化和工业革命的诗章的到来。如果科学家在我们的生活环境下,造成任何物质上的变革,诗人将与科学家并肩携手,把感觉带到科学研究的对象中去。"植物和动物的整体美并不因为对其组成特性和职能作了更精确的洞察而受到贬损,反而得到了提高。"②华兹华斯的开阔视野和他就科学的价值所发表的言论,为整个英国浪漫主义运动解决诗与科学之间的冲突提供了理论出路。

柯勒律治对待科学有着更具实践性的支持,他本人就是一名业余生物学家。事实上,我们今天所使用的"科学家"(scientist)这个词的产生都跟柯勒律治有着重要联系。那时科学刚刚兴起,还没有"科学家"一词,人们把研究自然现象的人叫作"自然哲学家"(natural philosopher)或"科学人"(men of science)。柯勒律治虽然对科学十分着迷,但他并不主张把科学和哲学相等同。早在1804年,他就主张把积极追求科学知识的人和热爱智慧的哲学家区分开来。在他去世前一年,1833年,他到剑桥参加了英国科学促进会会议(British Association for the Advancement of Science),倡议不要把那些研究物质世界的人们叫作哲学家,他们应该另有其名。正是在那次会议上,"科学家"一词被提了出来。在创作上,柯勒律治和华兹华斯也深受近代科学的影响,当时英国最著名的化学家戴维(Davy)是华兹华斯和柯勒律治的共同好友,而影响深远的《抒情歌谣集》第二版(1800)正是由这位科学家编辑的。1818年,在《事物的原则》一文中,柯勒律治把戴维跟莎士比亚相提并论,他说:"如果在莎士比亚那里我们发现自然可化为诗歌,那么从戴维沉思式的观察中,我们发现诗歌已化作自然。"③华兹华斯和柯勒律治从不曾做过"非诗即科学"的推断,他们的主张是诗歌"既是诗的也是科学的"。尽管一首诗就其目的而言与科学作品迥然有异,但最高的诗是最广博的,总是包容着活动中的人的整个灵魂,而科学既然是灵魂的必要组成部分,因而也必然是诗歌的必要组成部分。

即便在日常交谈中,"湖畔派"诗人也常使用最新的科学术语。柯勒律治谈到他对华兹华斯的妹妹多萝西的印象时,把她比作"静电计"。他

---

① Wordsworth and Coleridge, *Lyrical Ballads*, R. L. Brett and Nicholas Roe ed., London and New York: Routledge, 1991, p. 287.
② Ibid., p. 288.
③ Coleridge, *Coleridge's Notebooks*, Seamus Perry ed., Oxford: Oxford University Press, 2002, p. 89.

说,多萝西的反应是如此精确,"如同一支完美的静电计(a perfect electrometer)"①,德昆西则用另一个科学术语来形容这位诗歌史上不凡的妹妹,说:"光的脉冲(the pulses of light)也没有她的应答来得快速。"②"静电计"和"光的脉冲"都是当时的新发明、新术语。金叶静电计是18世纪后半叶才发明的,1789年出版的《电力新实验》第一次描述这种电力工具,它能够灵敏地探测出美和错误。从中可以看出,柯勒律治等人对科学界的新发现、新发明怀有极高的热情。

"恶魔派"诗人雪莱和拜伦对科学也持欢迎态度,最令他们着迷的是生命科学(sciences of life),如生物学、解剖学、医学等。雪莱一直是个激进的无神论者,在大学期间就因写作《论无神论的必然性》被开除。在散文《论来世》中,雪莱对自然哲学家、化学家、解剖医生表达了极大的信任。他认为人死后继续生存的思想是极不合理的,如果起死回生之事的确发生了,那么也只可能是某种科学现象,只是对于这种神秘现象科学家们还没有找到答案而已。他在行文中表现出十分彻底的唯物主义思想,甚至认为思想本身也是一种物质,他说:"思想是一种物质,一种关系,这种物质与其他物质之不同,如同电、光、磁或空气、泥土。"③电、光、磁这些当时流行的科学术语经常出现在雪莱的行文中。雪莱从不认为科学与诗歌不相容。

雪莱夫人的《弗兰肯斯坦》是西方文学史上最先展示电学和生物学研究成果的科幻小说,小说中的科学家——弗兰肯斯坦的导师正是以化学家戴维为原型的。玛丽·雪莱阅读过戴维1802年的讲座文稿,并把部分内容写进了小说里。此书写于1816年,出版于1818年。根据作者1831年的回忆,此书是在跟拜伦和雪莱的讨论中写成的。1816年5月,雪莱夫妇、拜伦以及拜伦的医生在日内瓦湖畔度假,因连日大雨,几位文学家准备就同一题材写作小说,以消磨时日、涵养才情。当时的自然哲学家、诗人伊拉斯谟·达尔文(达尔文的祖父)预言,对已死但新鲜的机体组织施以电击,能使一具尸体或者组装起来的身体重获生命。这一科学假想给予了玛丽·雪莱创作灵感,她展开丰富想象,创作出了这部有关"人造

---

① Frances Wilson, *The Ballad of Dorothy Wordsworth: A Life*, New York: Farrar Straus and Giroux, 2008, p. 6.
② Ibid.
③ 雪莱:《论来世》,引自《雪莱散文》,徐文惠、杨熙龄译,北京:人民文学出版社,2008年版,第48页。

人"的小说。雪莱夫人在创作过程中得到了雪莱和拜伦的鼓励,可见"恶魔派"诗人对科学前沿问题也是密切关注的。

另一门对浪漫主义诗人影响较大的科学是天文学。当时,英国天文学家、音乐家威廉·赫歇尔(William Herschel)做出众多天文发现,名震一时。1781年,他发现了天王星,被乔治三世封为"皇家天文官"(The King's Astronomer),专门负责向皇家展示其天文观测成果。他自制了多架望远镜,耐心观测天体,细致绘制星云图。他还建造了一台须借助梯子才能使用的巨型望远镜,吸引众多名流前往参观,诗人拜伦也在其列。

赫歇尔的发现虽然没有对当时人们的生活产生立竿见影的实际影响,但给宗教传统下成长起来的欧洲人带来了颠覆性的震撼。天空不再是《圣经》里的天堂,而成为了物理意义上的空间。这种把天堂转变为空间(turned the heavens to space)的"去神秘化"(demystification)发现和理论改变了人们的世界观。我们可以看到,在雪莱的《解放了的普罗米修斯》(Prometheus Unbound)中天堂不见了,他称之为"紧密的空"(intense inane),在华兹华斯的《远足》中则把天堂叫作"真空"(blinder vacancy)。即便是对科学与诗歌之间的关系抱消极态度的济慈也把自己比作了天文学家,当济慈首次读到恰普曼翻译的荷马史诗时,他感到一个崭新的世界出现在自己面前,他做的比喻是:"随后我感到自己像天空的观察家,当一颗新星游入其视野。"[①]从中可见天文学也给这位反科学的诗人带来了极大的震撼。

三、回归人的自然本性

英国浪漫主义诗人除热爱自然外,还强调主观性,学界往往把这两点分开来阐述。事实上,浪漫主义所强调的主观性便是尊重人的自然本性,从广义上讲,也是"回归自然"的应有之义。自然主义转移到社会领域,就变得具有革命性了。这一点已在浪漫主义精神的播种者卢梭身上得到很好的证明,卢梭一方面倡导对大自然的热爱,同时倡导回归人的自然本性和社会的淳朴状态。英国浪漫主义诗歌中的自然主义也是一体两面,既指对自然的讴歌,也指对人的自然本性的尊重。

英国浪漫主义对人的自然本性的追求也是有其时代语境的。18世

---

① 济慈:《初读恰普曼译荷马史诗》,《济慈诗选》,屠岸译,北京:外语教学与研究出版社,2011年版,第60页。

纪启蒙运动播撒的理性、进步、自由、天赋人权等学说撼动了古老的欧洲秩序的思想根基。1789年爆发的法国大革命是对这一精神的实践，它不仅摧毁了法国国内的旧制度，也播下了18、19世纪欧美革命的种子。民族、民主革命是一个民族和这个民族的人民发现自我的过程，革命的体验激发了个体对自身的热情。《诺顿文选》指出："法国大革命后的新精神是'回归自然'（return to nature）和'对人的新同情'（new sympathy with man）。"①在欧洲人的意识中，法国大革命是一场世界性的启蒙运动。为庆祝攻陷巴士底狱，年轻的黑格尔曾在大学校园里种下一棵"自由树"。在英国，威廉·葛德文（William Godwin）的《政治正义》（*Enquiry Concerning Political Justice*）、潘恩（Thomas Paine）的《人权论》（*Rights of Man*）和玛丽·沃斯通克拉夫特的《人权辩护》都是革命精神的伴生物。诗人们也深受这种精神的鼓舞，华兹华斯曾两次去法国参加革命，他在《序曲》（*The Prelude*）中曾对法国大革命有过动情的描写："欧洲在欢欣鼓舞，/法国在黄金时光的顶峰，/而人性（human nature）似乎得到了重生。"柯勒律治写作了《攻陷巴士底狱颂歌》（*An Ode on the Destruction of the Bastille*）。雪莱称法国大革命为"我们所生活的时代的主旨"②，他又在《为诗辩护》（*Defence of Poetry*）中宣告新的文学世纪已经到来："一种带电的生命燃烧起来。"③

从正面而言，法国大革命给予人们火种和激情，让人们开始重视个体价值，关怀个体情感，使人们具有了对不公正体系提出批判的勇气。从反面而言，法国大革命也促进了英国浪漫主义诗歌对个体性的重视。1800年前后，当拿破仑从革命者逐步转变为新帝国的独裁者时，自由人士意识到自己失去了阵营。1815年，拿破仑的滑铁卢惨败没有带来改革和进步的胜利，而是带来了全欧洲反动势力的胜利。革命中的血腥事件以及法国大革命后的失落，让很多作家对集体性政治事件失去信任，转而依赖其个体意识，企图用个体内部的精神来把自身从外在环境加在人身上的压制和诅咒中解放出来。

在这种时代语境下，在英国产生了众多抒写个体情怀的作品，如德·

---

① Stephen Greenblatt ed., *The Norton Anthology of English Literature*, Vol. D, *The Romantic Period*, New York: W. W. Norton & Company, 2018, p. 7.
② 雪莱：《为诗辩护》，引自刘若端编：《十九世纪英国诗人论诗》，北京：人民文学出版社，1984年版，第140页。
③ 同上。

昆西(Thomas De Quincey)的《一个英国瘾君子的自白》(*Confessions of an Eniglish Opium-Eater*)、华兹华斯的《序曲》、哈兹里特(Hazlitt)的《直言集》(*Liber Amoris*)、亨特(Leigh Hunt)的《拜伦和几位同时代人》(*Byron and Some of His Contemporaries*)等。文学家们在写作中广泛使用第一人称,在体裁上更多地选择能直接表达个体情怀的抒情文学。

英国浪漫主义诗歌中,对个性和自由的追求突出表现在"恶魔派"诗人的创作中。在所有英国浪漫主义诗人中,雪莱最具自由启蒙精神,他在成年之前就形成了自身的革命性思想,批判一切传统信念和常规,甚至咒骂自己的父亲和国王,因此得到了"疯子雪莱"和"不信神的雪莱"的称号。当他还是一名18岁的大学生时,他就把有关上帝、政府和社会之类问题的离经叛道的念头用书信形式写下来,散发给素不相识的人们。这些信件后来扩写成《论无神论的必然性》,他还在文末注上"Q. E. D."(证毕)。他这一追求自由思想的行为使他遭到了双重驱逐:学校开除了他,父亲也把他赶出家门。雪莱一生创作的所有作品,无论是《麦布女王》《告爱尔兰人民书》,还是《西风颂》《云雀颂》,无论是政治诗歌、自然诗歌还是爱情诗都在追求人性的自由和解放。

拜伦对个体天性的辩护集中体现在他所塑造的一系列"拜伦式英雄"形象。在《恰尔德·哈罗尔德游记》和《唐璜》等作品中,拜伦诅咒暴君,反抗统治阶级庸俗、腐朽的生活,追求人的天性自由。拜伦对天性自由的追求总是伴随着他的自然之爱。

> 我不愿用我的自由,去换一个国王的宝座。
> 某些比较客气的诡辩家喜欢指责
> ——在匿名的文章里——我没有对神的信仰
> 而我的祭坛是山岳、海洋、大地、天空和星光
> 是一个灵魂由它而产生的并以它为归宿的
> 伟大整体所声称的宇宙万象。①

他鄙视世俗的荣耀,而把自然当作自己的神殿。在拜伦的诗歌中,经常出现人类与自然相对立的场景,如《我不是不爱人类,但我更爱自然》(*I Love Not Man the Less But Nature More*):"在荒无人迹的森林有一种乐

---

① 拜伦:《唐璜》(全译本),宋珂译,南昌:百花洲文艺出版社,2014年版,第311页。

趣,/在那寂寥的海岸边有一种欢心,/这里是一个无人侵扰的社会。"①拜伦总是联想到大海和沙漠,用这些宽广的意象把自己与现实世界隔绝。在《孤独》(Solitude)中,拜伦也把自然当作自己的栖身之所,与嘈杂的人群相对立。

> 独自坐在岩上,对着喝水和沼泽冥想,
> 或是缓缓地寻觅树林遮蔽的精致,
> 走进那人迹罕至之地,
> 与自然界的万物共同生活在一起,
> 或是攀登那陡峭、幽绝的山峰
> 与荒原中的禽兽一同
> 独倚在悬崖边,看倾泻的飞瀑——
> 这样并不孤独
> 而在嘈杂的人群中,却倍觉孤独。②

在人群中感到孤独,在自然中不觉得孤独,这里就把浪漫主义"回归自然"的两层意思统一在了一起,即诗人的自然本性的回归,又回归到了大自然之中。

雪莱也认为当自己不被周围人理解,感到孤独,仿佛遭到世界遗弃的时候,诗人便会在自然中找到回应。他写道:"就在蓝天下,在春天的树叶的颤动中,我们找到了秘密的心灵的回应:无语的风中有一种雄辩;流淌的溪水和河边……的苇叶声中,有一首歌谣。"③由于相似的孤独遭遇,以及对自由和反抗的着迷,使雪莱和拜伦不约而同地选中了同一位古希腊神祇来为自己代言,那就是普罗米修斯。在《普罗米修斯》中,拜伦把他当作自己的导师和精神的源泉:"你给了我们有力的教训:/你是一个标记,一个征象,/标志着人的命运和力量;/和你相同,人也有神的一半,/是浊流来自圣洁的源泉……"④在诗剧《普罗米修斯的解放》中,雪莱借普罗米修斯之口表达了自己永不停止的抗争精神:"顺从,决不,/你知道我试都

---

① 拜伦:《我不是不爱人类,但我更爱自然》,引自《当初我们两分别》,陈金译,北京:机械工业出版社,2009年版,第168页。
② 拜伦:《孤独》,引自《当初我们两分别》,陈金译,北京:机械工业出版社,2009年版,第108页。
③ 雪莱:《论爱》,引自《雪莱散文》,徐文惠、杨熙龄译,北京:人民文学出版社,2008年版,第29页。
④ 拜伦:《普罗米修斯》,引自《拜伦诗选》,杨德豫译,桂林:广西师范大学出版,2009年版,第92页。

不屑一试;因为/所谓顺从这致命的词无异宣判/死刑的印玺……"①

"湖畔派"诗人虽然很少直接在诗歌中表达追求人性自由的抗争精神,甚至他们对自然的讴歌常被"恶魔派"诗人嘲笑为对生活的"逃避",但"湖畔派"诗人在自然中寻找的并非自然本身,而是诗人天性的自由。华兹华斯的《献给自由的十四行诗》也许能比较直白地说明"湖畔派"的这一主张:

> 有两种声音:一种是海的,
> 另一种是山的;每一种都声震天庭:
> 一个时代又一个时代,你一直欢享着这两种声音,
> 自由女神啊,它们的音乐使你最为倾心!
> 无论高山和大海,这些自然景象最后都是跟自由相连。

正因为浪漫主义所倡导的自然主义是跟人的自然本性相联系的,它们所表现的自然从来不是纯粹的自然,而是经过诗人想象甚至篡改的。勃兰兑斯谈到德国浪漫主义的时候曾说,德国浪漫主义作家到了风景优美的地方,白天并不出去观赏,他们要晚上才出去感受大自然。英国浪漫主义诗人也一样,他们常常让主体对自然的感受凌驾于纯粹的自然描写之上。我们可以看到,济慈笔下的夜莺在夜色中歌唱,没有外形描写,雪莱笔下的云雀由于飞翔速度太快,其外形也是不可见的,而华兹华斯笔下的杜鹃,也被诗人称作"不是鸟,而是无形的影子"②,也是不可见的。浪漫主义诗人不约而同地剥夺这些鸟儿的外形存在,正是把他们当作了自身精神的代言,而不是其本身。对这一点,柯勒律治有过很好的论述,他说:"形象无论多么美,总不能代表诗人,尽管它们是自然的真实写照,尽管它们被诉诸同样准确的语言。独创性天才所创造的形象,已经受到一种支配一切的激情或由这种激情所生发出的有关思想和意象的修改……或者已经注入一个人的智慧的生命,这个生命来自诗人自己的精神。"③华兹华斯在《抒情歌谣集·序言》的附录中也说,前辈诗人不管是德莱顿还是蒲柏,在描写外界自然时都有一个缺陷,他们的"诗人之眼不曾坚定

---

① 雪莱:《普罗米修斯的解放》,引自江枫编选:《雪莱精选集》,北京:北京燕山出版社,2003年版,第831页。

② 华兹华斯:《致杜鹃》,引自《华兹华斯抒情诗选》,黄杲炘译,上海:上海译文出版社,2000年版,第179页。

③ M.H.艾布拉姆斯:《镜与灯》,郦稚牛等译,北京:北京大学出版社,2004年版,第61页。

地注目其上"①。华兹华斯认为精确观察自然是必要而非充分的诗歌条件,因为这种观察使得人脑的其他高级功能都处于被动状态,臣服于外在事物(subjection to external objects)而不能统领事物,也就是说诗人的感情还没有熔铸其中,而这是浪漫主义的精髓。

回归自然,从自然中找回失落了的天真和自由状态,汲取灵感,滋养想象,进而成诗,这是英国浪漫主义诗歌的生成方式。然而,浪漫主义诗歌中的"自然"并非纯粹自然,它一方面借助科学加以深入观察,另一方面又把诗人的个性和热情熔铸其中,使自然成为显微镜、望远镜中的自然和想象中的自然。这一写作方式把浪漫主义的几大特征如主观性、想象力、奇异性,以及对自然的钟情联系在了一起,即用想象力把主体(人的自由状态)和客体(大自然)联系起来。在《镜与灯》中,艾布拉姆斯已经绵密而雄辩地证明,英国浪漫主义文学完成了从"镜"到"灯"的转变。然而,我们也可以说,它是"镜"与"灯"的统一,既通过科学如镜子般反映了自然,又用人的激情篡改了自然。这是英国浪漫主义诗歌的写作法则,也是英国浪漫主义诗歌经典形成的独特方式。

第二节　英国浪漫主义诗歌在中国的早期传播

当一个民族处于历史转折时期时,往往会努力从其他民族的文化中去汲取精神和养分,以取得解救本民族的良方。清末民初和"五四"时期我国积贫积弱,遭到列强入侵,逐步沦为半封建半殖民地国家。"以天下为己任"的一代学人意识到民族贫弱之因,不只是器物不足、制度不足,更是精神文化上的不足。他们无法再囿于书斋,毅然担负起励志图新、救亡图存的民族使命。英国浪漫主义诗歌正是在这一历史语境下进入中国的,它热烈、激越、摧枯拉朽的文学品质与当时的时代精神最为契合,它所具有的反抗性和革命性十分符合当时知识分子破旧迎新、开启民智的需要。本节选取英国浪漫主义诗歌在中国的早期传播为考察对象,以期通过对这一时期译介和接受情况的钩沉,勾勒出在求新、求变、求用的现代意识指导下的独特的文化交流图景。

---

① Wordsworth and Coleridge, *Lyrical Ballads*, R. L. Brett and Nicholas Roe ed., London and New York: Routledge, 1991, p. 291.

一、以"摩罗诗力"培育"精神界之战士"

英国浪漫主义诗歌初入中国时,鲁迅的《摩罗诗力说》起到了纲领性的作用。这篇诗论作于 1907 年,当时鲁迅正在筹办一份名为《新生》的文艺刊物,这篇万言长文正是为《新生》而写的。后因人力和资金困难,刊物未能办成。1908 年 2 月和 3 月,鲁迅以笔名"令飞"把这篇文章连载于《河南》月刊的第二号和第三号。鲁迅写作此文时,国家内忧外患,精神界则是"铁屋子"一般沉闷,他认为依靠"思无邪""无为"之"国故"已无法拯救民族,需另寻他途,取得思想的薪火。他说:"古民之心声手泽,非不庄严,非不崇大,然呼吸不通于今,则取以供览古之人,使摩挲咏叹而外,更何物及其子孙?"①"国故"虽有可观之处,但其中蕴涵的气息与今天已不相通,只可供人膜拜、赞叹,无法解决现实问题。鲁迅提出的解决之道是"拿来主义",他说:"欲扬宗邦之真大,首在审己,亦必知人,比较既周,爰生自觉。"②一方面审视自身,另一方面了解他人,方能自我觉醒,发出切于时代和人心的声音来。

"别求新声于异邦",以改造国民心性,改良社会,是鲁迅指出的精神革命之路。鲁迅认为最应借鉴的是"立意在反抗,指归在动作"③的"摩罗诗派"所具有的振聋发聩之力。摩罗,是梵文音译,在佛教传说中指与神作对的恶魔。"摩罗诗派",最初是英国"湖畔派"诗人骚塞恶意攻击拜伦的称谓,后人把拜伦、雪莱和济慈统称为"恶魔派"(Satanic School)。在《摩罗诗力说》中,鲁迅放眼欧洲,扩大了该诗派的范围,把浪漫主义时代富有革命精神的欧洲诗人悉数囊括其中。全文分为九个部分。第一至第三部分为总论,阐明了文学在振兴民族精神方面的重要意义,以及向其他民族学习的重要性,并介绍了"摩罗诗派"的来历和总体特征。余下六部分逐个介绍摩罗诗人,主要有拜伦、雪莱、彭斯、普希金、莱蒙托夫、密茨凯维奇、裴多菲等。

英国浪漫主义诗人拜伦和雪莱是鲁迅着力介绍的对象。他用第四、第五两个部分专论拜伦,又以第六部分专论雪莱,而在介绍普希金、莱蒙托夫等诗人时,又不断回溯到拜伦身上去寻找精神渊源。鲁迅对拜伦的

---

① 鲁迅:《摩罗诗力说》,引自李新宇、周海婴编:《鲁迅大全集》(第一卷),武汉:长江文艺出版社,2011 年版,第 46 页。
② 同上书,第 47 页。
③ 同上。

长诗《恰尔德·哈罗尔德游记》《唐璜》《曼弗雷德》都极为赞赏,而对《该隐》尤为推崇,主要因为该隐这一形象所洋溢的反抗精神。他称颂拜伦为"地球上至强之人,至独立者也!"①介绍雪莱时,鲁迅主要从追求自由、热爱自然两个方面加以赞誉。他把雪莱的《解放了的普罗米修斯》与拜伦的《该隐》相提并论,称颂雪莱为"神思之人,求索而无止期,猛进而不退转况修黎者,浅人之所观察,殊莫可得其渊深"②。鲁迅还对彭斯做了介绍,赞美其革新社会虚伪习气的精神力量。在《摩罗诗力说》中,鲁迅介绍诗人多于诗作,其目的在于通过塑造浪漫主义"豪侠诗人"的群像,召唤出一批"发为雄声"的"中国精神界之战士"。

鲁迅并非介绍英国浪漫主义诗歌第一人,在他之前,梁启超已对拜伦和雪莱都做过介绍。1902年12月,梁启超在《新小说》第2号上刊登了拜伦的照片,并附有文字:"英国近世以来第一诗家也,其所长专在写情,所作曲本极多。至今曲界之感者,犹为摆伦派云。每读其著作,如亲接其热情,感化力最大矣。摆伦又不特文家也,实为一大豪侠者。当希腊独立军之起,慨然投身以助之。卒于军,年仅三十七。"③ 1903年,梁启超根据他的弟子罗昌的口述翻译了拜伦《哀希腊》的第一和第三节,用曲牌《沉醉东风》和《如梦忆桃源》填译,写进他的政治小说《新中国未来记》中。当小说中的人物听到有人吟唱《哀希腊》时,便说:"(此诗)是用来激励希腊人而作,但我们今日听来,倒像是为中国说法哩。"④梁启超介绍拜伦,跟鲁迅一样,凸显拜伦的英雄气概,并时时将这位英雄代入中国语境。1905年,马君武将《哀希腊》十六节完整译出。1907年,王国维发表《英国大诗人白衣龙小传》一文,在对拜伦的童年生活、求学、恋爱、欧陆漫游、客死希腊等人生经历做扼要叙述后,对拜伦其诗、其人作了评价。他说:"白衣龙之为人,实一纯粹之抒情诗人,即所谓'主观的诗人'是也。其胸襟甚狭,无忍耐力自制力,每有所愤,辄将其所郁于心者泄之于诗。……彼与世之冲突非理想与实在之冲突,乃己意与世习之冲突……其多情不过为情欲

---

① 鲁迅:《摩罗诗力说》,引自李新宇、周海婴编:《鲁迅大全集》(第一卷),武汉:长江文艺出版社,2011年版,第57页。
② 同上书,第61页。
③ 梁启超:《英国大文豪摆伦》,《新小说》,1902年第1卷第2期,转引自倪正芳:《拜伦与中国》,西宁:青海人民出版社,2008年,第35页。
④ 梁启超:《新中国未来记》,引自张品兴主编:《梁启超全集》(第十册),北京:北京出版社,1999年版,第5631页。

之情，毫无高尚之审美情及宗教情。"①拜伦胸襟狭隘，没有忍耐力自制力，其情欲并非高尚之情，其斗争亦非理想与现实之斗争，今天看来，王国维的见解不无正确之处。然而在当时，这篇文章却湮没无闻，因为时代想要的是鲁迅、梁启超笔下的豪侠诗人，而不是客观、全面地了解拜伦。1908—1911年，苏曼殊翻译了拜伦的《哀希腊》《去国行》等众多诗篇，先后收录进《文学姻缘》《潮音》《拜伦诗选》三本诗集中。《拜伦诗选》是中国翻译史上第一本外国诗歌翻译集，共收四十多首拜伦抒情诗，苏曼殊由此成为全面介绍拜伦的第一人。他曾写下"丹顿裴伦是我师，才如江海命如丝"②的诗句，引拜伦为师。1916年苏曼殊参与了拜伦学会的倡导和组织工作，在推广拜伦诗歌方面做了大量工作。1924年，拜伦逝世一百周年之际，各大报纸杂志举行了纪念活动。《小说月报》第15卷第4号成为了"诗人拜伦的百年祭"专号，掀起拜伦在中国的译介热潮。在该专号中，多位名家翻译了拜伦的诗歌：傅东华译了《曼弗雷德》和《致某妇》；徐志摩发表了三篇作品，一篇是《海盗》节译，一篇是他的仿作，一篇是对拜伦创作的评述。在这篇题为《拜伦》的评述文章中，徐志摩还翻译了拜伦的《今天我度过了我的三十六岁生日》。西谛（郑振铎笔名）撰写了《诗人拜伦的百年祭》，文中写道："所以我们之赞颂拜伦，不仅仅赞颂他的超卓的天才而已，他的反抗的热情的行为，足以使我们感动，实较他的诗歌为尤甚……诗人的不朽都在他们的作品，而拜伦则独破此例。"③的确，为了服务于社会革命，当时学界对拜伦的行为方式和人格魅力的推崇更甚于其诗歌成就。

除拜伦外，英国浪漫主义诗人中得到译介最多的是雪莱。自鲁迅在《摩罗诗力说》中介绍雪莱后，南社成员先后翻译了雪莱的三首诗歌。1908年，苏曼殊在《文学姻缘》上发表了雪莱的《冬日》。稍后，在《潮音自序》中，苏曼殊用一篇英文短文比较了拜伦和雪莱，他称雪莱为"哲学的恋爱家"，说他"不只是爱恋爱之美，或者为恋爱而恋爱，他爱的是'哲学里的恋爱'，或'恋爱里的哲学'……雪莱在恋爱中寻求涅槃，拜伦为了恋爱而

---

① 王国维：《英国大诗人白衣龙小传》，《教育世界》，第162号，1907年11月。
② 苏曼殊：《本事诗十章》，引自柳亚子编：《苏曼殊全集》（第一卷），北京：中国书店，1985年版，第45页。
③ 西谛：《诗人拜伦的百年祭·卷头语》，《小说月报》，1924年第15卷4—6号。

恋爱,并在恋爱中寻求行动。"①他还将拜伦比作李白,将雪莱比作李贺或李商隐,他说:"拜伦足以贯灵均太白,师梨足以合义山、长吉"②。对这一简单的比附,钱钟书曾表示无法苟同,钱说:"至于拜伦之入世践实,而谓之'仙',雪莱之凌虚蹈空,而谓之'鬼',亦见此僧在文字海中飘零,未尝得筏登岸也。"③但是苏曼殊的比附,却透露着他在接受外来文化时,力图与中国传统文化相衔接的努力。1913年,《华侨杂志》发表了叶玉森(署名叶中冷)翻译的《云之自质》(Cloud),1914年杨铨在《南社》发表雪莱的《情诗四解》(Love's Philosophy)。"五四运动"后,雪莱作品的译介更为丰富、多样。1920年3月,郭沫若以五言古体诗翻译了雪莱的名诗《百灵鸟曲》(Ode to a Skylark)。1922年,雪莱逝世一百周年,文学界掀起了大型纪念活动,《小说月报》《文学周报》《晨报副刊》等报纸、杂志纷纷发表关于雪莱的论述及译作。1922年5月31日,周作人(署名仲密)在《晨报副刊》发表了译作《与英国人》,1922年7月18日,又在《晨报副刊·诗镌》上发表《诗人席烈的百年忌》,文中主要谈及雪莱的革命精神:"英国诗人席烈(雪莱)死在意大利的海中,今年是整整的一百年了。……现在只就他的社会思想方面略说几句。"④1922年10月10日,郑振铎重译了《给英国人》,以笔名"西谛"发表在《文学周报》上。12月10日,沈雁冰以笔名佩韦发表《今年纪念的几个文学家》,重点论述了雪莱其人其作。创造社也于1923年2月上旬推出"雪莱纪念专号",郭沫若翻译了《西风颂》《欢乐的精灵》《云鸟曲》等七首诗歌,成仿吾翻译了《哀歌》,一起刊登于《创造》季刊。郭沫若还根据日本学者内多精一的著作整理撰写了《雪莱年谱》。国内对雪莱的早期译介既重视其社会思想,也重视其诗歌艺术和爱情追求。徐志摩、朱湘都曾翻译过雪莱的爱情诗。1926年,朱湘两次翻译《致——》,分别发表于1926年第1号和第6号的《小说月报》上。胡适也曾译《小诗》(《爱之哲理》),在1926年的《现代评论》上发表。

第三位得到较多译介的英国浪漫主义诗人是华兹华斯。1900年梁启超发表《慧观》一文,第一次提及华兹华斯。文中谈及"观滴水而知大海,观一指而知全身"的"善观者"时,举华兹华斯为例:"无名之野花,田

---

① 苏曼殊:《潮音自序》,引自柳亚子编:《苏曼殊全集》(第一卷),北京:中国书店,1985年版,第130—131页。
② 苏曼殊:《苏曼殊全集》,柳亚子编,哈尔滨:哈尔滨出版社,2011年版,第68页。
③ 钱钟书:《谈艺录》补订本,北京:中华书局,1984年版,第50页。
④ 张明高、范桥编:《周作人散文》(第三集),北京:中国广播电视出版社,1992年版,第85页。

夫刈之，牧童蹈之，而窝儿哲窝士（即华兹华斯）于此中见造化之微妙焉。"①并高度评价这些善观者"不以其所已知蔽其所未知，而常以其已推其所未知。是之谓慧观"。1914年，陆志伟模仿白居易的《琵琶行》，用七言歌行体翻译《贫儿行》(Alice Fell; or Poverty)，又用五言古诗体翻译了《苏格兰南古墓》(A Place of Burial in the South of Scotland)，发表在《东吴》杂志上，这是华兹华斯诗歌在国内的首次翻译。华兹华斯寄情自然，其诗大多描写山水和田园风光，在审美趣味上追求情景交融，物我相忘，因而与中国古典诗词有诸多相通之处。1915年辜鸿铭在《中国人的精神》一文中论及中西精神之不同时，却引用华兹华斯《丁登寺》的第35—49行诗句来作结，以阐明何为中国人之精神。1919年，田汉在《诗人与劳动问题》一文中，介绍了华兹华斯的诗学理念，称其为"19世纪浪漫主义文学的第一登场人"②。1922年，吴宓在《诗学总论》中引用了华兹华斯的诗作和诗学主张，还模仿华兹华斯的《雷奥德迈娅》写作了长诗《海伦曲》。同年，徐志摩翻译了华兹华斯的名诗《葛露水》。然而，由于华兹华斯的诗歌没有直接的社会革命意识，其诗作的价值也一度遭到怀疑。为此，徐志摩专门撰文替华兹华斯辩护，他在《天下本无事》(1923)一文中写道："说宛茨宛士（华兹华斯）大部分的诗是绝对的无聊，并不妨碍宛茨宛士是我们最大诗人之一的评价。"③1925年，吴宓主持《学衡》，刊登了华兹华斯《露西组诗》第二首的八种不同译本。华兹华斯受到关注的原因之一是他的诗歌写作在某些方面与中国传统诗学理念不谋而合，另一原因是他在语言革新上表现出的反叛精神。他反对古典主义的清规戒律，强调使用劳动人民的日常语言，而不是特殊的"诗语"进行写作。语言的解放是认识和思维的解放，而这正是"新文化运动"所倡导的解放之路。在《谈新诗》中，胡适谈到文学形式的革新问题时，也提到了华兹华斯，他说："我常说，文学革命的运动，不论古今中外，大概都是从'文的形式'一方面下手，大概都是先要求语言文字文体等方面的大解放。欧洲三百年前各国国语的文学起来代替拉丁文学时，是语言文字的大解放；十八十九世纪法国嚣俄、英国华次活等人所提倡的文学改革，是诗的语言文字的解放；近几十年来西洋诗界的革命，是语言文字和文体的解放。这一次中国文

---

① 梁启超：《慧观》，《清议报》，1900年第37期。
② 田汉：《诗人与劳动问题》，《少年中国》，1920年第1卷第8期。
③ 徐志摩：《天下本无事》，引自《徐志摩译诗集》，长沙：湖南人民出版社，1989年版，第27页。

学的革命运动,也是先要求语言文字和文体的解放。"①精神的自由发展有待于语言文字和文学形式的革新,这是当时文学界对华兹华斯的一个接受维度。

济慈追求唯美主义诗学,其诗作甚少直接涉及社会革命,与拜伦和雪莱相比,反抗性不那么直接、明显,正因为如此,鲁迅在《摩罗诗力说》中谈及济慈,只一句带过:"虽亦蒙摩罗诗人之名,而与裴伦别派,故不述于此。"②但作为"恶魔派"的一员,其诗歌在"五四运动"后也得到了关注。1921年,济慈逝世百年之际,《小说月报》发表了沈雁冰的《卷头辞——百年纪念祭的济慈》。1925年1月,《小说月报》第16期第1号发表了朱湘翻译的《无情的女郎》。2月,《小说月报》第16卷第2号发表了徐志摩用散文体翻译的《济慈的夜莺歌》。12月,《小说月报》又发表了朱湘译的《秋曲》(《秋颂》)。1928年12月,《小说月报》发表了许地山的文章《欧美名人底恋爱生活——济慈》,对济慈和范尼的爱情做了详细介绍。1929年,赵景深对《夜莺颂》的几个译本做了比较研究。随后,济慈的书信和诗论也在学界得到翻译和探讨。

同属浪漫主义诗派的柯勒律治、彭斯和布莱克三位诗人,则没有得到充分关注。1919年,周作人在《少年中国》第一卷第8期上发表了《英国诗人勃来克的思想》一文,介绍了布莱克诗歌的特点及其诗学思想,这是国内首次引进布莱克。1931年,徐志摩翻译了布莱克的代表作《猛虎》(Tiger),引起较大轰动。对彭斯的介绍,仅限于梁实秋翻译的《苏格兰民间诗人彭斯诗歌》(1920),以及朱湘的若干首译作。当时文学界对柯勒律治的介绍集中在《古舟子咏》这一首诗上。

在英国浪漫主义诗歌的早期译介中,翻译家们花费了很多笔墨去介绍诗人们的生平事迹,塑造了几位充满社会干预精神和革命豪情的诗人形象,这是一代知识分子在为自身寻找榜样。另外,轻"湖畔派"、重"恶魔派"的倾向也十分明显,直至30年代初期,文学史和文论著作依然片面地把"恶魔派"视作英国浪漫主义诗歌的最高代表。茅盾在《西洋文学通论》中说:"现在英国的诗坛,达到了浪漫主义的最高点了。三位代表就是拜

---

① 胡适:《谈新诗》,引自欧阳哲生编:《胡适文集》(第二卷),北京:北京大学出版社,1998年版,第134页。
② 鲁迅:《摩罗诗力说》,引自李新宇、周海婴编:《鲁迅大全集》(第一卷),武汉:长江文艺出版社,2011年版,第60页。

伦、雪莱和济慈,是三个好朋友。"①而商务印书馆出版的《欧洲近代文艺思潮》则说:"英国浪漫运动达到最高潮的时候,产生了三大诗人,即摆轮、雪莱、歧茨。"②由此可知,当一个民族介绍和接受另一民族的文化时,从来不会是客观、全面的,它总是受限于本民族的需要和期待视野。

二、英国浪漫主义诗歌译介与白话新诗的现代性建构

英国浪漫主义诗歌传入中国,正值"白话文运动"兴起前后,因而与白话文的发展、成熟有着千丝万缕的联系。

晚清时期在英国浪漫主义诗歌译介中取得最大成就者当数苏曼殊。苏曼殊与林纾、严复一起,被誉为"清末三大翻译专家",他不仅是系统译介拜伦的第一人,还翻译了雪莱、彭斯等其他浪漫主义诗人的作品。苏曼殊的译诗拓宽了晚清时期外国文学的接受视野,他的译文具有晚清诗歌翻译的典型性。我们以拜伦的《哀希腊》第一节为例,来看一下苏曼殊翻译的语言特点:

> The isles of Greece, the Isles of Greece!
> Where burning Sappho loved and sung,
> Where grew the arts of war and peace,
> Where Delos rose, and Phoebus sprung!
> Eternal summer gilds them yet,
> But all, except their sun, is set.
> (巍巍希腊都,生长奢浮好。
> 情文何斐亹,茶福思灵保。
> 征伐和亲策,陵夷不自葆。
> 长夏尚滔滔,颓阳照空岛。)③

译诗为五言,韵脚整齐,语言凝练,传达出了原诗追古抚今的哀叹之情。但字句、语意上都有不尽忠实之处。苏曼殊用本民族语言的语汇、句法去组织和改变了原诗意韵,属于"归化"翻译。译诗中所用的"斐亹""茶福""陵夷""颓阳"等词过于生僻、古奥,少有人懂,甚至专事苏曼殊研究的

---

① 茅盾:《西洋文学通论》,上海:复旦大学出版社,2004年版,第86页。
② 吕天石:《欧洲近代文艺思潮》,上海:商务印书馆,1931年版,第58页。
③ 苏曼殊:《译拜轮哀希腊》,引自柳亚子编:《苏曼殊全集》(第一卷),北京:中国书店,1985年版,第79页。

学者也需借助英文原文才能读懂其译作。因此,苏曼殊的译诗虽给国人带来了极大震动,但也限制了读者的接受面。不独苏曼殊如此,我们再看一下马君武和胡适对《哀希腊》第一节的翻译:

马君武译文:

(希腊岛,希腊岛,诗人沙乎安在哉,爱国之诗传最早。战争和平万千术,其术皆自希腊出。德娄飞布两英雄。溯源皆是希腊族,吁嗟乎! 漫说年年夏日长,万般消歇剩斜阳。)①

胡适译文:

(惟希腊之群岛兮,实文教武术之所肇始,诗媛沙浮咏歌于斯兮,亦羲和素娥之故里,今唯长夏之骄阳兮,纷灿烂其如初,我徘徊以忧伤兮,哀旧烈之无余!)②

马君武的译文除"希腊岛,希腊岛"的开篇吁告外,均为七言。胡适的译文用的是骚体,原诗中的"Delos"和"Phoebus",原义分别为太阳神的出生地"提洛斯岛"和太阳神"福波斯"。马君武音译为"德娄"和"飞布",胡适则用中国神话人物日月之神"羲和"与"嫦娥"代之。若不看原诗作者的名字,几乎无法想象此诗乃拜伦所作。当时的翻译界怀着启蒙民众的初衷,其译作在形式上却与民众距离遥远。

为解决这一矛盾,人们主张打破旧体诗,完全用白话文来翻译外国诗歌。1917年胡适在《新青年》上发表《文学改良刍议》,倡导白话写诗、译诗。很长一段时间,写诗和翻译诗歌变得极为自由,不讲究用韵和平仄,出现了诗歌的"非诗化"现象。在《谈新诗》中,胡适描述了当时的状况:"近来的新诗发生,不但打破五言七言的诗体,并且推翻词调曲谱的种种束缚:不拘格律,不拘平仄,不拘长短;有什么题目,作什么诗,诗该怎样做,就怎样做。"③ 文学研究会、创造社、新月社等文学社团都有自己的翻译园地。傅东华、成仿吾、郁达夫、徐志摩、胡适、茅盾、郭沫若、梁实秋、闻一多、田汉、朱湘,当时的每一位作家同时又是翻译家。他们谈论翻译理想,探讨翻译问题,彼此指正译文中的瑕疵。徐志摩提出应对白话译诗的

---

① 转引自王克非编著:《翻译文化史论》,上海:上海外语教育出版社,1997年版,第48页。
② 同上。
③ 胡适:《谈新诗》,引自欧阳哲生编:《胡适文集》(第2卷),北京:北京大学出版社,1998年版,第138页。

随意性加以限制，他说："相信完美的形体是完美的精神的唯一表现。"①1924年，他在《晨报副刊》刊登了四首外国诗歌的原文和自己的译文，征求同仁译作，以探讨白话译诗法的最佳形式。

除诗歌散文化外，白话译诗产生的另一语言现象是"欧化"。比如，郭沫若译《西风颂》的结尾部分时，把"Make me thy lyre, even as the forest is"译为"请把我作为你的瑶琴如像树林般样"，又把"Drive my dead thoughts over the universe/ like withered leaves to quicken a new birth!"译为"请你把我沉闷的思想如像败叶一般，/吹越乎宇宙之外促起一番新生！"语序上不符合当时白话文的通行表达方式，具有"欧化"风格。针对"欧化"现象，学界有过不少讨论，赞同者居多。鲁迅说："欧化文法的侵入中国白话文中的大原因，并非因为好奇，乃是为了必要。"②胡适说："欧化的白话文就是充分吸收西洋语言的细密的结构，使我们的文字能够传达复杂的思想，屈折的理论。"③郑振铎在赞成"欧化"的同时，认为"欧化"应有限度，他说："中国的旧文体太陈旧而且成滥调了，我极赞成语体文的欧化，不过，语体文的欧化却有一个程度，就是它不像中国人向来写的语体文，却也非中国人所看不懂的。"④"欧化"译诗的好处在于能给刚刚起步的"白话文"增加一些新的表达方法，通过把其他民族语言的语法和情绪运用到本民族语言当中，来促进白话文的成长。徐志摩的《再别康桥》中的名句"沉默是今晚的康桥"便是借用了英文倒装句中表语提前的句法结构。

面对"以文为诗"和国语文学"欧化"两大潮流大行其道的情形，倡导"昌明国粹，融化新知"的"学衡派"深感忧虑。1925年，《学衡》增设"译诗"栏目，刊登了华兹华斯《露西组诗》第二首《她住在人迹罕至的路边》(*She dwelt among the untrodden ways*)的八种译文，译者有贺麟、张荫麟、陈铨、顾谦吉、杨葆昌等。这些诗歌均以五言或七言古诗体译出，而且都取中国古典诗词中"香草美人，孤芳自赏"之意境。如陈铨译作"佳人在空谷，空谷旁灵泉。幽芳徒自赏，春梦更谁怜"⑤。黄承显译作"美人居幽

---

① 徐志摩：《征译诗启》，引自《徐志摩译诗集》，长沙：湖南人民出版社，1989年版，第211页。
② 鲁迅：《玩笑只当它玩笑》，引自《鲁迅全集》，北京：人民文学出版社，2005年版，第548页。
③ 胡适：《中国新文学大系·建设理论集·导言》，赵家璧主编，上海：良友图书印刷公司，1935年版，第24页。
④ 沈雁冰、郑振铎：《语体文欧化的讨论》，《文学旬刊》，1921年7月10日。
⑤ 陈铨：《佳人在空谷》，《学衡》，1925年3月第39期。

境,侧傍鸽之泉。孤高绝颂誉,并少人爱怜"①。杨昌龄译作"兰生幽谷中,傍有爱神泉。零落无所依,孤影少人怜"②。上述译法体现了学衡诸公"文言译诗"的主张。早在1923年,主持《学衡》的吴宓就批评了译界时弊,阐明了"学衡派"翻译纲领:"近年吾国人译西洋文学书籍,诗文、小说、戏曲等不少,然多用恶劣之白话文及英语标点等,读之者殊觉茫然而生厌恶之心。盖彼多就英籍原文,一字一字度为中文,其句法字面,仍是英文……故今欲改良翻译,固在培养学识,尤须革去新兴之恶习惯,除戏曲小说等其相当之文体为白话外,均须改用文言。"③

  在继承传统文化和借鉴西方之间不断协商,翻译家们反复尝试、探索,逐步形成新诗的语言方式、思维方式、感受方式。在朱湘的翻译实践中出现了不少早期诗歌翻译的成功案例,如他译的雪莱的《恳求》("To—")便是其中一例:

> **To—**
>
> One word is too often profaned
> For me to profane it,
> One feeling too falsely disdained
> For thee to disdain it;
> One hope is too like despair
> For prudence to smother,
> And pity from thee more dear
> Than that from another.
> I can not give what men call love:
> But will thou accept not
> The worship the heart lifts above
> And the heavens reject not,
> And the desire of the moth for the star,
> Of the night for the morrow,
> The devotion to something afar
> From the sphere of our sorrow.

---

① 黄承显:《美人居幽境》,《学衡》,1925年3月第39期。
② 杨昌龄:《兰生幽谷中》,《学衡》,1925年3月第39期。
③ 吴宓:《论今日文学改造之正法》,《学衡》,1922年第15期。

恳求

有一个字眼被人滥用，
但我不敢滥用它，
有一种情感被人嘲弄，
但你不好嘲弄它。
有一种希望像极失意，
失意有谁能克降？
得到了你的一点怜惜，
比别人千倍都强。
我不敢呈献爱情于你，
我呈献的是崇拜——
人的崇拜神都看得起，
我的你该不见外？
我所敢呈献的是愿心——
好像猿猴愿捞月，
好像灯蛾愿得到光明——
你难道忍心拒绝？①

朱湘用地道的白话文翻译了雪莱这首著名的爱情诗，语言凝练，没有如常见的"欧化"译文那样大量使用虚词"的""地"和"了"。用韵也跟原诗保持一致。朱湘的翻译方式减弱了白话文的自由度，但充满了音韵美和节奏美。虽然朱湘把原诗欲言又止的标题"致——"译作题旨鲜明的"恳求"，又把原诗"黑夜追求明早"译作了"猿猴愿捞月"，但他把本民族语言与英语做了巧妙的融合，很好地体现出了汉语新格律诗的美感。关于白话译诗的问题，朱湘曾谈过自己的心得：

> 我国如今尤其需要译诗。因为自从新文化运动发生以来，只有些对于西方文学一知半解的人凭藉着先锋的幌子在那里提倡自由诗，说是用韵犹如裹脚，西方的诗如今都解放成自由诗了，我们该赶紧效法，殊不知音韵是组成诗之节奏的最重要的分子，不说西方的诗如今并未承认自由体为最高的短诗体裁，就说是承认了，我们也不可一味盲从，不运用自己独立的判断。我国的诗所以退化到这种地步，

---

① 朱湘:《恳求》，引自《朱湘译诗集》，长沙：湖南人民出版社，1986年版，第146—147页。

并不是为了韵的束缚,而是为了缺乏新的感兴、新的节奏——旧体诗词便是因此木乃伊化了,成了一些僵硬的或轻薄的韵文。倘如我们能将西方的真诗介绍过来,使新诗人在感兴上节奏上得到新颖的刺激与暗示,并且可以拿来同祖国古代诗学昌明时代的佳作参照研究,因之悟出我国旧诗中哪一部分是芜蔓的,可以铲除避去,哪一部分是菁华的,可以培植光大,西方的诗中又有些什么为我国的诗所不曾走过的路,值得新诗的开辟?①

朱湘的这段话表明:只有一方面接受西方诗歌的影响,另一方面继承本民族古典诗歌的精华,在"师古"与"法外"之间取得平衡,方能开辟出新格律诗的崭新天地。

英国浪漫主义诗歌在中国的早期传播,不仅给予了"五四运动"以精神上的鼓舞,还参与塑造了一代知识分子的社会人格。而它对中国白话文的发展尤其是新诗现代性的建构更是起到了不容忽视的作用。当时的文学家们把一首诗反复重译,登报征求他人同译,加以比对、评论、修正,试图做到既保存本民族语言的特性,又从他民族语言中获得新意象、新句法、新的感受方式和思维方式,是极为可贵的努力和探索。"五四"时期这种从"欧化"逐步走向"化欧"的文化交流历程,在文学理论话语普遍失语的今天依然有重要的借鉴意义。

---

① 朱湘:《说译诗》,转引自海岸选编:《中西诗歌翻译百年论集》,上海:上海外语教育出版社,2007年版,第50页。

第九章
《傲慢与偏见》的生成与传播

"这是一条举世公认的真理,一个拥有财产的单身汉,必然要娶个妻子。"随着《傲慢与偏见》(*Pride and Prejudice*)这句著名的开场白,简·奥斯丁用一种充满机智的轻快话语讲述了班内特一家和两位主人公伊丽莎白与达西的故事,使读者的阅读非常愉快,小说在带给我们娱乐的同时,还教给我们保持均衡的智慧,告诉我们"傲慢"与"偏见"的荒唐愚蠢。

《傲慢与偏见》是英国女作家简·奥斯丁最受喜爱和最为人熟知的小说。自1813年出版以来,这部小说在全世界的拥趸无数,其中不乏沃尔特·司各特、弗吉尼亚·伍尔夫等名家名流,至今已拥有超过两千万册的销量。200年来,读者的阅读口味几经改变,然而对这部小说的热爱却经久不衰。它连续不断地登顶英国"国家最受欢迎"书单,每年在英国仍有约5万册的销量,其持久的文学影响力直可比肩英国大文豪威廉·莎士比亚的戏剧。这部风靡全球、"被广泛认为是最好的英语小说之一"[1]的文学经典,已被9次改编为影视作品,从这部小说衍生的副产品已经膨胀成一项被称为"奥斯丁工业"(Austen industry)的庞大文化产业。《傲慢与偏见》诞生传播至今,产生了谁也预想不到的惊人成就。背后的深层原因,除了这部作品本身的魅力外,也离不开传播的强大推动。

---

[1] Pat Rogers ed., *The Cambridge Edition of the Works of Jane Austen*: Pride and Prejudice, Cambridge: Cambridge University Press, 2006, the front cover.

第一节 《傲慢与偏见》的经典生成

《傲慢与偏见》有太多让读者津津乐道的经典之处:篇首开场白的名言警句,最畅销的情节模式,精彩绝伦的人物塑造,栩栩如生的生活场景,还有对婚姻和人性的洞察……这部深受读者喜爱的作品,果真是奥斯丁不可窥知的天才独创吗?而一生"平淡无奇"的简·奥斯丁又如何创作出作品里那些征服时空的形象?为了探寻奥斯丁创作的秘密,研究者整理出版了一些与奥斯丁小说创作相关的"周边作品":奥斯丁与家人的往来书信《简·奥斯丁书信集》(Jane Austen's Letters),由她少女时期的练笔之作《少女习作》(The Juvenilia)与三部未完成小说构成的《次要作品》(Minor Works),以简·奥斯丁的侄子 J. E. 奥斯丁-李(James Edward Austen-Leigh)的《简·奥斯丁回忆录》(A Memoir of Jane Austen,1870)为代表的、由奥斯丁家庭成员撰写的几种家庭传记等。由这些资料,我们得以一探《傲慢与偏见》的生成渊源,去寻求这部小说经典魅力的由来。

一、从《初次印象》(First Impressions)到《傲慢与偏见》

有关《傲慢与偏见》的起源,仅有一个明确的证据留存下来,即简·奥斯丁的姐姐卡桑德拉·奥斯丁所记录的一份简短"备忘录"(a memorandum)。这份"备忘录"记录了简·奥斯丁每一部出版小说的创作完成日期。[①]"备忘录"里写道:"《初次印象》在1796年10月开始创作,完成于1797年8月,之后,经过修改和压缩,以《傲慢与偏见》的名字出版。"[②]

从卡桑德拉的"备忘录"里我们获知了《傲慢与偏见》诞生的重要信息:它写于1796年,花了大约9个月完成,最初的名字是《初次印象》,创作完成这部小说初稿的奥斯丁正当20出头的青春妙龄——与小说中女主人公伊丽莎白一般年华。

《初次印象》是奥斯丁构思的第一部主要小说,由于手稿没有留存下来,它的面貌只能凭借推测。在《初次印象》之前的《少女习作》为我们提

---

① 卡桑德拉·奥斯丁的"备忘录"现存于纽约的 Pierpont Morgan 图书馆。
② William Austen-Leigh and Richard Arthur Austen-Leigh, *Jane Austen: a Family Record*, revised and enlarged by Deirdre Le Faye, London: The British Library, 1989, p.169.

供了推测的可能。《少女习作》是奥斯丁11岁至18岁之间的作品,写于1786年12月至1793年,共3卷,内容形式多为人物对话、场景描写、心理分析等片段,以及一些戏仿名家的戏拟之作,而其中的某些片段后来被用在了她的小说创作中。可以看到,日后出现在《傲慢与偏见》中的一些情节或场景、有着怪异性情的人物,以及奥斯丁小说的标志性风格——讽刺与嘲弄的语体,都已显露于"少女习作"之中。用弗吉尼亚·伍尔夫的话,从《少女习作》里我们已经听到了《傲慢与偏见》的"美妙的前奏曲"。[①] 例如,在《少女习作》的"卷一"里有个短篇叫《三姐妹》(The Three Sisters),里面三姐妹的母亲下定决心要让沃茨先生娶她的一个女儿,就像《傲慢与偏见》里班内特夫人要让彬格莱娶她某个女儿的决心一样。在"卷二"的短篇《爱情与友谊》(Love and Friendship)里,情侣和朋友们之间的"初次印象"的浪漫想法被用漫画手法加以嘲笑,一如《傲慢与偏见》对浪漫主义的微妙批评。达西的姨妈凯瑟琳·德·包尔公爵夫人,是《傲慢与偏见》里另一个形象塑造出色的人物,她傲慢骄横的举止让人印象深刻;"卷二"里的一篇书信体小说《书信集》(A Collections of Letters)里的"信件三"中,葛瑞维尔女士身上有着凯瑟琳夫人最初的轮廓,她让玛利亚·威廉姆斯一直站在她的四轮马车外的寒风中,如同《傲慢与偏见》里詹金森夫人和德·包尔小姐让夏洛特·卢卡斯一直做的那样。在"卷二"里还有个名为"女哲学家"(The female philosopher)的小片段,嘲讽了那类爱耍弄"俏皮话、讽刺和巧辩"来显示自己的机智和幽默的女性,包含着班内特家三小姐玛丽·班内特的形象特征。"卷三"里的片段"凯瑟琳,或鲍尔家"(Catherine, or the Bower)中那个出身高贵、傲慢自大的达德利先生,很明显是《傲慢与偏见》里刚出场时的达西先生的原型。[②]

《初次印象》的创作受到来自奥斯丁家庭的密切影响。奥斯丁-李在《简·奥斯丁回忆录》里特别指出,简的家庭成员,父母、四个兄长、一个姐姐,他们的个性、经历等都或多或少影响了她的创作,如小说中的庄园生活描写和海军题材以及牧师形象等,都与她的家庭成员的经历分不开。[③]

---

① 详见苏珊娜·卡森编:《为什么要读简·奥斯丁》,王丽亚译,南京:译林出版社,2011年版,第38页。

② See Frank W. Bradbrook, "Introduction", in Frank W. Bradbrook ed., *Pride and Prejudice*. London: Oxford University Press, 1970.

③ See James Edward Austen-Leigh, *A Memoir of Jane Austen*, London: Richard Bentley, 1870, Chapter I, pp.1—30.

奥斯丁的家庭文化水平较高，全家人都爱读书，家庭里经常有读书会、家庭戏剧演出等活动，大家庭的丰富生活与周围村居的单调狭窄形成对比，丝毫不影响她对世界、对生活、对人性的观察思考。据奥斯丁-李的《简·奥斯丁回忆录》介绍，奥斯丁最初写作是出于家庭娱乐目的，就像当时盛行的业余戏剧演出、猜字游戏、谜语等通常的家庭娱乐项目一样，她会把写好的作品大声朗读给家人听，在娱乐之时，这些有着鉴赏识别力的听众常常为她的作品提出许多有益的建议。简·奥斯丁不属于任何社团组织，甚至她也极少跟其他职业作家有直接的接触，她的写作的最初支持团队主要由她的家庭成员以及一些关系亲密的朋友组成，家人和好友是她作品的第一读者和评论者。

《初次印象》的故事得到了亲友圈最多的赞赏，在朋友和家庭成员之间被持续传播，大家都很喜欢这个故事，于是想到了出版。小说完成后，简的父亲乔治·奥斯丁在1797年11月将手稿寄给伦敦的出版商托马斯·坎德尔（Thomas Cadell），并写了封希望获得出版的自荐信："一部小说手稿，包括三卷，大约是伯尼小姐的《埃维丽娜》（*Evelina*）的长度。"[1]但不知何故，简·奥斯丁的《初次印象》没有被接受，收信人只回复了一句话："拒收寄回。"[2]

之后，有关奥斯丁的传记资料里再没有更多《初次印象》的消息，直到《傲慢与偏见》出版的前夕。

1813年1月，这部更名为《傲慢与偏见》的小说出版时，距离1797年8月完成的初稿《初次印象》已间隔了16年。奥斯丁-李的《简·奥斯丁回忆录》告诉我们，这16年的岁月，简·奥斯丁经历了生活中不稳定的一段时期——搬家、父亲亡故、四处迁徙侨居——直到1809年才在乔顿安居下来，简·奥斯丁随即开始着手修改以前的手稿，"她定居乔顿的头一年似乎一直在修改并准备出版《理智与情感》和《傲慢与偏见》"[3]。这表明这个修改行为大致发生在从1809年7月开始的12个月期间。对于从"初次印象"到"傲慢与偏见"的更名，简妮特·托德（Janet Todd）给予这

---

[1] R. W. Chapman, "Introductory Note", in R. W. Chapman ed. , *The Oxford Illustrated Jane Austen*: Pride and Prejudice, third edition, Oxford, New York: Oxford University Press, 1932, p. xi.

[2] Ibid.

[3] James Edward Austen-Leigh, *A Memoir of Jane Austen*, London: Richard Bentley, 1870, p. 128.

样的解释:1801年玛格丽特·霍福德(Margaret Holford)夫人的一部名为《初次印象》的4卷本小说出版,如果简·奥斯丁试图出版她的故事,那么标题将不得不更换①。

奥斯丁-李在《简·奥斯丁回忆录》中已证实,《傲慢与偏见》在出版前做出了较大程度的修改,并声称主要的重写工作到1810年已经完成。然而,"修改"可能是个比"准备出版"更详尽的耗时更长的过程,但奥斯丁-李的陈述并没有做出区分。由于《初次印象》没有手稿留存,简·奥斯丁对原稿的修改程度和修改时间也都成了不确定的疑问。

《初次印象》出自一个远居偏远乡间、几乎足不出户、相对孤立的20岁女孩之手,到《傲慢与偏见》出版时,奥斯丁已是一个有了更多人生经历的接近40岁的成熟女性。那么,为我们熟知的《傲慢与偏见》的故事究竟主要由20岁女孩,还是由心智更成熟的中年奥斯丁完成的呢?这个问题引起了研究者极大的兴趣与争论。

奥斯丁研究专家R. W. 查普曼(R. W. Chapman)博士在他编辑的学本版《傲慢与偏见》(1923)中首次提出了这一种观点,即对这部小说所做的本质修改是在1811至1812年间,他的依据是在最终修订版里,小说里的事件有一个精确的按那几年日历前后排列的时间顺序。② 利维斯夫人(Q. D. Leavis)也表达了同样的观点,认为小说事件可能是按照1811至1812年的日历安排计划的,这样,"《傲慢与偏见》就不是一个二十一岁姑娘的作品,而是出于三十五到三十七岁的一位女士笔下"③。像许多研究者论证指出的,奥斯丁创作小说习惯于按照她创作时期的日历来安排小说中事件的时间表,尤其是她后期的几部小说,如《爱玛》(*Emma*,1816)和《劝导》(*Persuasion*,1817),其中的时间表几乎都与创作期间的日历时间相对应。因此查普曼对《傲慢与偏见》修改时间的这一推测,长期以来一直被普遍接受。

然而,拉尔夫·纳什(Ralph Nash)在一篇《〈傲慢与偏见〉的时间表》("The Time Scheme for *Pride and Prejudice*")的文章中反驳了查普曼,

---

① Janet Todd ed., *The Cambridge Companion to* Pride and Prejudice, Cambridge: Cambridge University Press, 2013, p.48.

② R. W. Chapman ed., "Appendixes: Chronology of *Pride and Prejudice*", *The Oxford Illustrated Jane Austen*: Pride and Prejudice, Oxford: Oxford University Press, 1923, p.407.

③ Q. D. Leavis:《〈傲慢与偏见〉和简·奥斯丁早年的读书与写作》,赵少伟译,朱虹编选:《奥斯丁研究》,北京:中国文联出版公司,1985年版,第113页。

提出 1799 至 1802 年间的日历可提供的证据将支持可能更好的一个修改的假设，在小说里第一个秋天的时间对应了 1799 年的日历，春天和夏天的时间对应了 1802 年的日历。纳什先生由此做出判断，这部小说本质上是早期完成的。①

安德鲁斯(P. B. S. Andrews)也提出了一个持同样观点的更具有说服力的修改时间表：《傲慢与偏见》在 1799 年被修订，并在 1802 年被详尽改写。安德鲁斯称难以置信"快乐的、心态年轻的《傲慢与偏见》与成熟、苦涩的《曼斯菲尔德庄园》②，会是作者成长中同一阶段产生的作品"③。他提出是 1802 年在巴斯，简·奥斯丁"从事了从《初次印象》到我们知道的《傲慢与偏见》的主要转换工作"。他认为有"一些修订工作在 1799 年的可能性证据"和"或许实质性的改写在 1802 年的肯定性证据"。小说中的历史事件首先为安德鲁斯的推测提供了支持。从不涉及社会重大问题是奥斯丁小说众所周知的特点，但在《傲慢与偏见》中却有一个与拿破仑战争相关的时间——军队在布莱顿驻扎及迁移，该事件并非"无关紧要"，而是直接促成了小说情节中的主要系列事件，联系到小说终章提及的亚眠的和平④，那么奥斯丁的修改很可能在 1802 年 3 月至战争重新开始期间。这样，那些认为小说叙述的日期更早的猜测，看起来更可能接近真相。

如帕特·罗杰斯(Pat Rogers)所言，《傲慢与偏见》的故事叙述以 20 岁的年轻女士为中心，这是作者写作《初次印象》时的年纪，故事中的主人公伊丽莎白和达西、简和彬格莱，作为 18 世纪 90 年代的人物被创造出来，难以想象这些人物可以在十余年后的摄政王时代——在这期间更多的社会变化已然发生——仍然在原初的历史语境中被鲜活地重新塑造出来，"在地点、礼仪、书籍和观念方面，它仍然呼吸着 18 世纪 90 年代和 19 世纪早期的空气"⑤。就连查普曼也不得不承认："在 1813 年出版《傲慢

---

① *Pride and Prejudice*, edited with an introduction by Frank W. Bradbrook, London: Oxford University Press, 1970, Introduction.

② 据奥斯丁-李《简·奥斯丁回忆录》(*Memoir of Jane Austen*, 1807; ch. 6)，《曼斯菲尔德庄园》的创作开始于 1811 年 2 月，到 1813 年 2 月基本完成，到 1814 年才出版。

③ *Pride and Prejudice*, edited with an introduction by Frank W. Bradbrook, London: Oxford University Press, 1970, Introduction.

④ 拿破仑战争期间，英法双方于 1802 年 3 月在法国北部的亚眠缔结休战合约，战争于 1805 年再起。

⑤ Pat Roger ed., *The Cambridge Edition of the Works of Jane Austen*: Pride and Prejudice, Cambridge: Cambridge University Press, 2006, Introduction.

与偏见》,奥斯丁小姐清晰地构思十年前(或更早)发生的一些行动,估计有一定的困难。"①《傲慢与偏见》的小说风格,用奥斯丁自己的话说,"太轻巧,明快,活泼"②,就像安德鲁斯的论断,这种轻松风格应该与20出头的年轻女孩简的心态更相符,而不是十余年后创作《曼斯菲尔德庄园》时更为稳重的中年奥斯丁。

还有一个可能性推测:简·奥斯丁为她的书信体小说《埃莉诺与玛丽安》更改的新标题《理智与情感》,可能是仿照《初次印象》更名为《傲慢与偏见》后在标题上的一个改变。奥斯丁-李的《简·奥斯丁回忆录》中称简在1809年开始《理智与情感》的最终改写,这样她很可能在1809年之前就开始《傲慢与偏见》的重要修改。

更多研究者也相继提出《傲慢与偏见》的修改时间更早的观点。像简妮特·托德认为的,这部小说"大概在19世纪早期被彻底地更换"③;弗兰克·W. 布拉德布鲁克(Frank W. Bradbrook)的观点是"《初次印象》的主要修改到1802年已经完成"④;帕特·罗杰斯认为小说"经历了数年的修改,大概在1803—1804年间或者前后的时间,在1809—1810年间所做的调整可能相当于精细的修整,而不是一些人猜测的彻底大修"⑤。

当然,所有说法都没有任何实质性的证据,也无法拥有唯一确定的真相,但奥斯丁对《傲慢与偏见》做出本质修改的时间被回溯至远远早于1813年1月的出版日期,这已是多数研究者的共识。

由于《初次印象》没有手稿留存,所以无法知道奥斯丁所做的修改的实质内容,我们仅在她给姐姐卡桑德拉的一封书信中确切得知,这是一个"不断地砍伐和裁剪"⑥的文字压缩过程。研究者费格斯(Jan Fergus)利用巴罗斯(J. F. Burrows)基于计算机的语言分析,进一步证实了这一

---

① R. W. Chapman ed., "Appendixes: Chronology of *Pride and Prejudice*", *The Oxford Illustrated Jane Austen*: Pride and Prejudice, Oxford: Oxford University Press, 1923, p. 407.

② *Letters*, 4 February, 1813.

③ Janet Todd ed., *The Cambridge Introduction to Jane Austen*, Cambridge: Cambridge University Press, 2006, p. 61.

④ *Pride and Prejudice*, edited with an introduction by Frank W. Bradbrook, London: Oxford University Press, 1970, Introduction.

⑤ Pat Rogers ed., *The Cambridge Edition of the Works of Jane Austen*: Pride and Prejudice, Cambridge: Cambridge University Press, 2006, Introduction, p. xxx.

⑥ *Letters*, 29 January, 1813.

点:"奥斯丁的修订由大量削减组成:压缩、提炼了很多更长的原初内容。"①而压缩、删减的内容是什么,只能猜测。

可以肯定从《初次印象》转换成《傲慢与偏见》的过程包含了一些艺术技巧上的加工修整。一些研究权威猜测,小说文本的原初形式是用当时流行的书信体写成,修改主要是书信体的形式转换。这一说法得到不少支持,研究者们纷纷找出各种证据去证实这种猜测。如不少学者指出的,在《傲慢与偏见》之前出版的《理智与情感》,其初稿《埃莉诺与玛丽安》就是书信体形式,此外奥斯丁写于早期的小说《苏珊女士》(*Lady Susan*)②以及《少女习作》中的许多作品也都使用了书信体这种结构,同样是早期创作的《初次印象》,很可能与其他早期作品有着共通的某些形式,由此推测,《初次印象》很可能采用了早期多数作品所采用的书信体形式。布拉德布鲁克强调了这一证据:简·奥斯丁的父亲在1797年将《初次印象》提供给出版商坎德尔时,把这部小说与范妮·伯尼(Fanny Burney)的书信体小说《埃维丽娜》(*Evelina*)做了对比,基于这一事实,布拉德布鲁克认为这种对比倾向于证实了这一观点,即小说初稿是用书信体写成的。③简妮特·托德则从小说情节中找到了这部小说中原有的书信体痕迹,她指出小说中两位主人公关系转变的关键情节都是围绕信件,用信件的方式表达:

> 早期的某些形式可能保留在那些书信的使用上。达西带来了"说明"信,与事件相关联,因为伊丽莎白读了又读,以至于她自己的反应被信的内容所逆转,这封书信不是静止不动的,而是形成了一个戏剧性场景的部分。伊丽莎白是最少被文学和其语言征服的女主人公,但是这封信作为像其他女主人公们一样对待的文学文本;不久她从内心里意识到它开始对她的心灵起作用了,就像她自己的经验。而从简和柯林斯先生的信里传达的信息或表现的怪癖,可能是一个早期书信体的遗迹。④

---

① Jan Fergus,"J. F. Burrows' *Computation into Criticism*:*A Study of Jane Austen's Novels and an Experiment in Method*",*Literary*,Oxford:Clarendon Press,1987,p. 82.

② 约完成于1793—1794年,直到1871年才出版。

③ *Pride and Prejudice*, edited with an introduction by Frank W. Bradbrook, London:Oxford University Press, 1970, Introduction.

④ Janet Todd ed., *The Cambridge Introduction to Jane Austen*, Cambridge:Cambridge University Press, 2006, p. 61.

不难推测,如果小说的原初形式是书信体的话,那么奥斯丁一定做出了本质转换,这样修改工作必将会包含对那些书信中与情节进展没有关联的材料的严重削减,以对应于简在书信中向卡桑德拉提及的巨大的"压缩"部分。

但是书信体的说法依然没有任何确定性和权威性,它所做的修改调整也有可能并非是对书信体形式,如费格斯就认为奥斯丁在创作《初次印象》的那个时期受到范妮·伯尼《卡米拉》(Camilla,1796)的第三人称叙事的清晰影响,这暗示它很可能在最初采用了直接叙述的形式。①

唯一可以确认的是奥斯丁自己所说的"砍伐和裁剪"这一修改方式,它有可能是简妮特·托德所说的"主要处理了作品的规模和内部年表"②,"压缩了文本中人物和场景的描写"③,也有可能如帕特·罗杰斯所言:"它被限定在第二卷或者贯穿于全部作品中,以及所有内容里最关键的部分。"④总之,既然我们缺乏关于这部小说从诞生到出版的任何阶段的手稿,所有关于《傲慢与偏见》修改的研究都只能是基于推测。

二、《傲慢与偏见》与文学传统

简·奥斯丁的天才独创造就了《傲慢与偏见》的成功——人们倾向于这种认知。事实上,研究者们不断添加着这部作品与英国文学传统关系密切的证据。玛丽·拉塞尔(Mary Lascelles)、Q. D. 利维斯、查普曼、弗兰克·W. 布拉德布鲁克等学者都曾对此做过探讨,他们的研究显示了简·奥斯丁的文学创作与18世纪英国文学语境的紧密关联性。

这部小说的标题短语"傲慢与偏见"(Pride and Prejudice)是小说的经典成分之一,它"漂亮的元音头韵、对称的词汇结构",再加上隐含的人性感悟,使这个短语深深植根于读者的意识之中,并被认为是奥斯丁的专属标志。然而,"在奥斯丁认领了唯一所有权之前,在这部小说出版之前的那个世纪里,这种表达在出版的文学作品中至少出现过一千次"⑤。

---

① Janet Todd ed., *The Cambridge Companion to* Pride and Prejudice, Cambridge: Cambridge University Press, 2013, p. 44.

② Ibid., pp. 44—50.

③ Janet Todd ed., *The Cambridge Introduction to Jane Austen*, Cambridge: Cambridge University Press, 2006, p. 61.

④ Pat Rogers ed., *The Cambridge Edition of the Works of Jane Austen*: Pride and Prejudice, Cambridge: Cambridge University Press, 2006, Introduction, p. xxx.

⑤ Ibid., p. xxxiv.

例如奥利弗·哥德斯密（Oliver Goldsmith）的《英格兰史》(*An History of England*，1764)中,有一个对亨利八世的介绍,描述了当时国王的谄媚者们"确认了他的傲慢与偏见"。简·奥斯丁曾在自己的《少女习作》中加以模仿,其中有篇短文使用了与这本书同样的标题,表明她对这本书包括这一短语都印象深刻。在哥德斯密的流行诗歌《反击》(*Retaliation*，1774)中也出现过这个短语结构。18世纪的大作家塞缪尔·约翰逊（Samuel Johnson）写过一篇题为《一个男人的偏见与傲慢》(*The Prejudice and Pride of a Man*)的故事,发表在《闲散者》(*The Idler*，1758年第5期)上,奥斯丁一定读过这篇文章。同时,切斯特菲尔德爵士（Lord Chesterfield）在他写给儿子的著名的《书信集》(*Letters*，1774)中,写有"当地的和本民族的傲慢与偏见,每个人都享有一些"。威廉·亚当斯博士（Dr. William Adams）作为一个更接近于奥斯丁时代的作者,在他的文章《就几个主题的训诫》(*Sermons upon Several Subjects*，1790)里,其告诫之一是:"我们自己的傲慢与偏见的误解可能作用于其他人。"在《傲慢与偏见》出版的1813年之前,这一短语运用被认为是司空见惯的。①

简·奥斯丁的这一标题命名,被普遍认为是"从伯尼的《塞西莉亚》(*Cecilia*，1782)借用来的短语,它在那里面被用了三次,大概又一次回响在奥斯丁首部出版的小说的最终标题里"②。在范妮·伯尼《塞西莉亚》卷六最后一章,故事中和蔼可亲的外科医生这样道出该故事的道德寓意:

> "整个不幸的事,"利斯特医生说道,"是**傲慢与偏见**③的结果……然而,记住,如果你将你的悲惨境遇归因于傲慢与偏见,幸福与不幸的平衡是如此奇妙,以至于你也将会把它们的结束归因于傲慢与偏见。④"

这句短语在文中用字母大写和重复述说的方式而显得分外突出,虽

---

① Pat Rogers ed., *The Cambridge Edition of the Works of Jane Austen*: Pride and Prejudice, Cambridge: Cambridge University Press, 2006, Introduction, pp. xxxiv—xxxv.

② Janet Todd ed., *The Cambridge Introduction to* Pride and Prejudice, Cambridge: Cambridge University Press, 2013, p. 50.

③ 原文这里为大写字母。

④ See R. W. Chapman, "Appendixes: *Pride and Prejudice* and *Cecilia*", *The Oxford Illustrated Jane Austen*: Pride and Prejudice, third edition, Oxford: Oxford University Press, 1932, p. 408.

然不能说《塞西莉亚》是影响奥斯丁选择这个标题的唯一来源,但就这部书对《傲慢与偏见》写作的整体影响来看,几乎可以肯定范妮·伯尼在这里的含义使用一定给奥斯丁留下了极深刻的印象。

小说标题虽然是奥斯丁从并不新奇的"陈词滥调"借用而来,却与小说故事的内容及其寓意十分熨帖,仿若为这个故事量身定制。标题更换后,原标题"初次印象"这一概念所表达的"仓促地、过早地下结论"的意味在一定程度上仍然留存,且又更进一步演绎了因"初次印象"造成的"傲慢"与"偏见"的荒唐愚蠢,它们呼应着小说中两位主人公的情感转变和情节进展,传神而贴切,使一代代读者因这部小说而记住了这个短语。

《傲慢与偏见》著名的篇首句同样是奥斯丁的经典标志。"这是一条举世公认的真理,一个拥有财产的单身汉,必然要娶个妻子。"①这句有名的开场白,这个经典句式,包括这种以格言警句开篇的方式,依然是奥斯丁对前人的模仿借鉴。帕特·罗杰斯指出,这种表达句式,"我们能够在为数众多的18世纪道德家和说教者的语调中听到,他们喜欢以意义深远的格言的氛围给出他们的主题句。当时各类型作者都依赖于这一套路"②。如《费尔法克斯将军回忆录》(The Memoirs of General Fairfax,1776)的开场白:"历史对所有等级和职位的人的功用,是一个得到广泛认可和普遍确信的真理。"类似的,威廉·塔普林(William Taplin)的《绅士固定目录》(The Gentleman's Stable Directory,1788)一书的前言是这样开始的:"这是一个广为认可并普遍感到悲哀的真理,在所有当代的进步中,没有人从《马掌艺术》这本精致的书里收到如此小的收益。"类似的例句经常出现在当时的流行刊物《漫步者》(The Rambler)和《闲散者》(The Idler)的文章里。塞缪尔·约翰逊作为深深影响奥斯丁的作家之一,他的道德教诲的作品充满了此类陈述句。奥斯丁明显是戏讽式地运用此类格言警句,体现出她一贯的对世事的嘲弄风格,"希望去破坏一些附着于世俗智慧上的确定性"③。

奥斯丁的运用,被人们赞赏不已,篇首句的格言警句句式看似在陈述着一种至理名言般的世俗智慧,同时又以反讽的语气加以嘲弄,它既表达

---

① 原文为"It is a truth universally acknowledged, that a single man in possession of a good fortune, must be in want of a wife."译文采用孙致礼译本,南京:译林出版社,1990年版。
② Pat Rogers ed., *The Cambridge Edition of the Works of Jane Austen*: Pride and Prejudice, Cambridge: Cambridge University Press, 2006, Introduction, p. xxxvi.
③ Ibid., p. xxxvi.

了浅薄庸俗的班内特太太的执着观点,又有着理智的班内特先生惯用的嘲讽语气,它在小说一开始就奠定了全篇故事反讽轻喜剧的风格,并使这样一种戏谑似的又洞察般的生活智慧回荡在小说故事的各个篇章,隐隐透露着对人世、对人性的洞见,小说由此有了深度。当小说终章班内特太太实现了所有的愿望、言中了所有的结局时,故事再次以戏谑的方式验证了篇首句所言说的"至理名言",形成了耐人寻味的戏剧性效果,使这部小说充满魅力。所以,奥斯丁在这里的篇首句运用,表现了内容与形式的完美结合,我们只能说,这个句式虽然不是她的首创,却因她的绝佳运用而得以成为经典。

就奥斯丁与18世纪作家的关系而言,她的小说创作受到女作家范妮·伯尼的影响最多。研究者们采用完全不同的方法、视角探究《傲慢与偏见》和其他18世纪小说之间关系,却倾向于产生同一种结论,即伯尼小说《塞西莉亚》明显包含着《傲慢与偏见》的轮廓。奥斯丁研究权威查普曼博士在对比了两部作品在主人公身份设置、庄园名称等地名以及一些情节及细节方面的相似性后,得出结论:"《塞西莉亚》对《初次印象》有比更换标题更多的贡献。"① 利维斯夫人相信,《傲慢与偏见》在它的早期阶段即《初次印象》时,其原本意图毫无疑问是用现实主义笔法重写"塞西莉亚"的故事,是对《塞西莉亚》的滑稽戏仿(《简·奥斯丁写作的一个批评理论》):"我们要说的……并不是单纯拿来取笑的一个话题,或者是对于一个故事做出写实的处理以代替老一套的写法,也不单纯是为了稍许不同的目的而'借用'一下,……这本书仿佛是把《塞西莉亚》的中心思想曲尽其妙地发挥出来,有时候含讥带诮,……更多的时候则是作者借此机会做一番自我探索。"②

在《傲慢与偏见》的主人公形象塑造方面,简·奥斯丁几乎全盘接受了范妮·伯尼的男主人公设置——出身高贵的贵族绅士。布拉德布鲁克指出,达西从身份到情感经历都类同于《塞西莉亚》的男主人公德维尔,"德维尔,就像达西,违背其家庭的本意坠入爱河,后来采用了一个同样的冒犯性的屈尊的态度,对这位他欲有幸赐予情感的年轻女士诉说了他的傲慢与激情之间的斗争。也是经过长期抗拒后,最终屈服于这份情感并

---

① R. W. Chapman ed., "Appendixes: *Pride and Prejudice* and *Cecilia*", *The Oxford Illustrated Jane Austen*: Pride and Prejudice, Oxford: Oxford University Press, 1923, p.409.

② Q. D. Leavis:《〈傲慢与偏见〉和简·奥斯丁早年的读书与写作》,赵少伟译,朱虹编选:《奥斯丁研究》,北京:中国文联出版公司,1985年版,第134页。

得到原谅。他的母亲对塞西莉亚粗暴无礼的诉求几乎与凯瑟琳夫人对待伊丽莎白的行为一致。"①范妮·伯尼的其他几部小说《埃维丽娜》(*Evelina*)等也都是同类的贵族男主人公形象。而伯尼的这一男主人公形象设置又可追溯至理查生(Samuel Richardson)小说的影响。对光彩照人的女主人公伊丽莎白的形象,读者更多感受到的是与伯尼小说的差异,伯尼的女主人公也明显承袭了理查生小说的传统女性形象设置,而伊丽莎白自信果敢的个性让我们似乎看到了莎士比亚喜剧中那些聪敏智慧、积极追求自我幸福的年轻女性形象,她的形象更多表现出某种"新女性"的自信和独立。不过研究者还是找到了伊丽莎白与伯尼小说女主人公的关联性。玛丽莲·巴特勒(Marilyn Butler)就指出,不仅达西作为一个"贵族主人公",与范妮·伯尼的男主人公"关系密切",同样伊丽莎白作为一个注定要嫁给有钱的贵族的贫穷女主人公,也与范妮·伯尼的女主人公埃维丽娜和卡米拉相似,对尊贵的男主人公的举止鲁莽而冲动,与范妮·伯尼的罗曼蒂克的塞西莉亚形成对照的伊丽莎白,"仍然是可识别的反塞西莉亚"②。

小说中其他人物形象也皆有出处可寻。粗俗世故的班内特太太,被认为和《理智与情感》中的詹宁斯太太一样,都是以伯尼小说《埃维丽娜》中的杜瓦尔夫人为模板,她们对待女主人公的世故圆滑的方式如出一辙③,这类角色塑造也见于菲尔丁的小说中。达西骄横跋扈的姨妈凯瑟琳夫人,与理查生《帕米拉》(*Pamela*)中男主人公 B 先生凶悍的姐姐达沃斯夫人相似,"达沃斯夫人的情绪本质上是凯瑟琳·德·包尔夫人的"④。而小说中另一位塑造得十分成功的人物——谄媚造作的牧师柯林斯先生,也被认为其名字、性格以及形象可能是受到塞缪尔·E. 布里奇斯爵士(Sir Samuel Egerton Brydges)的启发。

达西求婚被拒的经典场景,与布里奇斯的流行小说《玛丽·德·克里

---

① R. Brimley Johnson, "The Women Novelists", in Frank W. Bradbrook, *Jane Austen and Her Predecessors*, Cambridge: Cambridge University Press, 1966, p. 119.

② See Marilyn Butler, *Jane Austen and the War of Ideas*, London: Clarendon Press, 1975, pp. 198—199.

③ Frank W. Bradbrook, *Jane Austen and Her Predecessors*, Cambridge: Cambridge University Press, 1966, p. 95.

④ Ibid., p. 86.

福德》(Mary de Clifford，1792)中的求婚场景类似①：彼得·卢姆爵士向玛丽求婚被拒,两位男女主人公之间的话语方式、交锋状态,和达西向伊丽莎白求婚的场景如出一辙,只是布里奇斯的贵族女主人公与伊丽莎白和达西之间的遭遇相反。布里奇斯虽然不如理查生、菲尔丁名气大,却也是18世纪的流行小说家之一。研究者布拉德布鲁克从简·奥斯丁于1798年11月25日写给她姐姐卡桑德拉的信中推断,奥斯丁"几乎确定读了《菲茨阿尔比尼》(Fitz-Albini)之前的1792年出版的名为《玛丽·德·克里福德》的小说",那么《傲慢与偏见》中的求婚场景极有可能是奥斯丁对布里奇斯小说《玛丽·德·克里福德》场景的模仿。

我们还可以看到另一些来自18世纪英国文化语境对奥斯丁创作的影响。例如以入画的审美方式来观察并描绘风景的"如画运动"(Picturesque),威廉·吉尔平(William Gilpin)是代表人物。吉尔平在他流行于18世纪中期的各种旅行游记中对英国乡村风景进行了如诗如画的描写,他的风景描写和美学观点常常成为奥斯丁的写作资源。

很多读者都像伊丽莎白一样为达西的乡村庄园彭伯里(Pemberley)心潮澎湃,"有着德比郡最美的橡树林和西班牙栗树林"的彭伯里庄园,不仅成功增添了男主人公的身份魅力,也被奥斯丁毫不避讳地设置为女主人公情感转变的关键因素——伊丽莎白对姐姐直言自己爱上达西是"见到彭伯里的那一刻"——风景成为影响小说故事情节的强有力因素。

奥斯丁对彭伯里庄园优美迷人的风景抒写,以及让风景起到情节进展的重要作用的观念,直接受到了吉尔平"如画运动"的影响。简的兄长亨利·奥斯丁在《奥斯丁传略》中称简·奥斯丁很小的时候就着迷于吉尔平和"如画运动",在查普曼博士整理的奥斯丁阅读书单中就列有好几种吉尔平的游记。"如画运动"培养了她对自然景色的艺术趣味,对如画美景的特有感受,这运用到她的小说艺术中就被具体化为一种技巧和方法,以及随着她艺术成熟而愈加明显的"地方感"(sense of place),成为她的小说艺术特质之一。

《傲慢与偏见》中借人物之口多次提到了"如画运动"的观点,虽然有时候奥斯丁的态度是对"如画运动"的讽刺和嘲弄。有些风景描写就直接借自吉尔平的游记,如在小说第二章的最后部分,对彭伯里所在的德比郡

---

① Frank W. Bradbrook, *Jane Austen and Her Predecessors*, Cambridge: Cambridge University Press, 1966, pp.123—126.

(Derbyshire)的风景描写,几乎从未涉足过德比郡的简·奥斯丁显然挪用了吉尔平的游记《坎伯兰郡和威斯特摩兰郡的湖光山色观感》(*Observations on the Mountains and Lakes of Cumberland and Westmorland*)一书中的场景。小说的风景描写也绝不仅仅是简单的语句润饰或场景铺陈,而是如彼得·诺克斯肖(Peter Knox-Shaw)所说,"如画运动"的观点在小说中起到了强有力的作用。①

哥特小说流行于英国 18 世纪,有一套固有的叙事模式以及神秘恐怖的意象特征。奥斯丁的创作与哥特小说有着千丝万缕的关联,被研究者称作是"既挖苦又采用了哥特小说的一些套路"。她在早期小说《诺桑觉寺》(*Northanger Abbey*)里挪揄了安·拉德克里夫(Ann Radcliffe)的哥特小说,《傲慢与偏见》也不乏与哥特小说的关联之处。小说最初标题《初次印象》,就出现在拉德克里夫的哥特小说《鲁道尔夫的神秘》(*The Mysteries of Udolpho*,1794)里的开始部分,在这里女主人公的父亲"指导她去抵抗初次印象"。布拉德布鲁克指出,达西在《傲慢与偏见》前半部的反面主人公角色就是一个部分哥特式的人物形象,他保留了与这种小说类型相关联的罗曼蒂克的魅力;他还认为《傲慢与偏见》在整体框架中也变形吸收了哥特小说的特征,使小说在英格兰普通日常生活的写实描写中又保留了一些诗意特质。② 18 世纪感伤传奇的叙事套路也在《傲慢与偏见》中被演绎或者反讽式运用:"父母的干涉在凯瑟琳夫人身上被拙劣模仿,通常的外部阻碍被内在的怀疑所替代;代替感伤文学一见钟情的惯例,是最初的轻蔑和怨恨。"③

可以说,是英国文学传统孕育了《傲慢与偏见》这部经典巨著,简·奥斯丁的天才部分在于她所用的方法,她从 18 世纪的英国小说家那里汲取了技巧方面的指导和范例,将前辈和同时代作家的平庸之作转变成积极的、有建设性的使用。这在她转换范妮·伯尼提供的材料里体现得尤其明显:"范妮·伯尼不能够展示一个人物性格的发展或在另一个人物的意识里的转变(如同达西在伊丽莎白的意识里)……范妮·伯尼似乎是写给

---

① Peter Knox-Shaw, *Jane Austen and the Enlightenment*, Cambridge: Cambridge University Press, 2004, p. 83.

② *Pride and Prejudice*, edited with an introduction by Frank W. Bradbrook, London: Oxford University Press, 1970, Introduction. p. xvi.

③ Janet Todd ed., *The Cambridge Introduction to Jane Austen*, Cambridge: Cambridge University Press, 2006, p. 61.

中学女生的杂志,而不是简·奥斯丁的成熟和微妙的艺术。"①

有趣的是,那些曾被奥斯丁借鉴模仿、在当时比她闻名许多的前辈或同辈作家,逐渐黯淡了光芒,而简·奥斯丁却成为了她那个时代所有知名作家中最著名的一个。

第二节 《傲慢与偏见》的出版与版本演变

《傲慢与偏见》出版以来,经历了面貌多样的版本演变:从迎合大众读者口味和市场商业需求的平装廉价版、插画版到装帧精美的收藏版,从面向学生群体的名家导读版到供学院派学术研究的考证翔实的注解版。几经变化的《傲慢与偏见》版本,既向我们呈现了这部作品从普罗大众到学生群体,再到学者精英的接受者身份的逐步转变,也见证了简·奥斯丁小说由通俗读物向文学经典的华美蜕变。

一、早期埃杰顿版本

《傲慢与偏见》的初稿《初次印象》在1797年完成后,作为简·奥斯丁第一部完整的长篇小说由其父亲投稿给伦敦的出版商坎德尔,却遭遇了"拒收寄回",之后这部小说稿经历了长达16年的沉寂。1811年,奥斯丁的另一部长篇小说《理智与情感》经兄长亨利·奥斯丁的斡旋,由伦敦出版商托马斯·埃杰顿(Thomas Egerton)出版,因为销量不错,埃杰顿翌年11月又买下了简·奥斯丁重新修改并更名为《傲慢与偏见》的小说稿,在购买后的两个月即1813年1月出版了这部小说,署名"《理智与情感》的作者"②,印数1500册,定价18先令。

《傲慢与偏见》原文共3卷,埃杰顿为了加快发行,将3卷分割出版,坦普尔栅门区的查尔斯·若沃思(Charles Roworth of Temple Bar)出了第一卷,同时后两卷由斯特兰德大街的乔治·西德尼(George Sidney of the Strand)印刷。③ 3卷都是12开本的大开本,"显示了摄政时期的浮夸

---

① Frank W. Bradbrook, *Jane Austen and Her Predecessors*, Cambridge: Cambridge University Press, 1966, p.100.
② 简·奥斯丁在世时出版作品都是匿名的。
③ See Janet Todd ed., *The Cambridge Companion to* Pride and Prejudice, Cambridge: Cambridge University Press, 2013, p.51.

风",分别是 307 页、239 页、323 页。① 1813 年 1 月 28 日的《晨报纪事》（Morning Chronicle），为这部小说的出版登载了一个简短的广告，"一部小说，由一位女士，《理智与情感》的作者创作"②。

在简·奥斯丁写给家人的信件中，我们看到了奥斯丁本人对这部作品以及埃杰顿版本的评论。对于这部她最钟爱作品的出版，奥斯丁很兴奋，虽然版权出售的价格并不令她满意（奥斯丁要价 150 镑，埃杰顿付了 110 镑）。③ 她在收到伦敦寄来的《傲慢与偏见》印刷本后立即写信给姐姐卡桑德拉表达欣喜之情，信中她称《傲慢与偏见》是"自己的心肝宝贝"（My own darling child），并且坦承了自己对这部小说女主人公伊丽莎白·班内特的偏爱："我必须承认，我认为她是所有已出版的文学作品中最惹人喜爱的角色，我无法想象如何才能容忍那些丝毫不喜欢她的人。"④（1813 年 1 月 29 日书信）奥斯丁又语带嘲讽地对这部小说做了她著名的评论："这部作品太轻巧、明快、活泼，它缺乏阴影，它缺少一个篇幅较长的章节……来讲述与故事无关的内容，如一篇关于写作的文章，一篇对沃尔特·司各特的评论，或者一段波拿巴家族史，又或者那些能够形成反差、增加读者兴趣的俏皮话和名言警句。"⑤（1813 年 2 月 4 日书信）不过总体而言，她对这部小说的出版感到"得意并且非常满意"。信件中她也不满地指出了埃杰顿版本的一些印刷错误："增加一个'他说'或者'她说'有时候会使对话更清晰明了——但是我没有写这么多这些本身没有精妙含义的话。"⑥（1813 年 1 月 29 日书信）对这部印本关注了几天后，奥斯丁又注意到几处令她气愤的印刷错误："我遇到的印刷上的最大错处是在 220 页，卷三，两位对话者合成了一个。"⑦（1813 年 2 月 4 日书信）

《傲慢与偏见》首版印刷的册数很快卖光，再加上评论的称赞和公众的喜好，埃杰顿立即在当年 10 月出了第二版。这一版中只有一些明显的印刷错误和拼写不规范的地方被修订，简·奥斯丁抱怨的那些错误并没

---

① See Pat Rogers, ed., *The Cambridge Edition of the Works of Jane Austen*: Pride and Prejudice, Cambridge: Cambridge University Press, 2006, Introduction, p. xxviii.
② Ibid., p. xxix.
③ See R. W. Chapman ed., *Jane Austen: Letters (1776—1817)*, London: Oxford University Press, 1955, p. 125.
④ Ibid., p. 132.
⑤ Ibid., p. 134.
⑥ Ibid., p. 132.
⑦ Ibid., p. 134.

有改正过来,显然作者本人没有介入新版。第二版再一次以3卷本形式由若沃思和西德尼合作印刷,这一版卖得没有像埃杰顿希望的那样好,因为它直至1815年12月仍旧与《理智与情感》的第二版一起刊登销售广告。①

1817年埃杰顿发行了《傲慢与偏见》第三版,依然由若沃思和西德尼印刷,如同第二版,这一版没有显示出得到作者修订的迹象,在奥斯丁留存下来的信件中也确定没有提及它。相比第二版,第三版声称文本的语法得到"提高"。第三版有一个形式上的重大变化,即改成了两卷本,标价12先令,作者原有的3卷的章节划分被清除,小说章节也被重新标号——"这不能不说是对原著的一种伤害"②。转换成两卷本形式反映了出版商为商业目的而减少成本的惯例,因为纸张是出版发行过程中最昂贵的成分。

埃杰顿的早期伦敦版本也被书商在北美出售,引起了费城书商和出版商对奥斯丁的注意。1832年8月《傲慢与偏见》第一个美国版本在费城出现,名为《伊丽莎白·班内特;或傲慢与偏见:一部小说》(*Elizabeth Bennet; or, Pride and Prejudice: A Novel*),两卷,标价2美元,印数750册。③ 按照伦敦版本的样式,它的标题页也同样署名为"《理智与情感》的作者",下面标注"首部美国版,来自第三版伦敦版"④。首版销量喜人,这一版在1838、1845年也都被再版。

埃杰顿的1817年第三版(两卷本)是19世纪诸多《傲慢与偏见》流通版本如班特利版(Bentley Edition)的底本,在后来的一些再版中也一直被采用。而1813年的首版,在《傲慢与偏见》版本史上意义更为重大,作为简·奥斯丁在世时出版的版本,它是确切得到过奥斯丁本人阅读和评论的唯一版本,因此被认为是最接近作品原始面目的可靠版本,随着《傲慢与偏见》文学经典地位的确立、学术性研究的逐渐增多,这部首版已成为《傲慢与偏见》学术版文本必然遵循的底本,在20世纪以后的出版和研究

---

① See Janet Todd ed., *The Cambridge Companion to* Pride and Prejudice, Cambridge: Cambridge University Press, 2013, p. 54.
② See R. W. Chapman, "Introductory Note", R. W. Chapman ed., *The Oxford Illustrated Jane Austen*: Pride and Prejudice, Oxford: Oxford University Press, 1923, p. xii.
③ See R. W. Chapman ed., *Jane Austen: A Critical Bibliography*, London: Oxford University Press, 1953, p. 4.
④ See Claudia L. Johnson and Clara Tuite ed., *A Companion to Jane Austen*, Chichester: Blackwell Publishing Ltd., 2009, p. 53.

中受到愈来愈多的重视。

二、19世纪班特利流行版与登特插画版

1817年之后直到1832年的15年里奥斯丁小说没有新的英文版本出现。在首部美国版本发行的大约同一时期,伦敦书商理查德·班特利(Richard Bentley)开始发行他流行于整个19世纪的奥斯丁小说"班特利版"。自1832年早期,班特利购买了所有的奥斯丁著作版权[①],在他的"小说佳作"(Standard Novels)丛书里出版了全部6部奥斯丁小说,这套五卷本的《简·奥斯丁小姐小说集》在之后的年代里每隔两三年就会重印,以"廉价"为特色将奥斯丁的作品持续提供给大众,使读者能够便利地阅读到这些作品。简妮特·托德指出,在19世纪30年代男性主宰的小说市场当中,在很大程度上正是因为被收录进班特利的"小说佳作"系列,奥斯丁的小说才得以作为文学经典在新一代读者群中获得稳定的销量。[②]

班特利版的《傲慢与偏见》以1817年埃杰顿第三版为底本,与其他卷一样,采用小开本,封面为布面精装,标价6先令,在卷首有一幅钢版雕刻插画,扉页上也有一个装饰性小插图,这也是第一部带有插图的《傲慢与偏见》英文版本。班特利版廉价、便携和吸引人的外观,使这一版本保持着持续稳定的销售,并不断重印。1870年,《傲慢与偏见》与奥斯丁其他小说一起在班特利的"珍藏小说"(Favourite Novels)丛书里被重新发行,这一版改为更大的开本,定价6先令,保留了1833年的卷首插画,这一版本被多次重印直到1892年。1870年的版式设置和文本也被沿用在1882年的班特利"斯蒂文顿版"(Steventon Edition),精心设计的斯蒂文顿版动用了当时维多利亚时期的品位里所有最精美豪华的材料,除使用褐色墨线边框的手工制作纸张外,装帧也十分考究。斯蒂文顿版在出版广告中被标注为"豪华版",发行是为提供给图书馆和私人收藏之用,共发行375套,每套标价63先令。这是班特利出版的最终的奥斯丁作品完整版。他

---

① 班特利花费210镑从奥斯丁兄长亨利和姐姐卡桑德拉手中购得除《傲慢与偏见》外的其他5部小说,另花费40镑从埃杰顿的遗嘱执行者手里购得《傲慢与偏见》版权。
② See Janet Todd ed., *The Cambridge Companion to* Pride and Prejudice, Cambridge: Cambridge University Press, 2013, p.55.

最后一次出版发行奥斯丁小说是在 1892 年。①

从 1833 年到 1892 年,班特利版主导了奥斯丁小说在 19 世纪英国和海外的出版市场,并且在持续的出版中让奥斯丁小说成为大众流行读物。《傲慢与偏见》被班特利的版本赋予了新的生命,它"在整个 19 世纪里将《傲慢与偏见》固定在大众的凝视之中"②,在读者中尤其是在知识阶层唤起了一定数量的评论,推动了这部小说的广为流传。

随着班特利购买的奥斯丁小说版权在 19 世纪 40—60 年代逐渐到期,大西洋两岸的出版商们开始与班特利展开竞争,抓住奥斯丁正在增长的名气,发行了一些大众化的奥斯丁小说单行本。《傲慢与偏见》的单行版本纷纷出现。这些以追逐商业利润为目的的版本,往往有着花哨俗艳的封面,且价格低廉,体现出一种大众化的出版风格,却也因迎合了大众市场的需要而生机勃勃。如伦敦的劳特利奇(George Routledge)在 1849 年发行了《傲慢与偏见》的单行本,在 1851 年再次发行,配了一个约翰·吉尔伯特(John Gilbert)的木刻版画作为卷首插画,1870 年又重印。这一时期纽约、波士顿等地的出版商也在美国多次发行并重印了《傲慢与偏见》的单行版本,这些美国版本有可能是以班特利 1833 年的标准版本为基础底本的,它们的一些装帧版式都与之有相似性。

1892 年,即班特利最后发行奥斯丁小说的这一年,另一个出版商登特(J. M. Dent)开启了出版奥斯丁小说的生涯,并至少持续到 20 世纪 60 年代。登特首次在 1892 年发行了一套由理查德·布里姆利·约翰逊(R. Brimley Johnson)编辑的 10 卷本奥斯丁小说集,这个版本第一次尝试用插画方式去呈现每部小说创作时期或初版时期的人物衣着、环境设置以及家居装饰等,其中《傲慢与偏见》有威廉·库比特·库克(William Cubit Cooke)为小说绘制的 3 幅单色水彩画插图,按照摄政时期的风格描画了小说中的人物和活动场景。③ 登特版新鲜的版本设置十分引人注目,令人愉悦的插图让这个版本格外吸引人,读者竞相购买阅读,使奥斯丁及其小说更为知名。这个有意义的尝试,也开辟了一条更为持久和流

---

① See Kathryn Sutherland, *Jane Austen's Textual Lives*, New York: Oxford University Press, 2005, pp. 2—3.
② Janet Todd ed., *The Cambridge Companion to* Pride and Prejudice, Cambridge: Cambridge University Press, 2013, p. 55.
③ See R. W. Chapman ed., *Jane Austen: A Critical Bibliography*, London: Oxford University Press, 1953, p. 5.

行的图像化表达方式,为之后一系列的重量级插图版本开拓了道路。

1892年之后,更多的插画版奥斯丁小说被出版发行,皆由当时的主流艺术家绘制插画。其中最畅销的就是乔治·艾伦(George Allen)在1894年出版的《傲慢与偏见》插画版,这一版被称为装饰最精美的《傲慢与偏见》版本,由著名插画家休·汤姆森(Hugh Thomson)绘制了160幅线描画和大量的装饰图案,汤姆森的这些插画非常有名,在100年后仍在被使用。这一版为《傲慢与偏见》贡献了一个销售量记录———一年里销售了超过11600册的英文印刷本,这个数字比奥斯丁一生中其他所有小说的销售总量还多。① 1895年麦克米伦(Macmillan)出版了另一有名的《傲慢与偏见》插画版,由查尔斯·布洛克(Charles E. Brock)绘制了1幅卷首画和39幅线描画。② 在接下来的六七十年里,这些由当时最好的艺术家所做的插画,在后来的版本和重印本中被一再使用,尤其是休·汤姆森所绘制的。这些插画版对小说文本的图像化表达,在某些程度上占据了公众对奥斯丁小说的想象和感性认知,对奥斯丁小说的大众接受产生了重要影响。新鲜可人的插画版形式更为有力地推动了奥斯丁小说的流传,也是视觉化呈现奥斯丁小说的最初尝试,它们的广受欢迎预示着后来奥斯丁小说影视改编热潮的必然。

登特在1898年再次发行了他在1892年首版的10卷本奥斯丁小说,用布洛克兄弟(Charles Brock and Henry Brock)的多色水彩画(钢笔线描水彩着色)替换了原先库克的单色插画,并增加了插画数量,改为每卷6幅。在这一版的《傲慢与偏见》中可以看到,这些插画对社会风俗与室内装饰有更为精确的描绘。布洛克的插画明显尝试着再现奥斯丁时期的习俗和室内景物,但更多体现的却是19世纪90年代维多利亚时期的流行风格,而非奥斯丁所在的摄政时期。进入20世纪后,登特又数次重新设置版本,更换插画,发行了几种新的奥斯丁小说插画版,有1907—1909年在"英国田园生活丛书"(Series of English Idylls)中发行的新版小说,其中的《傲慢与偏见》出版于1907年,附有由查尔斯·布洛克所做的24幅线描着色水彩画;在1933—1934年出版的7卷本小说版本中,《傲慢与偏见》附有8幅由马克西米兰·沃克斯(Maximilion Vox)绘制的新插画。

---

① See Kathryn Sutherland, *Jane Austen's Textual Lives*, New York: Oxford University Press, 2005, p. 9.

② See Claudia L. Johnson and Clara Tuite ed., *A Companion to Jane Austen*, Chichester: Blackwell Publishing Ltd., 2009, pp. 55—56.

沃克斯的这些插画从1945年起又被查尔斯·布洛克绘制的16幅水彩画代替。这些新的插画版本，也以重印本的方式几乎同时期出现在由同一出版商登特发行的"人人文库"(Everyman's Library)丛书里，自1906年起直到20世纪60年代早期，一直畅销不衰。①

以登特版为主的插图版引领了19世纪后期至20世纪前期奥斯丁小说插图版的热潮，这些由当时最著名的艺术家绘制的插画让奥斯丁的小说文本生动鲜活，增加了读者阅读的乐趣，也让《傲慢与偏见》等奥斯丁小说流传更广。但是另一方面，这些为小说绘制的插画也被认为更多展示的是插画家们的艺术，而这些插画也基本是对他们所生活的维多利亚时代的描摹再现，而不是简·奥斯丁的艺术世界。所以，由休·汤姆森绘制了160幅生动插画的最著名的1894年《傲慢与偏见》插图版，有一个更为人所知的名称是"休·汤姆森丛书"(Hugh Thomson books)。②

三、20世纪查普曼学术版及"企鹅"导读版

到20世纪，《傲慢与偏见》英文版本的数量已经难以计数，尤其是那些平价版本。除了有各种单行本，还有更多的合集版本。新的版本特征也出现了，例如为高等院校和学院提供的注解版、便于学生阅读的名家导读版，表现出奥斯丁及其小说在20世纪地位的重要变化。

1923年由R.W.查普曼博士编辑的5卷本《奥斯丁小说集》(牛津大学出版社)的出版，"带来了奥斯丁作品编辑和出版史上的转折点"③。查普曼称这一版以奥斯丁生前出版的所有版本和未出版的手稿之间的全面校勘为基础，"是首次尝试通过考察所有版本去建立这个版本。在所有这些版本中，简·奥斯丁有一个亲自介入的以及经过她允许或者记录的一些可行可信的修订"④。该版除了查普曼强调的在小说文本上的"原初性"(original)，还具有可贵的学术性价值，它的每一卷都包含着资料丰富、考据翔实的文本注解和附录文章，以及每卷小说之前的引言导读。查

---

① See Janet Todd ed., *Jane Austen in Context*, Cambridge: Cambridge University Press, 2005, p.143.
② See Kathryn Sutherland, *Jane Austen's Textual Lives*, New York: Oxford University Press, 2005, p.9.
③ Claudia L. Johnson and Clara Tuite ed., *A Companion to Jane Austen*, Chichester: Blackwell Publishing Ltd., 2009, p.56.
④ R. W. Chapman ed., *Jane Austen: A Critical Bibliography*, London: Oxford University Press, 1953, p.6.

普曼基于原初版本的全面校勘,确立了奥斯丁小说的最终文本,他的学术性注释和附录使这个版本具有浓郁的学术气息和永久留存的价值,并成为最早的奥斯丁小说的学术批评版,奠定了奥斯丁小说学术研究的基石,"不仅开创了奥斯丁的现代批评,而且也开创了对英国小说的严谨的学术性考察的一种文学形式"[①]。查普曼关于文本的解读为读者提供了重要帮助,除此之外,该版本还"具有别样魅力",查普曼用取自奥斯丁小说创作时期的几幅插图,取代了休·汤姆森等艺术家们想象性的插画。这些插图有的选自当时的书籍,有的来自时尚杂志、舞蹈和园林手册,以及商业广告、风景画、设计图等等[②],它们将小说生活与实际生活进行了连接,使奥斯丁的作品在今天依然散发着生命力,并且因为与生活现实相接触而变得更加鲜活有力。查普曼的这一"具有学术化的、美观的和令人喜爱的 20 世纪早期图版示例的特性"[③]的版本被视作奥斯丁小说的标准版,成为整个 20 世纪最重要的奥斯丁小说版本,并一直持续到 21 世纪。

就小说文本的"原初性"而言,仅有两个版本的编者关注了这一问题:一个是登特 1892 年出版的 10 卷本插图版里,编辑理查德·布里姆利·约翰逊为每部小说提供了一个参考文献注解,并标明了他的版本"遵循作者:最后的修订";另一个更重要的是由凯瑟琳·梅特卡夫(Katharine Metcalfe)编辑的、牛津大学出版部克拉登印刷所(Clarendon Press)1912 年出版的《傲慢与偏见》版本。梅特卡夫第一次对奥斯丁有生之年出版的埃杰顿三个《傲慢与偏见》小说版本进行了准确考察,并做出明确的编者评判,试图寻求这部小说出现的历史真实情况。梅特卡夫的《傲慢与偏见》版本附有埃杰顿初版 3 卷本的首页的复印页,并保留了 3 卷本章节的标号,还包括一个考虑周全的附录,题为"简·奥斯丁和她的时代",介绍了一些旅行、邮政、礼仪文化、举止行为、风俗习惯、技艺等等。[④] 可以看到,梅特卡夫版本的每一个设置都出现在查普曼 1923 年的《傲慢与偏见》里,查普曼正是受到梅特卡夫编辑的 1912 年《傲慢与偏见》版本的启发,

---

① Kathryn Sutherland, *Jane Austen's Textual Lives*, New York: Oxford University Press, 2005, p. 26.
② 详见 E.M. 福斯特:《简·奥斯丁和她的六部小说》,苏珊娜·卡森编:《为什么要读简·奥斯丁》,王丽亚译,南京:译林出版社,2011 年版,第 26—27 页。
③ R. W. Chapman, "Introductory Note", in R. W. Chapman ed., *The Oxford Illustrated Jane Austen*: Pride and Prejudice, Oxford: Oxford University Press, 1923.
④ See Claudia L. Johnson and Clara Tuite ed., *A Companion to Jane Austen*, Chichester: Blackwell Publishing Ltd., 2009, p. 56.

并借鉴了布里姆利·约翰逊编辑的登特版的文本细节,编辑了他的1923年牛津版《奥斯丁小说集》。虽然现在梅特卡夫的版本远没有查普曼版的名气和影响力大,她在《傲慢与偏见》出版史上却是功不可没,是查普曼版名副其实的引领者。

《傲慢与偏见》是查普曼5卷本中的第2卷,小说文本保留了原始卷册的划分和章节数字标注。小说正文前有一个查普曼的编者导语,介绍了这部小说最早的出版经历和初版情况。注释紧随文本,对小说故事中的每个事件都给出一个注解说明,对创作和出版当时的环境状况都有介绍。还有人物索引和各种信息的附录。附录中的三篇查普曼的学术研究文章分别为《〈傲慢与偏见〉年表》(Chronology of Pride and Prejudice)、《〈傲慢与偏见〉和〈塞西莉亚〉》《称呼类型》(Modes of Address),以学术研究的方式分别探讨了《傲慢与偏见》小说中的情节事件时间表、《傲慢与偏见》与范妮·伯尼小说《塞西莉亚》的渊源关系、小说故事发生的摄政时期社交称谓;还有几幅19世纪早期风貌的插画,包括衣帽服饰、舞会穿着、马车样式、维多利亚时期的房屋住宅等图例,这个版本的出版说明中称这些插图来自简·奥斯丁可能亲眼所见的情景;卷末是详尽的参考文献和注解。[①] 查普曼编辑的《傲慢与偏见》版本,用最严谨的学术方式建立起一个精确的文本,他的多个主题的附录内容对读者深入理解这部小说有着高度的相关性,成为长久以来《傲慢与偏见》的标准版本和权威版本。

查普曼版《傲慢与偏见》1923年首版为大开本,1926年出第二版时改用小开本,有一些微小修正,1932年出第三版,之后1940、1944、1946、1949、1952(1952年的重印本校正了1871年版本里的一些错误)[②]、1959年出版重印本。1965年的重印版本经过了玛丽·拉塞尔(Mary Lascelles)的修订,依然依据的是1932年第三版,未改变文本,只限于校准和修正一些错误,以及做了一些细小的变动和补充,如合并了查普曼论文的注释主体里的一些附录。从1933年之后,查普曼编辑的这一版本被标注为"牛津注解版简·奥斯丁"(The Oxford Illustrated Jane Austen)印行。最终的重印本是1988年在美国,由牛津大学出版社纽约分部发行

---

① See R. W. Chapman ed., *The Oxford Illustrated Jane Austen*: Pride and Prejudice, third edition, Oxford, New York: Oxford University Press, 1932.

② See R. W. Chapman ed., *Jane Austen*: *A Critical Bibliography*, London: Oxford University Press, 1953, pp. 6—7.

销售。① 之后这个版本的重印本出版频率越来越高,从间隔两三年到后来几乎每年都重印。数据显示,《傲慢与偏见》是这套版本中重印次数最多的一部作品,远超过其他几部小说。

查普曼版本的另一个衍生品是牛津大学出版社 1970—1971 年间出版的"牛津英文小说"(Oxford English Novels)丛书中的奥斯丁作品,编者詹姆士·金斯利(Jams Kinsley)注明此丛书里奥斯丁作品的版本"实质上"是查普曼的,《傲慢与偏见》这卷包括批评导读、精选的文献目录、简·奥斯丁年表,以及一个框架结构的文本说明和注解,仅在查普曼版的基础上有少量增补。这些文本于 1975 年由牛津大学出版社以平装本再版后,1980 年又在"世界名著"(World's Classics)丛书里再次发行。

高等教育在 20 世纪 50—60 年代的扩张,创造了广阔的学生阅读市场,也相应产生了一种对新版本的需求——由名家导读的简装平价版本。这个潮流中,除了查普曼的版本几乎没有变化地被使用外,其他一些较为流行的《傲慢与偏见》版本还有:马丁·肖来尔(Martin Schorer)导读、霍顿·米夫林(Houghton Mifflin)长期经营的瑞沃赛德版(Riverside,1956),布拉德福德·布斯(Bradford Booth)编辑的哈布瑞斯资料库版(Harbrace Sourcebooks,1963),唐纳德·格雷(Donald J. Gray)编辑的诺顿批评版(Norton,1966)等。这其中"企鹅丛书"(Penguin Books)里的《傲慢与偏见》导读本逐渐成为更适应学生群体特别需求的受欢迎的版本。英国著名平装书出版集团"企鹅"曾在 1938 年发行的"企鹅插图版经典文库"(Penguin Illustrated Classics)里出版过一个引人注目的《傲慢与偏见》平装版本,它从 1965 年开始又出版了包括奥斯丁作品在内的平装本古典文学丛书"企鹅英语文库"(Penguin English Library)。

新的"企鹅"版《傲慢与偏见》包括一个批评性导读、几个注解页和一个版本说明,在版本说明里编者称他们使用的文本底本是查普曼版并注明了一些差异之处。这套丛书后来被命名为"企鹅经典名著"(Penguin Classics),1983 年在一个精选文集中出版。1995—1998 年,"企鹅英语文库"里的奥斯丁作品被重新设置发行,这个版本的《傲慢与偏见》的突出特点是有更为细致周到的版本说明和注解内容,在版本说明里编者强调了这一版重返《傲慢与偏见》首版文本的重要决定,并在注解里详细陈述了

---

① See Claudia L. Johnson and Clara Tuite ed., *A Companion to Jane Austen*, Chichester: Blackwell Publishing Ltd., 2009, p. 58.

对奥斯丁小说的学术研究传统和成就,也关注了文本争论的几个焦点。企鹅文库几年后重新发起了一个"奥斯丁主题书籍"活动,于2003年出版发行了新版作品集,这套版本的编者更新了他们的导语、注解和参考书目,添加了奥斯丁年表,其中的《傲慢与偏见》体现了更多的变化,增加了托尼·泰纳(Tony Tanner)在30年前为"企鹅英语文库"里该卷所写的作品导读。[1]

"企鹅"公司发行的系列"企鹅"版《傲慢与偏见》是20世纪中期之后深受欢迎的畅销版本,在查普曼版推进奥斯丁小说作品学术化研究的同时,以其名家导读和简装平价的版本特色推动了《傲慢与偏见》在学生群体和大众读者中的普及流传。

四、21世纪剑桥学术版及其他

新世纪伊始,剑桥大学出版社以堪称壮大的规模发行了一套9卷本的新学术版《剑桥版简·奥斯丁著作集》(*The Cambridge Edition of the Works of Jane Austen*,2005—2008),总主编为简妮特·托德。与80多年前出版的查普曼版相比,当前的剑桥版学术性内容更加厚重。除奥斯丁6部完整小说的6卷文本(2005—2006)外,剑桥版还另有《少女习作》(2006)、《后期手稿》(*Later Manuscripts*,2008)、《语境中的简·奥斯丁》(*Jane Austen in Context*,2006)3卷,其中《语境中的简·奥斯丁》是剑桥版最独特的贡献。该卷由40篇相关主题学术论文组成,提供了一个解读奥斯丁小说的广阔的传记、批评、历史、文化等背景。剑桥版另一显著的特点是导读、注解等资料比以往任何版本都更长、更详细,阐述了每部小说文本的起源、早期印刷出版史、贯穿两个世纪的批评接受等。

剑桥版《傲慢与偏见》(2006)在小说文本之外还包括简·奥斯丁年表、小说导读、版本说明、对1813年首版文本的纠错与修订和4篇附录文章:《托马斯·埃杰顿与出版历史》《法律与军事的背景》《彭伯里及其原型》《对〈傲慢与偏见〉第二、三版的说明》,以及一些说明性注解,为这部小说的解读提供了更翔实的背景资料。本卷编者帕特·罗杰斯(Pat Rogers)撰写的文本导读长达57页,内容十分丰富,介绍了这部小说的初稿、出版历史、标题更换、女主人公形象、读者阅读、不动产继承、叙事时间

---

[1] See Claudia L. Johnson and Clara Tuite ed., *A Companion to Jane Austen*, Chichester: Blackwell Publishing Ltd., 2009, p.58.

(创作时间)、批评研究史、艺术特色诸方面①,几乎涵盖了解读这部小说的所有主要层面,特别是编者在导读中对《傲慢与偏见》学术研究史的综述,使这一版本的学术特质更为显著。

对于《傲慢与偏见》来说,新世纪的剑桥版是到目前为止一个能够适应多层面需求的最佳版本——同时满足了阅读欣赏、文化教育以及学术研究等不同读者群。在阅读欣赏层面,有关小说创作时期的更为广阔翔实的时代背景资料更加激发了读者阅读小说的兴趣和对故事的品读理解。在文化教育方面,对这部早已列为高等院校学生阅读书目的文学经典,该版的编者导读从创作过程到出版经历,再到人物形象、艺术特色等方方面面的介绍分析,堪称十分合格的课程导师。而在学术研究层面,剑桥版更是一部具有继往开来性质、起到承前启后作用的重要版本。

英国作家福斯特(E. M. Forster)在20世纪20年代,奥斯丁作品已出版流传研究100余年之时,就曾呼吁对奥斯丁小说研究的总结材料应该浮出水面,出现在她的作品集中,并对查普曼版在这方面的一些缺失表示遗憾。②自查普曼1923年学术版拉开奥斯丁小说专业学术研究的序幕后,《傲慢与偏见》研究又有将近一个世纪的历程,积累了丰硕的研究成果。回溯总结已有近200年的《傲慢与偏见》出版研究史并做出历时评析,显然非常必要。剑桥版的出现,可谓及时满足了这种期待,应和了新时代奥斯丁小说研究的版本需求。剑桥版《傲慢与偏见》在新世纪伊始对围绕这部小说的所有学术研究做出的学术史汇集梳理,适时总结了以往的研究材料,为新世纪阅读《傲慢与偏见》提供了独具特色又极有价值的历史视野,同时也奠定了《傲慢与偏见》在新世纪的学术研究基础,标志着新的研究开端,成为查普曼版之外奥斯丁小说学术研究的另一块重要基石。它呈现出的更为严谨详尽和全面综合的文本编辑内容、更为丰厚的学术含量,也使剑桥版在其形成的学术影响力下逐步成为新时期的权威版本。

值得一提的是,剑桥版主编简妮特·托德还特意编写了一本《〈傲慢

---

① See Pat Rogers ed., *The Cambridge Edition of the Works of Jane Austen*: Pride and Prejudice, Cambridge: Cambridge University Press, 2006.
② 参见E.M.福斯特:《简·奥斯丁和她的六部小说》,苏珊娜·卡森编:《为什么要读简·奥斯丁》,王丽亚译,南京:译林出版社,2011年版,第28页。

与偏见〉剑桥导读》(The Cambridge Companion to Pride and Prejudice，2013)①，为这部最受欢迎的奥斯丁小说提供了一个研究专辑，内容涵盖了对这部小说多种层面和角度的研究，让《傲慢与偏见》在新时代的读者能够享有更为充足的解读作品的参照资料。

帕特里夏·迈耶·斯帕克斯(Patricia Meyer Spacks)编辑的《傲慢与偏见(注解版)》(Pride and Prejudice: An Annotated Edition)②是新近出版的另一部较有特色的《傲慢与偏见》版本，由哈佛大学出版社的贝尔纳普印刷所在2010年出版。这部超大开本的新版本，风格独特，就像标题里的"注解版"所强调的，特别突出了对小说文本的注解内容，注解与小说文本并置于页面的左右，几乎一样醒目，且每页可见，自始至终伴随着读者的文本阅读过程，对当代读者阅读中较为困难的历史文化语境、隐喻暗示和语言等随时提供注解。据编者说明，这一版的文本以1813年首版为底本，纠正了首版中的印刷及拼写错误，并附有多幅彩色插画，包括简·奥斯丁水彩画像，早期几种版本的小说封面等。帕特里夏·迈耶·斯帕克斯在篇首的长篇导读和文本中的诸多注解充满智慧幽默，她的解释和分析既富有经验的点拨，又不失感性魅力，指导读者在小说阅读的持续愉悦中更大程度地理解和分析小说世界中的所有人物角色。出版者称这个版本是特别献给奥斯丁迷的，适合第一次阅读《傲慢与偏见》的读者和专家，以及视自己为奥斯丁朋友的奥斯丁的粉丝们。斯帕克斯在导读注解中也始终带领读者思考《傲慢与偏见》持续不断的吸引力和它作为一个幻想刺激物的力量所在。

第三节 《傲慢与偏见》的传播

《傲慢与偏见》已畅行于世200年。在这200年的传播中，这部作品演绎了传奇般的历程。在19世纪至20世纪初这100多年的前期传播里，《傲慢与偏见》因为持续增长的声誉，经历了由大众通俗读物向文学经典的地位变化。20世纪之后的现代百年传播，又让这部小说经历了从文

---

① See Janet Todd ed., *The Cambridge Companion to* Pride and Prejudice, Cambridge: Cambridge University Press, 2013.

② See Patricia Meyer Spacks ed., *Pride and Prejudice: An Annotated Edition*, London: The Belknap Press of Harvard University Press, 2010.

学经典到文化产业的奇妙塑形。《傲慢与偏见》无法穷尽的自身魅力,在它的传播中得到了最生动的诠释。

一、《傲慢与偏见》的前期传播与译介

《傲慢与偏见》一经出版就大获好评。在1813年的头几个月里,一些刊物分别登载了短小的概述性评论,对这部小说给予了支持性评价:它们都认为伊丽莎白·班内特表现完美,也都认可柯林斯先生这一人物创造极为出色。《英国评论》(*The British Critic*,1813年1月)称这部小说"远远优于几乎所有我们之前见到的此类出版物……故事被很好地讲述,角色们用了不起的精神和活力被非凡地刻画、支持和写作出来"。《评论综述》(*The Critical Review*,1813年3月)同样注意到"这部作品的展现……在家庭生活场景的描绘上优秀于我们近期见过的任何小说。没有一个人物显得平面乏味,或者以令人厌烦的鲁莽方式去强占读者的注意力。"①

简·奥斯丁自己更看重的是来自亲友们的喝彩赞扬。她的侄女范妮·奈特(Fanny Knight)很喜爱小说主人公达西和伊丽莎白,这令她感到欣喜;前孟加拉总督沃伦·黑斯廷斯(Warren Hastings)对这部小说的关注让她格外兴奋,"这样一个大人物提到它令我十分开心","我尤其愉悦地接受他对我的伊丽莎白的由衷赞美"。②

出版后的《傲慢与偏见》再次在奥斯丁的家庭圈子里传播。简·奥斯丁在1813年1月和9月之间的信里提到几次这部小说被朗读给家人和印本被分给几位兄长的家庭的情况。爱德华·奥斯丁的长女范妮·奈特在1813年6月5日的日记中记录:"简姑妈在爸爸和洛西亚阿姨外出时为我读《傲慢与偏见》,和我度过了一个上午。"③亨利·奥斯丁在他写的《奥斯丁小姐传略》(*Memoir of Miss Austen*)里,描述简用很棒的"语气和效果"大声朗读她自己的这部作品。④ 简·奥斯丁以这种方式享受着她最钟爱的小说出版带来的喜悦。

---

① Janet Todd ed., *The Cambridge Companion to* Pride and Prejudice, Cambridge: Cambridge University Press, 2013, p.52.

② *Letters*, 15—16, September, 1813.

③ Deirdre Le Faye, *Jane Austen: A Family Record*, Cambridge: Cambridge University Press, 2004, p.202.

④ James Edward Austen-Leigh, *A Memoir of Jane Austen*, London: Richard Bentley, 1870, p.140.

到《傲慢与偏见》出第二版时，奥斯丁的作者身份依然作为秘密被保守着，仅限于家庭成员和几个亲密的熟人知道。① 虽然当时女性作家不再被视为名声不佳而受到歧视，但在上流社会阶层，这种按劳付酬的职业写作对一位有教养、有地位的淑女来说，仍然是不合身份的事，因此奥斯丁在世时出版的作品一直都是匿名。

如果说《理智与情感》让作者小获声名，那么《傲慢与偏见》则为作者带来了持续增长的声誉，以至于《理智与情感》在1813年底出第二版时，署名已经变成了"《傲慢与偏见》的作者"，如同之后出版的《曼斯菲尔德庄园》(1814)和《爱玛》(1816)在标题页的署名所示。② 人们对《傲慢与偏见》这部小说的喜爱一时间也引发了关于小说作者身份问题的热议。亨利·奥斯丁附在《理智与情感》1833年班特利版本里的《奥斯丁小姐传略》一文，特别叙述了《傲慢与偏见》出现时围绕这部小说的作者问题的几番猜测，称有位绅士建议他的一个朋友去阅读这部小说，并殷切地强调补充说："我想知道谁是作者，因为它太有才智了而不会是一位女士的作品。"③

没过太久，小说作者的身份已成为某种意义上公开的秘密，到1815年，简·奥斯丁的作者身份终于得到披露，很多人终于知道了《傲慢与偏见》的作者是谁。名望纷至沓来，崇拜者也比比皆是，甚至当时的摄政王都主动提出，希望简·奥斯丁能将下一部作品题献给他。④

《傲慢与偏见》受到了同时代很多人的推崇。在早期传播中，一些私人信件和日记里交流表达着对这部小说的赞赏。安妮·伊莎贝拉·米尔班克(Anne Isabella Millbanke，后来的拜伦夫人)写信说，《傲慢与偏见》是伦敦"目前最流行的小说"，另外的私人信件也同样证实了这部书的广受欢迎，托玛林(Claire Tomalin)写道："整个上流社会都在愉快地阅读和购买。"⑤鲁宾逊(Henry Crabb Robinson)在日记中高度评价了奥斯丁的

---

① Deirdre Le Faye, *Jane Austen: A Family Record*, Cambridge: Cambridge University Press, 2004, p.187.

② R. W. Chapman ed., *Jane Austen: A Critical Bibliography*. Oxford: Oxford University Press, 1953, pp.2—3.

③ James Edward Austen-Leigh, *A Memoir of Jane Austen*, London: Richard Bentley, 1870, p.149.

④ 1816年《爱玛》出版时，增加了敬献给摄政王的题词。

⑤ Patricia Meyer Spacks ed., *Pride and Prejudice: An Annotated Edition*, London: The Belknap Press of Harvard University Press, 2010, Introduction.

作品,称这部书是"我们的女性小说家的著作中最优秀的作品之一",并特别称赞了小说中的人物角色以及人物之间完美的口语体对话。① 当时的一些名流也都表示出对这部小说的"机智"的欣赏,认为它避免了感伤主义和哥特式潮流而在观察的准确性上尤其出色。也有少数反对者的评价,认为这部小说集中于"粗俗的心灵和行为",损失了"尊贵和优雅的角色"。②

简·奥斯丁同时代的大作家沃尔特·司各特爵士对这部小说独具慧眼的一番赞誉,被认为是对奥斯丁的小说才华很有影响的确认,他在1826年3月14日的日记里写道:"再次至少是第三次又读了一遍奥斯丁小姐的写得非常雅致的小说《傲慢与偏见》,这位年轻女士在描写日常生活的繁杂、情感和人物方面很有天赋,这些是我遇到的最奇妙的才华。那种'大喊大叫'(the Big Bow-Bow)的手法,我与现今的人都能具有;但是把平常琐事和普通人物表现得有趣生动的细腻手法,却是我不具备的。"③

同样有名的反面批评来自夏洛蒂·勃朗特(Charlotte Brontë),她在刘易斯(G. H. Lewes)的激发下读了《傲慢与偏见》后,她说能够发现的仅仅是"一张用银版照相术准确拍摄出的平凡人的肖像;……没有空旷的田野,没有新鲜的空气,没有兰黛色的小山,没有漂亮的小溪。我不会喜欢和她的那些绅士淑女们住在他们优雅却封闭的住所里。"④

此类指责奥斯丁缺乏浪漫和激情的保留意见在19世纪中期较为常见,批评她缺乏精神的或有创造性的成分,同时他们认可的是她对时代社会习俗的忠实描绘。但是刘易斯持续地给予《傲慢与偏见》一个更充分的评价,评论这部作品"从第一章至最后一章有一系列高度喜剧性的场景,趣味性一直持续不减"⑤。

---

① Henry Crabb Robinson, *Diary*, January 12, 1819. In *Classic Critical Views: Jane Austen*, edited and with an introduction by Harold Bloom, New York: Infobase Publishing, 2008, p.105.

② Pat Rogers ed., *The Cambridge Edition of the Works of Jane Austen: Pride and Prejudice*, Cambridge: Cambridge University Press, 2006, pp. lxii—lxxiv.

③ Sir Walter Scott, *Journal*, March 14, 1826. In *Classic Critical Views: Jane Austen*, edited and with an introduction by Harold Bloom, New York: Infobase Publishing, 2008, p.105.

④ Charlotte Brontë, *Letter to George Lewes*, January 12, 1848. In *Classic Critical Views: Jane Austen*, edited and with an introduction by Harold Bloom, New York: Infobase Publishing, 2008, pp. 105—106.

⑤ Pat Rogers ed., *The Cambridge Edition of the Works of Jane Austen: Pride and Prejudice*, Cambridge: Cambridge University Press, 2006, pp. lxii—lxxiv.

虽然并非都是赞誉之声,但这没有影响人们对《傲慢与偏见》的喜爱,这部小说让奥斯丁名望大增,大大推动了她的文学创作事业。评论者普遍认为她优于18世纪的其他女性作家,例如曾被她多次借鉴的前辈范妮·伯尼。在维多利亚时代开端时,奥斯丁仍保持着某种程度上的被狂热崇拜的小说家的地位。在1843年的《爱丁堡评论》(The Edinburgh Review)上,奥斯丁首次被视为英语文学经典中的一个核心人物,并且被拿来与莎士比亚相比:"作家当中……最接近莎士比亚的方式的,我们毫不犹豫地定为简·奥斯丁,一个英格兰理所当然为之骄傲的女性。她带给我们众多人物,在某种意义上,都是寻常的、就像我们每天都遇见的人物。然而他们都从彼此中被完全地辨别出来,仿佛他们是人类中最异乎寻常的人。"[1]

1870年J. E. 奥斯丁-李《简·奥斯丁回忆录》的出版,引发了范围广阔的第一次简·奥斯丁热潮,奥斯丁长期以来的命运自此被扭转——"从一个相对选择性的由批评家和小说家构成的小圈子里的作家,到一个受到广泛评估的文化资产,每个人的典范的英国小说家"。[2]

在简·奥斯丁生前,她的作品就已传播到欧美大陆。《傲慢与偏见》是简·奥斯丁小说的第一部国外译本,在英语版本首版的当年就在欧洲出现。19世纪时,《傲慢与偏见》一共被译成4种语言,分别为法语、德语、丹麦语、瑞典语。在1813年,距离这部小说1月份的首部英语版本出版后不到6个月,小说的法语摘要就出现了,接连四期在日内瓦一份月刊上连载。第一部全本法语译本1821年后期在巴黎出版。《傲慢与偏见》最早的德语译本出现在1830年。跟随《傲慢与偏见》的译介,奥斯丁的6部小说在19世纪全部得到至少一种语言的译介。早期的奥斯丁作品译者自身都是文学名望很高的流行小说作者。[3]《傲慢与偏见》第一个美国版本出现于1832年8月,此后不断再版,在19世纪后期,以大约每两年一次的速率定期出现,持续着它在美国的传播及影响。

《傲慢与偏见》在19世纪获得的声誉和逐渐拓展的传播局面,预示它

---

[1] Essay in *Edinburgh Review*, no. 154, January, 1843, p. 561. Pat Rogers ed., *The Cambridge Edition of the Works of Jane Austen*: Pride and Prejudice, Cambridge: Cambridge University Press, 2006, p. lxv.

[2] Kathryn Sutherland, *Jane Austen's Textual Lives*, Oxford: Oxford University Press, 2005. p. 1.

[3] Anthony Mandal, "Austen's European Reception", in Claudia L. Johnson and Clara Tuite eds., *A Companion to Jane Austen*, Oxford: Blackwell Publishing Ltd., 2009, pp. 424-425.

在20世纪更为广阔的前景。

1914—1918年间的第一次世界大战,使19世纪传统文化与20世纪现代世界发生断裂。简·奥斯丁和她的小说自从在19世纪后期建立起被狂热崇拜的地位后,一直被视为英国旧秩序的典型代表。然而在旧秩序遭到毁坏的第一次世界大战期间,奥斯丁小说的阅读传播却更加繁荣兴旺。从第一次世界大战直至第二次世界大战,奥斯丁小说以一种特质成为文化或民族主义的标志。"简的力量在于她的亲和力;……不管是否意识到,她已经是广阔的文化体系的一部分,有着习俗惯例的共同的设置。"①

第一次世界大战期间,英国高效的邮政服务为前线士兵提供着丰富的阅读图书,一些流行杂志和书籍都可以在战壕里读到。奥斯丁小说中静谧的英国乡村风景、对爱情和幸福的美好追求,都抚慰着士兵们在本身毫无意义的战争中空洞的心灵。于是,以《傲慢与偏见》为代表的奥斯丁小说成了前线士兵们的被指定的读物,为他们提供精神治疗,士兵们在战争掩体中捧读奥斯丁小说的情形被登载在杂志上,形成了"战壕里的简迷"这一奇特的现象。英国作家R.吉卜林(Rudyard Kipling)在他的短故事集《简迷》(*The Janeties*,1924)里讲述了这些发生在战壕里的"简迷"故事,"这个故事的要点是简·奥斯丁如何帮助挽救在1914—1918年期间战壕里处于最可怕的恐惧中的人们的正常神志"②。吉卜林的故事让"简迷"这个词流传开来,在此后就成为描述简·奥斯丁小说爱好者的专有名词。

查普曼的1923年牛津版本确立了奥斯丁小说现代学术研究的基础,奥斯丁研究的专业化真正开始,加上20世纪初期的一些著名作家,如亨利·詹姆斯、弗吉尼亚·伍尔夫等,均表达了对奥斯丁小说的赞赏,使奥斯丁名望继续上升,她的小说读者群也在20世纪发生了一个新变化,即新的知识阶层的读者、学院派的学者们以及接受高等教育的学生群体。学术研究的专业视角让人们又发现了奥斯丁小说的更多魅力,推动人们对这些作品的关注、阅读和讨论。而《傲慢与偏见》一直是最受欢迎、被关注最多的一部。

在两次世界大战期间,奥斯丁作品第一次被较大规模地译介,二战后

---

① Kathryn Sutherland, *Jane Austen's Textual Lives*, Oxford: Oxford University Press, 2005, p.21.
② Ibid., p.23.

这个输出活动呈井喷式爆发，达到了奥斯丁作品译介的顶峰，使奥斯丁在战后时期更广阔的范围里被传播，这个时期奥斯丁6部小说的译本数量和翻译语种数几乎是过去45年的4倍。《傲慢与偏见》自始至终都是奥斯丁被翻译最多的作品。就《傲慢与偏见》在欧洲的译介而言，据统计，从1901年至第二次世界大战结束前的1945年有18种外语译本，第二次世界大战后的1946年至1990年有67种译本，1991年至2005年是26种，至2005年，《傲慢与偏见》已共有115个欧洲语种的外语译本。[1] 20世纪这部小说的名声已遍及全球很多地区。吉尔森（David Gilson）在他整理的文献目录中还罗列了阿拉伯语、孟加拉语、古吉拉特语、希伯来语、北印度语、日语、坎那达语、韩国语、马拉地语、俄语、泰米尔语、泰卢固语、泰国语和土耳其语等译本。[2] 大众对《傲慢与偏见》的热情，被它的译本数量一再证实。

《傲慢与偏见》最早的中文译本是杨缤于1928年翻译、由商务印书馆列入"世界文学名著"丛书并于1935年出版的，共二册，吴宓为之校阅并写了序言，正是杨缤译本第一次提出了"傲慢与偏见"这个至今通行的译名[3]，这个译本当时颇为畅销。1955年2月，王科一翻译的《傲慢与偏见》由上海文艺联合出版社出版，书中附有多幅插图，1956年9月又由新文艺出版社再版；1980年后，上海译文出版社再次出版了王科一译本，直至今日，不断再版重印。王科一的中译本风格活泼生动，译笔传神，有古典气质，被认为很接近奥斯丁原作"三寸象牙微雕"的特质，深受读者的喜爱和推崇。20世纪90年代国内掀起重译外国名著的风潮，《傲慢与偏见》又出现了四五个新译本，其中1990年由南京译林出版社出版的孙致礼的译本以其准确流畅、言简意赅的译文在90年代的诸多新译本中占据了主导地位，得到读者和译界的好评，与王科一译本一起成为被广泛接受的《傲慢与偏见》中译本。

二、《傲慢与偏见》的现代传播与重新塑形

20世纪的现代传播环境让奥斯丁小说跨越传统的出版印刷，出现多

---

[1] Anthony Mandal, "Austen's European Reception", Claudia L. John son and Clara Tuite eds., *A Companion to Jane Austen*, Oxford: Blackwell Publishing Ltd., 2009, pp.424.

[2] David Gilson, *A Bibliography of Jane Austen*, rev. edn., Winchester: St Paul's Bibliographies, 1997.

[3] 叶新:《吴宓和〈傲慢与偏见〉的教学传播》，《中华读书报》，2013年7月3日。

种视觉化呈现的传播形式,这些影视改编为主的视觉化传播既是新时代环境下对奥斯丁作品的新诠释,又借助大众传播形式促成新一轮的奥斯丁小说出版和阅读热潮。

迄今《傲慢与偏见》已被9次改编为影视作品①,这充分证明了它的受欢迎程度。经过两个多世纪对读者的持续讲述后,《傲慢与偏见》的故事被以新的视觉形式展现出来,在新的世纪里,以新的形式再次创造了它征服世界的魔力。

1940年,《傲慢与偏见》首次被美国好莱坞米高梅公司改编成黑白胶片电影,由当时两位大明星劳伦斯·奥利弗(Lawrence Olivier)和葛利亚·嘉逊(Greer Garson)出演男、女主角。这部影片将小说故事处理成典型的好莱坞式荒诞喜剧,偏离了小说原著的独特风格以及特有的英国文化意蕴,所以这部改编电影虽然名气很大,却并不被观众尤其是英国观众所认可。

之后英国广播公司BBC分别在1952年、1958年、1967年、1979年、1995年至少5次将《傲慢与偏见》改编成电视剧集播出②,其中1995年的BBC剧集(共6集,301分钟)备受好评,被认为是最具奥斯丁原著风格的版本,至今仍一直保持着是这部小说最重要的和最受欢迎的改编的美誉,赢得了不少奖项并受到全世界的欢迎。这个剧集有不少经典之处,科林·费斯(Colin Firth)饰演的达西先生魅力十足,非常贴近小说读者对达西先生的想象,他在彭伯里庄园的湖中游泳后身着湿衬衫的场景,呈现了一个性感的达西形象,令全世界的年轻女性观众心动神摇,让性感迷人的达西先生的形象牢牢刻在观众的集体记忆中,成为无法超越的经典片段。演员费斯和剧中人达西都由此成为了超级明星。③

2005年《傲慢与偏见》被第二次拍成电影,时隔65年后再次出现在大银幕上。这部阵容豪华的电影版收到了很多溢美之词,导演明显借助电影镜头的运用去暗示情感和营造氛围,刻意呈现了年轻爱情的美好与浪漫,和长镜头下美轮美奂的英国乡野景色,展现了宽银幕影片与电视系

---

① Janet Todd ed., *The Cambridge Companion to* Pride and Prejudice, Cambridge: Cambridge University Press, 2013, p.162.

② Gina Macdonald and Andrew F. Macdonald ed., *Jane Austen on Screen*, Cambridge: Cambridge University Press, 2003, pp.260−265.

③ Janet Todd ed., *The Cambridge Companion to* Pride and Prejudice, Cambridge: Cambridge University Press, 2013, pp.162−169.

列剧集的不同。凯拉·奈特莉（Keira Knightley）出演伊丽莎白·班内特被认为是这部电影对原著小说"最诱人的罗曼蒂克的处理"（简妮特·托德），她的表演"光芒四射"，传神演绎了伊丽莎白·班内特的个性气质。这部唯美而浪漫的电影改编版成绩骄人，获得四项奥斯卡提名，全球票房超过 3.75 亿英镑。

影视改编用令人愉快的视觉呈现，"复活"了奥斯丁笔下的人物和世界，让伊丽莎白和达西，还有绿草如茵的彭伯里庄园，具有诱人的直观视像，从视觉观感上直接唤起观众的热情。这种愉快的"视觉阅读"体验并没有令小说原著及其印刷文本受到冲击走向衰落，反而又带来了数量更加巨大的读者。小说原著的再版次数成倍增加，新的印刷每年都在出现。成功的影视改编也让这个小说故事和故事中的人物几乎家喻户晓。

《傲慢与偏见》经久不衰的流行与畅销，促成了围绕这部小说的层出不穷的泛文本。特别是 1995 年 BBC 剧集热播后，读者再创造《傲慢与偏见》故事的热情一路高涨，续篇、前传、仿写、改写，各种类型的副产品、衍生物被源源不断地制造出来，"清晰地展露出它作为一个梦幻的储藏库和梦幻的刺激物"[①]的魅力。

这些续写、改编、仿写中，不乏一些颇有影响的作品。英国当代作家海伦·菲尔丁（Helen Fielding）戏仿《傲慢与偏见》的小说《BJ 单身日记》（*Bridget Jones' Diary*，1996）就是一部畅销佳作。女主人公——现代单身职业女性布里吉特·琼斯渴望一个伴侣，既诙谐幽默又深情款款，面对身边两个男性她不知如何选择。让她着迷的丹尼尔外表风流倜傥，内心却虚伪卑劣，向她示爱的马克·达西傲慢却真实。当她拜访了马克·达西的豪宅后对达西的偏见融化了——完全是《傲慢与偏见》的桥段，马克·达西就是达西先生的化身，丹尼尔则是韦翰似的人物。作者菲尔丁将老套的情节处理得别有新意，它的情感表达与现代读者产生了共鸣，同名改编电影（2001）也风靡一时。菲尔丁称自己正是受 BBC 热播剧《傲慢与偏见》（1995）的启发创作了这部戏仿之作，她尤其倾倒于科林·费斯饰演的达西先生，小说中马克·达西这一人物就是为科林·费斯量身定做的角色，同样科林·费斯也担任了同名改编电影中的男主角，这部电影成功而卖座。现在这部戏仿作品及其改编影片已出了第三部（2015）。

---

① Patricia Meyer Spacks ed., *Pride and Prejudice: An Annotated Edition*, London: The Belknap Press of Harvard University Press, 2010, Introduction.

《BJ单身日记》的小说与电影改编都延续了奥斯丁式浓郁的英伦文化范儿，而对《傲慢与偏见》的跨文化改编更证明了它在不同文化中也能适应自如。

科恩（Paula Marantz Cohen）的诙谐闹剧《简·奥斯丁在博卡》（*Jane Austen in Boca*，2003），将《傲慢与偏见》的故事重置于佛罗里达一个犹太人退休社区，在这个犹太母亲的逆转笑话里，科恩熟练灵活地再现了班内特姐妹们作为上了年纪的寡妇和爱管闲事的儿媳，从那些退休的符合条件的鳏夫们中绝望地去寻找她们的丈夫的故事。另一部颇受欢迎的宝莱坞电影《新娘与偏见》（*Bride and Prejudice*，2004），把班内特一家变成印度阿姆利则的巴克希斯一家。这部用英语拍摄、有大量宝莱坞式庸俗夸张情节的影片讲述了拉莉塔·巴克希斯（以伊丽莎白·班内特为原型）和美国人威尔·达西的恋情。

美国作家塞思·格拉汉姆-史密斯（Seth Graham-Smith）戏仿《傲慢与偏见》的恐怖小说《傲慢与偏见与僵尸》（*Pride and Prejudice and Zombies*）在2009年《纽约时报书评》（*New York Times Book Review*）的畅销书单上停留了好几个月。[①] 小说沿用奥斯丁的故事设定和语言风格，讲述了伊丽莎白·班内特姐妹在所居住的英格兰小镇与僵尸作战的故事。伊丽莎白立志要把因为瘟疫出现的很多僵尸全部消灭掉，然而傲慢无礼的达西先生的到来，打乱了她的计划，经过一番斗嘴之后和好，两人开始携手对付僵尸，最终拯救了小镇。这部谐拟之作被网友称为"简·奥斯丁浪漫爱情经典与时尚幻想元素的完美结合"，对当代年轻读者有着独特的吸引力。小说开篇对《傲慢与偏见》著名篇首句的戏仿之语——"这是一个举世公认的真理，一个拥有脑子的僵尸必须要有更多的脑子"[②]，赋予小说开卷即得的恶搞风格。除了保留《傲慢与偏见》原著故事框架和人物关系之外，小说巧思创意，大胆融入僵尸元素，翻新并再创了原著作品风趣幽默的叙事风格，堪称经典与时尚的完美混搭。这部作品据说创造了10亿美元的经济效益。读者企盼的电影改编版也于2016年上映。

北美"简·奥斯丁学会"（The Jane Austen Society）的《时事通讯》

---

① Patricia Meyer Spacks ed., *Pride and Prejudice: An Annotated Edition*, London: The Belknap Press of Harvard University Press, 2010, Introduction.

② Seth Graham-Smith, *Pride and Prejudice and Zombies*, Philadelphia: Quirk Books, 2009, p.1.

(*JASNA News*),在2007年冬天那期报道了几部续写《傲慢与偏见》的新书的出版:讲述安妮·德·包尔小姐冒险故事的《凯瑟琳夫人的来信》(*A Letter from Lady Catherine*),关于伊丽莎白和达西新婚生活的《彭伯里庄园》(*Pemberley Manor*),还有婚后的达西扮演侦探在彭伯里庄园探案的《死亡降临彭伯里》(*Death Comes to Pemberley*)。①

这些特立独行的奥斯丁小说副产品,实际上构成一种新媒体环境下阅读《傲慢与偏见》的有趣方式,它们均显示出这一点:奥斯丁这部经典小说经历了漫长的岁月,仍然如此有力,推动着它的读者从事富于想象的行动。

21世纪开始快速增长的新媒体及其多种传播形式,加快了现代阅读习惯的变化。除电影、电视、DVD等影像媒体外,又出现了多功能数字媒体播放器、有声电子书、智能手机等更多新媒体。这些新媒体对奥斯丁作品在当代的传播接受带来了深刻的影响,使其不再限于印刷文本,人们用各种方式都可以阅读奥斯丁。多媒体形式也让这部小说的传播几乎无处不在,持续地用多种方式为读者的幻想提供着刺激。因特网和超文本也使每个人都有可能用文字处理器按自己的品位去改编这部古典名著。

"来自大众的续写或改写,作为一种独立、离散的艺术形式,构成了最近25年来奥斯丁小说接受的特点,尤其是因特网的存在……刺激了精力充沛的小说迷们创造了一个新的形式,产生了一些专门的网站,专心致力于奥斯丁的作品、她的生活和她的社会环境。② 这些"简迷"网站中最大的一个,叫做"彭伯里共和国"(The Republic of Pemberley),它在致力于列举和评论由相对专业的作家出版的奥斯丁小说续篇外,还鼓励"简迷"们去生产他们自己的续写本,并用电子方式传播。"彭伯里共和国"里有聊天室、布告栏、奥斯丁作品讨论区,以及完全由大众读者自己创作的续篇的超文本链接,还有不断增加的关于这些续篇的讨论。读者们不仅能够在奥斯丁作品的不同部分之间进行关联再创作,还可以通过讨论相互交流彼此的再创作。这些续篇和讨论基本都是关于《傲慢与偏见》这部最流行的小说的。现在,《傲慢与偏见》续篇的主导形式已基本一致——戏仿、混搭、各种超文本拼贴。这部被当代阅读文化所包围的深受读者喜爱

---

① Patricia Meyer Spacks ed., *Pride and Prejudice*: *An Annotated Edition*, London: The Belknap Press of Harvard University Press, 2010, Introduction.
② Judy Simons, "Jane Austen and Popular Cultures", Claudia L. Johnson and Clara Tuite eds., *A Companion to Jane Austen*, Chichester: Blackwell Publishing Ltd., 2009, p.471.

的小说,成为供改编之用的理所当然的猎物。

《傲慢与偏见》在现代媒介环境下的广泛传播,让它产生了强大的文化辐射力,在 20 世纪后期以来生成了多种文化符号,渗入社会生活之中。影视版本中被浪漫化、性感化的达西先生,有着不可抗拒的魅力,于是"达西式的人物"俨然成为一种非凡魅力的代称。在美国总统选举期间,专栏时评家莫琳·多德(Maureen Dowd)在《纽约时报》上滔滔不绝地述说奥巴马是一个达西似的人物,设想她的读者将会轻易地理解她希望去暗示的魅力。①

小说标题短语"傲慢与偏见",长期以来被用于对公众事务的评论中,为写作者提供了最易被接受的标题:钢铁工人罢工中的僵局,或者是批评布什政府的伊拉克政策。1990 年《纽约时报》登载了一封关于英国在布尔战争中的局面的信,使用了这个标题,作者这样说道:"傲慢使他们相信他们是完美的;对外国军队的偏见使他们的军队孤立,这种偏见在乔治三世时期是有价值的而现在是过时的。"在 2007 年春天,这个短语出现在一篇因一个孩子的出生写给美国副总统的同性恋女儿玛丽的文章标题中——"傲慢与偏见:迪克·切尼的家庭价值观"。②

这部小说著名的开场白是在语言中最经常被引用的句式之一,数学公式般的简洁句式使这个语句一再被挪用于各种文化语境中:"这是一个举世公认的真理:一个拥有××的××,必定需要××。"据统计,这一句式在语言中的引用率仅次于莎士比亚《哈姆雷特》中的名句"To be or not to be"(生存还是毁灭),在多种主题中频繁出现,以至于玛丽亚·嘉伯(Marjorie Garber)称它是一个"文化的陈词滥调"③。

《傲慢与偏见》在当代文化中的流行,也推动了一系列与奥斯丁相关的文化产业的繁盛。简·奥斯丁生活过 5 年的英国古城巴斯设立了"简·奥斯丁中心",每年秋季举行为期 10 天的"奥斯丁艺术节",有成百上千人参加,穿着奥斯丁笔下摄政王时期的服饰游行漫步和表演传统舞蹈,2012 年参加的人数多达 1200 余人,这已经成为巴斯标志性的、最受欢迎的活动。"简·奥斯丁中心"每年参观者有近 6 万人,中心茶室的

---

① Patricia Meyer Spacks ed., *Pride and Prejudice: An Annotated Edition*, London: The Belknap Press of Harvard University Press, 2010, Introduction.

② Claire Harman, *Jane's Fame: How Jane Austen Conquered the World*, Edinburgh: Canongate Books, 2009, Preface, pp. 2—3.

③ Ibid.

卖点是"与达西先生共饮下午茶",还有各种相关纪念品销售和奥斯丁小说人物装扮展示。奥斯丁最后定居的汉普郡乔顿旧居,被改造为简·奥斯丁故居博物馆,吸引着世界各地的"简迷"前来膜拜,体验与奥斯丁的亲密接触。英格兰德比郡公爵世袭庄园查茨沃斯(Chatsworth House)是《傲慢与偏见》2005版电影的拍摄地,这个英国最美的庄园之一由此得名"达西庄园"而名声大噪,被视为小说中气派迷人的彭伯里庄园的原型,小说迷们倍加崇拜,来探访观光的游客络绎不绝。

2013年是《傲慢与偏见》诞生200周年,全球各地都开展了庆祝活动:在英国,巴斯的"简·奥斯丁中心"在1月28日(《傲慢与偏见》首版的出版日期)举办了一场别开生面的"阅读马拉松",来自全球的140位知名人士聚集一起,每人身着200年前的服饰,选择小说中的一段章节,以12个小时的接力朗读,来纪念这部经典作品的诞生。乔顿的简·奥斯丁博物馆展出了奥斯丁当年和姐姐讨论《傲慢与偏见》的书信,还有持续全年的纪念活动,包括展览、写作工作坊、电影欣赏、阅读接力、角色扮演阅读等形式丰富的活动。剑桥大学和赫特福德大学于6月和7月主办了两个奥斯丁作品学术研讨会。拥有北美最大简·奥斯丁作品馆藏的美国巴尔的摩的古彻学院(Goucher College),在1月28日至7月26日期间举办了"傲慢与偏见:一场200年的爱情故事"展览,向公众展示了《傲慢与偏见》的出版历程。展品包括1813年首版作品、几十种语言的翻译版本、罕见版本、绘画作品、儿童书、DVD、剪贴簿,甚至还有一份来自20世纪40年代的CBS电台剧本。[①]

英国皇家邮政署曾在1975年10月简·奥斯丁200周年诞辰之际发行了一套4枚的奥斯丁小说人物纪念邮票[②];2013年2月,皇家邮政署再次发行了一套6枚简·奥斯丁作品纪念邮票,画面分别是简·奥斯丁6部长篇小说中的经典场景。皇家邮政署表示,如果在汉普郡的乔顿和斯蒂文顿镇两地(斯蒂文顿是简·奥斯丁出生地,乔顿是最后定居地)寄出贴有这套纪念邮票的信,将会盖上纪念邮戳。纪念邮戳上有《傲慢与偏见》中的一句话:"干什么都行,没有爱情去结婚可不行。"[③]

---

① 廖露蕾:《不可复制的魅力》,《深圳特区报》,2013年1月24日。
② Patricia Meyer Spacks ed., *Pride and Prejudice: An Annotated Edition*, London: The Belknap Press of Harvard University Press, 2010, Illustration.
③ 《英国发行简·奥斯丁作品邮票》,http://blogs.artinfo.com/chinanews/2013/04/01/jane-austen/,访问日期2016年6月15日。

从畅销图书到热播剧集、卖座电影,从浪漫爱情故事到"梦幻刺激物",从文化怀旧到旅游观光,《傲慢与偏见》本身已成为一个品牌,由这部小说衍生的产品超过有史以来的任何书籍,而且膨胀成一项价值上亿英镑的产业。《傲慢与偏见》从诞生传播至今,产生了谁也预想不到的惊人成就。

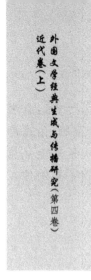

第十章
《格林童话》的生成与传播

《格林童话》是德国格林兄弟编著的民间童话集，名列世界三大经典童话之一，长久以来被视为家庭必备书，译成了160多种语言在世界流传，成为印数超越《圣经》的德语书籍。它的广泛传播和深远影响，被誉为是"人类社会的一个奇特现象、世界文化史的一个奇观"[1]，2005年，《格林童话》获选成为世界文化遗产，其初版(1812—1815)被联合国教科文组织称赞为"欧洲和东方童话传统"划时代的汇编作品，列入世界文献遗产名录/人类记忆项目中[2]，再次力证了它的文化经典地位。2012年12月，《格林童话》迎来出版200周年，人们以巨大的热情纷纷举办各种纪念活动，向这部经典致敬。《格林童话》对世界的征服，使格林兄弟最初汇编《儿童与家庭童话集》的理想和愿望得到了最美好的体现，它的魅力与价值也必将随着长远时空里的传播被一直延续。

第一节 《格林童话》的生成

《格林童话》原名《儿童与家庭童话集》(*Kinder- und Hausmärchen*)，它并非作家独立创作的童话集，而是对德国民间童话的整编之作，其搜集编著者为德国的格林兄弟，所以有"格林童话"之名。《格林童话》自19世纪初诞生起，以其经久不衰的艺术魅力吸引着世界各地一代又一代的读

---

[1] 陆霞：《说不完的格林童话——杨武能教授访谈录》，《德国研究》，2008年第2期。
[2] 《"格林童话"入选世界文化遗产》，《当代图书馆》，2007年第1期。

者,其中的经典篇目,如《小红帽》《白雪公主》《灰姑娘》《青蛙王子》等故事,真正是家喻户晓。魅力无穷的《格林童话》是如何生成的呢？对这个问题的回答,不仅需要考察格林兄弟所做的大量搜集整编的艰辛工作,还要深入探究催生了《格林童话》的德国社会时代氛围、民族渊源和文学传统。

一、格林兄弟与德国民间文学的整理研究

雅科布·格林(Jakob Grimm,1785—1863)和威廉·格林(Wilhelm Grimm,1786—1859)是德国两位博学多识的学者——民间文学研究者、语言学家、民俗学家、日耳曼学奠基人,他们的学术成就跨越多个领域：除2卷《儿童与家庭童话集》(1812—1815)外,还有2卷《德国传说集》(*Deutschen Sagen*,1816—1818)、4卷《德语语法》(*Deutschen Grammatik*,1819—1837)、《德国英雄传说》(*Deutschen Heldsagen*,1829)、《德国神话》(*Deutschen Mythologie*,1835)、3卷《德语大词典》(*Deutschen Wörterbuch*,1854—1862)等。而他们最卓越的成就,是作为民间童话的收集整理者,以几十年时间完成的《格林童话》。

格林兄弟出生于德国黑森州(Hessen)美因河(Main)畔的小城哈瑙(Hanau)。他们经历相近、爱好相似,一生不离不弃地共同生活与工作。兄弟俩都曾在马尔堡(Marburg)大学学习法律,同任职于卡塞尔(Kassel)图书馆,先后担任哥廷根(Göttingen)大学教授,1841年同任皇家科学院院士,并在柏林(Berlin)大学从事教学与研究工作。虽然兄弟俩个性、特长及研究方法都不尽相同,如雅科布长于科学分析而威廉多诗人秉赋,但两人对研究工作的共同热爱、对德国民间文化的热情,使他们长期互相帮助,携手工作,他们在以各自的名义出书之外,常常因为合作密切以至于分不出哪一部分工作是谁做的,就直接署名"格林兄弟"(Brothers Grimm)出版著作,由此越来越多的读者认知了"格林兄弟"这个名字。

格林兄弟生活和创作的命运同德国文学的浪漫主义时期不可分割地联系在一起。由法国大革命(1789—1794)催生的浪漫主义文学运动在18—19世纪之交席卷全欧,最先在德国这片混乱、落后的土地上开花结果。

彼时的德国,可谓欧洲最灾难深重的民族国家。自"三十年战争"(1618—1648)后,沦为主要战场的德国,其政治经济都分崩离析,虽然名义上还顶着"神圣罗马帝国"的名号,实质却分裂成由360多个大大小小

的公国和自由城市组成的"布头封建帝国",一个结构松散的混合体,社会发展严重迟缓。1806年,横扫欧洲的拿破仑战争彻底瓦解了神圣罗马帝国,在法国的征服和统治下,德国民众的民族意识被唤醒,要求德意志民族统一强大的渴望空前高涨。在这种状况下,大批知识分子投入民族解放运动之中。但此时支离破碎的德国社会,诸多林立的公国之间存在的包括语言、文化等在内的差异成为民族统一的障碍,为了消除这一文化上的阻碍,德国知识界开始宣扬文化民族主义,希望借助古老的日耳曼民族文化来达至民族统一。"德国假如不是通过一种光辉的民族文化平均地流灌到全国各地,它如何能伟大呢?"[①]歌德的卓远之见成为了德国知识界的共识,这一时期的德国浪漫派在秉承浪漫主义文化精神的同时,亦将眼光转向民间文化传统领域,整理研究德国民间文学并使之发扬光大。

德国浪漫主义滥觞于18世纪70—80年代的"狂飙突进"运动,这场运动的参与者痛感德国的分裂与落后状态,他们以振兴民族文学、唤醒民族意识、重构日耳曼精神为己任,认为只有民族文学才能真正体现德意志民族精神,法国启蒙思想家卢梭"返归自然"的思想又给予他们进一步启示。这些"狂飙突进"者于是纷纷把关注的目光投向蕴藏丰厚的德国民歌民谣、民族史诗、民间传说与童话,从中去寻找创作的素材。

"狂飙突进"运动的领袖人物赫尔德尔(Johann Gottfried Herder,1744—1803),堪称整理研究德国民间文学的先驱。他广泛采集民间诗歌,先后发表了《论莪相和古代民族诗歌的通讯选》(1773)、《诗歌艺术对古代和现代民族中的习俗的作用》(1781)等研究文章,他搜集出版的民歌集《诗歌中各族人民的声音》(1778年出版,1807年再版)虽然只包括20首民歌,却开德国民歌收集之先河,这本集子在德国民间文学史上占据重要的一席之地。赫尔德尔高度评价民歌的作用,他认为民歌是记录民族生活的历史文献,是民族精神的母语和民族审美文化的宝藏。他对民歌概念及其价值的重新诠释以及对民歌的整理研究,提高了民歌在文学中的地位,为德国民间文学的发展做出了卓越贡献。赫尔德尔的成就不仅给后期浪漫派以很大影响,也深刻影响了歌德等同代人的创作。正是经由赫尔德尔的教诲,德国最伟大的诗人、剧作家歌德看到了民歌这一诗歌领域的新世界,他着手搜集民歌,从中汲取创作素材和艺术营养,并利用民歌体创造出一种新的抒情诗体,一度使自己的诗歌创作发生根本改变,

---

① 爱克曼辑录:《歌德谈话录》,朱光潜译,北京:人民文学出版社,1997年版,第176页。

他享有盛名的组诗《赛森海姆之歌》(*Sessenheimer Lieder*)便是他民歌风的动人之作。

赫尔德尔等人对民间文学的重视和发掘,并非仅仅由于时代责任和兴趣所在。对于德国文学来说,虽然因为政治经济原因使其文学发展远落后于英、法等国,但德国民间文学的传统却异常深厚。自中世纪以来,日耳曼民族的远古神话、民族史诗、民歌谣曲、童话传说等源远流长,不断累积成一个巨大的民间文学宝藏,成为后世取之不尽的素材宝库。如中世纪以来即在德国民间广为流传的浮士德博士的传说,一再成为德国以及欧洲其他国家艺术家们的取材来源,也成就了歌德的经典巨著《浮士德》(*Faust*)。

辉煌的民族文化传统对唤醒民族意识、增强民族凝聚力无疑是一剂强心针。紧随其后的德国浪漫派积极响应赫尔德尔的召唤,怀着深厚的民族感情,投身于民间文学的整理研究。"他们从发现民间文化力量入手,主张从民间文艺中探寻德意志民族文化的渊源和根,重构德意志民族文化和日耳曼民族精神。"[①]

以阿尔尼姆和布伦塔诺为领军人物的德国后期浪漫派,即海德堡派,在秉承传统、复兴民间文学方面卓有建树。赫尔德尔编著出版民歌集《诗歌中各族人民的声音》后,曾希望能看到一部大型古代德国民族歌谣集出版,阿尔尼姆和布伦塔诺实现了这一在他生前未能完成的愿望。1806年他们共同编著出版了德国民间抒情诗歌集《男童的神奇号角》(*Des Knaben Wunderhorn*)第1卷,其中包括210首德国民歌,1808年又以同样的篇幅增出了两卷。3卷民歌集收录了德国近300年来的民歌,对德国文化尤其是抒情诗的发展做出了不朽功绩。"这部民歌集不但在文化史上具有极大的意义,而且在德国抒情诗和文学创作的发展上,也普遍地引起了轰动。它扬起了那种天然的音调,多少年来为浪漫派和后期浪漫派的抒情诗添加了新鲜的气息和响亮的和声。"[②]勃兰兑斯称19世纪的德国抒情诗之所以胜过法国抒情诗,要归功于《男童的神奇号角》的影响,使其摆脱了一切绮语浮词和陈腐之气,充满一种天然无饰之美。

就这样,德国浪漫主义在整理研究德国民间文学中取得的卓越成就,

---

① 伍红玉:《经典的误读与再读——对世界文化遗产"格林童话"的历史文化解析》,《文化遗产》,2008年第2期。
② 勃兰兑斯:《十九世纪文学主流·第二分册·德国的浪漫派》,刘半九译,北京:人民文学出版社,1981年版,第235页。

有力推动了德意志民族文学的发展,提升了德国文学在世界文学中的地位。格林兄弟享誉世界的《儿童与家庭童话集》就诞生在这样的时代氛围和社会环境之中。

出身于律师家庭的格林兄弟,入大学深造时也以法律作为自己的专业选择。兄弟俩之所以会走上研究民族文化/民族知识分子的道路,要归功于他们在马尔堡大学读书时的老师——年轻的法学教授萨维尼(Friedrich Carl von Savigny,1779—1861)。萨维尼渊博的学识和科学严谨的治学方法使兄弟俩受益终身,在他的指引下,格林兄弟将学术研究的兴趣和目光转向了古老的日耳曼文化,并得以与德国浪漫派结缘。

萨维尼的妻子是海德堡浪漫派主将布伦塔诺的妹妹,经由她的介绍,格林兄弟结识了布伦塔诺和他的另一位妹妹——才华横溢的贝蒂娜·布伦塔诺(Bettina Brentano,1785—1859)。贝蒂娜嫁给了海德堡浪漫派另一主将阿尔尼姆,这样,格林兄弟与海德堡浪漫派建立起了长期亲密而友好的关系。在布伦塔诺和阿尔尼姆的影响下,格林兄弟开始了对德国民间文学的研究。

《男童的神奇号角》第1卷于1806年出版之后,布伦塔诺邀请格林兄弟参与编写第2卷和第3卷,在帮助布伦塔诺和阿尔尼姆采集民歌的过程中,格林兄弟"由此了解到了古代文学和民间文学的搜集、出版的实践过程"。① 布伦塔诺和阿尔尼姆在收集出版民歌集的同时,也在关注民间童话和传说。第1卷出版后不久,阿尔尼姆就向社会人士倡导,在收集民歌的同时"不要忘记口头传说和童话",并与布伦塔诺一起开始向社会征集民间童话和传说,用在今后出版的《号角》续篇或是民间童话集上。他们的行动深深影响了格林兄弟,在协助二人采集民歌、编著《号角》的同时,兄弟俩着手开始为期6年的民间童话收集工作,《格林童话》的诞生就此拉开序幕。

可以说,《格林童话》的诞生与德国浪漫主义密不可分,正由于与海德堡浪漫派的密切关系,催生了日后闻名遐迩的《格林童话》。虽然整理出版民间童话已有前人,"但是只有浪漫主义者,尤其是布伦塔诺和阿尔尼姆,才为格林兄弟的童话搜集工作铺平了道路"。②

致力于掘取民间文学宝藏的格林兄弟,除搜集整理民间童话外,还从

---

① Heinz Rölleke, *Die Märchen der Brüder Grimm*, München,Zürich:Artemis Verlag,1986, S. 29.
② Hermann Gerstner, *Brüder Grimm in Selbstzeugn und Bilddokumenten*, Reinbek bei Hamburg: Rowohlt Taschenbuch Verlag Gmbh,1984, S. 38.

丰富的民族文化资源中采集出版了一系列民间文学著作：中世纪前期民族史诗《尼伯龙根之歌》(1812)和《维索勃隆的祈祷》(1812)、古日耳曼小说《可怜的亨利希》(1815)、《德国传说集》(1816—1818)、《德国英雄传说》(1829)、动物叙事诗《雄狐列因哈尔特》(1834)、《德国神话》(1835)等，他们还创办了《古代德国森林》杂志(1813创刊号，1815、1816出版了后两期)，"以便研究古老的德国诗歌及其文献，以及过去几个世纪的语言和风俗习惯"[①]。

身为学者的格林兄弟，将保卫德国文化遗产作为自己毕生奋斗的事业。连年的战争以及民族的忧患，使他们深深感到在这个混乱年代保存民族古老文化的迫切性。他们钻研、搜集德国民间歌谣、神话和传说，发表那些久已被忘却的古老手稿，编纂大型的德文语源字典，孜孜不倦地从事着德国传统文化和民间文化的守护传承工作，并持续一生。

就这样，本着学术研究的严谨态度和传承德国民间文化的民族责任，格林兄弟踏上了对德国民间童话漫长而又艰辛的收集之路。

二、《格林童话》的收集与初版

俗称为《格林童话》的《儿童与家庭童话集》，在1812年第1卷出版之前，经历了长达6年的收集工作。而从1812年初版至1857年终版，其间更经历了将近半个世纪的修订再版，以及数个不同版本。就《格林童话》的生成而言，这里仅关注《童话集》1812年初版第1卷及1815年初版第2卷的收集与出版过程。

在人们印象中，《格林童话》作为德国民间童话集，自然是格林兄弟奔走于德国的乡村山野，从那些质朴的农民口中采集而来。事实却并非如此。

所谓民间童话，即区别于作家创作童话（艺术童话）的童话，它们一般以口耳相传的方式流传于民间，往往来源于久远的年代，历经几代人的流传。这些存在于人们口耳之间的故事，融聚着民间创作的智慧，且流动易逝，犹如散落在民间的奇异珍珠，分外珍贵。不过自从15世纪德国古登堡印刷术发明后，民间童话口传传统被打破，有一部分民间童话得到采集记录、印刷出版，以书面文字的形式保存流传。但在民俗学家看来，只有

---

① 格·盖斯特涅尔：《不轻蔑自己：格林兄弟传》，刘逢祺译，长沙：湖南文艺出版社，1995年版，第34页。

那些来源于下层民众的口头叙述，经过田野工作采集而来的童话才能称之为民间童话。由此观之，《格林童话》作为德国民间童话集，其来源并不符合民俗学的观点。

《格林童话》不都是对口传故事的采录，其中有相当数量的篇幅是来自书面材料。《格林童话》也不是原汁原味的纯粹的德国民间童话，而是受到法国等欧洲其他国家民间童话的影响，甚至有些童话源于他国。那些口传故事的叙述者，也并非以没有受过教育的乡野村民为主，而是大部分来自出身良好的中产阶级家庭。

格林兄弟在搜集民间童话时，布伦塔诺关于"文献是民间童话的来源之一"的主张启发了他们，所以除采集口传故事外，他们还从书面材料中搜集、摘录各种童话故事。早年在图书馆的工作经历使格林兄弟有机会大量接触各种民间童话和故事书籍，加之他们精通多种语言，可以直接阅读各种童话故事，这些都为他们积累丰富的书面材料提供了便利。在《格林童话》的各种书面来源中，有德国各种民间书籍、中世纪文学原稿和各种方言文学，既有古书也有同时代的作品，还有国外流传的各种童话故事集。对于书面材料，他们或是摘录童话素材，进行修改润色，或是搜集故事异文，进行合并重组。

例如《莴苣姑娘》[1]这篇童话就是格林兄弟从法国女作家弗丝（Mademoiselle de la Force，1646—1724）的一篇小说中选取素材，修改成为具有民间口传童话风格的故事，收入初版《格林童话》中。《狼和七只小山羊》《麦秆、煤块和豆子》《勇敢的小裁缝》《白雪与红玫》等童话则是格林兄弟搜集来多个故事异文后合并而成的。《耗子、小鸟和香肠》这篇出自德国浪漫主义大师布伦塔诺之手的童话也被收入初版《童话集》里，且成为格林兄弟从书本上摘录、修改童话的范本。

格林兄弟从书面材料中整理民间故事的方法，因为有悖于民俗学的学术研究观，因而一直受到不少现代民俗学者的批评。不过格林兄弟认为，他们从书面材料中摘录整理的民间童话，最早也是从民间口头搜集而来，保证了民间故事的本真性。他们以这种方式收集的民间童话约占《格林童话》全部篇幅的40%。[2] 据资料统计，1812年初版《童话集》第1卷收

---

[1] 本文所引用的《格林童话》篇目名称均统一取自雅各布·格林、威廉·格林：《格林童话全集》，杨武能、杨悦译，南京：译林出版社，2010年版。

[2] 参见彭鹭：《格林童话的产生及其版本演变研究》，上海：上海师范大学博士论文，2008年，第59页。

录的86篇童话里,其中有12篇是格林兄弟从书面材料中整理出来的,1857年终版收录的210篇故事里(其中10篇为宗教传说),其中有49篇也来源于书面材料。①

虽然书面材料成为格林兄弟收集童话故事的来源,但格林兄弟还是将更多精力放在了口传童话的采集上——"点点滴滴地去搜集所有存在于民间的、交相传诵的材料"②。他们深知,在那个兵荒马乱的时代,这些口头流传的童话故事是多么容易佚失,在它们可能永远消逝之前,以严谨的学术态度将它们搜集记录下来,是他们身为民间文学研究者的紧迫而又必要的任务。

格林兄弟收集口传童话的区域主要在他们的故乡黑森地区,美因河和金翠奚河(Kinzig)附近以及哈瑙、卡塞尔一带,收集的对象是他们周围的亲戚、朋友和熟人等。

维尔德(Wild,1747—1814)是卡塞尔一家药房的主人,他也是格林兄弟在卡塞尔的邻居,两家人来往密切,后来维尔德家的其中一个女儿杜蒂琴·维尔德(Dortchen Wild,1795—1867)还成为了威廉·格林的妻子。维尔德夫人和她的四个女儿们都知道很多童话。维尔德夫人卡特林娜·维尔德(Catharina Wild,1752—1813)"很会讲童话,童话短小而又优美,她坐在威廉的对面,给他讲虱子和跳蚤的故事"③。四个女儿也为格林兄弟讲过不少故事,尤其是杜蒂琴·维尔德讲得最多,她"在花园里或温室里同自己未来的丈夫威廉·格林见面的时候,就给他讲她在家里所听到的童话,这就是《会开饭的桌子》《密切里查太太》和《六只天鹅》等"④。《格林童话》中最为著名的童话之一《青蛙王子或名铁胸亨利》就来自维尔德家的讲述。维尔德家讲述的童话构成了初版《童话集》第1卷的多数篇幅。

第1卷还有许多童话是格林兄弟在哈森福路克(Hassenpflug)家采录的。哈森福路克一家1793年从美因河流域的哈瑙搬到卡塞尔。他们与维尔德家关系亲密,同时也是格林兄弟的好朋友。哈森福路克是卡塞尔的一个高级政府官员,他的妻子是自17世纪为逃避宗教迫害移民至德

---

① 参见伍红玉:《经典的误读与再读:对世界文化遗产"格林童话"的历史文化解析》,《文化遗产》,2008年第2期。
② 格·盖斯特涅尔:《不轻蔑自己:格林兄弟传》,刘逢祺译,长沙:湖南文艺出版社,1995年版,第36页。
③ 同上。
④ 同上。

国的法国胡格诺派的后裔,所以这个家庭有着浓郁的法国背景。他们阅读法文书籍,用法语对话,他家的三个女儿玛丽(Marie Hassenpflug,1788—1856)、珍妮特(Jeannette Hassenpflug,1791—1860)、艾米利(Amalie Hassenpflug,1800—1871)在法国文化的浸润下长大,这使她们为格林兄弟讲述的童话大多是源于法国的民间童话。从她们这里记录的童话故事有《白雪公主》《小红帽》《玫瑰公主》《小弟弟和小姐姐》《没有手的女孩》《穿靴子的猫》等,其中《小红帽》《玫瑰公主》和《穿靴子的猫》均在法国 17 世纪裴奥特(Charles Perrault,1628—1703)的民间童话集《旧时故事和童话与寓言》(*Histoires ou contes du temps passé*,1697)①中有相类似的故事,可见《格林童话》受到法国民间童话的影响。

　　住在卡塞尔近郊的约翰·弗雷德利希·克劳瑟(Johann Friedrich Krause,1750—1827)是一位退役的龙骑兵下级军官,他对格林兄弟讲述了《背囊、帽子和号角》等一些"真正士兵的童话"。另外,牧师的女儿弗里德里克·曼奈尔(Friederike Mannel)、布伦塔诺的妹妹鲁多维珂·鞠帝斯(Ludovica Jordis)、维尔德家庭的女仆人老玛丽亚(Old Marie)、萨维尼家的保姆,还有名字未知的"马尔堡说书女人",她们都为《童话集》第 1 卷提供了不少故事。

　　1812 年,经过 6 年的劳动,格林兄弟的童话集终于成型,在阿尔尼姆的帮助和联系下,格林兄弟把手稿寄给了柏林的一家出版机构埃美尔(Reimer)。圣诞节前不久,《儿童和家庭童话集》第 1 卷出版,共收录了 86 篇童话。格林兄弟怀着感谢的心情将此书赠送给阿尔尼姆以及萨维尼,以作为他们的孩子的一份特别的圣诞礼物。

　　格林兄弟在这本童话集的序言里阐述了他们所收集的童话的意义:

　　　　在我们动手搞过去许多世纪的德国诗歌财富时看到,在这一巨大的财富当中,任何东西也没有保留下来,甚至都忘记了它们,而留下来的只有民歌和这些朴素的家庭童话。炉子后边的地方,厨房里的平台,阁楼的楼梯,保留下来的节日,沉静的草地和原野……正好就像一排排篱笆,它们保护了那些民歌和童话,并且把它们一代代传下去……搜集和记录这些童话的时候到了,因为能够遇到那些既晓得童话而且也还没有忘记它们的人越来越少了……这些作品里的内容充满了无比的纯洁性……它们这种朴素的、使我们感到亲切的性

---

① *Histoires ou contes du temps passé* 英译为 *Mother Goose Tales*(《鹅妈妈的故事》)。

质或多或少地蕴藏着难以描述的诱惑力……①

格林兄弟深信,他们出版的这本童话集是"一本珍贵而又有趣的书……这些古代的童话对于整个诗歌史来说具有非常重要的意义"②。

本着这一信念,在《童话集》第1卷问世之后,格林兄弟很快开始第2卷的收集工作。故事收集的范围扩大到了威斯特伐利亚(Westfalen)以及马尔堡等地,讲述者不再是以中、上流社会的年轻小姐为中心,"最引人瞩目的变化,就是多了一位真正来自下层社会的多萝西娅·菲曼"③。

多萝西娅·菲曼(Dorothea Viehmann, 1755—1815)是一个乡村裁缝的妻子,住在卡塞尔附近的尼杰尔茨维恩村(Nieder zwehren)。在她少女时代时,家里经营着一家客栈,她是听着来来往往的车夫、手工艺人、士兵等各色人所讲的故事长大的,积累了一肚子的童话。格林兄弟遇到她时,她已是一个50多岁饱经风霜的老妇人。菲曼不仅是一个"故事宝库",还是个说故事高手。威廉·格林在《童话集》1815年初版第2卷的序言中这样描述道:

> 许多古老的故事她都记得很牢,讲起故事来平静、坚定而又异常生动,并且兴致勃勃;第一遍她讲得很流畅,如果要求她的话,她就接着再慢慢重复一遍,因此,有的故事在重讲的时候,可以跟着她记下来。在这种情况下,大部分可以逐字逐句记下来,因此记下来的东西不会在真实性上引起怀疑。如果有人认为,在转述故事的时候,有些歪曲是不可免的,这些故事都是讲故事人随便记下来的,因此,一般来说,故事的生命是不可能很长的,那么他不妨听一听,她在重述讲过的故事时是多么准确,她多么认真地注意着故事的准确性;在重述时,她一个字也不改变,如果发现错了,她自己马上停下,把错误纠正过来。我们可以这样想象:那些世世代代把固定不变的生活方式传下来的人们,在转述故事和传说时,与我们这些喜欢反复变化的人相比,更忠于转述的准确性。正因为如此,像多次所证明的那样,这些传说在结构上是无可指责的,在内容上也使我们感到亲切。④

---

① 格·盖斯特涅尔:《不轻蔑自己:格林兄弟传》,刘逢祺译,长沙:湖南文艺出版社,1995年版,第40页。
② 同上书,第39页。
③ 彭懿:《格林童话的产生及其版本演变研究》,上海:上海师范大学博士论文,2008年,第69页。
④ 格·盖斯特涅尔:《不轻蔑自己:格林兄弟传》,刘逢祺译,长沙:湖南文艺出版社,1995年版,第50页。

格林兄弟对菲曼讲述的童话故事的真实性非常信任，因此在以后的版本中，对她口述的童话几乎再没做过改动，如《牧鹅姑娘》的故事，她被格林兄弟称为"理想的民间童话讲述者"。《童话集》第2卷里收录了近30篇她讲述的"黑森的童话"，其中有我们熟悉的《灰姑娘》《三根羽毛》《聪明的农家女》《魔鬼的三根金发》《森林中的三个小人儿》等。菲曼1815年在贫困的生活中离世，没有来得及看到《童话集》第2卷的出版，但她的童话财富却借由格林兄弟之手永远保存下来了。为感谢她对《童话集》的巨大贡献，格林兄弟特地邀请他们的画家弟弟路德维希·格林（Ludwig Grimm，1790—1863）为菲曼画了一幅铜版画肖像，置于1815年初版第2卷的卷首。

除黑森外，威斯特伐利亚地区是为《童话集》第2卷提供材料的"第二个源泉"。在开始准备第2卷《童话集》后，威廉·格林很快想到了威斯特伐利亚的哈克森豪瑟（Haxthausen）一家。哈克森豪瑟是祖籍帕特博恩（Paderborn）的男爵，住在伯肯多尔村（Boekendor）。他们家与格林兄弟志趣相投，痴迷于德国民间文化，很早就开始搜集威斯特伐利亚一带的民歌民谣。威廉·格林1811年在伯肯多尔村居住时，就同男爵全家建立了友谊，这种友谊保持了整个一生。哈克森豪瑟家知道的民歌和故事很多，他们也一直积极地为格林兄弟搜集记录当地流传的童话、传说、逸事等。1813年，威廉·格林专程来到伯肯多尔村拜访哈克森豪瑟一家，记录他们用当地方言讲述的故事。讲述故事的除哈克森豪瑟家的姑娘们外，还有他家的裁缝和佣人等。哈克森豪瑟家的亲戚、来这里做客的詹妮·冯·德罗斯特-惠尔斯霍夫（Jenny von Droste-Hülshoff，1795—1859）男爵夫人及其两个女儿也提供了不少来自闵斯特尔（Münster）的童话故事，进一步充实了第2卷的内容。在威廉离开后，伯肯多尔村的朋友们又给威廉寄来了越来越多的材料，仅奥古斯特·冯·哈克森豪瑟（August von Haxthausen，1792—1866）就前后多次寄给威廉童话和民歌。收入《童话集》第2卷的来自哈克森豪瑟家的童话有《森林中的老婆子》《羊羔和小鱼》《两个国王的孩子》《六个仆人》《活命水》《白新娘和黑新娘》《乌鸦》《玻璃瓶中的妖怪》《大拇指儿漫游记》等。

住在马尔堡近郊的神学家和日耳曼学家费迪南德·瑟伯特（Ferdinand Siebert，1791—1847）是个狂热的民间故事收集者，他将自己收集来的童话故事寄给了格林兄弟。第2卷中《傻大胆学害怕》《聪明的小裁缝》《三兄弟》等故事就是来自他的收集。

所以说,编入第 2 卷的童话中,有许多并不是格林兄弟本人,而是他们的朋友们搜集和记录下来的。对于这些资料的可靠性,格林兄弟毫不怀疑。

1814 年秋,《童话集》第 2 卷依然交付柏林的埃美尔出版,1815 年 1 月正式面世,共收录了 70 篇童话。威廉·格林为本书所作的序言中,再次阐说了他们搜集出版《童话集》的目的:保留古代人民的诗歌遗产,向读者介绍这份遗产。

三、不为人知的《格林童话》

威廉·格林之子赫尔曼·格林(Herman Grimm,1828—1901)在所撰的格林兄弟创作回忆录里写道:"现在大部分人不是作为孩子来欣赏格林兄弟的童话,而是在考虑它的产生,于是在他们的意识里就产生了一种概念,好像这是根据民间流传的故事一字不差地记录下来的。因此,如果格林兄弟不超过后代搜集者的话,那么后者就能够以完全同样的成就把这'民间的财产'据为己有。童话以格林兄弟献给人民的那种形式重新成为人民的财富,这只是由于他们献出这些童话之故。它们在格林兄弟校订之前不是这种样子的。"[1]

格林兄弟之于《格林童话》的作用决非仅仅为搜集和记录,虽然这本身已是巨大的劳动。《格林童话》中的传说故事,从民间口头上或档案馆的故纸堆中到出版成书,经历了格林兄弟点石成金般的整理加工。

忠于故事原貌的再现曾是格林兄弟理想中的编写原则,但在实际操作中却面临诸多困难。他们所搜集的童话来源于不同地域、不同的讲述者,所以这些童话在语言的色彩、风格和语调等方面各不相同,这使他们必须进行某些修改,以使《童话集》的形式和风格取得一定的统一。例如在收集的童话中,有相当数量的故事是由当地民间方言讲述的,为促进故事的推广普及,格林兄弟便使用标准化的德语书面语对其中的绝大部分故事进行了转写。有研究者统计,在 220 个《格林童话》故事中,只有大概 25 个故事保留了他们原始的讲述语言,其中有 16 个使用了低地德语,8 个使用了高地德语。[2] 在他们搜集的故事中还有许多素材相似却以不同

---

[1] 格·盖斯特涅尔:《不轻蔑自己:格林兄弟传》,刘逢祺译,长沙:湖南文艺出版社,1995 年版,第 39 页。

[2] 参见白瑞斯:《作为世界非物质文化遗产和学术研究对象的格林童话》,何少波译,《文化遗产》,2010 年第 4 期。

形式流传的异文,他们在整理时,就对故事异文进行合并改写处理,例如《布来梅市的乐师》《画眉嘴国王》《没有手的女孩》等故事,都是多个异文合并而成的。这些民间童话出版成书,由口头语言转向书面语言时,格林兄弟还对它们进行了文字语句的修饰润色,以保证阅读的顺畅。

格林兄弟搜集、发表这些民间童话,并不企图逐字逐句、机械照搬原材料。对他们来说,最重要的是保存所记下来的民间童话故事的本真性特征并把它们的意义和精神表达出来。他们一方面遵循忠实记录的原则,谨慎对待民间口头创作,保留故事的内容、主旨,情节发展的方式和方向,尽力保持童话的原始风貌,保留这些民间故事最天然质朴的一面。"我们力图保持童话的本来的全部纯洁性,其中的任何一个情节既没有捏造,没有渲染,也没有改变,因为我们力图避免对于本来就很丰富的情节根据任何类推法和想当然进行充实的企图。"[1]另一方面格林兄弟又对从不同的叙述人和记录者那里所得来的全部故事进行校订和语言修辞方面的修饰,以便保持统一的童话体裁、语言风格以及和谐的韵味,但决不做过多的文学加工。最终,《格林童话》给人以这样的印象:好像所有的故事都是由一个叙述者以一种简单朴素而又生动活泼的民间口头语言的叙述风格讲述的。

《格林童话》以格林兄弟所赋予它们的语言形式把德国古老的民间创作保存下来,并传遍世界。《格林兄弟传》的作者、德国学者盖斯特涅尔这样评价道:"格林兄弟在童话集第一卷的卷头所写的'格林兄弟搜集'几个字,是过于谦虚了。正是由于格林兄弟的加工,他们所搜集来的资料——粗糙的矿石,才得到了提炼并熔化成了有永久价值的黄金。"[2]

格林兄弟不是第一个搜集整理民间童话的人,《格林童话》也不是最早出版的民间童话集,但《格林童话》所开创的对民间童话的整理研究方法及其所具有的学术性价值,却是其他同类作品所无法比拟的。早在《格林童话》问世前一百多年,法国著名童话诗人裴奥特就已开始搜集和创作民间童话,他于1697年出版的《旧时故事和童话与寓言》在18世纪流传了整个欧洲。在德国18世纪下半叶,早于《格林童话》产生之前,一些诗人在赫尔德尔"重构德意志民族文化,再造日耳曼民族精神"的召唤下,开始收集德国的民间童话,出版了一批童话集,其中最有名的是穆索斯

---

[1] 格·盖斯特涅尔:《不轻蔑自己:格林兄弟传》,刘逢祺译,长沙:湖南文艺出版社,1995年版,第39页。

[2] 同上。

(Johann Karl August Musäus，1735—1787)的 8 卷《德国民间童话集》(*Volksmärchen der Deutschen*,1782—1786)。此外,德国耶拿派浪漫主义大师蒂克(Ludwig Tieck，1773—1853)也著有 3 卷民间童话集,并开创了童话小说的新体裁。与格林兄弟关系密切的布伦塔诺则对民间童话的收集和创作保持着长期的兴趣。

在收集民间童话的过程中,格林兄弟对这些先驱者们整理民间童话的方法提出了批驳。他们反对像裴奥特那样,对童话进行大量文学加工,也不赞成如穆索斯所做的,只把收集来的口传故事当成素材,运用自己的想象力进行再创作。对于蒂克和布伦塔诺的做法——根据艺术任务随意改变童话情节、歪曲童话的主题,他们也不认同。格林兄弟认为,这些对待民间童话的方法破坏了素材的原始面貌,失去了民间童话最为珍贵的本真性。

正是因为格林兄弟始终把忠实于原始素材作为整理民间童话的首要原则,使他们的童话集在民间童话的保存上超越了前者,很好地完成了传承德国民间文化遗产的任务,《格林童话》也从而具有了更为深远的文化意义。

与以往出版的民间童话集相比,格林兄弟的《儿童与家庭童话集》还有一个显著的特色,就是在两卷童话集的前面,都有一篇对童话故事搜集、记录整理过程与方法做出详细说明的序言,后面则又都附有一个长达数百页的学术性注释。在注释中,格林兄弟对每一篇童话都做出细致的考证研究,一一注明故事来源,而且他们还会对相同类型的故事进行童话的比较研究。"在此之前,还没有人像格林兄弟那样,对那些简单的童话故事作那么多注释和说明,也没有人像他们那样,对不同地区、民族和语言中流传的故事轶文加以比较和分析。"[①]因此,《儿童与家庭童话集》可以看作是现代童话研究的开始,格林兄弟也被视作奠定了现代童话研究以及比较童话研究学科的基础,"格林兄弟的功绩不仅仅在于他们对古老的童话进行了搜集,并以优美的形式把它们固定了下来,而且还在于他们成了科学领域奠基人之一"[②]。

《格林童话》还有一个常见的代称"KHM"。"KHM"是《儿童与家庭童话集》德文名 *Kinder-und Hausmärchen* 的缩写,格林兄弟以

[①] 伍红玉:《格林童话的版本演变及其近代中译》,《德国研究》,2006 年第 4 期。
[②] 格·盖斯特涅尔:《不轻蔑自己:格林兄弟传》,刘逢祺译,长沙:湖南文艺出版社,1995 年版,第 61 页。

"KHM××"的形式为童话集里所收的每一篇童话都做了一个编号,如"KHM21"即童话集里的第 21 篇童话《灰姑娘》。他们在所有的童话集版本之中都使用了这种编号。这种做法以别具一格的方式体现出格林兄弟编写童话集极其严谨的学术态度,也非常鲜明地反映出《格林童话》各版本童话篇目的增删情况。

至于为什么命名为《儿童与家庭童话集》,格林兄弟这样说道,童话主要是讲给孩子们听的,"使最初的信念和心灵的力量在他们纯洁而又温柔的世界里萌芽和成长"[①],又由于用于家庭,并且产生了影响,所以称之为《儿童与家庭童话集》。如今,这部童话集早已超越了儿童与家庭的领域,在世界范围内,包括成年人在内的人们都在阅读它并喜爱它。

第二节 《格林童话》的版本演变

《格林童话》出版后,格林兄弟一直没有停止对它的修订,特别是弟弟威廉·格林。这些修订包括补充添加一些新搜集来的童话篇目,根据新搜集到的故事异文对原有童话的异文进行合并,以及对民间口述童话进行文学性润色等。从 1812 年《格林童话》初版起,威廉·格林倾注余生精力,一版接一版地修改润饰着他们兄弟俩的童话集,直到他离世的前两年——1857 年。至此,《格林童话》已经历了 7 个"大本"(全集)、10 个"小本"(选集)的版本演变。在这些版本中,有被民俗学家视为民间文学研究宝库的 1812/1815 年初版,广为流传的 1857 年终版,专供学术研究使用的 1822 年学术版,让格林兄弟名扬天下的 1825 年精选版,还有在 20 世纪初意外发现的、保存了《格林童话》最初原貌的 1810 年原始版。这些丰富的版本资料,为《格林童话》的版本演变提供了极有价值的研究领域。

《格林童话》从原始版到最终版的版本演变过程,让我们清晰地看到,格林兄弟在长达半个世纪的时间里为《格林童话》付出了巨大而艰辛的劳动——这里有对民族文化的挚爱,有坚守一生的毅力,还有一颗永远如孩童的诗意、纯真的心灵。正是格林兄弟所做的"点石成金"的工作,使《格林童话》由一些粗糙简陋、不忍卒读的民间口述故事,变成了一部行文流

---

① 格·盖斯特涅尔:《不轻蔑自己:格林兄弟传》,刘逢祺译,长沙:湖南文艺出版社,1995 年版,第 61 页。

畅、语言优美且风格独具的世界经典童话集。

一、1810 年原始版：厄伦堡（Ölenberg）手稿

1920 年，在法国阿尔萨斯（Alsace）地区的厄伦堡一个修道院图书馆里，意外地发现了一份格林兄弟最初收集整理的民间童话的原始手稿，这个消息令所有《格林童话》的研究者们惊喜万分。这份在《格林童话》出版之前的原初手稿，无疑是揭示《格林童话》原始面貌的珍贵资料，对《格林童话》的版本演变研究意义重大。而这份鲜为人知的珍贵手稿从何而来？又何以出现在此处？一切还要追溯到《格林童话》诞生之前。

从 1806 年起，格林兄弟响应德国海德堡浪漫派诗人布伦塔诺和阿尔尼姆的号召，开始了他们在黑森州收集民间童话的工作，他们通过从周围的友人那里记录口述童话以及摘录书面资料中的故事的方式，到 1810 年，已经收集了一定数量的民间童话。

这一年，布伦塔诺决定编一部民间童话集出版，他在 1810 年 9 月 3 日写信给格林兄弟，要求他们把所收集到的童话都借给他使用。"我现在开始编写童话了，……把你们的童话故事都寄给我吧。"[①]雅科布·格林在一个多月后的 10 月 25 日给布伦塔诺寄去了他们收集的童话手抄原稿。

之所以没有马上寄出而是拖延了一个多月，是因为格林兄弟在这段时间里把这些童话又重新抄写了一遍。格林兄弟知道布伦塔诺一向有随意改写民间童话故事情节的习惯，相悖于他们忠实于原貌的民间童话观，他们担心布伦塔诺出版这些童话时会与他们收集到的民间童话完全不同，因此在将童话故事寄给布伦塔诺之前，他们特意又重新抄写了一个副本。这个副本成为1812年出版的《儿童与家庭童话集》第 1 卷的原初底稿。[②]《儿童与家庭童话集》出版后，这个手抄副本没有被保留下来。

寄给布伦塔诺的童话手抄原稿最终没有得到使用，因为布伦塔诺的兴趣已很快转向创作自己的故事和小说，他也一直没有遵照格林兄弟的要求，归还这些原稿。

在布伦塔诺与格林兄弟都已去世多年以后，布伦塔诺的一些遗物在法国厄伦堡的一个修道院图书馆里被发现，在这些遗物里，"奇迹般地"出

---

① Reinhold Steig, *Clemens Brüentano und die Brüder Grimm. Nachdruck*, der Ausgabe Berlin, 1914, S. 112.
② 参见伍红玉：《格林童话的版本演变及其近代中译》，《德国研究》，2006 年第 4 期。

现了当初格林兄弟寄给布伦塔诺的那份手稿。据称由于这家修道院院长原是布伦塔诺的亲戚,所以保留下来了包括手稿在内的布伦塔诺的很多遗物。这份手稿由此被称为"厄伦堡手稿",也被称作1810年原始版。

在20世纪初尘封了百年才被重新发现的厄伦堡手稿,后来在德国被数次出版,如1927年在海德堡,1963年在莱比锡,都分别出版了不同版本。① 德国当代著名的《格林童话》研究专家汉茨·罗雷克(Heinz Rölleke)于1975年整理出版的版本,"被公认为是考证最翔实、学术性最强,也最有用的一个版本"②。

厄伦堡手稿共列有篇目53篇。③ 从手稿中可以看到,这些故事基本是格林兄弟对他们收集到的民间童话的一个忠实记录,还谈不上任何的文字加工和修饰,不过也已经过他们的稍加整理——雅科布·格林对手稿中的童话故事进行了分类、编号,一些故事的字里行间还标有雅科布所做的批注,体现出他们对所收集的故事素材的最初整理思路。

作为格林兄弟收集民间童话的原始记录,厄伦堡手稿显得相当粗糙,文字简陋,篇幅长短不一,有不少是未完成稿。然而它却真实地体现出格林兄弟当时采录下来的这些口述童话的原始样貌,它不仅让我们看到未经格林兄弟修饰加工过的民间童话在口述传统中的原有面貌,揭开了《格林童话》"原形的秘密",在版本对比中,更清楚地反映出这些故事在以后版本中发生过的变化,"为《格林童话》的比较研究,特别是研究《格林童话》的编辑和整理过程提供了重要的资料"④。

二、1812—1815年初版

经历了6年的收集整理工作后,在阿尔尼姆的帮助下,《格林童话》终于问世。初版的两卷《儿童与家庭童话集》由柏林的埃美尔出版社出版,1812年出版第1卷,收录童话86篇,3年后的1815年出版了第2卷,收录童话70篇,两卷共156篇。

许多对《格林童话》的由来不甚了解的人,或者认为《格林童话》是格

---

① 参见格·盖斯特涅尔:《不轻蔑自己:格林兄弟传》,刘逢祺译,长沙:湖南文艺出版社,1995年版,第145—146页。
② 彭懿:《格林童话的产生及其版本演变研究》,上海:上海师范大学博士论文,2008年,第14页。
③ 参见同上,第15页。
④ 伍红玉:《格林童话的版本演变及其近代中译》,《德国研究》,2006年第4期。

林兄弟"根据民间流传的故事一字不差地记录下来的"①,或者认为格林兄弟对收集来的童话进行了过多的文学加工,失去了其民间特性,已经不是民间童话。那么格林兄弟到底进行了怎样的整理工作?又该如何评价?厄伦堡手稿和初版《格林童话》之间的对比,使格林兄弟所做的工作及其价值一目了然。

《白雪公主》是《格林童话》中最为读者熟悉的篇目之一,而我们所熟知并喜爱的这个故事却是经过了格林兄弟一版版的精心修改。在第一版的故事中,格林兄弟就已经做了不少重要改动。

厄伦堡手稿中的《白雪公主》,是雅科布·格林在1808年前后从玛丽·哈森福路克(Marie Hassenpflug)那里记录的口述故事,在手稿中,这个故事"不够长,人物形象不鲜明,故事不流畅,没有太多的细节描绘,许多地方交代的也不清楚,留有破绽……"②雅科布对采录的这个故事做了多处批注。在故事记录的最后段落,有一个雅科布的旁批:"这个结尾讲得不好,错误太多。"③

1812年初版中,威廉·格林根据特雷萨(Treysa)的费迪南德·西布特(Ferdinand Siebert)口述的故事,更改了厄伦堡手稿的结尾,将父王要回装着白雪公主的玻璃棺材,改成了一个年轻的王子要走了玻璃棺材④,使故事的情节进展更加合理、生动、富有趣味。

威廉·格林在初版中还有一处让人"赞不绝口"的改动。七个小矮人回来后,发现屋里有生人来过的痕迹,他们每个人用重复的句式都说了一句话:

> 第一个小矮人说:"谁坐过我的椅子?"
> 第二个小矮人说:"谁吃过我盘子里的东西?"
> 第三个小矮人说:"谁吃过我的面包?"
> 第四个小矮人说:"谁吃过我的蔬菜?"
> 第五个小矮人说:"谁用过我的叉子?"
> 第六个小矮人说:"谁用我的小刀切过东西?"
> 第七个小矮人说:"谁喝过我杯子里的酒?"⑤

---

① 格·盖斯特涅尔:《不轻蔑自己:格林兄弟传》,刘逢祺译,长沙:湖南文艺出版社,1995年版,第39页。
② 彭懿:《格林童话的产生及其版本演变研究》,上海:上海师范大学博士论文,2008年,第96页。
③ 陆霞:《走进"原版格林童话"》,《当代文坛》,2011年第1期。
④ 彭懿:《格林童话的产生及其版本演变研究》,上海:上海师范大学博士论文,2008年,第96页。
⑤ 同上,第100页。

而在厄伦堡手稿中,只有五个小矮人开了口。对于这处改动,研究者是这样评论的:"这不仅仅是因为七是一个重要的数字,重要的是,它形成了一种节奏。音乐有二连音、五连音,因为有了它们的加入,一首曲子就拥有了独特的韵味。《白雪公主》里的七个小矮人,就相当于七连音,如果不是同样地说七次,故事的那种韵味就出不来了。"①七和三一样,是民间童话更喜欢使用的一个数字。威廉的改动使《格林童话》的民间韵味不减反增,有力地体现出格林兄弟整理工作的意义。

《玫瑰公主》是《格林童话》中另一个为大家熟悉并喜爱的童话,因为它源于法国裴奥特童话集中的故事《林间睡美人》,所以这个童话常被称为《睡美人》故事。厄伦堡手稿中记录的这个故事,也是1808年前后由玛丽·哈森福路克为雅科布·格林口述的。②

这个故事从厄伦堡手稿到初版的演变,可以明显看到原本简洁的口述童话向描述性的阅读童话的转变。威廉·格林增添的更多描写修饰性话语,使故事的叙述诗意盎然。如结尾段③:

1810 年厄伦堡手稿	1812 年初版
王子走进王宫,吻了沉睡的公主。于是,大家全都醒了过来。	就这样,王子走进了王宫。马躺在院子里睡觉。花斑猎狗也在睡觉。屋顶上的鸽子,把脑袋插进翅膀下边。走进屋里一看,苍蝇在墙上睡觉,厨房里生着火,厨师和女仆也在睡觉。继续往里走,王宫里的人都躺在那里睡觉。再往里走,国王和王后也在睡觉。太安静了,他都能听到自己的呼吸声。最后,王子走到那座古塔。玫瑰公主躺在那里睡觉。王子为玫瑰公主的美丽而吃惊,弯下腰去吻他。就在那一瞬间,玫瑰公主睁开了眼睛。接着国王和王后、王宫里所有的人都醒了。马和狗、屋顶的鸽子、墙上的苍蝇也都醒了。炉膛里的火又燃烧起来,煮着食物。烤肉又发出咝咝的声音。厨师打了小孩一个耳光。女仆已经拔完了鸡毛。

厄伦堡手稿里短短的一句话,却由威廉·格林在初版里演绎得生动非凡,营造出一个活灵活现的场景,阅读时如临其境。这极具感染力的叙

---

① 参见彭懿:《格林童话的产生及其版本演变研究》,上海:上海师范大学博士论文,2008年,第101页。

② 同上,第120页。

③ 同上,第126页。

述语言自然要归功于威廉·格林的艺术才华。

凭借对德国民间文化的无比热爱,格林兄弟在忠实于原故事的基础上,对收集来的民间故事精心整理修饰,通过异文合并让故事情节更加完整合理,通过协调语言让不同来源的故事风格趋于一致,通过文学性修饰让原来简单粗糙的故事情节变得曲折动人,大大增强了这些故事的可读性。同时,他们还尽量避免使用成人化的冗长句式,而改用简短的、重复的儿童化的语言,以使这些童话更能为儿童读者所接受。经过格林兄弟的整理加工,1812年初版的《格林童话》内容,比起原来口述并记录下来的整整多了两倍。[1]

初版《格林童话》还有一种其他各类童话集都不具备的特殊意义。童话集初版所具有的独特学术价值,再加上格林兄弟本着忠实记录原则大量保留了这些民间童话在口耳相传过程中的原初面貌,因此被民俗学家和民间文学研究者,以及酷爱民间口头创作的人们视为宝库,对其表现出了特别的兴趣。由于第一版童话集的两卷都只发行了900册[2],而且很快售完,在之后的《格林童话》版本被一再增删修订以及文学加工的情况下,这部最多保留了《格林童话》民间特性的第一版,就成了民俗研究学者不可再得的珍本。

三、1819年修订版与1822年学术版

《格林童话》第一版面世后,并没有立刻成为受大众欢迎的畅销书,而是招致多方的争议指责,包括格林兄弟的领路人阿尔尼姆和布伦塔诺。首先,作为一部献给儿童的故事集,初版《儿童与家庭童话集》被指出从内容到形式上都存在着一些"儿童不宜"。如有些故事中带有暴力、血腥及性暗示等不适合儿童阅读的内容,而大量的学术性注释也妨碍了儿童读者的接受。阿尔尼姆就此提出了忠告,认为它"不是一本面向孩子的读物,因为它既没有给孩子看的插图,注释也过于学术化"[3]。布伦塔诺则尖锐地批评格林兄弟按忠实原则记录下来的这些民间童话"肮脏、短小、无聊至极"。另外,初版《儿童与家庭童话集》还被指出来自法国和意大利的素材太多,不是真正的德国民间童话。

---

[1] 参见陆霞:《走进"原版格林童话"》,《当代文坛》,2011年第1期。
[2] 参见伍红玉:《格林童话的版本演变及其近代中译》,《德国研究》,2006年第4期。
[3] 彭懿:《格林童话的产生及其版本演变研究》,上海:上海师范大学博士论文,2008年,第35页。

针对初版的不足之处,格林兄弟加大了对童话集的编辑力度,"许多地方有了改进并作了修订,而第一卷则全部进行了修订"①。1819年,两卷童话集修订再版,依然由柏林的埃美尔出版社出版。两卷共有童话161篇,其中第1卷有86篇,第2卷有75篇,两卷各发行1500册。②

1819年修订版两卷被认为是《格林童话》版本演变进程中变化最大的版本。"这一版不仅删除了初版的34篇童话,新增了45篇童话,同时,还对18篇童话进行了异文合并与重新改写,所以,等于有63篇童话是以全新面貌呈现出来。"③而与初版最大的不同之处,是这一版的两卷童话集删除了全部学术性注释,只以童话故事的面目出现,格林兄弟再次邀请画家弟弟路德维希·格林分别为两卷童话集画了两幅铜版画,各附于两卷卷首,使童话集在形式上更容易被儿童接受。

民间童话来自民间大众,自然良莠不齐。格林兄弟按照忠实原则收集整理的童话集不免夹杂一些不健康的内容,尤其对于儿童读者来说。由于格林兄弟最初编写童话集的意图是学术上的,是为了保存和传承德国民间童话遗产,所以他们并没有特别在意儿童作为童话集主要接受群体的存在。来自读者的批评使他们很快意识到这一点,在第二版的修订中,他们"慎重地删除了"不适宜儿童阅读的因素。如初版第1卷中的《孩子们玩屠宰游戏的故事》(KHM22)这篇从头至尾都充斥着血腥、残酷场面的童话,在第二版中被全篇删除。

除却删除暴力血腥的故事外,那些不宜于儿童的情节语言,也被改写修饰,例如《莴苣姑娘》(KHM12)这篇故事。莴苣姑娘被巫婆关进森林里的一座高塔上,既没有楼梯也没有门,只在塔尖上有个小窗户,每当巫婆想进去,就在塔下喊:"莴苣,莴苣,垂下头发,接我上去。"④有一天,来了一位王子,他学着巫婆的样子喊,于是,莴苣放下长发,王子抓着爬了上去……

接下来初版中的描写,是这样一段话:

> 最先莴苣大吃一惊,但是因为她爱上了这个年轻的王子,就约好

---

① 格·盖斯特涅尔:《不轻蔑自己:格林兄弟传》,刘逢祺译,长沙:湖南文艺出版社,1995年版,第61页。
② 参见伍红玉:《格林童话的版本演变及其近代中译》,《德国研究》,2006年第4期。
③ 彭懿:《格林童话的产生及其版本演变研究》,上海:上海师范大学博士论文,2008年,第41页。
④ 格林兄弟:《格林童话全集》,杨武能、杨悦译,南京:译林出版社,2010年版,第42页。

他每天来，把他拉上来。就这样，两个人快乐地生活了一段日子。妖精不晓得这件事，直到又一次莴苣向妖精说："干妈，我的衣服变小了，不合身了，这是什么缘故？"①

初版中这句"我的衣服变小了，不合身了"实际告诉读者，莴苣已经怀孕，有性暗示的含义，显然不适合孩子聆听或阅读。自第二版起，这句话被改成了："干妈，我拉你上来，比拉少年王子重得多，他一眨眼工夫就到了我这里。这是什么缘故，请你告诉我吧。"②

威廉·格林的另一种改写，是把初版一些故事中迫害孩子的亲生母亲都改成了继母。残暴的母亲的形象很难为读者的伦理和道德观念所接受，也不利于儿童的心理成长。在1819年第2版时，这些坏母亲的形象都被继母取代，如《白雪公主》（KHM53）和《亨塞尔与格莱特》（KHM15）的故事。

在第二版里，威廉还根据新搜集到的故事异文，对一些童话进行了修改，例如《白雪公主》，威廉·格林根据法兰克福（Frankfurt）的海因里希·莱奥波德·施泰因（Heinrich Leopold Stein）寄来的故事，增加了一个仆人绊倒，使白雪公主起死复生的细节。③ 这些改动使童话的故事性得到加强，情节的演进也更加合理。

经过威廉·格林修改的第二版，与初版相比，有着本质上的不同——不仅语言和修辞上的文学性润饰被进一步加强，而且有了明确的读者定位。

初版《格林童话》中占据不少篇幅的学术性注释，是格林兄弟对所收集的民间童话的重要学术研究成果。因为考虑儿童读者的需求，1819年修订版两卷删除了全部学术性注释，之后，格林兄弟将这些删除的学术性注释编辑成册，并进一步增补后，在1822年单独出版了被称为《格林童话》学术版的《格林童话注释集》，这一卷通常也被视为《格林童话》第二版的第3卷。"这一卷所考虑的主要不是只愿欣赏诗歌的儿童们，而是

---

① 参见彭懿：《格林童话的产生及其版本演变研究》，上海：上海师范大学博士论文，2008年，第135页。
② 格林兄弟：《格林童话全集》，魏以新译，北京：人民文学出版社，1988年版，第49页。
③ 彭懿：《格林童话的产生及其版本演变研究》，上海：上海师范大学博士论文，2008年，第96页。

学者。"①

这卷面向学术研究、科学和艺术工作者的《格林童话注释集》，汇聚了格林兄弟的童话研究成果。这里既有关于童话故事来源的详细资料考证，还包含着格林兄弟的童话观念和童话理论，这些内容对德国民间文化遗产的保存传承，以及童话体裁的研究，都具有重要的学术意义。在学术性注释中，除对每个童话故事的来源、其在何时何地根据何人的转述记录等资料做了详细说明外，威廉·格林更深入地比较分析了他们的童话和法国与意大利童话的同源关系，并指出了这些童话与动物童话情节上的相似情况以及古代神话的影响。在这一卷所附的文章《论童话的实质》中，格林兄弟阐述了他们对"童话"的理解："……童话好像是与世隔绝的，它舒服地处于优美、安逸而又平静的环境之中，对于外部的世界不想一望。因此它不知道外部世界，不知道任何人和任何地方，它也没有固定的故乡；对于整个祖国来说，它是某种共同的东西。"②

这些研究成果是身为学者的格林兄弟对民间童话的特殊贡献，他们也由此成为"童话研究"这一新的科学研究领域的奠基人。可以说，《格林童话注释集》为童话研究奠定了开拓性的学科基础，而这种研究在我们这个时代"已经发展成了一个广泛而又重要的学术活动领域"③。

只是《格林童话注释集》的出版并不顺利。由于这一卷为纯粹学术性内容，出版机构埃美尔认定其销量将成问题，在格林兄弟同意放弃经济补偿的条件下，《格林童话注释集》才得以勉强出版，并且使用的是质量较差的纸张。1822年出版的《格林童话注释集》只发行了500册，格林兄弟要求以半价出售给已经购买了1819年出版的前两卷的读者。在以后的版本里，《格林童话注释集》很少被再版。④

在此后的版本中，《格林童话》基本都是按照1819年第二版的形式，即只保留童话故事部分的两卷本形式修订出版。⑤ 第二版中的许多修订变化也一直延续到终版。

---

① 格·盖斯特涅尔：《不轻蔑自己：格林兄弟传》，刘逢祺译，长沙：湖南文艺出版社，1995年版，第61页。
② 同上。
③ 同上。
④ 参见伍红玉：《格林童话的版本演变及其近代中译》，《德国研究》，2006年第4期。
⑤ 其中第六版又于1856年出了一个学术特别版，这是第二次出版的注释版。参见白瑞斯：《作为世界非物质文化遗产和学术研究对象的格林童话》，何少波译，《文化遗产》，2010年第4期。

四、1825 年精选版

《格林童话》的广为人知要归功于《格林童话选集》的出版。尽管格林兄弟为前两版童话集的出版修订已先后付出了多年艰辛的劳动,但他们一直没有看到他们所期望的童话集在德国读者中产生的广泛影响,直到 1825 年《格林童话选集》的出版。这一被俗称为"小本"《格林童话》的精选版,带给了格林兄弟早应该属于他们的巨大声誉。

格林兄弟出版童话选集,是受到了英译版的启发。1823 年,英国人爱德华·泰勒(Edward Taylor)从童话集中挑选部分作品,编译出版了一本专门给孩子们看的英文版童话选集,还由英国著名画家乔治·克鲁克香克(George Cruickshank,1792—1878)配上了铜版插画。这本名为《德国大众故事》(German Popular Stories)的英译版《格林童话》选集,在英语读者中大受欢迎,不断再版。这与童话集在德国本土的境遇形成鲜明对比,也由此启发了格林兄弟。威廉·格林在 1825 年 8 月 16 日给出版商乔治·埃美尔(George Reimer)写信建议,像英译本一样出一个一册的选集,印成小开本形式,定价不要高,还要配上插图,并将书中的学术性注释和序言全部删除,而且尽可能赶在圣诞节发售。①

格林兄弟从第二版童话集里精心挑选了 50 篇最适合儿童阅读的童话,编成了一本《儿童与家庭童话选集》,再由他们的弟弟路德维希·格林为选集中的《小红帽》《灰姑娘》等几个经典童话故事配上了七幅精美的插图。类似口袋书的小开本选集在 1825 年的圣诞节面世,这本价格便宜、小而精美、图文并茂的童话故事书立刻受到儿童和大人们的欢迎,短短时间内,第一版印刷的 1500 本一售而空,这个销量远远超过了全集。格林兄弟和他们的童话集从此声名远扬。自从 1825 年首版大获成功后,这本选集很快于 1833 年再版,之后几乎每三年就再版一次,至 1858 年已出版了十次,成为当时的畅销书。②

---

① Hans Gürtler/Albert Leitzman eds., *Briefe der Brüder Grimm*, Jena: Verlag der Fromannschen Buchhandlung, 1928, S. 285—286.
② R. Danhardt, "Grimm Editionen im Kinderbuchverlag Berlin", Astrid Stedje eds., *Die Brüder Grimm: Erbeund Rezeption: Stockholmer Sympostium 1984*, Stockholm: Almqvist & Wiksell International, 1985, S. 53—54.

《格林童话》版次表

类别	出版时间
全集（大本）	1812、1819、1837、1840、1843、1850、1857。
选集（小本）	1825、1833、1836、1839、1841、1844、1847、1850、1853、1858。

在这本选集里，有着最为大家熟知的童话：《青蛙王子或名铁胸亨利》《狼和七只小山羊》《布来梅市的乐师》《渔夫和他的妻子》《圣母玛利亚的孩子》《亨塞尔与格莱特》《灰姑娘》《小红帽》《白雪公主》《玫瑰公主》《牧鹅姑娘》……深受大众喜爱的《格林童话选集》迅速在德国本土普及，随着选集的常销不衰，《格林童话》的知名度越来越高，经格林兄弟之手记载下来的民间童话故事走进了千家万户，成为名副其实的"儿童与家庭童话"。

五、1857 年最终版

对于《格林童话》，格林兄弟一直"没有放过对它进行增补的机会"，新收集到的童话被补充进来，已有的童话则得到了某种改进。同时，威廉·格林沿着使童话更具表现力与统一的形式和"童话风格化"的道路对童话集继续进行了文学方面的修改。"更加扩大的童话集新版"——《儿童与家庭童话集》第三版作为两卷本于 1837 年出版，共收童话 168 篇。① 新版再次寄了一本给布伦坦诺的妹妹贝蒂娜·封·阿尔尼姆，并由此怀念逝去多年的阿尔尼姆，怀念 25 年前阿尔尼姆第一次把第一部童话集放在其他圣诞礼物之中转给她和孩子们，如今当初读童话集的孩子已经长大。在这期间，童话集译为多种语言出版，其中包括英文和法文。到 1837 年底，《格林童话》不仅在孩子们当中，而且在成年人当中也找到了自己的读者。

此后，童话集通过小幅的增删改动不断修订再版，每一版的篇数基本也都在增加，1840 年的第四版共 177 篇，1843 年的第五版共 194 篇，1850 年的第六版共 200 篇，至此篇数固定下来，直到 1857 年的第七版保持未变。② 从第三版起直至第七版，童话集改由哥廷根的迪特里希（Dietrich）出版社出版。1859 年，一直负责《格林童话》版本修订的威廉·格林去世，童话集的修订也随之终止。1857 年的第七版童话集就成为了《格林

---

① 参见彭懿：《格林童话的产生及其版本演变研究》，上海：上海师范大学博士论文，2008 年，第 41 页。

② 这里的每版篇数不包括宗教传说。

童话》的"最终版"。这最后一版的童话集后来被译成一百多种语言,成为在世界各国流传的原著版本。我们现在所读到的《格林童话》,都是从这个版本翻译而来。

对比初版与终版,我们会看到,《格林童话》版本演变中最明显的变化,是威廉·格林在文本语言与修辞上的润饰。他依据自己在民歌搜集、史诗和中世纪文学研究上的经验,对童话故事的语言和修辞一版又一版地精雕细琢。他所做的工作,包括不断增加修饰性形容词及场景的生动化描写,增加人物对话,使话语表达凝练化、叙述更加连贯等。雅科布·格林因为工作繁忙,虽然没有直接参加童话集的修订,但他自始至终给予的关注,以及适时提出的修改意见,也都被威廉·格林接受采纳。这样,威廉的"诗人的洞察力"就与雅科布的"语文的准确性"很好结合起来,创造出《格林童话》"难以代替"的独特的语言风格。

"忠实"与"真实"是格林兄弟整理民间童话的首要原则,"他们希望准确地、不加歪曲地表达原文,表达他们从手稿和书籍中得到的东西,表达他们在黑森、加尔茨、萨克森、闵斯特尔、奥地利、鲍盖米亚和其他地方听到的以及从学者、牧人、林务员那里所了解到的东西"[①]。在版本修订中,他们竭力保留这些民间童话天然质朴的本性,口头文学那种朴实无华的原貌,甚至最终版的许多故事仍然保留了第一版的形式,其中有些故事在语言上还保留了生动的方言色彩。而对另一些故事的修改,他们则进一步加强了民间童话的传统特性,如重复的情节话语,对数字3、7、12在情节模式中的运用等。

这样,格林兄弟一方面保留所搜集到的童话的"纯粹的民间性质",另一方面又竭力将全部童话纳入优美的语言形式和统一的叙述风格中,这堪称是"非凡的文字工作"。最终,《格林童话》被赋予了一种独特的语言风格——既简单朴素又热情洋溢,既优美迷人又生动自然。例如终版《玫瑰公主》中的这一段描写:

> 她躺在那里,非常漂亮,他看得眼睛也不眨,弯下腰去,向她接了一个吻。他一吻她的时候,玫瑰小姐张开眼睛醒了,非常温柔地看着他。他们一起下来。这时候,国王醒了,王后和王宫里所有的人都睁大眼睛互相看望。院子里的马站起来,摇摆身体;猎狗跳跃,摇着尾

[①] 格·盖斯特涅尔:《不轻蔑自己:格林兄弟传》,刘逢祺译,长沙:湖南文艺出版社,1995年版,第63页。

巴；屋顶上的鸽子把小头从翅膀下面伸出来,向周围看望,飞到野外去了……①

再简洁不过的话语,却处处流淌着诗意。格林兄弟充满魅力的叙述语言,让这些美丽的童话传遍了全世界。从此,在几乎每个孩子的童年记忆里,都有了一个《格林童话》的世界:城堡中的公主与王子,森林里的矮人与精灵,那个"愿望还可以成为现实"的遥远而又神秘的"从前"。

格林兄弟在有生之年得以看到,他们的"兄弟"童话集在人民中获得了巨大的声誉,并影响了其他国家的许多研究者和诗人着手搜集童话,一门全新的童话研究学科也创建并兴盛起来,这令他们无比欣慰。在格林兄弟去世后的年代里,《儿童与家庭童话集》出版越来越频繁,这部曾经印数只有几百册的童话集,开始空前畅销。到1886年,《儿童与家庭童话集》全集出了21版,选集出了34版。②再至后来,这部童话集重版的次数和印数增长已经是不可胜数。

第三节 《格林童话》的中译流传

《格林童话》在世界各地广泛传播,流传于中国已有一百多年。中国社会从百年前晚清的文言时代到当今的多媒介语境,经历了历史巨变:废除帝制、国民革命、"五四运动"、抗日战争、解放战争、"三反五反""文化大革命"、改革开放……百年社会变迁,更替的是《格林童话》中译流传中变幻多端的传播环境。这一传播环境与《格林童话》的中国命运紧紧纠结,演绎出一番独特的《格林童话》在中国的百年传播历程,并在中国现当代文化史上留下深深的印记。由此,《格林童话》成为见证中国百年文化沉浮的鲜明范例,而它在中国的际遇也证实了《格林童话》超越时空、超越民族的经典魅力。

一、《格林童话》的早期译介与第一次传播高峰:晚清至 20 世纪 30 年代

从19世纪下半叶起,国门大开的近代中国开始源源不断地输入各种

---

① 格林兄弟:《格林童话全集》,魏以新译,北京:人民文学出版社,1988年版,第181页。
② 格·盖斯特涅尔:《不轻蔑自己:格林兄弟传》,刘逢祺译,长沙:湖南文艺出版社,1995年版,第88页。

西方文化,这种"西学大盛"的环境催生了译介西方文学作品的热潮,在西方世界广为流传的《格林童话》也进入了中国译介者的视野。

《格林童话》最早的中译见于1903年由上海清华书局印行的《新庵谐译》,为两卷线装本,译者周桂笙。这部"晚清时期的第一部童话集"①,其卷二辑录有《狼羊复仇》《熊皮》《乐师》和《蛤蟆太子》等童话。如同晚清时期译介域外作品的文言译法,这些童话皆以文言形式译出。周桂笙在《自序》中称其译文是弃"庄语"用"谐词",从吴趼人所出的"泰西小说"中"择其解颐者"译出,故将译文集称为"谐译"。周桂笙试图以"谐译"来保留原作的童话本色,但其文言译法,实在有违童话平易活泼的本性。"况且童话的特点,就在于小儿说话一般的文章,现在他用古文腔调说起来,弄得一点生趣也没有了。"②不过作为外国童话作品最早的中译本,《新庵谐译》第一次在中国青少年面前"展示出域外民族瑰丽奇幻的神话与童话的境界"③,向中国读者展现出一个《格林童话》的世界。

"时谐"译本是《格林童话》另一早期的文言译本。1909至1910年间,上海的商务印书馆创办的《东方杂志》接连刊载了一些以文言翻译的《格林童话》,目录里没有给出童话的具体篇目,也没有注明译者,而是以"时谐"的标题统一冠名。之后的1915年,商务印书馆印行的《说部丛书》里,有"时谐"系列,翻译了《儿童与家庭童话集》共五六十篇童话。"时谐"译本可说是《格林童话》的专集译本,"但是书名不标明童话,又是文义深奥,因此儿童每每得不着这书看,这实是件憾事!"④

两部早期的文言译本皆以"谐"为题译介《格林童话》,可见当时译介者对《格林童话》的认知——视其为供市民消遣的谐趣文学,以其趣味性来娱乐世俗大众,而儿童并没有被当作这些译文的目标读者,就如其"古文腔调"的文言形式也难以让儿童接近一样。由于当时的书面文体与大众口语严重脱离,文言体的《格林童话》译本也无法让更多的民众以及儿童接受,加上其发行量小,阅读面不大,在当时产生的影响较为有限,但它们所具有的开拓意义却无可否认。

---

① 赵国春:《儿童文学翻译研究——从晚清到五四》,《淮北煤炭师范学院学报》(哲学社会科学版),2010年第3期。
② 赵景深编:《童话评论》,上海:新文化书社,1934年版,第184页。
③ 胡从经:《晚清儿童文学钩沉》,上海:少年儿童出版社,1982年版,第150页。
④ 赵景深:《格列姆童话集·译者序》,参见格列姆:《格列姆童话集》,赵景深译,上海:崇文书局,1922年版。

这个时期,许多报纸杂志也纷纷开始译介刊载《格林童话》的一些篇目。有上海《申报》1911 年 12 月 18 日在"短篇神怪"的"自由谈"栏目内刊登的德国"格雷美"著、野民译的《宫花棘》,上海《空中语》1915 年刊登的江东老虬(原名俞锷)和莹如译的《玫瑰女》,上海《礼拜六》1915 年 4 月 3 日第 44 期登载的小草译的《万能医生》(今译《万能博士》)①,上海《妇女日报》1916 年 8 月第 19 期登载的崔舜和雁秋译的《白雪公主与七矮人》②。

孙毓修大约在同一时期主编的系列丛书"童话"(商务印书馆,1909—1920),译介编撰了数量颇多的外国童话故事,既有格林兄弟的童话,也有安徒生、贝洛尔等人的童话。该丛书先后译介了 8 篇《格林童话》:《大拇指》《三王子》《姊弟捉妖》《皮匠奇遇》《三姊妹》《驴大哥》《蛙公主》《海斯交运》。③

这套童话丛书在《格林童话》的译介史和中国儿童文学史上意义重大。首先,"童话"一词被视为儿童文学的体裁用语最先使用在了对西方儿童读物的译介中,自此在中国文学中有了"童话"的称谓④。其次,初步确立了儿童文学的自觉意识,孙毓修明确表明"童话"丛书的读者对象为儿童。"知理想过高、卷帙过繁之说部书,不尽合儿童之程度也。乃推本其心理之所宜而盛作儿童小说以迎之。"⑤本着教育中国儿童的意图,孙毓修编辑了这套"取自域外"的"童话"丛书,"乃刺取旧事,与欧美诸国之所流行者,成童话若干集,集分若干编。意欲假此以为群学之先导,后生之良友,不仅小道,可观而已。"⑥在编辑中,他还根据儿童年龄的不同分类选择适应其心智特点的内容。由于这种自觉的儿童文学意识,孙毓修也因此被茅盾称为"中国编辑儿童读物的第一人"⑦"中国有童话的开山祖师"⑧。

---

① 参见高婧:《德语童话的中国漫游——以格林童话为代表谈其在中国的译介、传播、接受和影响》,上海:华东师范大学硕士论文,2010 年,第 13 页。
② 参见伍红玉:《格林童话的版本演变及其近代中译》,《德国研究》,2006 年第 4 期。
③ 参见丘铸昌:《20 世纪初中国儿童文学园地里的译作》,《外国文学研究》,2000 年第 3 期。
④ 按照周作人的说法,"童话"这一名称是从日语中直接移植过来的,参见赵景深编:《童话评论》,上海:新文化书社,1934 年版。
⑤ 参见王泉根评选:《中国现代儿童文学文论选》,南宁:广西人民出版社,1989 年版,第 17—19 页。
⑥ 同上。
⑦ 江:《文学论坛·关于"儿童文学"》,《文学》,1935 年第 4 卷第 2 期。
⑧ 茅盾:《我走过的道路》,北京:人民文学出版社,1981 年版,第 116 页。

孙毓修的编撰使《格林童话》首次作为儿童读物被中国儿童读者所接受，只是该丛书对包括《格林童话》在内的这些外国童话的译介，并不是忠实于原作的直译，而是经过了编译者"改头换面"的加工，语言文白混杂，且每一册的开头都加入了训诫说教之语，以致"易引起儿童的厌恶"，如赵景深谈及自己当年的阅读体会："我幼时看孙毓修的'童话'，第一二页总是不看的，他那些圣经贤传的大道理，不但看不懂，就是懂也不愿去看。"①

"五四"时期（1917—1927），中国经历了新旧文化更替的文化巨变，在新文化运动的时代影响下，儿童教育观念逐渐转变，儿童文学运动也蓬勃展开，"五四文坛一旦认识到儿童文学的特点及其价值，便如饥似渴地汲取，广取博收地译介"②。周作人、赵景深、郑振铎等积极从事儿童文学的研究、翻译及创作，郑振铎主编的《儿童文学》杂志也广纳"一切世界各国里的儿童文学材料"，同时白话文运动也改变着童话译本的语言、风格及面貌等。此番背景进一步推动了这一时期《格林童话》的译介，20世纪20年代以来，《格林童话》的翻译不断增多，逐渐达到了一个译介高潮。

1922年，上海崇文书局出版了黄洁如的《童话集》，其中收录了《补鞋匠和侏儒》《西雪里魔术的奏琴童子》《童子和巨人》《十二个跳舞的公主》《勒姆不尔司跌而脱司铿》《巨人的三根金发》等《格林童话》的故事。1923年上海的《小说世界》副刊《民众文学》第9期刊载了安愚译的《格林童话》里的《猫鼠朋友》。北京的《晨报副刊》（亦称《晨报副镌》）从1923年8月至1924年7月期间，共分5期分别刊载了干之、C.F.、芳信译的《小妖和鞋匠》《狐狸的尾巴》《十二兄弟》《圣母玛丽的孩子》《狼与七匹小羊》等《格林童话》的故事。③ 周作人也于此期间翻译了两篇《格林童话》故事，一是1923年7月24日《晨报副刊》刊"格林兄弟原述，作人译"的《稻草与煤与蚕豆》，另一为1923年8月28日《晨报副刊》刊登的《大萝卜》，两篇皆由英文译本转译而来。这些译文已渐用白话语体取代了文言文体。

1925年8月，开封河南教育厅编译处刊行了王少明译的《格尔木童话集》，该本选取了《雪姑娘》《六个仆人》等10篇《格林童话》故事，书前附有译者的《格氏兄弟小史》。这是第一个从德语版直译的《格林童话》选译

---

① 赵景深编：《童话评论》，上海：新文化书社，1934年版，第184页。
② 秦弓：《五四时期的儿童文学翻译》（上），《徐州师范大学学报》（哲学社会科学版），2004年第5期。
③ 参见伍红玉：《格林童话的版本演变及其近代中译》，《德国研究》，2006年第4期。

本,"该译本在语言和忠实度上都上一个台阶"①。在这一时期的《格林童话》译介普遍为英译本转译的情况下,王少明的直译本别具意义。

赵景深翻译的《格列姆童话集》(崇文书局1928),是国内首部《格林童话》单行本,共64页,包括《水神》《乌鸦》《秘密室》《十二弟兄》《熊皮》《妖怪和白熊》6篇,书前有一个详细介绍格林兄弟及其童话集的"译者序",书中还附有插图。在"译者序"中,赵景深说明了他选译的6篇《格林童话》故事都是之前没有人译过的,且篇幅长短适宜,语言内容等都符合儿童的欣赏趣味。"体裁纯用白话,取其易懂;分量都分配得极匀,无过长过短之弊;短歌插在文里,尚为活泼有趣。"②赵景深的译本体现出明显的儿童本位色彩,他在译后记里也谈及翻译《格林童话》的目的是"为了提供给儿童们一些读物"。当时致力于儿童文学翻译的赵景深,另写有一篇《格林兄弟传略》,在其中称《格林童话》为"教育童话",肯定《格林童话》作为儿童文学所具有的教育价值,称格林兄弟选择童话的方法值得国人效法。

1928年5月,北京文化学社编译所出版了刘海蓬、杨钟健译的《德国童话集》,同年,上海开明书店出版了封熙乡译的《德国民间故事集》。两部书都选取了部分《格林童话》篇目,采用白话直译。与赵景深的译本一样,也是转译自英译本。这些译本扩大了《格林童话》在中国的影响,为《格林童话》的流传添薪助力。

从《格林童话》的诞生过程我们知道,格林兄弟编辑出版《格林童话》的本意是继承与发扬德意志民族文化遗产,唤醒民族文化意识,这使《格林童话》从来都不仅仅只是儿童读物,而是具有民俗学研究的学术价值。格林兄弟对德国民间童话的采集、整理与出版,积极推动了德意志民族文化的继承流传,也促进了欧洲乃至全世界对民间童话的重视与发掘。

《格林童话》进入中国后,以周作人为代表的"五四"学者很快看到了它的民俗学价值,周作人这样谈及对《格林童话》的认知:"当时觉得这幼稚荒唐的故事,没甚趣味;不过因为怕自己见识不够,不敢菲薄,却究竟不晓得他好处在那里。后来涉猎民俗学一类的书,才知道格林童话集的价

---

① 付品晶:《〈格林童话〉汉译流传与变异》,《西南民族大学学报》(人文社科版),2008年第2期。
② 赵景深:《格列姆童话集·译者序》,参见格列姆:《格列姆童话集》,赵景深译,上海:崇文书局,1928年版。

值:他们兄弟是学者,采集民间传说,毫无增减,可以供学术上的研究。"①在慨叹与《格林童话》"相见之晚"之余,周作人呼吁要像格林兄弟搜集民间故事那样搜集本国的民间素材,并从民间寻找可以提供给儿童的素材。"正是由于受到格林兄弟的启迪,周作人等开始注意汇集古代典籍记载的与未经著录但在民间流传的童话、传说,并作为精神启蒙与文学研究的材料。"②一时间,学者纷纷响应,倡导"仿德国《格林童话》之例"(郭沫若,1922)③,一场从征集本国民间童话开始的民间文学运动就此展开,从1918年一直持续到1937年。"五四"新文化学者借由这场民间文学运动,表达着他们的民族性诉求,以及以"平民文学"对抗守旧圣贤文化等新文化主张。

晚清到"五四"时期的译介传播,经历了由文言古文到白话现代文的形式更替,在转译本占据主体的同时,也出现了译自德语版的直译本,虽然还未以完整清晰的面貌呈现于中国受众,但已深入人心,引发民众的兴趣。20世纪30年代,《格林童话》的译介趋向繁荣,出现了更为成熟的译本。

上海文华美术图书印刷公司于1930年出版了谢颂羔编的《跳舞的公主》,收录《格林童话》7篇。上海开明书店于1932年出版陈骏翻译的《跛老人》,收录了10篇《格林童话》,卷首有顾均正的《格林童话故事集序》。上海商务印书馆1933年出版李宗法翻译的《格林姆童话》,共4册。北新书局于1933年出版了一套14册《格林童话集》,除第11册为李小峰所译外,其余13册均由赵景深翻译,分别是《金雨》《银爷》《铜鼓》《铁箱》《海兔》《猛鹰》《鹅女》《乌鸦》《白蛇》《熊皮》《蓝光》《金孩》《月亮》。④

1934年是《格林童话》中译史上具有里程碑意义的一年。上海商务印书馆在此年推出翻译名家魏以新翻译的《格林童话全集》,译本共两册,据德国莱比锡"德国名著丛书"译成,收录211篇童话,书前有《格林兄弟传》一文。⑤ 魏以新译本是国内第一次依据德文全集版本翻译的《格林童话》中译本全集,除了忠实完整地传达了《格林童话》原作内容外,在译本

---

① 知堂(周作人):《安徒生的四篇童话》,《国闻周报》,1936年第13卷第5期。
② 秦弓:《五四时期的儿童文学翻译》(上),《徐州师范大学学报》(哲学社会科学版),2004年第5期。
③ 少年儿童出版社编:《1913—1949儿童文学论文选集》,上海:少年儿童出版社,1962年版,第38页。
④ 参见《格林童话集》,赵景深、李小峰译,上海:北新书局,1933年版。
⑤ 参见《格林童话全集》,魏以新译,上海:商务印书馆,1934年版。

的质量上也属上乘,译文明白晓畅,叙述生动有趣,"在语言和源语国文化蕴含的传送上,都远远超过前期译本,也是之后很难企及的榜样"①。与早期译本以意译与译述为主的翻译方式相反,魏以新译本秉承"直译"的本色,"字字忠实,丝毫不苟,无任意增删之弊"②,还以其"老百姓活的语言"传达了童话的语言特质与风格。魏以新所译的《格林童话全集》一经出版便深受读者喜爱,至今依然是中国流传最广的《格林童话》经典译本。魏以新译本的出版代表着《格林童话》在中国的译介传播达到了一个顶峰,加快了《格林童话》在中国的传播发展。

之后,南京正中书局于1936年9月出版王少明所译的《三根小鸡毛》(内收13篇童话)、《小红帽》(内收9篇童话)、《草驴》(内收11篇童话)。此外,在民间文学运动中成立的中国现代第一个民间文学研究团体——歌谣研究会,创刊《歌谣周刊》,广泛收集歌谣、童话故事、神话、传说、风俗、方言等民俗学材料,从1936年11月21日至12月19日,及1937年3月20日到23日,由于道源翻译了十多篇《格林童话》。③

早期的译介热潮和诸多译本,使《格林童话》在中国广为流传,只是这些译介大多存在两种情况:其一是浓重的转贩痕迹,此时流传的《格林童话》译本基本是依据英文版本或日文版本转译而来,甚而某些译本的版本来源语焉不详;其二是选译本占据主体,在诸种译本中,绝大多数是对《格林童话》部分篇目的选译。这种状况下,《格林童话》在早期能够真实而完整地流传于中国,魏以新译自德语的全译本起到了极其重要的作用。

《格林童话》这一时期的传播在中国也产生了不少影响,除了对"五四"时期民间文学运动的启发外,也启蒙了中国的儿童文学创作,当时一些著名的儿童文学作家,如叶圣陶、张天翼等人,在他们的自传或创作谈里,都谈及了《格林童话》给予的激发和影响。④

二、《格林童话》的译介低谷与坎坷际遇:20 世纪 40 至 70 年代

20世纪40至70年代,是中国社会风云变幻的时期。《格林童话》在如此的传播环境下,必然遭遇跌宕起伏的戏剧性命运。

---

① 付品晶:《〈格林童话〉汉译流传与变异》,《西南民族大学学报》(人文社科版),2008年第2期。
② 郭延礼:《中国近代翻译文学概论》,长沙:湖北教育出版社,2005年版,第57—58页。
③ 参见伍红玉:《格林童话的版本演变及其近代中译》,《德国研究》,2006年第4期。
④ 参见张天翼:《张天翼论创作》,上海:上海文艺出版社,1982年版。

20世纪30年代后期开始至整个40年代,抗日战争与解放战争接连爆发,志士仁人纷纷投身于"革命与救亡"的政治运动。在翻译界,一方面是翻译作品数量锐减,另一方面则是翻译向政治化、革命化转变。这种现象"不光存在于主流作品的翻译中,也进入了儿童文学的译介领域"[①]。"五四"时期的"儿童本位"观被革命观所置换,儿童文学的功能被视为配合时代需要培养儿童的反抗斗争精神,不再以儿童的个体成长为首要目标,"而输入'革命''阶级'与'救亡'的内容"[②]。此阶段的《格林童话》译介受到中国社会局势变化的影响,不免打上鲜明的时代印记。例如中华书局在1940年出版的许达年的《格林童话》选译本——《德国童话集》,译者于序言中表达在乱世中翻译童话的感慨与心境,希望孩子能从阅读强国少年阅读的童话开始,将来再研究强国的政治和经济。[③] 20世纪40年代的《格林童话》译介数量明显减弱,鲜有译作出版,直到1948年,上海永祥印书馆出版了范泉的《格林童话集》缩写本,根据英国伦敦哈拉泼书局出版的英语本《格林童话集》选辑译写而成。

1949年中华人民共和国成立后,"儿童教育"的重要性被再次提出。学者们"重拾'五四'时期的热情来建设儿童文学事业"。1954年第一次全国文学翻译工作会议的召开,明确了我国文学翻译发展的方向,并加强了组织性和计划性,同时"儿童教育被提到了'关系国家命运前途'的地位"。在此氛围下,儿童读物的出版一片繁盛,《格林童话》与《安徒生童话》等被当作少年儿童的课外读物加以推荐,《格林童话》作为当时少儿图书出版的主要品种之一,在20世纪50年代的中国再次出现了一股译介出版热潮。《格林童话》旧译本的重版与新译本的出版交替出现,版本类型也丰富多样化,除了不少《格林童话》单行本和选集本之外,各类单行本合集和全集都相继出版。

上海文化生活出版社出版了一套由丰华瞻重译的10册《格林姆童话全集》(1951—1953),上海少年儿童出版社出版了丘陵译的《年青的巨人》(1954),湖南人民出版社出版了李蟠翻译的《三兄弟》(1956),陕西人民出版社出版了寇清林译的《风雪老婆婆》(1956),其中丰华瞻译本转译自英

[①] 卫茂平:《德语文学汉译史考辨——晚清和民国时期》,上海:上海外语教育出版社,2004年版,第104页。
[②] 王泉根:《儿童观的转变与20世纪中国儿童文学的三次转型》,《娄底师专学报》,2003年第1期。
[③] 参见高嫱:《德语童话的中国漫游——以格林童话为代表谈其在中国的译介、传播、接受和影响》,上海:华东师范大学硕士论文,2010年,第19页。

译本,后三本均转译自俄译本。魏以新译自德文版的全译本《格林童话全集》于1934年由商务印书馆出版后一直备受好评,商务印书馆于1949年再版后,又由人民文学出版社列入"名著名译插图本·精华版"于1959年9月重新出版。上海少年儿童出版社于1956年10月出版了插图版的《格林童话》,共三集,前两集译者为魏以新,第三集译者为张威廉。

丰华瞻据"经过删减的英译本"重译的《格林姆童话全集》,是20世纪50年代新出版的较重要的《格林童话》译本。这套丛书从1951年10月起开始陆续出版,至1953年12月年出版完毕,每册均为单行本,分别是《格林姆童话全集之一——青蛙王子》《格林姆童话全集之二——灰姑娘》《格林姆童话全集之三——大拇指》《格林姆童话全集之四——白雪公主》《格林姆童话全集之五——金鹅》《格林姆童话全集之六——生命水》《格林姆童话全集之七——蓝灯》《格林姆童话全集之八——铁汉斯》《格林姆童话全集之九——格利芬》《格林姆童话全集之十——海兔》。① 译者丰华瞻作为漫画名家丰子恺之子的身份,令这套译本被赋予了独一无二的特色——丰子恺为全书绘制了352幅插图,包括每册书的封面。虽然丰子恺这些插画风格如人物造型、服饰等被评论为过于中国式,类似传统"绣像小说"的插画,而不相符于《格林童话》故事的西方背景,但这些插画也为全书增添了许多趣味,并由此建立起丰子恺与《格林童话》的关系,分别成为《格林童话》译介史和中国漫画史中的一段趣事。自初版后,这套书的每册在在20世纪50年代都重印再版,最多的单册版次达到了第7版(《白雪公主》),最少的也有3版,可见这部《格林童话》译本的受欢迎程度。大概是因为转译本先天不足的缘故,这套译本在在20世纪50年代后没有再流传下去,如今已很难觅得。

短暂的出版热潮没能阻止降临于《格林童话》的噩运。20世纪五六十年代国内的阶级斗争浪潮使来自"帝国主义"的《格林童话》很快成为被批判的标靶。

1952年3月,出版总署的翻译专业刊物《翻译通报》刊登了一篇署名施以的《格林童话》批评文章:《"格林姆童话集"是有毒素的》,认为《格林童话》故事充满有害下一代的毒素,不应该出版等。这篇充满阶级批判的文章是典型的时代产物,是《翻译通报》为了配合当时的"三反"运动在翻译界进行斗争的其中一例,有着浓郁的政治背景。在20世纪50年代初

---

① 参见格林姆:《格林姆童话全集》,丰华瞻译,上海:文化生活出版社,1951年版。

期政治环境还未极端化的背景下,该文章"对古典著作采取的粗暴的态度",很快招致了"反批评"。先是1952年7月3日的《人民日报》发表了题为《正确地发挥书评的作用》的简评,批评该文章的错误观点,之后7月的《翻译通报》发表了《人民日报》评论员文章《正确认识〈格林姆童话〉的价值》,就3月号对《格林童话》的批评提出了反批评,同时发表了编辑部的检讨,重新肯定了《格林童话》。这场针对《格林童话》的政治化批判也引起了文学界的辩驳和批评。学者周作人在这一年写了一篇《童话的翻译问题》(未刊稿),从学术专业角度对《格林童话》被批判中引起误解的问题进行解疑,同时肯定了《人民日报》为《格林童话》的正名。何其芳在八年后的文章《正确对待遗产,创造新时代的文学》中,称《翻译通报》这次对《格林童话》的批判是"简单粗暴地否定历史遗产的做法"[①]。

《格林童话》遭遇的第一次批判有幸得到"拨乱反正",但20世纪60年代降临的第二次更严重的批判,则使《格林童话》就此陷入"绝境"。

1964年第12期《人民教育》刊登了一篇署名张铁民的文章——《〈格林童话〉宣扬了什么?》。文章指出,虽然《格林童话》写了"被损害者"的不幸遭遇,比如《灰姑娘》中受继母虐待的灰姑娘、《蜂王》中被兄弟嘲笑的蠢儿王子,但是最后那些来自不同阶级的"被损害者"只要善良都会幸福,这是贩卖"超阶级的人性论","抹杀了统治阶级与被统治阶级的矛盾,抹杀了灾难痛苦的社会根源"。文章批判《聪明的农家女》写农民和国王结亲是"赤裸裸的宣扬阶级合作",《铁罕斯》讲王子勤劳勇敢是美化统治者,《万能博士》写骗子是丑化劳动人民,还批判《格林童话》宣扬封建孝道思想和宗教迷信,认为《格林童话》的"基本精神是反动的,不应该加以吹捧,更不应该把它推荐给我们的少年儿童"。文章对《格林童话》在新中国依然受到重视并广泛流传提出严厉质问:"这部作品就是在当时已表现出它的反动性,为什么到了社会主义的今天还要把它捧上天,来推荐给我们的小读者,是不是也要他们和阶级敌人拉起手来,成为亲戚、朋友和兄弟呢?"

20世纪60年代意识形态领域极"左"思潮的蔓延,让《格林童话》再次遭遇的不公正批判无法像上次那样被很快纠正,这种对《格林童话》全盘否定的态度自然阻碍了《格林童话》的流传,《格林童话》的翻译出版自

---

① 参见何其芳:《正确对待遗产,创造新时代的文学——一九六〇年八月二日在中国作家协会第三次理事会扩大会议上的发言》,《文学评论》,1960年第4期。

此偃旗息鼓。1966年开始直至1976年间的十年"文革",整个文化出版界遭受重创,万马齐喑,在一众经典文学著作都被斥成"大毒草"的背景下,童话也几近绝迹,《格林童话》在国内的传播"进入了漫长的空白期"。

三、《格林童话》译介出版的复兴与传播热潮:20世纪80年代至新世纪

"文革"结束后,文化界百废俱兴,《格林童话》的译介传播欣然复生。从20世纪80年代到现在,《格林童话》在中国的翻译、改编、出版和再版进入了一个异常鼎盛和繁荣的时期,译本数量、规模以及传播效力都远超过了前期。从诸多出版社出版《格林童话》时的定位可以看出,长期以来被作为"少年儿童读物"推广流传的《格林童话》,已逐渐被列入"外国文学名著""世界经典名著"系列推介出版,体现出对《格林童话》认知的变化和更为丰富的解读。

20世纪80年代前后,重新恢复的《格林童话》出版基本以再版旧译本为主,其中魏以新的全译本最受出版社青睐,以之为底本,出版社编选出版了各种类型的《格林童话》版本,这种状况一直持续到20世纪90年代初期。

1978年8月,人民文学出版社从1959年出版的魏以新全译本中选取了25篇故事并插图出版了《格林童话选》,因为所选取的都是流传最广、最为大家熟悉的故事,如《青蛙王子》《森林里的三个小仙人》《灰姑娘》《白雪公主》等,而且内有多幅英国著名插画家瓦尔特·克兰的原版插图,又是简单便携的单行本,所以很受欢迎,在1980年再版印刷后,广泛流传于整个20世纪80年代。1987年10月,人民文学出版社又出版了金近选编的《格林童话百篇》,从魏以新全集译本中挑选了101篇《格林童话》故事,过滤了一些带有宗教内容和恐怖情节的故事,列入"世界儿童文学丛书"出版,这个选本也有较广的流传度。

人民文学出版社在1959年出版了魏以新的旧译本《格林童话全集》的插图本后,又于1988年、1989年、1993年、1997年分别多次再版全译本,放在"名著名译插图本"系列中将其推出,著名德语翻译家绿原给1993年的版本做序,从文学审美角度对《格林童话》进行解读,表现出对之前政治维度解读的彻底转向。这个版本直到2008年仍在再版。

同样采用魏以新译本的还有日新书店1978年10月出版的《格林童话全集》,共十册,分别是《雪白和玫瑰红》《画眉嘴国王》《金孩子》《金鸟》《年轻的巨人》《小仙人》《魔鬼的脏兄弟》《聪明的小裁缝》《蓝色的灯》《十二个猎人》。1985年，上海少年儿童出版社从1956年出版的《格林童话》3卷本（魏以新、张威廉译）中选出33篇童话，再次出版了选本《格林童话》，由著名儿童文学作家陈伯吹作序，并有"关于格林兄弟的童话"的介绍。

一些新译本自20世纪80年代后期相继出现。上海译文出版社1988年出版叶文、裴胜利等译的一套10册的《格林童话全集》，1991年改成上、中、下3册一套出版，书中带有大量插图。上海译文出版社1989年出版施种等译的《格林童话精选》，列入"儿童外国文学精选本"。南京译林出版社1993年出版的杨武能、杨悦译《格林童话全集》，是德语版直译的，共216篇，列入"译林世界文学名著——古典系列""世界文学名著百部"等。北岳文艺出版社1995年出版的卫茂平译《格林童话》，译自德语版，共80多篇，列入"世界经典名著文库"，2000年再版。中国少年儿童出版社1998年出版的徐珞、余晓丽、刘冬瑜译《格林童话全集》，译自德语版，2007年再版。中国少年儿童出版社2007年出版路旦俊等翻译的《格林童话故事全集》（上、中、下册）。21世纪出版社2009年出版曹乃云译的《格林童话全集纪念版·插图本》（全3册），改版根据1907年《格林童话》德语纪念版全集翻译而成。这些译本丰富了《格林童话》在中国的版本资源，共同促进了《格林童话》的流传。

杨武能译本在上述新译本中一枝独秀，备受欢迎。杨武能所译《格林童话全集》，据德国著名的雷克拉姆（Reclam）出版社1989年出版的3卷本译出。该译本比之前魏以新的全译本多收了5篇，共216篇。杨武能译本是除魏以新译本外再版次数最多的《格林童话》经典译本。自1993年出版后，这个译本单在译林出版社就重印再版了20次左右，同时其他出版社也出过杨武能译本的精选本，或者被收入各种儿童读物丛书系列。

杨武能在其译本中作了代译序《永远的温馨》，以儿童为接受对象，充满诗意地描绘了《格林童话》带给孩童的温馨世界，附录部分有杨武能所写的后记《格林童话谈片》，通俗易懂地从学术角度介绍了《格林童话》的诞生过程、艺术特点、此前的翻译情况，并与安徒生童话作了比较。杨武能并不认为翻译《格林童话》是小儿科的东西，而是对自己的《格林童话》译文深以为豪，"因为我通过它与千千万万的中国家庭发生了联系，给一代一代的中国孩子带去了温馨，带去了欢乐，带去了美好奇丽的童梦……"①

---

① 杨武能：《三叶集——德语文学·文学翻译·比较文学》，成都：巴蜀书社，2005年版，第325页。

与魏以新译本忠实于德语文化语境、大量保留了原作中的德国民风习俗和宗教信仰等内容、体现出《格林童话》的民间文学及民俗性特质的"直译"相比,杨武能译本更多考虑了中国语境接受和儿童作为童话接受主体的特点:一方面将那些民俗性内容以中国化的方式溶解于故事叙述中;另一方面在语言、文风上更贴近儿童读者的需求,如浅显易懂的语言、简短明快的人物对话、富有童趣的口语化的歌谣等,以"意译"的方式保持和再现《格林童话》质朴自然的情致风格。如果说魏以新译本更具民间文学特色,那么杨武能译本则更适合做儿童读本。在众多中译本中,魏以新译本和杨武能译本树立了它们作为《格林童话》经典译本的地位。

进入21世纪后,随着更新的翻译语境和出版环境,《格林童话》这样的经典著作得到了越来越大的阅读市场。除去全译本,其他各种精选本、改写改编本更是名目繁多。据统计,仅2000年到2006年,"《格林童话》至少有125个版本,124个出版社出版,此外还有各种形式编集的选本"[①]。以上这些数据还不包括单行本的《格林童话》。而格林兄弟传记译作的相继推出,以及近年来关于《格林童话》的学术研究的逐渐展开,为《格林童话》提供了更为深入和全面的理解阐释,有力推动了《格林童话》的接受流传。

《格林童话》在21世纪前10年的流传中,出现了一场不小的风波。自2000年前后伊始,一些所谓揭示《格林童话》真相的出版物开始流传,与此同时,网上以"血淋淋的原版格林童话"等为名的网页也铺天盖地而来。此类打着"原版格林童话"旗号纷纷登场亮相的书籍,不啻为商业社会下唯利是图的典型案例,是出版商赤裸裸追逐利益的商业行为。别有用心的出版商以"原版""真相"为噱头炮制"卖点",来吸引部分读者的猎奇心理,为此不惜亵渎经典。

这些不良出版物不仅是对《格林童话》的扭曲诬蔑,更是对经典文学与传统文化的粗暴玷污,它对《格林童话》的流传造成了恶劣影响,损伤了中国读者对《格林童话》多年来的美好记忆。好在这一现象并没有持续多久,驳斥之声很快四起。国内《格林童话》的研究者从严谨的学术角度为《格林童话》辩诬,以帮助大众读者涤清加诸《格林童话》的不实之词,如杨武能《捍卫人类遗产为格林童话正名——斥所谓"原版格林童话"》(《德国

[①] 朱环新:《1949—2006年中国大陆引进版少儿文学类图书出版研究》,北京:北京大学硕士论文,2007年,第15页。

研究》,2006年第4期)、陆霞《走进原版格林童话》(《当代文坛》,2011年第1期)、伍红玉《经典的误读与再读——对世界文化遗产"格林童话"的历史文化解析》(《文化遗产》,2008年第2期)等文章。杨武能作为《格林童话》经典中译本的译者,更是多次撰文痛斥对《格林童话》的低俗化传播现象①,称其"以假充真……都是子虚乌有的捏造,都是旨在牟利的骗术和骗局","根本就不存在什么'最原始的《格林童话》''原版《格林童话》'",指责这种行为"蒙骗读者特别是那些对《格林童话》情有独钟的少年儿童及其家长,毒害他们的心灵,污染社会的文化气氛"。② 不过,国内的"成人版《格林童话》"很快被勒令下架,这场可谓闹剧的"原版《格林童话》"风波在10年后被及时制止,并销声匿迹,没有在更多的时空中对《格林童话》的传播造成危害。

2012年12月20日,是《格林童话》第一版出版200周年纪念日,《格林童话》诞生地德国举办了一系列重大纪念活动,国内许多重要媒体如《人民日报》《中国社会科学报》《新华每日电讯》等,以及一些网站,都对此进行了报道,并刊登关于"《格林童话》二百年"的纪念文章。此番纪念活动必然又推动了国内新一轮的《格林童话》出版传播热潮。

《格林童话》在中国的百年流传,早已充分证明了《格林童话》之于中国的意义以及它的经典魅力。如翻译家杨武能所言,《格林童话》尽管诞生在德国,却是世界人民的共同财富。

---

① 参见杨武能:《"原版格林童话"是骗局》,《中华读书报》,2006年8月16日第1版;杨武能:《格林童话辩诬——析〈成人格林童话〉》,《文汇报》,2000年7月15日。
② 付品晶、杨武能:《格林童话在中国的译介与接受》,《中国比较文学》,2008年第2期。

第十一章
《叶甫盖尼·奥涅金》的生成与传播

《叶甫盖尼·奥涅金》是俄国第一部现实主义诗体长篇小说，也是"俄罗斯最伟大、最受欢迎的作家"[①]普希金最重要的代表作，作者以独创的"奥涅金诗节"[②]与小说体裁的完美结合，"诗意地再现了当时的俄国社会"[③]，成功塑造了小说同名主人公奥涅金这个充满人性矛盾的"多余人"鼻祖[④]的典型形象。《叶甫盖尼·奥涅金》现存八章，由四百节十四行诗构成，另有《叶甫盖尼·奥涅金的旅行》（片段）和《第十章》作为附录。全书在真实而广阔的社会生活画面上，精心塑造了具有高度概括意义、集合着俄国19世纪贵族青年全部优缺点的叶甫盖尼·奥涅金这个"多余人"的典型形象。这部充分汲取外国文学经典和俄国民间文学之精髓，耗费作者近八年的创作时间，体现着作者"全部感情、观念和理想的最真挚的作品"[⑤]，因其思想上强烈的人民性、艺术上高度的真实性和非凡的独创性赢得了"俄罗斯生活的百科全书和最富人民性的作品"[⑥]之美誉。这部不朽的经典之作，自诞生之初至今获得的热议不断，不仅引发了作者同时代以别林斯基为权威的众多批评家们对其思想内容、艺术创新等方面的

---

① T. J. Binyon, *Pushkin*, London: Harper Collins, 2002: Prologue—XXV.
② 转引自《别林斯基选集》（第四卷），满涛、辛未艾译，上海：上海译文出版社，1991年版，第582页。
③ Ю. М. Лотман. Пушкин, СПб: Искусство-СПб, 1995, с. 410.
④ 参见康澄：《试析洛特曼对〈叶甫盖尼·奥涅金〉的研究》，《外国文学研究》，2002年第4期，第35—40页。
⑤ 转引自别林斯基：《别林斯基选集》（第四卷），满涛、辛未艾译，上海：上海译文出版社，1991年版，第520页。
⑥ 同上书，第628页。

广泛关注,更吸引了 20 世纪以洛特曼等人为代表的资深普希金研究大家对其文本结构、人物性格的演化过程的深入探究。作为普希金最重要的作品,作为俄国文学现实主义生成历史的具体体现,《叶甫盖尼·奥涅金》将浪漫主义诗歌体裁与小说体裁完美结合,完整、清晰地记录了普希金艺术创作探索的足迹,并成为普希金尊享俄国现实主义文学奠基人历史地位的重要因素之一。

第一节 《叶甫盖尼·奥涅金》在俄罗斯本土的经典化生成

一、《叶甫盖尼·奥涅金》的生成与俄国新文学的确立

19 世纪初叶的俄国文坛派别斗争十分激烈,古典主义、浪漫主义诗歌作品一直占据支配地位,普希金之前尚未出现一部像样的长篇小说。因此,《叶甫盖尼·奥涅金》这样一部以平凡的日常生活为内容的诗体小说,自然不为传统束缚之下的大众所接受。20 年代后半期,十二月党人起义被镇压后,保守的批评家在批评界一度占据统治地位,于是普希金本人及他新发表的《叶甫盖尼·奥涅金》前几章以及同期作品《鲍里斯·戈东诺夫》《波尔塔瓦》等均遭到纳杰日津、波列沃依和布尔加林等评论家的否定,纷纷攻击第一章简直就是"一些孤立的毫无联系的见解和思想的拼凑",还不如普希金早期诗作《鲁斯兰和柳德米拉》和《高加索的俘虏》。布尔加林在评论《叶甫盖尼·奥涅金》的第七章时,甚至宣布普希金"彻底堕落"[1]。直到 30 年代初,果戈理发表著名的《关于普希金的几句话》,精辟地分析了普希金创作中前无古人的成就,一扫种种偏见,情况才稍有改观。但车尔尼雪夫斯基和杜勃罗留波夫等革命民主主义批评家对普希金的评价仍都远低于对果戈理的评价。前者认为普希金"未能展示 30 年代的精神,其晚期作品于社会、于文学无益"[2],后者则批评普希金"为了高尚的欺骗"而"背离真理"[3],甚至有人指责普希金在 1825 年后背叛了十

---

[1] 参见普希金:《普希金选集》(第五卷),智量译,北京,人民文学出版社,1985 年版,第 322 页。

[2] Н. Г. Чернышевский. *Полное собрание сочинений*, Том 11, Москва: Издательство АН СССР, 1934—1954, с. 475.

[3] Н. А. Добролюбов. *Полное собрание сочинений*, Том 1, Москва: Издательство АН СССР, 1934, с. 331.

二月党人,成了尼古拉王朝的拥护者和歌颂者。① 皮萨列夫则连"普希金是伟大诗人""新文学奠基人"等说法都予以驳斥,统统斥为"胡说八道"。② 众说纷纭之间,别林斯基力排众议,在其专著《〈亚历山大·普希金作品集〉(1838—1841)》中,纵观俄罗斯文学发展史,对普希金作品做了全面考察和详尽评述,全面而深入地阐发了果戈理对普希金的崇高评价,强调指出普希金在俄国文学史上"如同荷马、莎士比亚及歌德一样",拥有"世界巨匠之一"③的开创者地位,并在此后一连写下11篇热情洋溢的论文。其中的《第八章》和《第九章》对《叶甫盖尼·奥涅金》全书的思想内容、艺术创造性、人物刻画等方面做出了详尽细腻、公正客观的评述,影响颇为深远。俄苏对普希金及其代表作品的研究和论断即多以别氏的论文为基础,并逐渐发展成今日俄罗斯乃至世界范围的普希金学。

俄国文学从浪漫主义向现实主义的过渡绝非一夜之间的转变。1825年以前普希金的浪漫主义倾向较为浓厚,1825年之后其现实主义倾向渐占上风,"提高俄罗斯散文水平的使命感,过人的才情和勇于探索的天性,促使普希金自觉不自觉地开始从事散文创作"④,从《皇村回忆》到《上尉的女儿》,已都是浪漫主义与现实主义相结合的手法。而《叶甫盖尼·奥涅金》这部作品的创作时间是从1823年至1830年,正好跨在这一发展变化的中间地带,可以说,世界文学的人文主义、理性主义和创作方法上的现实主义传统,正是通过普希金在《叶甫盖尼·奥涅金》等作品的创作中首先体现,并逐渐扩展到整个俄国文学的创作领域。

1823年5月普希金在基什尼约夫开始创作《叶甫盖尼·奥涅金》,正值政治局势日趋紧张、十二月党人的秘密活动处于高潮的年代。普希金与十二月党人过从甚密,时常参加他们的秘密集会。这一时期十二月党人诗歌讽喻时代的纲领性方针显然极大地影响了《叶甫盖尼·奥涅金》的早期构思。普希金计划将全书分为三个部分,共十章。第一部分包含"第一章:忧郁症""第二章:诗人""第三章:少女",第二部分包含"第四章:乡

---

① Е. И. Высочина. *Образ, бережно хранимый: Жизнь Пушкина в памяти поколений*, Москва: Просвещение, 1989. с. 101.

② Д. И. Писарев. *Полное собрание сочинений*, Том 3, Москва: Государственное издательство художественной литературы, 1956, с. 109.

③ В. Г. Белинский. *Собрание сочинений*, Москва: Государственное издательство художественной литературы, 1948, с. 40.

④ А. С. Пушкин, *Собрание сочинений в десяти томах*, Том 6, Москва: Государственное издательство художественной литературы, 1962, с.14.

村""第五章：命名日""第六章：决斗",第三部分包含"第七章：莫斯科""第八章：漫游""第九章：上流社会",后又试图增加一章,即"第十章:'十二月党人'"。① 1823年11月4日,普希金在给他的朋友维亚泽姆斯基公爵的一封信中,曾谈到《叶甫盖尼·奥涅金》的创作构思和特点:"我正在写的不是一部长篇小说,而是一部诗体长篇小说。"② 并且他强调,其中有着极大差别。长篇小说在当时主要是一种现实主义的艺术形式,而诗则是浪漫主义的形式。普希金不仅指出《叶甫盖尼·奥涅金》将是二者的结合,而且强调这样结合的艺术手法写出的作品与单纯的现实主义手法有着巨大差异。在为《叶甫盖尼·奥涅金》第一章初次发表所写的序文中,他曾明确谈到这部作品和《高加索的俘虏》在艺术上的联系。在作品开头的第二章第五行中,他又明确提出了《叶甫盖尼·奥涅金》与其早期浪漫主义代表作《鲁斯兰与柳德米拉》之间的联系。

显然,七年多的创作时间,时代背景、政治局势、文化氛围等非文本因素都对这部诗体小说的早期结构产生了重要影响,而作者对主人公思想意识水平的确定,又直接影响其形象性格的定位。

19世纪初期的俄国,农奴制度严重阻挠社会的发展。封建贵族阶级中一些受英法资产阶级教育和启蒙思想影响的知识青年开始对现实产生不满,少数优秀精英开始组织秘密政治团体,以改变农奴制为目的,并在1825年12月发动起义,被后人称为"十二月党人起义"。根据普希金关于《叶甫盖尼·奥涅金》最初的构思,他显然是打算塑造这样一个"十二月党人"的贵族革命家的形象,让奥涅金最后走上十二月党人的革命道路。这在当时是完全符合生活逻辑的。然而在长达近八年的创作过程中,俄国社会风云突变。随着十二月党人与沙皇专制制度决战时刻的日益逼近,贵族自身的劣根性与其所承担的历史责任之间的矛盾越发明显地暴露出来。至1825年夏秋,十二月党人内部产生分歧,这一局势背景使刚刚结束第一章、开始创作第二章的普希金思想上发生了复杂的转变:他开始对贵族革命政策产生了怀疑。对俄罗斯命运的痛苦反思,令他对未来萌生了悲观主义思想。这种悲观表现在《叶甫盖尼·奥涅金》的创作中,即对忧郁的主人公叶甫盖尼·奥涅金态度上所发生的逆转。第四章尚未脱稿就爆发了起义,后来起义被镇压,主要领导人被绞死,120人被剥夺

---

① 参见 http://blog.sina.com.cn/s/blog_b40a6e670101gajn.html,访问日期2018年6月15日。
② А. С. Пушкин, *Собрание сочинений в десяти томах*, Том 10, Москва: Государственное издательство художественной литературы, 1960, с.70.

贵族的一切特权并流放到西伯利亚服苦役。在新即位的沙皇尼古拉一世的高压政策下，俄国社会再度陷入黑暗、压抑的恐怖时代，自 1812 年法俄战争以来十多年思想相对活跃的阶段结束了。多数进步的贵族青年对革命丧失信心，对专制政体虽心怀不满，不愿与上流社会同流合污，但也不能站在民众立场上找到以实际行动反抗现实的道路，于是陷入深度的迷茫与彷徨之中，成为忧郁的"多余人"。而作为十二月党人歌手的普希金，虽然肉体上幸免于难，却进一步失去了创作自由，他的每一行诗都受到沙皇本人的审查。这种种因素最终导致普希金对主人公奥涅金的定位发生逆转：原打算塑造的十二月党人形象只能就此夭折，笔下的奥涅金只能是在苦闷彷徨中产生精神危机的"多余人"。1827 年 10 月，《叶甫盖尼·奥涅金》》第三章和《茨冈》同时完成，小说在主题、主人公性格气质和精神状态甚至结构上都与南方叙事诗极为相近：心灵未老先衰的主人公，离开繁华的大都市，来到与世隔绝的"自然"生活中，遇到一个"自然生长的淳朴姑娘……"①普希金边写边改，边改边写，写完一章，发表一章。1830 年《波尔金诺之秋》可以说是普希金从诗歌走向散文的转折点。"不到三个月的时间，普希金写了 27 首抒情诗、2 首童话诗、《叶甫盖尼·奥涅金》的前三章、4 部诗体小悲剧、6 部中篇小说，连其 18 封书信、11 篇评论和随笔也字斟句酌、数易其稿，足以与其得意诗作相媲美。"②《叶甫盖尼·奥涅金》最终全书出版时，结构与原计划已有较大改变：作者原来构思的第九章已被调整为现存的第八章③，而奥涅金纪念册中的段落，经过精心编排，则构成一个比较完整的故事作为附录。虽然原构思中的前七章顺序和内容依然安在，但虽已成稿的第八章和第十章却都被作者焚毁，听任主人公处于尴尬而绝望中，在小说结尾对其命运不做任何交代，留下一个永远的"奥涅金之谜"④，任由后人做出不同的解读。

作为俄国第一部现实主义的长篇小说，《叶甫盖尼·奥涅金》遵循了典型环境下创造典型人物的现实主义创作原则，不仅以高度的真实性刻画出奥涅金、塔吉雅娜等典型人物，同时彻底摒弃了古典主义对"低级"的

---

① Ю. М. Лотман. *Пушкин*，СПб：Искусство-СПб，1995，с. 410.
② А. С. Пушкин，*Болдинская осень*. сост. Колосова Н. В. Москва：Молодая гвардия，1970，с. 70.
③ 参见 http://blog.sina.com.cn/s/blog_b40a6e670101gajn.html，访问日期 2018 年 6 月 15 日。
④ 参见 Воловой Геннадий，http://www.litra.ru/critique/get/crid/00232181320921792686/，访问日期 2018 年 6 月 15 日。

歧视,矫正了浪漫主义对奇特环境和想象世界的过分热衷。这部小说以彼得堡、古老的乡村、莫斯科三点为中心,"俄罗斯生活的百科全书"般全景式地描绘出极其广阔的社会生活画面,以其开创性的文学艺术价值与深厚的思想文化内涵,成为俄国新文学确立的标志,从而奠定了它在俄国文学史乃至世界文学史上不朽的经典地位。

二、"多余人"与"俄罗斯最迷人的妇女形象"[①]的成功塑造

普希金在创作《叶甫盖尼·奥涅金》之初,头脑中并未设计好后人读到的全书结构,小说中的人物塑造也受到当时的时代背景、政治局势、文化氛围以及七年多的创作时间内普希金本人思想状况变化的影响,甚至与同期其他作品的结构与人物塑造也密切相关。整个人物体系中,围绕主人公奥涅金,普希金构思出奥涅金—彼得堡社会、奥涅金—叙述者"我"、奥涅金—连斯基、奥涅金—地主们、奥涅金—塔吉雅娜、奥涅金—扎列茨基等人物及其关系。

在塑造奥涅金这个中心人物时,作者严格遵循现实主义的原则,并没有赋予他浪漫主义的传奇色彩,完全按照生活的真实,不仅不加以过度美化,还采用讽刺手法,通过对他具体的生活环境、成长过程、时代的先进思想对他的影响,他的觉醒、苦闷和探索,他在友谊和爱情上的过失和波折等方面的详细描写,淋漓尽致地展示出奥涅金与彼得堡社会、与叙述者"我"、与连斯基、与地主们、与塔吉雅娜、与扎列茨基等人物的不同关系,把个体的命运完全融于时代之中,成功塑造出一个典型环境中的典型人物,深刻揭示了他这个具有全人类普遍意义的人物形象性格的复杂性:他有过和所有贵族青年相似的奢靡生活经历,但同时,亚当·斯密的《国富论》和卢梭的《社会契约论》、拜伦颂扬自由和个性解放的诗歌等代表的进步思想对他产生了影响,使他对现实的态度发生了改变:他开始厌倦上流社会空虚无聊的生活,怀着对新生活的渴望来到乡下,试图用较低的地租来代替固有的徭役制重负,结果被精于盘剥的邻近地主视为危险的怪人而遭到反对和排挤。于是他陷于无所事事、苦闷和彷徨的窘境,染上了典型的时代病——忧郁症。在友谊和爱情问题上,奥涅金暴露出贵族阶级的劣根性,流露出利己主义的本质,也由此落得精神空虚、一事无成的下场,终于沦为时代的"多余人"。

正是通过叶甫盖尼·奥涅金这样一个与莎士比亚笔下的哈姆雷特和

---

① 林炎:《论诗体小说》,《文艺评论》,1988年第5期。

奥赛罗同样不朽的现实主义典型人物的个人遭遇,普希金高度概括地展示出当时俄国社会的真实和人性矛盾的真实,把19世纪20年代前后先进的俄国贵族知识分子由于历史条件的限制找不到出路的悲剧,如实地呈现在读者面前。"多余人"奥涅金的经典价值在于,他不仅是作者写作这部作品的核心,也是读者解读这部作品的焦点。有关奥涅金是俄国文学史上第一个自身充满矛盾和多种可能性的"多余人"形象的定位,不仅早已被学界和广大读者所接纳,并直接影响了普希金之后的俄国作家塑造出一系列的"多余人"形象:赫尔岑《谁之罪》中的"别尔托夫"、莱蒙托夫《当代英雄》中的"毕巧林"、屠格涅夫《罗亭》中的"罗亭"、冈察洛夫《奥勃洛莫夫》中"奥勃洛莫夫"等。奥涅金的俄国文学史上"多余人"鼻祖之名由此而来。

但实际上,漫长的创作过程中,普希金对奥涅金形象的定位一波三折,自作品面世以后俄罗斯本土学界对奥涅金形象的定位也众说纷纭:以别林斯基和赫尔岑为代表的学者认为他是一个"多余人"的典型,在皮萨列夫为代表的学者眼里他仅仅是个贵族纨绔子弟的代表,而顾科夫斯基为代表的学者则断定奥涅金就是时代英雄十二月党人。三种观点各执一词,莫衷一是。迄今在俄国本土,有关奥涅金的形象定位仍有不同的声音,相关文章层出不穷,争议不断。

如果说奥涅金因为不能超越个体的自我而陷入"多余"的境地,那么,塔吉雅娜却是作家心中解决了这一矛盾的理想人物——"俄罗斯最迷人的妇女形象"。

关于这位在与世隔绝的"自然"生活中"自然生长"的淳朴姑娘的构思,普希金显然受到其奶娘阿琳娜·罗季昂诺芙娜的影响。十岁之前的普希金基本上是在奶娘的陪伴下成长的。奶娘是一位善良的俄罗斯妇女,她将真挚的情感倾注在普希金身上,而普希金则非常尊重和爱戴她,怀着至深的感情称其为"我童年的女友"。正是阿琳娜和她的民间文学的乳汁,哺育了普希金的思想和感情,普希金的"奶娘情结"直接影响着普希金诗歌语言风格的形成及其作品中女性形象的塑造。塔吉雅娜生在农村、长在农村,对城市的声色犬马感到厌烦。即使进入上流社会,依然终日思念她恬静的山谷、溪流、牧场和奶娘的墓地。作者在她身上集中歌颂了自然,把大自然所体现的纯真完美作为人类品格和理想的标准与极致。普希金的同时代人丘赫尔别凯曾深刻地指出塔吉雅娜身上有普希金自己——一个理想主义者、浪漫主义者的影子。在塑造塔吉雅娜这一理想形象时,作家一再称她为"我的理想""我的忠实的理想"①,普希金充分运用浪漫主义的诗才,把她作为一个真善美的完美化身,采用抒情、歌颂等浪漫主义手法,把自己对女性美的一切憧憬和向往都集中地表现在她的身上,为我们刻画了一个"俄罗斯最迷人的妇女形象":超凡脱俗的容貌、性格、思想、情感、爱好、习惯以及她朴素的名字,从出生到长大、恋爱、结婚……在生活中每一环节上的表现、感受、反应都与众不同。在她头顶,好像有一圈圣灵之光。作者摆脱了许多生活细节的描写,力图在她身上表现出一种爱情和人生哲理,极力要传达自己的希望和追求,这种强烈的浪漫主义性质的主观意图,使得塔吉雅娜的形象具有相当标准的单纯性和片面性,而不像一个现实中真实存在的人。

她从小孤芳自赏,好读书、爱幻想。在民间文学的熏陶下长大,喜欢古老的传说和民间的习俗,读过许多感伤主义小说,她把奥涅金当作自己冥冥之中所盼望的人而一往情深地爱上他,并在给他的信中坦率真诚地表达了自己内心炽烈的爱意。但奥涅金冷酷地拒绝了他。几年后奥涅金旅行归来也体验到了同样热烈的情感不能自已。但面对奥涅金忏悔般的真情表白,已婚的塔吉雅娜把伤感的爱意深埋心底,断然拒绝。如果说奥涅金就像普希金本人的一面镜子,那么塔吉雅娜则如普希金心目中理想女性的化身,承载着他的"理想"。塔吉雅娜自诞生就赢得来自作者本人及广大读者共同热爱和尊崇的经典地位并从未产生丝毫争议。陀思妥耶夫斯基甚至认为"塔吉雅娜才是当之无愧的主人公","该将这部诗体小说易名为《塔吉雅娜》"。②

一如奥涅金的"多余人"鼻祖的效应,正是继普希金创造的塔吉雅娜这个"俄罗斯最迷人的妇女形象"之后,俄罗斯文学画廊中陆续出现了一系列优美动人的女性形象。但俄国文学中任何一个女性形象的内涵与美学意义又都不能和塔吉雅娜相比拟。正因为如此,在俄国文学后来出现的几乎每一位优美的女性形象上,我们似乎总能找出某些塔吉雅娜性格的因素来。"多余人"奥涅金与"俄罗斯最迷人的妇女形象"塔吉雅娜的成功塑造,无疑是《叶甫盖尼·奥涅金》经典化的又一标志性成因。

---

① 普希金:《普希金选集》(第五卷),智量译,北京:人民文学出版社,1985年版,第322页。
② Ф. М. Достоевский, по роману А. С. Пушкина, «Евгений Онегин», http://www.litra.ru/,访问日期2018年6月15日。

三、"从模仿到超越":《叶甫盖尼·奥涅金》的经典价值

诗与小说,本是两种审美规范不同的文学体裁。普希金在《叶甫盖尼·奥涅金》中创造性地使用了一种被后人称为"奥涅金诗节"的新的表现形式,将诗与小说两种文学体裁巧妙结合。这种十四行诗特殊的韵律遵循并创造地发展了诗的格律,是俄国诗体小说的一种形式规范,经普希金的再创造而被广为沿用。据苏联学者庞奇①考证,普希金诗歌创作最喜欢运用的格律有四种:"居第一位的是四步抑扬格,占他诗歌作品的一半;第二位是五步抑扬格,约占六分之一;第三位是四步扬抑格,约占十分之一;第四位是六步扬抑格,约少于十分之一。"②《叶甫盖尼·奥涅金》中普希金创造性地采用了一种带有特殊规律的十四行四音步抑扬格诗律,每节诗由三组四行诗和一组两行诗组成:第一组四行诗用交叉韵(abab),第二组四行诗用双韵(ccdd),第三组用环韵(effe),最后两行诗用连韵(gg)。每节诗从思想内容到节奏都相对完整,同一形式的诗节重复排列,规整而又多变,节奏感特别鲜明,音响跳跃活泼,富有音乐性,体现出一种自然清新、明朗舒快的风格,被后人称为"奥涅金诗节"。普希金正是借助"奥涅金诗节"这样一种极具特色的表现形式,将整部小说的叙事和抒情完美结合,形成轻松活泼、无拘无束的谈话式文体,使得该作品读来如行云流水,自然流畅,兼具诗歌语言和小说情节的艺术表现力。

因受到英国浪漫主义代表作家拜伦的写作风格影响,普希金在西方曾被称为"俄国的拜伦",《叶甫盖尼·奥涅金》因此也一度被视作"俄国的《唐璜》"。然而实际情况并非如此。普希金通晓多门语言,阅读面甚广,"普希金翻译和模仿的作品涉及六十多位外国作家和翻译家"③。仅《叶甫盖尼·奥涅金》一部作品中,除希腊神话和罗马神话外,普希金提到的外国作家和学者就多达 50 余位。④ 在创作《叶甫盖尼·奥涅金》之初,"高傲、倔强、叛逆,同时忧郁、孤独、悲观"的"拜伦式英雄"的确曾让普希金着迷,他还宣称自己将写一部类似于《唐璜》的叙事诗,但正如密茨凯维奇所言:"过了不久,他便试着独自走路了,最后终于达到了独创的境

---

① 徐稚芳:《俄罗斯诗歌史》,北京:北京大学出版社,2002 年版,第 152 页。
② Ю. М. Лотман, *Пушкин. Исследования и материалы*, Т. 7, 1986, с. 17.
③ 胡世雄:《普希金与翻译》,《四川外语学院学报》,2003 年第 3 期。
④ 张铁夫等:《普希金:经典的传播与阐释》,湘潭:湘潭大学出版社,2009 年版,第 20 页。

界。"①对此,勃兰兑斯认为,普希金的"形象化描绘能力超过拜伦"②,而卢卡契则认为,普希金完全超越了"拜伦主义"。"普希金并没有像拜伦那样,把自己同他所塑造的'拜伦式'的形象等同起来,而是直接从人民性中吸取力量并十分尖锐地批判了自己塑造的形象。"③拜伦"为欧洲而写",普希金则是"为俄国而写",普希金"关心的不是要模仿拜伦,而是要成为自己"。④ 抛开艺术形式不说,单就内容和人物塑造而言,从第二章开始,普希金笔下的奥涅金就有别于拜伦的"拜伦式英雄",开始拥有自己独特鲜活的角色生命了。两部作品对比,"除了形式和手法之外,再也找不到什么共同点"⑤,奥涅金就是奥涅金,再也不是什么俄国的唐璜或者恰尔德·哈罗尔德了。小说中处处可见一个生动明朗的抒情主人公"我"的形象,他随时随地纵情抒发,从一般现实主义小说的结构看,就好像是一种离题的闲话,而这种离题闲话对于并无太多浪漫色彩的诗体小说来说,恰恰是主题的深化、思想的展开、体裁的扩展、艺术独创性的体现,成为作品形象体系和艺术特色中不可分割的有机组成部分。这些抒情插话是作为一位浪漫主义诗人的普希金最为真实深切的心声。这个"我"不同于一般第一人称的故事叙事者,而是原原本本的作者的那个自我,是作品中不可或缺的重要组成部分。他毫不隐晦地表现作者的立场观点,表达作者的爱憎亲疏、喜怒哀乐甚至文艺观点。这个"我"把自己完全交织进作品体系的人物关系中,不仅是奥涅金的朋友,也是塔吉雅娜的崇拜者,保存着塔吉雅娜写给奥涅金的那封无价的情信,对塔吉雅娜怀着深深的爱意……正是作品中的这个"我",使这部作品在艺术形式上有别于一部普普通通的小说,而成为一部浪漫主义色彩浓郁的、真正名副其实的"诗体长篇小说"。正因为如此,普希金与拜伦的关系,在张铁夫《普希金的生活与创造》一书中被恰当地概括为"从模仿到超越",充分印证了《叶甫盖尼·奥涅金》作为艺术经典的独特价值。

四、普希金的神话地位与《叶甫盖尼·奥涅金》经典化的关系

《叶甫盖尼·奥涅金》虽然是普希金后期的作品,但主人公身上明显

---

① 参见冯春编选:《普希金评论集》,上海:上海译文出版社,1993年版,第702页。
② 同上书,第768页。
③ 参见冯春编选:《普希金评论集》,上海:上海译文出版社,1993年版,第722页。
④ 引自别林斯基:《别林斯基选集》(第四卷),满涛、辛未艾译,上海:上海译文出版社,1991年版,第532页。
⑤ 同上。

具有作者早期的生活影子,甚至可以说,奥涅金就是普希金自省意识在作品中的反映。正如普希金本人的生活经历,他在生活的磨砺中成长、觉醒,让他对生活产生了怀疑也让他变得清醒。随着故事情节的一步步展开,他笔下的奥涅金也随同他自己的成长而渐渐从虚无的生活中醒悟过来,开始脱离旧有的生活轨道,痛苦地思考,不断寻找着新的人生目的和方向……然而,却没能找到。因此,他逐渐陷入郁闷、不安的境地,终于成为痛苦的"多余人"。显然,奥涅金的痛苦就是普希金对于个体觉醒以及觉醒之后又与社会格格不入产生的孤独感的思考。"奥涅金和普希金都在寻找自救之路,也只有在狄俄尼索斯的世界里普希金才能找到救赎之道,才能明白怎样的人生态度才是他和奥涅金所需要的。"① 奥涅金因为普希金而走进了经典,普希金因为奥涅金而成为神话。但只有真正走进普希金、走进普希金享有"俄罗斯生活的百科全书"美誉的《叶甫盖尼·奥涅金》等伟大作品,细细品读他那发自心灵深处如涓涓细流般的美妙语言,才能领略他那荣登经典之列的作品中人物的光彩和思想的光辉。俄国文学从浪漫主义到现实主义的跨越,当然不可能是由普希金一人完成的,但他的首创性却是不容置疑的。《叶甫盖尼·奥涅金》的诞生,正是普希金从一个诗人到小说家的华丽转身,这部作品历经岁月沉淀而拥有的不朽经典地位,则无疑成为普希金作为"俄罗斯最伟大、最受欢迎的作家""俄罗斯诗歌的太阳""俄罗斯新文学奠基人"的最好证明。

经典的意义在于解读。解读的层次越深、视角越广,也就揭示得越深,其艺术生命力就越恒久。作为"普希金最钟爱的宠儿"②,《叶甫盖尼·奥涅金》承载了普希金"全部的生活、整个的灵魂、所有的爱恋"③。深入解读《叶甫盖尼·奥涅金》,必有助于后人进一步了解"普希金神话"的成因,揭开俄国文学厚重的历史。这正是《叶甫盖尼·奥涅金》作为一部文学经典最经典的含义。

第二节 《叶甫盖尼·奥涅金》在中国的译介与传播

《叶甫盖尼·奥涅金》是普希金最重要的作品之一。有趣的是,这部

---

① 张铁夫等:《普希金:经典的传播与阐释》,湘潭:湘潭大学出版社,2009年版,第107页。
② 引自别林斯基:《别林斯基选集》(第四卷),满涛、辛未艾译,上海:上海译文出版社,1991年版,第520页。
③ 同上。

被别林斯基誉为最富有"民族性"①的作品对于有着浓厚"俄罗斯情结"的中国人来说具有超越民族界限的独特魅力。从1897年《时务报》的译文首先提及了《叶甫盖尼·奥涅金》一书,到1941年第一个全译本问世,再到已有十多种中文译本的今天,这部巨著的译介与传播也随着中国百余年的历史变迁而跌宕起伏。

《叶甫盖尼·奥涅金》在我国的译介与传播可分为三个时期,即中华人民共和国成立前、中华人民共和国成立后至"文革"时期、改革开放至今。

一、中华人民共和国成立前:初步译介

晚清知识分子为救亡图存,企图利用西方先进文明拯救风雨飘摇的中国。以梁启超、谭嗣同、黄遵宪等人为先导,学界拉开了国民启蒙运动的序幕,而文学特别是翻译文学则成为了"开民智""立新民"的手段。俄国文学也同美、欧、日等其他国家的文学一道被介绍到中国。

1897年《时务报》所刊发的一篇译文——《论俄人之性质》最早提及《叶甫盖尼·奥涅金》:"夫俄人之好凭空论事,而少忍耐之力。诗人伯是斤所夙称也。其言云,昔有埃务剧尼者,本多才之士,平生好为大言,耸动人耳目,崇论闳议,冲口而出,然未尝实行其万一,居常蠢尔无为了此一生。是为俄人之情状也。"②此处的"伯是斤"即普希金,而"埃务剧尼"即为《叶甫盖尼·奥涅金》同名主人公奥涅金。这篇文章的主旨是介绍俄国的民族特征,虽非文学评论,但其中所点明的奥涅金的个性特点:如"本多才之士""然未尝实行其万一""居常蠢尔无为了此一生"等,概括了主人公"多余人"的性格,展示了这部诗体小说反映俄国民族特征的现实主义手法。而第一个以文学的眼光来看待《叶甫盖尼·奥涅金》的是鲁迅,他在1907年发表的《摩罗诗力说》中,肯定了普希金在俄国文学史上的地位:"俄自有普式庚,文界始独立";并从内容和语言形式上对《叶甫盖尼·奥涅金》做了概括性介绍:"尔后巨制,曰《阿内庚》③(即《奥涅金》),诗材至

---

① 维·格·别林斯基:《论〈叶甫盖尼·奥涅金〉》,王智量译,《文艺理论研究》,1980年第1期,第181页。
② 转引自陈建华:《二十世纪中俄文学关系》,上海:学林出版社,1998年版,第20页。
③ 《阿内庚》即《奥涅金》。

简,而文特富丽,尔时俄之社会,情状略具于斯。"①继而探讨了《叶甫盖尼·奥涅金》与拜伦诗作《恰尔德·哈罗尔德游记》之间的继承关系,推崇浪漫主义诗歌对社会的积极作用,鼓舞中国知识分子将文学作为武器来反对封建专制。鲁迅的《摩罗诗力说》对《叶甫盖尼·奥涅金》在中国的接受影响相当深远。

由于译诗的困难和"小说界革命"的影响,普希金的小说作品首先在中国流传开来,他的著名小说篇目在20世纪的前20年都已经有了中文译本②,而普希金的诗歌,特别是诗体小说《叶甫盖尼·奥涅金》的译介则稍显滞后。到了20年代中后期至30年代初,一些文学评论著作和介绍性文章出现了对《叶甫盖尼·奥涅金》故事梗概、创作背景的介绍:例如郑振铎的《文学大纲》③、蒋光慈的《俄罗斯文学》④、汪倜然的《俄国文学ABC》⑤等等。其中,蒋光慈的《俄罗斯文学》用近两页的篇幅介绍了《叶甫盖尼·奥涅金》,他认为这部"传奇小说"是"普希金最有名的著作,俄国文学能表现当代派调的,亦从这一部著作起";并分析了主人公"沃聂琴"(即奥涅金)的多余人形象及其社会原因。1926年孙俍工编《世界文学家列传》由中华书局出版,本书根据日本多惠文雄的《世界二百文豪》改编,其中就有普希金的专章介绍,谈及了《叶甫盖尼·奥涅金》的创作源起和创作经过⑥。1928年由查士元、查士骧译述的《世界诗歌名著提要》,是根据日本木村一郎等著《世界名著题解》编译而成,该书认为《沃奈金》(即《叶甫盖尼·奥涅金》)是普希金的"杰作","吐着全盛时代的精力的诗篇",介绍了著作的起始创作时间、出版年等具体细节,并有分章梗概,将奥涅金和塔吉雅娜的爱情故事用近两千字的白话文较为详细地演绎出来,可以看作是由《叶甫盖尼·奥涅金》改编的白话言情小说。在一定程度上普及推广了这部作品,是诗歌体翻译的先声⑦。

---

① 鲁迅:《摩罗诗力说》,《鲁迅全集》(第一卷),北京:人民文学出版社,1973年版,第85—86页。
② 如《上尉的女儿》(有戢翼翚的《俄国情史》、安寿颐的《甲必丹之女》二种译本)、《驿站长》(沈颖的《驿站监察吏》)、《暴风雪》(沈颖的《雪媒》)等,还有赵诚之译的《普希金小说集》由亚东图书出版,实际上是《别尔金小说集》。
③ 郑振铎:《文学大纲》,上海:商务印书馆,1927年版。
④ 蒋光慈编:《俄罗斯文学》,上海:创造社,1927年版。
⑤ 汪倜然:《俄国文学ABC》,上海:ABC丛书社,1929年版。
⑥ 孙俍工编:《世界文学家列传》,北京:中华书局,1926年版,第72页。
⑦ 查士元、查士骧译述:《世界诗歌名著提要》上海:新文化学会,1928年版,第1—8页。

普希金的译介在 1937 年普希金百年忌时迎来了第一个高潮。这一年 2 月，上海建成了普希金纪念像，并举行了隆重的揭幕仪式；中国文化协会上海分会举办大型的纪念会。上海商务印书馆出版了《普式庚逝世百周年纪念册集》，上海光明书店出版了瞿洛夫编辑的《普式庚创作集》，生活书店出版了《普式庚研究》，光明书店出版了《普式庚创作集》，文化生活社出版了《普式庚短篇小说集》。此外，《译文》《文学》《中苏文化》等杂志还特意推出了普希金百年祭特辑，"对于中国文化界来说，这一年堪称'普希金年'"[①]。

《叶甫盖尼·奥涅金》的翻译作品也较多地出现在各类报刊上，开始时主要是著名片段的节译。例如塔吉雅娜的独白就有林焕平的译文和史原的译文，分别刊载于 1935 年上海出版的《东流文艺杂志》（第一卷第 3—4 期）和 1935 年 3 月 10 日广州出版的《中山日报》副刊。1936 年，夏玄英节译了第一章的第 45 至 50 节，译名为"尤根·奥涅根"，刊登于《诗歌生活》第 2 期第 87—90 页。而 1937 年的《中华月报》的第五卷第 2 期上刊登了劳荣所译的塔吉雅娜写给奥涅金的信。

1942 年，《叶甫盖尼·奥涅金》的第一个中文译本也应运而生。译者为甦夫，译名为《欧根·奥尼金》，起先刊登于《诗创作》1942 第 7 期，后由桂林丝文出版社在同年 9 月出版。根据书中的注释和标题来看，应该参照了当时流行于中国的两种外文译本：涅克拉索夫（N. V. Nekrasov）的世界语译本和日本米川正夫的日语译本。虽然甦夫的译本"文字苦涩且粗率"，"与原诗出入很大"[②]，并有不少的错译，例如将席勒译作了雪莱，将希腊太阳神阿波罗的拉丁名菲布斯（Phoebus）错认为是另一个神灵等，且只译了前八章，内容相对不完整；但译者敢于在各种资料都不全面的 40 年代初，首先尝试形式和内容上都颇具难度的"奥涅金诗节"，可以说极具勇气和热情；另外，译者将原本各章空缺的诗节都填补起来，虽然在一定程度上更改了作品，但为《叶甫盖尼·奥涅金》的普及做出了贡献。至此，《叶甫盖尼·奥涅金》一书开始了在中国的本土化进程。

1944 年，首个由俄文直译的中译本——《欧根·奥涅金》（吕荧译）由希望社在重庆出版。相较于前一个译本，吕荧译本在质量和内容上都有了极大的提高。首先是译文的内容更加全面，译者参照 1887 年彼得堡苏

---

① 张铁夫主编：《普希金与中国》，长沙：岳麓书社，2000 年版，第 32 页。
② A. 普式庚：《欧根·奥涅金》，吕荧译，重庆：希望社，1947 年版，第 385—391 页。

伏林(A. S. Suvorin)版和苏联科学院编辑的1937年版的《普希金全集》,增加了《奥涅金的旅行片段》和1830年未出版的第十章。附录部分有《普式庚论〈欧根·奥涅金〉札记》和《〈欧根·奥涅金〉小史》,论述了《叶甫盖尼·奥涅金》的成书过程和创作背景,帮助读者增进对本书的理解,更好地体验诗歌的艺术美。其次是译者对待翻译的态度十分认真,他不仅追求语言的准确性,并且要求自己要对原著有较深的理解体会,以期翻译出普希金诗歌的精髓。译者在着手迻译《欧根·奥涅金》之前,重读了普希金的作品和苏联对外协会1939年编辑的有关普希金的论文,希望对这位世界的诗人的气质、艺术、风格能有一个比较具体、比较深切的体认。此外,为降低读者的阅读难度,译者增加了大篇幅的译注。

1937年到1947年这段时间,可以看做是普希金在华译介的第一个繁荣期,除了翻译界的零的突破,报刊上出现了大量普希金的评论性文章和年谱,而对《叶甫盖尼·奥涅金》的解读主要着眼于其现实主义特色和主人公所具有的典型特征,陀思妥耶夫斯基对奥涅金的评价被反复引用:"普式庚创造了奥涅根和达蒂耶娜的两个典型……显现着俄罗斯的过去与现在,同时,也是暗示着包藏了无比美丽的特性的未来"[1];"普希庚在此创造了奥尼金和泰契耶娜两个典型……写出了俄国文明史上的一个时代,与深入于这时代的民族心理"[2],而现实主义的典型性落脚点的意义则是在于与中国社会之联系。普希金作品中所表现的旧式俄国国民生活在一定程度上同中国当时所处的半封建社会有类似之处,而普希金诗歌中所展现的对自由、民主的向往和对专制制度的抨击恰恰符合中国知识分子的社会和政治诉求。当时的苏联社会已经比普希金的旧式俄国社会更加进步,成为社会主义国家,即左翼知识分子心中自由民主的国度。知识分子在阅读《叶甫盖尼·奥涅金》之时,更多的是抱着"前车之鉴"的心态,以学习的态度接受文学美的同时,憧憬着兴建自由国度的梦想。这种希望常常在对《叶甫盖尼·奥涅金》的评论中不自觉地流露出来:"我们现在来纪念普希庚的百年忌,更应该不忘却虽然不是为普希庚所开拓的,但多少是指示出了一点光明的未来,而得有今日那样光辉的成绩的苏联。"[3]

回顾中华人民共和国成立前的《叶甫盖尼·奥涅金》在中国的译介,晚清至"五四"时期,《叶甫盖尼·奥涅金》的译著尚未出现,但在一些介绍

---

[1] 李春潮:《关于普式庚的"犹根·奥涅根"》,《诗歌生活》,1936年第2期,第75—80页。
[2] 白木:《普希庚百年祭特辑:读欧根·奥尼金走笔》,《苏俄评论》,1937年第11卷第2期,第39—49页。
[3] 同上。

性的文章及文学评论中,中国读者已开始认识到这部书的基本情节和主要内容。到 30 年代,出现了片段化的节译;到 40 年代,随着两部译著出现,《叶甫盖尼·奥涅金》一书开始了本土化的进程。

二、中华人民共和国成立后至"文革"时期:译介的高潮和低谷

中华人民共和国成立初期,苏俄文学的奠基作家普希金获得了极度的关注,并成为歌颂自由解放的精神偶像。1949 年是普希金诞辰 150 周年,北平市文艺界举行大型纪念会,当时北平的著名文艺界人士,包括茅盾、郑振铎、田汉、周扬、柯仲平、胡风、郭沫若等人,都到会参加。艾青在《人民日报》上发表了《俄罗斯人民的普希金》,在诗中普希金成了爱国、爱人民、憎恶暴君的英雄人物,诗人将他的不屈精神与俄罗斯的解放、苏维埃的建立联系起来。柯仲平的《歌唱人民天才普希金》则称普希金表现了"俄罗斯人民的英雄气概"。诗人所歌颂的向往自由勇敢的俄罗斯人民实际上是抗战刚胜利的对未来充满希望和憧憬的中国人民的缩影。胡风曾在《A. S. 普希金与中国》中提出中国人对普希金的精神偶像化实际上背离了作家的真实生活,但恰恰也是因为这一解读,普希金"作为一个反抗旧的制度而歌颂自由的诗人"被中国读者所认识,被当作"我们自己的诗人看待"[①],普希金的诗歌因而获得了与中国的现状相联系的媒介而本土化了。这种偶像化的接受模式极大地带动了普希金在中国的译介,并鼓励更多的青少年读者加入阅读的行列。虽然从客观的角度来看,偶像化确实是对诗人片面的接受,但这一"误解"却激发了一代人对普希金以及俄国文学作品的热爱,《叶甫盖尼·奥涅金》一书也相应地获得了热烈的欢迎。

1950 年,海燕出版社再版了吕荧 1944 年的《欧根·奥涅金》译本。1954 年,吕荧参照苏联国家文艺出版局 1949 年的《叶甫盖尼·奥涅金》单行本和苏联科学院 1950 年编辑的《普希金全集》(10 卷本)重新完善了自己的译本。这一版本延续了吕荧一贯严谨的翻译风格,咬文嚼字更加细密,同时译者将原译名《欧根·奥涅金》更改为更贴近原文俄文读音的译名——《叶甫盖尼·奥涅金》。

同年,上海平明出版社出版了由查良铮译的《波尔塔瓦》《青铜骑士》《高加索的俘虏》三部长诗单行本,以及《普希金抒情诗集》、诗体小说《欧

---

① 白木:《普希庚百年祭特辑:读欧根·奥尼金走笔》,《苏俄评论》,1937 年第 11 卷第 2 期,第 39—49 页。

根·奥涅金》,如此大范围密集的普希金诗歌译介在中国社会造成新的一轮普希金冲击波,一时间,数以万计的读者争相阅读普希金的诗歌。随着中苏交往和学习俄文热潮的来临,一股喜爱普希金作品的热流在中国大地滚动,普希金的名作《叶甫盖尼·奥涅金》尤受欢迎:"那时图书馆里张贴着普希金的肖像,……偶尔也有初恋中的女生,站在窗前,用俄文默念塔吉雅娜给奥涅金的信,似乎就是那位痴情的少女,在幻想中献出一片赤诚的思念。"①普希金的诗歌成为当时一代年轻人的青春之歌,也成为青年们争相阅读的流行读物。从1954年到1958年的五年间,查良铮共出版译著17本,其中7本都是普希金诗作,而他的《欧根·奥涅金》自1954年人民文学出版社出版之后也不断再版:1956年由上海文化生活出版社再版,仅隔一年又由新文艺出版社出版。查译版《欧根·奥涅金》语言严谨流畅,诗意浓郁,深受读者的喜爱,风靡一时。周珏良称赞查译语言质朴自然,"读起来几乎不觉得是翻译作品"②;剑平认为其译文语言平易生动,最接近普希金的原著,充满诗的激情,给读者以美的享受。③查良铮译诗的原则绝不是"字对字、句对句、结构对结构"的死板地忠于原著,而是"译诗不仅要注意意思,而且要把旋律和风格表达出来",为了表现原诗的主要实质,在细节上可以自由大胆些。④查在译后记中说,自己在翻译的过程中,一方面是害怕不能保证译文质量,而悬着一颗心,另一方面则有"一种创造性的喜悦"⑤,他并不拘于原诗行行押韵的规则,而是发挥了汉语的长处,使用整齐但稀疏的韵脚,构造出独特的诗歌韵律。尽管其后新译本层出不穷,但查译《欧根·奥涅金》则以其独到的艺术魅力和译者鲜明的翻译个性而在翻译史中独占一隅。

到了50年代中后期,《叶甫盖尼·奥涅金》的某些译者受到了不同程度的迫害,《叶甫盖尼·奥涅金》的译介也随之陷入了低谷期。1955年,吕荧被定性为"胡风分子",隔离审查,最后被折磨至死。同年,查良铮成为南开大学"肃反运动"思想改造的对象,1959年,则被打成历史反革命分子。王智量于1958年被定为右派分子,参加劳动改造,其中有一条罪

---

① 孙绳武、卢永福主编:《普希金与我》,北京:人民文学出版社,1999年版,第250页。
② 周珏良:《穆旦的诗和译诗》,参见李怡、易彬编:《中国文学史资料全编·现代卷——穆旦研究资料》,北京:知识产权出版社,2013年版,第311—312页。
③ 剑平:《从译诗技巧的角度探讨〈叶甫盖尼·奥涅金〉中译本的语言锤炼——为纪念普希金诞辰200周年而作》,《国外文学》,1999年第2期,第50—57页。
④ 查良铮:《谈译诗问题并答丁一英先生》,《郑州大学学报》,1963年第1期,第34页。
⑤ 普希金:《欧根·奥涅金》,查良铮译,上海:平明出版社,1954年版,第252页。

名即是翻译《叶甫盖尼·奥涅金》①。虽然如此,但一些坚持理想的译者仍旧继续着他们的创作与翻译。查良铮在面对揪斗、抄家、劳改等不公正待遇时,都不曾间断自己译诗的工作,虽然他明知译诗没有出版的可能,但他"出牛棚回家以后,立即拿出已经出版的译诗一字一句地对照"②。因为政治原因,曾经的穆旦(查良铮的笔名)已不能再写诗,因而查良铮将所有的热情和诗才都放在了译诗上。1977年,查良铮因腿伤在家休养一年,期间他用更加贴近原文"奥涅金诗节"的韵式修改译稿,使其形式更加流畅严谨,但这一大胆试验只进行到前四章,后因突发心脏病使他中断了这项工作,这一版本后来在1983年由四川人民出版社出版,《叶甫盖尼·奥涅金》译本所凝聚的即是他无言的奉献。而对王智量来说,翻译《叶甫盖尼·奥涅金》让他感到"万念俱灰的黑暗处境里有了一线光明"。他在干农活之余,将《叶甫盖尼·奥涅金》的译文抄在各种各样的碎纸片和小本本上,这些纸片和小本本后来就成为一节节《叶甫盖尼·奥涅金》的译稿③。有着类似经历的还有田国彬等人,田国彬的《叶甫盖尼·奥涅金》译本初稿实际上在1965年年底就已经完成,正当与出版社洽谈出版事宜时发生了"文革",结果这部译稿与其他普希金的译稿一起在1970年去干校的途中全部丢失,但他仍不放弃翻译,一直坚持。到2003年,他的译本最终出版。回顾这段译介史,这一批译者在动乱之中坚持下来的不仅仅是《叶甫盖尼·奥涅金》的翻译,同时也是知识分子捍卫文化传承、积极面对逆境的精神。

即使在那个灰暗年代,普希金也能够给当时的读者带来继续生活和努力的希望与力量。邵燕祥曾回忆在"文革"期间《叶甫盖尼·奥涅金》带给他的心灵慰藉:"在1966年冬天,我和一些伙伴被押着列队外出劳动,走过钓鱼台,玉渊潭水结了层薄冰……我望一眼湖面,忽然想到了《叶甫盖尼·奥涅金》中冰上嬉戏的乡村冬景,依稀是一片笑语欢声。在那不自由的日子里普希金仍旧给我带来一刻的温慰。"赵丽宏也回忆自己在"文革"时期的"不顺心的阴郁的日子里",每读普希金的诗都能获得一种安慰以及超然的宁静。六七十年代特殊的历史环境塑造了极具中国特色的普

---

① 当时有人为王智量画了一幅漫画:他躺在棺材里,手上拿着一本《叶甫盖尼·奥涅金》,棺材盖子上写着"白专道路"几个字。
② A. C. 普希金:《欧根·奥涅金》,查良铮译,成都:四川人民出版社,1983年版,第338—340页。
③ 王智量:《一本书,几个人,几十年间:我与〈叶甫盖尼·奥涅金〉》,上海:上海文艺出版社,2011年版,第18—26页。

希金形象,对于这一代中国人来说,普希金的诗歌不仅仅是艺术美的化身,同时也象征着人们对那个时代怀有的复杂情感。

中华人民共和国成立后至70年代末的《叶甫盖尼·奥涅金》的译介在政治因素的影响下,由繁荣转向低谷。但从读者接受的角度来看,这一时期所建立的对普希金精神偶像的塑造,虽然不可避免地带来了片面化理解诗人作品的倾向,但实际上却带来了普希金及其作品的普及。即使在精神自由受到控制的译介低谷期,普希金仍然为读者带来心灵的慰藉和自由的空间,这种"普希金情结"的产生为下一阶段普希金翻译热潮作了铺垫。

三、改革开放至今:译介的新高潮

改革开放后,文学热情带来了文学译介前所未有的繁荣,普希金在中国的传播也呈现了空前的活跃。据笔者统计,20世纪80年代集中介绍普希金的书籍达72本,90年代则增长到154本,至21世纪前10年激增至287本,2011年至2014年6月为103本[1],出版物的数量呈不断上升的趋势,可见中国读者对普希金作品的持续热情。就普希金作品的译介来看,翻译规模扩大,译本数量和种类激增,译者队伍壮大,译介内容和范围辐射至作家作品的外围评论及与之有关的衍生作品。普希金的抒情诗仍旧是最受欢迎、版本最多的作品门类,译本主要包括查良铮的《普希金抒情诗选》,戈宝权、王守仁主编的《普希金抒情诗全集》,刘湛秋的《普希金抒情诗选》等几十种;普希金的小说译本数量众多,主要包括戴启篁的《普希金小说集》、冯春的《驿站长》等。翻译的内容也从少数几个门类扩展到几乎涵盖普希金作品的各个方面,从单一的诗歌、小说、戏剧到翻译普希金的自传等。这样辐射面广、大规模的译介在此之前是绝无仅有的,中国读者得以更全面、更深入地了解普希金。

除了译本数量激增和种类增多之外,普希金的译介在新时期的译介也呈现了系统化的特点。自80年代以来,人们开始关注普希金作品的完整性,以期对其整个思想发展状况有一个更全面的认识。因此,90年代后,普希金多卷本作品集就应运而生了,1993年湖南文艺出版社出版了4卷集《普希金抒情诗全集》(戈宝权、王守仁主编);1997年安徽文艺出版社出版了4卷集《普希金文集》(刘湛秋主编);1995年人民文学出版社出

---

[1] 主要统计有关集中介绍普希金的文论、传记以及普希金作品译本等。选入普希金少量作品的作品集或无专章介绍普希金的文论等都不在统计之列。

版了 7 卷集《普希金文集》（卢永选编）；1997 年肖马、吴笛主编的《普希金全集》8 卷本由浙江文艺出版社出版；1999 年冯春译的《普希金文集》10 卷本也由上海译文出版社出齐；1999 年刘文飞主编的《普希金全集》10 卷本由河北教育出版社出版；2012 年浙江文艺出版社又出版了由沈念驹、吴笛主编的国家出版基金项目——10 卷本《普希金全集》。无疑，在这些普希金作品中，《叶甫盖尼·奥涅金》都是重要的组成部分。

在译介热潮下，《叶甫盖尼·奥涅金》也受到译者们的极度关注与重视，从 1981 年至今，先后出现了十多种译本，其中不少译本展现了自己独特的魅力，可以说这一阶段是奥涅金在中国传播的繁荣的新时期。

1981 年黑龙江人民出版社出版了王士燮译的《叶夫根尼·奥涅金》，这一译本是新时期的第一个译本，对比之前吕荧、查良铮的译本，该译本主要追求同原作之间的近似关系，译者在译序中表示自己从形式上，包括诗体（十四行格律诗）、节奏（以四顿为主）、韵脚（每节一韵到底，二四六分明）和语言上（庄严浅白，明白流畅）都追求与原作达到近似，在翻译时"首先考虑忠实传达作者原意"①。相隔一年由上海译文出版社出版的冯春译《叶夫根尼·奥涅金》则与王士燮版追求形似大相径庭。冯春译本主要追求的是更好地表达原著的精神，即"神似"，译者在译后记中说自己在本书中采取的是"比较自由的方式，适当注意节奏和音韵，主要要求通顺流畅，更好地表达思想感情，而不是追求形式上的严格"②。实际在译诗时他主要采用了多种十四行诗的表现手法，将诗行按意义划分为 4442、4433、4343 等结构，并吸收了汉诗双行押韵的手法。1985 年王智量的译本《叶甫盖尼·奥涅金》的最大特点则是对"奥涅金诗节"的创新式翻译，译者希望能在内容上力求忠实之外，还应该让中国读者体会到"奥涅金诗节"的风味。译者在参考查良铮和吕荧译本的前提下，创新地保持了原诗的押韵规律，并在每一诗行中尽量做到四个相对的停顿，以模仿俄诗中的四个音步③。而丁鲁版的《叶甫盖尼·奥涅金》则期望"用另一条路子"来译西洋格律诗，并通过这次翻译实验，"建立起现代汉语格律诗节奏单位的统一模式"④。译者放弃对复韵的复制，转而采用中国传统的单韵来体现十四行诗的内部结构；用平仄来处理韵调的配置，按音长来处理诗行的

---

① 普希金：《叶夫根尼·奥涅金》，王士燮译，哈尔滨：黑龙江人民出版社，1981 年版，第 4 页。
② 普希金：《叶甫盖尼·奥涅金》，冯春译，上海：上海译文出版社，1982 年版，第 308 页。
③ 普希金：《普希金选集》（第五卷），智量译，北京：人民文学出版社，1985 年版，第 439 页。
④ 普希金：《叶甫盖尼·奥涅金》，丁鲁译，南京：译林出版社，1996 年版，第 6—15 页。

节奏。这种强调本国语言特点的民族化译法是《叶甫盖尼·奥涅金》在中国本土化的又一尝试，对我国白话诗的建设也有积极作用。顾蕴璞和范红的译本也别具一格，译者全部移植了"奥涅金诗节"的原韵，并将每行的四个（阳韵）或四个半（阴韵）的抑扬格音步移植为汉语的四顿。而译者在译序中所作的 32 行长诗《为什么我也复译〈奥涅金〉?》写出了世纪之交《叶甫盖尼·奥涅金》译者们各显神通、勇攀高峰的勇气和期望。译者谦虚地表示自己译这部已拥有许多优秀译本的《叶甫盖尼·奥涅金》，可能要背负上"费力不讨好的风险"；可是"一场接力赛把我吸引，功不可没啊/吕荧和查良铮，又有智量、王士燮和冯春"[①]，这种不满足于现状、努力争取新高峰的期望正是鞭策着一代代学者们前进的动力源泉。进入 21 世纪后，田国彬的译本贯彻了他本人"翻译是再创造""要忠于原文，高于原文""兼顾两种语言的异同"[②]等翻译原则，主要采用符合汉语表达的翻译模式；在音韵方面，用汉语一韵到底的表达方式；在词序和句子结构方面按照汉语习惯对原文作了改动。而剑平的译本则以现代口语入诗，译文押韵自然，并且"忠实于原文，译文贴近原著，准确度高，订正了之前译本的一些误译"[③]。曾冲明和曾凡华的译本以严复提出的"信、达、雅"作为基准，认为《叶甫盖尼·奥涅金》的翻译首先要做到"信"，即忠实于原文，然后必须在此基础上再注重语言形式和修辞："首先还是要忠实原作的思想内容……特别是政治抒情诗、史诗和《叶甫盖尼·奥涅金》这样的叙事长诗，就更要忠实于包括理论观点、历史事实、故事情节等在内的思想内容了。"[④]

除了以上所列举的译本外，新时期《叶甫盖尼·奥涅金》的译本还包括：1993 年未余和俊邦的译本，收入由湖南文艺出版社出版、戈宝权、王守仁主编的《普希金抒情诗全集》（第四卷）；1995 年王志耕的译本，选入花山文艺出版社出版的《普希金诗选》；2000 年郑铮的译本，选入刘湛秋主编的《普希金诗歌精选》，由北岳文艺出版社出版；2001 年马国骏和赵艳霞的译本，由吉林文史出版社出版；2002 年刘宗次的译本，由陕西人民出版社出版。这些译本也都各具特色。

---

① 普希金：《叶普盖尼·奥涅金》，顾蕴璞、范红译，参见刘文飞主编：《普希金全集·第 5 卷·长诗卷》，石家庄：河北教育出版社，1999 年版，第 1—3 页。
② 普希金：《叶甫盖尼·奥涅金》，田国彬译，北京：北京燕山出版社，2003 年版，第 382—389 页。
③ 普希金：《叶甫盖尼·奥涅金》，剑平译，郑州：河南人民出版社，2004 年版，第 1—4 页。
④ 普希金：《叶普盖尼·奥涅金》，曾冲明、曾凡华译，《普希金诗选》，北京：长征出版社，2005 年版，第 452 页。

新时期《叶甫盖尼·奥涅金》的译介不仅仅限于新译本的推陈出新上，研究者们开始利用新手段、新材料、新视角突破现有的接受和解读模式，其接受角度也呈多元化的倾向。新时期的研究者主要从下列两个大方向展开研究：

一是"本体论"方向，研究这部著作本身的特色：例如从形象学角度，分析主人公奥涅金的"多余人"形象，或以比较文学的视角对"多余人"概念作进一步探讨，将主人公奥涅金的形象同中国文学中的经典形象（贾宝玉、方鸿渐、涓生等）进行对比[1]。另外，女主人公塔吉雅娜的形象问题也是研究热点，研究者们从女性主义的角度探讨女主人公塔吉雅娜的代表意义，挖掘普希金的女性观[2]。从叙事学角度对《叶甫盖尼·奥涅金》的叙事主体、叙事视角等进行探讨[3]，从修辞学角度研究《叶甫盖尼·奥涅金》对俄国诗歌史修辞的贡献[4]，等等。这方面的重要学术著作包括陈训明的《普希金抒情诗中的女性》（1993），查晓燕的《普希金：俄罗斯精神文化的象征》（2001），刘文飞的《阅读普希金》（2002），张铁夫的普希金系列著作：《普希金的生活与创作》（2004）、《普希金新论：文化视域中的俄罗斯诗圣》（2004），郭家申的《普希金的爱情诗和他的情感世界》（2012）等。

二是从译介学角度评论各个汉译版本的得失，总结译介经验，探究如何用中文译外国诗，解读译介热潮背后的文化意义。俄苏文学的汉译历程是中国翻译史不可或缺的组成部分，故普希金及其作品的汉译也成为翻译研究者们的研究重点之一。近年来也有许多新作问世：如张铁夫《普

---

[1] 见潘一禾：《读解奥涅金的被"拒绝"——兼谈"多余人"形象的重新评价》，《文艺理论研究》，1997第1期，第71—77页；匡兴：《对奥涅金形象典型性质的再认识》，《俄罗斯文艺》，1999年第2期，第95—98页；刘奉光：《是中间人物，不是"多余的人"——谈叶甫盖尼·奥涅金形象的社会意义》，《齐鲁学刊》，1986第2期，第112—113页；吴邦文：《是多余人，还是叛逆者？——贾宝玉与奥涅金比较研究》，《重庆师院学报》（哲学社会科学版），1992年第1期，第77—84页；董艳君：《"多余人"的艺术魅力——以对奥涅金与方鸿渐的比较为例》，《辽宁教育学院学报》，1993年第1期，第123—126页；王小瑛：《涓生与奥涅金形象比较谈》，《中国文学研究》，1997年第2期，第85—88页。

[2] 如黄海宁：《对〈叶甫盖尼·奥涅金〉中达吉雅娜形象的再认识》，《沈阳农业大学学报》（社会科学版），2008年第3期，第370—372页；周颖：《在传统与现代之间——从〈叶甫盖尼·奥涅金〉看普希金的女性观》，《江西社会科学》，2004年第8期，第106—108页；孙金美：《解读达吉亚娜的形象——重读〈叶甫盖尼·奥涅金〉》，《上海师范大学学报》（哲学社会科学版），2001年第4期，第74—79页。

[3] 如张凤：《〈叶甫盖尼·奥涅金〉的内涵解码分析》，《外国语言文学》，2011年第3期，第199—205页；彭甄：《〈叶甫盖尼·奥涅金〉叙事者形象分析》，《国外文学》，2000年第2期，第111—113页。

[4] 王加兴：《试论〈叶甫盖尼·奥涅金〉中的修辞手法"换说"》，《解放军外国语学院学报》，2005年第2期，第113—117页；赵红：《从话语归属看〈叶甫盖尼·奥涅金〉的修辞特点》，《外语研究》，2003年第5期，第9—13页。

希金与中国》(2000)、《普希金经典的传播与阐释》(2009)采取以人物为主线的结构,列举了各翻译家与普希金作品的联系,勾勒出普希金中译史的轮廓;2005年孟昭毅和李载道主编的《中国翻译文学史》论及《叶甫盖尼·奥涅金》的汉译和普希金的主要汉译者(戈宝权、冯春等);同年戴天恩编著的《百年书影:普希金作品中译本1903—2000》简要介绍了普希金中译本的出版情况,并附书籍封面;2009年杨义主编的"二十世纪中国翻译文学史"丛书有三十至四十年代俄苏卷,集中探讨了特定历史时期下俄苏文学在中国的译介情况,是一本极具参考价值的翻译文学史著作;2011年陈建华编著《俄罗斯人文思想与中国》依托丰富的史料,对若干重要期刊、著名翻译家和重要专题进行了深入探讨,展现了丰富复杂的历史层面;同年,曾思艺所著《俄苏文学及翻译研究》论述了《叶甫盖尼·奥涅金》各个汉译本之间的差异和原因。而这类汉译史总结性著作的出现,展现了《叶甫盖尼·奥涅金》这部著作在中国传播的范围之广、影响之深。

《叶甫盖尼·奥涅金》一书庞大的译本数量和丰富深入的学术研究成果充分展现了其在中国的经典地位。进入21世纪之后,这部著作在中国的流传呈现出了普及化的倾向。2003年教育部公布的全日制《普通高中语文课程标准》将普希金的诗歌列为推荐课外读物,这一举措不仅体现了其经久不衰的经典地位,同时也对普希金在中国进一步的普及,培养青少年读者有极大的推动作用。随之而来的是众多不同类型以中学教育为目标的普及性读物的出版,如:《语文新课标分级阅读丛书:普希金诗选》(钱理群主编,天津教育出版社2013年版)、《语文基础阅读丛书:高中生必读名家诗作》(秋名主编,文汇出版社2012年版)、《中学生诵读一生的诗歌》(袁英选编,长江文艺出版社2011年版)、《普希金诗选:名师导读美绘版》(陈慧编选,云南教育出版社2011年版)、《学生语文新课标必读丛书:普希金诗选》(宋璐璐、杜刚编译,吉林出版集团2010年版)、《假如生活欺骗了你:普希金的故事》(黄艾艾,上海人民美术出版社2009年版)、《普希金诗歌、小说诠释与解读》(闫微编著,中国少年儿童出版社2003年版)等等。这些读物往往以引导青少年的良好阅读习惯,激发他们的阅读热情为主要目标,配合名师深入浅出的评论文章和较大篇幅的插图,简明扼要地介绍普希金的生平、艺术特色、写作背景等,以期使青少年读者在有限的阅读时间内充分体会阅读文学名著,获得精神的愉悦和人格的提升。在泛娱乐化时代,快餐文化正在逐步蚕食人们阅读经典的时间和精力,培养青少年读者将有利于经典的传承和文化的延续。

第十二章
《巴黎圣母院》的生成与传播

维克多·雨果是法国浪漫主义运动的旗手，也是法国文坛最具影响力的作家之一。一生共创作了26卷诗歌、20部小说、12卷剧本、21卷理论著作，其作品之多，创作生涯之长，在法国文坛鲜有媲美者。他的《巴黎圣母院》则是众多作品中最为人所熟知的作品之一。甚至有评论者认为："最具有雨果风格的小说，是《巴黎圣母院》。"①

雨果于1830年7月27日开始动笔写作这部小说。彼时，距他允诺出版社1829年交稿的日期已过去了近一年时间。交稿日期迫在眉睫，雨果心力交瘁，为鞭策自己的创作，雨果买来一瓶墨水，用衣物裹住周身，显现出一副破釜沉舟的架势。仅仅过了一天，著名的"七月革命"爆发，雨果的创作情绪受到街上枪炮声的不断搅扰而愈显焦躁。但是，这部作品像是具有魔力一般，雨果才动手写下头几章就迅速进入了写作的状态，最终他一蹴而就在1832年1月15日完稿，将先前买来的墨水用至一滴不剩。雨果欣喜过望，曾打算将这部小说取名为《一瓶墨水的内涵》。这个题目未能最终成为小说的题目，其中非常重要的原因在于，雨果并非真的枯坐在桌前闭门造车，而是对小说的场景做过一番细致的考察。他在动笔的三年前就已经阅读了大量的历史文献和严肃的历史著作，在此研究的基础上已对15世纪的巴黎历史了如指掌。②

尽管对写作对象进行了细致的考察，但雨果本人在给出版商介绍此书时还是认为，与书中揭示的15世纪巴黎的风俗、信仰、法律、艺术等文

---

① 程曾厚：《程曾厚讲雨果》，北京：北京大学出版社，2008年版，第150页。
② 可参见上书。

明情况相比,更为重要的部分在于其中的虚构和想象。①

对现实的考察再加上诗意的想象,使得《巴黎圣母院》的问世在评论家圣伯夫看来标志着雨果在创作上达到了成熟期。但这种成熟期并未被大多数人所接受,《巴黎圣母院》"不是大多数人所熟悉的小说,而是他自己的,总是有点荒诞、执拗、高傲,可以说是陡峭的,所有的方面都很别致,而同时又有洞察力、嘲讽,有所醒悟……"②顺着这一思路,我们可以发现这部小说并非严格意义上的写实之作,其中必定包含着除去描摹15世纪巴黎生活、刻画大教堂的笔触之外的另一层意义。圣伯夫虽然没有明确指出雨果这部作品包含上述几种特质的原因,但时至今日我们知道,这一连串的特质可以镶嵌在《巴黎圣母院》的核心美学特质——"美丑对照原则"当中。

作为一部文学经典,考察其中的经典性,重在考察其独特性。如若按照上述思路进行延伸,那么我们似乎可以将"美丑对照原则"当作这部小说最为独特的艺术特性,可以注重探究这种思想的起源和发展。当然,探究经典作品中的美学思想,需要把握作家的自觉性和非自觉性问题,也就是说,要区分哪些思想是雨果有意识传递出来的,哪些思想则是镶嵌在经典文学所铸成的"集体无意识"之中的。有了这两点把握之后,我们才能准确把握该经典小说对后世的影响,并作为考察其翻译版本的重要依据。

基于以上几点考虑,本章将从三个方面着手分析:第一部分主要探索《巴黎圣母院》的生成,主要围绕"美丑对照原则的生成"及其相关内容进行论述。第二部分主要研究《巴黎圣母院》的传播,包括"'美丑对照原则'的影响"和"《巴黎圣母院》的跨媒介传播"。第三部分则试图围绕《巴黎圣母院》的中译本进行分析,企图以此为切入点分析《巴黎圣母院》在中文语境中的传播状况。

第一节 《巴黎圣母院》的生成

"美丑对照原则"是《巴黎圣母院》最大的特点,也是这部经典作品得以传播的核心要素。探究这个要素的生成以及围绕着这一原则所展开的

---

① 程曾厚:《程曾厚讲雨果》,北京:北京大学出版社,2008年版,第155页。
② 圣伯夫:《论雨果》,程曾厚编选:《雨果评论汇编》,合肥:安徽文艺出版社,1994年版,第60页。

人物设置，也就是在探索这部经典作品的生成。

一、美丑对照原则的生成

雨果本人在《克伦威尔序》（以下简称《序》）中首次提出了"美丑对照原则"。整篇《序》正如雨果在开篇时所举的军队的例子一样，充满了战斗气息。它所要驳斥的是古典主义，乃至古典主义之前，沉积在美学历史当中的单一美学准则。雨果认为："古代的纯粹史诗性的诗歌艺术也像古代的多神教和古代哲学一样，对自然仅仅从一个方面去加以考察，而毫不怜惜地把世界中那些可供艺术模仿但与某种典型美无关的一切东西，全都从艺术中抛弃掉。"①而对于这种典型美的定义，就成了被概括为"美丑对照原则"的具体内容："丑就在美的旁边，畸形靠近着优美，丑怪藏在崇高的背后，美与恶并存，光明与黑暗相共。"②

雨果在《序》中曾说："照我们看来，就艺术中如何运用滑稽丑怪这个问题，足足可以写一本新颖的书出来。通过这本书，可以指出，近代人从这个丰富的典型里汲取了多么强烈的效果……"③

而今，我们可以说意大利作家艾柯（Umberto Eco，1932—2016）所著的《丑的历史》则刚好成了雨果所说的"新颖的书"。借助这部书，我们可以较为系统地梳理雨果之前，西方文学和艺术中"丑"的形象以及"丑"的理念生成和传播的过程。其次，相对"美"这个概念在艺术创作和文学批评之中所引起的广泛讨论相比，"丑"则相对论述得比较少。因此，笔者认为，跳出雨果自身的论述进行相关概念的梳理，一来可以从更为广阔的视角来界定雨果自己在艺术和文学中未必发现的线索，从而更为客观地对"丑"的美学问题进行系统的论述，并且更深入地认识"美丑对照原则"；二来，雨果在《序》中已经表露出对"丑"进行历时性描述的倾向，只是他的描述尚未得到清晰而具体的论证，这说明雨果在创作《巴黎圣母院》时势必不自觉地借助了"丑"在美学史发展中的演变成果，通过梳理"丑"的演变，同样也可以帮助我们走近雨果创作的内核。因此，如果说"美丑对照原则"是《巴黎圣母院》作为文学经典得以传播的重要原因，那么分析其背后凝结着的美学史上的沉淀，以及这种沉淀所构成的雨果创作的深层动机，有助于我们对《巴黎圣母院》的生成和传播形成特定的"历时性"和"共时

---

① 雨果：《雨果论文学》，柳鸣九译，上海：上海译文出版社，1980年版，第30页。
② 同上。
③ 同上书，第35页。

性"的视野。

在梳理具体的"丑"的历史之前,艾柯提醒我们,"丑"这个概念在人类的认识和接受的范畴中具有如下几个前提:第一,"丑"这个概念具有相对性。不仅个体对待"美"和"丑"的因素有所差别,而且在历史的演变过程中,"丑"也不可避免地随着审美标准的变化在逐渐发生变化。有时候,这种标准还会跳出审美活动的框架,在社会或政治标准等外在参照条件下发生一系列变化。第二,这种对美丑的界定尽管有其相对性,但是这种相对性并非无边无际、难以捉摸,而是可以参考某个"特定"的模型进行定义。无论是柏拉图所说的"理念",还是托马斯·阿奎那定义的"形式"与"材料"的统一,都可以视作人们在对待"丑"这个概念时留下的公分母。第三,自从罗森克兰茨(Karl Rosenkranz)于1853年发表第一部《丑的美学》(*Aesthetic of Ugliness*)以来,人类在对待丑时除去政治和经济的外在标准之外,也会掺杂诸如道德等人类生活的内在价值,继而影响人们对"丑"的认定和态度。① 在这四个前提之上,艾柯认为我们在对待"丑"时,需注意三种区分:丑的本身,主要是指令人作呕的现象;形式上的丑,涉及的是整体和部分之间关系的失衡;以及艺术对这两者的刻画。②

笔者认为,艾柯的观点和区分无疑为我们切入对"丑"的认识搭建了具体的方法和视野。雨果在《巴黎圣母院》当中围绕着爱丝美拉达和加西莫多这两个人物所搭建的"美丑对照原则",应该包含在以上几点的参考维度之中进行梳理和考察。

"丑"对"美"的补充:促成和谐。古希腊文化是西方文明的滥觞之一,我们对"丑"的审视自然要从古希腊开始。柏拉图在《巴门尼德篇》中记载了苏格拉底和巴门尼德有关"理念"的一番对话,其中包含了苏格拉底对"丑"的认识。在这番对话中,苏格拉底和巴门尼德基本对"公正""美"和"善"等概念具有的"理念性"达成了一致。但是就"头发""烂泥""垃圾"等"一切微不足道、卑贱的事物"拥有理念,苏格拉底却认为是"荒谬的"。究其原因,苏格拉底认为:"在这些事例当中,事物就是我们能看到的事物。"③由此可见,在"理念"的维度之下,卑贱的事物之所以显得"荒谬"主要在于"可见",也就是有形。在苏格拉底的论述中,美和丑相比,趋向于

---

① 参见翁贝托·艾柯:《丑的历史》,彭淮栋译,北京:中央编译出版社,2010年版,第8—16页。
② 同上书,第18—20页。
③ 苏格拉底与巴门尼德的相关论述,可参见柏拉图:《柏拉图全集》(第二卷),王晓朝译,北京:人民出版社,2003年版,第760页。

无形,更接近理念世界;而丑则落于尘世,趋向于有形。关键在于,这个"有形"和前面所提及的头发、烂泥、垃圾等相关,更趋向于"局部"。而在《大希庇亚篇》中,苏格拉底则通过扮演一位曾问倒过他的提问者,就有关"美"和"丑"的问题向希庇亚提问。在希庇亚的回答中,我们可以看到一连串类比关系,"猴子""人""少女"和"陶罐"等显然都是美的,但是这些显然是在对比中显现出美的:"最美丽的猴子与人类比起来是丑陋的……最美丽的陶罐与少女相比也是丑陋的。"这些美的事物在希庇亚看来具有两点共通的特性——"井然有序"和"拥有外形"。①

我们可以发现,先前在《巴门尼德篇》中有关"丑"具有"有形"性的论述显然和"琐碎性"相对应,也就是说在古希腊人的眼中,"美"虽然是无形的,但是具有使事物井然有序的特征,并在"井然有序"的观念之下,它能够促成事物完整的形体。而"丑"则相反,丑虽然有形,但这种形态诞生的是失序的、破碎的事物。秩序反映在古希腊人的观念之中,就形成了对人和物的比例的追寻。"公元前4世纪,波里克利特斯(Policlitus)创作了一具雕像,此作由于体现理想比例的所有规则而得《正典》之名。而维特鲁威(Virtruvius)是后来才提出的人体各部分的完美比例的;脸应该是身长的十分之一,头是身长的八分之一,躯干是四分之一,等等。"②

除此之外,我们还应该看到,美的秩序是在一系列类比的关系下产生的,也就是说美具有通约性。柏拉图在《理想国》中曾表述说:"……这些事物里都有优美与丑恶。坏风格、坏节奏、坏音调,类似坏言词、坏品格。反之,美好的表现与明智、美好的品格相接近。"③基于此,柏拉图呼吁"阻止艺术家无论在绘画和雕塑作品里,还是建筑或任何艺术作品里描绘邪恶、放荡、卑鄙、龌龊的坏精神……"因为这样做会使得人们"从小就接触罪恶的形象,耳濡目染,有如牛羊卧毒草中嘴嚼反刍,近墨者黑,不知不觉间心灵上就铸成大错了"。④ 其实,抛开柏拉图的论述不论,从希腊人所用的词中我们依旧可以看出一些端倪。希腊人在表达有关"完美"的理念时,用的词是"kalokagathia",这个词可以拆解成"kalos"(美丽)和

---

① 可参见柏拉图:《柏拉图全集》(第二卷),王晓朝译,北京:人民出版社,2003年版,第36—37页。
② 翁贝托·艾柯:《丑的历史》,彭淮栋译,北京:中央编译出版社,2010年版,第23页。
③ 柏拉图:《理想国》,郭斌和、张竹明译,北京:商务印书馆,2009年版,第107页。
④ 同上。

"agathos"(善等正面价值)这两个部分,加在一起构成了"完美"。① 由此可见"美"就成了一个超越身体的价值理念,与"善"相连。

至此我们可以发现,在古希腊人的眼中"美"和"和谐""无形""善"相联系,而"丑"则和"失序""有形""罪恶"相关。这似乎构成了截然相反的一对二元对立,不仅体现在事物的"比例"等可见的维度,也体现在"善恶"等不可见的抽象价值判断中。但是,论述什么是美丑是一个方面,而如何表述这种对立则是另一值得注意的方面。因为我们得时刻注意,雨果的"美丑对照原则"本质上也是对美丑关系的一次书写。这种对"美丑"关系的书写,可以追溯到亚里士多德的《诗学》。亚里士多德基于摹仿论指出:"人对于摹仿的作品总是感到快感。经验证明了这样一点:事物本身看上去尽管引起痛感,但惟妙惟肖的图像看上去却能引起我们的快感,例如尸首或最可鄙的动物形象。"② 至于这种快感的来源,亚里士多德认为在于我们"一边在看,一边在认知"③。亚里士多德所说的"认知"无疑在简单地罗列"美丑对比"之外,加入了读者的因素,也就是说读者在看待"美丑"的时候除去衡量"美丑"的价值判断之外,会基于作品的摹仿特性而关注对"美丑"的表现层面。继而亚里士多德特别指出,作品中"好坏"之分,与对"美"和"丑"的表现有关,因为"'坏'不是指一切恶而言,而是指丑而言……"④

尽管如此,古希腊的文学创作似乎没有拘囿于亚里士多德所框定的事物的"美丑"与表现"好坏"的联系之中。我们依旧可以在神话传说、荷马史诗,乃至悲剧诗人的创作中看见米诺陶、斯芬克斯、塞壬等人身妖兽的怪物,这些怪物不仅不符合比例,而且其不合比例的方式是某种人和兽的组合,其恐怖形象令读者触目惊心,而他们所做的事情,连同那些外貌并不可怕的人(诸如美狄亚、坦塔勒斯等)所做的事情一样,无论如何也无法和"善"挂钩。无疑按照古希腊圣贤的标准来看,这些怪物和人是丑的。但不容否认的是,他们的形象却实实在在地存在于这些伟大的作品当中。这说明"坏"的、"丑"的事物,除去抽象价值的衡量之外,在文学、艺术作品的价值当中有着独特的表现作用。奥勒留则通过一系列事物的类比,指出了这种作用:

---

① 参见翁贝托·艾柯:《丑的历史》,彭淮栋译,北京:中央编译出版社,2010年版,第23页。
② 亚里士多德:《诗学》,罗念生译,上海:上海人民出版社,2006年版,第24页。
③ 同上。
④ 同上书,第28页。

当面包在烘烤时,表面出现了某些裂痕,这些如此裂开的部分有某种不含面包师目的的形式,但在某种意义上仍然是美的,以一种特殊的方式刺激着食欲。再如无花果,当它们熟透时也会裂开口;成熟的橄榄恰在它们接近腐烂时给果实增加了一种特殊的美。谷穗的低垂、狮子的睫毛、从野猪嘴里流出的泡沫,以及很多别的东西,一个人如果孤立地考察它们,虽然会觉得它们是不够美的,但由于它们是自然形成的事物的结果,所以它们还是有助于装饰它们,使得心灵愉悦。所以,如果一个人对宇宙中产生的事物有一种感觉和较深的洞察力,那些作为其结果出现的事物在他看来就几乎都是以某种引起快乐的方式安排的。所以,他在观察真正的野兽张开的下颚时,并不比看画家和雕刻家所模仿的少一些快乐,他能在一个老年人那里看到某种成熟和合宜,能以纯净的眼光打量年轻人的魅力和可爱。很多这样的事情都要出现,它们并不使每个人愉悦,而是使真正熟稔自然及作品的人愉悦。①

面包和面包上的裂痕属于整体和部分之间的关系。若参照古希腊哲学家的观点来看,不仅这些裂痕是丑的,因为它们是局部,就连整条面包也是丑的,因为它是有裂痕的"有形"之物,无疑与理念当中"无形"且"完美"的面包相差甚远。如果说面包还是出自人之手,其失误是可以参照烤制面包的标准进行指责的话,那么随后出现的无花果、橄榄、谷穗,乃至狮子的睫毛和野猪的唾沫,无疑都是非人工的结果,也就是说是无法避免的。既然无法避免,那就意味着有一种法则,它势必会产生差池,产生不完美,继而产生丑的效果,并且这种丑的效果就依附在美的事物周围。人们若对此类丑的事物换一种观察的方式,那么这些事物必然会产生不一样的审美效果。这样一来,以"美"来代替整体,以"美"来独撑"完美"的理念,在一个随处可见不完美的世界当中,被"美丑共存"符合"自然"的观念所革新。

"美"和"丑"在"自然"中的着床,在基督教文化中孕育出了"万有之美"的全新认识,这种认识在新柏拉图主义者笔下得到了具体的阐释。那位托名为戴奥尼索斯的作者认为:"但我们在把'美的'和'美'用于统一万物的原因时,不要在这两个名字间作区分……美将万物召唤向自己(当他被称为'美'时),并把一切事物都聚集在自身之中。他把他称为美的,因为他是全然美好的,是超出一切的美者……在那一切美的事物的单纯但

---

① 马可·奥勒留:《沉思录》,何怀宏译,北京:中央编译出版社,2008年版,第24—25页。

超越的本性中,美与美者作为其源泉而独特地在先存在着。从这一美中产生了万物的存在,各自都展示着自己的美的方式……美统一万物而为万物源泉……世上没有任何东西不分有一定的至美与至善。"①显然这番话中包含着一种相矛盾的成分。如果美是统一万物的源泉,万物之中也确有这种至美和至善,那么万物之中的丑、万物之中的恶又该如何解释?换言之,美和丑固然是一对二元对立,既然这组二元对立依然存在,并归属于"万有之美",那么承载这对对立的容器又是什么?对于这一疑问,奥古斯丁的论述为我们提供了答案。他在《忏悔录》中指出:"对于你天主,绝对谈不到恶;不仅对于你,对于你所创造的万物也如此,因为在你所造的万有之外,没有一物能侵犯、破坏你所定的秩序。只是万物各部分之间有的彼此不相协调,使人认为不好,可是这些部分与另一些部分相协,便就是好而部分本身也并无不好。况且一切不相协调的部分则与负载万物的地相配合,而地又和上面风云来去的青天相配合。"②除此之外,这位圣徒在《论秩序》《上帝之城》等著作中多次提及各种事例,用以强调"秩序"和"和谐"。③ 这样一来,"美"和"丑"不仅统一在了和谐和秩序的维度之中,并且各自有了对秩序的不同价值。从某个侧面来说,这种观念使得"丑"的事物具有了和"美"的事物一样的价值表现功能。

在这种观念的影响下,基督教的文字和艺术作品当中大量出现了许多丑陋的形象。这些形象主要可以分为两类:基督受难时的鲜血场面,以及迫害基督的人的丑态。

我们可以在大量描述基督受难的绘画和文字作品中看到有关耶稣的种种"丑陋"画面:鲜血、伤痕、荆冠,甚至是耶稣的尸体。前文我们已经看到,"美"和"丑"已经在新柏拉图主义者心目当中获得了统一于"和谐"的可能性,而在基督教文化中,这种可能性再进一步就成了人性和神性的合一与和谐。人性代表着耶稣"道成肉身"的人的一面,而神性则代表着他身上的上帝之子的神性。由于存在这种两分性,黑格尔认为古典艺术往往不能胜任这一表现功能。"因为个别主体与神的和解并不是一开始就

---

① 狄奥尼修斯:《神秘神学》,包利民译,北京:生活·读书·新知三联书店,1998年版,第28—29页。
② 奥古斯丁:《忏悔录》,周士良译,北京:商务印书馆,1963年版,第94页。
③ 具体可参见翁贝托·艾柯:《丑的历史》,彭淮栋译,北京:中央编译出版社,2010年版,第47—48页。艾柯在书中罗列了奥古斯丁著作的相应片段,其中也包含上述笔者所引述的部分。值得注意的是,奥古斯丁所列举出刽子手、妓女、老鸨、畸形的器官等丑陋事物的例子,用以强调出于秩序的考虑,这些事物得以存在的合理性。

直接出现和谐,而是只有经过无限痛苦、抛舍、牺牲和有限的,感性的,主体方面因素的消除才产生出来的和谐,有限和无限的在这里紧密结合成一体。"① 耶稣作为人性一面所遭受的鲜血场面,无疑是作为肉体的"丑"的部分在向精神中的"美"的部分的一种转化,是肉体向精神升华过程中的必要且间接的牺牲。

至于迫害基督的人,黑格尔认为可视作基督的敌人,他们"判了神的罪,嗤笑他,使他受苦刑,把他钉死在十字架上,所以他们被表现为内心上是恶的,而这种内心的恶和对神的敌视表现于外表则为丑陋、粗鲁、野蛮的形象和凶狠的歪曲"②。这样一来,外在于基督的那些人可以视作对基督精神上"美"的直接催化。

至此,我们可以说,在基督教文化中,"丑"不仅和"美"统一于秩序当中,而且具有和美一样的表现价值。和古希腊相比,这种丑的认识具有如下特点:"丑"不再是参照美的一种缺失和失衡、失序,而是作为整体参与秩序的构建;"丑"不再是肉体/精神二元对立体系中单纯代表肉体的一个尺度,而是作为一种对美的牺牲和催化,从而兼具肉体和精神的特征,这种特征表现为耶稣神性和人性的统一与和谐。

"丑"对"美"的延伸:揭示讽刺。"丑"的形象除去作为研究标本放在哲学家、美学家的案头之外,更多的是伴随着笑声回荡在民间。这似乎构成了人们面对丑的事物时近乎本能的反应。那么,人们在接受"丑"的事物时为什么会发笑?

其实,本能只是一方面,属于心理学的范畴。但即便是柏格森这样的心理学家在研究这一问题时也没能道破真谛。苏联文论家普罗普认为,柏格森认定人类之所以发笑是受到了自然规律支配这一结论是错误的。因为它无法解释为什么有些事物明明是可笑的,但人们就是选择不笑。③显然,人之所以选择不笑,是受到了某种约束本能的作用。这些约束本能的成分和一个人所处的社会、阶级、文化等因素密切相关。进而,普罗普认为这种异己的因素会激发两种模式供人发笑——相似性和差异性。所谓相似性就是一种重复。当一个人刻意地去模仿另一个人的行动,并且重复不停地模仿,往往就引出让人发笑的场景。比如小孩子之间经常做的重复某人的话。相似性发笑的前提在于,人们都相信每个个体都是不

---

① 黑格尔:《美学》(第二卷),朱光潜译,北京:商务印书馆,1996年版,第298页。
② 同上书,第299页。
③ 普罗普:《滑稽与笑的问题》,杜书瀛等译,沈阳:辽宁教育出版社,1998年版,第14页。

同的,当所有的不同刻意地趋向共同特征时,往往就会带来笑的因素。①而差异性因素之所以能让人发笑,原因在于人们看到了别人身上某种完全不同于自己的一面,确切地说就是某种缺陷。②那么,这两点对于我们的认识有何帮助呢?

"丑"就是某种缺陷,并且这种缺陷无法复制。这一特点之所以会引人发笑,需满足两个条件:"它的存在和形态不使我们感到受辱和激起愤怒,也不引起怜悯和同情……"③受辱、愤怒、怜悯,这些元素显然不仅仅是人的一种本能反应,更多的是人在相应习俗和社会生活中逐渐形成的价值判断。这样一来,我们可以说人对丑之所以会发笑,不仅是由丑态本身所决定的,还裹挟着丑态背后的集体因素。丑的缺陷不仅是丑态的外在,也是对集体所遵循的共有价值观念的适度违反。普罗普的精彩分析无疑切中了丑之于笑的基本原理,但对于我们所要探究的问题来说,关键还不在于对丑与人之发笑本能,或者某种社会习俗促使丑成为笑料这两个问题进行探究,我们所要关注的是:人们为什么会创造丑,利用丑的样貌和形态来主动地引起他人的笑?

我们若将以上这个问题与中世纪的狂欢文化结合起来分析将会带来较为清晰的判断。艾柯指出:"早期基督徒不允许放纵自己大笑,因为大笑被视为带有魔鬼性质的放肆。"而在巴赫金看来,中世纪存在两种生活模式:"一种是常规的、十分严肃而紧蹙眉头的生活,服从于严格的等级秩序的生活,充满了恐惧、教条、崇敬、虔诚的生活;另一种是狂欢广场式的自由自在的生活,充满了两重性的笑,充满了对一切神圣物的亵渎和歪曲,充满了不敬和猥亵,充满了同一切人一切事的随意不拘的交往。这两种生活都得到了认可,但相互间有严格的时间界限。"④而两种生活之间的调节则成了狂欢文化的主要功能。从一般意义上来说,狂欢就是一场场"笑的"节日。它为原本压抑、封闭的民众精神生活激活了丰富的时间体验,敞开了话语流通的空间。⑤但若联系我们所要论述的主题,除去空间和时间这两个要素之外,处在狂欢化仪式中的人的"躯体"则更为重要。

---

① 普洛普:《滑稽与笑的问题》,杜书瀛等译,沈阳:辽宁教育出版社,1998年版,第40—43页。
② 同上书,第43—44页。
③ 同上书,第45页。
④ 巴赫金:《陀思妥耶夫斯基诗学问题》,白春仁、顾亚铃译,北京:生活·读书·新知三联书店,1988年版,第184页。
⑤ 有关狂欢的时间和空间特性具体可参见赵勇:《民间话语的开掘与放大——论巴赫金的狂欢理论》,《外国文学研究》,2002年第2期。

据西方学者考察,狂欢节(Carnival)一词由"caro,carnis"(肉体)与"levare"(更替)组合而成。① 由此可见,狂欢的主体是与肉体相关的内容。肉体对宗教、官方话语的反抗通过宣泄欲望来实现。在巴赫金看来,民众通过身体中怪诞的部分来抵抗宗教生活中的体面,主要通过四个方面来实现:通过展现怪诞来传递生命力,继而体现出希望的内涵;通过敞开身体,尤其展现官方话语所禁忌的部分来达成亲密的接触;挑战官方的禁忌,继而达到挑战话语权威的作用;最终敞开一种对话的可能。② 那么,所谓的怪诞的身体具体是指什么呢?

巴赫金指出:"怪诞形象的艺术逻辑藐视人体中封闭的、平坦的和无生气的平面(表面),只定格那些超出于人体界限或通向人体内里的东西。山岳和深渊,这就是怪诞人体的凹凸,或用建筑学语言,即地下室里的钟楼。"③由这段话我们不难看出,所谓的怪诞其实就是指身体不符合匀称、平面的认识观中的躯体。这种"凹凸"具有更为深刻的隐喻意义:

> 现代人体规范的特点是……一种完全现成的、完结的、有严格界限的、封闭的、由内向外展开的、不可混淆的和个体表现的人体。一切突起的、从人体中鼓凸出来的东西,任何显著的凸起部位、突出部分和分肢,亦即一切人体在其中开始超越其界限,开始孕育别一人体的东西,都被砍掉、取消、封闭、软化。而且,所有导向人体内里的孔洞也被封闭。个体的、界限分明的大块人体及其厚实沉重、无缝无孔的正面,成为形象的基础。人体无缝无孔的平面、平原、作为封闭的、与别的人体和个体性世界不相融合的分界,开始具有主导意义。这一人体所有的非完成性、非现成性特征,被小心翼翼地排除,其肉体内在生命的所有表现,也被排除。④

考虑到巴赫金构建理论的基本态度,我们可以这样说,狂欢仪式中身体的凹凸其实是为了展开对话,流通话语的一种手段,这种手段由于借助了躯体的具体展现形式,不仅具备了对话的渴望,也同时展现了由展开身

---

① Ivor H. Evans, *Brewer's Dictionary of Phrase and Fable*, London: Cassell Ltd, 1981, p. 200. 转引自赵勇:《民间话语的开掘与放大——论巴赫金的狂欢理论》,《外国文学研究》,2002年第2期。
② 赵勇:《民间话语的开掘与放大——论巴赫金的狂欢理论》,《外国文学研究》,2002年第2期,第5页。
③ 巴赫金:《拉伯雷研究》,李兆林、夏忠宪等译,石家庄:河北教育出版社,1998年版,第369页。
④ 同上书,第371页。

体伪装所带来的真诚。

回到我们所论述的问题上来看,怪诞的躯体、凹凸的造型其实就是一种"丑态"。诚如艾柯所言,"丑态"因此具有了两个关键的话语功能:诙谐与猥亵。① 值得指出的是,艾柯并没有指明这两个术语的总结得益于巴赫金的分析,但在笔者看来,艾柯无疑是对巴赫金理论的一次深入总结。在中世纪的语境之下,猥亵显然来自于官方和宗教话语中的标准,是对正统身体观念的否定。而所谓的诙谐则是一种渴望交流、表露真诚对话的尝试,这两者的关系密不可分。即便如此,我们还需看到,民间这种对丑态的展示多半是自发性的,属于传统或者集体无意识的范畴当中,它与人们自发创作丑态还是有很大的区别的。我们真正需要考察的问题在于,人们抱着什么样的目的在创作、生产丑的形象?如若目的是可以探明的,那么所谓的猥亵和诙谐的主旨又在何处?

无疑,喜剧是有关丑态的形象的天然舞台。出演喜剧的演员可能本身并不是丑的,但却通过夸张的装扮、浮夸的演技来模仿丑态,从而达到喜剧表演的目的,这是值得我们考察的一个方面,因为演员是有意识地创作和表现丑态。专攻丑的美学的罗森克兰兹就曾经指出:

> 浮夸无论在什么情况下都是丑事。浮夸是一个人的自由往往已经失去控制的征象,而且每每在不适合的场合,在他毫无防备之下迅速难以收拾而令他恐慌吃惊。因此,浮夸就像一个妖怪,在没有预警之下放肆妄为,使他陷入尴尬的处境。所以,喜剧演员总是喜欢在丑怪剧和诙谐情节里运用这项因素,至少通过典故来表现……人,不管年龄、教育水平、社会阶层和地位有什么差异,全都有这种不由自主的卑下天性,因此此类典故指涉很少有不令观众大笑的;低下的喜剧特别喜欢运用与此有关的粗俗、淫秽和瞎闹,道理就在这里。②

罗森克兰茨在这番话中与其说强调了丑进入喜剧的条件,不如说揭示了我们对丑的好奇。并且,这种好奇带有瞬间性和突袭性,它首先引起的是人们对失控事物的惊恐。但是,我们不禁要问,人们对于惊恐的事物为何会笑?这种猥亵的场景又是如何产生诙谐的效果的?一般来说,观众在经历从惊恐到发笑的这个过程中之所以能放声大笑,原因或许在于他看到的是和自己无关的惊恐,并且庆幸自己能安全地躲过这种惊恐,继

---

① 参见翁贝托·艾柯:《丑的历史》,彭淮栋译,北京:中央编译出版社,2010年版,第135页。
② 同上书,第138页。

而将笑当成一种宽慰和对惊恐情绪的舒缓。但是,可想而知这种笑必定是短暂的,也必定是无法反复重复的。马克斯·德索就曾指出:"纵使在一般生活中,丑得变形、令人作呕的东西实际上都能使我们着迷,其原因不仅是由于它以突然的一击而唤起我们的敏感,而且也由于它痛苦地刺激我们那作为整体的生活……艺术大师们在他们的作品里仅为艺术的目的而体现出这种刺激,人们都认为是合理的。"① 如此来看,丑态之所以能让人发笑,并且人们也乐于接受这种刺激,除去我们对他人惊恐的消费、对紧张情绪的舒缓之外,还伴随着人们接受艺术创作的共识。既然提升到艺术创作的层面,我们有理由相信,在喜剧的漫长历史中,丑怪形象之所以能够长久地发展下来,定有除去让人短暂发笑之外的原因。

要探索这一原因,我们不妨顺着马克斯·德索的分析,首先来分析一下丑的产生机制是什么。德索认为:

> 使人愉快的和理想的美的东西产生一点小小的变化可能获得某种独立的丑的东西。稍微扭曲一个正方形或圆形,或把不相容的两种颜色混合起来都会产生丑的效果……更重要的则是丑从自身中获取审美价值的能力……一切种类的美——严格的形式美,欢快的色彩美,悦耳的音乐和谐美——都可以说是花费了极大的精力去炫耀其外部,所以就没有任何余力去表现其内部了……然而如果艺术家欲表达自己内心中深深的思念,表现内心最深处最属于精神的东西,那么丑便与优雅一起提供了表达的合适方式。②

由此可以看出,丑若要达到和美一样的美学功能,首先需要摆脱的是肉体,而进入精神的层面。但很显然,这里所说的精神层面肯定不再是丑的物体自身的层面,而是来源于被揭示的物体,也就是说,丑开始脱离原本就是丑的事物,对需要表现的对象进行刻画。丑态所包含的诙谐和幽默发生了对象的转移,将自己的丑态转移到原本不那么丑甚至是美的事物身上,达到一种精神层面的揭示,这就是讽刺。

以丑来揭示美的事物的伪善,所达成的效果是漫画式的,对丑的功能这一重要转换,罗森克兰茨的认识是深刻的:"丑将崇高的转换为粗俗的,将惬意转化为可憎的,将绝对的美转化成讽刺漫画,在讽刺漫画里,尊严

---

① 参见玛克斯·德索:《美学与艺术理论》,兰金仁译,北京:中国社会科学出版社,1987年版,第155页。
② 同上书,第156页。

变成强调,魅力变成卖俏。讽刺漫画因此是形式之丑的极致,不过,也正因为其所反映的事物时受其所扭曲的正面形象所决定的,所以讽刺漫画不知不觉进入喜剧境界。"① 这样一来,丑和笑就结合在一起,成为了讽刺。值得注意的是,罗森克兰茨指出这种喜剧效果受到了正面形象,也就是所要讽刺的对象的限定。但这并不意味着丑的事物就因此失去了自身的特点,恰恰相反,讽刺的效果若要达到理想的效果,必须最大限度地保留自身的特点:

> 要解释讽刺漫画的话,你必须加上另外一个夸张观念,就是形式与其全体之间的不合比例,也就是否定那个依照形式观念而本来应该存在的统一。也就是说,如果整个形式的所有部分都做同等的放大或缩小,那么,各部分之间的比例维持不变……就不会产生任何真正的丑。但是,如果有一个部分逸出这种全体的统一,从而否定各部分之间原有的协调,可是这逸出部分以外的其余部分相形之下几乎消失。这样,就是不成比例的效果……使形式出现扭曲的那种夸大,必须是一个充满力量的,牵动整体形式的因素。它所造成的形式失序必须是有机的。这个观念是讽刺漫画效果的奥秘所在。透过将整治的某一部分加以不怀好意的夸大,造成的不和谐却会生出某种新的和谐来。②

至此,我们可以看到,"丑"通过讽刺的效果,形成了新的和谐,从而在"美"的侧面延伸出了新的道路来,也正是在这一点上,艾柯认为罗森克兰茨完成了"丑在美学上的救赎"。③

"丑"对"美"的提升:激发崇高。 到了18世纪,人们对丑的认识又有了新的维度。这种对丑的全新认识首先在美学家和哲学家那里得到了理论上的探讨。大思想家伯克认为:"虽然丑是美的对立面,它却不是比例和适宜性的对立面。因为很可能有这样的东西,它虽然非常丑,但却合乎某种比例并且完全适合于某种用途。我想丑同样可以完全和一个崇高的观念相协调。但是,我并不暗示丑本身是一个崇高的观念,除非它和激起强烈恐怖的一些品质结合在一起。"④

---

① 翁贝托·艾柯:《丑的历史》,彭淮栋译,北京:中央编译出版社,2010年版,第154页。
② 同上。
③ 同上书,第152页。
④ 柏克:《关于崇高与美的观念的根源的哲学探讨》,孟纪青、汝信译,古典文艺理论译丛编辑委员会编:《古典文艺理论译丛(五)》,北京:人民文学出版社,1963年版,第60页。

伯克的上述言论中有两点值得我们的关注。首先,他指出了丑自身作为美的对立面,保留了"比例"和"适宜性"这两个方面。从这一点上来说,伯克回应了罗森克兰茨的言论。但更为重要的是,他提出了一个全新的范畴对应关系,那就是丑与崇高的关系。尽管在这个范畴中丑并不直接与崇高画等号,但丑中所包含的恐怖成分却能激发崇高。这样一来,我们对丑的认识就获得了全新的维度。这一点值得我们的关注。

其实,伯克的认识是融合在一系列美学思想的变革潮流中的。因为"在18世纪,关于美的辩论,重点从寻找规则来定义美转为思考美对人的作用"①。而在康德眼中,美对人的具体作用就体现在美与崇高的关系当中。他指出一共有两种崇高:数学式的崇高和力学式的崇高。所谓的数学式的崇高,"典型的例子就是繁星满布的天空:我们所见仿佛远逾我们的感受能力范围,我们的理性因此假设一个无限,我们的感官无法掌握这无限,我们的想象却以直觉拥抱它"②。另一种力学式的,"典型的例子就是暴风雨:我们的灵魂被无限力量的印象所撼动,我们的感官本能自觉渺小,从而产生不安的感觉,但我们意识到我们在道德上的伟大来弥补这种不安——自然的威力无法主宰我们道德上的伟大"③。具体来说,如若要激发数学式的崇高则先要有一个超出感官的对象,进而需要用想象力来拥抱,而在力学式的崇高中,灵魂因为无限所撼动,需要道德来进行弥补。"超出感官"和"无限"就是不可见的表征,"拥抱"与"弥补"则是针对这种"不可见"所做出的策略。

相比之下,丑则是可见的、直面的。莱辛在《拉奥孔》中论及"丑"的作用时曾特意指出:"丑要有许多部分都不妥帖,而这些部分也要是一眼就可以看遍的,才能使我们感到美所引起的那种感觉的反面。"④由此观之,莱辛所谓的丑的可见特质实则作为一种区分,可归在诗歌和绘画关系的范畴中进行论证。如若从这一论证角度出发来看,莱辛认为诗人在写作诗歌时,实则是通过描写丑的形体,稀释了丑所能引起的反感,"就效果来说,丑仿佛已失其为丑了,丑才可以成为诗人所利用的题材。诗人不应为丑本身而去利用丑,但他却可以利用丑作为一种组成因素,去产生和加强

---

① 翁贝托·艾柯:《丑的历史》,彭淮栋译,北京:中央编译出版社,2010年版,第272页。
② 同上书,第276页。
③ 同上。
④ 莱辛:《拉奥孔》,朱光潜译,北京:商务印书馆,2013年版,第142页。

某种混合的情感。"①并且这种混合的情感就是"可笑性"和"可怖性"。而这个可笑的特性是怎样产生的呢？莱辛认为："丑陋的身体只有在同时显得脆弱而有病态，妨碍心灵自由活动的表现，因而引起不利的评判时，嫌厌和喜爱才能融合为一体，但是所产生的新东西却不是可笑性而是怜悯；那对象如果没有这种情形，本来会受到我们尊敬，因为有这种情况，就变成逗趣了。"②逗趣与怜悯之别显然在于观看者自身的评判，而若这种判断的结果和所谓的利害关系相挂钩时，那么，"如果无害的丑恶可以显得可笑，有害的丑恶在任何时候都是可恐怖的"③。笔者认为，所谓无害的丑恶实则表明在观看者心中，这种丑恶是可以被控制的，而有害的丑恶则意在表明，丑恶已经超出了人的可接受范围之外。但是作为人的一种天性，席勒指出人却常常会在明明知道丑陋可以激发恐怖的情况下不由自主地去观看丑的事物：

  人性有个普遍现象，就是难过、可怕甚至恐怖的事物，对我们有难以抵挡的吸引力；痛苦和恐怖的场面，我们觉得既憎恶，又受吸引。正义得伸的快意与不高贵的报复欲，都无法解释这现象。观者可能原谅这狼狈无状之人，最真心同情他的人可能希望他得救，但观众都多少有一股欲望，想看他受苦之容，听他受苦之言。受过教育者如果是例外，那也并非因为他没有这股本能，而是因为这本能被怜悯克服，或者因为这本能被立法抑制。质性较粗的人，则不受这些细致情绪阻碍，追从这股强大的冲动而不以为耻。这现象因此必定根源于人这种动物的本性，必须解释为人类普遍的心理律则。④

除去这一点近乎本能的特质之外，如若我们联系康德的言论，不妨做如下补充：人类之所以会去观看丑恶的事物，除去本性之外，还在于丑的事物因其具有可怖的特性从而具备了一种无法被掌控的特质，在这种无法被掌控的特质的影响下，人们的心灵似乎可以激发出崇高的特性。从这个意义上来说，莱辛所指出的丑的事物的"可笑性"和"可怖性"则可以视为人们依据丑的事物对自身的利害关系，所做出的两种不同程度的反应：如若这种丑与自身的利害无关，那么这种丑就是可笑的。进而，如若

---

① 莱辛：《拉奥孔》，朱光潜译，北京：商务印书馆，2013年版，第142页。
② 同上书，第143页。
③ 同上书，第145页。
④ 翁贝托·艾柯：《丑的历史》，彭淮栋译，北京：中央编译出版社，2010年版，第220页。

这种丑对于观看者有着切身的利益,比如让人引起痛感,那么这种丑就可以激发出可怖感,但人们并不会就此止步,而是借助类似美的事物所激发的道德或者想象的弥补一样,借助怜悯来激发出类似的崇高感来。由此,丑就有了进一步的提升,具有了类似激发崇高的美学特质。

至此,我们梳理了雨果之前的美学家所论述的有关"美"和"丑"在审美中的表现。丑曾作为美的补充,一同表现和谐,也曾作为一种反讽的元素,延伸了美对于和谐的表现,并且在激发"崇高"方面,获得了和"美"近似的作用。应该说在这种转变的背后,隐含着古典和近代美学观念的转变。而雨果作为浪漫主义的旗手,其出发点也正是站在浪漫和古典的论战上的。他本人也是美丑关系中的重要论者,因此我们无论从美丑关系的演变角度,还是出于对雨果经典性的阐释,都需梳理他自己对美丑关系的论述。

二、雨果对美丑对照原则的论述

在论述"美丑对照原则"这一概念时,雨果在序言中梳理了从古代史诗到近代古典主义诗歌中有关"丑"的形象、理念的流变过程。他认为"丑怪"的形象可以追溯到古希腊的史诗,具体可以分为"喜剧性的人"和"喜剧性的神"这两类。这两类丑怪形象由于受制于史诗的特定表现形式,显出"怯生生,躲躲闪闪"的特性。① 而到了近代,"丑怪"则向人的形象靠拢,产生了"畸形与可怕""可笑与滑稽"这两种诗学效果。② 更为关键的是,雨果在梳理了诗学历史之后,将人们对待"丑怪"的全新模式当成了新文学的标志:"正是从滑稽丑怪的典型和崇高优美的典型这两者圆满的结合中,才产生出近代的天才,这种天才丰富多彩,形式富有变化,而其创造更是无穷无尽,恰巧和古代天才的单调一色形成对比;我们要指出,正应该由此出发树立两种文学真正的、根本的区别。"③

至此开始,雨果对近代的丑怪做出了如下论述:"相反,在近代人的思想里,滑稽、丑怪却具有广泛的作用。它到处都存在:一方面,它创造了畸形和可怕;另一方面,创造了可笑与滑稽。它把千种古怪的迷信聚集在宗教的周围,把万般奇美的想象附丽于诗歌之上。"④围绕着"畸形与可怕"

---

① 雨果:《雨果论文学》,柳鸣九译,上海:上海译文出版社,1980年版,第31—32页。
② 同上书,第33页。
③ 同上书,第31—32页。
④ 同上书,第33页。

"可笑与滑稽",雨果对美丑的认识可以概括为以下几个方面:

第一,丑怪形象在近代诗学当中激发出了具有活力的形象,打破了较为呆板、单一的古典形象。雨果认为:"根据我们的意见,滑稽丑怪作为崇高优美的配角和对照,要算是大自然所给予艺术的最丰富的源泉……古代庄严地散布在一切之上的普遍的美,不无单调之感;同样的印象老是重复,时间一久也会使人厌倦。崇高与崇高很难产生对照,于是人们就需要对一切都休息一下,甚至对美也是如此。相反,滑稽丑怪却似乎是一段稍息的时间,一种比较的对象,一个出发点,从这里我们带着一种更新鲜更敏锐的感觉朝着美而上升。"①

第二,丑怪的活力体现为它与美相比具有更为广阔的表现力。雨果认为:"和滑稽丑怪的接触已经给予近代的崇高以一些比古代的美更纯净、更伟大,更高尚的东西;而且,也应该是这样。当艺术本身合理的时候,就更有把握使各种事物都达到最后的目标。"②

第三,与"美"相比,丑展现出更多富有变化的形象。

> 滑稽丑怪这一个被近代诗神所承继的喜剧的萌芽,一旦移植到比偶像教和史诗更为有利的土壤上,就会以多么旺盛的生命力生长和发展起来。实际上,在新的诗歌中,崇高优美将表现灵魂经过基督教道德净化后的真实状态,而滑稽丑怪则表现人类的兽性。第一种典型将从不纯的混合质中解脱出来而拥有一切魅力、风韵和美丽……第二种典型收揽了一切可笑,畸形的丑恶。在人类和事物的这个分野中,一切情欲,缺点和罪恶,都将归之于它……美只有一种典型;丑却千变万化。因为,从情理上来说,美不过是一种形式,一种表现在它最简单的关系中,在它最严整的对称中,在与我们的结构最为亲近的和谐中的一种形式。因此,它总是呈献给我们一个完全的、但却和我们一样拘谨的整体。而我们称之为丑的那个东西则相反,它是一个不为我们所了解的庞然整体的细部,它与整个万物协调和谐,而不是与人协调和谐。这就是它为什么经常不断呈现出崭新的、然而不完整的面貌。③

当然,从本文所要重点论述的《巴黎圣母院》的经典性出发来看,雨果

---

① 雨果:《雨果论文学》,柳鸣九译,上海:上海译文出版社,1980年版,第34页。
② 同上。
③ 同上书,第36—37页。

论述"美丑关系"的言论只是一部分,毋宁说只是我们了解其经典性的一个参照。我们更需考察雨果是如何在《巴黎圣母院》中展现"美丑对照"原则的。

三、《巴黎圣母院》中美丑对照原则的展现

毫无疑问,《巴黎圣母院》是通过人物形象的对比来展现雨果心中"美丑对照原则"的。参照前人的研究成果,我们可以将小说中出现的几个中心人物进行分类来考察雨果的核心思想。我们需要关注的重点在于,美丑对照原则在雨果笔下并不是一个机械的分类,而是一个包含"人物自身美丑对比"和"人物之间美丑对比"这两个维度的综合对照原则。而人物外在形象的美丑与内心的美丑则是一个贯穿其中的具体对照载体。

我们先从"人物自身的美丑对比"这一维度来看:小说中心人物爱丝美拉达无论从外貌和心灵上来看都是美的代表;"钟楼怪人"加西莫多则是外表最为丑陋的人物,但却有着美的心灵;菲比斯则是外表美,内心丑;主教克洛德则是外表和内在皆丑。

其次,我们从"人物之间的美丑对比"来看:爱丝美拉达的外表美和加西莫多的样貌丑形成了鲜明的对比,这是外表极美与极丑的鲜明对比,但两者的内心都是美的;爱丝美拉达的外貌与克洛德的外貌相比,展现了外在和内在皆美的对比效果;菲比斯虽然和爱丝美拉达在外貌上有着美的共性,但却在心灵上展现出丑的一面。

再者,雨果的整套美丑对照原则其实包含着极具现代意识的美学观念。《巴黎圣母院》中的加西莫多这个角色,原文是"Quasimodo"。据学者罗国祥考察,这个词的意思是"差不多是现代的"。这个名字由法文"quasi"和拉丁文的"modo"组合而成,前者包含"差不多"的意思,而"modo"一词为副词,指的是"现在"和"当下",后来发展成形容词"modernus",用来指涉"此时此地"。这个词首先出现在文学和美学领域中,后来才延伸到其他艺术当中。由此看来,这个词在带有新旧价值判断之前,首先是一种审美判断。加西莫多这个人物身上显然倾注了雨果全新而又现代的美学理念。[①] 具体来说,雨果在《巴黎圣母院》中所挖掘出来的美丑对比,实际上是人物身上"可见"和"不可见"的两种品质。这种"既真切又虚幻的浪漫主义美感是一种在真正的'真'基础上进行了'浪漫

---

① 参见罗国祥:《雨果学术史研究》,南京:译林出版社,2013年版,第261—262页。

主义'夸张后的'真'"。① 这一观念是古典主义美学观念中所不曾有的。古典主义作品中的人物往往善恶分明,在满足文艺创作教条化的背后,实则满足了王权统治的内在需求。而在浪漫主义者心中,人性受到"自然法则"影响,往往体现出多样,这一点无论在美学上还是在政治意识形态上都是一次进步。② 我们可以在下文中顺着这一逻辑,具体考察美丑对照原则在象征主义那里的变奏。

回到小说的人物表现层面来看,尽管雨果呈现出了丰富的人物特性,但笔者认为,雨果写作这部小说,不完全在于将"内在"和"外在"的"美"和"丑"进行必要的排列组合,并且将所排列的结果安插在各个人物身上。显然,对于一部小说而言,人物的种种特性需要放在"行动"和"结构"等小说必要的组成元素中进行考察。这就意味着,我们除了要分析人物的特性之外,需更加注重这种特性在小说结构中所发挥的作用。在这一方面,批评家维尔德金(Kathryn E. Wildgen)给了我们一个新的视角。她认为我们研究这部小说不能忽视这部小说中的罗曼司特性。

在弗莱看来:"浪漫故事的完整形式,无疑是成功的追寻,而这样的完整形式具有三个主要的阶段:危险的旅行和开端性冒险阶段;生死搏斗阶段,通常是主人公或者他的敌人或者两者必须死去的一场战斗;最后是主人公的欢庆阶段。"③而在这一系列的追寻行动的展开过程中,"敌人比作冬天、黑暗、混沌、贫瘠、衰老以及即将灭亡的生命;而英雄则与春天、黎明、秩序、富饶、青春以及朝气蓬勃的活力相联系"④。顺着弗莱的思路,维尔德金指出《巴黎圣母院》里的人物都可以按照罗曼司的角色设定进行重新定位和梳理。在罗曼司当中,英雄的行动在于追寻,追寻的目的在于找到女主人公,并且把她从坏人的手中救出来,两人最终结合在一起。但英雄时常要付出肢体缺陷这一代价,以此获得必要的超能力和超智慧来完成他的任务。⑤ 按照这一思路来看,无疑加西莫多就是这出罗曼司中的英雄,爱丝美拉达则是其中的女主人公,克洛德则成了坏人。顺着加西莫多不断地追寻与拯救行动,坏人最终被打败,英雄和女主人公最终结合

---

① 参见罗国祥:《雨果学术史研究》,南京:译林出版社,2013年版,第266页。
② 同上。
③ 诺思罗普·弗莱:《批评的解剖》,陈慧等译,天津:百花文艺出版社,2006年版,第226页。
④ 同上书,第228页。
⑤ Kathryn E. Wildgen, "Romance and Myth in *Notre-Dame de Paris*", *The French Review*, Vol. XLIX, No. 3, February, 1976, pp. 319—322.

在一起。这样看来,整部《巴黎圣母院》也的确符合这样的研读。

尽管如此,笔者认为,我们在对待罗曼司式地阅读《巴黎圣母院》时,仍需关注其与罗曼司不同的地方。如若按照罗曼司故事的逻辑发展,整部《巴黎圣母院》势必具有某种童话的特征。比如《青蛙王子》《美女与野兽》这样的童话罗曼司故事都含有《巴黎圣母院》的影子,但细读之下还是可以看到差别。在《青蛙王子》和《美女与野兽》这样的童话罗曼司中,女主角往往献出自己的吻之后,丑陋外表的英雄往往会显出原来英俊的外表,从而以本来面目和女主角幸福地生活在一起。但是《巴黎圣母院》中爱丝美拉达给加西莫多喝水(作为献吻和祛除魔法的隐喻场景)后,加西莫多并没有显露出英俊的外表,仍旧是一个怪物,并且两者最终并没有幸福地在一起,而是双双死去。从隐喻的角度来看,加西莫多显然没有在外表上做出本质性的改变,那么他的变形只可能发生在心灵深处。而小说的最后一幕中,虽然两人没有完全按照童话罗曼司中所勾勒的场景那样,真实地生活在一起,但两者的埋葬,由于有了某种对等,成了幸福"活"在一起的替代。那么,这种转变、这种替代到底是什么呢?这又对我们认识"美丑对照原则"有什么帮助呢?

显然,这种内在的转变就是"美"和"丑"的转变。维尔德金指出,在罗曼司中,英雄往往扮演着"传递者"的角色,来自一个比喻和实体意义上都有别于现实生活的地方,并且最终会与坏人相遇。[①] 但是维尔德金却没有明确指出,这个传递者到底在传递什么。我们可以补充说,加西莫多传递的正是有关"美丑"的辩证认识。英雄在罗曼司当中需要保护女主人公,女主人公也会献出仪式性的一吻来拯救中了变形魔法的英雄。加西莫多需要保护的恰恰就是爱丝美拉达的天真状态。无疑在险恶的现实中,一个心理和外貌都"美"的人,无疑就是天真的,而天真就意味着不完美,不可能构成一个较为和谐的状态。加西莫多的出现,使得爱丝美拉达身边多了一个参照体系,这个体系中有"丑"的元素。同样,作为一种回应,爱丝美拉达给加西莫多送来了水,这一举动中也包含着类似驱魔的隐喻,因为它的确改变了加西莫多,在这具丑陋的躯体里注入了"美"。如若按照这样的角度来看,这则故事就成了有关"美丑"的罗曼司,应该在这里就宣告结束。但是,事实上这恰恰才是加西莫多作为罗曼司英雄征程的

---

① Kathryn E. Wildgen,"Romance and Myth in *Notre-Dame de Paris*",*The French Review*, Vol. XLIX, No. 3, February, 1976, p. 320.

开始。这是一个全新的加西莫多，是一位带着女主人公祝福的重生者，他要继续追寻，铲除坏人。但在这之前，一出有关"美丑"的转换已经完成，无论对于爱丝美拉达，还是对于加西莫多而言，他们都具有了美丑对比的可能性。

从小说的情节来看，加西莫多杀死了克洛德，行使完了他最后的职责。但从美丑的罗曼司上来看，这其实是"丑"对"丑"的一次转移性较量。加西莫多在获得了"美"的注入之后，在他身上就出现了互相悖反的特质："丑"的外表和"美"的心灵。我们在前文中已经指出，"丑"的一项功能在于反讽和讽刺。这种讽刺来源于一种冒犯。加西莫多的冒犯恰恰在于他利用了这种反差，将躯体上的"丑"转嫁到了克洛德的心灵上，从而使得克洛德成了完全丑陋的人，从这个意义上来说，正是加西莫多通过转嫁丑的能量使得坏人完全摘去了面纱，从而失去了得以继续作恶的能力。而当我们再度回想克洛德伪善的外表和刻意装出来的善意时，克洛德身上的美就成了直指内心之恶的讽刺。从这个意义上来说，雨果天才般地将美学史上有关丑的一项功能发展到了极致。可以说，加西莫多得以打败克洛德的真正武器就在于猥亵和诙谐。

但是，这还不是故事的最终结局。我们看到在《巴黎圣母院》的最后，爱丝美拉达和加西莫多并没有在生前走到一起，而是通过仪式性的死后埋葬在隐喻之中结合在了一起。这一幕的确富有浪漫主义的气息，但笔者认为这种浪漫气息之所以显得浪漫，恰恰来源于一种崇高感。我们在前文已经指出，浪漫主义对崇高的认识来源于必要的补偿和想象。作为罗曼司故事的结局，英雄和女主人公没有过上幸福的生活是令人遗憾的，因此死亡就成了必要的补充。但是，若从美丑的角度上来看，加西莫多的死使得身体上的丑最终定格在了心灵的美上，而爱丝美拉达则最终因为美丑的转变，永远保住了自己天真的状态。这是一种升华，借助死亡这种带有恐惧的仪式性场景，崇高感就借由这种不可思议的转变和永驻天真的状态得到了彰显。

由此我们可以看到，借助原型批评，雨果的《巴黎圣母院》体现出了有关"美丑"的罗曼司特质。它不仅圆满地完成了有关美丑转变的叙事，而且还兼容并蓄地将美学历史上丑的各种功能体现了出来。也正是在这个意义上，诚如郑克鲁先生所言："外貌丑心灵美的人物具有显示美与丑的特殊意义，给文学画廊增添了崭新的典型。在雨果之前，还没有一个作家如此生动、充分、深刻地表现美与丑的统一。这种形式上的丑与内容上的美的结合,为后世文学创作开辟了一条新路。"①

第二节 《巴黎圣母院》的传播

经典的生命力在于传播,可以说经典性就是不断在传播过程中得到体现的。《巴黎圣母院》中的"美丑对照原则"不仅体现出了浪漫主义的特征,同时也以全新的美学理念对后世的文学、艺术作品的创作提供了无尽的源泉。再者,正如前文所论述的那样,雨果在《巴黎圣母院》中通过巧妙地设置人物以及人物之间微妙的关系,使得这部小说不仅具备了全新的美学特质,也使得人物在罗曼司原型的架构之下,显示出了栩栩如生的特质,加西莫多、爱丝美拉达、克洛德这些人物的形象也不断受到了后世影视作品的重新塑造。这两点因素加在一起使得《巴黎圣母院》这部经典作品时至今日依旧焕发着其独有的魅力。

本节就从"美丑对照原则"所产生的影响以及《巴黎圣母院》的跨媒介传播为切入点,重点梳理和考察《巴黎圣母院》在传播过程中所体现出的经典性。

一、美丑对照原则的影响

雨果的传记作家莫洛亚曾指出:"接下来的半个世纪,雨果的荣誉经历了一次次考验。其他的一些诗人,如波德莱尔、马拉美、瓦莱里,显得更为完美,他们力求创新使他们更经久不衰。然而没有雨果,不可能造就他们。"②莫洛亚评点得非常到位,因为他一针见血地看到了雨果超越浪漫主义,直通象征派,继而引领现代文学的特质。在莫洛亚提到的一系列诗人当中,波德莱尔最值得我们关注。

波德莱尔作为后来者,对雨果十分钦佩,他曾不止一次在自己的写作和书信中表达对这位大师的敬仰。在他看来:"当人民想到法国诗歌在他(指雨果——笔者注)出现以前的面貌,他的到来给法国诗歌带来革新的时候,当人们想到他若不来法国诗歌该是多么的卑微,多么神秘而深刻的感情将会埋在心头,多少在他帮助之下产生的才智之士,多少因为他

---

① 郑克鲁:《法国文学纵横谈》,上海:上海文艺出版社,2006年版,第94页。
② 安德烈·莫洛亚:《雨果传》,国竹译,北京:中国人事出版社,1995年版,第523页。

而闪光的人将会默默无闻的时候,人们就不能不把他看作是一位不可多得的、负有天命的英才。他在文学上,如同其他英才在道德上和在政治上一样,普度众生。"[1]波德莱尔崇拜雨果,其实不仅体现在他对雨果品德的赞颂上,更体现在他对雨果的创作精神、有关"美丑"认识的开拓之中。

波德莱尔的代表作《恶之花》是集中体现这一开拓的作品。无疑,从《恶之花》中所涉及的主题来说,波德莱尔的确称得上是一位"恶魔师",他一改浪漫主义者歌颂的自然风貌,将触角伸到了大都市当中,笔下的形象也从水仙、星空等变成了都市生活中的妓女、腐尸等。但他这样写并非仅仅为了标新立异。诚如诗人自己所言,"恶之花"这三个字虽然有"惊人之语"的意思[2],但是波德莱尔在评论戈蒂耶时所说的一句话才是洞察他创作的关键。他说:"丑恶(L'horrible)经过艺术的表现化为美,带有韵律和节奏的痛苦使精神充满了一种平静的快乐,这是艺术的奇妙特权之一。"[3]很显然,波德莱尔在此要展现的是一种全新的关照现实的方式,他企图用优美的形式来表现丑恶的内容。但我们仍需辨别一下它与雨果的"美丑对照"理论的内在关联和区别。

首先,从丑的角度来看,我们需要区别波德莱尔的"恶"与雨果的"丑"之间的关联。雨果的"丑"显然包含着两个层面:内在和外在,或者说肉体和精神这两个层面的。反观波德莱尔的"恶",《恶之花》的译者郭宏安先生指出:"恶之花就是病态的花,在肌体(人的肉体和社会的机体)为病,在伦理(人的灵魂和社会的精神)则为恶,'病''恶'词虽殊而意相同"[4]。这样一来,恶和丑都具有实体与隐喻的双重指涉性。

其次,从丑的作用来看。雨果在《巴黎圣母院》中所揭示的"丑"并非是一成不变的。如前文所示,它在一定的条件之下,可以通过衬托美、激发美、延伸美,继而体现出"美"的功能。而在波德莱尔笔下,"恶"同样具有不同层次的意义:第一,恶是一种反叛精神的体现。资产阶级的那种刻意装点出来的"善"在他看来就是一种"虚伪",它让人精神上染上忧郁病,人的精神世界则因为"烦闷"而停滞不前、麻木不仁。而"恶"则能激发人的创造力,激发读者的想象力,从而作为一剂良药,用充满活力的姿态打

---

[1] 波德莱尔:《1846年的沙龙:波德莱尔美学论文选》,郭宏安译,桂林:广西师范大学出版社,2002年版,第84页。
[2] 夏尔·波德莱尔:《恶之花》,郭宏安译,桂林:广西师范大学出版社,2002年版,第52页。
[3] 同上。
[4] 同上书,第54页。

破静态的善,从而焕发出艺术的生命力。"波德莱尔要求的是,在恶中生活,但不被恶所吞噬,始终与恶保持一种认识主体和认识对象的关系,即要用一种批判的眼光正视恶,认识恶,解剖恶,提炼恶之花,从中寻觅摆脱恶的控制的途径。"[①]第二,恶也是通向美的必要途径。正视恶就需要从中获取救赎的力量。波德莱尔通过发掘身边的恶,展现了自己真诚的一面,而我们也不应该忘记,他的立足点在于恶上开出的"花"。波德莱尔从来没有止步于歌颂城市中的恶,而是希望从恶中提炼出战胜恶本身的力量,这是他写作的出发点和归宿。

从以上两点来看,雨果和波德莱尔都看到了丑恶的多层性与作用。但是细究之下,两者的区别也是明显的:

从"丑"和"美"的各自内涵上来看,雨果通过设置爱丝美拉达这个人物展现出"美"和"善"之间的天然联系,加西莫多从某种角度上来说之所以会有丑中带美的特点,也正是体现了"丑"和"善"之间的联系,而克洛德身上的反差则体现在了"丑"和"恶"之间的联系上。一言以蔽之,在雨果看来,美丑和善恶是对应的关系。而在波德莱尔看来,美和善之间并没有直接的联系,恶的事物也不一定就是以丑作为唯一表征的。从这一点来看,雨果主张除了体现出浪漫主义者奇异的想象力之外,本质上还带有明显的人道主义倾向。他通过勾勒出一出美丑的戏剧,企图幻化出来的则是人们都向往的美好社会图景。而波德莱尔所处的社会已经是发达资本主义时期,乐园的景观进一步让位给了物欲横流的噩梦。因此他作为一名诗人,更多地在重新定义"善"和"美"之间的关系。应该指出的是波德莱尔没有像唯美主义诗人那样,站在非功利的角度,彻底否定善恶关系,而突出艺术的阳春白雪,而是通过一次美学上的突破,让人们从"恶"中看到"美",继而达到用全新的视角关怀人的目的。从这个角度来说,波德莱尔的"恶之花"其实就是雨果美丑观的一次转变和深入,两者都没有离开对人性的关怀和认识。

继而,从"美"与"丑"的表现来说。雨果在《巴黎圣母院》中关注的是美和丑相互对照,从而突出人物,最终彰显人道主义情怀。而波德莱尔则是企图从"恶"中催生出"艺术的美"。韦勒克认为波德莱尔:"不像某些超俗的理想家那样理解美,而是把它看成人的,甚至是罪恶的、魔鬼似的、怪异的和可笑的,从某种程度上说,波德莱尔的学说是一种丑的美学,一种对

[①] 夏尔·波德莱尔:《恶之花》,郭宏安译,桂林:广西师范大学出版社,2002年版,第54页。

艺术家能克服重重困难的力量,对他能从罪恶中引出'花'来的信心"。①但是,需要指出的是,象征主义者表面上的非超俗性,其实是建立在这一场文学运动的另一个基础上的,得益于这一基础,波德莱尔得以超越了雨果的美丑对照原则,正如查德威克所说:"象征主义还有第二个方面的内容,有时被称作'超验的象征主义'(transcendental symbolism),在这种象征主义中,具体的意象被用来作这样一种象征,它不是诗人心中具体思想和感情的象征,而是一个巨大而又普遍的理想世界的象征,而现实世界只不过是这个世界的一个不完美的表现"②。从这个意义上来说,波德莱尔所引发的实则是一场现代美学的革命,自此之后,"恶的因素以及审丑的美学堂而皇之地登上了艺术的殿堂,从而'美学'的概念重新恢复了它的原初的'感性学'(Aesthetic)的涵义。作为人类感性的科学,'美学'的对象不仅局限于美的本质,丑的艺术同样在'感性学'中占有重要的一席之地。从波德莱尔的《恶之花》开始,审丑的艺术在19世纪以来的人类历史中一直绵延不绝,它的背后隐含着现代'人学'的深厚背景。"③

这和雨果当年提出美丑对照原则的情况一样,本质上都是一次人们在艺术理念中的认识革新。我们可以这样说,正是雨果拔除了善恶之间的藩篱,而波德莱尔则在此基础上,在恶的花园里开出了美的花朵。

除去文学史上的影响之外,雨果的美丑对照原则也对雕塑大师罗丹产生了影响。罗丹曾酷爱雨果的诗歌,崇拜雨果,而且在他的朋友巴齐尔的介绍下认识了雨果。"罗丹怀着敬仰与虔诚的心按自己的方式先后雕塑了《雨果头像》《雨果像》,虽然裸体的《雨果像》在当时没有被法国政府接受(他们认为'裸体'是对大师的不敬),但这两部作品现在已成为艺术领域的珍品了。"④罗丹对雨果审"丑"的继承,直接体现在他将丑态的事物直接引入了雕塑领域。莱辛在评论拉奥孔这尊雕像时曾指出,绘画、雕塑这两门艺术在表现形体"丑"时与诗歌存在本质性的不同。原因在于诗歌是描绘丑,不是直视丑的形体,而绘画和雕塑尽管也是一种艺术摹仿,但它却直接展现了这种丑。但罗丹认为:"平常的人总以为凡是在现实中认为丑的,就不是艺术的材料——他们想禁止我们表现自然中使他们感

---

① 柳杨编译:《花非花——象征主义诗学》,北京:旅游教育出版社,1991年版,第119页。
② 同上书,第4页。
③ 吴晓东:《象征主义与中国现代文学》,合肥:安徽教育出版社,2000年版,第23页。
④ 何岳球:《在审美观念的转折点上——雨果小说创作中的"审丑"观念》,《理论月刊》,2007年第2期,第150页。

到不愉快的和触犯他们的东西。这是他们的大错误。在自然中一般人所谓'丑',在艺术中能变成非常的美。"①从这一点来看,罗丹的雕塑作品《欧米哀尔》则可以算是他上述艺术理念的体现。这座雕塑作品展现了一位年老色衰的妓女形象,既没有古典雕塑中孔武有力的身躯,也没有文艺复兴时期雕塑能激起人肉欲的线条,有的只是绝望的眼神、松垮的躯体和干瘪的肌肉。毫无疑问,这座雕塑从形体上来看是"丑"的,但是观看者在看时,不免在心中引起一种悲剧式的心理,它折射出的是对这个女人的悲剧关怀,荡涤出人们心中的怜悯。从这一点上来看,罗丹也是吸收了雨果对丑的认识,继而在雕塑中展现出了崇高的因素,体现出雕塑家对人悲惨命运的认识,唤起了人们心中的良知。

二、《巴黎圣母院》的跨媒介传播

雨果的《巴黎圣母院》自发行以来一直受到大众的青睐。戏剧界以及20世纪之后的电影、动画产业纷纷对这部经典作品进行了改编。笔者试着梳理这部经典作品在跨媒介语境之下的传播过程,试图勾勒出这部作品的经典性被重写、被重新接受的过程。

《巴黎圣母院》跨媒介的传播始于雨果本人的努力。《巴黎圣母院》出版之后,雨果于1836年将这部小说的剧本送给了好友路易斯·帕丁(Louise Bertin),后者将其吸收进歌剧《爱丝美拉达》之中。② 1850年,雨果又将这部经典小说交给了自己的亲戚保罗·富歇(Paul Foucher),后者将其改变成舞台剧。富歇对原小说进行了较大规模的改动。在他的剧本中,"甘果瓦因为爱丝美拉达获得了国王的赦免,而这位吉卜赛女郎则与法比斯一起过起了幸福的流亡生涯……"③这样的改编预示着雨果这部经典作品被改编的可能性,这种可能性到了20世纪则进一步和影视作品结下了不解之缘。

《巴黎圣母院》的电影版本出名的有两部:一部是1956年意大利和法国共同拍摄,由导演让·德拉努瓦执导的同名影片;另一部则是家喻户晓

---

① 葛赛尔记录,罗丹口述:《罗丹艺术论》,沈宝基译,桂林:广西师范大学出版社,2002年版,第31页。

② Kathryn M. Grossman, "From Classic to Pop Icon: Popularizing Hugo", *The French Review*, Vol. 74, No. 3, February, 2001, p.485.

③ Arnaud Laster, *Pleins Feux sur Victor Hugo*, Paris: Comédie-Française, 1981, pp.311−312.

的,由迪士尼公司制作的动画片《钟楼怪人》。在同名电影中,爱丝美拉达这一原著中的中心人物也成了整部电影中的主角,电影中的长镜头和特写镜头都是围绕着她所展开的。从这部电影的总体评价上来看,它虽然在细节上有所减少,但却无疑保留了原著的基本精神,突出了其中美丑对照并着力刻画人性的深度,可说是文学作品改编成电影中的成功作品。相比之下,迪士尼改编的动画片则引起了较大的争议。

迪士尼改编的动画片共分为三部,除了《钟楼怪人》之外,还有两部续集。从题目上可以看出,这部动画片所突出的主人公是加西莫多。围绕着这位中心人物,动画片也相应地对其他人物做出了角色设定上的修改:法比斯成了一个英雄的队长,原著当中相应丑的一面也得到了掩盖和改编:唯一的坏人和恶人就成了克洛德。也许是考虑到动画片的受众,整部作品将爱情和童话式的故事主线放到了第一位,为的是突出法比斯、加西莫多和爱丝美拉达三人的爱情故事。其中,加西莫多在追爱的过程中做出了让步,最终三人打败了克洛德,获得了善良战胜丑恶的大团圆结局。续集中,加西莫多和爱丝美拉达两人的爱情故事得到了进一步的突出,最终结局为加西莫多和爱丝美拉达两人的爱情大团圆。这部动画片发行以后,无论在影片职员表还是在宣传封面上都隐去了雨果的名字,仿佛这部动画片与雨果的原著没有任何关系。这一举动引起了雨果后代的强烈不满,他们认为:"这一隐名举动是不折不扣的丑闻。"[1]迪士尼公司回应说:"这部作品将伟大的作品介绍给了成千上万的孩子。在迪士尼看来,文化并不是木乃伊。"[2]原本只是署名权的问题,经由迪士尼公司的发酵,最终发展成了改编和文化的争议。雨果后代认为迪士尼既然提到了文化,那么显然该公司做的改动是违背文化初衷的。雨果家人先郑重提出了雨果创作中的社会和政治因素,指明了这部作品虽然具有开放性,但这种开放性仅仅根植于雨果伟大的想象力。而迪士尼公司则是通过粗陋的制作,不仅隐去了原著当中的社会和政治关怀,同时也因为大肆改动了原著的情节,扼杀了原著赋予读者和观众的想象力。撇开雨果后代和迪士尼公司的争议不论,就我们所关心的主题而言,两者的争议应发出了一个值得关注的问题,出于什么样的原因使得雨果的这部作品如此受电影改编的青睐?

---

[1] Cindma, *Le Nouvel Observateur* 5—11, December, 1996, p.152.
[2] Cathy Hainer, *USA Today* 11, March, 1997, D1.

学者凯瑟琳（Kathryn M. Grossman）认为，雨果热衷的场景描写和为人所称颂的视觉想象力之间存在着紧密的联系，这两个因素加在一起使得他的作品具有被流行化的潜力。① 事实上，雨果在《巴黎圣母院》的其他版本中，也加上了自己亲自绘制的插画，这一点也加深了这部作品能够被改编成动画的可能性。笔者认为，凯瑟琳所说的视觉想象力除去显见的雨果对场景的描写之外，还应包含他对人物内心美丑的洞察，后者体现出深刻的"内视"。经由这种内视，雨果其实在小说中发展出了另一个可供改编的可能性：永恒的神话故事原型，以及原型式的人物。从这一点来看，尽管电影和动画片一定程度上略去了当时特定的社会和政治背景，从一定程度上剥夺了这部经典作品的内涵，但从原型的角度来看，这些改变作品恰恰将雨果的作品进行了经典元素的提取，让这些人物和故事得以以永恒的样貌适应各个文化背景下的观众，某种程度上来说，这恰恰是在传播雨果这部作品的经典性。

同时，借助现代化的媒介传播，电影和动画片中出色的声画效果，将原著当中中世纪背景下的巴黎场景活灵活现地体现出来，并通过各种渲染效果，使得人物内心的悲剧感和悲悯感得到了具体的放大，从一定意义上突出了原著当中美丑转换过程中的崇高感。

第三节　《巴黎圣母院》在中国的译介

在一部文学经典的传播过程当中，翻译扮演了不可或缺的重要角色。通过梳理《巴黎圣母院》这部经典在中国译介的情况，有助于我们了解和认识这部作品在中文语境中的传播过程。

早在1923年，我国的译者俞忽就翻译了《巴黎圣母院》，当时由商务印书馆出版，取名为《活冤孽》。② 四年之后，堪称我国雨果研究的第一人——曾朴先生翻译出了《钟楼怪人》一书。据考证，曾先生翻译的这部作品还不是《巴黎圣母院》，而是法国根据《巴黎圣母院》改编而成的歌剧

---

① Kathryn M. Grossman, "From Classic to Pop Icon: Popularizing Hugo", *The French Review*, Vol. 74, No. 3, February, 2001, p. 486.
② 程曾厚：《雨果作品在中国》，《中国翻译》，1985年第5期，第6页。

《钟楼怪人》。① 曾朴先生主张直译，反对当时盛行的"译述"，他认为："一是白话，固然希望普遍的了解，而且可以保存原著人的作风，叫人认识外国文学的真面目、真情话，二是预定译品的标准，择各时代、各国、各派的重要名作，必须逐译的次第译出。"②而学界认为，曾朴对雨果作品的翻译体现了这样的风格。③ 值得指出的是，二三十年代我国在翻译《巴黎圣母院》的过程中，始终伴随着对雨果其人、其作及浪漫主义思潮的研究。如1923年杨昌英所著的《法兰西文学》称："许俄（Victor Hugo）于诗词、散文、戏曲皆有伟大之贡献，诚文学上之特别任务也。"1928年为了纪念《克伦威尔序》百年，曾仲鸣撰写了《法国浪漫主义》，向国人展现了雨果作为浪漫主义旗手的一面。④ 20世纪30年代，则出现了系统研究雨果的论文集。⑤ 伴随着这一系列的研究成果，国人在20世纪二三十年代对雨果的认识在不断加深，这些系统的研究无论从浪漫主义还是从雨果个人的创作情况上，都为我国后来翻译《巴黎圣母院》奠定了基础。

进入20世纪40年代，我国著名翻译家陈敬容于1948年翻译了《巴黎圣母院》。这是我国第一本按照原著名称翻译成的译本，由上海骆驼书店出版社出版。⑥ 中华人民共和国成立之后，我国对雨果的认识迎来了全新的时代。1982年，陈敬容重新翻译了这部小说，并加入了大量的译者注释，使得《巴黎圣母院》能够以全新的面貌出现在世人面前。应该说陈敬容翻译的《巴黎圣母院》的出版，标志着我国全面了解《巴黎圣母院》的开始。除她之外，据不完全统计，我国随后出版了管震湖、陈筱卿、李玉民、施康强、许文心、安少康、林珍妮等人的译本。译本的多样也丰富了我国读者对这部经典作品的了解。在这些译者当中，陈敬容和程曾厚的译本无疑是影响最广的。

从我国学界对译本的批评来看，问题集中在小说第六卷第六部分的

---

① 参见张连奎：《雨果作品在中国的译介、影响和研究》，《国外文学》，1985年第3期，第69页注释。
② 出自曾朴致胡适信函，转引自张连奎：《雨果作品在中国的译介、影响和研究》，《国外文学》，1985年第3期，第70页。
③ 张连奎：《雨果作品在中国的译介、影响和研究》，《国外文学》，1985年第3期，第70页。
④ 同上，第74页。
⑤ 具体参见同上，第75页。
⑥ 程曾厚：《雨果作品在中国》，《中国翻译》，1985年第5期，第6页。

标题《一滴眼泪换一滴水》上。① 尚继武的论文《〈一滴眼泪换一滴水〉译题琐谈——兼与陈敬容等先生商榷》是这些论文中的主要代表。作者认为,这个标题的翻译存在可以商榷的地方。原因如下:首先从故事情节上来看,"一滴水"指的是该章节里爱丝美拉达给被人戏弄成"愚人王"的加西莫多送来的水,而"一滴眼泪"指的则是加西莫多感动流下的泪水。按照情节发展的顺序,应该是一滴水的情节在先,一滴泪的回应在后。其次,从人物关系上来看,该文作者认为眼泪和水滴的顺序也不能搞错。因为这滴水的作用不仅在于给加西莫多解渴,还帮他浇灭了心中的怒火,既体现出爱丝美拉达心理的美和良知,又作为加西莫多由丑转变成美的重要情节点,因此从隐喻的角度来看,顺序也不能调换。最后,从人物的行动特征来看,加西莫多并非真的在乞求水,也不代表想用喝水来体现自己对众人屈辱的妥协,因此如果是眼泪换取水则无疑是对人物行动内在动机的误解。② 该文作者随后参照了其他的译本后发现:"由李玉民翻译的《雨果小说全集·巴黎圣母院》,其中第六卷第四部分标题为《一滴眼泪报一滴水》;陈筱卿翻译的《巴黎圣母院》,其第六卷第四部分标题译为《为一滴水而流出一滴眼泪》。"③并且认为:"这两种译法比较符合第四部分故事情节发展的先后关系,并且突显了伽西莫多心灵受到的震撼,让读者鲜明地感受到伽西莫多潜伏的人性苏醒了过来。"④尽管如此,该文作者认为后两者的翻译依旧存在着问题,比如加西莫多获救之后想要亲吻爱丝美拉达,但后者想起之前的暴行将手缩了回去,可见无论用"报"和"换"都未能准确体现出小说的情节。除此之外,若参考雨果的写作,爱丝美拉达完全是出于心底的天性做出这番善举的,因此也并没有"报"字体现出的功利性。相较之下,该文作者认为:

> 管震湖译的《雨果文集·巴黎圣母院》,其第六卷第四部分的标题译为《一滴水,一滴泪》……,准确而贴切。这一译法符合汉语表达的含蓄性、意蕴的丰富性等特点,留给读者丰富的艺术欣赏再创造的空间,有着特殊的张力。它以并置的方式委婉点出了"一滴水"和"一

---

① 笔者囿于资料和语言所限,所能检索到的译本研究非常有限,仅在此希望为后者专门研究这一课题提供一个视角。
② 参见尚继武:《〈一滴眼泪换一滴水〉译题琐谈——兼与陈敬容等先生商榷》,《现代语文》(教学研究版),2007年10月,第43—44页。
③ 同上,第44页。
④ 同上。

滴泪"的内在联系,较好地凸现了原文的意旨。这样的标题不仅符合故事情节的进程,而且蕴含着爱斯美拉达送水、加西莫多受感触而流泪的因果关系,更能够反映出爱丝美拉达送水的举措是发自内心、不需要任何回报的,做到了严复所提出的译文要做到"信、达、雅"的标准,是比较得体的标题译法。①

当然,评价译本的优劣并不是最主要的目的。我们可以发现,以尚继武为代表的研究者在对比译本时已经深入小说内部进行对比。通过对小说中的情节、人物和行动等文学内在要素进行比对后得出较为可靠的结论,也许这样的结论还有待商榷,但从文学经典传播的角度来看,这样的比对代表着我国对《巴黎圣母院》这部经典的接受已经进入了较为成熟的阶段。我们有理由相信,随着《巴黎圣母院》这部经典的各种译本不断涌现,并伴随学界对雨果作品研究的不断深入,我国读者会更加深刻地体会到这部小说作为文学经典的无穷魅力。

---

① 参见尚继武:《〈一滴眼泪换一滴水〉译题琐谈——兼与陈敬容等先生商榷》,《现代语文》(教学研究版),2007年10月,第44页。

第十三章
美国早期文学经典的生成与传播

经过艰苦卓绝的独立战争之后,美国获得了国家的独立,政治、经济取得了快速的发展,但在相当长的一段时间里,其文化却未能从欧洲母体尤其是英国文化中迅速蜕变成熟,文学艺术更是如此。日渐高涨的民族意识使美国处于一种"影响的焦虑"的状态之中,甚至在19世纪初爆发了与英国之间的一场"文字之争",英国人讥讽地质问美国人:"四海之内有谁读美国书?"这个问题强烈地刺激了美国作家们的自尊心。从前期浪漫主义开始,欧文、库柏、布莱恩特等人就已经在努力创作具有民族风格的作品,但在精神风貌与思想深度上依然缺乏应有的美国品格。到了19世纪30年代中期,随着以爱默生为首的超验主义运动的诞生,美国文化人仿佛终于找回了自己的灵魂,美国的文学艺术一下子迈入勃发状态,进入被美国学界称为"美国文艺复兴"的时期,产生了爱默生、梭罗、霍桑、梅尔维尔、惠特曼等一批对日后的美国文学与文化产生重大影响的作家,他们的作品如《瓦尔登湖》《红字》《白鲸》《草叶集》等也成为美国民族文学的核心经典。本章将着重选取考察《瓦尔登湖》和《红字》的经典化生成过程,以及《草叶集》在中国的译介与传播,以不同的角度来呈现这些文学经典的经典性所在。

第一节 《瓦尔登湖》在美国本土的经典化生成

《瓦尔登湖》是美国作家亨利·大卫·梭罗的代表作,该书曾被美国国会图书馆评为"塑造读者的25本书"之一,在《美国遗产》杂志所列的

"十本构成美国人性格的书"中位列榜首。这也意味着《瓦尔登湖》不再仅仅是一部书、一部文学作品,而是作为一种追求理想生活的特立独行的精神融进美利坚民族不断涌动的血液中,如马克·凡·道伦所说:"毫无疑问,'瓦尔登湖'精神已经在很大程度上融入美国意识中,粘在美国人的嘴唇上,长在美国人的神经里。"① 因此,"在美国的经典著作中,《瓦尔登湖》是最无可争议的正典之一"②。在今天生态思潮勃兴的时代,它作为一部"绿色心灵圣经"可谓广为流传,深入人心,其在美国及世界文学史上的经典地位已无可置疑。

不过,在美国本土,对《瓦尔登湖》的经典化接受却经历了一个相对曲折缓慢的过程。该书最初于1854年8月9日由波士顿蒂克纳和菲尔兹公司出版,并很快获得较高评价,据美国学者布雷德利·迪恩和格雷·沙恩霍斯特考证:"到1854年8月底,《瓦尔登湖》事实上已经获得了从缅因到俄亥俄等州的30多个杂志的赞赏……在查找到的66篇当时的评论文章中,有46篇都是高度赞赏的。"③ 该书头版印了2000册,第一年就卖出了1744册。尽管如此,当时的美国读者对这本书的思想和风格并不十分理解,认为它是一部散文诗,"有古典的优雅,新英格兰的质朴,以及一点点东方的华丽","有时让人感觉那么新颖,有独创性,有时又让人感觉怪里怪气"。④ 事实上,人们只是把它看作是一个还算不错的读物,而并不理会作者的哲学观与生活方式,只是将之视为怪异而不切实际的想法。当时最流行的读物是小说和游记,而梭罗写作《瓦尔登湖》恰恰是要挑战这两种文体及其读者,他声明自己要谈的是和本地读者密切相关的事情。在1862年梭罗死后不久,蒂克纳和菲尔兹公司又重印了《瓦尔登湖》,但销量并不好。梭罗生前虽然已经获得了一定的地位,受到一小批人的追随和崇拜,但大多数人并不真正理解他,就像不理解超验主义一样,而一些大牌作家如爱默生、詹姆斯·罗塞尔·罗威尔、惠特曼以及英国罗伯

---

① Mark Van Doren, *Henry David Thoreau: A Critical Study*, Boston: Houghton Mifflin Company, 1916, p.128.
② Linck C. Johnson, "Walden and the Construction of the American Renaissance", Richard J. Schneider ed., *Approaches to Teaching Thoreau's Walden and Other Works*, New York: The Modern Language Association of America, 1996, p.28.
③ Bradley P. Dean and Gray Scharnhorst, "The Contemporary Reception of Walden", Joel Myersoncd ed., *Studies in the American Renaissance*, Charlottesville: University of Virginia Press, 1990, p.293.
④ Martin Bickman Walden, *Volatile Truths*, New York: Twayne Publishers, 1992, p.24.

特·路易斯·斯蒂文森等人的一些负面评价影响了人们对梭罗的看法，导致对《瓦尔登湖》等作品的接受十分有限，因而梭罗这一时期的影响主要集中在自然文学领域。不过，1893年，波士顿还是出版了10卷本的《梭罗文集》，1906年扩至20卷。20世纪的前20年，美国出现了一股重新评价本土文学与文化的潮流，约翰·梅西、范·威克·布鲁克斯、瓦尔多·弗兰克等一批文学批评家对由惠特尔、布莱恩特、朗费罗、罗威尔等人构成的狭隘、文雅的文学经典传统表示不满，希望用粗犷的、真正具有本土特色的作家如惠特曼、梭罗、马克·吐温来取代他们，也正是在这个时候，美国的大学开始普及对19世纪美国文学的教育和研究。[1] 20世纪30年代美国经济大萧条时期，梭罗的简单生活哲学受到推崇，《瓦尔登湖》进入更多人的视野。诺曼·福斯特、沃浓·帕灵顿、雷蒙德·亚当斯等人在各自的著作中都对梭罗做了一定的研究，而弗朗西斯·奥托·马西森1941年出版的《美国文艺复兴：爱默生与惠特曼时代的艺术及表现》第四章对《瓦尔登湖》的结构与语言风格做了认真的分析，并且批驳了罗威尔的观点。该书对奠定《瓦尔登湖》在美国文艺复兴时期的文学地位起到了至关重要的作用。同年，瓦尔特·哈尔丁教授发起成立"梭罗协会"，该协会是目前研究单个美国作家的最大也是历史最长的一个组织。到了五六十年代，梭罗作为文化反叛者的形象受到"垮掉的一代"及嬉皮士的喜爱；另外，由于马丁·路德·金的影响，梭罗的公民不服从思想深入人心；随后全球生态思潮兴起以后，梭罗又被尊为世界环境保护运动和生态主义的先驱，《瓦尔登湖》则成为一部公认的"圣约"。

当然，一部文学作品之所以能够成为经典，除了历史的机遇和认可以外，更主要的是由于其内在的文学艺术价值与思想文化内涵，如果回到《瓦尔登湖》本身及梭罗所处的时代，我们认为影响其经典化生成的因素主要有四点：一是超验主义运动，梭罗是其重要成员，而该书形成于超验主义运动鼎盛期，是梭罗将超验主义理念与自身现实生活相互融合的结晶，可谓超验主义核心文本之一；二是自然文学写作，该书是美国自然主义散文史上里程碑式的作品，并具有深远的生态学意义；三是乌托邦社团运动，该书是对个体乌托邦的成功书写，宣扬了一种独特的生活哲学，契合了美国人的伊甸梦想；四是梭罗自身的人格魅力及其在废奴运动中"英

---

[1] Martin Bickman Walden, *Volatile Truths*, New York: Twayne Publishers, 1992, pp. 25—26.

雄"般的举动也对其著作的经典化产生了重要的推动作用。

一、《瓦尔登湖》文本的生成与美国超验主义运动

美国超验主义运动源于本土的唯一神论派内部,很多成员皆该派牧师,有的辞掉了牧师工作,超验主义运动的产生意味着传统的宗教拯救模式已经跟不上现代社会的精神需求。刘小枫指出:"在现代社会中,基督信仰的根基已不再是救恩经验,而是宗教性的道德生活观,这要求神学向伦理学的转移。"[①]美国超验主义运动可以看作这种转移的体现。一般来说,该运动的起点是1836年9月8日,当时正值坎布里奇的哈佛大学建校两百周年庆典,爱默生、亨利·赫奇、乔治·普特南、乔治·里普利几个老校友在威拉德旅馆相遇,他们决定以后定期聚会,共同探讨大家关心的各种问题。第二天,爱默生就匿名发表了影响深远的《论自然》一文,被视为超验主义运动宣言书。爱默生等人发起的俱乐部被称为超验主义俱乐部,在其内部,则根据发起人亨利·赫奇的名字称之为赫奇俱乐部,活动一直持续到1843年,网罗了许多精英,也包括伊丽莎白·皮博迪和玛格丽特·富勒这样杰出的女性。该俱乐部未设固定场所,有时就在康科德镇爱默生家聚会,梭罗1837年从哈佛大学毕业以后回到家乡康科德任教,很快就和爱默生等人熟识并成为朋友,自然就加入该俱乐部,并一度协助爱默生编辑俱乐部杂志《日晷》,在上面发表诗文。

1841年,梭罗关闭了和哥哥约翰共同主持的康科德学院,随后两年,迁入爱默生家中做类似长工的活,其间曾试图买下一个破落的农场,梦想到弗林特湖边生活,未果。1944年,爱默生为了保护康科德镇附近的瓦尔登湖的美景,在湖边买了一大片土地,并同意梭罗在湖边筑屋居住。1845年春天,梭罗开始自己动手建造木屋,并于美国独立日7月4日搬进小屋居住,到1847年9月6日,离开小屋,梭罗在湖边共住了两年零两个月又两天。

梭罗在湖边筑屋而居,虽然有着种种的原因,但最根本的还是受了爱默生超验主义思想的影响。早在哈佛求学时,梭罗即阅读过爱默生的《论自然》。在该文中,爱默生极力提倡告别二手的传统,直面大自然,"保持

[①] 刘小枫:《基督教理论与现代·选编者导言》,特洛尔奇:《基督教理论与现代》,朱雁冰等译,北京:华夏出版社,2004年版,第27页。

一种与宇宙的原始联系"①。在他看来,大自然是精神的象征,更接近真善美:"我在荒野里发现了某种比在大街上或村镇里更为亲昵、更有意味的气氛。在静谧的田野上,尤其是在遥远的地平线上,人看到了某种像他的本性一样美好的东西。"②自然的美可以召唤出人性内在的美,同时,"在自然界永恒的宁静中,人又发现了自我"③。梭罗到湖边去正是为了追问什么是真正的生活,人生怎样度过才是有意义与有意思的,以及如何发现和塑造真正的自我。这些同样是《瓦尔登湖》要澄清的基本问题,也是美国超验主义者进行文化批判的切入点。

《瓦尔登湖》的写作始于湖边生活的第二年,或许如瓦尔特·哈尔丁教授所言,当梭罗开始住在湖边的时候就萌生了要写一本有关湖边生活的书④,等到1847年离开的时候,梭罗已经基本完成了初稿。1849年5月,梭罗同样写于湖边的《在康科德与梅里马克河上一周》在波士顿詹姆斯·芒罗公司出版,在该书后面声明作者的第二本书《瓦尔登湖》亦即将出版,但由于《在康科德与梅里马克河上一周》销量不佳,《瓦尔登湖》并未及时出版,直到1854年,才由波士顿的另一家出版社蒂克纳和菲尔兹公司出版。在这期间,梭罗七易其稿,认真磨砺,改动很大,美国学者林顿·斯坦利在《〈瓦尔登湖〉的形成》(1957)一书中对此做了专门研究,按照他的说法,梭罗从1839年4月8日至1854年4月9日的日记中摘用了不少的文字,这一点与爱默生十分相像。另外,书中的引文是在后来的几稿中才添加上去的,章节的分配直到出版前一年才定。虽然梭罗对该作品做了多次繁复的修改,但"其最本质的特性从头至尾都未改变"⑤,因此,即使梭罗在1849年就出版该书,那也会是一本很好的书,因为"梭罗从一开始就做得很好"⑥。

在《瓦尔登湖》中,梭罗将自己两年的生活浓缩为一年,开始于夏季,并依次进入秋、冬和春天,由此形成生命从绚烂、死亡到重生的一个象征

---

① 爱默生:《论自然》,吉欧·波尔泰编:《爱默生集——论文与讲演录》(上),赵一凡等译,北京:生活·读书·新知三联书店,1993年版,第6页。
② 同上,第10页。
③ 同上,第15页。
④ Walter Harding, *A Thoreau Handbook*, New York: New York University Press, 1959, p.60.
⑤ James Lyndon Shanley, *The Making of Walden*. Chicago: University of Chicago Press, 1957, p.6.
⑥ Ibid., p.55.

意义上的循环,一个"魔圈"。梭罗不但在象征意义上使用年月的轮回,也多次使用了从早晨到晚上的一日轮回,时间和自然世界的种种意象承担了表达与批判等诸多功能。这种将自然世界精神化的特点正是超验主义的一贯风格,但是同样表达对人、社会、生活、自然的认识,与爱默生的《论自然》相比,梭罗的《瓦尔登湖》更具有有机的生命力,更有血有肉。正如学者们认识到的,爱默生与梭罗的著作都是以第一人称展开叙述,但爱默生却戴着面具,读他的书遭遇的是一个思想的头脑、一双锐利的眼睛、一个发出声音的面具,就像《论自然》中那只"透明的眼球","我不复存在,却又洞悉一切",而梭罗在《瓦尔登湖》中呈现的是一个完整的"我",在思索,也在行动,在生活。从这个角度来看,《瓦尔登湖》更具有可读性,离读者的想象与身体更近。

正是结合自己的湖滨生活,梭罗在《瓦尔登湖》中形象地阐述了超验主义的生存哲学,从而使该书成为超验主义流传最广的一部著作。美国学者克鲁奇曾经把该书的内容归为四类相互区别又互相关联的事情:1.大多数人所过的平静而绝望的生活;2.造成人们糟糕生活境况的有关经济问题的谬论;3.亲近自然是一种什么样的生活,这种生活会给予一个人什么样的奖赏;4.人们应该追求的"更高的原则"是什么,以及如何实现。[①] 对于前两个问题,梭罗在该书的前两章,尤其是"经济篇"中,做了认真的分析。他指出周围的同乡或年轻人因为继承了农庄而把自己变成土地的奴隶,被生活的重担压得透不过气来,"大多数人,甚至在这个较为自由的国度里的人,也由于无知加上错误,满脑子装的都是些人为的忧虑,干的全是些不必要的耗费生命的粗活,这就造成了他们无法去采摘生命的美果"[②]。这些人不知什么是不朽与神圣,整天提心吊胆,卑躬屈膝,"心甘情愿地认定自己是奴隶和囚徒"[③],从而过着听天由命、忍气吞声的绝望生活。梭罗清楚看到,人们为现实物质利益所羁绊,无法领会生命的快乐,无法提升和丰富自己的精神与灵魂,其批判矛头直接指向了美国清教徒式的劳动观、职业观与财富观,即后来马克斯·韦伯所论述之新教伦理孕育的资本主义精神,一种世俗的拼搏与奋斗,不过是陷入经济利益的

---

① Joseph Wood Krutch, *Henry David Thoreau*. New York: W. Sloane Associates, 1948, p.108.

② 梭罗:《瓦尔登湖》,罗伯特·塞尔编:《梭罗集》(上),陈凯等译,北京:生活·读书·新知三联书店,1996年版,第364页。

③ 同上,第365页。

陷阱,而不知道生命中最重要的是什么。为此,梭罗认为人们应该将生活简单化,再简单化,抛弃那些不必要的奢侈品和所谓使生活过得舒适的东西,而去追求一种内在的精神生活,一种"简单、独立、高尚和信任的生活"①。只要过简朴而智慧的生活,那么在这个世界上谋求自立就不是苦事,而是快乐的事。对于第三个方面,梭罗通过自己的生活指出了一条"人的自然化"的道路,自然化不是彻底回归自然或一种原始主义,而是认识和领悟自己作为自然的一部分的存在,并且领会当下的重要性和永恒性。在他看来,大自然不像人类社会那样充满种种邪念和卑劣之物,充满奴役、虚伪和利益的纠缠,它是健康而充满活力的,可以让人领略生命的美好,将人升华到更高的境界里去,"人类要是能感受到万春之春的影响力正在唤醒他们,他们必然会上升到一个更高、更加升华的生活中去"②。对于第四个方面,梭罗在《瓦尔登湖》"更高的规律"篇中有专门的表述,其实是对歌德笔下"浮士德难题"的一个回应。他谈到人的天性中既有动物性、野性的一面,也有精神性、神圣纯洁的一面,我们的整个生活就是这善、恶两方面在个体内部永不休止的斗争,正是通过这种斗争,人不断战胜卑劣的自己,成为一个日益高尚的人,"那个确信他身上的兽性一天天地消逝,而神性不断地成长起来的人是有福的"③。梭罗虽然一贯称自己是异教徒,但在这一点上,美国清教传统禁欲主义的影响仍可见一斑。当然,梭罗提倡禁欲又不同于一般清教徒为了积累财富、勤俭节约的目的,而是为了改造自我,不断提升自己的生命境界。

总之,梭罗在《瓦尔登湖》中宣扬了一种反世俗、反物化的超验主义生存原则,其核心思想是背离所谓常态生活而不断提升自我、完善自我的个人主义精神,或者说,他的这部作品将超验主义强调神性的个人主义和浪漫主义强调自由的个人主义融为一体,并赋予其有形的结构与具体的生活内容。由此,梭罗与导师爱默生在这一奠定美国文化基石的超验主义运动中表现出不同的品性与影响。"如果说爱默生是要唤醒国人,从旧世界的文化阴影中脱身,求得一种精神上的独立,梭罗则要人们摆脱旧的生活方式的奴役,求得一种生活中的解放。"④

---

① 梭罗:《瓦尔登湖》,罗伯特·塞尔编:《梭罗集》(上),陈凯等译,北京:生活·读书·新知三联书店,1996年版,第372页。
② 同上,第397页。
③ 同上,第564页。
④ 程虹:《寻归荒野》,北京:生活·读书·新知三联书店,2011年版,第109页。

二、《瓦尔登湖》与美国自然文学写作

美国文学史家罗伯特·斯比勒指出,超验主义和自然主义①是美国19世纪文学的两大运动,前者"以人与神明和道德法则的关系这些概念为基础",后者则"以人与自然和自然法则的关系这些概念为基础"。② 其实,二者之间并非可以截然分开,从我们对梭罗与爱默生的论述中不难看出这一点。而且,美国自然文学的传统也一直存在着将自然与心灵融为一体的观照方式,如18世纪的清教神学家、作家乔纳森·爱德华兹,"美国植物学之父"约翰·巴特姆及其子威廉·巴特姆等,都把自然看作上帝的伟大作品,将对自然的瞻仰与尊重看作是对神的崇仰与膜拜。这些先驱对梭罗与爱默生等超验主义者产生了很大影响。

不过,同是超验主义者,梭罗与爱默生毕竟不同,如劳伦斯·布伊尔所说,爱默生应该是"哲学的,或至少是神学的"自然主义③,将自然精神化、道德化,而梭罗后来越来越偏离了爱默生的自然观,既注重吸收自然对其精神的滋养,又充分尊重有别于人类文化的自然本体。居住在瓦尔登湖时期的梭罗正是自然观发生转变的重要时期,他在1846年8月份的缅因森林之行认识到自然的非人格化的一面,对荒野的理解突破了此前的主观化倾向。因此,布伊尔认为《瓦尔登湖》既是梭罗自然观转化的结果,也意味着这种转化的过程。④ 在该书中,"我"作为自然中普通一员与禽兽为邻,大自然是活生生的生命世界,而不是感伤的或理念的,或神学与道德的越位性的象征,连春天解冻泥土的涌动在他看来也是有生命的,他借隐士独白:"我非常接近于与万物的本质化为一体,这是我一生中所不曾有过的。"⑤不再是人化的自然,而是自然化的人,这是《瓦尔登湖》描写的基本主题。因此《瓦尔登湖》既是一部超验主义的著作,又是一部自

---

① 不同于欧洲的自然主义小说流派,美国的自然主义是对人与自然的关系及自然风物本身的书写,主要文体是散文与日记。
② 罗伯特·斯比勒:《美国文学的循环·跋》,罗伯特·斯比勒:《美国文学的循环》,汤潮译,北京:北京师范大学出版社,1993年版,第256页。
③ Lawrence Buell, *The Environmental Imagination: Thoreau, Nature Writing, and the Formation of American Culture*, Cambridge: The Belknap Press of Harvard University Press, 1995, p. 118.
④ Ibid.
⑤ 梭罗:《瓦尔登湖》,罗伯特·塞尔编:《梭罗集》(上),陈凯等译,北京:生活·读书·新知三联书店,1996年版,第568页。

然文学经典。事实上,哈尔丁教授指出,梭罗同时代人更多的是把《瓦尔登湖》视为一部自然史来读的,他们甚至跳过"经济篇""更高的原则"和"结束语"这样一些重要的篇章,抛弃了梭罗的生活哲学。① 他们这样做固然是对梭罗以及超验主义的不理解,但也反映了梭罗书中引人入胜的自然主义风格。

就整个美国自然文学史来看,《瓦尔登湖》是一部具有重要转折点和里程碑式的作品。自然对美国人及美国文化具有极端的重要性,对美国人而言,确立自我与自然的关系是整个民族性的问题,早期殖民者在与大片原始荒野的抗争与妥协中学会了如何与自然共存,因此,"自然一直被认定为美国'民族自我'的一个至关重要的组成部分"②。美国文学评论家彼得·A. 弗里策尔指出:"正是出于早期美国人将自己与其外在环境构成一体的企图,以及他们要使自己和所处之地的自然现象和谐共处的努力之中,才产生了当今被人们称为自然文学的美国文学形式。"③在梭罗之前的美国自然文学也许很难说是纯粹的自然文学,美国学者迈克尔·布兰奇在其著作《追根溯源:〈瓦尔登湖〉之前的美国自然主义作品》中谈到,美国普通读者之所以把梭罗视为自然主义文学的鼻祖,恰恰是因为梭罗之前的自然主义作家身份太混杂,有的作家一边赞美自然,一边大肆屠杀,而他们的作品也大多缺乏科学性和正确的自然观,缺少合理的编排和整理,"自然哲学思想陈旧",而且更主要的是它们的性质很混乱,很难甄别,如有的就是布道文、宗教宣传册,或者哲学类、历史类、传记类的著作。④ 尽管如此,梭罗还是很早就认识到了早期美国自然历史文学所具有的文学价值与生态史、博物学意义,他对美国早期自然文学作家约翰·史密斯、威廉·布雷德福以及威廉·伍德、科顿·马瑟等人的作品都非常熟悉,而乔纳森·爱德华兹和约翰·巴特姆的思想与著作可以说直接孕育了他和爱默生等人的超验主义自然观。爱德华兹把自然看作心灵

---

① Walter Harding, *A Thoreau Handbook*, New York: New York University Press, 1959, p. 63.

② Lawrence Buell, *The Environmental Imagination: Thoreau, Nature Writing, and the Formation of American Culture*. Cambridge: The Belknap Press of Harvard University Press, 1995, p. 33.

③ Peter A. Fritzell, *Nature Writing and America: Essays upon a Cultural Type*, Iowa, IA: Iowa State University Press, 1990, p. 53.

④ 迈克尔·布兰奇:《追根溯源:〈瓦尔登湖〉之前的美国自然主义作品》,张生珍译,《鄱阳湖学刊》,2011年第5期,第107页。

的风景,巴特姆把自然浪漫化以及关于所有生物共享一种智能的观念都可以在《瓦尔登湖》中找到影子。

如果按照美国学者托马斯·J.莱昂所说,美国的自然散文只有到了18世纪才成为一种独特的文体,其趋于成形的标志是威廉·巴特姆的《旅行笔记》[1],那么可以说,梭罗的《瓦尔登湖》则标志着该文体的成熟,并且在对自然的理解方面达到了一个新的高度。17、18 世纪美国自然文学中的自然被赋予了太多宗教的或功用主义的色彩,同时又被认为是粗俗与危险的,甚至具有魔鬼气息,到了19世纪爱默生、梭罗时代,自然才作为精神的殿堂呈现在人们面前,自然文学才有了真正的思想内涵。因此,正如美国学者唐·谢斯所说,爱默生与梭罗"是现代自然文学的先驱,是把自然史转变为自然文学形式的最主要作家"[2]。当然,爱默生与梭罗对自然文学的贡献又是不一样的,梭罗笔下的自然是"一种近乎野性的自然,一种令人身心放松、与任何道德行为的说教毫无关系的自然。在自然中,他寻求的是一种孩童般的、牧歌式的愉悦,一种无拘无束的自由,一种有利于身心健康的灵丹妙药,一种外在简朴、内心富有的生活方式"。而爱默生笔下的自然是"一种理性的自然,一种带有说教性的自然,一种被抽象、被升华了的自然"。[3] 爱默生试图摆脱清教前辈的影响来直面自然,但对待自然的方式依然不可避免地带有前人的痕迹,这与他的牧师经历不无关系。梭罗则更多地以希腊式异教徒的方式来面对自然,以平等的态度理解自然、对待自然,在自然中与鸟兽一起嬉戏。因此,如劳伦斯·布伊尔所言,梭罗在《瓦尔登湖》中恢复了真正的田园牧歌式的生活,它不同于以往殖民者或种植园主根植于农业背景中的"田园梦想",而是预示着整个美国自然文学即将把"田园感"与"农业"分离开来,这是早期自然文学所不具备的[4],而我们不妨把这看作是梭罗将自然进一步"去文明化"的重要举动。

以今天的观点来看,梭罗在《瓦尔登湖》中无疑创造了一种整体主义的生态理念,如海德格尔所说的"天、地、人、神"四位一体的生存状态,自

---

[1] Thomas J. Lyon ed., *This Incomparable Lande: A Book of American Nature Writing*, Boston: Houghton Mifflin Company, 1989, p.38.

[2] Don Scheese, *Nature Writing: the Pastoral Impulse in America*, New York: Twayne Publishers, 1996, p.22.

[3] 程虹,《寻归荒野》,北京:生活·读书·新知三联书店,2011年版,第107页。

[4] Lawrence Buell, *The Environmental Imagination: Thoreau, Nature Writing, and the Formation of American Culture*, Cambridge: The Belknap Press of Harvard University Press, 1995, p.127.

然不再只是人们认知和审美的对象,更是孕育健康肉体和健全灵魂的母体,人是并不完美而需要不断完善的自然之子。在《瓦尔登湖》中,梭罗已经开始建立一种类似于当代德国思想家史怀泽所说的广义的生命伦理观,这不仅是自然生态论,同时也是一种生态人类学,因为归根结底,生态问题必须回到对生命的理解上,回到对人类文化自身局限性的批判上来。在这一点上,他与当今的创造论神学也有诸多相似之处。其实,在那样一个高扬主体性的浪漫主义时代,梭罗不仅高扬主体性而且反思了人的主体性。这是非常难能可贵的,也是《瓦尔登湖》对当今生态主义思潮与环境保护运动影响深远的重要原因之一。

除了绿色的自然观与生存观,梭罗在《瓦尔登湖》中所透露出的地域感,即深深扎根于一处山水对个体与自然关系的深度书写,对后世的自然文学家也影响至深。在他之后,约翰·巴勒斯在美国东部卡茨基尔山,约翰·缪尔在美国西部优胜美地山区,玛丽·奥斯丁在欧文斯河谷,奥尔多·利奥波德在威斯康星河畔"木屋",安妮·迪拉德在汀克溪旁,亨利·贝斯顿在科德角的"水手舱"……——铺展开他们的自然文学画卷。约翰·巴勒斯被称为"一个更为友善的梭罗",约翰·缪尔被称为"心醉神迷的梭罗"与"西部的梭罗",爱德华·艾比被称为"现代的梭罗",这些后世的自然文学作家沿着梭罗高扬的自然主体性的道路继续前行,而他们笔下的自我则越来越趋于淡化,自身的人格隐没在对自然的朴实的描述中,生态与环境成为自然文学真正的主角。布伊尔称梭罗是"美国最好的、最有影响的自然文学作家"[①],看来是一点也不为过的。

三、《瓦尔登湖》与美国乌托邦运动

19世纪,美国同样受到了欧洲传来的空想社会主义的影响,欧文、傅里叶等人的思想在40年代初进入美国,所以当超验主义运动发展起来的时候,乌托邦社团运动也同时在开展,并对超验主义运动产生了不小的影响。如与爱默生一起发起超验主义俱乐部的乔治·里普利,在1841年春天,和妻子索菲亚一起创建了著名的乌托邦社团——布鲁克农场;而另一位超验主义重要的改革家、教育家布朗森·奥尔科特也领导了果园农场公社。梭罗在瓦尔登湖畔的生活同样是一种超验主义的乌托邦实验,美

---

① Lawrence Buell, *The Environmental Imagination: Thoreau, Nature Writing, and the Formation of American Culture*, Cambridge: The Belknap Press of Harvard University Press, 1995, p. 351.

国学者理查德·弗朗西斯将之与布鲁克农场和果园农庄并列为超验主义的三大乌托邦,称布鲁克农场是"规模巨大的企业",果园农庄是"联合式的家庭",称梭罗瓦尔登湖小屋为"一个人的社区"。①

布鲁克农场全称是"布鲁克农业和教育协会农场"(Brook Farm Institute of Agriculture and Education),位于波士顿附近的西洛克斯伯里,面积有170多英亩。该农场为股份制企业,成员以入股的形式加入农场,按照劳动及一定的利息分成,成人与成员的孩子可以接受农场内所设学校(从幼儿园到大学预科及成人学校皆有)的教育。在给爱默生的邀请信中,里普利谈到了自己领导创建该农场的目的:"如您所知,我们的目的就是在脑力劳动和体力劳动之间建立一种较现状更为合乎人性的融合;以所有个体一视同仁的方式,尽可能地联合思想家和劳动者;通过为每个人提供适合他们兴趣爱好和天赋的劳动,并保护其劳动果实,来保证他们最高的精神自由;通过让所有人享有教育的益处和生产的利润,消除仆役服务的必要性;由此为社会培养心胸宽广、智慧、高素养的人,他们相互之间的关系可以使一种更为简单和完整的生活成为可能,而不是在我们竞争体制的压力下被裹挟前行……"②农场吸引了一批文化名人加入,如作家霍桑一家,著名天主教徒、保禄会创建者艾萨克·黑克尔等人。1844年以后,受傅里叶主义的影响,布鲁克农场发展迅速,吸收了更多的工人阶级成员,并成立了法郎吉基层组织,其性质从原先只不过是"志同道合的精英们自谋生路的避难所"变成了"农业与工业生产急速发展的中心",被视为"国民社团运动的旗舰"。③ 但好景不长,由于资金短缺,又节衣缩食斥资建设中心大楼,而该楼在1846年被一场大火烧掉,该农场终于在1847年垮掉。果园农庄(Fruitlands)由布朗森·奥尔科特于1843年7月创建于马萨诸塞州伍斯特县哈佛镇的怀曼农场,面积有90英亩(实际开发只有十多英亩),只有一栋破旧的房子和一个谷仓,成员只有14个人,他们过的几乎是唯精神至上的禁欲主义与素食主义的生活,最终没有熬过北方寒冷的冬天,在6个月以后就草草收场了。

---

① Richard Francis, *Transcendental Utopias: Individual and Community at Brook Farm, Fruitlands, and Walden*, Ithaca and London: Cornell University Press, 1997, p. 2.

② George Ripley to Ralph Waldo Emerson, 9 November, 1840; reprinted in Octavius Brooks Frothingham, *George Ripley*, Boston: Houghton Mifflin, 1882, pp. 307-308.

③ Lance Newman, "Thoreau's Natural Community and Utopian Socialism", *American Literature*, No. 3, September, 2003, p. 525.

布鲁克农场与果园农庄只是当时美国近百个乌托邦公社的缩影,是19世纪上半叶美国人道主义改革运动的一角。无论是社团运动,还是梭罗一个人的乌托邦,其反抗的对象是共同的,即当时美国北方蓬勃发展起来的资本主义工业革命与市场革命。美国北方在这一时期处在由殖民时期的农业文明向现代工业文明的转变期,旧的生存方式被打破,大量人口涌入城市成为产业工人;经济与政治权力联合起来,更多地被商业与工业资本所有者掌控,"这种联合产生了一个前所未有的靠着对利润的无情追逐来强力驱动的社会"[1]。一方面是贫富悬殊加大,另一方面是大多数人的生存毫无人性尊严,明确的社会分工和商业利益将个人瓦解得支离破碎。如爱默生说的,"这原初的统一体,这力量的源头,早已被众人所瓜分,并且被分割得细而又细,抛售无赀"[2],"牧师变成了仪式,律师变成了法典,机械师变成了机器,水手变成了船上的一根绳子"[3]。梭罗也说过:"人类已经变成他们的工具的工具了。"[4]人的极端功能化就是对人性的异化,而乌托邦公社试图以多样性的劳动和生活来化解这种异化,为公社内的个体建立一种完整的更符合人性的生存状态。

尽管对抗的同样是市场、金钱与权力主导一切的自私自利的社会,但梭罗的出发点、采取的策略以及终极目的却与里普利等人不同。后者的出发点是让公民挣脱经济上的贫富不均与政治威权,实现对财产的共同拥有和共同分享,在教育、分配、物质与精神生产等各方面追求公平与公正,如美国学者卡尔·J.瓜内利里所评价的,这种乌托邦社会主义其实"仅仅是实现共和主义、民主、基督教以及传教士爱国主义之目标的一种更有效的方式而已","他们的法郎吉是将常见的资本主义元素,如私有财产、产权与工资变更系统,纳入一个公共的框架中"。由此,他们并未能以合作社替代竞争性的资本主义制度,而只是"一个可供选择的更具有社团思想的美国梦版本"[5]。这种靠着大家的合作来改良生存的方式是梭罗

---

[1] Lance Newman, "Thoreau's Natural Community and Utopian Socialism", *American Literature*, No. 3, September, 2003, pp. 517—518.

[2] 爱默生:《美国学者》,吉欧·波尔泰编:《爱默生集》(上),赵一凡等译,北京:生活·读书·新知三联书店,1993年版,第63页。

[3] 同上,第64页。

[4] 梭罗:《瓦尔登湖》,罗伯特·塞尔编:《梭罗集》(上),陈凯等译,北京:生活·读书·新知三联书店,1996年版,第394页。

[5] Carl J. Guarneri, *The Utopian Alternative: Fourierism in Nineteenth-Century America*, Ithaca, N.Y.: Cornell University Press, 1991, p. 9.

所不赞成的,他在《瓦尔登湖》中写道:"通常能够行得通的合作总是极小的一部分而且是表面上的;凡是有一点点儿真心真意合作的地方,表面上似乎看不见,却有一种无声胜有声的和谐。要是一个人有信心,他会用同样的信心在任何地方与人合作;要是他没有信心,他便会像世界其他地方那样,继续过他的生活,不管他和什么人结伴"①。在他看来,生活在一起的"合作"很大程度上妨碍了彼此的自由,"我想给我的同伴们交个底说:你们要尽可能长久地自由自在地、不受束缚地生活。把你们束缚在一个农场里,同把你们关进县牢里并没有多大区别"②。里普利曾邀请他加入农场,他拒绝了,并在日记中写道:"至于那些公社——我想我宁可在地狱中独身,也不愿进入天堂。"③当然,梭罗反对社团集体主义既有出于对个体自由的考虑,也有对它的商业归宿的不满,这种大规模的生产最终还是会落入市场的圈套中,而市场原则培养了人的贪婪与自私,是最损害人性与生命之美的东西。"商业涉及什么,什么就倒霉;即使经营的是从天堂带来的福音,商业上应有尽有的倒霉事也会紧跟着你走。"④

与这些公社不同,梭罗在《瓦尔登湖》中关注的不是大众物质上的贫困,而是他们精神的迟钝和智慧的贫乏,不是别人对自己的奴役,而是一个人奴役自己而浑然不知,他批驳的是人们所过的那种平静而绝望的生活,他试图通过自己的实验来启示人们什么是应该追求的生活。至少,他要为自己找到生活的真谛:"我到林中去,是因为我希望过着深思熟虑的生活,只是去面对着生活中的基本事实,看看我是否能学到生活要教给我的东西,而不要等到我快要死的时候才发现自己并没有生活过。我不愿过着不是生活的生活,须知生活无限珍贵;……我要深入地生活,吸取生活中应有尽有的精华,刚强地、像斯巴达人击溃敌人那样,清除一切不成其为生活的东西,大刀阔斧加以扫荡,小心翼翼加以清理,把生活逼到一个角落去,将其置于最低的条件之中。"⑤梭罗对这种最低的条件做了精心的计算,最后发现"一年中只需劳动约莫6个星期便可满足生计所需的

---

① 梭罗:《瓦尔登湖》,罗伯特·塞尔编:《梭罗集》(上),陈凯等译,北京:生活·读书·新知三联书店,1996年版,第425—426页。

② 同上,第438页。

③ H. D. Thoreau, "March 1841", *Journal*, John C. Broderick et al. ed., 8 Vols. Princeton, N. J.: Princeton University Press, 1981 (1), p.277.

④ 梭罗:《瓦尔登湖》,罗伯特·塞尔编:《梭罗集》(上),陈凯等译,北京:生活·读书·新知三联书店,1996年版,第424页。

⑤ 同上,第444页。

一切开销费用"①,而其余的时间可以用来学习和散步。梭罗终身未娶,养活自己是很容易的,他很清楚多数人与他不同,因此说:"我不愿让别人出于任何原因选择我的生活方式;……我倒希望每个人都能小心寻找和追求自己的道路,而不是走着他父亲、母亲或者邻居什么人的老路。"②梭罗不愿让人重复自己,而是以亲身试验的方式告诉人们不要只为了挣钱或生存浪费自己的生命,而应该去过一种"朴素而又独立的生活",一种珍惜自由和"今日之日的重要性"的生活,一种尽量远离商业原则的具有生命诗意的美的生活,一种不断自我更新、自我完善的清醒的生活,一种彻底反物质主义的精神生活。

历史表明,梭罗的个体乌托邦实验比那些公社乌托邦具有更为久远的影响和意义,因为他突破了时代的局限,直指现代人类的精神困境,《瓦尔登湖》也为物质崇拜甚嚣尘上的世界保留了一块洁净的领地,这个领地永久性地住进了每个热爱生命大美的人的心中。在《瓦尔登湖》"结束篇"中,梭罗写道:"至少我从自己的实验中了解到,如果一个人能自信地在他所梦想的方向上前进,争取去过他想象的生活,他就可以获得平常意想不到的成功。他将把一些事抛在后面,超越一个看不见的界限;新的、普遍的,而且更加自由的法则将在他周围和内心自行建立起来;……他可以在生命的更高级的秩序中生活。"③这就是梭罗的乌托邦梦想,也是他像雄鸡一样极力报晓的内容,这种个体梦想诗学对美国一代代青年的影响是怎么估量也不为过的。不过,如美国学者罗伯特·理查森所说,梭罗的目的并非仅限于个体,其最终指向仍然是社会,他的目标是建构个人主义的精神原则,这种个人主义使未来发展出一种自由公正的社会成为可能。④先完善个体,再完善社会,这是梭罗超验主义乌托邦梦想的基本逻辑。

四、《瓦尔登湖》与"英雄"梭罗

在美国,梭罗不只是一个作家、思想者、博物学家和环境保护主义的先驱,还是一个影响美国政治与历史的英雄与特立独行的改革者,这一独

---

① 梭罗:《瓦尔登湖》,罗伯特·塞尔编:《梭罗集》(上),陈凯等译,北京:生活·读书·新知三联书店,1996年版,第423页。
② 同上书,第425页。
③ 同上书,第652页。
④ Lance Newman, "Thoreau's Natural Community and Utopian Socialism", *American Literature*, No. 3, September, 2003, p.541.

特身份对《瓦尔登湖》在美国的经典化也产生了很大的推动作用。1846年7月,正当梭罗住在湖边并开始写作《瓦尔登湖》的时候,发生了一件意义深远的事情,他因反对美国发动墨西哥战争及北方州对南方蓄奴制的纵容而拒交人头税被关进了监狱,第二天因有人悄悄替他交了税而被放出时,梭罗拒绝出狱,试图以这种方式引起周围人的良知和觉醒,但被强行赶出。次年2月,梭罗以此事为背景作了关于"个人与国家关系"的演讲,1849年以《抗拒政府》为书名出版,死后被改为《论公民的不服从》。梭罗及其家人多年一直支持帮助南方黑奴逃往加拿大的地下交通网,对1851年国会通过《逃亡奴隶法令》极为愤慨,当1854年逃亡奴隶安东尼·伯恩斯在波士顿被捕时,他写下了《马萨诸塞州奴隶制》一文,并于独立日在著名废奴主义者威廉·加里森组织的集会上宣读,后刊于多家报纸杂志。1859年,康涅狄格州废奴主义者约翰·布朗带人袭击弗吉尼亚州哈伯斯渡口弹药库失败被俘,北方的群众甚至很多废奴主义者不理解布朗的举动,觉得他残暴疯狂,精神有问题。梭罗不顾周围人的阻拦,发出请帖,给大家做演讲,为布朗辩护。布朗被绞死后,他在康科德参与组织追悼会,在会上再次演讲向布朗表达敬意。梭罗由此成为美国著名的敢于向政府说不的不合作英雄。

梭罗成为英雄是因为他言行如一,并彻底践行其正义观的结果。爱默生评价梭罗:"如果他蔑视而且公然反抗别人的意见,那只是因为他一心一意要使他的行为与他自己的信仰协调。"① 在对抗政府方面,爱默生自己就没有做到言行一致,尽管他反对政府支持南方奴隶制,多次演讲抨击逃奴法令,但他一直在向政府交税。他不赞成梭罗的做法,在日记中他写道:"别胡作非为。只要政府对你好,就不要拒绝付钱。"② 而梭罗认为只要是承认黑奴不是合法公民的政府就一刻也不是"我的政府",如果政府犯了不公正的谬误,那么,虽然"一个人没有责任一定要致力于纠正某种谬误","但他起码有责任同这谬误一刀两断"。③ 所以他觉得有必要敬告那些自称为废奴论者的人:"必须立即真正地收回无论在个人和财产方

---

① 爱默森:《梭罗》,范道伦编选:《爱默森文选》,张爱玲译,香港:今日世界出版社,1978年版,第172页。

② Walter Harding, *The Days of Henry Thoreau*, Princeton: Princeton University Press, 1962, p.205.

③ 梭罗:《论公民的不服从》,张礼龙译,参见赵一凡编:《美国的历史文献》,蒲隆等译,北京:生活·读书·新知三联书店,1989年版,第157页。

面对马萨诸塞州政府的支持,不要等到他们形成多数后再在他们中间执行正义"。① 要是政府为此就将他逮捕,那就遵守所谓法律,姑且让它逮捕好了。"在一个不公道地关押人的政府的统治下,一个正义者的真正归宿也是监狱","那是一个蓄奴州里的自由人可以问心无愧地生活的唯一地方"。② 梭罗以什么对抗政府? 一个人的良知良心! 他说:"我们首先应该是人,其次才是臣民……我有权承担的唯一义务就是在任何时候做我认为是正确的事。"③

美国学者斯蒂芬·哈恩指出:"根据经典的而非功利的自由主义,梭罗提出了国家的德行和权力与个人的德行和权力相对的问题。"④其实,不仅仅是相对的问题,或到底谁高谁低的问题,同时在本源上又是同一个问题。因为梭罗不但将个人置于政府之上,而且还为一切的法律、习俗、伦理道德寻找一个更高的、更本源性的法则,那就是康德所说的"绝对命令":"不论是谁在任何时候都不应把自己和他人仅仅当作工具,而应该永远看作自身就是目的。"⑤这是最符合人性、最具有人道主义的律令,它应该是一切政府行为和法律遵循的基本法则,也是人之为人的基本法则,如果政府与法律违背了它,遵循这一更高法则的人就有权利去与之对抗。当然,梭罗并不是无政府主义者,他说:"我并不要求立即废除政府,而是希望立即能有一个好一点的政府。"⑥有良知的政府归根结底得由有良知的官员组成,政治的道德化才是政府的必由之路。

梭罗后来为约翰·布朗辩护的时候同样秉承着这种超验主义道德观。当时北方的废奴主义者大多赞同以和平的方式解决奴隶制的废存问题,所以他们不理解布朗带人杀死支持蓄奴制的匪徒、攻打弗吉尼亚州政府军火库等武力行动。当周围的邻居们以世俗的经验标准去评价布朗或寻找布朗的行为动机时,梭罗表示了极大的蔑视,他称布朗为"超验主义者","一个有思想讲原则的人",这样的人不是心血来潮或一时冲动,也不是为了某种自身的利益,而是"听从于无限的更高的命令"才去做的,这个

---

① 梭罗:《论公民的不服从》,张礼龙译,赵一凡编:《美国的历史文献》,蒲隆等译,北京:生活·读书·新知三联书店,1989年版,第160页。
② 同上,第160—161页。
③ 同上,第155页。
④ 斯蒂芬·哈恩:《梭罗》,王艳芳等译,北京:中华书局,2002年版,第67页。
⑤ 康德:《道德形而上学原理》,苗力田译,上海:上海人民出版社,1986年版,第86页。
⑥ 梭罗:《论公民的不服从》,张礼龙译,参见赵一凡编:《美国的历史文献》,蒲隆等译,北京:生活·读书·新知三联书店,1989年版,第154页。

命令不是来自外部的世界或高高在上的神,而是来自他自身的"内在之光"。① 不过,梭罗赞赏布朗的不只是其良知,也赞赏其血性和激情,如果只有良知而无行动,那不是真正的英雄。

其实,在《瓦尔登湖》中,梭罗对这种独特的英雄观也有很好的阐述。他认识到英雄的形成与人的动物性有双重关联,动物性不仅包括懒惰、贪婪、好色等导致恶行的本性,也包括自卫、斗争的冲动甚至献身等具有积极意义的本性,梭罗把它称为野性,并在《瓦尔登湖》"禽兽为邻"篇中通过对黑蚂蚁与红蚂蚁之战的观察与描写,来隐喻这种本性乃是促成英雄主义的必不可少的动力。事实上,良心与人性中的善本质上是一种软弱的东西,它是一种同情与怜悯,一种恻隐之心,由良心到选择善、恶的行为以及进一步的采取行动需要一种力量或者说激情,这种力量与激情不是来自别处,而是来自于本真的人性或者说人的野性,如果没有这种力量的注入,善良的举动只能是一般性的慈善行为,而绝不会成为英雄行为。在布朗事件中,人们对约翰·布朗的正义性或许不乏理解,但是对布朗的暴力手段却大加指责,称他为"疯子""狂人""暴徒",因为他违背基督教的博爱原则。但是,梭罗却看到布朗值得尊敬的地方不仅在于他听从了自身神性与良知的呼声,而且在于他身上的血性和激情,他不仅要为布朗拯救黑人的神圣动机辩护,而且要为布朗的"凶残"辩护,认为它是另一种形式的博爱,他说:"我更喜欢布朗队长的博爱,而不喜欢那种既不摧毁我也不让我自由的博爱。"②

梭罗在《瓦尔登湖》"更高的规律"篇中侧重描写人性中的动物性或野性,在"禽兽为邻"篇中则侧重描写动物甚至也具有的超验的神性,其用意即在于表明任何的个体在其本性之中都蕴含着产生英雄主义的可能性,英雄主义并不是高贵的离我们好像很遥远的东西,它就是万物的毫不矫饰的本性,如他在《在康科德与梅里马克河上一周》中所写:"这几个夜晚从农场仓前空地上愠怒地朝月亮吠叫的那几条狗在我们胸中激起的英雄主义超过这个时代所有的公民主张和战时布道。"③因此,梭罗相信动物性作为最基本的人性,也绝不是天生要作恶的,而应该有天然的更高尚的

---

① H. D. Thoreau, "A Plea for Captain John Brown", *The Norton Anthology of American Literature*, third edition, Vol. 1, New York: W. W. Norton & Company, 1989, p.1835.
② Ibid., p.1844.
③ 梭罗:《在康科德与梅里马克河上一周》,罗伯特·塞尔编:《梭罗集》(上),陈凯等译,北京:生活·读书·新知三联书店,1996年版,第35页。

用途，比如一个青年可能具有猎杀动物的天然冲动与爱好，"他跑到森林中去，开头时是作为一个猎人和渔人的，直至最后，要是他内心深处蕴藏着善良的生命种子，他便会辨认出自己的目标是当一个诗人或一个自然科学家，于是便把猎枪和钓鱼竿置诸背后"①。因此，正确的对待动物性的方法不是完全的压制，而是合理的利用，他引用英国玄学诗人约翰·多恩的诗说："这人多愉快，把内心的野兽安顿到适当的地方，/把心田上横生的杂木，砍除复原！"②所以，英雄并不是什么非凡的人，相反，"英雄通常是最简单、最普通的人"③。但他只是人，而不是被政府奴役的工具，不是没有头脑的社会习俗的顺从者，他要协调好自己的双重本性，最好地使用人身上的神性与动物性，因而成为更具有人性尊严的人。他评价布朗："在美国，没有人曾如此坚持不懈地、有力地维护人性的尊严，没有人曾如此更坚定地知道自己是一个人，一个可以与任何政府或所有政府相匹敌的人。"④

作一个真正的人、完整的人，这是梭罗一生追求的人格取向，也是《瓦尔登湖》《论公民的不服从》《为约翰·布朗队长请命》等重要著述中表达的核心思想，是他认同布朗的基石，也是他最终能够成为对美国乃至世界影响深远的人物的前提。谈到布朗的死，梭罗说："以前，美国好像没人死过，因为要去死的话，你首先必须曾经活过。"只有真正活过的人才懂得死的意义，因此，他认为布朗及其同伴"在教我们如何去死，同时也教给了我们如何去活"。⑤ 如果说《瓦尔登湖》是教给人们如何更自然、本然地活着，那么梭罗的政论文就是教人们如何作为一个有良知的公民而活着。教给人们如何去活，在这一共同主题下，《瓦尔登湖》与梭罗的其他著作形成了很好的互补性和互文性，因此，要更好地理解他的政论性著作，《瓦尔登湖》依然是绕不开的经典。

作为"公民不服从"思想的现代奠基者，梭罗"在美国社会政治思潮的发展进程中产生了全面、深刻的影响，他对个人自由和权利的强调已成为

---

① 梭罗：《瓦尔登湖》，罗伯特·塞尔编：《梭罗集》（上），陈凯等译，北京：生活·读书·新知三联书店，1996年版，第557—558页。

② 同上，第564页。

③ H. D. Thoreau, "Walking", *Henry David Thoreau: Collected Essays and Poems*, selected by Elizabeth Hall Witherell, New York: Literary Classics of the United States Inc., 2001, p. 239.

④ H. D. Thoreau, "A Plea for Captain John Brown", *The Norton Anthology of American Literature*, third edition, Vol. 1, New York: W. W. Norton & Company, 1989, p. 1840.

⑤ Ibid., p. 1845.

美国自由传统不可缺少的组成部分,成为美国精神的主流"①。梭罗被认为是影响美国文化的第一人,是美国独立精神的象征,是美利坚民族的英雄。不过,我们已经看到,从《瓦尔登湖》到后来的著作,再到"英雄"梭罗,其间有一条清晰的脉络。《瓦尔登湖》可谓梭罗走向不朽的起点,每当后人瞩目于这位"古怪"的超验主义者,或试图更好地了解美国文化的时候,必须回到这个朴实而完美的起点上来,这也许就是经典的含义。

第二节 《草叶集》在中国的译介与传播

《草叶集》(Leaves of Grass)是美国诗人华尔特·惠特曼倾尽一生心血的唯一一部诗集,并最终为其奠定了美国文学及世界文学史上的经典地位。这部伟大诗集在美国本土经受了近一个世纪毁誉参半、备受争议的沉浮与挣扎,直到20世纪50年代中期出版百周年纪念以及美国诗坛摆脱学院派与新批评派的控制时才获得普遍认可。在中国,惠特曼于"五四"时期被介绍过来,由于其诗作中易引起争议的诗篇未曾与中国读者谋面,因此批判与否定《草叶集》的声音并未出现,而到了1987年全译本首次出版时,对惠特曼的认知亦早已超越了早期的道德训诫阶段。尽管如此,由于时局的不断变化,在栉风沐雨的漫长世纪中,我们对《草叶集》的接受也经历了相应的起伏波折。本节将以时间为序,通过对该诗集在我国大陆译介与传播历程的简要回顾和整理,力图呈现它在中国本土化以及参与和推动中国文学现代化的历史轨迹。

一、"五四"时期《草叶集》的译介与传播

在中国新文学开始艰难起步的时期,对现代自由诗开创者惠特曼作品的引入应是一种必然。1917年,胡适发表于《新青年》的《文学改良刍议》力主"八事",陈独秀与之呼应,在《文学革命论》中倡导革新文学的"三大主义",这些理论宣言无疑为新文学树立了一面旗帜,但如何打破传统诗学与美学的厚墙从而开辟一条新路仍是一件难事,而翻译却为此提供了一件利器。卞之琳先生在1987年专门就诗歌翻译对中国新诗创作的影响做过细致分析,他通过对胡适翻译实践的研究,鲜明地指出西方诗歌

---

① 倪峰:《梭罗政治思想述评》,《美国研究》,1993年第4期,第123页。

的翻译可谓促成了我国白话新诗的产生,且后来对新诗的发展过程及重大转折同样产生了重要影响。① 亦如有的学者所说:"没有译诗,中国新诗的现代性就会因为失去影响源而难以发生。"② 可以说,"五四"时期积极参与到新文学运动中的作家们都或多或少地从事过文学翻译,翻译工作已成为文学革命事业血肉一体的组成部分。而根据统计,在这一时期译介最多的三位诗人就是泰戈尔、歌德与惠特曼。③

中国第一篇介绍惠特曼及其诗歌的是田汉发表于1919年7月15日《少年中国》创刊号上的文章——《平民诗人惠特曼的百年祭》。这篇长达万字的文章共有八个部分:"美国精神与民主主义""惠特曼的略历""惠特曼的伟大""惠特曼与Americanism""惠特曼与Democracy""惠特曼的灵肉调和观""惠特曼的自由诗与中国的Renaissance""纪念惠特曼的意义"。田汉写作此文的目的是非常明确的,他要把惠特曼高歌的平等、自由、博爱的美国精神"做我们的借镜",指明只有"民主主义"能够救"少年中国"。④ 也可以说,他要阐明惠特曼的伟大之所在,为"少年之中国"寻找一个杰出的"人"的榜样以教给大家如何做真正的"人"。因此,他把重点放在了阐述惠特曼的思想上,而在论证这些思想时则频频引用《草叶集》中的诗歌,如《自己之歌》《我歌唱带电的肉体》《母亲,你同你那一群平等的儿女》等诗的一些片段,以及《久,好久,亚美利加啊》的全篇,这也是惠特曼诗歌与国人的首次见面。此外,田汉也明确阐述了中国新诗运动与惠特曼诗歌的关系:"中国现今'新生'时代的诗形,正是合于世界的潮流、文学进化的气运。……这种自由诗的新运动之源,就不能不归到惠特曼。"⑤

中国新诗的革新显然不只是一种形式的革命,也是思想和文化观念

---

① 胡适曾用文言译过拜伦的诗,也创作了不少白话诗,但他自己亦认为偶尔用白话翻译的现代美国女诗人莎拉·替斯代尔的抒情小诗《关不住了!》(发表于1919年3月15日的《新青年》)才是真正"开了我的新诗成立的纪元"。参见卞之琳:《翻译对于中国现代诗的功过》,张曼仪编:《中国现代作家选集·卞之琳》,北京:人民文学出版社,1995年版。

② 蒙兴灿:《胡适诗歌翻译的现代性探源——以〈关不住了〉为例》,《外语学刊》,2011年第3期,第133页。

③ 参见王晓生:《五四新诗革命背景中的外国诗歌翻译》,《长沙理工大学学报》(社会科学版),2011年第9期,第67页。

④ 田汉:《平民诗人惠特曼的百年祭》,《田汉全集》(第14卷),石家庄:花山文艺出版社,2000年版,第311页。

⑤ 田汉:《平民诗人惠特曼的百年祭》,《田汉全集》(第14卷),石家庄:花山文艺出版社,2000年版,第310页。

的革命,因此田汉对惠特曼及《草叶集》的介绍可谓是切中肯綮且意义深远,而接下来的郭沫若更是将对惠特曼诗歌的这种双重吸收与转化推至极致,从而创造了中国新诗史上的第一座丰碑——诗集《女神》(1921)。反过来看,《女神》的成功也在很大程度上证明了惠特曼诗歌在中国的可接受性,至少它极大地推动了中国诗坛对惠特曼诗歌的进一步认知与传播。遗憾的是,尽管受惠特曼如此大的影响,并且作为一位大翻译家,郭沫若却并未怎么翻译这位先师的诗作,远不及对泰戈尔、雪莱、歌德等人诗作的译介,据其著译年谱查看,他仅完整翻译过惠特曼《从那滚滚大洋的群众里》一诗,发表于1919年12月3日的《时事新报·学灯》。① 另外,在1920年给宗白华的一封信中他也曾引用《坦道行》(*Song of the Open Road*,今译《大路之歌》)第一节的前两小节原文,并将之译成白话②,但也就此打住,未再译完。

1921年5月20日的北京《晨报》第7版的副刊上刊登了笔名为"残红"的一位译者的《译惠特曼小诗五首》,即《美丽的女人》《母亲和婴儿》《告诉你》《戴面具的》和《告外国》五首短诗,其中《告诉你》和《告外国》选自《铭文集》(《草叶集》第一部分,以下各集的名字均采用楚图南、李野光合译《草叶集》中的译名),另外三首选自《路边之歌》。这些小诗显然不足以反映惠特曼的思想与风格,引起的关注并不大。此前,也就是同年3月,主持《小说月报》的沈雁冰在该刊第3期"海外文坛消息"栏目中专门发了一条"惠特曼在法国"的消息,极力强调"美国著名诗人惠特曼(Walt Whitman)的著作近来在法国盛极一时"③。10月份,同为"文学研究会"成员的谢六逸在《时事新报·学灯》上发表了两篇译作,即选自《桴鼓集》中的《挽二老卒》(今译《给两个老兵的挽歌》)和《弗吉尼亚森林中迷途》,11月上旬又在该刊连载了《平民诗人惠特曼》一文,也许因有田汉的文章在先,所以他并未对惠特曼的民主思想展开评介,而是突出诗人的"普通人"的身份,评价其诗歌是"自然的复写",是"个性的动作的呼声"。④ 1922年3月,译者东莱在《文学周报》旬刊第30期上发表了译诗《泪》。徐志摩翻译了《自己之歌》中第31节的第一小节和32节的前两小节,发

---

① 龚继民、方仁念:《郭沫若年谱1892—1978》(上),天津:天津人民出版社,1992年版,第72页。
② 黄淳浩编:《郭沫若书信集》(上),北京:中国社会科学出版社,1992年版,第119—120页。
③ 沈雁冰:《惠特曼在法国》,《小说月报》,1921年第十二卷第三号。
④ 谢六逸:《平民诗人惠特曼》,孙俍工编:《新文艺评论》,上海:民智书局,1925年版,第370页。

表于1924年3月《小说月报》第15卷第3期。崇尚格律与节制的徐志摩对惠特曼也许未必真心喜欢，因此浅尝辄止，他与"中国的惠特曼"——郭沫若的反目也与对自由奔放式诗歌的讥讽有关。此外，这时期一些对美国文学的介绍类文章中也多有谈及惠特曼的诗歌，如刘延陵发表在1922年2月15日《诗》月刊第1卷2号上的《美国的新诗运动》，郑振铎在《小说月报》1926年第17卷12号上发表的长文《美国文学》。

20世纪20年代后期，鲁迅先生对《草叶集》的译介也做出了贡献。1927年6月，他主编的《莽原》杂志发表了韦丛芜翻译的《敲！敲！敲！》和《从田里来呀，父亲》(皆选自《桴鼓集》)。1928年10月，他主编的《奔流》杂志刊登了金溟若翻译的日本作家有岛武郎的长文《草之叶——关于惠特曼的考察》，文中还配有五张图片，分别是一帧惠特曼画像、《草叶集》初版时诗人的照片、诗集插画一帧、诗人笔迹及诗人晚年位于坎登的住所。有岛武郎以第一人称的创作形式来表述对惠特曼及其诗歌的理解，文章充满激情和力量，引用《草叶集》中诗歌或片段达23次之多，涉及诗人十余首代表性诗作。① 如此完整地介绍《草叶集》，在大陆还是首次。在刊发之前，鲁迅先生曾多次与金溟若通信，为了更好地审阅译稿，还前往商务印书馆及内山书店分别购买了英文及日文版的《草叶集》。②

可以看出，20世纪20年代大陆对《草叶集》的译介带有很强的自发性和随意性，但这并不意味着盲目性。20年代是新文化运动扩张和扩大其作用范围的时代，也是白话诗学步行走的时代，当时诗坛充满对《尝试集》、散文体诗、诗是贵族的还是平民的等一系列问题的讨论，在思想上偏于认为人类的整体性优于民族与国家本位，在文艺上认为西土强于本土，对惠特曼及《草叶集》的译介显然是借它山之石欲以攻玉。除了诗学与文化的建构需求以外，深层次的人格建构的需求作为一种动力也推动着文人学者们去扩大视野寻求认同，正如郁达夫所言："'五四运动'，在文学上促生的新意义，是自我的发见。欧美各国的自我发见，是在19世纪的初期，中国就因为受着传统的锁国主义之累，比他们挫迟了七八十年。自我发见之后，文学的范围就扩大，文学的内容和思想，自然也就丰富起来了。北欧的伊孛生(即易卜生——笔者注)、中欧的尼采、美国的霍脱曼(即惠

---

① 有岛武郎：《草之叶——关于惠特曼的考察》，金溟若译，《奔流》，1928年第1卷第5期。
② 钦鸿：《鲁迅对惠特曼的介绍》，《鲁迅学刊》，1981年第2期，第102页。

特曼——笔者注)、俄国的19世纪诸作家的作品,方在中国下了根,结了实。"①事实上,在世界诗歌领域,对"超验自我"的书写很难有超出惠特曼之右者。

二、三四十年代《草叶集》的译介与传播

如果说20世纪20年代是《草叶集》播种扎根的时期,那么,三四十年代就是发芽成长并渐渐枝繁叶茂的时期。1930年5月号的《小说月报》发表了一篇长达29页的长文《现代美国诗概论》,文章共五部分,其中第二部分专论惠特曼,达三千多字。该文对惠特曼的评论较前人更趋完整,谈到了惠特曼在美国本土的不被理解,谈到他对平凡东西、普通题材的选择,谈到他的中心题旨"是普天的同情心,是爱情想象,这种爱情想象,能使伟大艺术家,与人类一切悲乐同体化","他相信不妥协的个人主义及民主主义","他的个人主义,常在普遍的友谊善意中表出"。② 作者朱复还条分缕析专门探讨了惠特曼的诗艺特征,引用《斧头之歌》与《展览会之歌》中许多诗句。诗人邵洵美在1934年10月《现代》杂志发文《现代美国诗坛概况》,对惠特曼及其《草叶集》与现代美国诗歌的关系做了清晰的阐述,扩大了人们的认知视野。③ 在翻译方面,译者素衷在1931年6月《创作》月刊发表译诗《跨过一切》,7月又在同一刊物发表《看到荣誉获得时》等五首译诗,伍实在1934年12月《文学》杂志发表了其摘译的《自己的歌》片段和《灵魂啊你现在敢吗》《再会吧我的幻想》《为了你啊德谟克拉西》《先驱啊先驱》等另外四首译诗,同时也译有英国评论家爱德孟·威廉·戈斯的长文《窝脱·惠特曼》。周而复则在1936年10月1日《诗歌杂志》创刊号上发表了两篇译诗:《夜晚独个在沙滩上》和《在海船后面》。高寒(楚图南笔名)在1937年1月《文学》杂志"诗歌专号"发表篇幅较长的《大路之歌》完整译文。

20世纪30年代,中国新诗发展进入自觉的多元状态,对于诗体、现代诗、中国古诗借鉴等问题的讨论颇为热闹,朱复与邵洵美的文章即出于这一大的语境,也是为了确认《草叶集》的现代性地位。另外,这一时期左翼大众诗学开始成长起来,《草叶集》亦成为其形态源。如主张诗歌大众

---

① 郁达夫:《五四文学运动之历史的意义》,《郁达夫文集》(第六卷),广州:花城出版社,1983年版,第171页。
② 朱复:《现代美国诗概论》,《小说月报》,1930年第二十一卷第五号,第811—812页。
③ 参见邵洵美:《现代美国诗坛概观》,《现代》,1934年第五卷第六期,第874—890页。

化的蒲风曾在《诗歌大众化的再认识》一文中写道:"惠特曼的自由诗的新形式,在当初,美国老诗人们也曾憎恶过,甚至驱逐过。我们今日的处境正相同于惠特曼,因为我们的东西,比惠特曼的口语的自由诗来得一样惊人、通俗。"①日军侵华更加重了诗人的现实感和紧迫感,所以他呼唤中国的惠特曼,"如今的现实却的确要求我们产生一些惠特曼,或马雅可夫斯基。没有新的惠特曼、马雅可夫斯基,担不起现阶段诗人的伟大任务"②。此外,早期倾心于象征主义的穆木天也转向为诗歌大众化呐喊,他在1934年5月《现代》杂志发文《诗歌与现实》,号召诗人从现实出发,反映代表时代的本质情绪,"伟大的诗人,如杜甫,如雨果,如歌德,如惠特曼,如密尔敦,如魏哈仑等,之所以成为了伟大,就是在于他们在他们的诗作中,反映出当代的社会现实"③。评论家李长之在谈到惠特曼时也突出其现实主义,"惠特曼却是美国浪漫主义最后一人,同时却也是到达新的开展的桥梁的一人","新的开展是写实主义"。④ 林焕平在《申报》上的文章《我们从惠特曼学取什么?》同样强调"他那种完全从现实主义出发的现实主义的创作态度,是我们应该学取的第一点",惠特曼不但是生活的观察者,"不,不但是观察,他就是投身在现实的生活实践中"。⑤

20世纪40年代的中国到处战火纷飞,战争的鼓点、苦痛的大地似乎与70多年前惠特曼所经历的血雨腥风遥相呼应,于是,深受惠特曼影响的艾青、田间、何其芳以及七月诗派的诗人们像惠特曼一样纷纷以笔为旗,谱写出"鼓舞调"的战斗的诗歌。据李野光先生考证,1941年萧三从莫斯科把苏联出版的《草叶集》带回了延安,"使惠特曼得以深入中国西北地区,与新民主主义的文化运动相结合"⑥,而且同年,"草叶社"在鲁迅艺术文学院成立,成员就有何其芳、严文井、周立波、公木、陈荒煤等人,这些人对《草叶集》的传播做出了不小的贡献,如周立波在鲁艺讲名著选读时就讲到过惠特曼的诗,公木则翻译过《当紫丁香最近在前院开放》《大路之歌》《啊,船长!我的船长!》和《我坐着来观望》等诗篇,其他在延安的诗人

---

① 蒲风:《诗歌大众化的再认识》,黄安榕、陈松溪编选:《蒲风选集》,福州:海峡文艺出版社,1985年版,第950页。
② 蒲风:《关于前线上的诗歌写作》,见黄安榕、陈松溪编选:《蒲风选集》,福州:海峡文艺出版社,1985年版,第922页。
③ 穆木天:《诗歌与现实》,《现代》,1934年第五卷第三期,第220页。
④ 李长之:《现代美国的文艺批评》,《现代》,1934年第五卷第六期,第894页。
⑤ 林焕平:《我们从惠特曼学取什么?》,《申报》,1935年4月25日。
⑥ 李野光:《惠特曼研究》,上海:上海外语教育出版社,2003年版,第337页。

如吴伯箫、曹葆华、天蓝、朱子奇等都选译过《草叶集》,艾青主编的《诗刊》以及《中国文艺》《解放日报》成为发表这些译诗的园地,而田间等人的手抄本更是在人们手中辗转流传。① 抗战时期的西南地区文人云集,《草叶集》的翻译更是遍地开花。如思想转变后的徐迟1941年1月在迁至重庆的《文艺阵地》发表从《芦笛集》中选译的6首短诗,陈适怀同年11月在桂林《诗创作》发表《惠特曼诗三首》。次年3月,陈适怀又在桂林《文艺生活》发表译诗《你,政治民主哟!》(*For You O Democracy*)。当年适逢惠特曼逝世50周年,《诗创作》开辟了"惠特曼五十年祭"专栏,刊登了一组诗文,其中包括日本学者高村光太郎和中野重治的两篇评论,陈适怀译《惠特曼诗四章》[包括《在梦中所见》(*I Dream'd in a Dream*)、《没有不要劳力的机器》《给某歌女》和《一致》四首诗],天蓝译《反叛之歌(二首)》(即《欧洲》与《给一个受了挫折的欧洲的革命家》),曹葆华译惠特曼晚年所写散文《走过的道路的回顾》。同年11月,桂林《文化杂志》发有邹绛译自《桴鼓集》的《海船的城市》等三首诗,成都《笔阵》发有姚奈译自《桴鼓集》的《我做过一次奇异的看守》。1943年5月,桂林《青年文艺》刊发了宗玮译的《草叶集选》,包括《为了你,啊,民主》《在一个梦里我梦到》《哦,船长,我底船长!》等13首诗,同年9月,桂林《文学译报》刊登了蒋壎译《给一个快要死去的人》等3首诗歌。1948年,上海《诗创造》第8期和第10期分别刊发了屠岸的译诗《更进一步》《我们两个——我们被愚弄了多久》和费雷选译自《桴鼓集》与《铭文集》共5首短诗的《惠特曼诗抄》。

可以看出,抗战时期是惠特曼诗歌翻译与传播的一个高峰期,如此密集的翻译也催生了《草叶集》选本的出现。第一个是高寒(楚图南)编译的《大路之歌》,由重庆读书出版社1944年3月出版。该选本分两大部分:第一部分由14首诗组成,惠特曼一些重要诗篇如《从巴门诺克出发》《大路之歌》《我歌唱带电的肉体》《当庭院中的紫丁香在最近新开了的时候》《从永久摇荡的摇篮里》等均收入其中;第二部分是《草叶集》中最核心也是篇幅最长的《自己之歌》完整译文。楚图南为自己的选本写有《惠特曼的诗歌——〈草叶集〉译序》,对惠特曼及其诗歌给予了极高的评价,在自序后面,他还附有自己译的美国学者昂特梅尔《关于惠特曼的诗歌》一文。该选本后来又于1948年由上海读书出版社重印。第二个选本,据李野光先生所述,应该是陈适怀所译的《囚牢中的歌者》,收短诗31首,"但此书

---

① 李野光:《惠特曼研究》,上海:上海外语教育出版社,2003年版,第338页。

已残缺不全,出版时地都难以确定了"①。第三个译本是屠岸的《鼓声》(配有插图),1948年11月以"青铜出版社"的名义在上海自费印刷发行。该选本收有《我在梦里梦见》《敲啊,敲啊,鼙鼓》《哦,船长,我底船长》等52首短诗,并附有《惠特曼小传》、卡尔·桑德堡写的《〈现代文库〉本〈草叶集〉序》以及屠岸自己写的《论介绍惠特曼》与"译后记"。1949年3月,上海晨光出版公司出版了高寒译《草叶集》,该选本保留了1944年版的序言及昂特梅尔的文章,开头增添了惠特曼年谱简表,但在体例上与前者不同,它按照《草叶集》原版的顺序,标明了全部12个子集的名称,并分别从中选译了共55首诗歌,呈现出一个虽然稀疏但却大致完整的框架,为以后完整译本的推出奠定了基础。

三、中华人民共和国成立以来《草叶集》的译介与传播

反观民国时期《草叶集》的译介与传播,可以看出一条从涓涓细流到汇成江河的过程,从接受的思想角度看,又是依时局变化从20世纪二三十年代强调其个人主义、民主主义到抗战时期彰显其人道主义再到内战时期回归其民主主义的过程,这正如王佐良在谈到惠特曼对中国新诗的影响时所说:"郭沫若师法惠特曼,别的年轻中国诗人又效仿郭沫若。中国新诗里的豪放传统从此开始,而豪放在中国社会的现实环境里很快就从诗人的个人咏叹发展为民主的、群众性的强大歌声"②。朱自清先生在1947年回顾新文化运动以来的民国文学时也说:"用欧化的语言表现个人主义,顺带着人道主义,是这时期知识阶级向着现代化的路。"③惠特曼诗歌的译介与这条路是合拍的,而且是其中一组最强音。当然,《草叶集》在民国时期传播的意义已经远远超出了知识阶层和文学范畴,而参与了中国现代历史的现代化进程,为抗日战争与解放战争做出了独有的贡献。所以,当1955年《草叶集》百年诞辰之际,北京隆重举行了《草叶集》百周年纪念大会。同年12月,上海举行了"纪念《草叶集》出版百周年和《唐·吉诃德》出版350周年座谈会",巴金发言称《草叶集》是永远属于人民的巨著,认为惠特曼是"在人民中间生长起来的诗人","并且始终站在人民的一边","惠特曼的诗对于今天正在向着社会主义前进的中国人民仍然

---

① 李野光:《惠特曼研究》,上海:上海外语教育出版社,2003年版,第339—340页。
② 王佐良:《读〈草叶集〉》,《王佐良文集》,北京:外语教学与研究出版社,1997年版,第202页。
③ 朱自清:《文学的标准与尺度》,《朱自清选集》,北京:开明书店,1951年版,第171页。

有极大的鼓舞力量"。① 据李野光先生统计,当年全国许多报刊发表相关文章共计20多篇,作者有巴金、徐迟、蔡其矫、袁水拍、邹绛、杨宪益等一大批著名作家和学者。② 徐迟在《译文》和《人民文学》发表了19首译自《草叶集》的诗,在《光明日报》发表译作《法兰西——美国的第十八年》,并在北京的群众集会上作了《论〈草叶集〉》的演讲。同时,楚图南1949年的选译本经王岷源校订后以《草叶集选》为名由人民文学出版社再版(增添了3首诗)。虽然是同样的版本,但由于政治气候的改变,意识形态成为当时翻译出版的一个标杆,所以在"译者后记"中,楚图南有意突出惠特曼诗歌对资产阶级美国的虚假民主、腐朽文化的批判性及对无产阶级斗争的支持立场,认为其诗歌"对于当前美国反动统治集团的摧残人权、种族歧视和扩军备战政策以及美国腐朽的黄色倒退文化是一把熊熊的烈火"③。

热烈的纪念活动过后,《草叶集》的译介很快陷入了长达20多年的干枯期。先是1957年开始"反右"斗争,对欧美文学由正面译介转为批判与排斥,1958年兴起了贬抑"五四"新诗传统的"新民歌运动",后是十年"文革",西方文学翻译完全被中断了。④ "文革"结束后,1978年10月人民文学出版社重印了楚译《草叶集选》,该书在饥渴的读者群中迅速流传。1979年,荒芜翻译并发表了惠特曼近20首诗⑤,当年及以后两年里又撰写了一系列有关惠特曼的散论性文章,发表于《诗刊》《读书》《诗探索》《外国文学研究》等杂志,影响面甚广。黄药眠和王佐良也写过《读〈草叶集〉》的同题文章发表于1981年《读书》和1982年《美国文学丛刊》上,周珏良则翻译了《1855年版的〈草叶集〉序言》发表于1983年的《美国文学丛刊》。另一位重要译者赵萝蕤早在1962年就接到出版社交给她翻译《草叶集》的任务,但不久被迫停止⑥,"文革"后重新捡起翻译工作,并连续在

---

① 巴金:《永远属于人民的两部巨著——在本市纪念〈草叶集〉出版百周年和〈唐·吉诃德〉出版三百五十周年座谈会上的报告(摘要)》,《解放日报》,1955年12月4日。
② 李野光:《惠特曼研究》,上海:上海外语教育出版社,2003年版,第341页。
③ 楚图南:《草叶集选·译者后记》,惠特曼:《草叶集选》,楚图南译,北京:人民文学出版社,1955年版,第324页。
④ 当然,这并不意味着惠特曼的影响就中断了,如"文革"时期出版多部诗集的李瑛深受惠特曼影响,其诗歌也带有惠特曼遗风。参见史记:《惠特曼诗歌在中国的评介与接受研究》,吉林大学博士论文,2012年,第89页。
⑤ 另据李野光先生考证,荒芜多年前曾编译过一本包括100多首长短诗的《草叶集选》,原计划1957年出版,但最后由于政治原因计划破灭。参见李野光:《惠特曼研究》,上海:上海外语教育出版社,2003年版,第343页。
⑥ 肯尼斯·M.普莱斯:《赵萝蕤访谈录》,刘树森译,《高校社科信息》,1997年第3期,第43页。

1983年《美国文学丛刊》1、2、3期和次年第2期发表译作12首,包括短诗5首,选自《林肯总统纪念集》的4首以及《大路歌》《阔斧歌》和《从鲍玛诺克开始》3首,并且在每期译文前均附有相关介绍文字。1985年《外国文学》第7期刊登她的两首译诗:《一路摆过布鲁克林渡口》和《在路易斯安那我看见一株四季常青的橡树在成长着》,亦附"译后记"帮助读者更好地理解它们。同年《北京大学学报》(哲学社会科学版)第4期刊发其文章《惠特曼"我自己的歌"译后记》,这意味着她已完成对长诗《我自己的歌》的翻译工作,两年后,上海译文出版社将该诗单独出版。1987年2月,李野光在楚译《草叶集选》基础上补译完成的《草叶集》(上、下册)全译本由人民文学出版社出版。该书依照《草叶集》"临终版"增补了其余的334首诗,又增添了《老年的回声》的14首,以及"未收集和未选入的诗"32首,并附有惠特曼写的《〈草叶集〉初版序言》《致爱默生》等6篇重要散文文献。该译本实现了大陆《草叶集》翻译的历史性飞跃,成为国内公认的权威译本,甚至如学者刘树森所说:"从一个多世纪以来世界各国介绍惠特曼的历史情况来看,也是理想的版本之一。"① 该年5月,人民文学出版社还出版了《草叶集》节选本《我在梦里梦见》,可谓袖珍版《草叶集》,由屠岸所译《鼓声》中的52首诗与楚图南译的《大路之歌》《欢乐之歌》《斧头之歌》《转动着的大地之歌》4首长诗汇编而成。1988年,李野光借着全译本的东风,分别出版了专著《惠特曼评传》和选编的《惠特曼研究》(包括国外关于惠特曼的各种评论、诗歌及编者自己的两篇论文),为人们更好地解读和诠释《草叶集》提供了很大的帮助。同年,李视岐译注《草叶集诗选》由北岳文艺出版社出版,该选本根据《草叶集》的不同版次、创作的不同时间向后推衍,遴选出具有代表性的79首诗篇,并挑选其中难以理解的34首加以注析。在每一章前面,译者还编写了"解说",简要阐述这些诗歌的创作背景及诗人的情况,便于读者更完整地解读。但是,该译本并未得到学界的认可,翻译质量不高,问题很多,"从译文到注释内容都出现了比较严重的失误,不但降低了译本本身的价值,更为严重的是不利于读者如实地认识惠特曼及其诗歌"②。

20世纪80年代是中国诗坛风云变幻的时代,老一代诗人在"文革"后复出,朦胧诗崛起,随后又在1985年前后被新生代超越,诗歌中的"大

---

① 刘树森:《评〈草叶集〉的六个中译本》(下),《外国语(上海外国语学院学报)》,1992年第2期,第30页。

② 同上,第34页。

我"不断向"小我"回归,在这个骚动不安、多元并举的时代,《草叶集》的传播影响与抗战时期不可同日而语。同时,文化界的译介重点"特别转移到20世纪的西方理论和文学创作上面,西方现代文论和'现代派文学',成为关注的焦点"①。尽管如此,张扬自我与自由的《草叶集》依然渗透到中国当代诗学的建构中,除了继续影响复出的老、壮年诗人如公刘、蔡其矫、昌耀等以外,对北岛、顾城、舒婷等朦胧诗人和西川、海子、骆一禾、于坚等第三代诗人也颇有影响。如顾城在其《诗话录》中所说:"我受外国文学的影响较深,我喜欢但丁、惠特曼、泰戈尔、埃利蒂斯、帕斯,其中我最喜欢的还是洛尔迦和惠特曼。"②顾城强调诗人"要用心去观看,去注视那些只有心灵才能看到的本体"③,而惠特曼的诗在他看来就做到了"穿起物象达到本体"④。对年轻的诗人们而言,惠特曼及其诗歌可以说是一种必备的学识背景,但已不可能完全被其所左右,他们会超越惠特曼的影响,站在各自的诗学立场来评判惠特曼的诗歌。如海子就认为惠特曼像普希金、雨果等人一样是优秀的民族诗人,但却不是伟大的诗歌创造者,这些人"都没能完成全人类的伟大诗篇",因为"他们没有将自己和民族的材料和诗歌上升到整个人类的形象"。⑤

进入20世纪90年代以后,随着市场经济的发展,文学(尤其是诗歌)的边缘化加剧,同时文学(包括翻译文学)出版越来越被市场所操控,甚至有的变成了盈利与消费的对象。1991年,赵萝蕤花费10余年心血翻译的《草叶集》全本终于由上海译文出版社出版,仅印刷了2200册。其实,早在1988年3月,译者已完成了全部翻译工作,不幸的是碰到了一个"出书难"的时代。⑥ 该译本与追求尽意与神似的楚、李合译本不同,"以直译见长,注重内容与其文字表现形式的有机联系,对诗句的结构与内在韵律悉心推敲,力求忠实地再现原作的内容与艺术特色"⑦。2008年,重庆出版社也出版了该译本。1994年,楚、李合译本由人民文学出版社再版。在1987年出版该合译本以后,李野光就开始着手翻译自己未译的部分,并修改已译的诗稿,计划出新译本,这一愿望在2003年实现,其独译本

---

① 洪子诚:《中国当代文学史》,北京:北京大学出版社,1999年版,第229页。
② 顾城:《诗话录》,见《顾城的诗》,北京:人民文学出版社,1998年版,第55页。
③ 同上,第170页。
④ 同上,第78页。
⑤ 海子:《诗学:一份提纲》,西川编:《海子诗全集》,北京:作家出版社,2009年版,第1049页。
⑥ 区鉷:《赵萝蕤译惠特曼》,《外国文学评论》,1988年第4期,第141页。
⑦ 刘树森:《评〈草叶集〉的六个中译本》(下),《外国语》,1992年第2期,第33页。

《草叶集》由北京燕山出版社出版,且两年后再版。

在一个诗歌不景气的时代,《草叶集》在新世纪的译介竟然呈现出一种迅猛姿态,短短 12 年间,大陆有近 20 家出版社出版其选本或英汉对照本,不知名的译者纷纷冒出,各种噱头如"世界禁书文库""中小学必读丛书""中学生必读诗歌经典"逼人耳目。如果说经过 20 世纪八九十年代的洗礼《草叶集》终于从政治抒情诗的名义中挣脱出来是一种历史的进步,那么如今悍然罗列进中小学生的书架是不是一种历史的玩笑?大学生都不去读或读不懂的东西如何会进入小孩子的心灵?从大众化的诗歌到诗歌的大众化,中间该有怎样的转换?是教育的普及,还是无缝不钻的经营使然?我们希望惠特曼的诗歌能走进千家万户,但那应该是一本更接近本真面貌的《草叶集》。这些新译本的优劣将有更专业的人士去评说。亦不否认有些译者的认真和敬业,我们只是想张扬一种责任感,在传播、阅读这些译著的过程中,我们要对得起每一个读者,更要对得起经过时间浪涛无情淘洗依然巨石般岿然而立的经典本身。

第三节 罗曼司、清教文化与《红字》的经典化生成

《红字》是纳撒尼尔·霍桑的第一部长篇小说,也是其最重要的、影响最大的一部作品。作为美国文学史上的经典之作,它与梅尔维尔的《白鲸》可谓美国 19 世纪浪漫主义小说的两座高峰,是美国散文体叙事文学独立于欧陆、走向成熟的重要标志。霍桑在《红字》中开创的心理罗曼司创作方法及善恶二元论道德观影响了从 19 世纪后期至今的一大批美国作家,如哈罗德·弗雷德里克、斯蒂芬·克莱恩、亨利·詹姆斯以及威廉·福克纳、约翰·厄普代克、约翰·契弗、托尼·莫里森等人。当代美国作家盖伊·塔利斯(Gay Talese)与保罗·奥斯特(Paul Auster)分别在 2007、2009 年美国《新闻周刊》杂志撰文,均将《红字》列为他们认为最重要的五本著作之首,甚至认为"它是美国文学的开端"[①],可见《红字》对当今美国文坛的影响依然是巨大的。

除了在文学圈内的影响之外,《红字》亦早已成为人们了解美国传统

---

① Samuel Chase Coale, *The Entanglements of Nathaniel Hawthorne: Haunted Minds and Ambiguous Approaches*, Rochester, NY: Camden House, 2011, p.16.

清教文化及早期殖民生活的基础文本,成为美国文化场域中的一个重要单元。"红字"(*The Scarlet Letter*)自从被霍桑书写以后,已经成为美国家喻户晓的一个象征符号,"即使那些从未读过该书的人也知道'红字'意味着什么"①。所以,当1999年比尔·克林顿深陷性丑闻时,著名杂志《时代周刊》在同年2月22日这一期不失时机地刊登了一帧胸口佩戴红字的总统肖像画,也就不足为奇了。人们仿佛从总统身上看到了那个受尽尊崇的丁梅斯德,而莫妮卡·莱温斯基也成了现代版的海斯特·白兰。此外,通过被搬上舞台或银幕,《红字》在美国得以更广泛地融入流行的大众文化。美国人以它为底本改编过戏剧或歌剧,并先后拍过十多部影片,包括1917和1926年发行的两部默片。②

被劳伦斯称为"所有文学中最伟大的寓言之一"的《红字》最早由波士顿的蒂克纳和菲尔兹公司于1850年3月16日出版,"首版2000册,十天内售罄,二版3000册,在发行后的一个月内,销量也不错"③。该书的出版惊动了英美文学界,出版当年英国就出现了盗版书,第二年有了德译本,随后又有了法译本。显然,如今同样被视为美国19世纪文艺复兴时期的经典名著,它在面世后的境遇要比《瓦尔登湖》《草叶集》和《白鲸》幸运许多,从一开始就为其经典化奠定了良好基础。2000年,美国人在波士顿专门举行了《红字》出版150周年庆祝会。至今,美国本土仍有近30个不同版次的《红字》在不断印刷出版,而世界各地的译本更是多如牛毛,可以说,在流传不息的160多年中,《红字》从未被人们冷落过。在美国本土,《红字》的经典化道路可谓平顺,而这恰恰与它同美国式罗曼司书写及清教文化的内在关联密不可分。

一、《红字》的经典化

按照《霍桑传》作者兰德尔·斯图尔特的说法,"不清楚,具体在何时,霍桑开始创作他这部最伟大的作品"④。而据英国学者马库斯·坎利夫考证,从1847年起,也就是霍桑任职于萨勒姆海关的第2年,霍桑开始着

---

① Samuel Chase Coale, *The Entanglements of Nathaniel Hawthorne: Haunted Minds and Ambiguous Approaches*, Rochester, NY: Camden House, 2011, p.7.
② Ibid., p.12.
③ 兰德尔·斯图尔特:《霍桑传》,赵庆庆译,上海:东方出版中心,1999年版,第98页。
④ 同上书,第95页。

手"写这部后来成为名作的《红字》"①。到 1849 年,霍桑完成了大部分手稿。② 他原计划出一本故事集《千古传奇,附试验性作品和理想的小品》,包括《红字》和其他 6 篇短故事,因为担心"如果全书完全由《红字》一部作品构成,书就会显得太阴沉了"③。但出版商詹姆斯·菲尔兹建议他单独出版《红字》,并附上前言《海关》。事实证明了菲尔兹眼光高明,该书出版后大受欢迎,并得到了评论界的好评。如文学评论家、时任纽约《文学世界》及多家期刊编辑的艾弗特·达伊金特撰文说它是"一部关于悔恨的故事","其中人物内心世界的剖析是那么精准、详尽,充满了惊人的诗意和激动人心的力量"。④ 另一位批评家,同时也是演说家,一直热心于将文学推向大众的埃德温·惠普尔则从国际视角对《红字》给予了很高评价,在对《红字》的悲剧性意味、深刻的思想和凝练的风格进行了一番赞美以后,他指出对于那些靠着阅读法国流派小说家的作品而培养起关于"诱惑"与"私通"理念的读者,霍桑的小说会提供一些十分有益的、具有启发性的沉思,"因为,究其实,霍桑在《红字》中通过对传统习俗和道德法则之本质的更为深入的理解和领会,已完全动摇了法国小说所依赖的全部哲理","他已经给出自己洞察的结论,不是通过探讨和批评,而是通过比苏⑤、大小仲马或乔治·桑的小说更为有力的陈述"。如果单从题材上看,《红字》处理的不过是一个女人与两个男人的关系,一个"偷情"故事,但在主题的升华上他却远远超越了那些法国同行。⑥ 英国的评论家亨利·乔利在伦敦《雅典娜神殿》杂志上评述《红字》讲述了"一个非常强烈而痛苦的故事","如果说任何艺术作品都可以展示出罪恶与悲伤的最可怕的形貌,那么却鲜有像霍桑先生的《红字》那样能够以一种更崇高的庄严、纯洁和怜悯来将之呈现出来的作品"。他因此把霍桑列入"最具有原

---

① 马库斯·坎利夫:《美国的文学》(上卷),方杰译,北京:中国对外翻译出版公司,1985 年版,第 95 页。
② 另有一种说法是霍桑仅用了 5 个月就完成了这部作品。
③ 兰德尔·斯图尔特:《霍桑传》,赵庆庆译,上海:东方出版中心,1999 年版,第 96 页。
④ E. A. Duyckinck, "The Scarlet Letter: A Romance", *The Literary World*, VI, No. 165, March 30, 1850, pp. 323—325. See Harold Bloom ed., *Nathaniel Hawthorne*, New York: Infobase Publishing, 2008, p. 166.
⑤ 即欧仁·苏。
⑥ E. P. Whipple, *Graham's Magazine*, XXXVI, May 1850, pp. 345—346. See Harold Bloom ed., *Nathaniel Hawthorne*, New York: Infobase Publishing, 2008, p. 172.

创性和独特性的美国小说作家",并认为《红字》将给作家"带来更高的声誉"。①

这些早期的好评无疑在出版伊始的关键时刻推动了《红字》的经典化进程,但同时也出现了一些不好的评论与非难。如著名牧师、一度热衷于超验主义的奥雷斯蒂斯·布朗森就指责霍桑选题的谬误,因为"它是一部描写犯罪,描写一个淫妇和她的同谋——在我们早期殖民时代里一个温顺、有天赋、非常受欢迎的清教神父的通奸故事"。他认为这种故事纯粹是虚构的,而且"对流行文学并不是合适的主题","当一个小说家被允许选择这样的罪恶故事并投入天赋的全部魔力赋予其迷人的高度优雅的风格而没有受到严厉的斥责,就表明公众道德处在一种不健康的状态"。②不过,相对于故事本身,布朗森更苛责的是霍桑的态度,他觉得霍桑竟然寻求原谅海斯特·白兰和她的情人,这是不应该的,"既没有为犯罪行为真正忏悔过,甚至从未认为那是有罪的,反而使人看上去那是值得赞赏的,因为他们彼此相爱"③。另一位著名的批评者是神学家亚瑟·考克斯,他像布朗森一样反感于霍桑对主人公所犯罪恶的同情,认为虽然霍桑的语言是"非常纯洁的",但其小说却是"雅致地不道德"(delicately immoral)④。他还以自己在驿车上听到的女学生们的笑谈来证明《红字》的伤风败俗。这些负面的评论往往站在公众道德秩序的立场,以教化为由展开对《红字》的攻击,而文坛上的无数事实已经证明,作品越受攻击越流行,因此,"霍桑感到这些攻击不无乐趣",虽然他并不同意这些人的批评意见,但"他对攻击的广告价值感到满意"。⑤ 事实上,许多学者也认识到,霍桑当时选择"通奸"的题材确有吸引人眼球的嫌疑,但从他描写这一题材的方式看,那些非议倒显得过于吹毛求疵,正如斯图尔特所言:"他以贞洁的方式处理了一个涉及不贞的主题。尽管他从轻发落了海斯特和亚瑟的罪过,但他从未让他们享受到幸福。"⑥

---

① Henry F. Chorley, *Athenaeum*, 1181, June 15, 1850, p. 634. See Harold Bloom ed., *Nathaniel Hawthorne*, New York: Infobase Publishing, 2008, pp. 173—174.

② Orestes Brownson, *Brownson's Quarterly Review*, IV, n. s., October, 1850, pp. 528—529. See Harold Bloom ed., *Nathaniel Hawthorne*, New York: Infobase Publishing, 2008, p. 177.

③ Ibid.

④ Arthur Cleveland Coxe, "The Writings of Hawthorne", *Church Review*, January, 1851, p. 507. See Harold Bloom ed., *Nathaniel Hawthorne*, New York: Infobase Publishing, 2008, pp. 181—182.

⑤ 兰德尔·斯图尔特:《霍桑传》,赵庆庆译,上海:东方出版中心,1999年版,第99页。

⑥ 同上。

在随后的半个世纪里,《红字》进一步确立了自己的经典地位。作家伯克利·艾金在1862年写给霍桑的信中称他为大师,他说:"我认为并相信《红字》将像书写它的语言一样长存,即使这种语言死亡了,它也会被翻译成别的语言。"①作家亨利·詹姆斯在1879年完成的著名的《霍桑传》里对《红字》推崇备至,认为对美国人而言,"该书是这个世纪发表的最好的一部富有想象力的作品。在给予它的欢迎中就有着这种意识,一种对于美国已经创造出了属于文学并立于文学最前沿的一部小说的满足感。"②纽约大学教授弗朗西斯·斯托达德于1900年出版了颇有影响的学术论著《英语小说的演变》,在该书中,他指出霍桑在整个英语小说发展史上具有重要的位置,他的《红字》标志着在简·奥斯丁和夏洛蒂·勃朗特之后的小说形式的一个重要转变,即小说"从作为描述单一阶段情感的手段变为最高表现力的工具",小说不再注重"个体意志"与外部"对立的世界"或社会的冲突,而是倾向于展示个体内部的自我斗争与灵魂的折磨。③

到了20世纪,《红字》的经典性得到了不断的建构和强化。著名文学史批评家马西森在其影响巨大的《美国文艺复兴:爱默生与惠特曼时代的艺术和表现形式》(初版于1941年,之后多次重印)一书中将霍桑与爱默生、梭罗、梅尔维尔、惠特曼一同列为美国文艺复兴时期的五大巨匠,将其作品《红字》《七个尖角阁的房子》与爱默生的《代表人物》、梭罗的《瓦尔登湖》、梅尔维尔的《白鲸》和《皮埃尔》、惠特曼的《草叶集》等作为这一时期的核心经典,并对其艺术形式及思想内核做了深入的剖析,可谓为《红字》的正统性树碑立传。大文豪劳伦斯在其独到的"美国经典文学研究"系列论文中对霍桑的《红字》有专门论述,他说:"这是一篇精彩的寓言。我认为这是所有文学中最伟大的寓言之一","纳撒尼尔·霍桑的著作中,数《红字》最为深刻、最有两重性并且最为完美"。④ 著名义学批评家哈罗德·布鲁姆在其"经典的批评"系列中为霍桑专门编了一本,收集整理了

---

① Berkeley Aikin, "Letter to Nathaniel Hawthorne (1862)", cited in Julian Hawthorne. *Nathaniel Hawthorne and His Wife*, 1884, Vol. 2, p. 305. See Harold Bloom ed., *Nathaniel Hawthorne*, New York: Infobase Publishing, 2008, p. 182.

② Henry James, *Hawthorne*, 1879, p. 107. See Harold Bloom ed., *Nathaniel Hawthorne*, New York: Infobase Publishing, 2008, p. 185.

③ Francis Hovey Stoddard, *The Evolution of the English Novel*, 1900, pp. 75—80. See Harold Bloom ed., *Nathaniel Hawthorne*, New York: Infobase Publishing, 2008, p. 194.

④ D. H. 劳伦斯:《劳伦斯文艺随笔》,黑马译,桂林:漓江出版社,2004年版,第96—97页。

关于霍桑个人及《红字》等作品的前现代时期的重要批评文献《纳撒尼尔·霍桑》，可谓重塑了经典作家作品的经典性。阿拉巴马大学英语系主任克劳迪娅·德斯特·约翰逊主编了"语境中的文学"系列著作，其中《〈红字〉解读》(Understanding The Scarlet Letter)一书选取了不同时期的相关文献，为《红字》构建了一个较为完整的阐释背景。布鲁姆与克劳迪娅的编著目的是为《红字》在美国中学与大学的普及提供更为丰富的解读性资源，但在今天的后现代文化语境中无疑也是在为经典文学招魂。

二、《红字》的经典生成与美国式罗曼司

在创作《红字》之前，霍桑仅以短篇小说家的身份而为人所知，直到1850年《红字》的问世才为他赢得了很高的声望，使其进入美国重要作家行列。20多年以后，亨利·詹姆斯谈到了这种重要性的双重含义：首先，对作家本人，"那是一次了不起的成功，他立即发现自己成了一个著名人物"；其次，对美国文学，"事实上，《红字》的出版在美国是最重要的文学事件"。[①] 究其实，《红字》的重要性与经典性可以归结为两点：一是在叙述形式上，它被认为是开创了美国心理罗曼司（也有学者称其为象征性罗曼司）的新传统；二是在主题及内容上，它最典型地体现了美国本土的文化与精神风貌。如亨利·詹姆斯所说："它最终输送给欧洲人的是与他们已经接受的任何事物一样优美的东西，而最妙的是它讲述的故事是绝对美国式的，它属于这片土地、这片天空，它来自新英格兰的正中心。"[②]

当代美国学者乔纳森·艾阿克在谈到本国的"叙述文学"时说，在《红字》及以后创作的几部长篇作品里，"纳撒尼尔·霍桑以其散文体叙事文学作品奠定了现在所谓的'文学'作品的基础"，"霍桑的最大贡献是将他那个时代的文学观念与后来讨论民族文学时的文学观念结合了起来"。[③] 艾阿克指出，以《红字》出版的1850年为界，文学概念在美国开始发生了重要的变化，而发生这一变化的主要领域就是19世纪中叶的散文叙事文学。一方面是"文学"的概念更加纯粹，开始从18世纪那种与历史、布道文、游记、哲学和科学作品等文类的杂混中挣脱出来。另一方面，在叙事

---

① Henry James, *Hawthorne*, 1879, p. 107. See Harold Bloom ed., *Nathaniel Hawthorne*, New York: Infobase Publishing, 2008, p. 185.

② Ibid. pp. 185—186.

③ 萨克文·伯科维奇主编：《剑桥美国文学史》（第二卷），史志康等译，北京：中央编译出版社，2008年版，第675页。

文学领域，美国文学从查尔斯·布朗的哥特式小说、华盛顿·欧文带有地方叙事特色的短篇小说、詹姆斯·F.库珀笔下的民族叙事以及20世纪40年代以逃奴、废奴主义者弗雷德里克·道格拉斯为代表的个人叙事这样一路走来，到了《红字》的出版，叙事形式和艺术发生了重要的转变。"民族叙事作品、地方叙述以及个人叙事文学针对或者反映的是日常公众所关注的问题。而《红字》中的文学形式却与前两类截然不同，转而拓展一片自由想象的空间。不管是坡的夸张也好，梅尔维尔的比喻也好，霍桑的讽刺也好，文学叙事作品所描绘的不仅不同于日常生活的世界，而且似乎超越了并且间接地批判了日常生活的世界。然而，这些作品内容专业而深奥，表达曲折且晦涩，只有有限的精英读者才能解读其批判意义。"① 这种叙事文学按照爱伦·坡的理解，更具有创新性，其更高的价值依赖于精神因素，而不是出于外在的原因来吸引读者的注意。它更接近于我们今天说的"纯文学"，不过，"当时与此类虚构作品密切相连的术语不是'文学'（尽管坡大力提倡使用这个词），而是'罗曼司'"。② 霍桑不但赋予自己生前发表的4部长篇作品以"罗曼司"的副标题或名称③，而且在这些作品的序言中多次使用这个词，明确阐明自己的罗曼司创作观："由于他的使用，这个词到了20世纪中期又一度回热，用来表示美国特殊的小说传统。"④

在《红字》的长篇序言《海关》一文中，霍桑谈到了自己创作这部著作的由来，并首次表达了自己对"罗曼司"的理解。他说自己在家乡萨勒姆海关任职时，在海关大楼二层一个类似库房的大房间里发现了百余年前的一位督察留下的一个小包裹，里面有一块呈大写的A字母形状的"猩红的破布片"，以及记载着一位名叫海斯特·白兰的妇女生平的几张信纸。他告诉读者，自己所写的《红字》主要事实均以该文献为证，甚至许诺可以向感兴趣的读者展示原件实物。但正如学者们所说，我们不必对此信以为真，而且早在1838年霍桑发表的短篇小说《恩迪科特和红十字》中就出现了一位胸佩A字的少妇，"她的简短的故事是《红字》里海斯特·

---

① 萨克文·伯科维奇主编：《剑桥美国文学史》（第二卷），史志康等译，北京：中央编译出版社，2008年版，第597页。
② 同上书，第676页。
③ 即《红字，一部罗曼司》《七个尖角阁的房子，一部罗曼司》《福谷罗曼司》《玉石雕像，或蒙特·本尼的罗曼司》。
④ 萨克文·伯科维奇主编：《剑桥美国文学史》（第二卷），史志康等译，北京：中央编译出版社，2008年版，第676页。

白兰的故事的前身"①。事实上,霍桑自己接下来的说辞也在引导读者不要将他的故事与历史现实对等起来,他写的不是历史小说:"既然我已经为这故事修饰润色并对影响书中人物情感的表现和动机加以虚构,就不该误认为我把自己限定在老督察那六七页大信笺的资料里,不越雷池一步。恰恰相反,我任凭自己的想象驰骋,几乎或完全不受约束,仿佛全部事实都出自我本人的创造。"②他认为一位罗曼司作家应该恍如处在"一个中间地带,介乎真实世界和飘渺仙境之间,实在和虚幻可以相遇,并以各自的本质相互浸润"③。在《七个尖角阁的房子》序言中,他从创作方面对罗曼司与小说做了明确区分,认为罗曼司作者较之小说作者在处理作品的形式和素材方面更自由:

> 小说是一直旨在忠实于细节描写的创作形式,不仅写可能有的经历,也写人生体验中平常的、普通的经历。罗曼司作为一种艺术形式,必须严格遵守创作法则,如果背离了人性的真实,也同样是不可原谅的罪过。然而,在很大程度上,罗曼司的作者却有选择和创造具体情景以展现这一真实的自由。只要作者认为合适,他可以通过调节氛围,增强画面光线,或者使之柔和,也可以加深或渲染画面的阴影。恰到好处地运用这里提到的特权,特别是把非凡的事物作为一种清淡、微妙、飘忽的风味来加以融合,而不是当成实实在在的菜肴的一部分提供给读者,这无疑是明智之举。④

作为一种古老的文类,罗曼司(Romance,又译"传奇""传奇故事")在中世纪"指用古法语以散文或韵文形式所撰写的虚构或非历史故事"⑤,它对近代小说的产生有重要的影响,到了现代,人们将它与小说混为一谈,视为小说之一种,如《大美百科全书》所述,在现代用法中,它"指叙述令人激动、有异国情调、不太可能的或时间和地点都非常遥远的扩展散文小说形式"⑥。在文艺复兴时期,罗曼司主要描写英雄奇遇与伟大爱情之

---

① 埃默里·埃利奥特主编:《哥伦比亚美国文学史》,朱伯通等译,成都:四川辞书出版社,1994年版,第342页。
② 霍桑:《海关——〈红字〉之引言》,《红字》,胡允桓译,北京:人民文学出版社,1991年版,第22页。
③ 同上,第24页。
④ 霍桑:《七个尖角阁的老宅·序言》,李映珵译,武汉:长江文艺出版社,2008年版,第1页。
⑤ 《大美百科全书》编辑部编:《大美百科全书》(第23卷),北京:外文出版社,1994年版,第389页。
⑥ 同上。

类的故事,因此遭遇了塞万提斯这位伟大现实主义小说家的嘲讽。18 世纪后期出现了哥特式传奇故事,代表作家如英国的玛丽·雪莱、达芙妮·杜·穆里埃、威廉·戈德温以及美国的查尔斯·布朗等。19 世纪前期,哥特式罗曼司则被历史罗曼司取代,代表作家如英国的司各特,法国的大仲马、雨果,意大利的曼佐尼以及人称"美国的司各特"的库柏。此后,则出现了象征性的传奇故事,虽不局限于美国,但"尤其是 19 世纪中期美国创作的特性"①,其代表作家即霍桑和梅尔维尔。

从布朗到欧文、库柏,再到霍桑和梅尔维尔,美国的罗曼司写作一步步从稚嫩的摹仿走向了成熟,因此,霍桑在上述话语中对罗曼司的界定虽说不上是完整而科学的,但却具有文学史上的决定性意义,并因而"几乎成为所有后来对美国罗曼司结构和功能描述或定义的基准"②。在《红字》中,霍桑充分贯彻了自己的创作理念,将罗曼司的象征性与寓言性发挥到了极致,为了表现人物的心理而牺牲了故事性,为了探索人性问题而忽略了历史的真实细节,甚至由此招致了亨利·詹姆斯的批评:"《红字》中有许多象征,我认为,太多了,有时显得过度而呆板,它越来越不再让人感动,而是流于琐碎。"③"历史的色彩相当淡,只有很少的细节阐述……作者也没有着重于让他的人物去说他们那个时期的英语。"④与亨利·詹姆斯的观点相反,一百年后,批评家米歇尔·贝尔认为罗曼司不过是《红字》的一种外在的叙事策略,甚至是一种"骗术",因为"就其最本质的方面而言,《红字》是一部明显的现实主义小说……《红字》既全面又现实地展现了新英格兰历史的细节及其意义"⑤。也有中国学者吸收贝尔的观点,认为霍桑通过罗曼司写作的幌子来描写一个婚外情的故事,"借海丝特的越轨主题既诱捕读者、谋取稿费生存,又巧妙地规避道德批评"⑥。詹姆斯的批评俨然是站在现实主义的角度来要求一个罗曼司作者,而后二者

---

① 《大美百科全书》编辑部编:《大美百科全书》(第 23 卷),北京:外文出版社,1994 年版,第 390 页。
② Terence Martin, *Nathaniel Hawthorne*, New York: Twayne Publishers Inc. ,1965, p. 72.
③ Henry James, *Hawthorne*, 1879, p. 107. See Harold Bloom ed. , *Nathaniel Hawthorne*, New York: Infobase Publishing, 2008, p. 189.
④ Ibid. , p. 187.
⑤ Michael Davitt Bell, "Art of Deception: Hawthorne, 'Romance', and *The Scarlet letter* ", Michael J. Colacurcio ed. , *New Essays on The Scarlet Letter*, Cambridge: Cambridge University Press, 1988, p. 46.
⑥ 潘志明:《罗曼司:〈红字〉的外在叙事策略》,《外国文学评论》,2006 年第 4 期,第 73 页。

的批评又过于强调小说的现实性与作家生存的现实性。我们也许应该给予作家的主体以更多信任,或者至少分清主次。霍桑从来也没有否认"现在"以及历史的现实性,但他更倾向于超越其现实性,而不是与现实趋于一致,他要从更广阔的心灵世界来探索人性的真相,进而观照美国的"现实"与人生。不可否认,霍桑当时正处于美国作家职业化的当口,他也从来没有忽视女性作家群及读者市场对他的影响,因此有学者说:"是市场的这只'无形之手'驱使霍桑'超越'艺术与经济的界限,构建了其'罗曼司'的体裁选择"①。但是,我们毕竟应该认识到,作为精神层面的道德与伦理诉求是霍桑罗曼司的主旨,可以说,它既凌驾于题材的选择之上,也凌驾于作家个体的生存之上。正如美国学者霍尔曼所言,哲理性是美国本土化罗曼司的特点,"尤其是在美国,事实已经证明,在探索深刻的思想、复杂的观念时罗曼司是一种严肃而又灵活的表达手段"②。霍桑正是基于自身的精神探索而选择了罗曼司,并在前人的基础上将它推到了展现"人的心灵"的高度,从而为梅尔维尔及后来的菲茨杰拉德、福克纳、索尔·贝娄等人开辟了道路。

三、《红字》的经典性与美国清教文化

罗曼司归根结底不是一种现实,而是一种观照和呈现现实的文学方式,对霍桑而言,赋予其罗曼司本土化内涵的不是其象征手法、哥特风格,而是美国的清教文化。乔治·里普利在评论《红字》时说:"清教历史中那些怪异而诡谲的传说为霍桑独特的天赋提供了一个非常适宜的得天独厚的训练场。他已经从这个丰饶的资源中为自己非凡的创作找到了材料。"他认为,"如同爱伦·坡从其自身幽暗险恶的想象中获取让人可怕的兴奋之物一样",霍桑"从这些恐怖的传说中获取同样的东西"。③ 美国学者罗伯特·斯宾利尔指出,霍桑的成功恰恰在于他"学会把问题置于自己种族及民族的以往历史之中加以观察"④。

---

① 方文开:《人性·自然·精神家园——霍桑及其现代性研究》,上海:上海外语教育出版社,2008年版,第29页。
② C. Hugh Holman, *A Handbook to Literature*, forth edition, Indianapolis: The Bobbs-Merrill Company, 1980, p.387.
③ George Ripley, *New York Tribune Supplement*, IX, April, 1850, p.2. See Harold Bloom ed., *Nathaniel Hawthorne*, New York: Infobase Publishing, 2008, p.169.
④ 罗伯特·E.斯皮勒:《美国文学的周期——历史评论专著》,王长荣译,上海:上海外语教育出版社,1990年版,第65页。

第十三章　美国早期文学经典的生成与传播

霍桑为何对美国的历史传统及清教文化如此感兴趣？一是当时普遍存在的历史热影响了他。18世纪末开始，新英格兰地区兴起一场历史研究热潮，随后波及全国，"无论此前还是此后，历史都从未如19世纪前半期那样在美国人民的思想中占据那么重要的位置"，"本地的、国家的、民族的以及世界的历史都成为人们广泛研究的领域"。① 据《美国传记词典》，1800至1860年间，约有一半的历史学家是新英格兰人，而他们大都对自己地区的历史情有独钟，这种氛围直接促成了该地区历史主题文学著作的大量出现，"这其中就包括霍桑和斯托夫人的最好的虚构作品"②。从早年踏上文学道路伊始，霍桑就表现了对历史尤其自己家乡所在的马萨诸塞州历史的浓厚兴趣，这一点可以从他于萨勒姆科学协会图书馆所借书目中看出来③，而清教文化正是马萨诸塞历史文化的核心。二是霍桑自己家族因素的影响，这一点研究者们已经耳熟能详。霍桑的家乡萨勒姆镇是马萨诸塞州的重要港口，而该州在新英格兰地区6个州中是最早的清教徒殖民地，因而成为清教文化的中心。霍桑家族是最早移民萨勒姆的家族之一，第一代的威廉·哈桑④身居显要，集军人、立法者、执法者和教会首领于一身，但也因残酷迫害过贵格派教徒而臭名昭著。威廉之子约翰同样美名与恶名并举，在萨勒姆驱巫事件中因残杀女巫而招人诅咒。霍桑的父亲是一名船长，在他4岁时，病逝于航海途中。在《红字》序言中，霍桑说自己对故乡"魂牵梦系"，"这种情愫可归于我的家庭多年来深深植根于这里的土壤"，大学毕业后他回到故乡埋头读书写作，似乎是为了赎先人的罪，如其所言："不管怎样，我当前身为作家，作为他们的后人，特此代他们蒙受耻辱，并祈求从今以后洗刷掉他们招致的任何诅咒……"⑤

家族的影响和萨勒姆浓厚的加尔文教气氛催生了霍桑性格中内省、孤僻的一面，同时也铸就了他的悲观主义思想，"他逐一权衡新英格兰主

---

① Lawrence Buell, *New England Literary Culture: From Revolution Through Renaissance*. Cambridge, London, New York: Cambridge University Press, 1986, p.195.
② Ibid., p.196.
③ 其中包括托马斯·哈钦森的《马萨诸塞殖民地史原件汇编》《马萨诸塞史》，奥尔登·布拉福德的《马萨诸塞史》，以及马萨诸塞历史协会的论文集等。见兰德尔·斯图尔特：《霍桑传》，赵庆庆译，上海：东方出版中心，1999年版，第30—31页。
④ 霍桑家族原姓哈桑（Hathorne），霍桑在大学毕业后自更其姓，在姓氏中加入字母w，改为Hawthorne。
⑤ 霍桑：《海关——〈红字〉之引言》，《红字》，胡允桓译，北京：人民文学出版社，1991年版，第6页。

义、保守主义、超验主义和激进主义这几种观念,最终选择了怀疑论"①。梅尔维尔甚至认为,在霍桑心目中有种"巨大的黑暗力量",这种力量正是"来自加尔文教人性堕落以及原罪的影响"②。所以,当身边的爱默生等超验主义者一反加尔文教传统的性恶论,宣扬由卢梭及后来美国一位论者钱宁那里继承来的性善论时,霍桑却拒绝接受这种乐观的人性理念,如美国思想史家帕灵顿所说:"霍桑保持了早期加尔文教许多关于生命和人类命运的观点。……在他看来,人类既然可能是上帝的孩子,也同样可能是魔鬼的子孙。"③所以,当爱默生认为"善良是绝对的,而邪恶是短缺而致,不是绝对的"④时,霍桑却认为恶是一直存在的,尽管未必完全显现出来,却可以作为实体存在着、发生着。他在《红字》中借海丝特表达了这种观点,戴着红字的海丝特时时感觉到,"她战战兢兢又不由得不去相信,那字母让她感应到别人内心中隐藏着罪孽",仿佛有一个邪恶天使在说服她,"表面的贞洁不过是骗人的伪装,如果把一处处真情全部暴露在光天化日之下的话,除去海丝特·白兰之外,好多人的胸前都会有红字闪烁的"。⑤

虽然接受加尔文教的人性观,但霍桑并不是一个清教徒,而是清教文化的批判者。在《红字》中,他"竭力通过赫丝黛(即海丝特)所蒙受的迫害,来控诉教会的严刑峻法,通过丁梅斯德所遭受的严酷的精神折磨,来表现加尔文清教派的褊狭和他的统治对人们心灵的摧残,以及清教派上层分子的虚伪的道德"⑥。因此,《红字》的重点并不在于描写"肉体之罪",而是侧重于呈现它在清教文化场域中的情感反应与效果,其中既有牧师的人格分裂与自我戕害,也有齐灵渥斯的自私与恶毒,以左右和啃噬牧师灵魂为乐的魔鬼品格,更有周围群众和地方官员的伪善、冷酷与无

---

① 沃浓·路易·帕灵顿:《美国思想史》,陈永国等译,长春:吉林人民出版社,2002年版,第735页。
② Herman Melville, "Hawrhorne and His Mosses", James McIntosh ed., *Nathaniel Hawthorne's Tales: Authoritative Texts, Background, Criticism*, New York: W. W. Norton & Company, 1987, p. 341.
③ 沃浓·路易·帕灵顿:《美国思想史》,陈永国等译,长春:吉林人民出版社,2002年版,第735页。
④ 爱默生:《对神学毕业班的讲演》,见吉欧·波尔泰编:《爱默生集》(上),赵一凡等译,北京:生活·读书·新知三联书店,1993年版,第88页。
⑤ 霍桑:《红字》,胡允桓译,北京:人民文学出版社,1991年版,第63—64页。
⑥ 吴笛:《阴暗土地上的辉煌的罪恶——评霍桑的〈红字〉》,《红字:霍桑作品集》,周晓贤、邓延远译,杭州:浙江文艺出版社,1991年版,第293—294页。

知。所以,《红字》不是一部爱情罗曼司,而是一部道德罗曼司,但与其说霍桑在进行道德说教,不如说他是在通过一个充满张力的偷情事件展示清教文化氛围中的道德困境。

另外,从劳伦斯的角度来看,我们又可以解读出《红字》作为经典的另一层含义。在劳伦斯看来,清教是美国人的心灵,丁梅斯德身为牧师,本是清教"纯洁"的化身,是一个精神化的男人,他的苍白虚弱在于"血液被头脑所毁灭",但这么纯洁的男人却被海丝特引诱,毁于血液与肉体之爱。海丝特是无法控制自己的血液的魔鬼,"她天性中性欲旺盛,有一种东方性格,美感极强",劳伦斯在引用霍桑的这句话后接着说:"这是海丝特。这是美国。"①男、女主人公,一个代表美国的心灵、头脑与精神,即清教文明,一个代表美国的血液、肉体与爱欲,即自然生命。两者的结合生出了"恶种"珠儿,劳伦斯说:"请一定让这恶种去同世上猖獗的虚伪作斗争。"②而两者的斗争呢?虽然牧师用自己的死回击了海丝特,但最后的胜利属于谁?也许文明与生命的战斗、意识与无意识的厮打从来也没有停止过。所以,劳伦斯最后感叹这部著作是伟大的寓言:"《红字》。了不起的内涵!完美的双重意义。"③

总而言之,当爱默生、梭罗等人纷纷以崭新的姿态迎接每日的朝阳时,霍桑却沉浸于历史的暮色之中,在从清教传统中汲取灵感的同时,也对其做了清醒的理想主义的审视,他对人性与人生的反思其实是自我反思的投射,这种省察的原动力,其实也正缘于清教文化的浸淫。所以,皮特·康恩在《美国文学》中说:"清教徒祖先们不但为霍桑提供了足够的素材,也为他提供了观察问题的角度以及写作技巧上的指导。"④这种技巧不是别的,正是心理世界的探寻。"对原罪的关注使清教徒在一定程度上成了心理学家。"⑤帕灵顿指出,霍桑继承了 18 世纪著名神学家、美国宗教大觉醒运动领导者乔纳生·爱德华兹"关于大觉醒的心理诊断——研究原罪在人类意识和性格上的反映"⑥,而"霍桑大部分小说的主题不是作为神学问题的罪恶,而是罪恶的信念对于早期殖民主义者心理上的

---

① D. H. 劳伦斯:《劳伦斯文艺随笔》,黑马译,桂林:漓江出版社,2004 年版,第 91 页。
② 同上书,第 93 页。
③ 同上书,第 96 页。
④ Peter Conn, *Literature in America—An Illustrated History*, New York: Cambridge University Press, 1989, p. 201.
⑤ 沃浓·路易·帕灵顿:《美国思想史》,陈永国等译,长春:吉林人民出版社,2002 年版,第 737 页。
⑥ 同上。

影响。他与坡一样探索人类灵魂的阴暗面,他用他的创作去揭示而不是去解决人类命运的难题"①。《红字》伊始,偷情已经完成,霍桑要做的是对人物心理反应的细致刻画,正是对心理世界的深刻细腻的呈现使得《红字》超越了美国西部罗曼司的"行动叙事"或"情节推衍模式",而表现为阴郁的"心理叙事"风格,这也正是霍桑罗曼司写作的独到之处。而一旦深入人物心理分析,作品本身也就超越了历史的时间性,更具有普世的人性关怀,因此斯宾利尔说,"霍桑笔下的主人公即是人类本身",由于《红字》达到的空前的深度与广度,"海丝特·白兰与她的情人亚瑟·迪姆斯台尔牧师等人物是第一批跳出霍桑的思想框架而成为有独立人格的人"。②按照哈罗德·布鲁姆在《西方正典》中的观点③,人物独立于作家,超出于作品本身,恰恰是推动作品和作家经典化的核心元素,同时,也正是作品之经典性的明证。

---

① 罗伯特·E.斯皮勒:《美国文学的周期——历史评论专著》,王长荣译,上海:上海外语教育出版社,1990年版,第64页。
② 同上书,第67—68页。
③ 参见哈罗德·布鲁姆:《西方正典》,江宁康译,南京:译林出版社,2005年版,第36—40页。

参考文献

埃利奥特,埃默里主编:《哥伦比亚美国文学史》,朱伯通等译,成都:四川辞书出版社,1994年版。
艾布拉姆斯,M. H.:《镜与灯》,郦稚牛等译,北京:北京大学出版社,2004年版。
奥古斯丁:《忏悔录》,周士良译,北京:商务印书馆,1963年版。
巴赫金:《拉伯雷研究》,李兆林、夏忠宪等译,石家庄:河北教育出版社,1998年版。
巴赫金:《陀思妥耶夫斯基诗学问题:复调小说理论》,白春仁、顾亚铃译,北京:生活·读书·新知三联书店,1988年版。
拜伦:《唐璜》,宋珂译,南昌:百花洲文艺出版社,2014年版。
比利:《狄德罗传》,张本译,北京:商务印书馆,1984年版。
别林斯基:《别林斯基选集》(第四卷),满涛、辛未艾译,上海:上海译文出版社,1991年版。
波德莱尔,夏尔:《恶之花》,郭红安译,桂林:广西师范大学出版社,2002年版。
波莫,勒内:《伏尔泰》,孙桂荣、逸风译,上海:上海人民出版社,2010年版。
伯科维奇,萨克文主编:《剑桥美国文学史》(第二卷),史志康等译,北京:中央编译出版社,2008年版。
柏拉图:《柏拉图全集》(第二卷),王晓朝译,北京:人民出版社,2003年版。
柏拉图:《理想国》,郭斌和、张竹明译,北京:商务印书馆,2009年版。
布林克,安德烈:《小说的语言和叙事》,汪洪章等译,上海:上海人民出版社,2010年版。
布鲁克斯,克林斯:《精致的瓮》,郭乙瑶等译,上海:上海人民出版社,2008年版。
布鲁姆,哈罗德:《西方正典:伟大作家和不朽作品》,江宁康译,南京:译林出版社,2005年版。
布斯,韦恩·C.:《修辞的复兴——韦恩·布斯精粹》,穆雷等译,南京:译林出版社,2009年版。
蔡骐:《英国宗教改革研究》,长沙:湖南师范大学出版社,1997年版。
岑特科夫斯基:《哥白尼传》,董福生译,北京:新华出版社,1988年版。
陈建华:《20世纪中俄文学关系》,上海:学林出版社,1998年版。

陈林侠:《从小说到电影——影视改编的综合研究》,北京:中国社会科学出版社,2011年版。
陈辛仁主编:《现代中外文化交流史略》,北京:中国书籍出版社,1997年版。
程虹:《寻归荒野》,北京:生活·读书·新知三联书店,2011年版。
戴格拉夫,路易:《孟德斯鸠传》,许明龙、赵克非译,北京:商务印书馆,1997年版。
但丁:《神曲:天堂篇》,朱维基译,上海:上海译文出版社,1984年版。
德索,玛克斯:《美学与艺术理论》,兰金仁译,北京:中国社会科学出版社,1987年版。
邓玉函:《伏尔泰》,昆明:云南教育出版社,2011年版。
狄奥尼修斯:《神秘神学》,包利民译,北京:生活·读书·新知三联书店,1998年版。
笛卡尔:《第一哲学沉思集:反驳和答辩》,庞景仁译,北京:商务印书馆,1986年版。
丁光训、金鲁贤主编:《基督教大辞典》,上海:上海辞书出版社,2010年版。
董问樵:《〈浮士德〉研究》,上海:复旦大学出版社,1986年版。
飞白:《诗海:世界诗歌史纲》(传统卷),桂林:漓江出版社,1989年版。
冯春编选:《普希金评论集》,冯春等译,上海:上海译文出版社,1993年版。
佛克马、蚁布思:《文学研究与文化参与》,俞国强译,北京:北京大学出版社,1996年版。
弗莱,诺思罗普:《批评的解剖》,陈慧等译,天津:百花文艺出版社,2006年版。
弗莱,诺思洛普:《伟大的代码:圣经与文学》,郝振益等译,北京:北京大学出版社,1998年版。
伏尔泰:《伏尔泰小说选》,傅雷译,北京:人民文学出版社,1980年版。
福勒,罗吉:《现代西方文学批评术语词典》,袁德成译,成都:四川人民出版社,1987年版。
盖斯特涅尔:《不轻蔑自己:格林兄弟传》,刘逢祺译,长沙:湖南文艺出版社,1995年版。
歌德:《浮士德》,董问樵译,上海:复旦大学出版社,1983年版。
歌德:《浮士德》,钱春绮译,上海:上海译文出版社,2011年版。
葛赛尔记录,罗丹口述:《罗丹艺术论》,沈宝基译,桂林:广西师范大学出版社,2002年版。
郭宏安等:《二十世纪西方文论研究》,北京:中国社会科学出版社,1997年版。
郭建中编著:《当代美国翻译理论》,武汉:湖北教育出版社,2000年版。
郭延礼:《文学经典的翻译与解读:西方先哲的文化之旅》,济南:山东教育出版社,2007年版。
黑格尔:《美学》(第二卷),朱光潜译,北京:商务印书馆,1979年版。
洪子诚:《中国当代文学史》,北京:北京大学出版社,2010年版。
胡家峦:《历史的星空——文艺复兴时期英国诗歌与西方传统宇宙论》,北京:北京大学出版社,2001年版。
黄忠廉:《变译理论》,北京:中国对外翻译出版公司,2002年版。
霍斯金,米歇尔主编:《剑桥插图天文学史》,江晓原等译,济南:山东画报出版社,2003年版。
吉列斯比:《欧洲小说的演化》,胡家峦、冯国忠译,北京:生活·读书·新知三联书店,1987年版。

金斯伯格,艾伦:《金斯伯格诗选》,文楚安译,成都:四川文艺出版社,2000年版。
卡尔维诺,伊塔洛:《为什么读经典》,黄灿然、李桂蜜译,南京:译林出版社,2006年版。
卡斯蒂耶雷等:《西班牙黄金世纪诗选》,赵振江译,北京:昆仑出版社,2000年版。
康德:《道德形而上学原理》,苗力田译,上海:上海人民出版社,1986年版。
拉尔夫,菲利普·李等:《世界文明史》(下卷),赵丰译,北京:商务印书馆,1999年版。
莱蒙,米歇尔:《法国现代小说史》,徐知免、杨剑译,上海:上海译文出版社,1995年版。
莱辛:《拉奥孔》,朱光潜译,北京:商务印书馆,2013年版。
李野光:《惠特曼研究》,上海:上海外语教育出版社,2003年版。
廖可兑:《西欧戏剧史》,北京:中国戏剧出版社,1981年版。
令狐若明:《埃及学研究:辉煌的古埃及文明》,长春:吉林大学出版社,2008年版。
刘若端编:《十九世纪英国诗人论诗》,北京:人民文学出版社,1984年版。
刘意青编:《英国18世纪文学史》,北京:外语教学与研究出版社,2006年版。
卢梭:《新爱洛伊丝》,李平沤、何三雅译,南京:译林出版社,1993年版。
罗国祥:《雨果学术史研究》,南京:译林出版社,2013年版。
罗素:《西方的智慧 西方哲学在它的社会和政治背景中的历史考察》,马家驹、贺霖译,北京:世界知识出版社,1992年版。
罗新璋编:《翻译论集》,北京:商务印书馆,1984年版。
马克思:《路易·波拿巴的雾月十八日》,马克思、恩格斯:《马克思恩格斯全集》(第8卷),中共中央马克思恩格斯列宁斯大林著作编译局译,北京:人民出版社,1961年版。
马克思、恩格斯:《马克思恩格斯全集》(第四十六卷)(上),中共中央马克思恩格斯列宁斯大林著作编译局译,北京:人民出版社,1979年版。
蒙格雷迪安,乔治:《莫里哀时代演员的生活》,谭常轲译,济南:山东画报出版社,2005年版。
弥尔顿:《失乐园》,刘捷译,上海:上海译文出版社,2012年版。
莫里哀:《莫里哀喜剧六种》,李健吾译,上海:上海译文出版社,1978年版。
莫里哀:《莫里哀喜剧全集》(第二卷),李健吾译,长沙:湖南文艺出版社,1993年版。
默顿,罗伯特·金:《十七世纪英格兰的科学、技术与社会》,范岱年等译,北京:商务印书馆,2000年版。
聂珍钊:《文学伦理学批评导论》,北京:北京大学出版社,2014年版。
帕灵顿,沃浓·路易:《美国思想史》,陈永国等译,长春:吉林人民出版社,2002年版。
桑德斯,安德鲁:《牛津简明英国文学史》,北京:人民文学出版社,2000年版。
施旭升:《戏剧艺术原理》,北京:中国传媒大学出版社,2006年版。
叔本华:《作为意志和表象的世界》,石冲白译,北京:商务印书馆,1982年版。
斯皮勒:《美国文学的周期——历史评论专著》,王长荣译,上海:上海外语教育出版社,1990年版。
斯坦尼斯拉夫斯基:《我的艺术生活》,瞿白音译,上海:上海译文出版社,2002年版。
斯图尔特,兰德尔:《霍桑传》,赵庆庆译,上海:东方出版中心,1999年版。

梭罗:《瓦尔登湖》,罗伯特·塞尔编:《梭罗集》(上),陈凯等译,北京:生活·读书·新知三联书店,1996年版。

托托西,斯蒂文:《文学研究的合法化》,马瑞琦译,北京:北京大学出版社,1997年版。

瓦特,伊恩·P:《小说的兴起》,高原、董红钧译,北京:生活·读书·新知三联书店,1992年版。

王少辉:《圣经密码》,北京:中央编译出版社,2009年版。

王佐良等主编:《英国文学名篇选注》,北京:商务印书馆,1983年版。

王佐良:《王佐良文集》,北京:外语教学与研究出版社,1997年版。

王佐良:《英国文学史》,北京:商务印书馆,1996年版。

韦勒克,雷纳:《近代文学批评史(中文修订版)》(第二卷),杨自伍译,上海:上海译文出版社,2009年版。

文言主编:《文学传播学引论》,沈阳:辽宁人民出版社,2006年版。

沃尔夫,亚:《十六、十七世纪科学技术和哲学史》,周昌忠译,北京:商务印书馆,1985年版。

徐稚芳:《俄罗斯诗歌史》,北京:北京大学出版社,2002年版。

许洁明:《17世纪的英国社会》,北京:中国社会科学出版社,2004年版。

亚里士多德:《诗学》,罗念生译,上海:上海人民出版社,2006年版。

亚理斯多德、贺拉斯:《诗学·诗艺》,罗念生、杨周翰译,北京:人民文学出版社,1962年版。

阎景娟:《文学经典论争在美国》,北京:社会科学文献出版社,2010年版。

颜纯钧主编:《文化的交响:中国电影比较研究》,北京:中国电影出版社,2000年版。

雨果:《雨果论文学》,柳鸣九译,上海:上海译文出版社,1980年版。

张德明:《从岛国到帝国——近现代英国旅行文学研究》,北京:北京大学出版社,2014年版。

张铁夫等:《普希金:经典的传播与阐释》,湘潭:湘潭大学出版社,2009年版。

朱光潜:《诗论》,北京:生活·读书·新知三联书店,1984年版。

Austin, Frances. *The Language of the Metaphysical Poets*, London: St. Martin's Press, 1992.

Baldrick, Chris. *The Social Mission of English Criticism: 1848—1932*, Oxford: Clarendon, 1983.

Booth, Roy ed. *The Collected Poems of John Donne*, Ware, Hertfordshire: Wordsworth Editions Ltd., 1994.

Buell, Lawrence. *New England Literary Culture: From Revolution Through Renaissance*, Cambridge: Cambridge University Press, 1986.

Buell, Lawrence. *The Environmental Imagination: Thoreau, Nature Writing, and the Formation of American Culture*, Cambridge: The Belknap Press of Harvard

University Press, 1995.

Bush, Douglas. *Science and English Poetry*, New York: Oxford University Press, 1950.

Butler, Marilyn. *Jane Austen and the War of Ideas*, London: Clarendon Press, 1975.

Chapman, R. W. ed. *Jane Austen: A Critical Bibliography*, London: Oxford University Press, 1953.

Clark, Steve and Jason, Whittaker. *Blake, Modernity and Popular Culture*, London: Palgrave Macmillan, 2007.

Coale, Samuel Chase. *The Entanglements of Nathaniel Hawthorne: Haunted Minds and Ambiguous Approaches*, Rochester, NY: Camden House, 2011.

Conn, Peter. *Literature in America—An Illustrated History*, New York: Combridge University Press, 1989.

Corns, Thomas N. ed. *The Cambridge Companion to English Poetry, Donne to Marvell*, Cambridge: Cambridge University Press, 1993.

Dickson, Donald R. ed. *John Donne's Poetry*, New York: W. W. Norton & Company, 2007.

Eagleton, Terry. *The English Novel*, Oxford: Blackwell Publishing Ltd., 2005.

Erdman, David V. ed. *The Complete Poetry and Prose of William Blake*, California: University of California Press, 1988.

Francis, Richard. *Transcendental Utopias: Individual and Community at Brook Farm, Fruitlands, and Walden*, Ithaca and London: Cornell University Press, 1997.

Frye, Northrop. *A Study of English Romanticism*, New York: Random House, 1968.

Frye, Northrop. *Fearful Symmetry: A Study of William Blake*, Princeton: Princeton University Press, 1974.

Goethe, Johann Wolfgang von. *Faust: A Norton Critical Edition*, translated by Walter Arndt, edited by Cyrus Hamlin, New York: W. W. Norton & Company, 2001.

Harding, Walter. *A Thoreau Handbook*, New York: New York University Press, 1959.

Harding, Walter. *The Days of Henry Thoreau*, Princeton: Princeton University Press, 1962.

Hill, Christopher. *Milton and the English Revolution*, New York: Penguin Books, 1979.

Holman, C. Hugh. *A Handbook to Literature*, forth edition, Indianapolis: The Bobbs-Merrill Company, 1980.

Johnson, Claudia L. and Tuite, Clara ed. *A Companion to Jane Austen*, Chichester: Blackwell Publishing Ltd., 2009.

Johnson, Samuel. "Review of a Free Inquiry into the Nature and Origin of Evil", Donald Greene ed., *The Oxford Authors: Samuel Johnson*, London: Oxford University

Press, 1990.

Katherine, Clark. *Daniel Defoe: The Whole Frame of Nature, Time and Providence*, London: Palgrave Macmillan, 2007.

Keats, John. *The Poems of John Keats*, Miriam Allott ed., Harlow: Longman, 1970.

Laster, Arnaud. *Pleins Feux sur Victor Hugo*, Paris: Comédie-Française, 1981.

Levinas, Emmanuel. *Ethics and Infinity*, translated by Richard A. Cohen, Pittsburgh: Duquesne University Press, 1985.

Lyon, Thomas J. ed. *This Incomparable Lande: A Book of American Nature Writing*. Boston: Houghton Mifflin Company, 1989.

Martin, Terence. *Nathaniel Hawthorne*, New York: Twayne Publishers Inc., 1965.

Mitchell, W. J. T. *Blake's Composite Art*, Princeton: Princeton University Press, 1978.

Negri, Paul ed. *Metaphysical Poetry: An Anthology*, New York: Courier Dover Publications, 2002.

Newmark, P. *About Translation*, Clevedon: Multilingual Matters Ltd., 1991.

Poetzsch, Markus. "Towards an Ethical Literary Criticism: the Lessons of Levinas", *Antigonish Review*, Issue 158, Summer, 2009.

Ray, Robert H. *An Andrew Marvell Companion*, New York: Garland Publishing, 1998.

Rioux & Sirinelli. *Histoire culturelle de la France*, Paris: Editions du Seuil, 1998.

Scheese, Don. *Nature Writing: the Pastoral Impulse in America*, New York: Twayne Publishers, 1996.

Souiller, Didier. *La dramaturgie du Don Juan de Molière et l'esthétique espagnole du Siècle d'Or*, Séville: Université de Séville, 2006.

Sutherland, Kathryn. *Jane Austen's Textual Lives: From Aeschylus to Bollywood*, New York: Oxford University Press, 2005.

Warnke, Frank J. *European Metaphysical Poetry*, New Haven: Yale University Press, 1974.

Wittreich, Joseph A. *The Romantics on Milton: Formal Essays and Critical Asides*, Cleveland and London: Case Western Reserve University Press, 1970.

索 引

A

艾布拉姆斯 61,62,196,207,208
艾略特 4,31,34—39,56,77,79
《爱弥儿》14,101,131—133,139,143,144
爱默生 12,196,357—369,372,385,391,398,399
《傲慢与偏见》221—232,234—261
奥涅金诗节 302,310,315,319,321,322
奥斯丁,简 64,221—232,234—260,391

B

巴赫金 334—336
《巴黎圣母院》11,325—328,342—349,351,353—356
巴洛克文学 1,3,4,31,32
《白鲸》357,387,388,391
《百科全书》7,129,130
拜伦 11,13—15,63,64,157,195,198,199,202,203,205,206,209—212,214—216,250,307,310,311,314,377
拜伦式英雄 205,310,311
别林斯基 82,302,304,308,313
《波斯人信札》7,127,128
勃兰兑斯 139,196,198,207,265,311

布瓦洛 4

C

曹禺 92—94
《草叶集》12,357,376—388,391
超验主义 12,357—365,367,368,371,373,376,390,398
车尔尼雪夫斯基 303
陈季同 97

D

但丁 55,150,161,386
狄德罗 7,123—125,128—131
笛福 7,13,99—115,117,119—122
笛卡尔 3,4,19,21,110
董问樵 151,154,156,160,161
杜勃罗留波夫 303
多恩,约翰 4,19—38,375

E

恶魔派 14,63,64,195,198,202,203,205,207,209,214

F

翻译文学 13,294,313,324,386
丰华瞻 295,296
冯至 158
《弗兰肯斯坦》64,202
伏尔泰 7,13,14,77,81,98,123—138
《浮士德》8,150—169,265
傅东华 16,211,216
傅雷 124,125,134,135

G

高乃依 5,76,86
戈宝权 320,322,324
哥白尼 18,19,49
歌德 8,81,82,98,150—169,264,265,304,363,377,378,381
《格林童话》10,262,263,265—271,273—301
贡戈拉 3,32,36
古典主义 1,3—7,10,11,13,16,31,32,34,37,72,79,136,141,196,200,213,303,306,327,341,344
顾蕴璞 322
郭建中 101,109,113
郭沫若 15,150,158—160,162,212,216,217,293,317,378,379,383
果戈理 303,304

H

《哈姆雷特》157,259
荷马史诗 111,151,164,203,330
赫伯特,乔治 23,26,27,33—35
《红字》12,357,387—400
《忽必烈汗》63
胡适 13,15,16,94,95,212—214,216,217,354,376,377
湖畔派 10,11,14,62,195,197,201,207,209,214
华兹华斯 10,11,62,63,171,197,198,200,201,203—205,207,208,212—214,217
惠特曼 12,13,15,357—359,376—387,391
霍桑 12,357,368,387—400

J

济慈 11,63,198,203,207,209,214,215
伽利略 3,60
《解放了的普罗米修斯》203,210

K

卡尔维诺,伊塔洛 78,103,105—107
卡鲁,托马斯 33,34
柯勒律治 10,11,62—64,69,171,197,201,202,204,207,214
客观对应物 36
夸饰主义 3,32
狂飙突进 8,10,264

L

《拉摩的侄儿》7,128—130
拉辛 5,76,86
《老实人》7,124—126,133—138
李健吾 78,79,82—84,86—88,92
《理智与情感》224,227,228,233,236—238,250
梁启超 13,14,136,137,139,142,210—213,313
梁实秋 214,216
卢梭 7—10,13,14,101,102,111,123—125,128—133,137—149,158,203,264,307,398
《鲁滨孙漂流记》7,99—102,106—114,116—120,122
鲁迅 14,158,209—211,214,217,313,314,379,381
绿原 162,163,298

罗丹 350,351

M

马克思 74,102
马韦尔,安德鲁 20—22,25,27,29,33—35,37
茅盾 141,214—216,290,317
梅尔维尔 357,391,393,395,396,398
美丑对照原则 326—328,330,341,343—345,350,347
孟德斯鸠 7,123,124,127—129,137
弥尔顿 3,13,40—46,48—51,55,58,60—65,67—73
《摩罗诗力说》14,209—211,214,313,314
莫里哀 3,5,13,16,74—98,164

N

牛顿 3,21,126,200

P

彭斯 25,85,171,195,209,210,214,215
普希金 12—14,81,157,209,302—324,386

Q

启蒙运动 5—8,110,123,124,130,131,133,134,153,204,313
《恰尔德·哈罗尔德游记》199,205,210,314
《悭吝人》78,79,91,92,94
钱春绮 152,155,160—162

S

三一律 5,82,94
莎士比亚 25,41,64,65,90,136,150,152,157,164,201,221,233,252,259,304,307
《神曲》151,161
《失乐园》3,40—73
《诗学》87,330
《诗艺》4
《抒情歌谣集》10,197,201
司各特 196,221,237,251,395
苏曼殊 15,211,212,215,216
梭罗 12,357—376,391,399
索福克勒斯 90

T

他者 97,104,112
《唐璜》14,79,87,195,199,205,210,310
《天堂与地狱的婚姻》179,186,190,191
《天真之歌》61,187

W

《瓦尔登湖》12,357—367,369—372,374—376,388,391
王国维 158,210,211
《伪君子》5,74,77,78,80—88,91,94—97
文艺复兴 2—4,12,18,30,37,69,107,109,145,152,183,351,357,359,388,391,394
伍尔夫,弗吉尼亚 107,109,221,223,253
伍蠡甫 14,139—141,158

X

《西风颂》198,205,212,217
席勒 8,154,315,340
《新爱洛伊斯》8,131—133,138—149
徐志摩 16,134—136,211—214,216,217,378,379
玄学派 3,4,18,19,21—25,28—39
雪莱 11,13—15,63,175,195,198,202—

207,209—212,214,215,218,219,315,378

Y

亚里士多德 30,48,49,87,88,151,330
燕卜荪 37
杨武能 10,158,163,164,262,268,282,299—301
《叶甫盖尼·奥涅金》302—307,309—324
《夜莺颂》198,214
雨果 11,13,166,325—328,330,341—344,346—356,381,386,395
约翰逊,塞缪尔 34,230,231

Z

查良铮 317—322
张闻天 158
《哲学原理》19
郑振铎 89,211,212,217,291,314,317,379
周桂笙 289
周作人 212,214,290—293,297
朱湘 16,212,214,216,218—220

后　记

国家社科基金重大招标项目"外国文学经典生成与传播研究",在首席专家吴笛教授的主持下,经过项目组全体成员的共同努力,终于顺利完成结项验收并即将结集出版了。本人作为子课题负责人,参与了本项目的部分研究工作,有幸与吴笛教授及其他各子课题负责人张德明教授、蒋承勇教授、殷企平教授、范捷平教授和傅守祥教授合作,在断断续续长达六年的共事期间,我从他们身上学到了许多东西,也得到了他们的具体帮助和指导。在本书付梓之际,我谨向上述诸位教授表示深深的敬意和感谢!

《外国文学经典生成与传播研究(第四卷)近代卷(上)》主要涉及17世纪初至19世纪上半叶浪漫主义时期的外国文学经典作品。根据分工,由我负责本卷的统筹,包括重点作品的确定、章节的设置和撰稿人的选定等等。在编撰过程中,我对全卷各章节都进行了反复的推敲和认真的修订,最后完成了本卷的统稿和校阅工作。参与本卷撰稿的多为青年学者,他们扎实的学术功底、严谨的治学精神以及谦逊的处事态度都给我留下了深刻印象。在此,我也向他们表示谢忱!

本卷撰写具体分工如下:"绪论 从科学发现到自然崇拜":浙江传媒学院彭少健;"第一章 英国玄学派诗歌的生成与传播":浙江大学人文学院吴笛;"第二章《失乐园》的生成与传播":浙江工业大学之江学院罗诗旻;"第三章《伪君子》的生成与传播":浙江传媒学院国际文化传播学院梁蔚;"第四章《鲁滨孙漂流记》的生成与传播":杭州电子科技大学人文与法学院王晓雄;"第五章 法国启蒙主义小说的生成与传播":浙江传媒学院文学院王明辉、武茜茜、王泽涵;"第六章《浮士德》的生成与传播":

浙江工业大学人文学院张逸旻;"第七章 布莱克诗歌的生成与传播":浙江传媒学院文学院林筱筱;"第八章 英国浪漫主义诗歌的生成与传播":浙江传媒学院文学院许淑芳;"第九章《傲慢与偏见》的生成与传播":浙江传媒学院文学院张素梅;"第十章《格林童话》的生成与传播":浙江传媒学院文学院张素梅;"第十一章《叶甫盖尼·奥涅金》的生成与传播":天津师范大学塘沽学院张亚灵(第一节),上海师范大学人文学院林辰(第二节);"第十二章《巴黎圣母院》的生成与传播":浙江传媒学院文学院林筱筱;"第十三章 美国早期文学经典的生成与传播":浙江传媒学院文学院韩德星。

最后,谨向北京大学出版社及为本书出版付出辛勤劳动的责任编辑表示衷心的感谢!

彭少健
2018 年 7 月